DIE URALTEN METROPOLEN

Erstes Buch: Lycidas
Zweites Buch: Lilith
Drittes Buch: Lumen
Viertes Buch: Somnia

Christoph Marzi

SOMNIA

Roman

Originalausgabe

WILHELM HEYNE VERLAG
MÜNCHEN

Verlagsgruppe Random House FSC-DEU-0100
Das für dieses Buch verwendete FSC-zertifizierte Papier *Super Snowbright*
liefert Hellefoss AS, Hokksund, Norwegen.

Originalausgabe 12/2008
Redaktion: Uta Dahnke
Copyright © 2008 by Christoph Marzi
Copyright © 2008 dieser Ausgabe by Wilhelm Heyne Verlag, München
in der Verlagsgruppe Random House GmbH
Printed in Germany 2008
Umschlaggestaltung: Nele Schütz Design, München
Umschlagillustration: Dirk Schulz
Karte: Andreas Hancock
Satz: Christine Roithner Verlagsservice, Breitenaich
Druck und Bindung: GGP Media GmbH, Pößneck

ISBN: 978-3-453-52483-5

www.heyne.de
www.heyne-magische-bestseller.de

*Für alle,
die sich von mir durch die verschlungenen Tunnel
der uralten Metropolen haben führen lassen
und
ohne die ich bestimmt niemals
in Gotham angekommen wäre*

People are crazy and times are strange
I'm locked in tight, I'm out of range
I used to care, but things have changed.

BOB DYLAN, *Things have changed*

They answered my questions with questions
And pointed me into the night
Where the moon was a star-painted dancer
And the world was just a spectrum of light.

MANFRED MANN, *Questions*

Erstes Buch

Solitaire

KAPITEL 1

WASSER, SCHARLACHROT, GEFÄRBT MIT HIMMEL

Die Welt ist wie Wasser, scharlachrot und sanft gefärbt mit hellem Himmel. Und manchmal sind die Träume, die sich tief in den vergessenen Liedern unserer Kindheit verbergen, wie die Pfade in den tiefen Wäldern, von jenem schweren Dunkel, das allein zu betreten man sich scheut, weil was dort schlummert, nur selten ist, was man zu finden hofft.

Scarlet Hawthorne, die in einer stürmischen Winternacht durch die Straßen von Greenwich Village irrte, wusste nur allzu gut, wie es sich anfühlt, wenn einem das Herz unversehens verstummt. Sie wusste genau, was rabenschwarze Angst ist. Doch alles andere hatte sie vergessen.

Ich war auf dem Nachhauseweg von einem meiner nächtlichen Ausflüge, als ich sie traf, an einem mystischen Ort, wo eine Straße namens Waverley Place eine andere Straße namens Waverley Place kreuzt.

Dichte Schneeflocken tanzten wie winzige Eisfliegen in der kalten Luft und verfingen sich in ihrem Haar, das so dunkel wie Ebenholz war, und trieben in dem Atem, der ihr wie ein geheimnisvoller Schleier vor dem Gesicht hing. Sie lehnte sich für einen kurzen Augenblick gegen die hohe Backsteinwand eines der alten Häuser, das im Schatten der Kathedrale der heiligen Zita stand, schnappte nach Luft und schaute sich um wie jemand, der gefährliche Verfolger auf seinen Spuren wähnt.

Sie stand still da, wie eine Puppe, so regungslos, und dann strauchelte sie und sank, mit dem Rücken zur Wand, zu Boden.

Ich eilte ihr zu Hilfe.

Und von diesem Moment an änderte sich mein Leben.

Jetzt, kaum mehr als einen einzigen Tag und eine halbe Nacht später, ahne ich, dass Scarlet Hawthornes Schicksal ganz eng mit jenen rätselhaften Geschehnissen verwoben ist, jenen düsteren Begebenheiten, deren heimliches und todbringendes Wesen zu ergründen wir schon seit Wochen erfolglos versuchen.

Nun beginnt alles einen Sinn zu ergeben. Die Scherben der Spiegel fügen sich langsam zu einem unvollständigen Bild, mit Rändern, so scharf wie Eis.

»Was wird jetzt geschehen?«, fragt mein Gegenüber.

Wir stehen vor einer Tür.

»Was verbirgt sich dahinter?«, höre ich meine Begleiterin fragen.

Solitaire – das ist es, was wir denken.

Sonst nichts.

Nur *Solitaire*.

»Woher, in aller Welt, soll ich das denn wissen?«, stelle ich die Gegenfrage und drücke die rostige Klinke nach unten. Es kurzerhand auszuprobieren – war das nicht schon immer der einfachste Weg, um den Dingen auf den Grund zu gehen?

Doch nein, halt – ich sollte den Geschehnissen nicht hastig vorauseilen wie der Herbstwind, der ungestüm im rostroten Oktoberland lebt. Ich sollte genau dort beginnen, wo die Geschichte tatsächlich ihren Anfang hat.
Ich sollte da beginnen, wo alles wirklich begann.
Seien Sie geduldig.
Ja!
Folgen Sie mir in die Stadt aller Städte, die neugeborene Metropole, deren Gebäude bis in den Himmel reichen und die schweren Wolken selbst berühren. Die endlose Stadt an den beiden Flüssen, die schon so viele Schiffe erblickt haben. Sie ist ein lebendiges Wesen, das aus vielen Stimmen geboren, auf einer Vergangenheit aus Träumen errichtet wurde. Die Metropole, die viele Namen hat: Neu Amsterdam, New York und, allen voran, natürlich: Gotham. Ein Flickwerk aus den staubigen uralten Metropolen der alten Welt, voller Farben, Lieder, Erinnerungen.
Ja, all die Erinnerungen an das, was einst war, und an das, was erst noch sein wird.
Denn auch unsere Geschichte beginnt, wie so viele andere Geschichten vor ihr, mit einer Erinnerung. In diesem Fall ist es sogar nur eine einzige Erinnerung, eine kümmerliche Notiz, die hilflos im Wind weht, verloren und ohne Ziel. Etwas, was noch vage da ist, wenn man aus dem Schlaf erwacht, was den Winter erahnen und einen sich händeringend nach dem Herbst mit seinen bunten Blättern und Sonnenstrahlen zurücksehnen lässt, kaum mehr als ein Bild, doch so klar und deutlich, dass man es fast riechen kann.
Scarlet Hawthorne, die außer ihrem Namen und den wenigen Habseligkeiten, die sie bei sich trug, kaum etwas besaß, öffnete die Augen und sah auf die dunkle Fläche des Hudson

River – dorthin, wo in der nahen Ferne Mylady Liberty ihre glühende Fackel der Nacht entgegenreckte.

Die junge Frau stand am Rande des Battery Parks und bewegte sich kaum. Sie konnte die Silhouetten der Kanonen erkennen, die einmal die Stadt verteidigt hatten und die jetzt kaum mehr als eingerostete Attrappen waren. Ein Wind, der nach der fauligen Tiefe der weiten See roch, wehte ihr schneidend ins Gesicht, und das pechschwarze Haar kitzelte ihre bleichen Wangen. Die alte holländische Windmühle, die wie ein hölzernes Karussell aussah, drehte sich hinter ihr im Kreis, und die Segel aus weißem Leinen blähten sich mit jeder Böe. Irgendwo weiter hinten in der Nacht erhob sich Castle Clinton National Monument, die Artilleriestellung, die P. T. Barnum einst als Theater gedient hatte. Es roch nach dem dunklen Wasser des Hudson, der nicht weit von dieser Stelle den East River küsste und gemeinsam mit ihm der offenen See zuströmte.

Die junge Frau musste an einen anderen Ort denken, einen See, der weit entfernt war und dessen Ufer von hohen Kiefern und Tannen und wilden Zedern gesäumt waren. Sie wusste nicht, was es mit diesem See auf sich hatte, und sie hatte auch keine Ahnung, wo sich dieser See befand. Sie sah nur die Wolken, die sich auf der Wasseroberfläche spiegelten. Sie sah, wie sie vorbeizogen, und sie sah einen hellen Himmel, der wunderschön war, und sie roch die klaren Wasser des Sees, die ruhig vor ihrem geistigen Auge im Licht glitzerten und leise Dinge wisperten, die sie glücklich und traurig zugleich stimmten. Sie erblickte eine untergehende Sonne und dann wieder die vielen Wolken, und sie wusste, dass kein Anblick so schön sein konnte wie dieser. Sie streckte die Hand danach aus, als könne sie dieses Wasser berühren, dieses klare, kalte Wasser, so scharlachrot und sanft gefärbt mit Himmel, dass es ihr wie ein Stich mitten in ihr Herz vorkam, auch nur daran zu denken. Doch es waren Wasser, die eigentlich woanders waren. Und auf ihrer Hand setzten sich nur die Schneeflocken nieder.

Sie schloss die Augen, öffnete sie wieder. Sie war noch immer hier. Nirgendwo anders.

Dann zerschnitt das Heulen die Luft. Es flog auf den Schwingen des Lärms der nächtlichen Stadt zu ihr, und sie wusste, dass es ihr galt. Ja, nur ihr allein. Die Angst war da, als sei sie niemals fort gewesen. Wie ein Schlag ins Gesicht traf sie das Gefühl, das ihre Seele eisern umschloss und sie zittern ließ. Der Wind trug die schrillen Töne durch die Straßenschluchten, über die Dächer der Yellow Cabs hinweg, an vermummten Passanten und geduldig im Verborgenen wartenden Wegelagerern vorbei, über Rauchschwaden und Schmutz und flimmernde Leuchtreklamen hinweg – bis hin zu ihr. Hinab in die verlassenen Weiten des nächtlichen Battery Parks.

Die übrigen Geräusche flüsterten nur.

Versprechen, die wie Berührungen waren. Heimliche Gefährten in der Nacht aus Winterszeit.

Das Schwappen des Wassers gegen die Ufersteine. Das ölige Ächzen der Windmühle.

Die junge Frau seufzte.

Außer ihr war niemand zu sehen. Kein Mensch trieb sich um diese unselige Uhrzeit an diesem einsamen Ort herum. Und sie selbst hatte nicht die geringste Ahnung, wie sie hierhergekommen war.

Sie betrachtete ihre Hände. Da, wo die große Schneeflocke sich gerade eben niedergelassen hatte, konnte man noch die

Spuren von Blut erkennen. Es war getrocknet. Aber es war noch da.

Wieder das Heulen!

Da! Es wurde lauter.

Sie wusste, welche Tiere Geräusche wie dieses machten.

Wölfe!

Sie versuchte, einen klaren Gedanken zu fassen.

Wölfe?

Nein, dies hier waren keine Wölfe. Nein, nein, sie befand sich in der Stadt der zwei Flüsse mit den unendlich gewachsenen Häusern, die an den Wolken kratzten, wie die Masten der Schiffe unten an den Kais es taten. Es gab keine Wölfe in den großen Städten. Nicht einmal mehr in den Wäldern gab es sie. Vielleicht in den großen Nationalparks oder den Rocky Mountains, aber niemals hier. Darüber hinaus klang dieses Heulen nicht im Geringsten wie das Heulen vieler Wölfe. Es klang nur so ähnlich, aber es war etwas durch und durch anderes.

Es war boshafter, man konnte es spüren. Es war schneidender, und es war viel, viel kälter.

Das Heulen wurde lauter. Was immer auch diese Geräusche machte, es näherte sich dem Battery Park.

Die junge Frau mit dem pechschwarzen Haar zog den Mantel enger um sich. Er war warm und wollig und ein guter Freund, irgendwie, ein lumpig aussehendes Kleidungsstück, bestehend aus bunten Flicken, ein Mantel, den man bestimmt nicht in einem gewöhnlichen Laden erstehen konnte. Jemand hatte ihn von Hand angefertigt, jemand, der geschickt und kunstvoll zu schneidern und zu nähen verstand.

Ich selbst?, fragte sich die junge Frau und schüttelte den

Kopf. Nein, nie und nimmer. So geschickt war sie nicht, niemals gewesen. Sie berührte den Stoff, als würde er ihr Antworten geben können. Nicht zu wissen, wer sie war, machte sie rasend. Zum Verrücktwerden war das.

Sie blickte sich um.

Erinnere dich!, schrie eine Stimme in ihr. Erinnere dich!

Sie betrachtete ihre Hände.

Sie hielten etwas fest. Es war ein Amulett. Ein kleines Röhrchen, filigran und durchsichtig, mattes Glas, gefüllt mit winzigen bunten Dingen: Steinen, Federn, geflochtenen Schnüren, silbernen Symbolen. All diese verwunschenen Dinge schwammen in klarem Wasser. Und die Lederschnur, an der das Amulett befestigt war, hatte jemand zerrissen.

Wieder starrte sie auf das Blut, das in sanften Spritzern an ihren Händen klebte.

Ich bin Scarlet, dachte die junge Frau, und dies war ein Gedanke, der klar wie das Wasser in dem Amulett in ihr sang. Scarlet Hawthorne. Ja, das ist mein Name.

Und dies hier war New York.

Gotham.

Die Stadt am Anfang der Neuen Welt. Die Stadt mit den vielen Namen. Sie war früher schon einmal hier gewesen. Sie spürte es. Das alles kam ihr bekannt vor. Aber sie wusste nicht, wann sie jemals in New York gewesen wäre. Sie konnte sich einfach an nichts mehr erinnern.

Erneut betrachtete sie die blutverschmierten Hände.

Ich gehöre nicht hierher! Nicht in diese Stadt, nicht an diesen Ort!

So viel war klar.

Und sonst?

Nichts!

Das war alles.

An mehr konnte sie sich einfach nicht erinnern. Nur daran und an ...

Weiß!

Sie blinzelte müde.

Weiß war alles um sie herum.

Sie bückte sich und nahm eine Handvoll Schnee in die Hände und wollte sich die Blutspritzer von der Haut reiben, als sie plötzlich innehielt und Tränen spürte. Nein, sie würde sich das Blut nicht abwischen.

Das ist nicht mein Blut, dachte sie benommen. Sie wusste nicht, wessen Blut es war, aber sie wusste, dass sie es auf ihrer Haut lassen wollte. Warum? Sie wusste es nicht, und es war schrecklich, es nicht zu wissen. Nein, sie durfte es nicht abwischen. Es war nur ein Gefühl, das ihr die Kehle zuschnürte.

Sie würde das Blut nicht abwischen, nie, niemals. Weil es ...

Was?

Sie schloss die Augen. Es half nichts. Die Erinnerungen waren fort. Einfach so.

Dann sah sie wieder hin, es ließ sich nicht vermeiden. Sie sah hin, mit Tränen in den Augen, und berührte das Blut mit dem Finger, ganz zögerlich und langsam. Es war trocken, so trocken, und fast schon schwarz.

Ich bin allein, dachte sie. Die Tränen wurden heißer. Ich bin allein, allein, allein. Sie wusste, dass dieser Gedanke ein Schrei war, der schmerzhafter war als alles, was sie jemals empfunden hatte. Ich bin allein. Nicht allein im Battery Park und auch nicht allein in dieser Stadt, nicht allein irgendwo, sondern allein in der Welt. Allein, wie ich vorher nicht allein war. Nicht allein, weil jemand bei mir war? Jetzt allein, weil derjenige, der bei mir war, nun fort ist?

Wütend trat sie gegen einen Mülleimer, der scheppernd in der Verankerung erbebte.

Ich muss hier fort!

Sie zuckte zusammen.

Das Heulen war wieder da.

Es wehte durch die Nacht wie ein unruhiger Geist, der hungrig ist und auf der Suche nach Beute.

Ich bin die Beute, dachte Scarlet.

Sie musste ruhig bleiben. Sagte sie sich. Sie befand sich in Lower Manhattan, das wusste sie, und sie fragte sich jetzt nicht, *woher* sie das wusste. Irgendwie war sie an diesen Ort gelangt, aber es war jetzt nicht wichtig, wie das geschehen war. Man muss für den Augenblick leben – jemand hatte ihr das gesagt. Irgendwann einmal, irgendjemand.

Sie begann zu rennen, plötzlich, das Heulen hinter sich. Was immer es war, es näherte sich schnell. Natürlich wusste sie, dass es töricht war, einfach draufloszulaufen, aber sie hatte keine andere Wahl. Sie wusste sich keinen anderen Rat, also lief sie.

Hinaus aus dem Battery Park und hinein in das Labyrinth der endlos langen Gitternetzstraßen, die hier, an diesem Flecken, noch ein Gewirr aus kunterbunt durcheinandergewürfelten Wegen und Gassen waren. Die Stadt am Rande der Welt, wie sie seit alters her genannt wurde, kannte keinen Anfang und kein Ende. Sie war wie ein Wesen aus Fleisch und Blut, sie war Licht und Schatten und Lärm und Stille und noch so viel mehr. Sie war richtig lebendig und wirklich mit Haut und Haar und Stein und Erde ein Wesen namens Gotham – so hatte Washington Irving sie getauft, damals, als die Brooklyn Bridge noch nicht erbaut war, ja, Gotham, das dunkle Wesen. Sie war niemals müde, diese Stadt, und niemals schlief sie. Sie war immer schon so gewesen.

Über die große See waren Schiffe gekommen und mit ihnen Menschen, ach, so viele Menschen, die alle andere Sprachen gesprochen hatten, die alle eine andere Heimat zurückgelassen hatten, die alle den würgenden Hass aufeinander, geboren in den vielen großen Kriegen der Alten Welt, bewahrt hatten und die alle vom gleichen Traum geeint worden waren. Dem Traum, dass es ein Land jenseits der Alten Welt geben würde. Ein Land, in dem man große Städte errichten würde. Städte wie die Stadt, die am Ufer der Zwillingsflüsse lag.

Die erste Stadt, die nicht so war wie die anderen Metropolen, denen die Menschen auf dem alten Kontinent den Rücken gekehrt hatten. Die Stadt, die wie ein Traum war.

Träumend, aber niemals schlafend.

Und dies hier war ihr Zentrum.

Eine Halbinsel, auf der sich das Leben dicht an dicht drängelte. *Manna-hata*, so lautete der Name dieses uralten Ortes.

Scarlet kannte sich hier aus.

Sie war schon einmal hier gewesen.

Sie bemerkte es, als sie durch die Straßen lief und ihr Atem rasselte. Sie wusste, wohin ihre Schritte sie trugen, aber sie wusste nicht, warum sie es wusste. Jede Erinnerung, die sie in sich trug, schwamm zwischen den Wolken auf den Wassern, die so scharlachrot und gefärbt mit hellem Himmel waren.

Sie hielt am Südende des Broadway an, dort, wo der Bulle aus Bronze sich wütend in die Pflastersteine stemmt. Die

Schluchten, die sich zur Wall Street und Beaver Street ausweiteten, ließen den Sternenhimmel, hoch oben, kaum erkennen. Es war, als sei die ganze Welt, die jemals existiert hatte, hier unten. Yellow Cabs drängelten sich im nächtlichen Verkehr, der nicht ganz so schlimm war wie die Blechlawine, die sich am Tage durch die Canyons aus Glas und Stein und Stahl schob.

Scarlet schnappte nach Luft.

Sie fühlte ihre Kräfte schwinden.

Keiner der Passanten beachtete sie. Da waren Paare, eng umschlungen, und eilig aussehende Yuppies, wilde Nachtschwärmer, hungrig nach den Sensationen im Neonlicht. Scarlet war ein Niemand, eine Unbekannte, ein farbloses Gesicht in der Menge – sie war nur eine junge Frau in einem seltsamen bunten Mantel, die sich gegen den kalten Charging Bull lehnte. Eine Frau, die niemanden etwas anging.

Ja, genau das war die Stadt.

Keiner beachtete den anderen. Niemand hielt an, nicht für jemand anderen.

Allein, allein, allein.

Sie erhob sich, lief weiter, immer und immer nur weiter.

Das Heulen wurde lauter. Es wehte hinter ihr her wie ein Echo der Dinge, die ihr bevorstanden.

Scarlet Hawthorne rannte nordwärts, ohne anzuhalten. Sie rannte, bis sie ein Straßenschild mit der Aufschrift *Broadway Lafayette Street* hinter sich ließ. So viele Dinge schossen ihr durch den Kopf, so viele Fragen.

Sie spürte einen Wind aufkommen, kälter als Eis. Sie sah die Reklametafeln, die Weihnachten ankündigten, Plakate, die zuckersüße geringelte Speisen und sprechende und tanzende Weihnachtsmänner mit roten Nasen und Wangen und flauschigen Bärten anpriesen. Die Bilder rasten an ihr vorbei, und als sie in ein Schaufenster blickte und zum ersten Mal bewusst ihr Gesicht wahrnahm, da erschrak sie erneut. Ein blutiger Kratzer lief quer über ihre Stirn. Sie tastete danach und erbebte innerlich. Es fühlte sich an – und es sah auch so aus –, als habe ihr etwas mit einer scharfen Kralle diese Wunde zugefügt.

Das Heulen folgte ihr auf eisigen Winden.

Sie nahm all ihre Kräfte zusammen.

Und rannte.

Scarlet Hawthorne lief um ihr Leben, jenes fremde, weit entfernte Leben, an das sie sich nicht mehr erinnern konnte. Sie lief und lief und strandete schließlich am Washington Square. Schneeflocken wehten durch die Nacht. Sie wurden dick und fest und sahen aus wie kleine Fetzen verlorener Watte. Sanft flochten sie sich in ihr Haar, legten sich auf den bunten Mantel, betupften ihn.

Das Heulen war dicht hinter ihr.

Irgendwo in der Straße, aus der sie gerade gekommen war.

Sie stürzte kopflos in den spärlich beleuchteten Park und strauchelte vor einer mächtigen Hecke, die sich zwischen den Gerippen hoher Bäume erstreckte. Erst als sie im fahlen Licht der wenigen Laternen den gewundenen Weg aus nahezu festgetretenem Schnee entlanglief und vor der Hecke anhalten musste, um nach Luft zu schnappen, fiel ihr auf, dass sie sich schon wieder in eine menschenleere Gegend flüchtete.

Das Heulen wurde laut wie berstender Stein.

Nein, selbst die Passanten in den Straßen würden sie vor dem, was ihr da auf den Fersen war, nicht schützen können. Sie wusste es. Es war mit dunkler Farbe in den feinen Sand geschrieben, irgendwo, in einem fernen Land, in dem es niemals mehr Winter war.

Sie schnappte nach Luft.

Dann rannte sie weiter.

Ein eisiger Wind begleitete das Heulen, und je schneller Scarlet lief, umso mehr beschlich sie die Vermutung, dass der eisige Wind und die Ursache des Geräuschs eng miteinander verbunden waren. Viel enger, als sie es sich ausmalen wollte.

Sie spürte, wenngleich sie nicht wusste, warum, dass die Wesen, die ihr auf den Fersen waren, nur ihretwegen in die Stadt gekommen waren. Sie waren hier, um sie, Scarlet Hawthorne, zu fangen.

Keuchend hielt sie an.

Es war aussichtslos. Sie würde ihren Verfolgern nicht entrinnen. Sie würden gleich hier sein und dann ...

Sie berührte das Amulett mit dem zerrissenen Lederband.

Das kehlige Eisheulen streifte fast ihr Gesicht.

Sie war allein in der Winternacht. Sie stand mit dem Rücken an einer dichten, dornigen Hecke. Das würde also das Ende sein.

Das Heulen sprang näher und näher, wirbelte durch die Luft.

Bitte, flüsterte Scarlet tonlos, *das darf einfach nicht das Ende sein*. In diesen Wunsch flocht sich ein weiterer ein, der nicht weniger als stumme Verzweiflung war: *Ich will leben*.

Der Schnee begann vom Boden aufzusteigen. Er formte etwas.

Jaulend.

Kreischend.

Unaufhaltsam.

Bitte ...

Scarlet spürte eine knorrige Berührung an der Schulter. Sie schrie leise auf und drehte sich ruckartig um. Eine Ranke des Dornenstrauchs hatte sich um ihren Stiefel gewickelt und zog sie sanft auf das dichte Blätterwerk zu. Überall raschelte es. Scarlet wusste nicht, wie ihr geschah, aber sie spürte im leisen Wispern des Dornengestrüpps, dass es ihr nichts zuleide tun würde. Sie verstand, dass die alte Hecke ihr helfen wollte.

Eine Schnauze formte sich aus dem Schnee, zottiges Fell wurde mitten in der Luft geboren.

Die Dornenhecke öffnete sich und zog die junge Frau mit einem Ruck in ihre Mitte. Dann schloss sie sich wieder.

Scarlet lag auf dem Boden und wagte kaum zu atmen. Mäuse huschten vor ihr davon. Es roch nach dem gefrorenen Unterholz, nach Wurzeln und Zweigen und dem schlafenden dunklen Grün vergangener Sommer.

Scarlet hörte ihren eigenen Herzschlag tosen.

Ihre Hand hielt sich an dem Amulett fest, als sei dies ihr einziger Schutz.

Draußen wurde der Schneesturm wilder und wilder. Die Schneeflocken und der eisige Wind formten sich zu einer Gestalt, die wölfisch und groß war. Ein tiefer Atem grollte durch die Nacht vor der Hecke, und Scarlet erbebte vor Angst, aber das Wesen schien sie nicht zu wittern.

Es stand vor der Hecke auf dem Weg und reichte fast bis zur Laterne hinauf. Es knurrte tief, und seine Silhouette erinnerte an einen Wolf, der auf zwei Beinen stand. Ein schneeweißer Werwolf, aus einem Sturm geboren. Ein weiteres Wolfswesen trat aus dem Schneesturm heraus, reckte die Schnauze in die Höhe und gesellte sich zu dem anderen. Ein schneidender Schneesturm umwehte die Kreaturen. Der

Wind war eisiger als der normale Winterwind, unnatürlich eisig, ein Blizzard, der einen eigenen Willen besaß.

Scarlet spürte, wie ein schmaler Ast sie berührte.

Eines der Blizzardwesen kam auf den Dornenbusch zu und sog die Luft ein. Sein Atem ließ das Holz nahezu gefrieren. Überall knirschte und knackte es. Die kleinen Blätter des Busches waren mit einem Mal ganz starr und kalt und weiß. Die Dornen stellten sich auf und bogen sich in die Richtung des unheimlichen Besuchers.

Scarlet hielt den Atem an.

Sie hatte Angst, dass der Schlag ihres Herzens sie verraten könnte. Sie wusste, dass Raubtiere die Furcht ihrer Opfer zu wittern vermögen.

Scarlet atmete ganz flach in ihre Hände, damit ihr Atem sie nicht verriet.

Unvermittelt drehte sich die Blizzardkreatur um und starrte in Richtung MacDougal Street.

Ein Obdachloser, der einen Einkaufswagen durch den Park schob, stand dort und starrte die Kreatur ungläubig an. Das große Blizzardwesen sprang ohne Warnung auf ihn zu, und noch bevor der Ahnungslose überhaupt wusste, wie ihm geschah, war er von einem Schneesturm umgeben, der ihn nicht mehr losließ. Sein Kreischen wurde vom Tosen des Sturms begraben, augenblicklich. Es war nur eine kurze Berührung, und es war schon vorbei, bevor es begonnen hatte, und der Obdachlose, dessen Haar ihm nun wie Eiszapfen vom Kopf abstand, lag erfroren am Boden.

Scarlet traute sich nicht, sich zu bewegen. Sie zitterte am ganzen Leib.

Die beiden Blizzardkreaturen nahmen ein letztes Mal Witterung auf, dann lösten sie sich wieder in dem Eissturm, der sie umgab, auf und verwehten in der Nacht, als seien sie nie da gewesen. Der Wind trug das Heulen in die Ferne, weit fort und doch viel zu nah.

Es wurde still.

Scarlet betrachtete den Obdachlosen aus ihrem Versteck. Den Körper in dem schäbigen Mantel.

Dann begann sie zu weinen. Sie weinte um den Obdachlosen, dessen Gesicht sie nicht einmal richtig gesehen hatte. Und sie weinte um das Leben, das er einmal geführt hatte. Es war ein Leben, das ihm schon lange vor diesem Tag genommen worden war.

Die Welt, dachte sie, ist einfach nicht fair.

Und mit einem Mal wurde ihr bewusst, dass auch sie eine Obdachlose war. Sie wusste nicht, wohin sie gehen sollte. Sie wusste nicht, wohin sie gehörte. Sie wusste gar nichts mehr. Sie wollte hierbleiben und einfach nur nichts tun. Sie wollte schlafen, ausruhen, so müde wie sie war, nur schlafen und träumen und sich irgendwann vielleicht sogar erinnern.

Scarlet seufzte.

Sie wusste, dass sie nichts von alledem tun konnte. Es waren nur Gedanken, nichts weiter.

Das Leben ging weiter, irgendwie, das tat es immer.

Als draußen kein Stürmen und Heulen mehr zu hören war, da öffnete sich die Dornenhecke wieder, und zwei Zweige schoben Scarlet freundlich, aber bestimmt in die Winternacht hinaus. Dann schloss die hilfreiche Dornenhecke sich wieder, als sei das alles nie passiert.

»Warum hast du das getan?«, fragte Scarlet die Dornenhecke.

Die Dornenhecke raschelte nur. Das sollte Antwort genug sein.

Scarlet Hawthorne, die sich über gar nichts mehr wunderte, ging langsam zu dem Obdachlosen. Regungslos verharrte sie neben ihm. Starrte ihn an.

Er war alt. Eine Eisschicht bedeckte die Lumpen, die er trug, und das faltige Gesicht sah nicht friedlich aus. Scarlet blieb lange neben ihm stehen. Ihn anzufassen, traute sie sich nicht. Sie schaute ihn nur an und prägte sich sein Gesicht ein. Sie würde sich dieses Gesicht merken. Sie würde ihn nicht vergessen. Und wenn die ganze Welt diesen alten Mann vergessen hätte, sie würde das nicht tun. Sie wusste nicht, was das ändern würde, aber sie spürte, dass es das war, was sie tun musste.

Dann verließ sie den Washington Square und flüchtete ohne Ziel weiter in die Nacht.

Die erste Straße, in die sie einbog, hieß Waverly Place. Sie folgte der Straße, bis sie eine Kirche erreichte, die Kathedrale der Heiligen Zita. Sie überquerte die Straße, wich einem wütend hupenden Wagen aus und näherte sich einem roten Backsteinhaus.

Dort hielt sie an, weil die Kraft sie verließ. Sie stand mit dem Rücken zur Wand und sank zu Boden, und die flackernden Nachtlichter spiegelten sich in ihren Augen.

Das war der Moment, in dem sich unsere Wege kreuzten.

Ich ging auf sie zu, um ihr zu helfen. Und Scarlet Hawthorne, die nach Atem rang, sah eine ältere Dame mit wild gelocktem Haar, die ihr die Hand reichte und ein Lächeln aufsetzte. »Sie sehen wirklich aus wie jemand, der Hilfe benötigt«, stellte ich fest.

Sie schüttelte den Kopf. »Nein«, murmelte sie. »Eigentlich nicht.« Dann sah sie mich zum ersten Mal richtig an und fragte: »Wer sind Sie?«

»Ich bin Anthea Atwood«, stellte ich mich vor. »Aus Brooklyn.«

Sie nickte nur, als hätte sie meinen Namen schon einmal gehört. Dann sagte sie leise: »Scarlet.« Ihre Stimme war kaum mehr als ein rasselndes Keuchen, rau und rauchig. »Scarlet Hawthorne.«

»Was tun Sie hier, zu dieser Stunde?« Ich hielt ihr noch immer die Hand hin.

»Ich weiß nicht?« Es klang fast so, als richtete sie eine Frage an mich. »Ich laufe davon.« Sie lachte laut und verzweifelt auf. Es war das traurigste Lachen, das ich jemals gehört hatte.

»Wovor?«

»Das würden Sie mir nicht glauben.« Endlich ergriff sie meine Hand.

Ich zog sie auf die Beine. »Oh, sagen Sie das nicht. Ich bin nämlich recht leichtgläubig.«

Sie nickte langsam, schien sich zu fragen, ob sie mir trauen konnte. »Sie wollen mir helfen?«

»Ist einen Versuch wert, oder?«

Sie stand jetzt vor mir, in ihrem bunten Flickenmantel. Die Blutspritzer auf ihren Händen waren kaum zu übersehen. Sie war sehr blass und wirkte erschöpft. Dunkle Schatten lagen unter ihren Augen.

»Ich denke, ich bin in New York?«, sagte sie.

»Manchmal helfen Menschen einander«, entgegnete ich. »Nicht sehr oft, das muss ich zugeben. Aber manchmal tun sie es. Ja, manchmal schon.« Ich schaute mich vorsichtig um. »Wir leben in seltsamen Zeiten, gerade heute, hier und jetzt.«

Ein lautes Heulen, das wie der Wind des Eismeeres klang, wehte durch die Nacht.

»Das sind sie«, flüsterte die junge Frau, und die dunklen Augen blickten wild und aufgeregt die Straße hinab.

»Wer?«

»Die, die hinter mir her sind.«

»Oh.« Ich starrte sie an. »Klingt nicht gut. Sie sollten mit mir kommen.«

»Aber Sie kennen mich doch gar nicht.«

»Oh, oh, daran habe ich gar nicht gedacht.« Ich zwinkerte ihr zu. »Nimm nichts mit nach Hause, was auf der Straße liegt. Sagt man das nicht?« Ich schaute mich um. »Wenn etwas, was solche Geräusche macht, hinter Ihnen her ist, dann sollten Sie bestimmt nicht allein durch die Nacht laufen.« Ich packte sie am Ärmel und zog sie hinter mir her. »Kommen Sie schon, wir haben nicht die ganze Nacht Zeit!«

Wir gingen zur nächsten Subway-Station an der Ecke Christopher Street und Sheridan Square. Es musste schnell gehen, das Heulen wurde lauter. Unterwegs teilte mir die junge Frau namens Scarlet Hawthorne mit, was ich wissen musste. Es war eine seltsame und äußerst verworrene Geschichte voller Lücken und Rätsel, die außer einem klingenden Namen, einer seltsamen Dornenhecke, Blutspritzern auf den Händen und einem Amulett an einem abgerissenen Lederband wenig zu bieten hatte.

»Sie sind sehr offen«, gestand ich ihr.

»Ich habe nichts zu verlieren«, lautete die Antwort.

»Das haben *Sie* gesagt.«

Sie starrte mich an.

»Sie fragen sich jetzt, ob Sie mir trauen können.«

»Ja.«

Ich seufzte. »Was soll ich sagen? Wenn Sie mir nicht über den Weg trauen können und ich böse Absichten verfolge, dann werde ich Ihnen doch bestimmt versichern, dass Sie mir trauen können. Wenn ich Ihnen aber sage, dass Sie mir unter gar keinen Umständen trauen können, dann bedeutet das ...« Ich schüttelte den Kopf. »Blödsinn, warum sollte ich das sagen?«

Das Heulen erklang von Neuem.

»Sie werden uns nicht nach unten folgen«, sagte ich. »Sie mögen die Wärme der Stadt unter der Stadt nicht.«

»Wer?«

»Ihre Verfolger.«

»Sie wissen, wer diese Kreaturen sind?«

Ich blieb kurz stehen. »Sehe ich nicht aus wie eine weise alte Frau?«

Scarlet öffnete den Mund, sagte aber nichts. Sie lächelte.

»Ah, ich sehe also aus wie eine weise alte Frau, stimmt's?«

»Nicht gerade ... alt«, sagte Scarlet. »Nur weise.«

Ich schenkte ihr ein aufrichtiges Lächeln. Sie war höflich, wie schön! »Ich danke Ihnen, Scarlet Hawthorne. Aber ich bin nicht mehr so jung, wie ich es einst war. Nein, das nicht mehr, nicht wirklich. Eine alte Schachtel bin ich aber auch noch nicht. Wissen Sie, kleine Kinder halten mich zuweilen für eine Hexe.« Ich zwinkerte ihr zu. »Wegen der verrückten Frisur.«

»Sind Sie eine?«, fragte Scarlet.

»Was, eine Hexe?«

»Ja.«

»Ich sehe mich eigentlich lieber als ein Geheimnis.« Ich warf ihr einen langen Blick zu, leicht amüsiert. »Oder etwas Ähnliches. Eine Schamanin, sozusagen«, erklärte ich, »zumindest ist das die Bezeichnung, die von den Algonkin für jene, die das tun, was ich zu tun pflege, verwendet wird.«

»Was tun Sie denn?«

»Schamanische Dinge«, antwortete ich. »Sie sind ja gar nicht neugierig.«

Die kugelförmige Straßenlaterne neben der Treppe in den Untergrund leuchtete noch, die Station war also noch immer geöffnet, und es fuhren Züge. Gut so. Wir eilten die Rolltreppe hinab, liefen den abwärtsfahrenden Stufen voraus.

»Was sind das für Wesen?«, wollte Scarlet wissen.

»Nun ja, ich bin mir nicht wirklich sicher. Aber nach dem, was Sie mir eben gesagt haben, hege ich eine Vermutung.«

»Und die wäre?«

»Es sind Wendigo, glaube ich. Sie sind selten geworden.«

»Wendigo?«, wiederholte sie.

»Sagte ich doch.«

»Warum sind sie hier?«

»So, wie es aussieht, um Sie zu jagen, junge Miss Scarlet.« Wir verließen die Rolltreppe. Ich blieb stehen und warf ihr einen strengen Blick zu. »*Junge Miss Scarlet*«, wiederholte ich die Anrede, die mir eben spontan eingefallen war. »Oh, das passt zu Ihnen, finden Sie nicht auch?« Sie schien damit einverstanden zu sein. »Wie alt sind Sie denn, junge Miss Scarlet? Ich schätze, Ende zwanzig. Wie meine Studenten.« Ich wartete die Antwort nicht erst ab. »Und Sie haben wirklich keine Ahnung, warum sie das tun? Die Wendigo, meine ich.«

Sie schüttelte den Kopf.

»Und Sie wissen auch nicht, wo Sie selbst herkommen und *wie* Sie hierhergekommen sind. Ist das richtig?«

Sie nickte. »Ich kenne ja nicht einmal mein richtiges Alter. Gar nichts.«

»Sie tragen keine Papiere bei sich?«

»Nichts.«

»Sieht ganz so aus, als hätten Sie ein Problem.«
»Ich weiß«, sagte sie.

Wir liefen jetzt einen langen Gang entlang. Der Geruch des Untergrunds wehte uns entgegen. Es roch nach kaltem Tabak und getrocknetem Urin und dem Müll des Tages. Von Ferne hörten wir einen Zug in den Bahnhof einfahren. Der aufkommende lauwarme Wind wehte munter alte Zeitungen vor sich her. Runde Belüftungsrotoren drehten sich in rostigen Röhren, die wie blinde Augen aus den mit Plakaten und Graffiti überzogenen Wänden ragten.

»Wir nehmen den Zug nach Brooklyn Heights«, sagte ich. »Wenn Sie mich begleiten wollen.«

»Sie sind also keine der Hexen, die jungen Frauen, die nicht wissen, wer sie sind, zum Verhängnis werden.«

»Die Wendigo sind schlimmer, als ich es je sein könnte, wenngleich einige meiner Studenten da bestimmt anderer Meinung sind.«

»Sie sind Dozentin?«

»Long Island University. Lehrstuhl für Botanik.«

»Dann ...«

Ich gebot ihr zu schweigen.

Ein eisiger Lufthauch blies uns mit einem Mal in die Gesichter.

Er roch nach Wäldern, in denen wilde Tiere lebten, nach Ebenen, die nur Eis und Schnee erblickten.

»Es kommt von dort«, mutmaßte ich und spähte vorsichtig in Richtung eines der Belüftungsschächte, durch die normalerweise schwülwarme Luft in die Tunnel geblasen wurde. Jetzt tropfte kaltes Wasser aus ihnen und gefror zu Eiszapfen, bevor es den Boden berühren konnte.

»Oh, verdammt, gar nicht gut«, murmelte ich.

»Was soll das heißen?«

»Oh, gar nicht gut«, murmelte ich versonnen, »bedeutet normalerweise so viel wie ... *gar nicht gut*.« Und ...

Oh, oh ...

Die kalten Winde wurden stärker.

Die Belüftungsröhren bliesen plötzlich Luft in den Gang, die eisig kalt und mit Schneeflocken durchsetzt war. Und sobald der Wirbel aus Eis und Weiß die Gitterroste vor den Röhren überwunden hatte, begann der Schnee sich aufzutürmen und zu einer Gestalt zu formen.

»Sie haben mich gefunden«, sagte Scarlet.

Der Schneesturm versperrte uns den Weg zu den Bahnsteigen. Es gab kein Vorbeikommen, nur den Weg zurück. Dichter und dichter wurde der Wirbel, und die Gestalt, die sich aus ihm herausschälte, war groß und struppig und weiß wie der tiefste Winter.

»Sieht so aus«, murmelte ich, »als hätten wir jetzt beide ein Problem.«

Eine langgezogene Schnauze formte sich aus dem Weiß und dazu ganz spitze Ohren, die mühelos die Decke des Ganges berührten.

»Sagten Sie nicht, dass die Wendigo die Wärme der Subway nicht mögen?«

Ich zuckte die Achseln, hüstelte. »Da habe ich mich wohl ein wenig geirrt«, gab ich widerwillig zu und brachte unsere neue Situation höchst treffsicher auf den Punkt: »Oh, verdammt aber auch, verflucht und Dreck!«

Scarlet sah mich überrascht an.

Ich warf ihr einen strengen Blick zu. »Das habe ich gesehen.«

»Was?«

»Ihren tadelnden Blick, junge Miss Scarlet.«

»Ich ...«

»Ich werde ja wohl noch fluchen dürfen, wenn es mir angemessen erscheint«, rechtfertigte ich mich, bevor sie etwas sagen konnte.

Dann blickten wir in schneeweiße Augen, und ein Weiß, so grell und klirrend wie Sonnenschein auf einem Gletscher, schnappte nach uns mit einem gierigen Knurren, das nicht von dieser Welt war.

Kapitel 2

Wendigo

Erinnerungen, so viel ist klar, sind gar nicht so selten sehr wankelmütige Wesen, die uns nach Belieben zu necken verstehen. Scarlet Hawthorne dachte genau dies, als sie dem Wendigo gegenüberstand und sich fragte, wie schnell ihr Leben wohl ein Ende finden würde. Sie entdeckte ihr Wissen um derlei Kreaturen ausgerechnet in diesem Augenblick wieder, verborgen in den verschwommenen Bildern, an die sie keine richtige Erinnerung mehr hatte.

Jemand hatte ihr einst von diesen Wesen erzählt. Sie konnte sich weder an die Stimme dieses Erzählers noch an ein Gesicht erinnern, aber sie wusste mit einem Mal, dass *irgendjemand* sie vor den Wendigo gewarnt hatte. Es war ein Splitter in dem Vergessen, das zu bändigen ihr einfach nicht gelingen wollte.

Ob ihr das in der jetzigen Situation weiterhalf?

Mitnichten!

Es war mitten in der Nacht, sie war irgendwo im Zentrum von Gothams Greenwich Village im Tunnel einer Subway Station, es waren keinerlei Passanten mehr unterwegs, und sie wusste noch immer nicht, welchen Weg sie da eigentlich beschritt. Alles war so unwirklich, als gehöre es gar nicht richtig zu ihrem Leben.

Scarlet stand in dem muffigen Tunnel, der zum Bahnsteig hinunterführte, und starrte das Wesen an, das sich aus Schnee und Sturm in eine Kreatur aus Fleisch und Blut und dichtem Fell verwandelt hatte. Anders als aus ihrem Versteck in der Dornenhecke erkannte sie nun, wie wölfisch der Wendigo wirklich aussah. Dabei erinnerten nicht nur die äußerst lange Schnauze und die spitzen Zähne, die im Licht der Neonröhren blitzten, nicht nur die aufgestellten Ohren und das tiefe, hungrige Knurren, das der Kehle der Kreatur entsprang, sie an einen Wolf. Nein, es war der wilde unzähmbare Ausdruck in den schneeweißen bösen Augen, der sie an einen Wolf denken ließ. Es lagen Instinkt und Tücke in diesen weißen Augen, die sie fixierten. Es war ein Wolfswesen, das nur wenig Menschliches in sich trug. Etwas anderes, Uraltes, das schwer zu fassen, aber aus Menschlichem entstanden war, schwamm in diesen Augen wie der Himmel in dem See, an den sie denken musste.

»Treten Sie hinter mich, Miss Scarlet.«

»Aber ...«

»Oh, nun machen Sie schon schnell!«

Der Wendigo stand auf den Hinterbeinen und sah aus wie ein missgestalteter Mensch, der sich in einen großen Wolf aus Eis und Schnee verwandelt hatte. Da waren ganz unterschiedliche Musterungen in seinem Fell, als bestünde es aus vielen verschiedenen Arten von Haaren. Selbst die Gliedmaßen schienen irgendwie nicht richtig zu sein. Er wirkte schräg, auf eine Art und Weise falsch, die einem mit Sicherheit Kopfschmerzen bereiten würde, wenn man ihn länger betrachten müsste.

Und plötzlich bewegte er sich, unglaublich schnell und geschmeidig. Er sprang und stieß dabei einen markerschütternden Schrei aus. Er flog förmlich durch den Gang, und während er dies tat, erkannte Scarlet, was so falsch an ihm war.

Der Wendigo sah aus, als bestünde er aus vielen unterschiedlichen Teilen.

»Miss Atwood!«, rief Scarlet. »Passen Sie auf!«

»*Mistress!*«, verbesserte ich sie. »*Mistress* Atwood!«

Da passierte es.

Mit einer Bewegung, die den Wendigo nicht die geringste Mühe zu kosten schien, fegte er mich beiseite. Ich prallte gegen eine Wand und spürte, wie mir die Luft entwich. Die Welt vor meinen Augen flimmerte.

Scarlet schrie auf.

Es war ein Schrei, der gellend laut durch den Tunnel des Untergrunds hallte, ein Schrei, der viel mehr ausdrückte als nur Entsetzen. Es steckte eine Erinnerung in diesem Schrei, eine Erinnerung an Bilder, die noch lange nicht Vergangenheit waren, ein Schrei voller Hilflosigkeit und Reue und allertiefstem und von Herzen kommendem Verlust.

Scarlet spürte es, als sie den Atem der Kreatur roch. Es war, als brächte der Atem ihr genau diejenige Erinnerung zurück, die sie nie, nie mehr besitzen wollte. Alles in ihr sträubte sich gegen die Bilder, die mit dem fauligen Atem der Bestie zu ihr kamen.

Die Bilder verschwammen zu dunklen Farben, die wehtaten. Ein Meer aus Finsternis und Schmerz und Trauer, Verzweiflung und Furcht. Alles, was sie zu sehen glaubte, floss ihr durchs Hirn und war fort, ehe sie verstand, was da vor sich gegangen war.

Was blieb, war der Wendigo.

Er kam auf sie zu, duckte sich, bereit zum nächsten Sprung.

Scarlet wich nach hinten zurück, bis sie mit dem Rücken an der Wand stand. Schneeflocken stoben um den Wendigo herum durch den Gang, da er sich ihr näherte. Sie wehten ihm aus dem Fell und wurden augenblicklich wieder vom Fell verschluckt.

»Was willst du von mir?«, schrie Scarlet ihn an. Sie wusste, dass die Kreatur ihr nicht antworten würde, aber dies war die Frage, die am allerlautesten in ihr aufbegehrte. »Was willst du von mir?«

Der Wendigo hielt kurz inne, nahm Witterung auf. Die schneeweißen Augen betrachteten die junge Frau, als sei sie eine überaus seltene Beute, und dann, ohne Vorwarnung, sprang er auf sie zu. Seine Krallen wurden in Bruchteilen eines Lidschlags länger, er bleckte die Zähne, und die Augen wurden zu schmalen Schlitzen voller Arglist und tiefster Heimtücke. Die weißen Haare stellten sich auf, und Schneeflocken stoben auf und davon.

Scarlet wusste, dass sie keine Chance gegen dieses Wesen hatte.

In nur wenigen Sekunden würde sie tot sein.

Sie wollte dem Angriff ausweichen und stürzte unsanft zu Boden, wo sie wie gelähmt liegen blieb und den weißen Schatten auf sich zufliegen sah. Es würde wehtun, was immer er auch mit ihr vorhatte. Ja, sie wusste, dass es wehtun würde.

Sie sah seine Zähne, die ihr auf einmal ganz nah waren.

Es würde rasend schnell gehen.

Immerhin das.

Sie kniff die Augen zusammen.

Da zerschnitt ein Jaulen die Nacht. Alle Pein und Abscheu der Welt lagen in diesem kreischenden Ton.

Der Wendigo prallte von ihr zurück, als sei er auf eine unsichtbare Barriere gestoßen.

Scarlet starrte ihn an. Sie hatte nichts getan. Sie lag am Boden und konnte sich nicht wehren.

Sie hatte keine Ahnung, was gerade geschehen war.

Der Wendigo war schon fast über ihr gewesen, und als er sie berühren wollte, als sie schon erwartet hatte, die langen Krallen an ihrem Hals zu spüren, da war plötzlich nichts außer einem eisig kalten Hauch auf ihrer Haut geblieben. Der Wendigo hatte von ihr abgelassen, war zurückgeprallt, als habe sie ihm, was sie nicht getan hatte, einen Schlag versetzt.

Sie zitterte.

Dann sah sie es.

Sie sah, warum die Kreatur von ihr abgelassen hatte.

Die Klauenhand und die Hälfte des Arms waren nicht mehr da, wo sie einmal gewesen waren. Sie sahen nicht einmal mehr aus wie eine Klauenhand und die Hälfte eines Arms.

Sie waren nicht abgerissen worden, und sie lagen auch nicht im Tunnel herum. Nein, es sah so aus, als seien diese Körperteile des Wendigo geschmolzen. Eine unförmige Masse waren sie geworden.

Der Wendigo heulte.

Wie tobsüchtig wälzte er sich auf dem Boden, drückte den deformierten Arm gegen seinen Körper und knurrte die junge Frau wütend an. Er bellte kehlig wie ein verletzter Hund, und dann warf er sich erneut seinem Opfer entgegen, rasend vor Zorn. Die Bewegung hatte nichts Elegantes mehr. Sie war reiner Instinkt, rohe Wut. Der Wendigo wollte sie töten, so viel war sicher.

Sein Keuchen war wie berstendes Eis, nur dunkler.

Ja, der Wendigo wollte sie töten. Er wollte Vergeltung für die Schmerzen, die sie ihm zugefügt hatte.

Scarlet schrie auf, kroch panisch auf dem Boden rückwärts in den Tunnel.

Sie erwartete erneut den Aufprall und die Schmerzen. Da waren die blendend weißen Zähne, die auf sie zugeschnellt kamen. Und dann wieder das Jaulen. Ein Eisbersten, kreischend und todesnah.

Die Schnauze des Wendigo schien dahinzuschmelzen, noch bevor sie Scarlets Halsschlagader zerreißen konnte. Sie zerfloss zu einer Masse, die weiß und blutig war.

Die Kreatur ging in die Knie.

Jaulend.

Noch immer zornig.

Mit der gesunden Klaue hieb sie sich auf die Stelle zwischen den Augen, an der vorher eine wohlgeformte Schnauze gewesen war. Der Wendigo hieb fest und wütend auf diese Stelle ein, als könne er mit den Schlägen seiner eigenen Klaue die lodernden Schmerzen vertreiben. Die schneeweißen Augen spürten die junge Frau inmitten der Schmerzen und der Agonie auf, und Scarlet konnte sogar ihr Spiegelbild darin erkennen.

Erneut sprang die Kreatur auf sie zu – und für einen Augenblick bildete sich Scarlet ein, dass da noch ein Gesicht in seinen Augen schimmerte. Eines, das sie vergessen hatte. Eines, das sie vermisste.

Doch bevor sie einen weiteren Gedanken daran verschwenden konnte, war der Wendigo bei ihr.

Abwehrend hob sie die Hände, um die Zähne, die schräg wie Zaunpfähle aus der fleischigen, jetzt blutig unförmigen Schnauze herausragten, von ihrer Kehle fernzuhalten. Sie hätte den Kopf des Wendigo berühren müssen, doch sie tat es nicht. Sie musste an zwei Magnete denken, deren gleiche Pole einander gar nicht berühren können, selbst dann nicht, wenn man sie ganz fest gegeneinander zu pressen versucht. Dies hier war so ähnlich. Die Haut und das Fell des Wendigo wichen vor ihrer Berührung zurück.

Sie spürte, wie der Wendigo förmlich von ihr *abprallte*.

Scarlet konnte es nicht sehen, aber sie fühlte es so deutlich wie ihren eigenen furchtsamen Herzschlag. Sie spürte, dass dort, wo eigentlich eine Berührung mit Muskeln und Schädel und Knochen hätte stattfinden sollen, nur ein Ausweichen war und eine Leere, die mit Schmerzen erfüllt war.

Was geschieht hier?, fragte sie sich verzweifelt.

Das eisberstende Heulen nahm kein Ende.

Die Augen des Wendigo waren verschwunden und der Schädel nur mehr eine unförmige Masse.

»Was ist das?«, flüsterte die junge Frau.

»Etwas schützt Sie, Miss Scarlet.«

»Sie sind wieder auf den Beinen?«

»Nein, das sieht nur so aus.«

Scarlet musste widerwillig lächeln.

Der Wendigo krümmte sich auf dem Boden, und dann löste sich sein Körper auf in eine Wolke aus Schnee. Ziellos wirbelte der schmutzige Schnee herum, und dann fielen die dicken Flocken auf den Boden und schmolzen auf dem grauen Beton, einfach so.

»Er konnte Sie nicht berühren«, stellte ich fest.

Scarlet starrte noch immer auf die Stelle, an der sich der

Wendigo aufgelöst hatte. Eine Pfütze aus Eiswasser und Blut spiegelte das Neonlicht. »Aber ich habe doch gar nichts getan.«

»Jemand anders hat etwas für Sie getan, Miss Scarlet.«

Sie seufzte. »Sind Sie verletzt?«

»Nein.« Ich trat auf die Pfütze zu. »Wir hatten Glück.«

Scarlet schwieg.

»Sie erwähnten ein Amulett«, hakte ich nach. »Vorhin, auf der Straße.«

Sie kramte es aus ihrer Manteltasche hervor. »Ich habe keine Ahnung, wo es herkommt.« Sie hielt das kleine Röhrchen mit seinem bunten Inhalt hoch, so dass sich das Licht in dem klaren Wasser brechen konnte und die Steinchen in seinem Inneren funkeln ließ.

»Amulette tragen häufig einen Schutzzauber in sich.«

»Sie glauben, dass der Wendigo gestorben ist, weil ich dieses Amulett bei mir trage?«

»Könnte sein.«

»Aber woher habe ich es?«

»Von einem Algonkin.«

Sie sah mich fragend an.

»Dies ist ein Amulett der Algonkin-Stämme. Irrtum ausgeschlossen. Ja, sieht genau aus wie ein Amulett der Algonkin. Glauben Sie mir nur, Miss Scarlet, damit kenne ich mich aus.«

»Mit Amuletten?«

»Und anderem.«

»Ich kenne aber keine Algonkin«, gab Scarlet zu bedenken.

»Offenbar tun Sie es doch. Das da ist ein richtiges Amulett, kein Trödel.«

»Und warum ist es so stark?«

Ich lauschte in den Tunnel hinein.

Es war nichts zu hören.

»Miss Scarlet«, sagte ich und bedachte jedes meiner Worte sehr wohl. »Das war ein Zauber, der Ihr Leben schützen sollte. Ein mächtiger Zauber. Nicht einfach zu brechen von einem Wesen wie dem Wendigo. Er konnte Ihnen nichts anhaben, so sehr er es auch versucht hat. Ein Zauber wie dieser ist nicht einfach zu bewerkstelligen. Jede Magie hat ihren Preis, müssen Sie wissen, und derjenige, der dieses Amulett erschaffen hat, musste einen außerordentlich hohen Preis dafür zahlen, darauf halte ich jede Wette.«

»Was meinen Sie?«

»Jemand hat all seine Lebenskraft diesem Amulett anvertraut«, sagte ich und beobachtete sie dabei. »Und dieser Jemand, wer immer es auch gewesen sein mag, hat das getan, um Sie, Miss Scarlet, zu schützen.«

»Soll das heißen ...?«

»Jemand ist gestorben, damit Sie leben können.«

Scarlet erschauderte. Wie konnte das sein? Wie konnte es sein, dass sie sich an nichts von alledem erinnerte? Es war nicht richtig. Nein, es war einfach nicht richtig.

»Jemand ist so gestorben, wie Sie vorhin hätten sterben können. Jemand hat sich sein Leben von einem Wendigo nehmen lassen, um die letzte Kraft, die ihm verblieb, in dieses Amulett zu geben. Es ist ein Geschenk.«

Scarlet schluckte und atmete tief durch. Die Worte fehlten ihr, aber die Tränen, die in ihren Augen funkelten, sagten alles, was es zu sagen gab.

»Wie dem auch sei«, fuhr ich fort, »wir sollten diesen unschönen Ort hier schleunigst verlassen. Der Wendigo war hinter Ihnen her, das wissen wir jetzt – und eingedenk der anderen Dinge, die sich neuerdings überall in der Stadt zutragen, sollten wir uns auf den Weg machen.«

»Welche Dinge?«

»Alles zu seiner Zeit«, sagte ich.

»Nun sagen Sie schon!«

»Eistote. Und das ist noch lange nicht alles.«

Vor uns aus dem Tunnel hörten wir die Bremsgeräusche eines einfahrenden Zuges. Die Luft, die uns entgegenwehte, war so schwül und so abgestanden, wie sie es sein sollte in der Subway.

»Eistote?« Sie musste an den Obdachlosen im Park denken. An den Ausdruck von Furcht und Reue in dem erfrorenen Gesicht. Niemand würde den alten Mann vermissen, niemand würde um ihn trauern.

»Gehen wir, Miss Scarlet!«

Scarlet wischte sich die Tränen aus dem Gesicht und folgte mir zum nächsten Bahnsteig, der zu dieser späten Nachtstunde vollkommen verlassen war. Große Plakate, die neue Filme und Theaterstücke am Broadway ankündigten, zierten die gekachelten Wände.

Mit einem scharrenden Quietschen fuhr der Zug nach Brooklyn ein und kam zum Stehen.

Niemand stieg aus.

»Wir werden Antworten finden«, sagte ich.

Sie nickte nur traurig.

Wir stiegen ein.

Die Türen schlossen sich.

Wir nahmen auf den Plastiksitzen Platz.

»Wir haben es also geschafft«, stellte ich fest, als der Zug endlich losfuhr.

Unsere müden Spiegelbilder tanzten zwischen den Positionslichtern, die hin und wieder in der Finsternis vor dem Wagenfenster auftauchten.

»Was wissen Sie über diese Wesen?«, fragte Scarlet schließlich.

»Die Wendigo?«

»Ja.«

»Es sind böse Geister. Die Algonkin glaubten, dass es die Geister der tiefen Winterwälder sind. Ja, sie leben in den Wäldern Minnesotas, und früher, so sagt man, kamen sie in den kalten Wintern aus den Schatten, begleitet von Stürmen und Eis und tiefem Schnee. Dann fraßen sie das warme Fleisch der Lebenden. Diejenigen, die sich in die Wälder hineintrauten, um Feuerholz zu schlagen, kehrten meist nicht von dort zurück. Laut den Legenden gab es viele Möglichkeiten, wie man zum Wendigo werden konnte. Wenn eine Hungersnot das Land heimsuchte, dann kam es nicht selten vor, dass Menschen das Fleisch anderer Menschen aßen, um zu überleben. Das passierte leider zuweilen. Jemand, der sich zu solch schändlichen Taten herabließ, wurde unweigerlich zu einem Wendigo. Und all jene, die von einem Wendigo träumten, waren ebenso dazu verdammt, seine Gestalt anzunehmen. Man konnte dem Wendigo nur entgehen, indem man in seiner Hütte blieb und sich ruhig verhielt.« Draußen raste ein Bahnsteig nach dem anderen vorbei. »Die Trapper und Pioniere, die ins unentdeckte Land gingen, berichteten als Erste davon. Es gibt unzählige Geschichten, aber man weiß nicht wirklich etwas über sie.«

»Wir wissen jetzt immerhin, dass sie sich in die Subway hinabtrauen.«

Nur ungern stimmte ich ihr zu. »Einige der indianischen Gelehrten glauben sogar, dass der Wendigo seine Gestalt fortwährend verändert. Die Opfer, die er vertilgt hat, werden nach ihrem Tod ein Teil von ihm. Der Wendigo, der uns angegriffen hat, muss sehr viele Menschen auf dem Gewissen gehabt haben. Er sah sehr menschlich aus. Die Wendigo in den Wäldern laufen auf allen vieren, sagt man.«

»Warum war er hinter mir her?«

Ich zuckte die Achseln. »Ich habe nicht die geringste Ahnung. Aber es gibt Gerüchte.«

»Gerüchte?«

Ich nickte. »Gerüchte, schlimme Dinge betreffend.«

Sie starrte mich an. »Nun sagen Sie schon, was sind das für Gerüchte?«

»Ich werde es Ihnen bald erklären.«

»Aber nicht jetzt.«

Ich zwinkerte ihr zu. »Nein, nicht jetzt.«

»Sondern?«

»Später. Sie sollten jetzt ein wenig zur Ruhe kommen.«

Scarlet betrachtete ihre Hände. Ihre Finger berührten langsam und zögerlich das getrocknete Blut darauf. »Es ist so schlimm, all diese Dinge nicht zu wissen«, gestand sie mir, und dann faltete sie die Hände und begann zu weinen, still und leise.

Ich beugte mich zu ihr und legte meine Hand auf ihre. Das war alles, was ich jetzt für sie tun konnte.

Draußen raste die dunkle Welt des Untergrunds an uns vorbei. »Diese Stadt ist viel größer, als es den Anschein hat«, bemerkte ich.

»Ich weiß«, flüsterte Scarlet leise und schaute ihr Spiegelbild im Fenster an. »Ich weiß nicht, warum ich es weiß, aber ich weiß, dass es eine andere Stadt gibt.« Sie war schon einmal dort gewesen, sie konnte die matte Erinnerung, die sie nicht mehr besaß, fast schmecken. Sie war da, irgendwo dort draußen in der Nacht, wo die Stadt unter der Stadt existierte, all die vielen Jahre schon, zusammen mit den anderen Antworten, zu denen sie nicht einmal die Fragen wusste.

Alles war da, wo ihre Tränen hinflossen.

Tief, tief an den Orten, die voller Geheimnisse waren.

»Wir werden uns auf die Suche nach Ihren Erinnerungen begeben. Doch nicht heute.« Ich ließ ihre gefalteten Hände nicht eher los, als bis das Zittern endlich nachließ und die Tränen verebbt waren. »Nein, bestimmt nicht heute«, wiederholte ich, und dann erreichten wir Brooklyn Heights. »Denn morgen, Miss Scarlet, ist auch noch ein Tag.«

KAPITEL 3

MYRTLE'S MILL

Die dichte Wolkendecke am nächtlichen Himmel war aufgerissen, als wir die Subway endlich verließen und die Flatbush Avenue nahe der Brooklyn Academy of Music betraten.

Die Straßen, Häuser, kahlen Bäume, Hydranten und Parks waren allesamt mit einer feinen Schneeschicht bedeckt. Der Wind, der durch die Straßen wehte, war kalt – aber nicht so eisig wie jener Blizzard, der die Wendigo begleitet hatte. Gotham verwandelte sich mehr und mehr in ein klirrendes Wintermärchen.

Vor kaum mehr als vier Tagen hatte es angefangen. Binnen einer einzigen Nacht war die Stadt in einem Wirbel aus Schnee gefangen gewesen, als befände sie sich in einer dieser Glaskugeln, die man nur schütteln muss, um eine neue Landschaft entstehen zu lassen. Wie ein Zauber war der Winter in diesem Jahr über New York gekommen, und wie ein Geheimnis war er geblieben.

Scarlet atmete tief durch.

Sie war niemand, der sich in den Tiefen der Erde wohlfühlte. Nein, sie war ein Kind der Natur, so viel war klar. Sie spürte es, mit jeder, aber wirklich jeder Faser ihres Körpers. Wie auch immer ihr Leben ausgesehen haben mochte, sie hatte die Natur geliebt, das Leben unter freiem Himmel, das Gefühl von Gras und Wasser und Sonnenschein auf der Haut.

Kurz schloss sie die Augen, da sie die natürliche Schneeluft nun riechen konnte. Der muffige Gestank in der U-Bahn hatte sie an etwas erinnert. An etwas, was einmal Teil ihres Lebens gewesen war.

Meine Güte, das macht mich noch verrückt, dachte sie.

Die Straßen lagen friedlich und verlassen da. Nur vereinzelt fuhr ein Wagen durch den frischen Schnee.

Manna-hata lag auf der anderen Seite des mächtigen Flusses.

Scarlet trottete geduldig und schweigsam neben mir her. Hing ihren Gedanken nach. Fühlte sich alles andere als gut. Sie spürte das Blut an ihren Händen, und die Gewissheit, dass jemand für sie gestorben sein könnte, riss ihr ohne Unterlass ein Stück ihres Herzens entzwei.

»Es dauert nicht mehr lange«, sagte ich ihr.

Sie nickte nur. »Und dann reden wir.«

»Ja, Miss Scarlet, dann reden wir.«

Der Winter war eine gefährliche Zeit.

Man musste Augen und Ohren offen halten, wenn man sich durch Gothams Labyrinth bewegte.

»Sieht ganz so aus, als würde uns niemand mehr folgen«, bemerkte Scarlet irgendwann, als die Academy of Music bereits hinter uns lag. »Vielleicht haben sie es wirklich aufgegeben.« Sie spürte ihre Kräfte schwinden, jeder Schritt kostete sie mehr Kraft als der vorherige. Zu viel war geschehen. Sie wollte sich nur noch an einem Platz, der sicher war, verstecken. Und schlafen. Träumen. Die Welt für eine Weile beiseiteschieben.

»Die Wendigo sind listig«, gab ich zu bedenken, spähte um jede Ecke und beschleunigte meine Schritte. Man konnte nie wissen. Die Nacht war lange schon nicht mehr so trunken vor Gefahr gewesen. »Wir sind bald da. Gleich dort drüben befindet sich die Myrtle Avenue.«

»Und dort sind wir wirklich in Sicherheit?«

»Vertrauen Sie mir.«

Einige verirrte Schneeflocken stoben durch die Nacht und setzten sich leise ins ebenholzschwarze Haar meiner erschöpften Begleiterin, und als Scarlet dann an einem Schaufenster vorbeiging und ihr Spiegelbild erblickte, da sagte sie mit einem Mal etwas, was sie bis zu diesem Augenblick nicht einmal selbst vermutet hatte.

»Ich habe gar kein schwarzes Haar.« Sie sah mich an. »Es ist gar nicht so, wie es aussieht.«

»Wie meinen Sie das?«

»Es ist gefärbt.«

Ich starrte sie an. »Natürlich ist es das, es gibt kein Schwarz wie dieses in der Natur.«

»Nein, nein, nein«, verbesserte sie sich eilig und aufgeregt, »das meine ich ja gar nicht. Es ist mir vorhin nicht aufgefallen. Ich hatte nur das Gefühl, dass irgendetwas nicht richtig ist.« Sie berührte ihr langes Haar und ließ es sich durch die Finger gleiten. »Es ist einfach nicht die Farbe, die zu mir passt.«

»Die Farbe passt nie«, bemerkte ich, »wir kennen das doch.«

»Nein, so habe ich das nicht gemeint.« Sie deutete auf ihren Flickenmantel. »Ich bin eher bunt, verstehen Sie doch.«

Sie wirkte mit einem Mal regelrecht aufgedreht. »Wenn ich mir das Haar färben würde, dann bestimmt nicht schwarz.«

Ich machte ein langgezogenes »Hm«, sonst nichts. Dann trat ich näher an sie heran. »Darf ich?«, fragte ich und berührte ihr Haar.

Es war weich und roch nach dem Winter, der noch vor uns lag.

»Und?«

»Die Färbung ist nicht sehr gut gelungen.« Ich betrachtete die Stellen, die mir aufgefallen waren. »Nein, gar nicht gelungen, sehen Sie doch!« Ich hielt ihr eine Strähne vor die Augen. »Nicht alle Stellen wurden gleichmäßig gefärbt.«

»Sie meinen, sie wurden in Eile gefärbt?«

»Hm, sehr hastig«, mutmaßte ich nur.

»Warum färbt man sich die Haare, wenn man nicht will?«, dachte Scarlet laut nach.

Ich zuckte die Achseln. »Um sich zu verändern? Um nicht mehr erkannt zu werden?«

»Möglich.«

»Haben Sie es selbst getan oder jemand anders?«

Scarlet stand vor mir, in ihrem bunten Flickenmantel. »Woher soll ich das wissen? Die Erinnerungen sind fort.« Sie seufzte und trat mit dem Stiefel in den Schnee. »Es ist zum Verrücktwerden. Sie sind greifbar nahe, ich kann es fühlen. Und doch bekomme ich sie nicht zu fassen.«

Ich legte ihr eine Hand auf den Arm. »Sie werden zurückkehren, da bin ich mir sicher.«

»Na, Ihre Zuversicht möchte ich haben.«

Ich zupfte sie sachte am Ärmel. »Nun kommen Sie schon. Lassen Sie uns endlich dorthin gehen, wo es sicher und warm und wirklich gemütlich ist. Es ist nicht mehr weit.«

Sie musste lächeln.

»Sie tun das viel zu selten.«

»Was?«

»Lächeln.«

»Ich ...«

»Die Magie«, sagte ich ihr, »kann überall sein.«

»Wie meinen Sie das?«

»Ihr Lächeln, junge Miss Scarlet.« Ich strich ihr eine Strähne ihres Haars aus dem Gesicht. »Magie ist das, was wir tief in uns spüren, wenn wir lächeln.«

Sie musste noch mal lächeln.

»Genau das meine ich«, stellte ich zufrieden fest.

Scarlet nickte nur, zögerlich, und zog den Kragen des Flickenmantels enger um sich.

Dann gingen wir schnellen Schrittes die Flatbush Avenue entlang, bis zur nächsten Weggabelung, hinter der sich der Campus der Long Island University vor uns auftat. Dort bogen wir ab.

Jetzt, im tiefsten Winter, sah der riesige und hochmoderne Gebäudekomplex nur kühl und ungastlich aus.

»Im Sommer ist alles anders«, sagte ich. »Überall Studenten. Auf der Wiese, im Café oder im Schatten der Bäume. Ja, es würde Ihnen gefallen, denke ich. Sie sind ein Sommerkind.«

»Glauben Sie?«

»Das sieht man Ihnen an.«

Scarlet antwortete nichts darauf. Schließlich fragte sie aber doch: »Und hier arbeiten Sie?«

»Ja.«

»Und Sie wohnen ...?«

»Gleich dort drüben, mitten im Park.«

Wir überquerten den Campus, der verlassen war, und betraten den Park neben dem Campus durch einen Torbogen. Eine dichte Schneedecke hatte sich über den Park gelegt. Fußspuren waren keine zu erkennen.

»Sie sind nachdenklich«, stellte ich fest.

»Der Obdachlose, den der Wendigo am Washington Square angefallen hat, war zu Eis erstarrt.« Sie schaute zum Himmel hinauf, mitten hinein ins wirbelnde Weiß. »Er sah so traurig aus. So allein.«

»Kommen Sie, gleich haben wir es geschafft.«

Wir stapften den Weg entlang und hielten nicht eher an, als bis wir vor dem massigen Gebäude standen, das unser Ziel war. Hinter den Bäumen, die den Park zu allen Seiten säumten, hörte man den nächtlichen Verkehr auf der Myrtle Avenue wie ein leises Rauschen und Rasseln und irgendwo dahinter den flackernden Pulsschlag des Brooklyn Queens Expressway.

»Wir sind da«, verkündete ich voller Stolz und deutete auf das Haus mit dem schrägen Dach. »Das da ist es.«

»Eine ehemalige Wassermühle, ist das Ihr Haus?«

»Das ist Myrtle's Mill«, sagte ich.

Scarlet staunte. »Sie sieht aus wie in einem Märchen.«

»Manchmal ist das Leben eben ein Märchen.« Ich ging voran.

Scarlet folgte mir, immer noch staunend. Sie hatte etwas Derartiges noch nie zuvor gesehen.

Es war in der Tat eine uralte Wassermühle, mehrere Stockwerke hoch, mit einem Eingang, der von dichten Ranken umgeben war.

Nichts Gewöhnliches umwehte dieses Gebäude, es atmete Geheimnisse aus jeder Pore. Die mächtigen Mauern waren aus groben grauen Granitsteinen gefertigt, die vielen Fenster waren klein und wirkten zu dieser Stunde wie missmutig zusammengekniffene Augen, die in die Nacht zu spähen versuchten. Der Fluss, der einst das hölzerne Wasserrad in Bewegung gesetzt hatte, war längst verschwunden. Seit Jahren schon steckte das Mühlrad zur Hälfte in der Erde, und im Sommer wuchsen Gras und Moos auf den hölzernen Schaufeln.

Oben, aus dem windschiefen Dach des Gebäudes mit seinen leuchtend roten Ziegeln, lugten die saftig grünen Wipfel eines wirklich riesigen Baumes heraus. Seine Äste und sein Blätterwerk breiteten sich wie ein Schirm über der Mühle aus.

»Er trägt Blätter«, wunderte sich Scarlet. Laubbäume taten das im Winter nicht, normalerweise.

»Das ist Myrtle«, erklärte ich.

»Der Baum?«

Ich nickte. »Myrtle ist ein alter Ahorn. Er war schon hier, bevor die Mühle errichtet wurde.«

»Der Baum trägt einen Namen?«

»Tun das nicht alle Bäume?«, stellte ich die Gegenfrage.

Scarlet erwiderte nichts.

Sie staunte nur, als wir uns dem Haus näherten. Rosenranken und wilder Efeu bedeckten die Mauern zu großen Teilen, und als wir auf die massige Tür zutraten, da wichen sie raschelnd und tuschelnd zur Seite, als habe sie jemand darum gebeten.

In eine der Außenwände war eine große Uhr eingelassen. Ihre Zeiger waren dunkel und aus Eisen.

»Die gehörte einmal zu einem Kirchturm«, sagte ich. »Und auch zu dieser Uhr gibt es, wie zu fast allem an diesem Ort, eine kurze oder lange Geschichte zu erzählen. Aber, wie ich bereits sagte, nicht heute.«

»Drüben aus der Mauer ragen Äste heraus«, stellte Scarlet fest und deutete auf die Stellen, die ihr aufgefallen waren.

»Die Äste des Baumes reichen durch das ganze Haus«, sagte ich. »Sie werden es sehen, wenn wir eintreten.«

»Es wird wärmer«, stellte Scarlet verwundert fest, »wie ist das möglich? Je näher man dem Haus kommt, desto wärmer wird es.«

»Gut erkannt«, antwortete ich ihr. »Myrtle's Mill ist ein Sommerhaus. Es gibt dort keinen Winter.«

»Wie meinen Sie das?«

»Es wird nicht kalt, ganz einfach. Es ist immer grün im Haus. Die Pflanzen, die dort leben, müssen nie vergehen, niemals frieren und niemals schlafen.« Ich öffnete die Tür mit einem alten Schlüssel, der einen knackenden Mechanismus in Gang setzte.

Wir traten ein.

»Du meine Güte«, entfuhr es Scarlet.

»Mein Zuhause«, stellte ich das Sommerhaus namens Myrtle's Mill vor.

Scarlet stand ganz still an der Schwelle. Sie hatte nie zuvor etwas Ähnliches gesehen.

»Das ist alles echt?«, fragte sie mit belegter Stimme.

»Darauf können Sie wetten, Miss Scarlet.«

Die junge Frau staunte nur.

Ein riesiger hoher Baum beherrschte das Innere der Mühle. Die Wurzeln des Ahorns krallten sich in den Boden, und zwischen ihnen wuchs dichtes Gras. Blumen und allerlei wildes Gestrüpp und duftende Gewürze und vieles mehr wuchsen inmitten der Gräser. Möbel standen einfach so im hohen

Gras: hohe Schränke, ein runder Tisch, Korbstühle, weiter hinten dann ein riesiger Sekretär mit einem ausgeschalteten Laptop darauf. Von der hohen, von Ästen und Balken gestützten Decke hingen bunte Laternen mit elektrischem Licht an langen Kabeln herab und tauchten alles in warme, helle Farben.

Scarlet konnte den Blick gar nicht mehr von dem Baum lösen. Vögel nisteten im Geäst, und manche von ihnen flogen sirrend in der Halle umher.

»Kolibris«, bemerkte ich und hängte meinen Mantel an einen Ast, der dicht neben dem Eingang fast den Boden berührte. Dann ging ich über den Rasen zur Küche, die sich auf der anderen Seite der Halle befand. »Möchten Sie einen Tee, Miss Scarlet?«

Sie kam hinter mir her, nur langsam.

Und wunderte sich dabei unentwegt.

Hinter ihr fiel die Tür ins Schloss. Eine Rosenranke hatte sie zugeschoben.

»Es gibt auch Bienenstöcke, drüben am Fenster.«

Scarlet bemerkte, dass tatsächlich Bienen umherflogen und sich auf den Blüten der Blumen niederließen.

»Sagen Sie mir jetzt nicht, Sie hätten das Haus in diesem Zustand gekauft«, entfuhr es ihr.

»Das Haus hat mich ausgesucht«, rief ich ihr zu, »nicht umgekehrt.«

»Aha«, war alles, was Scarlet dazu einfiel. Sie fragte sich, was an diesem Tag noch alles passieren würde. Mit unruhigen Fingern knöpfte sie ihren Flickenmantel auf, streifte ihn ab und legte ihn über einen Stuhl. Wie warm es hier war. Die Luft erinnerte an einen schönen Sommertag, irgendwo ...

Sie berührte die Grashalme, die Rinde, die Blätter.

Weiter oben in der Mühle befanden sich, das erkannte sie jetzt, noch weitere Stockwerke und Räume.

»Wie machen Sie das?«

»Ich?«

»Ja, irgendwer muss sich doch um das alles kümmern.«

»Ich tue gar nichts«, antwortete ich ihr.

Scarlet schüttelte den Kopf.

Sie hörte ein Geräusch, ein Rascheln.

Die Grashalme vor ihr bewegten sich, als etwas auf sie zugerannt kam. Ein kleines Etwas, das sehr schnell war.

Sie erschrak, trat einen Schritt zurück, instinktiv.

Ein geschmeidiges kleines, schlankes Tier mit hellem Fell sprang auf einen der Korbstühle und von dort auf den Tisch, und von dort aus endlich betrachtete es Scarlet mit unverhohlener Neugierde. Es hatte einen langen Schwanz mit roten und schwarzen Streifen und kleine, pechschwarze Augen.

Anthea, sagte das Tier mit einer Stimme, die zu ihm passte. *Du bist wieder da. Es ist spät, wo hast du nur gesteckt?*

Scarlet blinzelte nur überrascht.

»Sie können ihn verstehen, nicht wahr?«, fragte ich von der Küche aus und goss Tee auf.

»Ja.«

»Dachte ich mir.«

Das Tier legte den Kopf schief, und seine kleine Schnauze bewegte sich. *Wir haben einen Gast?*

»Darf ich vorstellen«, ich steckte den Kopf aus der Küche heraus und machte den Anfang. »Dieser nette Herr hier ist Mister Buster Mandrake.«

Das Wesen spitzte die Ohren. *Buster Mandrake*, sagte die quirlige Stimme. *Das sollte als Anrede genügen. Das Mister können wir uns ersparen. Wir sind ja unter uns, sozusagen.*

»Er ist, wie der Name schon sagt, ein Mandrake«, erklärte ich. »Ein junger Alraunengeborener.«

Meine Mutter war eine rote Rose, mein Vater ein Streifenschwanzmungo aus einer Zoohandlung in Queens.

»Sie trafen sich in einer lauen Mondnacht.« Die Bemerkung konnte ich mir einfach nicht verkneifen.

Nur zehn Tage später, sagte Buster, *erblickte ich das Licht der Welt.*

»Er wohnt schon sehr, sehr lange hier.«

In der Tat, das tue ich. Fast so lange wie Anthea.

»Ja, fast.«

Scarlet schluckte.

Ich kehrte mit dem Teekessel in die Halle zurück. Dort brachte ich es auf den Punkt: »Sie haben es sicherlich bemerkt«, begann ich, schenkte ihr Tee ein, und dann tat ich, was man mit Wahrheiten, hat man sie einmal erkannt, überhaupt immer tun soll: ich sprach sie aus. »Sie, junge Miss Scarlet, sind ein Tricksterkind.«

Ist sie das?

»Sie versteht dich doch, oder?!«

Okay, der Punkt geht an dich.

Scarlet, die gar nichts mehr verstand, fragte nur: »Ein was?«

Ein Tricksterkind, antwortete Buster Mandrake.

»Sie besitzen Fähigkeiten, die nicht jeder hat«, erklärte ich langsam. »Das ist Ihnen wohl kaum entgangen.«

»Nein, aber ...« Scarlet dachte an die Dornenhecke, die ihr geholfen hatte. Sie nahm es wahr wie einen Duft, der in der Luft liegt. Wie ein Unwetter, das naht. Wie ein Herz, das gebrochen ist.

Tief in ihr drinnen, da wusste sie, dass sie war, was zu sein sie niemals würde leugnen können.

Ich deutete in Richtung des Mandrake. »Sie würden ihn gar nicht verstehen, wenn sie keins wären.«

Kein Tricksterkind, sagte Buster Mandrake.

»Ja, schon, ich ... Aber wieso?«

Akzeptieren Sie es einfach.

»Und nehmen Sie einen Schluck Tee.« Ich reichte ihr die Tasse. »Er wird Ihnen guttun.«

Scarlet nahm die Tasse entgegen und kostete von dem duftenden Tee. »Der ist gut«, stellte sie fest und nahm einen weiteren Schluck.

»Bachblütentee«, erklärte ich ihr mit ruhiger Stimme. »Eine ganz besondere Mischung.«

Scarlet griff nach einem der Stühle, die in der Nähe standen.

»Ihre Eltern, Miss Scarlet, müssen Trickster gewesen sein. Es gibt keine andere Erklärung.«

»Was sind Trickster?« Ein Kopfschmerz durchbohrte ihre Stirn. Sie hatte das Wort schon einmal gehört. Ihr schwindelte.

Ist Ihnen nicht gut?

Scarlet sah das kleine Tier an. Es lächelte, wie nur rote Rosen und vorlaute Streifenschwanzmungos es zu tun pflegen.

»Was geschieht mit mir?«, keuchte sie.

Buster Mandrake setzte sich auf die Hinterbeine. *Sie haben Blut an Ihren Händen*, bemerkte er.

»Ist nicht meines«, gab sie benommen zur Antwort.

Ich wollte schon immer hören, dass jemand diesen Satz sagt. Es klingt cool. Wie im Film.

»Er mag Filme, müssen Sie wissen.«

Scarlet rieb sich die Augen.

Ihr schwindelte, stärker und stärker.

»Sie sollten jetzt schlafen, Miss Scarlet.«

Die Tasse fiel ihr aus der Hand. Sie strauchelte. Sie sah, wie die Welt, in deren Mitte ein Baum stand, zur Seite kippte. Sie roch Gras und Kräuter und den Sommer auf der Haut, und auf ihrer Zunge, da schmeckte sie den fremdartigen herben Blütengeschmack, der ihr schnelle Träume und lange Ruhe brachte.

Kapitel 4

Musik, die keine ist

Sie wusste nicht, wie lange sie geschlafen hatte. Sie wusste nicht einmal, ob sie wirklich geträumt hatte. Sie war in einem Meer aus Farben geschwommen und erwacht, als das Scharlachrot ganz grau geworden war. Die Bilder, durch die sie sich im Schlaf bewegt hatte, waren ohne Konturen gewesen, nur Schatten einmal gelebter Empfindungen.

Ein einziges Wort nur war klar umrissen gewesen.
Solitaire.
Geschrieben in einer Handschrift, die ihr bekannt vorkam, das war alles und nicht mehr. An einem hellen Himmel hatten sich die Buchstaben zu diesem Wort geformt, und dann waren sie in der Dämmerung verweht.

Als Scarlet schließlich die Augen öffnete, da war es schon Tag. Das von dicken Wolken gedämpfte Sonnenlicht fiel in matten Strahlen in den Raum, der nicht besonders groß, dafür aber kreisrund war.

Die große Matratze, auf der sie am Boden lag, war weich und angenehm. Jemand hatte eine Wolldecke, die sanft nach Rosen duftete, über ihr ausgebreitet. Überall in dem Raum mit der spitz zulaufenden Decke standen grüne Pflanzen in Kübeln herum. Sie schienen leise Lieder zu singen, Melodien, die niemand zu hören vermochte, außer sie selbst. Der Raum sah so aus, als habe jemand ein kleines Abbild eines dichten Dschungels erschaffen, gleich hier, gleich jetzt, in diesem seltsamen Haus, hoch oben unter dem Dach.

Scarlet setzte sich auf, fasste sich an den Kopf.

Ein stechender Schmerz fuhr ihr durch die Schläfe.

Ihr schwindelte, und für einen ganz kurzen Moment schloss sie die Augen wieder.

Sie atmete die frische warme Luft ein. Sie roch die grünen Pflanzen, konnte das sanfte Wogen der Blätter spüren. Kurz, ganz kurz nur, hatte sie das Gefühl, als wäre sie auf einer Wiese, weit, weit draußen, wo es keine Stadt gab, sondern nur Luft und Himmel und Wiesen und Wälder.

Instinktiv tastete sie nach dem Amulett, das um ihren Hals hing. Jemand hatte das zerfranst zerrissene Lederband notdürftig zusammengebunden und verknotet, so dass das Amulett allzeit bei ihr war.

Sie öffnete die Augen, betrachtete zuerst das Amulett. All die kleinen Dinge, die in dem Glasröhrchen schwammen. Bunte Steine, silberne Buchstaben, Federn, so vieles mehr.

Ganz langsam schwanden die Kopfschmerzen, ebbten ab, als würden sie mit den Fluten hinaus ins ewige Blau der tiefen See geschwemmt.

Das Amulett fühlte sich warm an. Es tat gut, es bei sich zu wissen.

»Jemand da?«, flüsterte sie und bemerkte, wie brüchig und rau ihre Stimme klang.

Niemand antwortete ihr.

Scarlet seufzte.

Es gab so viele schöne Pflanzen in dem Raum. Sie erkannte Pfingstrosen und Rittersporn, Türkischen Mohn und Tränende Herzen. Es roch nach Sonnenbraut und Schafgarbe und nach Brennender Liebe und Katzenminze und irgendwo sogar nach Astern. Sie atmete die Düfte ein und schmeckte sie, und dann wurde ihr bewusst, dass sie all diese Gerüche kannte. Ja, herrje, sie kannte die Pflanzen. Sie konnte sie alle bei ihren Namen nennen, allein schon, wenn sie nur die Gerüche in sich aufnahm; gerade so, als habe sie schon immer ganz genau gewusst, welche Pflanze wie lebt und wie atmet und was am liebsten mag. Mit den Gerüchen kam das Wissen zurück, aber sonst keine Erinnerung.

Es war wirklich zum Verrücktwerden!

Sie konnte sich nicht im Geringsten daran erinnern, dass sie eine Expertin für Pflanzen gewesen sein sollte. Und dennoch ... Sie musste an die Dornenhecke am Washington Square denken. Die Dornenhecke, die sie beschützt und ihr das Leben gerettet hatte. Sie hatte die Dornenhecke wispern hören, ganz leise, wie Musik, die keine war, und die Äste und Ranken hatten ihr Schutz gewährt.

Warum nur?

Weil sie die Dornenhecke insgeheim darum gebeten hatte? Sie wusste es nicht.

Wie konnte das möglich sein?

Sie erhob sich, wenn auch nur mühsam. Ihre Beine fühlten sich schwach an.

Langsam ging sie durch dieses Meer von Pflanzen hindurch, berührte Blätter und Blüten, und es tat gut, das zu tun. Die Nähe zur Flora gab ihr das Gefühl, nach Hause zu kommen. Was immer das zu bedeuten hatte. Es fühlte sich gut an, wie etwas, was sie herbeigesehnt hatte.

Sie vermied es, ein zweites Mal nach jemandem zu rufen.

Außer ihr war niemand hier. Zumindest nicht in diesem Zimmer.

Draußen, vor dem Fenster, war tiefster Winter.

Sie konnte über die Dächer von Brookyln Heights sehen, über den East River hinüber nach *Manna-hata*, wo die riesigen Häuser hoch, hoch oben in den dunklen Wolken verschwanden. Dicke Schneeflocken rieselten durch die Luft und verwandelten die Welt, von der sie nur das Fensterglas trennte, in ein tosendes Wintermärchen.

Myrtle's Mill, kam ihr der Name dieses Hauses wieder in den Sinn.

Oben an der Decke wurde sie des dicken Astes gewahr, eines Ausläufers des alten Ahorns, um den die Mühle entstanden war – wie auch immer. Er durchquerte das Zimmer, und hier, gleich über einem der Fenster, stieß er durch die Wand nach draußen in die Winterwelt.

Scarlet schaute hinaus, rührte sich nicht.

Wie war sie nur in diese Stadt gelangt?

Warum war sie hier?

Sie wusste, dass sie nicht hier lebte. Sie spürte es, so klar und deutlich, wie sie im Augenblick keinen einzigen anderen Gedanken spürte. Sie war nicht in New York zu Hause – und doch war sie hier.

Zweifellos, sie war hier.

Mitten in der riesigen Stadt.

Gotham – schon der Name allein gefiel ihr nicht. Trotzdem kam ihr die Stadt bekannt vor.

In der Ferne konnte sie vereinzelt die Lastkähne auf dem East River sehen, ihre dünnen Rauchsäulen, die an den mächtigen Pfeilern der Brooklyn Bridge wie fliegende Schlangen hinaufstiegen. Zu ihrer Linken erblickte sie im nebelhaften Tag die Umrisse von Ellis Island.

Solitaire.

Davon hatte sie geträumt. Bloß Buchstaben, die sich zu einem fremden Wort ohne Sinn verbanden.

Sie berührte eine Eisblume, die draußen auf dem Fensterglas wucherte. Es stimmte sie traurig, das zu tun. Die Eisblume schmolz unter der Berührung ihres Fingers.

Müde und noch immer erschöpft, rieb sie sich die Augen.

Sie war in einem bösen Traum gefangen, ja, so musste es sein.

Tränen drangen an die Oberfläche wie Luftblasen aus der tiefsten Tiefe ihrer stillen Verzweiflung.

Dann betrachtete sie ihre blutverschmierten Hände, drehte sie hin und her, ohne etwas anderes zu tun, als sie einfach nur anzuschauen. Niemand hatte ihr das dunkle Blut abgewaschen. Es war noch immer da. Eine Mahnung – denn etwas war geschehen.

Etwas Schlimmes.

Ein stechender Schmerz durchzuckte sie, als sie die Hände betrachtete, und sie konnte nicht einmal sagen, woher genau er kam. Es fühlte sich an, als sei tief in ihr drinnen etwas gestorben, etwas unglaublich Kostbares und Seltenes, das nun unweigerlich verloren war und niemals mehr wiederhergestellt werden konnte.

Sie schmeckte noch immer den Tee auf der Zunge, und die Erinnerungen an die vergangenen Stunden kehrten mit einem Mal zurück.

Sie war betäubt worden, so viel war sicher, und dann hatte man sie hierhergebettet, wo sie die ganze Nacht über geschlafen hatte.

Wie seltsam das Leben doch sein konnte ...

Sie war eine Obdachlose, ohne Vergangenheit und ohne richtiges Leben. Sie hatte nur ihren Namen, das war alles. Doch was war schon ein einzelner Name? Selbst die Schnürstiefel, die sie noch immer an den Füßen trug, schienen von einem Geheimnis umgeben. Die einfache Magie der Gegenstände konnte so mächtig sein.

Scarlet strich sich eine Strähne des gefärbten Haars aus dem Gesicht.

Dann ging sie zur Tür.

Sie drückte die Klinke – niemand hatte abgeschlossen.

Also verließ sie den runden Raum.

Draußen erkannte sie, dass sie sich unter dem Dach der riesigen Halle befand. Hölzerne Wege folgten den dicken Ästen, wohin diese auch führten, und eine eiserne Wendeltreppe wand sich an dem Stamm des Ahorns hinab in die Tiefe.

Sie spähte nach unten.

Auch dort schien niemand zu sein.

»Hallo?«, rief sie in die Stille. »Jemand da?«

Sie wartete ab.

Keine Antwort!

Sie spähte erneut in die Ecken und Winkel, doch nichts regte sich.

Auch hier draußen war ein dichter Dschungel aus Blumen und Gewächsen. Efeu wuchs an den Wänden empor, Lampen hingen an den Ästen des Ahorns. Es war so warm wie in einem riesigen Gewächshaus, und die Luft war erdig und fruchtbar wie der dunkle Boden, in dem die Wurzeln all der Pflanzen ihr Zuhause gefunden hatten.

»Nun denn«, murmelte Scarlet entschlossen und machte

sich daran, das Haus zu erkunden. Sie wusste, dass dies nicht besonders höflich war, aber einen Gast, der sie ja unweigerlich gewesen war, zu betäuben, gehörte andererseits wohl ebenso wenig zur feinen Art.

Davon einmal abgesehen, war sie ein neugieriger Mensch. Ein tatenloses Herumsitzen würde ihr keine Antworten bringen. Mit leisen Schritten ging sie die Stege entlang, lauschte den unter ihren Füßen knirschenden Holzplanken.

Sie befand sich im zweiten Stock. Ihr rundes Zimmer war die Spitze eines Türmchens gewesen.

Jetzt folgte sie dem Steg, bis sie eine Tür erreichte, hinter der sie Wasser plätschern hörte, als sei dort drinnen ein Bach verborgen.

Sie öffnete sie, ohne nachzudenken.

Und trat ein.

Es war ein Badezimmer, zweifelsohne. Oder das, was einem Badezimmer am nächsten kam.

Der Boden bestand aus Kieselsteinen, hell und weiß. Zwischen den Steinen wuchsen an den Wänden stämmige Palmen in die Höhe, bis ihre Blätter die Decke berührten.

Ein Rinnsal frischen Wassers sprudelte aus einem Brunnen, der sich an der gegenüberliegenden Wand befand, und ergoss sich in ein Waschbecken aus hellem Stein, dessen Rand mit freundlichen Tiergestalten verziert war. Über dem Becken hing ein breiter Spiegel, dessen Rand aus Blech bestand, dunkelblau, durchsetzt von Aquamarin, mit Fischen und Quallen und anderen Tieren, die man normalerweise nur in Korallen findet.

Scarlet trat näher und betrachtete ihr Gesicht lange im Spiegel. Sie schaute in die Augen der jungen Frau, die ihr gar nicht bekannt vorkam. Sie war traurig, die junge Frau im

Spiegel. Nicht mehr ganz jung, aber längst noch nicht alt. Sie fühlte sich allein, das sah man ihr an. Die hohen Wangenknochen, die blasse Haut, das Haar, das pechschwarz war und an manchen Stellen dann doch in dunklem Blond schimmerte.

Wie alt bin ich?, fragte sich Scarlet. Mitte zwanzig, bereits dreißig? Sie war noch niemals gut darin gewesen, jemandes Alter zu schätzen. Und bei sich selbst konnte sie es erst recht nicht.

Sie streckte die Hand aus und berührte das fremde Gesicht.

»Hallo, Scarlet Hawthorne«, sagte sie.

Ihr Gegenüber antwortete nicht.

Seine Lippen zitterten, und dann schlug es den Blick nieder.

Was, dachte Scarlet, passiert nur mit mir?

Langsam, fast so mühsam, als bereite es ihr Schmerzen, hielt sie die Hände unter den Wasserstrahl, alle beide, ganz wie in Trance, und sah zu, wie das kühle Nass über ihre weiße Haut und das dunkle Blut lief.

Sie erschauderte bei dem Gedanken daran, das Blut abzuwischen, aber am Ende tat sie es trotzdem. Sie musste es tun. Sie wusste nicht, warum, aber sie fühlte, dass alles andere falsch wäre.

Mit unsicheren Bewegungen rieb sie sich das verkrustete Blut von der Haut. Das Wasser in dem Becken färbte sich rot. Wieder schwindelte ihr, und die Ränder der Bilder, die sie noch nicht zu fassen bekam, konnte sie nun fast berühren. In hellen Streifen schwamm das Rot in dem klaren Wasser, gerade so, als sei es ein lebendiges Wesen. Und für einen kurzen Moment war es Scarlet, als erkenne sie ein dunkelhäutiges Gesicht in den verschlungenen Linien, die sich wie Lebewesen bewegten und fortwährend ihre Form veränderten. Es war ein stolzes Gesicht, mit Augen, die verschwunden waren, bevor sie einen Blick hatte hineinwerfen können.

Scarlet schluckte.

Ihr schwindelte.

So sehr, dass sie sich am Rand des Waschbeckens festhalten musste, wollte sie nicht stürzen.

Dann begann sie zu weinen.

Sie konnte die Tränen nicht zurückhalten, nein, nicht mehr. Es half nicht im Geringsten, dass sie keinerlei Ahnung hatte, warum genau sie weinte. Die Tränen waren da, und sie tropften ins Wasser zu all dem Blut und vermischten sich damit, als wollte ein Teil von ihr sich mit dem Blut vereinigen, als wollte sie nicht loslassen, was einst gewesen war.

Scarlet, dachte sie benommen. *Scharlachrot*.

Hatten Namen eine Bedeutung?

Ihrem Spiegelbild, von dem sie nur wusste, dass es den gleichen Namen trug wie sie selbst, liefen die Tränen übers Gesicht, und in seinen Augen spiegelte sich eine junge Frau, in deren dunklen Augen sich weitere Spiegel spiegelten. Spiegel im Spiegel, und keiner wusste etwas anderes zu flüstern als den Namen, der nicht mehr war als die einzige Erinnerung, die man ihr nicht gestohlen hatte.

»Sei nicht töricht!«, schalt sie sich wütend, und die dunklen Augen trockneten, als der Trotz in ihnen erglomm und stärker wurde. »Du kennst deinen Namen, das ist doch immerhin ein Anfang.«

Sie drehte sich um, machte auf der Stelle kehrt.

Schnellen Schrittes verließ sie das Bad. Ihre Hände zitterten.

Von irgendwoher hörte sie ein Rascheln.

Papier, das wisperte.

Da, unten!

Sie ging die Wendeltreppe, die sich um den Stamm des Ahorns wand, hinunter. Und erst als sie die unteren Stufen erreichte, bemerkte sie, dass sie doch nicht allein in der Mühle war.

An dem Tisch neben der Küche saß ein junger Mann, der sie betrachtete.

Er las in einer zerknitterten Zeitung. Und eine große Tasse mit dampfendem Kaffee stand auf dem Tisch, nichts sonst.

»Oh, hallo«, begrüßte er sie, als sei Scarlet schon immer hier gewesen. Er sah aus, als hätten seine kurz geschnittenen Haare schon seit Jahren weder eine Bürste noch einen Kamm gesehen.

»Ebenfalls *oh, hallo*«, antwortete Scarlet nur. Etwas Besseres fiel ihr im Augenblick nicht ein.

Dann ging sie die letzten Stufen hinunter.

»Du musst Scarlet Hawthorne sein«, sagte er. Er trug abgewetzte Jeans und ein schwarzes T-Shirt, dazu braune Bikerboots. Sein unrasiertes Gesicht zierte eine Brille mit schwarzem Rand. Ein brauner Pullover mit Kapuze hing am Stuhl neben ihm, ein abgewetzter Ledermantel lag im Gras.

Der junge Mann schwang sich vom Stuhl und kam auf sie zu, reichte ihr eine Hand. Die vielen Symbolanhänger, die ihm an einem Lederband um den Hals baumelten, klimperten ganz leise, wenn er sich bewegte.

»Hey, ich bin Jakob Sawyer«, stellte er sich vor. »Jake!« Und dann erklärte er: »Mistress Atwood ist noch unterwegs.« Er drehte den Kopf zur Seite, und Scarlet bemerkte, dass er auf eine laut tickende Wanduhr schaute, die drüben zwischen den Hecken stand. »Sie wird aber nicht lange bleiben, nicht heute.« Er sah sie an, mit Augen, die wie die Wasser eines Sees waren. »Kaffee?«, fragte er schließlich.

Scarlet nickte und streckte sich. »Ja, gern.« Sie wunderte sich selbst über die Antwort, aber letzten Endes war Kaffee jetzt genau das, was sie brauchte.

»Diese Mühle ist ein Wunder, nicht wahr? Als ich das erste Mal hier war, da glaubte ich, in Gillikan, Winkus oder im Munchkinland gelandet zu sein.« Er grinste. »Mistress Atwood hat einen eigenwilligen Geschmack, findest du nicht auch?« Er latschte durch das hohe Gras, das in dichten Büscheln überall in der Halle wuchs. »Die Mistress liebt ihre Pflanzen über alles.«

»Und du, lebst du auch hier?« Meine Stimme, dachte Scarlet, ist immer so, wie sie jetzt ist, ein wenig rau und kratzig.

Jake Sawyer machte irgendetwas sehr Geräuschvolles in der Küche. Es schepperte, und dann hörte Scarlet Wasser plätschern. »Ja, manchmal tue ich das. Meistens treibe ich mich in der Stadt herum. Mistress Atwood kennt mich schon lange. Und ich sie. Sie hat mich von der Straße geholt.« Er hielt kurz inne. »Sagen wir einfach, dass dies so etwas wie ein Zuhause für mich ist, wenn ich nicht woanders bin.«

»Und Mistress Atwood ... ?« Scarlet trat hinter ihn, blieb aber im Türrahmen stehen.

»Sie hat Buster geschickt, damit ich herkomme. Sie ist sehr besorgt, weißt du, wegen der Wendigo. Und allem anderen auch, denke ich.« Er schob einen Kessel Wasser auf die Flamme des Gasherds. »Na ja, du hattest Glück, würde ich sagen. Hey, du hattest sogar *verdammtes* Glück.«

»Bist du schon einmal einem begegnet?«

»Einem Wendigo?« Er verdrehte die Augen und lachte, als habe sie gerade etwas durch und durch Dummes gesagt. »Nein, wo denkst du hin. Gehört zu den Dingen, auf die ich verzichten kann.« Er hantierte lautstark im Schrank herum, kramte Filter und Kanne heraus. »Ich kenne sie nur aus den Legenden und habe einige Zeichnungen in alten Büchern gesehen. Das hat mir gereicht.« Er kratzte sich am Kinn. »Aber die Wendigo sind nicht das einzige Problem, musst du wissen. Es gibt viele Gerüchte, überall in der Stadt.« Tassen klapperten. »Dinge, die sich verändern.«

»Eistote?« Sie erinnerte sich an dieses seltsame Wort.

»Hat die Mistress sie erwähnt?«

»Ja.«

»Gewiss, es gibt Eistote in der Stadt«, sagte er eilig. »Noch nicht sehr lange. Mistress Atwood glaubt, dass es da einen Zusammenhang gibt.« Er drehte sich um und hielt zwei große Tassen heiß dampfenden Kaffees in der Hand. »Eistote. Wendigo. Kaffee!«

Scarlet folgte ihm zurück zum Tisch.

»Was hat sie mit der ganzen Sache zu tun?«

»Mistress Atwood?«

»Ja.«

»Sie ist als Beraterin hinzugezogen worden.«

»Wozu?«

»Zu den Ermittlungen.«

»Welchen Ermittlungen?«

»Hey, du bist ja richtig neugierig«, stellte Jake fest.

»Wärst du an meiner Stelle auch.«

Er nickte nur. »Der Kaffee weckt dich auf.« Er stellte die Tasse vor ihr auf den Tisch. »Und sei nicht traurig. Die Sonne scheint über Brooklyn. Jeden Tag. Das sagt man hier.«

Scarlet schaute aus dem Fenster und sah nur Wolken.

»Du verstehst?«

»Ich kann es mir denken«, gab sie zur Antwort.

Jake Sawyer nahm wieder auf seinem Stuhl ihr gegenüber Platz und schlürfte seinen Kaffee. Er ließ die junge Frau keinen Moment aus den Augen, was nicht sehr unangenehm, aber auch nicht sehr angenehm war.

»Sie hat mich betäubt«, sagte Scarlet schließlich. Mit einem Mal fühlte sie die Wut in sich aufsteigen. Trotz dieser schönen Umgebung sollte sie nicht vergessen, dass sie gegen ihren Willen betäubt worden war.

»Ja, der Tee«, war alles, was Jake dazu sagte. »Das waren Bachblüten, eine mysteriöse Mischung.«

»Was meinst du damit?«

»Sie war der Meinung, dass dir die Ruhe guttut.«

»Deswegen muss sie mich nicht gleich betäuben, oder?« Sie ballte die Hände unter dem Tisch zu Fäusten.

»Sie hat wohl geglaubt, dass du von allein keine Ruhe geben wirst. Also hat sie die Initiative ergriffen. So ist sie nun mal.« Die hellen Augen ließen nicht von ihr ab. »Sie ist eben etwas seltsam.« Dann schmunzelte er und fügte hinzu: »Aber sind wir das nicht alle?«

Scarlet fragte sich, wie er das meinte.

Augenblicke vergingen.

Beide saßen sie nur da, schauten einander an und tranken Kaffee.

Schließlich wollte Scarlet wissen: »Und was passiert jetzt?«

»Was meinst du?«

»Bin ich ihre Gefangene?«

Jake Sawyer wirkte überrascht, dann deutete er zur Tür. »Du kannst jederzeit gehen.«

Scarlet stand auf, sah ihn herausfordernd an.

Sie ging zu dem knorrigen Ast, an dem ihr Flickenmantel hing, nahm ihn ab und bewegte sich auf die Tür zu. Aus den Augenwinkeln sah sie, dass Jake Sawyer keinerlei Anstalten machte, sie am Fortgehen zu hindern. Er saß ruhig da und schaute ihr hinterher. Nippte an seinem Kaffee. Und schwieg.

Das war alles.

»Ich würde es nicht tun«, sagte er, als ihre Hand die Klinke berührte. »Nach draußen gehen, meine ich.«

Ohne ihn anzusehen, fragte sie: »Warum?«

»Die Stadt ist gefährlich geworden. Etwas geht da draußen vor«, sagte er ernst. »Und Mistress Atwood ist um dich besorgt.«

»Und wenn ich wirklich gehen möchte?«

»Du bist ein freier Mensch, Scarlet Hawthorne. Ich werde dich bestimmt nicht aufhalten.«

Scarlet rollte mit den Augen.

»Ich würde dich aber bitten, zu bleiben.«

Sie hielt inne, ballte heimlich die Fäuste.

Dann drehte sie sich wütend um. »Was ist das für ein Spiel?« Sie stapfte zurück. »Was ist hier los?«

Er breitete die Arme aus. »Hey, ich bin nur gebeten worden, so lange hier zu sitzen, bis du wach wirst.«

»Das hat Mistress Atwood dir aufgetragen?«

Er seufzte. »Nein, Buster.«

»Das kleine Tier.«

Jake fuhr sich mit der Hand durch das struppige kurze Haar. »Er mag es nicht besonders, wenn man ihn als Tier bezeichnet.« Er setzte die Brille kurz ab und rieb sich die Augen.

»Aber er ist eins.«

Jake starrte sie an. »Er ist ein Mandrake.« Die Brille landete wieder auf seiner Nase.

»Das heißt?«

»Seine Mutter war eine Rose und sein Vater ein Streifenschwanzmungo. Und die Alraune, die er einmal war, wurde zu dem, was jetzt Buster Mandrake ist.«

Scarlet starrte ihn an.

»Die Alraune ist eine magische Pflanze«, erklärte Jake geduldig. »Wenn man sie pflanzt und umhegt und einen Wunsch äußert, dann ist sie zu Verwandlungen fähig.«

Sie wusste natürlich, was eine Alraune war. Nur wusste sie nicht, woher sie es wusste.

»Aber warum konnte ich ihn verstehen?«

Jake zuckte die Achseln. »Warum hättest du ihn nicht verstehen sollen? Nach allem, was er mir gesagt hat, bist du ein Tricksterkind.«

Scarlet starrte in den schwarzen Kaffee. »Das hat sie auch gesagt. Mistress Atwood, meine ich.«

Jake lächelte fröhlich. »Na, dann wird es wohl stimmen.«

»Aber was ist ein Tricksterkind?« Erst jetzt wurde Scarlet bewusst, dass sie mit einem fremden Mann an einem Tisch auf einer Wiese im Inneren einer alten Mühle saß, während draußen dicke Schneeflocken über New York niedergingen. Und das Gespräch, das sie führten, war mehr als nur seltsam.

»Das Leben kann sehr verwirrend sein«, sagte Jake. »*Unser Schicksal ist es, dass wir allen anderen ein Geist und uns selbst die einzige Wirklichkeit sind.* Das ist von Thomas Wolfe. *Schau heimwärts, Engel.* Ein Buch, das ich nie zu Ende gelesen habe.« Er lachte. »Ich lese nicht viel, eigentlich gar nicht. Ich zeichne nur. Entwerfe Dinge. Repariere Dinge. Baue Dinge.«

»Dinge?«

»Ja, Dinge.«

Scarlet fragte sich, ob sie gern Bücher gelesen hatte. Sie wusste es nicht.

»Aber zurück zu deiner Frage.« Er nippte am Kaffee, schlürfte ihn langsam und geräuschvoll. »In einem Trickster, musst du wissen, fließt menschliches und elfisches Blut gleichermaßen.«

Sie starrte ihn an. Hatte sie richtig gehört? »Elfisches Blut?«

»Ja, Blut von Elfen.«

Sie starrte weiter. »Ist das dein Ernst?«

»Was?«

»Das mit den Elfen.«

Er nickte, schien nicht recht zu verstehen, was sie meinte. »Du weißt nichts von ihnen?«

Sie schüttelte den Kopf.

»Du weißt nichts von der Stadt?«

»Welcher Stadt? New York?«

»Die Stadt darunter.«

»Darunter?«

Jake stellte die Kaffeetasse ab. »Die Stadt unter der Stadt.« Er hielt inne und schien sich zu fragen, was er ihr alles erzählen sollte.

»Was meinst du damit?«, hakte sie nach. »Was ist das für eine Stadt unter der Stadt?« Etwas in ihr begann zu klingen. Ergab eine Melodie, die sie, wie derzeit alles um sie herum, nicht recht fassen konnte.

Die Stadt unter der Stadt.

Was ging hier nur vor?

»Dazu die elfischen Familien, die aus der Alten Welt hierherkamen.« Er nannte ihr Namen, die sie alle schon einmal gehört hatte, irgendwo, weit, weit entfernt, in einem Leben, das ihr entronnen war. »Die Astors und Carnegies, die Vanderbilts und Montagues, die Knickerbockers und Heckwelders, die Millars und die Micklewhites und all die anderen alten Häuser eben.« Jake schüttelte verwundert den Kopf. »Du hast nie davon gehört?«

Nachdenklich murmelte sie: »Doch, irgendwie schon.« Sie hob den Blick und sah ihm in die Augen. »Ich kann mich nur nicht mehr daran erinnern. Ich kann mich an gar nichts mehr erinnern.«

»Ich weiß, Buster hat es mir gesagt.«

»Aber irgendwie spüre ich, dass es die Wahrheit ist.«

Jake zuckte die Achseln. »Es ist die Welt, in der wir leben. Sie offenbart sich nicht allen Menschen. Nur denjenigen, die ihre Augen öffnen. Aber die Stadt, von der ich rede, ist unermesslich. Die Stadt unter der Stadt.«

»Und die Trickster?«

Er spielte versonnen an seinem Brillengestell herum, bog die Bügel hin und her. »Wenn sich elfisches Blut mit menschlichem Blut vermischt«, erklärte er mit ernster Miene, »dann kann, wenn es der Zufall will, ein Trickster geboren werden.«

»Und diese Trickster?«

»Verfügen über Eigenschaften, die weder Menschen noch Elfen besitzen. Sie können Dinge tun, die andere nicht tun können. Sie können die Gedanken fremder Menschen lesen, sie vermögen Gegenstände zu bewegen, ohne sie zu berühren, oder ohne Hilfsmittel Feuer zu entfachen, nun ja, und vieles mehr.« Er zwinkerte ihr zu. »Es gibt nicht viele von ihnen, nicht hier.«

»Ich kann nichts dergleichen«, gab sie zu bedenken.

»Du bist auch keine Trickster«, sagte er. »Jedenfalls ist Buster der Meinung, dass du keine bist. Und die Mistress ebenso. Trotzdem kannst du Dinge tun, die andere nicht können.«

»Die Pflanzen«, flüsterte sie. Ja, das musste es sein.

»Was ist mit ihnen?«

»Ich spüre sie«, gestand Scarlet. »Na ja, ich kann ihre Gedanken nicht lesen, aber ich glaube, dass ich sie spüre. Und sie spüren mich.« Wieder dachte sie an die Dornenhecke und ihr Flehen: *Bitte, lass das nicht das Ende sein. Bitte, ich will leben.* Sie hatte die Pflanze darum gebeten, ihr zu helfen. Sie hatte sie angefleht.

Jake nickte. »Genau das meine ich. Du bist ein Tricksterkind.«

»Das heißt?«

»Das bedeutet, dass deine Eltern beide Trickster waren.«

Sie schwieg.

Dann fragte sie: »Und du?«

»Was ist mit mir?«

»Bist du auch etwas Besonderes?«

Er grinste breit. »Hey, jeder ist doch etwas Besonderes.« Er schien die Frage außerordentlich lustig zu finden. »Ich kann Dinge reparieren, aber das ist auch schon alles. Ich bin nur ein Mensch wie jeder andere auch.« Er lächelte. »Nicht im magischen Sinne besonders.«

Scarlet nickte geistesabwesend.

Sie wusste nicht, ob sie ihrem Gegenüber Glauben schenken konnte, aber etwas in ihr schien sich recht schnell mit dem Gedanken anzufreunden, dass er nicht unbedingt unrecht haben musste. Sie fragte sich bloß, weshalb er den Mandrake verstehen konnte. Die Frage danach verkniff sie sich allerdings, weil sie nicht wusste, ob es geschickt war, ihn danach zu fragen.

Also ließ sie es dabei bewenden und beschloss, wachsam zu sein.

Ihr Blick schweifte umher.

Oh, dieses seltsame Haus.

Drüben, zwischen den Holunderbüschen, stand ein Klavier. Es war alt, und die Tasten waren voller Kratzer, und die Lackierung war teilweise abgeblättert. Es standen selbst dort Tontöpfe mit Grünpflanzen, so dass es aussah, als wüchse das Klavier direkt aus dem Dickicht heraus.

»Kannst du spielen?«, fragte Jake.

»Klavier?«

»Ja, du sahst aus, als würdest du es gern versuchen.«

»Ich weiß nicht.«

Er stand auf, ging zum Klavier und öffnete es. »Komm her, versuch es«, forderte er sie auf.

Scarlet wusste nicht, ob sie es tun sollte. Sie erhob sich und ging durchs Gras zu dem Instrument.

Jake trat zur Seite.

Und Scarlet stand unschlüssig vor dem Klavier, als sei es ein Lebewesen.

Dann legte sie ihre Finger auf die weißen und schwarzen Tasten. Spielte.

Eine Melodie, die gebrochen und gar nicht beschwingt war.

»Es ist nur Geklimper«, sagte sie schnell und ließ die Tasten los, als habe sie sich die Finger verbrannt. Sie spürte heiße Tränen in den Augen, unterdrückte sie, schluckte all die Trauer, die sie spürte, herunter. »Einfach nur blödes Geklimper«, flüsterte sie mit erstickter Stimme. »Musik, die keine ist.« Sie drehte sich um und ging, ohne Jake zu beachten, zu dem Ahorn – und berührte ihn.

Er fühlte sich warm an, als sie die flache Hand auf die raue Rinde legte.

Sie schloss die Augen.

Der Ahorn sagte nichts, er war ein Ahorn.

Aber da war ein Vibrieren zu spüren, eine Empfindung wie von Herbst und Winter, die gemeinsam zu singen versuchen. Es war ein Lied, leise und gar nicht wirklich. Ja, eine warme Melodie stieg aus der Tiefe seines Wurzelwerks empor. Scarlet konnte sie auf der Haut spüren, und sie konnte ebenso spüren, dass der Baum ihrem Herzschlag lauschte. Sie schmeckte die dunkle Erde, die dem Ahorn Leben gab, sie hörte all die Lieder, die er in seinem langen Leben vernommen hatte. Sie ließ sich von ihm berühren und trösten.

»Ist alles in Ordnung?« Jake tauchte neben ihr auf.

»Nein«, sagte sie, »leider ist gar nichts in Ordnung.«

Dann klingelte irgendwo ein Telefon, schrill und drängend.

Jake rannte dem Klingeln entgegen, als gäbe es nichts Wichtigeres.

Scarlet blieb regungslos stehen und berührte erneut die Rinde des Baums.

»Ich habe Angst«, vertraute sie dem Ahorn an.

Und noch bevor Jake Sawyer zu ihr zurückkehrte und ihr mitteilte, dass sie augenblicklich aufbrechen müssten, schnell und hastig, da ahnte Scarlet bereits, dass sie allen Grund dazu hatte, sich zu fürchten.

Dessen eingedenk und das kleine Amulett tröstend an ihrem Hals, verließ sie fünf Minuten später Myrtle's Mill und folgte Jake Sawyer durch ein Schneetreiben, das so dicht war, dass sich jedes Geheimnis mühelos darin verbergen konnte.

Kapitel 5

1 West 72nd Street

Die stickige Luft war überall in der Subway, wie ein Vorbote der Dinge, die sich vor ihr verbargen. Scarlet mochte die Tiefen unter der Erde nicht, so viel war sicher. Sie dachte fortwährend an die dunkle erdrückende Masse tonnenschwerer Erde, die allzeit, wenn sie hier unten war, auf ihr lastete; sie dachte an die Rohre, die Leitungen und die anderen Tunnel, die alle zwischen ihr und dem Tageslicht verliefen.

Nein, sie fühlte sich gar nicht wohl hier unten. Doch die Aussicht, schon bald wieder an die Oberfläche zurückkehren zu können, hellte ihre Laune ein wenig auf. Der Treffpunkt, den ihr neuer Begleiter ihr genannt hatte, befand sich ganz in der Nähe des Central Parks, und die Aussicht, in der Nähe freier Flächen zu sein, war immerhin etwas Tröstliches an diesem merkwürdigen Tag.

Alles war seltsam, so *undurchschaubar*.

In dem Haus mit den vielen Pflanzen zu erwachen, den bittersüßen Tee noch auf der Zunge zu spüren, dem fremden jungen Mann durch die Stadt zu folgen, als gäbe es keine andere Möglichkeit.

Scarlet fühlte sich wie ein Grashalm, den die Wogen eines Flusses mit sich rissen.

»Es hat einen weiteren Vorfall gegeben«, hatte Jake ihr verkündet und war in Eile in seinen Pullover und den halblangen Ledermantel geschlüpft. Dann hatte er sich einen überaus langen gestreiften Schal um den Hals gewickelt und eine alte Mütze aufgesetzt, die ihn wie einen Arbeiter von den Docks aussehen ließ. »Wir müssen uns beeilen.«

Scarlet hatte gar keine Wahl gehabt, so schnell war alles passiert.

»Wir können unterwegs frühstücken«, hatte er gesagt, den Kaffee in einem Schluck geleert, und dann war er auch schon draußen gewesen. »Wenn du hungrig bist, dann ...«

»Was ist denn passiert?«

»Keine Ahnung, nicht wirklich, aber die Zeit drängt.«

»Sagt wer?«

»Mistress Atwood.«

Scarlet hatte sich still ihrem Schicksal ergeben. Was hätte sie auch anderes tun können?

Sie war Jake Sawyer durch die verschneiten Straßen Brooklyns gefolgt, und dann hatte sie der altmodische Zug hinüber nach *Manna-hata* gebracht. Scarlet hatte still und besorgt die zackige und graue Skyline der Stadt bewundert, die Wolkenkratzer, die Schluchten dazwischen, die Geheimnisse, die grauen Fluten in der Tiefe unter der Brooklyn Bridge. Das Rattern des Zuges hatte sie eingelullt, wenn auch nur kurz. Noch immer war sie müde, doch die Furcht, die ständig ihr Begleiter war, ließ sie nicht wirklich zur Ruhe kommen.

Jake Sawyer schien das alles nichts auszumachen.

»Wo gehen wir hin?«

»Wir steigen erst einmal um.« Sie hatten den Zug verlassen und waren in *Manna-hata* durch ein Gewirr von Tunneln und Treppen und Wegen gelaufen, um am Ende einen anderen Zug zu besteigen, der sie bis zu ihrem Reiseziel brachte.

»1 West 72nd Street«, nannte Jake ihr den Treffpunkt. »Mistress Atwood wird uns dort erwarten.«

»Du hast von einem Vorfall gesprochen«, stellte sie erneut fest.

»Ja.«

»Was genau meinst du damit?«

»Sie hat nur Andeutungen gemacht.«

»Was für Andeutungen?«

»Vermutlich ein Mord«, sagte er.

Scarlet schluckte. »Ein Mord?«

Er nickte. »Ja, jemand ist zu Tode gekommen.«

»Ich weiß, was ein Mord ist«, erwiderte sie entnervt.

»Schon klar.«

»Was haben wir damit zu tun, wenn sich irgendwo ein Mord ereignet?«

»Nichts, glaube ich.«

»Das verstehe ich nicht.«

»Nun ja, wir helfen nur dem Inspektor.«

»Inspektor?«

»Genau genommen sind Mistress Atwood und Buster Mandrake diejenigen, die dem Inspektor helfen. Ich habe mit der ganzen Sache eigentlich nichts zu tun. Bisher jedenfalls hatte ich das nicht. Inspektor Crane leitet die Ermittlungen in diesen Angelegenheiten.«

»Und es geht bei allen diesen Vorfällen immer um Mord?«

»Vermutlich schon. Es könnte natürlich auch eine Krankheit sein, aber daran glaubt eigentlich niemand mehr wirklich.«

Scarlet seufzte ungeduldig. »Ich weiß schon, wir kennen uns noch nicht sehr lange.« Sie sah ihn wütend an. »Aber vielleicht könntest du mir sagen, was hier los ist. Und was das alles mit mir zu tun hat.«

Jake schnippte mit den Fingern. »Wir sind da!«

Er ging zur Tür.

Scarlet sah das Schild: *72nd Street*.

Sie sprang Jake Sawyer hinterher.

Draußen auf den Bahnsteigen eilten die anderen Passanten hektisch vorbei, ohne ihnen auch nur die geringste Beachtung entgegenzubringen. Das war New York. Es gab ein Gewühl und ein Getümmel, und doch war jeder allein.

»Keiner weiß, was das alles mit dir zu tun hat«, erklärte ihr Jake, als sie die Rolltreppe hinauffuhren. »Mistress Atwood hat mir nur ausdrücklich aufgetragen, dich mitzubringen, das ist alles.« Er schob sich die altmodische Brille zurecht. »Es ist also davon auszugehen, dass du irgendetwas mit der ganzen Sache zu tun hast.«

»Hm.« Sie schmollte.

»Also gut, hör zu ...« Jake besann sich. »Hast du von den Schlafwandlern gehört?«

Sie schüttelte den Kopf. »Nein.«

Der Tunnel machte eine scharfe Biegung nach rechts, dann ging es eine lange Rolltreppe hinunter, über zwei Bahnsteige, dann wieder hinauf und hinein in einen neuen Tunnel, der vor einer schmalen Treppe endete, die endlich nach oben ans Tageslicht führte.

»Seit Wochen schon tauchen Schlafwandler in der Stadt unter der Stadt auf«, erklärte Jake unterwegs.

»Was tun sie?«

»Sie wandeln im Schlaf«, sagte Jake und zog eine Grimasse. »Nein, im Ernst, sie sind seltsam. Und gefährlich. Nun ja, Mistress Atwood glaubt jedenfalls, dass sie das sind. Es sind eigentlich nur gewöhnliche Menschen, die im Schlaf durch die Stadt wandeln. Man erkennt sie kaum, erst recht nicht, wenn sie dunkle Brillen tragen. Sie haben weiße leere Augen, das ist alles. Sie träumen. Ihre Augen sind weiß wie Schnee.«

Weiß wie das Fell der Wendigo, dachte Scarlet.

»Was tun sie sonst? Ich meine, außer, dass sie schlafwandeln?«

Jake zuckte die Achseln. »Das weiß niemand. Aber sie werden häufig in der Nähe der Orte gesichtet, an denen man Eistote findet.«

»Eistote«, murmelte Scarlet. »Die Mistress erwähnte sie.«

»Eistote sind gewöhnliche Menschen, die zu Eis erstarrt sind«, erklärte Jake, »und damit meine ich genau das, was ich sage. Sie sind nicht einfach nur erfroren. Sie sind zu richtigem, echtem, kaltem Eis geworden.«

»Wie kann das sein?«

»Ich habe nicht die geringste Ahnung, ganz ehrlich.« Er zuckte die Achseln. »Inspektor Crane hofft wohl, dass Mistress Atwood ein wenig Licht in die Sache bringt.«

»Warum gerade sie?«

»Sie ist Spezialistin für Pflanzen. Und das alles hat irgendetwas mit Pflanzen zu tun.«

»Mit Pflanzen?«

»Sagte ich doch. Und mehr weiß ich auch nicht. Die Mistress ist schweigsam in dieser Hinsicht. Sie deutete nur an, dass man bestimmte Pflanzen bei den Eistoten gefunden hat.«

»Und jetzt?«

»Hat sich ein neuer Vorfall ereignet. Im Dakota.«

»Dem Hotel?«

»Es war einmal ein Hotel. Heute ist es ein Apartmenthaus.«

»Auch gut.«

Er kam direkt zur Sache. »Sagt dir der Name Ariel Van Winkle etwas?«

Scarlet schüttelte den Kopf. »Nein, nie von ihm gehört. Klingt holländisch.«

»Neuenglandadel. Und Wissenschaftler obendrein, glaube ich. Ein Astronom, so was in der Art. Wie auch immer, jedenfalls war er reich, sonst hätte er nicht im Dakota gewohnt.«

»Ariel Van Winkle ist also der Tote.«

»Mehr sagte die Mistress am Telefon nicht.«

»Hm.«

Scarlet schwieg, hing ihren düsteren Gedanken nach und betrachtete ihr Gesicht in den spiegelnden Schaukästen an den Wänden, die angefüllt waren mit leeren Versprechungen und bunten Werbebildern, verirrten Träumen, so verlogen und geschmacklos – und doch für die meisten Menschen viel wirklicher, als es das tatsächliche Leben jemals sein konnte.

Nein, dies war nicht die Welt, in der sie gelebt hatte. Scarlet spürte es, tief in sich drinnen.

»Ist sie nett?«

»Mistress Atwood?«

»Ja. Was für ein Mensch ist sie?«

»Sie ist ein guter Mensch«, antwortete Jake. »Aber sie ist nicht einfach.«

Scarlet musste lächeln. »Wer ist das schon?«, sagte sie leise.

Dann verließen sie die Subway und traten endlich ins verschneite New York hinaus, das sie mit der lauten Kakophonie der erwachenden Stadt begrüßte. Es lag ein frischer, kalter Geruch in der Luft.

Scarlet sah die hohen Bäume und die Wiesen und Sträucher am Rande des Central Parks. Und atmete auf. Endlich, endlich, konnte sie aufatmen, wenn auch nur kurz.

»Dort drüben befindet sich Strawberry Fields«, erklärte Jake.

Was immer auch dort war, es lag unter einer festen, dicken Schneeschicht verborgen.

Sie eilten einen überfüllten Gehweg entlang.

An einer Wegkreuzung kamen sie an einem schwarzweißen Mosaik mit der Inschrift *Imagine* vorbei. Das feine Mosaik war in den Asphalt des Gehwegs eingelassen.

Scarlet blieb kurz stehen und betrachtete es.

»Dort drüben«, sagte Jake, »wurde John Lennon erschossen.«

Scarlet folgte seinem Blick und erkannte ein riesiges Gebäude, das gar nicht so recht hierher zu gehören schien. Es sah aus, als sei es einem Traum und einer anderen Zeit entsprungen, einer Epoche, in der sich die Menschen noch hinter vorgehaltenen Händen Geistergeschichten an den Feuern ihrer Kamine erzählt hatten. Sie hob den Blick und zählte zehn Stockwerke. Das Gebäude nahm den gesamten Häuserblock ein. Die Fassade war ein Meer aus Bögen, Erkern, Balkonen und mit Schmuckelementen verzierten Fenstern. Sie erkannte ein spitzes Dach mit mehreren Giebeln und Dachgauben, hohen Kaminen und verschnörkelten Fenstern. Hoch oben verlief ein Balkon um das gesamte Haus, mit einem üppig verzierten schmiedeeisernen Gitter.

»Das Dakota«, sagte Jake und ging voran.

Scarlet bemerkte den Indianerkopf über dem Haupteingang. Er war stolz und markant, Ehrfurcht gebietend.

»Früher, als das Haus erbaut wurde, gab es hier nichts. Nur grüne Wiesen und dichte Wälder. Es war eine Wildnis, und die eigentliche Stadt existierte erst weiter unten im Süden der Halbinsel *Manna-hata*. Doch das ist lange her.«

»Es sieht aus wie ein Geist«, dachte Scarlet laut nach.

»Es ist voller Geheimnisse, sagt man.«

Scarlet folgte Jake durch den Eingang in eine prachtvolle Halle. Sie erkannte weiter hinten einen großen Atriumhof mit zwei Bronzebrunnen, die miteinander kämpfende Engel zeigten. Höchst elegant gekleidete Menschen hielten sich in der Lobby auf, lasen Zeitungen, tranken Kaffee, standen einfach nur herum und sahen sehr bedeutsam aus. Sie alle umströmte eine nebelhafte Aura von grenzenlosem Reichtum.

Jake ging, ohne auch nur eine einzige Sekunde zu verlieren, zur Rezeption. »Hey, guten Morgen, wir müssen zum Apartment von Master Van Winkle. Wir werden erwartet, fragen Sie bitte nach.« Er musterte den Concierge und achtete auf jede seiner Handbewegungen.

Der Concierge begann leise zu ticken und griff langsam zum Telefon, ließ Jake Sawyer seinerseits nicht aus den grünen Augen, in denen sich winzige Zeiger drehten, fragte mit einer etwas blechernen Stimme irgendwo im Haus nach, ob er den Gästen Zutritt gewähren sollte, und nickte dann beflissen und herablassend und mit dem obligatorischen Ticken und Summen. »Im siebenten Stockwerk. Sie werden tatsächlich erwartet.«

»Sagte ich doch«, grummelte Jake.

Dann steuerte er zielsicher auf die Fahrstühle zu, ohne auf

seine Begleiterin in gebührendem Maße Rücksicht zu nehmen.

Scarlet folgte ihm einfach. Sie fühlte sich nicht wohl in diesem riesigen Haus. Alles schien nur eine Kulisse zu sein. Jeder hier trug eine Maske aus Lächeln und höflicher Abfälligkeit. Nichts war echt, nichts wirklich. Es war, als könne man die Illusion förmlich atmen.

Sie warf einen Blick zurück zum tickenden und klickenden Concierge.

Dann waren sie beim Fahrstuhl angekommen.

»Siebenter Stock also«, murmelte Jake.

Ein Liftjunge in roter Livree grüßte sie und begleitete sie nach oben. Er trug eine Maske aus kunstvoll verziertem Blech. In seinem Inneren ratterte leise und stetig ein Uhrwerk aus winzigen Schrauben und Hebeln. Er sah aus wie eine nicht ganz so gut ausgearbeitete Version des Concierge. Auch in seinen runden Augen liefen kleine Zeiger im Kreis.

»Ein Uhrwerkmensch«, erklärte Jake. »Sie sind überall im Dakota.«

Scarlet musste sich Mühe geben, ihn nicht anzustarren.

»Was tut er?«

»Er dient«, sagte Jake. »Das tun sie alle. Dafür wurden sie gebaut.«

Im Fahrstuhl roch es nach uraltem Staub und Putzmittel.

»Ich habe noch nie zuvor welche gesehen«, gestand Scarlet.

»Henri Ford hat sie erbaut, damals. Doch heute trifft man sie nur noch in den wirklich alten Häusern.«

»In alten Geisterhäusern wie dem Dakota?«

»Genau.« Er musste grinsen.

Und Scarlet betrachtete ihre Umgebung.

Die kunstvollen Ornamente an den Wänden waren

durchsetzt mit kleinen Spiegeln. Ein eisernes Rattern erklang schnarrend von oben und begleitete sie während der kurzen Fahrt.

Der Uhrwerkmensch stand die ganze Zeit über regungslos an seinem Platz.

»Er schaltet ab, wenn nichts passiert«, erklärte Jake.

»Und jetzt passiert gerade nichts?«

»Nein.«

Sie sahen einander an, das war alles.

Dann waren sie endlich da.

Im siebenten Stockwerk.

»Schau!«, forderte Jake sie auf.

Scarlet sah, dass der Uhrwerkmensch jetzt wieder zum Leben erwachte und surrend und klackend nach draußen trat. Er verneigte sich vor den beiden und trat dann in den Fahrstuhl zurück, um nach unten zurückzukehren.

Zwei Polizisten in den roten Uniformen der Metropolitan Garde traten ihnen entgegen.

»Jake Sawyer und Scarlet Hawthorne, wir werden erwartet.«

»Ich bringe Sie zum Inspektor«, bot sich einer der beiden an und ging voran.

Das Gefühl, welches Scarlet unten in der Lobby verspürt hatte, wurde stärker und stärker. Sie spürte die Last von Steinen und Ziegeln auf sich, die Luft von so vielen, vielen Jahren und unzähligen Schicksalen, die alle in diesen Mauern ihr Echo fanden.

Erneut fragte sie sich, warum man sie an diesen seltsamen Ort bestellt hatte.

»Sieht ganz so aus«, mutmaßte Jake im Flüsterton, »als hätte das gesamte siebente Stockwerk Master Van Winkle gehört.«

Scarlet nickte. Eigentlich war ihr egal, wem das gesamte Stockwerk gehörte. Sie wollte diesen Ort nur so schnell wie möglich wieder verlassen. Sie fühlte sich nicht wohl in diesen Mauern. Nein, ganz und gar nicht.

Sie schritten durch lange Korridore, an deren Wänden Ölgemälde hingen, die bestimmt kostbarer waren als alles, was Scarlet jemals in ihrem Leben besessen hatte. Die Korridore sahen alle gleich aus, der abgetretene Teppichboden mit dem groben Muster mochte jahrzehntealt sein. Es war ein Labyrinth aus Korridoren, die einander kreuzten, und Türen, die allesamt verschwiegen hüteten, was hinter ihnen lag.

Scarlet befürchtete schon, sie würden niemals ankommen, als der Gardist abrupt vor einer großen Tür anhielt.

»Bitte warten Sie, genau hier«, forderte er sie auf.

Also blieben sie stehen.

Der Gardist klopfte, wartete. So lange, bis die Tür aus feinem Holz sich ohne ein Geräusch öffnete, bereit, ihr Geheimnis preiszugeben.

»Mistress Atwood«, sagte Scarlet, als sei sie erstaunt, mich hier anzutreffen.

Ich schenkte ihr ein Lächeln. »Oh, schön, dass Sie gekommen sind. Ach ja, und verzeihen Sie mir die Sache mit dem Tee«, bat ich sie, »aber ein wenig Ruhe hat Ihnen, denke ich, sehr gutgetan, und Sie schienen mir niemand zu sein, der sich durch gutes Zureden ruhigstellen lässt.«

Nein, so jemand sind Sie bestimmt nicht. Buster Mandrake, der auf meiner Schulter gesessen hatte, sprang jetzt auf den Boden und lief mit einigen schnellen Sprüngen zurück in den Raum hinter uns.

»Wie auch immer, ich danke Ihnen jedenfalls, dass Sie hergekommen sind. Ihre Anwesenheit, Miss Scarlet, ist in der Tat vonnöten in dieser speziellen Angelegenheit. Ich weiß, es klingt ein wenig rätselhaft, aber Sie werden verstehen, was ich meine, wenn ... Nun ja, treten Sie erst einmal ein.« Ich ging voran, ohne ihre Reaktion abzuwarten.

»Worum geht es?«, wollte Scarlet wissen.

»Folgen Sie mir einfach.«

Ich hörte die Schritte hinter mir auf dem Teppichboden.

Wir betraten einen Salon, der vornehm und riesig und reinster Luxus war. Es war eisig kalt. Alles sah aus, als habe gerade erst das 20. Jahrhundert begonnen. In den vielen Uhren, die überall waren, spiegelten sich matt unsere Gesichter, aber die Zeiger waren schon vor langer Zeit stehen geblieben.

»Warum besitzt jemand so viele Uhren«, fragte Scarlet verwundert, »wenn keine davon funktioniert?«

»Gute Frage«, stellte ich fest.

»Und die Antwort?«

»Weht im Wind.«

Ein scharfer Wind blies uns tatsächlich in die Gesichter.

Scarlet und Jake zogen die Kragen enger, und ihr Atem war feiner Hauch vor den erstaunten Gesichtern der beiden. Die Fenster erlaubten einen Ausblick auf den Central Park. Jemand hatte sie weit geöffnet. Kein einziges der vielen Fenster war geschlossen, sie alle standen weit offen, und Schnee stob in den riesigen Salon. Eine weiße Schicht hatte sich bereits auf die Möbel gelegt.

»Darf ich Ihnen Inspektor Crane vorstellen?«

Der Angesprochene lächelte trocken. Er hatte an einem der Fenster gestanden und nach draußen geschaut. »Hallo, Jake«, sagte er nur.

Er trug einen knittrigen Trenchcoat und einen grünen

Schal. Sein hageres Gesicht wirkte misstrauisch und wachsam zugleich. Die kleinen Augen und der Oberlippenbart ließen ihn wie ein Raubtier erscheinen.

»Hey, Inspektor.« Jake hob nur kurz die Hand zum Gruß. Dann wandte Crane sich Scarlet zu. »Sie müssen Miss Hawthorne sein. Die Mistress hat mir von Ihnen berichtet.«

Scarlet tat verwundert. »So, hat sie das?«

»Ja, sie hat«, antwortete ich.

Er musterte Scarlet neugierig und sagte dann mit schneidender Stimme: »Mistress Atwood hat mich gebeten, Sie vorerst nicht zu behelligen.«

»Was meinen Sie damit? Weswegen sollten Sie mich denn behelligen?« Sie warf mir einen verwirrten und gleichsam beunruhigten Blick zu.

»Inspektor«, schaltete ich mich schnell ein, »wir sollten nicht mit der Tür ins Haus fallen, denke ich.«

Inspektor Crane nickte nur. »Sie haben recht. Ich überlasse die junge Dame Ihrer Führung, Mistress.«

»Ich danke Ihnen vielmals«, säuselte ich, »vielen, vielen, vielen Dank.« Dann nahm ich Scarlet bei der Hand und führte sie am Inspektor vorbei zur Ostseite des Salons, die mittels eines schneeweißen Vorhangs vom Rest des Raumes getrennt war.

Verborgen von diesem schneeweißen Vorhang war eine Gestalt.

»Das ist Ariel Van Winkle«, stellte ich den einzigen Bewohner des siebenten Stockwerks vor.

Und Scarlet erkannte, was das Problem war.

»Wer hat das getan?«

»Das weiß leider niemand.«

»Es kann kein Wendigo gewesen sein. Der Obdachlose im

Park sah anders aus, als ...« Die Stimme versagte ihr. »Er war noch ein Mensch, nachdem der Wendigo ihn dort zurückgelassen hatte.«

»Ich glaube auch nicht, dass es ein Wendigo war«, gab ich zu.

»Aber wer tut so etwas?«

»Gute Frage, Miss Scarlet.«

Beide traten wir näher.

Mitten im Raum, gleich hinter den Vorhängen, kniete eine große Gestalt am Boden. Sie war ganz und gar zusammengekauert, der Körper gekrümmt. Das, was einmal die Hände gewesen waren, stützte sich am Boden ab. Jetzt waren es kaum mehr als Eisklumpen.

Buster Mandrake setzte sich auf die Hinterbeine und schnüffelte an den Möbelstücken in der Nähe des Eistoten herum. *Nichts,* fiepte er. *Nichts, nichts, nichts.* Er trippelte zur Sitzgruppe. *Aber hier, ja, hier ist etwas, oberflächlich.* Die dunklen Augen musterten Scarlet, doch was immer er gerochen hatte, er behielt es für sich.

Ich nickte ihm nur zu.

Später, flüsterte ich allein mit den Augen.

»Wie ist so etwas möglich?« Noch immer betrachtete sie die Gestalt aus einiger Entfernung.

»Kommen Sie, Miss Scarlet, kommen Sie.«

Vorsichtig trat Scarlet näher.

Sie erkannte mühelos, dass es sich bei der Gestalt am Boden tatsächlich um eine glitzernde Eisskulptur handelte. Sie war einmal ein wirklicher, atmender Mensch gewesen. Ein Mann, womöglich mittleren Alters. Man konnte förmlich durch ihn hindurchsehen. Das Licht, das in den Raum fiel, brach sich im Inneren des Mannes in vielfältigen Farben. Er war jetzt nur Eis und Frost. Schneeflocken blieben auf ihm liegen, ohne zu schmelzen.

»Haben Sie ihn schon einmal gesehen?«, fragte ich sie.

Scarlet starrte die Gestalt am Boden nur schweigend an.

»Das ist ein Eistoter«, sagte Jake.

Ein eisig kalter Windstoß fegte durch den Salon.

Inspektor Crane, der sich wieder zu uns gesellte, erklärte: »Wenn es kalt ist, bleibt er länger erhalten.«

»Er ist so dürr und knorrig«, entfuhr es Scarlet, »wie ein uralter Ast an einem einst mächtigen Baum, den der Wind mit aller Kraft zu brechen versucht.«

Ein Teil von ihm ist schon geschmolzen, sagte Buster. *Das passiert jedes Mal. Sie schmelzen schnell.*

»Was ist mit ihm passiert?«, fragte Scarlet erneut.

»Man hat laute Schreie vernommen«, erklärte der Inspektor. »Die Nachbarn in den anderen Stockwerken sind noch immer ganz durcheinander. Wie hungrige Raubvögel, so habe sich der Lärm angehört.« Er betrachtete den Körper. »Der Zimmerservice wollte nach dem Rechten schauen, und da hat man ihn gefunden. Zu Eis erstarrt. Einfach so.« Er sah sehr nachdenklich aus. »So finden wir sie immer.«

»Kennen Sie Master Van Winkle?«, fragte ich Scarlet erneut. »Sehen Sie sich sein Gesicht ganz genau an. Kommt es Ihnen denn gar nicht bekannt vor? Denken Sie nach!«

Scarlet schüttelte nur den Kopf. »Ich habe ihn nie zuvor gesehen. Niemals.«

Seine Hände, die kaum mehr als Stümpfe waren, ließen gebogene Krallen erkennen. Zumindest sahen sie für Scarlet so aus wie Krallen, aber das konnte auch einer optischen Täuschung zuzuschreiben sein, hervorgerufen durch das helle Licht und das glitzernde Eis.

»Hm, hm.« Ich wandte mich dem Inspektor zu. »Sie haben mir versprochen, dass ich in dieser Sache tun kann, was ich für richtig erachte.« Ich ging auf ihn zu. »Und ich denke, dass wir genug gesehen haben«, sagte ich höflich, wenn auch bestimmt. »Miss Hawthorne kennt Master Van Winkle nicht, das sollte uns als Antwort vorerst genügen.« Ich bedeutete den anderen, mir zu folgen. »Wenn ich Neuigkeiten habe, werde ich Sie davon in Kenntnis setzen. Vertrauen Sie mir.« Dann ging ich zur Tür. Ich schnalzte mit der Zunge, und Buster hüpfte mir auf die Schulter.

Was jetzt, Anthea?

»Wir folgen den Spuren, wie immer.«

Bisher haben wir keine Spuren gefunden, gab er zu bedenken. *Keine richtigen, jedenfalls.*

»Einmal beginnt man immer mit allem«, erwiderte ich.

Warum gerade hier?

Ich nickte in Richtung Scarlet. »Weil sie bei uns ist, Buster, deswegen!« Und im Flüsterton fragte ich ihn: »Du hast dich nicht eben geirrt?«

Kann diese Nase getäuscht werden?

»Gut, gut«, murmelte ich nur.

Dann beschleunigte ich meine Schritte.

Die anderen folgten mir, hinaus aus dem Salon und durch die endlos langen Korridore.

»Wir sollten jemanden treffen.« Ich ging schneller und schneller und redete dabei unentwegt, denn meine neue Schutzbefohlene – und als solche sah ich die junge Frau – musste informiert werden. »Seit Wochen, Miss Scarlet, wird New York von einer Reihe seltsamer Todesfälle heimgesucht.« Ich beobachtete sie aus den Augenwinkeln.

»Es ist schwirig, diese Eistoten miteinander zu verbinden.

Doch nach und nach haben wir einige Gemeinsamkeiten herausfinden können. Und dies hier ist eine der wenigen Gemeinsamkeiten, auf die wir gestoßen sind.«

Ich kramte in der Manteltasche herum und zeigte ihr, was ich in der Hand hielt.

»Was ist das?«, fragte sie.

»Ein Amulett.«

»Und?«

Ich schaute mich um. »Diese Korridore sehen alle gleich aus«, meckerte ich.

Dort entlang, riet Buster.

»In allen Fällen trugen die Eistoten Amulette wie dieses bei sich. Und diese Amulette bestanden allesamt aus Pflanzen. Nun ja, es waren natürlich immer andere Pflanzen, aber sie hatten doch eine Gemeinsamkeit. Eine kleine, aber feine Gemeinsamkeit, die ich beinah übersehen hätte. Das Offensichtliche, Miss Scarlet, wirkt nicht selten so unscheinbar, dass man es nur allzu leicht übersieht.«

»Welche Gemeinsamkeit?« Scarlets Augen funkelten.

»Es waren kleine Amulette aus Alant, Aaronstab und Pfingstrose.« Ich betrachtete das Amulett, das ich gerade in meiner Hand hielt. »Dies ist eine Pfingstrose, gepflückt und getrocknet.«

Scarlet schwieg.

»Jedes Amulett bestand primär aus einer Pflanze in hoher Dosierung. Blütenblätter, Stängel, Blätter, zerrieben oder nicht, das macht keinen Unterschied. Die Seele ist das, was zählt. Auch bei Pflanzen.«

»Deswegen hat man Sie als Botanikerin also hinzugezogen? Wegen dieser Amulette?«

Ich nickte. »Jede Pflanze, das müssen Sie wissen, junge

Miss Scarlet, hat eine besondere Bedeutung. Jede Pflanze erfüllt einen Zweck. Jede Pflanze kann etwas ganz Bestimmtes bewirken.«

»Machen Sie es nicht so spannend.«

»Die Pfingstrose ist eine jungfräuliche Pflanze, der Göttin Athene zugetan. Im alten Griechenland empfahlen die Gelehrten, die Pfingstrose nachts auszugraben, weil sie am Tage von einem Specht bewacht würde, der jedem, der mit dem Graben am Tage begänne, die Augen auspicken würde. Im Altertum wurde sie als Zauberpflanze genutzt, um sich gegen dunkle nächtliche Erscheinungen und Schabernack treibende Naturdämonen zu schützen. Schon allein die Samen waren zu diesem Zweck sehr nützlich.«

»Was hat das mit dem Eistoten zu tun?« Scarlet rief sich den Leichnam ins Gedächtnis zurück.

»Die Pfingstrose wurde immer schon mit dem Sehen und den nächtlichen Träumen in Verbindung gebracht.«

»Sie war ein Schutzzauber.« Jake brachte es auf den Punkt.

»Genau. Sie schützte den Träger vor bösen Träumen.« Ich sah mich um und fragte Jake: »Waren wir eben nicht schon hier? An genau dieser Ecke mit genau diesem Bildnis?«

Jake sah sich um. »Könnte sein.«

»Verdammt, verflucht und Dreck. Warum passiert das immer mir?« Ich setzte ein Lächeln auf und sagte zu Scarlet: »Keine Sorge, ich kenne den Weg. Folgen Sie mir einfach ...«

»Okay«, sagte Scarlet.

Immer der Nase nach, sagte Buster.

»Darüber hinaus fand man in anderen Fällen Blüten und Samen von Alant.«

Scarlet betrachtete die gelben Blütenblätter.

»Im frühen Mittelalter verwendete man Alant, um schleichende Krankheiten, die einem von Nachtalben angezaubert worden waren, zu heilen. Und auch die Pflanze, die Odysseus angeblich verwendete, um sich gegen den Zauber der Circe zu wappnen, wird oft als Alant interpretiert.«

Scarlet rannte mir hinterher, gemeinsam mit den anderen.
»Keine Sorge, ich kenne den Weg«, wiederholte ich.

Hört, hört, sagte Buster. Und dann, an der nächsten Kreuzung: *Nach rechts, Anthea, nach rechts.*

Freches Biest!

Ich fuhr fort, unbeirrt: »Bleibt noch Aaronstab oder Natternwurz, wie man in manchen Gegenden sagt. Eine Pflanze, die man kleinen Kindern in die Windel steckte oder unters Bett legte, um sie vor nächtlichen bösen Träumen zu schützen. Manche Völker gruben sie gar vor der Türschwelle in den Boden, um böse Geister fernzuhalten.«

»Aber was haben all diese Pflanzen mit den Eistoten zu tun?«
»Gute Frage, Miss Scarlet.«
»Das sagen Sie oft. *Gute Frage,* meine ich.«
»Ich weiß, ich weiß. Das passiert ... zuweilen.« Ich streichelte Busters Kopf und ging weiter. »Alle diese Pflanzen sind ein wirksamer Schutz gegen schlimme Träume.« Der nächste Korridor war der richtige, man konnte es förmlich spüren. »Bisher ist das die beste Spur, die wir haben. Es wurden bei allen Opfern Mittel zur Abwehr böser Träume und hungriger Traumwesen gefunden. Das kann doch kein Zufall sein, oder?!«

»Fragen Sie nicht mich«, entgegnete Scarlet.
»Und wann sucht jemand Schutz vor seinen Träumen?«
Kurzes Schweigen.
»Sie meinen, die Opfer haben sich vor ihren Träumen gefürchtet?«

Ich nickte ihr zu. »So sehr, dass sie sich mit den Amuletten zu schützen versuchten.«

»Aber was sollte ihnen denn in ihren Träumen zustoßen?«

»Ich habe keine Ahnung.«

Träume sind selten so harmlos, wie es den Anschein hat, bemerkte Buster.

Scarlet berührte das Amulett, das sie selbst um den Hals trug. »Was hat das alles mit mir zu tun?«

Vor uns tauchte ein Fahrstuhl auf.

Ich ergriff ihre Hand. »Kommen Sie, ich stelle Ihnen jemanden vor.«

Der kleine Fahrstuhl, der weniger elegant aussah als jener, den Scarlet und Jake genommen hatten, um in den siebenten Stock zu gelangen, öffnete mit einem mechanischen Geräusch seine Türen. Ein Uhrwerkmensch stand darin und nickte uns klickend und surrend zu.

Scarlet sah nicht so aus, als habe sie diesen Uhrwerkmenschen jemals zuvor gesehen.

»Das Dakota«, erklärte ich ihr, »hatte viele berühmte Bewohner.« Ich nannte nur einige der Namen. Lauren Bacall, Boris Karloff, Leonard Bernstein, Judy Garland, José Ferrer. »Manche davon leben noch immer hier.« Ich deutete zu dem Uhrwerkmenschen. »Niemand wollte sich in die Karten schauen lassen. Die Stars und die Berühmtheiten wollten ihre Geheimnisse in sicherem Gewahrsam wissen. Deswegen wurden die Uhrwerkmenschen konzipiert.«

Der Uhrwerkmensch trug eine Maske aus Blech, die wie ein menschliches Gesicht geformt war. Anstelle der Augen waren zwei Uhren mit Zeigern, die sich unaufhörlich drehten, in das Gesicht eingelassen.

»Ich grüße Sie«, sagte der Uhrwerkmensch. Die Rädchen

und Scharniere in seinem Körper surrten geschäftig, wenn er sich bewegte.

»Hallo«, sagte Scarlet.

»Wie geht es Ihnen?«

»Gut«, antwortete Scarlet, ohne zu überlegen.

»Sie wirken heute nicht verärgert.«

»Wie meinen Sie das?«

»Ihre Wunde ist verheilt«, stellte der Uhrwerkmensch fest.

Scarlet wusste nicht recht, was er damit meinte. »Woher kennen Sie mich?«

»Sie sind so höflich«, stellte der Uhrwerkmensch fest. »Das waren Sie auch gestern schon.«

»Gestern?«

»Ja, gestern.« Die Zeiger in seinen Augen drehten sich mit einem Mal noch schneller. »Möchten Sie die genaue Uhrzeit wissen, wann wir einander begegnet sind?« Er sagte sie ihr. »Sie haben mich gefragt, ob es mir gut geht. Das tun die Gäste sonst nie.«

Scarlet schluckte. »Wir sind einander begegnet? Gestern?«

Der Uhrwerkmensch nickte, nannte ihr die Uhrzeit ein zweites Mal.

»Wo?«, fragte Scarlet.

»In diesem Fahrstuhl. Sie sind am frühen Morgen aufgetaucht und nach oben gefahren. Ich habe Sie gefragt, weshalb Sie den Bedienstetenaufzug nehmen. Und Sie haben geantwortet: *Fragen Sie nicht.*«

Scarlet stutzte. »Sie meinen, ich bin hier gewesen?«

»Ja.«

»Aber das ist ...«

»Sie wollten zu Master Van Winkle, das haben Sie mir gesagt. Es sei wichtig. Ich habe Ihnen den Weg gewiesen.«

Ich schaltete mich ein. »Deswegen, Miss Scarlet, habe ich Sie hierherbestellt. Als man mich ins Dakota rief, da bin ich, nachdem mir der Eistote gezeigt worden war, durch die Korridore spaziert, um zu sehen, wohin all die Wege führten, und um herauszufinden, wer sich denn alles in diesen Korridoren herumtrieb.«

»Die Mistress hat mich gefragt, ob jemand Fremdes ins Dakota gekommen ist«, erklärte der Uhrwerkmensch. »Und ich habe mich an Sie erinnert, junge Miss. Habe ich etwas falsch gemacht?«

Scarlet schüttelte den Kopf. »Aber nein, nicht doch.« Sie stockte, fragte dann zögerlich: »Ich bin wirklich hier gewesen?«

»Sie sind zu Master Van Winkle gegangen und später, als Sie zurückkehrten, da waren Sie verletzt.«

Scarlet berührte die lange Wunde an ihrer Stirn. »Aber ich kann mich an nichts erinnern.«

»Die Wunde war ganz frisch und blutig, als Sie von Master Van Winkle zurückkehrten.«

»Ich ...«

»Sie waren wütend. Ganz außer sich. Haben auf ihn geschimpft. Auf Master Van Winkle. Er würde schon sehen, was er davon hätte, Ihnen nicht zu helfen. Es würde sein Verderben sein, wenn nicht heute, dann später. Sie haben fürchterlich geflucht, als Sie in den Aufzug gestiegen sind. Sie waren wütend, weil er Sie verletzt hatte.«

Sie berührte die Wunde an ihrer Stirn, als sei sie ein schlechter Traum. »Das war Master Van Winkle?«

»Ja.«

»Aber sie ist fast schon verheilt. Wie kann das sein?«

»Sie sind nach Strawberry Fields gegangen«, sagte der Uhrwerkmensch nur. »Dazu habe ich Ihnen geraten.« Die Zeiger in seinen Augen wanderten immer im Kreis umher.

»Verstehen Sie jetzt, weshalb ich Sie bat, ins Dakota zu kommen?«, fragte ich sie.

Ihr Geruch weht noch immer durch den Salon. Buster Mandrake blinzelte. *Es besteht kein Zweifel daran, dass Sie hier gewesen sind. Sie haben Master Van Winkle einen Besuch abgestattet, und er hat Sie verletzt.*

»Aber warum nur?« Ganz verloren stand Scarlet Hawthorne im Fahrstuhl und starrte den Uhrwerkmenschen an. »Warum habe ich das alles getan?« Die beiden tickenden Augen gaben ihr keine Antwort. Die Zeiger darin kreisten jetzt wieder langsamer um die güldenen Pupillen.

»Eine gute Frage, Miss Scarlet«, bemerkte ich. »Eine wirklich gute Frage.«

Ich erkannte Furcht in ihren Augen. »Was werden Sie jetzt tun?«

»Mit Ihnen?«

»Ja.«

»Ich nehme Sie mit.«

»Wohin?«

»Dorthin, wo Sie schon einmal waren.« Ich befahl dem Uhrwerkmenschen, den Fahrstuhl in Gang zu setzen. »Ja, Miss Scarlet, wir gehen hinab in die Stadt unter der Stadt.« Der Fahrstuhl sank schnell in die Tiefe. »Wir folgen Ihren Spuren.« Und bevor sie etwas erwidern konnte, fasste ich sie bei der Hand und zog sie aus dem Fahrstuhl heraus. »Auf nach Strawberry Fields!«, verkündete ich und schritt voran. »Wir gehen hinab in die uralte Metropole.«

Kapitel 6

Das Zeitalter des Wassermanns

Manchmal lässt das Leben einem nur die Wahl, einen Fuß vor den anderen zu setzen, zögerlich und dennoch entschlossen und trotzdem voll der Ungewissheit und des Unbehagens, weil man nicht einmal zu ahnen vermag, was einen in dem unentdeckten Land, das zu betreten man sich aufgemacht hat, erwartet. Es ist ein Gefühl der bangen Erwartung jener Dinge, die da kommen mögen, ein Hauch von Abenteuerlust, dem bittere Einsamkeit und Verlorenheit beigemischt sind, so leichtfertig wie Rosenduft im Sonnenschein, so verlockend und doch Vergänglichkeit atmend.

»Warum tun Sie das alles?«, wollte Scarlet Hawthorne von mir wissen, als wir das Dakota verlassen hatten. »Warum helfen Sie mir?«

Schneeflocken wirbelten durch den Tag, und die hellgrauen Wolken hingen wie Träume über der Stadt, so tief, dass selbst die kleineren Wolkenkratzer mit all ihren kunstvollen Dächern darin verschwanden.

»Vielleicht nur deswegen«, antwortete ich knapp, »weil mir damals niemand geholfen hat, als *ich* in Not war.«

Scarlet wirkte neugierig. »Was ist Ihnen denn widerfahren?«

»Das, Miss Scarlet, ist eine Geschichte, die ein andermal erzählt werden will, aber nicht heute«, sagte ich nur und schritt voran. »Nein, nein, bestimmt nicht heute.« Ich blickte nach vorn, nicht zurück. Nie, nie wieder zurück, das hatte ich mir einst geschworen.

Scarlet gab sich vorerst mit dieser Antwort zufrieden, und das war gut so.

Wir gingen den Gehweg entlang, zurück zur nächsten Subway-Station.

Die Menschen strömten an uns vorbei, und allesamt waren ihre Gesichter leer, die Augen auf Dinge gerichtet, die weit entfernt sein mussten. Niemand schenkte uns Beachtung. Dabei waren wir eine illustre Gruppe von seltsamen Gestalten: der junge Jake Sawyer, der wie ein Hafenarbeiter wirkte und müde durch den Schnee stapfte, daneben Scarlet Hawthorne mit dem bleichen, markant entschlossenen Gesicht, gekleidet in ihren bunten Flickenmantel, und dann noch meine Wenigkeit, ein bisschen hexenhaft, mit einem müde aussehenden Buster Mandrake auf der Schulter.

Nun ja, das ist die Stadt.

New York, New York.

Wie in dem Lied.

Niemand kümmert sich um den anderen.

»Und du?«, fragte sie Jake nach einer Weile. »Warum hilfst du mir?«

Jake grinste breit und sah mit seinem Dreitagebart verwegen aus wie ein Schurke. »Ich bin eben ein netter Kerl. Ich neige dazu, jungen hübschen Frauen, die sich in Not befinden, zu helfen.«

»Hübsch?« Sie zog eine Augenbraue hoch, nur die linke.
»Habe ich *hübsch* gesagt?«
»Ja, hast du.«
»Bist du dir sicher?«
»Ja, bin ich.«
Er zwinkerte ihr zu. »Ich wollte nur etwas Nettes sagen.«
»Das ist jetzt aber kein Kompliment«, erwiderte sie.
»War auch nicht als eines gedacht.«
»Sondern?«
»Es ist, wie es ist.« Er schob sich die Brille zurecht. »Eine Feststellung, wenn du so willst.«
»Ach so.«
»Hey, ich wollte nur sagen, dass ...«
»Dass du jungen hübschen Frauen gern hilfst.«
Er grinste. »Ja.«
»Und das tust du andauernd.«
»Oft«, sagte er und kratzte sich am Kinn, »ja, ziemlich oft.«
»Wenn du nicht gerade Dinge tust.«
Er musste lachen. »Dinge, ja.«
Scarlet steckte ihre Hände in die Taschen des Mantels. »Okay, dann bin ich ja beruhigt.«
Buster Mandrake, der das Gespräch belauschte, schwieg. Seine Knopfaugen blinzelten mir nur zu, und ich ließ dieses Zwinkern, wie so oft, unkommentiert.
»Es geht hinab«, verkündete ich, als wir endlich die Treppe erreichten.
Vor uns tauchte die Station auf.
Menschen strömten in die Unterwelt, und die Unterwelt gab Menschen frei. Alle drängelten sie, alle hatten sie es eilig, alle schauten sie nicht in die Gesichter der anderen. Mehr noch, sie gaben sich alle Mühe, derartige Blicke zu vermei-

den, als hätten sie Angst, Dinge sehen zu müssen, die viel zu sehr Spiegel und allzu wenig Perfektion wären.

New York, New York.

»Es steckt mehr hinter alledem«, sagte ich. »Dass wir uns getroffen haben. Es gibt selten Zufälle, so heißt es doch. Dinge passieren und ziehen andere Dinge an. Was wir tun, hinterlässt Spuren, in die andere treten und tun, was dann wohl ihre eigene Bestimmung ist. Aber alles, junge Miss Scarlet, ist miteinander verknüpft. Ein Schritt ergibt den nächsten.« Ich seufzte. »Dummerweise erkennt man in den meisten Fällen erst zu spät, wie das Muster aussieht.«

Es war nicht schwierig zu erahnen, woran Scarlet dachte. Die Wendigo, die Vergangenheit, die man ihr genommen hatte. Die Verlorenheit und die eisig kalte Winterstadt.

»Du siehst müde aus«, sagte Jake zu ihr.

»Sieht nur so aus«, erwiderte sie und reckte das Kinn.

Dann begaben wir uns hinab in die Subway-Station *72nd Street*. »Dort befindet sich ein Siding, das wir bedenkenlos nehmen können«, erklärte Jake, der seine Mütze tief ins Gesicht gezogen hatte, selbst hier unten in der neonlichterhellten Tiefe.

»Was ist das?«

»Ein Siding«, begann er geduldig, »ist ein Rangier- oder Abstellgleis. Dort befindet sich ein Übergang in die uralte Metropole von New York.« Und dann übernahm es Jake Sawyer, ihr das Nötigste zu erklären.

Niemand wusste, was vor den ersten Siedlern dort unten gewesen war, aber mit den Siedlern hatte sich die Welt unter den Straßen der großen Stadt mit Leben gefüllt. Jede Avenue, jede Straße, jeder Fluss, jeder Hinterhof und jeder Park fand dort unten sein Echo. Es war, als habe sich die

Stadt selbst geträumt, als erfände sie sich immer wieder aufs Neue, als erwachten all die Gedanken und all der Glaube hier unten zu neuem Leben. Es gab Wesen in den Tiefen jenseits von TriBeCa und Soho, an die man in seinen kühnsten Träumen nicht zu denken wagte. Darunter die Wölfin Roms, die Monster Moskaus, die Sphinxe von Paris, die Kolibris von Madrid, die gefiederten Schlangen Neu-Mexikos. Wilde Götter, einst in den alten Kontinenten daheim, waren mit den Menschen in die neue, ach, so neue Welt gekommen. Es gab Wege, die gleichsam von einem Land ins nächste führten. Gewisse Einwanderer, die sich hier niedergelassen hatten, wurden sogar geografisch zu einem Teil der unterirdischen Welt. Selbst das Labyrinth des Minotaurus, so munkelte man, sei mit den Schiffen aus Griechenland hiergehergekommen. Es gab römische Viadukte dort unten, russische Paläste, finstere und endlose Wälder in den tiefsten Tiefen unter der Stadt.

Wenn es irgendwo einen Ort gab, an dem Wunder und Rätsel und vergessene Wesen ihre Zuflucht gefunden hatten, dann dort unten.

Während wir die Tunnel entlanggingen, erzählte Jake Scarlet fasziniert von den verschlungenen Pfaden Neu-Amsterdams, von Greenwich mit seinen Geschäften und Kneipen. Da waren Deep Lower Manhattan, die Hudson Märkte und die 5th Avenue Downtown mit ihren missgestalteten Zeitungsjungen.

Er berichtete von Dingen, die sich allesamt wie Wunder anhörten: von den Maulwurfsmenschen der Great Central Station und den Cherokee-Händlern, deren Schiffe noch immer vor Liberty Island ankerten. Von den Sonnenschlangen, die drüben in den Katakomben von Queens hausten, und von Salzwürmern, die man im Schlick der Abwasserkanäle fand.

»Es ist gefährlich dort unten«, warnte er sie, »nicht jeder beschreitet die Pfade wohlgemut.«

»Aber dieses Siding hier ist sicher?«

»Ja«, antwortete Jake. »Strawberry Fields ist sicher.«

Scarlet ging an einem Obdachlosen vorbei, beinahe hätte sie ihn übersehen. Er saß am Rand des Tunnels, und die Menschen strömten an ihm vorbei, ohne ihn zu beachten.

Sie wollten ihn nicht sehen. Er war alles, was sie nicht sein wollten, so viel war klar.

Der Mann war alt. Ein dichter Bart voller Läuse verdeckte einen Großteil seines faltigen Gesichts. Seine Kleidung, die kaum mehr als Fetzen und Lumpen war, roch scheußlich. In seinem Schoß ruhte eine Pflanze. Eine Yukka-Palme, die er wohl im Müll gefunden hatte. Die Pflanze sah ausgetrocknet aus. Ihre Blätter waren braun und gelbgrün mit zerfransten Rändern.

Scarlet blieb stehen.

Wir alle taten das.

Doch nur Scarlet kniete sich vor den Mann, der nach Pisse und Schlimmerem stank.

»Sie ist traurig«, sagte Scarlet leise.

Der Obdachlose richtete seinen Blick auf sie. Er war es nicht gewöhnt, dass sich jemand um ihn kümmerte. Er hatte es wohl selten erlebt, dass jemand bei ihm verweilte. »Sie hat einmal in einem Zimmer gestanden.« Die Stimme des alten Mannes war rau, und sein Atem roch nach Alkohol. Womöglich war er gar nicht so alt, wie er aussah. Der schwere Geruch von Leim haftete der Jacke an, die er trug. »Einem Zimmer in einer schönen Wohnung.« Er berührte die Pflanze mit knorrigen und gelben Fingern, unter deren Nägeln schwarz der Dreck steckte. »Wir haben sie gegossen.« Er hustete. »Meine Frau und ich und ...« Er senkte den Blick und berührte die braunen Blätter, als seien sie noch lebendig. »Eine andere Welt war das. Ohne das hier, das alles, dieses Durcheinander.« Er wedelte hektisch mit der Hand herum und warf den vorbeieilenden Passanten verwirrte Blicke zu. Dann schaute er Scarlet an. »Was willst du von mir, Mädchen?« Wut und Zorn wurden plötzlich in der Stimme geboren. »Ich brauch dein Mitleid nicht.« Er hielt die Pflanze fest im Arm. »Ich bin ein Ritter, ja, das bin ich, und die Pflanze hier, sie ist mein heiliger Gral.«

Scarlet nickte nur.

Dann streckte sie die Hand aus und berührte die Pflanze.

»Das ist mein Gral!«, schrie der Obdachlose plötzlich und zog die Pflanze von ihr fort. »Da ist mein Leben drin. So trage ich es mit mir herum. Such dir deinen eigenen Gral. Der hier war schon immer meiner... ja, meiner und ...« Er hielt inne, starrte die Pflanze an.

Die knittrigen Blätter füllten sich mit einem tiefen Grün, als habe die Pflanze neuen Mut gefasst. Die schmalen, flachen Blätter streckten sich, als seien sie aus einem tiefen Schlaf erwacht.

Der Obdachlose berührte die Blätter, streichelte sie zärtlich. Tränen standen ihm in den Augen. Er öffnete den Mund, leckte sich über die fauligen Zähne, suchte nach Worten.

Scarlet erhob sich. Sie sah traurig aus. Doch sie lächelte.

»Ich hab' nicht immer nach Pisse gerochen«, sagte der alte Mann nur. Dann weinte er.

»Sie ist froh, dass sie bei Ihnen ist.« Scarlet biss sich auf die Lippe. »Sie sind ihr Zuhause.«

Dann drehte sie sich auf dem Absatz um und ging fort. So schnell lief sie, dass wir uns beeilen mussten, um sie nicht zu verlieren. Ihre Stiefel klapperten auf dem Asphalt. Sie rannte weiter in den Tunnel hinein, tauchte in die Menschenmenge ein und war auf einmal verschwunden. Nur hin und wieder sah man die bunten Flicken des Mantels im Gewühl der Leiber auftauchen.

Wir holten sie erst am Bahnsteig ein.

Sie stand mit zu Fäusten geballten Händen da, still und steif wie festgefroren, und starrte in die Menschenmenge hinein.

Jake war als Erster bei ihr. Er legte ihr die Hand auf die Schulter, behutsam, weil er sie nicht erschrecken wollte. Außerdem kannte er sie ja gar nicht, nein, eigentlich kannte er sie wirklich nicht. »Alles okay?«, fragte er leise.

Sie nickte, ohne ihn anzusehen.

»Was ist passiert?«, fragte ich und schnappte nach Luft.

»Ich weiß, wie er gelebt hat. Ich konnte es fühlen.« Sie sah mich an. »Sie hat es mir gesagt.«

»Die Pflanze!« Ich hatte es geahnt.

Scarlet nickte.

»Tricksterkind«, sagte ich. Das war Erklärung genug. Dann nahm ich sie in die Arme, einfach so. Sie atmete langsam und ließ diese Umarmung zu. »Sie können Dinge, die andere nicht können.«

Sie seufzte.

Langgezogen.

Tief.

»Ich kenne die uralte Metropole«, flüsterte sie. »Es ist nur ein Gefühl. Wie ein Geruch, den man schon einmal gerochen hat. Ich kann ihn nicht fassen, aber er ist da.« Sie löste sich aus der Umarmung, wischte sich schnell die Tränen aus den Augen und rang um Fassung. »Die Pflanze«, sagte sie, »hat in Bildern zu mir gesprochen.« Sie ließ den Blick durch die Station gleiten. Ein Zug fuhr ein, und lau wehte der Fahrtwind ihr ins Gesicht. »Ich weiß, dass es eine Stadt unter der Stadt gibt.«

Ich nickte nur. »Sie wissen es, junge Miss Scarlet, weil Sie schon einmal dort unten gewesen sind«, sagte ich schnell, ohne im Geringsten zu wissen, ob das jetzt auch wirklich der richtige Zeitpunkt war, um damit herauszurücken. »Vielleicht haben Sie sogar dort unten gelebt.«

Scarlet starrte mich an.

»Was soll das heißen? Ich habe niemals dort unten gelebt!«
»Vielleicht doch.«
»Wie kommen Sie darauf?«

Ich trat vor sie und fasste sie an den Händen. »Ich denke, ich sollte ehrlich zu Ihnen sein, junge Miss Scarlet. Und am Ende gibt es nie den richtigen Zeitpunkt, sondern nur Momente, die tatenlos verstreichen.«

Buster Mandrake, der neben mir hergelaufen war, erreichte uns und kletterte erneut auf meine Schulter. Er liebte diesen Platz. Und er nickte Scarlet zu. *Es geht ihm gut*, sagte er, *dem alten Mann. Sein heiliger Gral lebt wieder. Das war sehr nett von Ihnen.*

»Ich weiß nicht, warum ich das getan habe«, gestand Scarlet. »Es ist einfach so passiert. Ich kann nicht einmal genau sagen, *was* ich da getan habe.«

Sie haben ihm Hoffnung gegeben, sagte Buster.

»Er sah so verloren aus.«

»In London«, erinnerte ich mich, »nannten manche sie Restefresser. Aber das sind sie nicht, oder?!«

Scarlet schüttelte den Kopf.

Verwirrt, noch immer.

»Warum kann ich diese Dinge tun?«

»Du bist ein Tricksterkind«, antwortete Jake.

Dann fuhr ich fort: »Während der vergangenen Nacht, müssen Sie wissen, da habe ich anhand Ihres Namens versucht, etwas über Sie herauszufinden. So etwas ist normalerweise nicht sehr schwer. Nicht in Amerika, nicht in dieser Zeit.«

»Aber?« Der Trotz erwachte in Scarlets Stimme.

»In Ihrem Fall gestaltet es sich nicht so einfach, wie ich gedacht habe.«

»Was heißt das?«

»Sie sind Scarlet Hawthorne, und Sie wurden drüben in Greenwich geboren.«

Die dunklen Augen spiegelten meine Worte. »Woher, in aller Welt, wollen Sie das wissen?«

Noch immer hielt ich ihre Hände. Sie zitterten, immer mehr.

»Ich habe die Archive der Stadt bemüht, und damit meine ich bestimmt nicht das, was die Behörden im Rathaus horten. Nein, dies hier ist New York, die Stadt, die niemals schläft. Es gibt andere Wege, die man gehen kann, um die wichtigen Dinge zu erfahren.« Ich packte sie am Ärmel und zog sie weiter. »Aber wir sollten nicht herumstehen, das fällt nur auf.« Wachsam schaute ich mich um. »Wir sollten zu diesem Siding gehen.«

Die Leute werfen mir ohnehin seltsame Blicke zu, gab Buster Mandrake zu bedenken. *Sie mögen keine Tiere, die auf den Schultern anderer Menschen sitzen. Nicht einmal hier in New York.*

»Um eine lange Geschichte ganz kurz zu machen«, fuhr ich

fort, während wir weitergingen, »in den Chroniken von Ellis Island ist eine junge Frau namens Rima Hawthorne erwähnt. Sie kam aus der uralten Metropole von London nach New York, mit einem Schiff, wie so viele andere auch. Sie war allein, es gab keinen Mann. Und sie war schwanger.«

»Wann war das?«

»Im Jahre 1898. Sie wurde registriert, wie alle anderen auch.«

»Und?«

»Sie schenkte einer Tochter das Leben. Sie taufte sie auf den Namen Scarlet.«

Stille.

Scarlet starrte mich an. »Das ist jetzt nicht Ihr Ernst.«

»Doch, ist es.«

Wir verließen den Bahnsteig, und als niemand hinschaute, da sprangen wir auf die Gleise.

Keine Angst, der nächste Zug kommt erst in fünf Minuten, sagte Buster.

Scarlet hörte ihm gar nicht richtig zu. »Sie wollen mir sagen, dass ich im Jahr 1898 geboren wurde?«

»Sehen Sie nach unten. Wenn Sie auf die Stromschienen treten, dann müssen wir Sie für den Rest des Weges tragen.«

Starker Strom, piepste Buster.

»Schon okay«, antwortete Scarlet.

Jake bildete die Nachhut.

Und Scarlet wiederholte die Jahreszahl: »1898?« Ganz ungläubig.

»Ich sage ja nur, dass jemand, der Rima Hawthorne hieß, im Jahre 1898 ein Mädchen zur Welt gebracht hat, das Scarlet genannt wurde.« Ich beobachtete sie und wiederholte den Namen des Kindes: »Scarlet Hawthorne.«

»Sie sind doch verrückt.« Scarlet stand auf den Gleisen, irgendwo tief unter dem Central Park West, und sie fragte sich wohl, wie viel von alledem sie mir glauben konnte.

»Miss Rima Hawthorne lebte mit ihrer kleinen Tochter in Greenwich. Sie gab die Cherry Lane als ihren Wohnort an.«

Scarlet ging ein paar Schritte, blieb dann erneut stehen. »Das ist alles?«

»Ja, das ist alles.«

»Und was ist aus ihr geworden?«

»Das weiß ich nicht.«

»Und warum wissen Sie das nicht?«, fragte sie und fügte ein äußerst genervtes »*Mistress*« an.

»Sie hat die Stadt irgendwann verlassen.«

»Mit ihrer Tochter?« Beinah hätte sie »mit mir« gesagt.

»Genau.«

»Wann war das?«

Jake drängelte: »Wir sollten weitergehen.«

»Keine Ahnung, wann das war.«

»Der Wind«, wies uns Jake auf den nahenden Zug hin.

»Sie sind wirklich verrückt!«, stellte Scarlet fest und setzte sich wieder in Bewegung.

»Na, da sind Sie nicht die Erste, die das behauptet.«

Buster schnalzte mit der Zunge. *Das ist wahr.*

Ich bedachte ihn mit einem tadelnden Blick.

Schon gut, schon gut, murmelte er.

Wir rannten über die Gleise, und dann erreichten wir endlich das Siding. Es befand sich in einem Nebentunnel. Kaum war auch Jake zu uns gestoßen, raste der Zug in den Bahnhof.

»Sehen Sie mich doch an«, schrie Scarlet wütend über den Lärm hinweg. »Wie soll denn das möglich sein? Ich wäre über hundert Jahre alt.«

»Es ist möglich, wenn du hier gelebt hast«, sagte Jake.

»Wo?«

»In der uralten Metropole von New York. Hier unten. Tief unter den Straßen von *Manna-hata*.«

Der Zug kam irgendwo weiter hinten zum Stehen. Bremsen quietschten, und es roch nach Öl und Eisen. »Sie haben hier gelebt, Miss Scarlet. In New York. In der uralten Metropole dieser Stadt.«

»Dummes Zeug!«

»Ach, ist es das wirklich?«

»Blödsinn«, stammelte sie.

Jake Sawyer machte sich an einer Tür zu schaffen, die rostig und alt aussah und auf der ein rotgelbes Zeichen prangte, das vor Starkstrom warnte. »Die Zeit läuft langsamer, wenn man in der uralten Metropole lebt.« Jake drehte sich kurz zu ihr um. »Ich wurde im Jahr 1899 geboren, kurz vor Weihnachten.«

»Dann bist du jünger als ich, Glückwunsch.«

Er musste lachen.

Scarlet machte auf dem Absatz kehrt. »Ich gehe!«, sagte sie entschlossen. Das alles war einfach zu viel.

Jake reagierte blitzschnell, drehte sich um und packte sie am Handgelenk. »Das tust du nicht.« Er ließ sie wieder los. »Bitte.«

»Sie können mir vertrauen, junge Miss Scarlet.«

Sie sieht nur aus wie eine Hexe, sagte Buster.

Ich kniff ihn unsanft ins Ohr, und er fiepte wütend.

»Du kannst uns vertrauen«, sagte Jake.

»Ach ja, kann ich das?« Sie wandte sich mir zu, noch immer zornig, aber auch verzweifelt und ratlos. »Ich soll Ihnen diese Geschichte abkaufen?«

Ich nickte. »Ja, warum denn nicht? Wollte ich Sie belügen, dann hätte ich mir bestimmt etwas anderes einfallen lassen.«

Scarlet schwieg.

»Die Dinge sind nicht immer, was sie zu sein vorgeben«, gab ich zu bedenken.

»Das sind doch nur Sprüche!«

»Nein, keine Sprüche. Jene Menschen, die in der uralten Metropole leben oder sich oft in ihren Regionen aufhalten, sind nicht leicht aufzuspüren. Sie leben im Verborgenen, denn während sie sich in der uralten Metropole befinden, läuft die Zeit langsamer für sie ab.«

Es gibt eine innere Zeit, der alle Lebewesen folgen müssen. Buster sprang von meiner Schulter auf Jakes Mantel. *Sie hat nichts mit der äußeren Zeit zu tun. Die äußere Zeit wird vom Standort bestimmt.*

»Und in der Stadt unter der Stadt, da tickt die Zeit anders?«

»Du hast es erfasst«, sagte Jake, und mit einem lauten Scheppern öffnete er die Tür.

Scarlet war ganz bleich geworden. Sie ging auf und ab, gestikulierte mit beiden Händen und suchte nach Worten. »Das ist alles? Ich meine, das ist die Wahrheit, nach der ich gesucht habe?«

»Nein«, ich schüttelte energisch den Kopf, »das ist nur ein Hinweis. Es ist ein Beginn.«

»Warum sollte ich Ihnen auch nur einen Teil von all diesen Dingen glauben?« Scarlet trat einen Schritt zur Seite, weiter weg von der rostigen Tür und der schwarzen Finsternis dahinter. »Sagen Sie es mir – warum sollte ich Ihnen diese absurde Geschichte abkaufen?«

»Weil wir keinen Grund haben, dich zu belügen«, antwortete Jake.

Misstrauisch erwiderte Scarlet: »Woher soll ich das wissen?«

Es war Buster Mandrake, der mit ruhiger Stimme die Wogen glättete. *Es gibt Zeiten, da muss man denen, die einem zur Seite stehen, vertrauen. Es gibt keinen anderen Weg. Vertrauen ist ein erster Schritt, der schwer zu gehen ist.*

»Er hat recht. Beweise kann ich keine liefern.«

Sie beruhigte sich.

»Ich weiß nur, dass alles einen Sinn ergibt. Sie müssen etwas mit der Stadt unter der Stadt zu tun haben, denn ansonsten wäre es ein Leichtes gewesen, Sie mit Hilfe der offiziellen Behörden ausfindig zu machen.« Ich zog eine Taschenlampe aus der Manteltasche und schaltete sie ein. Der Lichtkegel wanderte in den Tunnel hinein, der vor uns lag. »Am Ende, Miss Scarlet, sind wir genauso schlau wie vorhin.«

»Hm«, grummelte sie nur.

»Aber wir werden Antworten finden, da bin ich mir sicher.«

»Und dazu«, fügte Jake hinzu, »müssen wir nach Strawberry Fields.«

Sie gab sich geschlagen. Mit hängenden Schultern und wachsamen Blicken folgte sie uns in den Tunnel hinein, der sich in dichtester Finsternis hinter der Tür auftat.

»Es gibt viele Pfade, die hinab in die uralte Metropole führen, doch nicht alle sind sicher«, erklärte Jake und ging voran, leuchtete die niedrige Decke aus und mied die Löcher im Boden.

Scarlet tat vorsichtig einen Schritt nach dem anderen.

Es war nicht sehr kalt hier unten, nur ungemütlich.

Schmutziges Wasser tropfte leise von der Decke, an der dicke Rohre entlangliefen. Von ferne durchdrang das Rumpeln der Züge die Finsternis.

»Wo sind wir?«, fragte Scarlet nach einer Weile.

»Über uns befindet sich der Central Park«, erklärte ich ihr. »Und vor uns, ja, vor uns liegt das Zeitalter des Wassermanns.«

Eine riesenhafte Gestalt schälte sich plötzlich aus der Dunkelheit, und bevor Scarlet noch etwas sagen konnte, verneigte ich mich, so tief es nur ging. Jake tat es mir gleich, und selbst Buster Mandrake, der sich mir sanft in die Schulter krallte, neigte sein Köpfchen.

»Das«, sagte ich, »ist der Wächter von Strawberry Fields.«

Da verneigte sich auch Scarlet vor dem Elefantenkopfgott, der hier unten lebte, und der Zugang zum Zeitalter des Wassermanns wurde uns gewährt.

Ganesh, der Elefantenkopfgott, schrumpfte, als er keine Gefahr mehr witterte. Sein Rüssel, der mit kleinen Glöckchen behängt und mit bunten Motiven bemalt war, streckte sich aus und berührte jeden einzelnen der Fremden, die hierhergekommen waren.

Er sprach in einer Sprache, die Scarlet nicht verstand. Es waren Laute, die wie Musik klangen und so filigran waren, dass man sie einem so gewaltigen Gott gar nicht zugetraut hätte. Erst als er auf die Größe eines Menschen geschrumpft war, wirkte er nicht mehr Furcht einflößend.

»Das magische Zeitalter des Wassermanns«, sagte ich. »Das ist die Welt, von der diejenigen, die hier leben, immer geträumt haben. Strawberry Fields Forever.«

Hinter Ganesh öffneten sich aus der Finsternis heraus karmesinrote Vorhänge und gaben den Blick auf eine sonderbar fremde und zugleich vertraute Welt frei, die voller Musik und Farben und Gefühle zu sein schien.

Vorsichtig traten wir ein, trotz aller Freundlichkeit des Gottes.

Scarlet blickte in eine Höhle, die hell erleuchtet war. Alle Furcht, so dunkel und knotig sie auch gewesen sein mochte, schwand in ihr im Aufblitzen eines Augenblicks. Dies war einfach nur ein schöner Ort, es anders zu umschreiben, wäre dem allen nicht gerecht geworden. Orange und rot glühten die Wände, in denen lodernde Fackeln steckten. Überall brannten Lichter: Laternen und Lagerfeuer, Kerzen und Lampions. Alles war wunderbar bunt und friedlich.

Scarlet staunte.

Das war alles, was sie im Moment tun konnte.

Strawberry Fields befindet sich tief unterhalb des Central Park West. Es ist eine Ebene in den weiten Höhlen, deren hohe Wände mit exotischen Gewächsen bedeckt sind, die rot sind wie Erdbeeren, hell wie Orangen, gelb wie Zitronen und die sich von der Musik ernähren, die hier unten gespielt wird. Es ist ein fröhlicher Ort, an dem sich langhaarige Hippies und Cherokee-Händler aus den westlichen Gewölbewelten treffen, um in Ruhe gemeinsam Wasser- und Kräuterpfeifen zu rauchen. An hölzernen Ständen werden selbst gefertigte Waren feilgeboten, ein kunstvoller Krimskrams aus Holz und Ton, Stoff und Metall, Stein und Blüten. Fakire sitzen auf ihren Nagelbrettern und lesen Burroughs, Ginsberg und Kerouac, haben Melodien von Joplin, Morrison und Hendrix im Ohr. Feuerschlucker schlucken Feuer und speien es hinaus in die kunterbunte Welt, in der es nach frischen

Erdbeeren duftet, so dicht und intensiv und allgegenwärtig, dass man sich auf einem Feld unter freiem Himmel wähnt, auf einem Feld voller frischer Erdbeeren, in der Hitze des Hochsommers, während die Bienen surren und Libellen über das klare Wasser der Seen flitzen. Männer und Frauen und Wesen, von denen Scarlet nicht wusste, was genau sie waren, trugen lange Haare und wallende Batikgewänder in allen möglichen Farben und mit den verschiedensten Blumenmustern.

»Ich kann mich nicht daran erinnern, schon einmal hier gewesen zu sein«, murmelte Scarlet.

»Und doch waren Sie es«, stellte ich fest. »Faszinierend, nicht wahr? Alles ist so ... einzigartig. So wunderbar!«

Scarlet wusste nicht genau, was sie von alledem halten sollte. »Sie sehen so aus, als seien auch Sie noch niemals zuvor hier gewesen«, bemerkte sie und ließ die Eindrücke sie bestürmen.

»Doch, doch, ich war schon oft hier«, antwortete ich. »Aber es ist jedes Mal aufs Neue wunderbar.« Ich breitete die Arme aus, löste meinen Schal und lief den Weg mit den roten Steinchen entlang. »Man fühlt sich so frei. Ah, und die Musik!«

»Ist sie oft in dieser Stimmung?«, fragte Scarlet.

»Manchmal«, antwortete Jake.

Scarlet nahm das zur Kenntnis. Sie war also schon einmal hier gewesen, das hatte auch der Uhrwerkmensch ihr gesagt. Sie suchte nach kleinen Hinweisen in ihrem Kopf, doch sie fand keinen einzigen.

»Dort drüben sind die Überreste des Waisenhauses«, erklärte Jake.

Scarlet wusste nicht, worauf er hinauswollte. »Welches Waisenhaus?« Sie sah ein großes Haus, roter Backstein mit dunklen Dachziegeln. Blumen wuchsen in seinen Fenstern.

»Strawberry Fields«, sagte er nur. »Du kennst doch den Song?«

Sie schüttelte den Kopf. »Ich kann ja nicht einmal richtig Klavier spielen.«

Jake erklärte es ihr. »Früher gab es an diesem Ort hier gar nichts. Es war nur eine riesige Höhle, die unbewohnt war. Doch dann kam Ganesh. Und nach ihm das Waisenhaus. Ja, du hast mich richtig verstanden. Es kam den langen Weg aus der Alten Welt. Keiner weiß genau, wie es das gemacht hat. Aber dann, auf einmal, war es plötzlich da, zwei Tage nachdem John Lennon gestorben war. Am Tag nach seinem Tod wurde Ganesh zum ersten Mal gesichtet, und dann tauchte das Waisenhaus auf, einfach so, und seitdem lebt es dort drüben, wo du es jetzt siehst. Es war da und mit ihm all die Kinder, die in ihm gelebt hatten. Und dann begann auf einmal alles zu wachsen und immer weiter zu wachsen. Pflanzen in allen Regenbogenfarben wuchsen aus den Felsen, es gab Erdbeerfelder in den Katakomben östlich von hier, und die Hippies, die in den Tiefen von Greenwich gelebt hatten, kamen alle an diesen Ort, um ihre neue Welt zu bevölkern.«

»Und das Waisenhaus ...«

»Es stammte aus Woolton«, erklärte Jake, »irgendwo nahe Liverpool, in England. Es war das Waisenhaus, vor dem der junge John Lennon mit seinen Freunden Fußball gespielt hatte. Es tauchte hier unten auf, als die Menschen oben in den Straßen um ihn trauerten. Und es blieb. Bis zum heutigen Tage. Und all die Wunder, die du hier siehst, kamen mit ihm.«

Eine schöne Geschichte, nicht wahr?, kommentierte Buster.

»Und die Kinder?«, fragte Scarlet.

»Es waren verlorene Kinder. Ohne Eltern und Zukunft und erst recht ohne Vergangenheit.«

Aber alle mit Musik im Blut, sagte Buster.

»Und Farben in den Augen«, merkte ich an.

»Sie wuchsen hier unten auf, in dieser Gegend?«

Er nickte. »Ja, genau, sie wuchsen hier unten auf, und manchmal gingen sie nach oben in die Straßen. Inzwischen sind sie groß. Man lehrte sie, was die runden Schriften flüsterten.«

»Runde Schriften?«

»Schallplatten. Sie befolgten, was die Schallplatten ihnen auftrugen.«

Scarlet sah ein schiefes Haus mit der Aufschrift *Sgt. Pepper's Lonely Hearts Club*. Eine Band spielte darin.

Es roch nach Räucherstäbchen und Duftkerzen.

»Es ist wie ein schöner Traum«, flüsterte sie und lauschte den Melodien. Dann besann sie sich: »Der Uhrwerkmensch sagte vorhin, dass er mir einen Heiler empfohlen habe.« Ja, das war es. Einen Heiler, so hatte er ihn genannt. Einen alten Heiler, der jung geblieben war, hier in Strawberry Fields. Was die Frage aufwarf: »Wo finden wir einen Heiler?«

Ich war diejenige, die die Antwort wusste: »Wir fragen!«

Der einfache Weg ist meist der beste.

Ein Händler mit Ziegenbart, der Töpferware feilbot, gab uns die Information, nach der es uns verlangte. »Thoreau lebt drüben in der Hütte am Waldrand«, sagte er.

»Thoreau?«

»Davy, so wird er von allen gerufen.« Der ziegenbärtige Händler beschrieb uns den Weg.

Die Vorstellung, dass es hier unten einen richtigen Wald

geben könnte, fand Scarlet mehr als nur befremdlich, doch erreichten wir den Wald schon nach wenigen Minuten. Gleich hinter dem Jahrmarkt aus Zelten und Buden erstreckte er sich in der Tiefe der Höhle. Nadelgewächse verströmten den schweren Geruch nach Weihnachtszeit, nur wenige Laubbäume raschelten dazwischen. Es gab Gräser am Boden und Moos auf den Steinen. Zwischen den Bäumen wuchsen Erdbeeren, wie überall sonst in der Höhle auch. Scarlet mochte diese Gegend, sie mochte den Wald. Sie wusste nicht, wie die Bäume hier unten leben konnten, so gänzlich ohne des Tages Licht, aber am Ende war das nicht von Belang. Sie taten es. Es gab den Wald. Er existierte, wie manche Dinge eben existieren. Die Biene konnte fliegen, obwohl es ihr eigentlich unmöglich sein sollte. Und der Wald lebte grün und gesund in der Tiefe unterhalb des Central Parks.

Ein Wunder?

Völlig normal?

Am Ende war es egal.

Die Hütte von Davy Thoreau zu finden stellte jedenfalls kein Problem dar.

An den Waldrand schmiegte sie sich, als habe sie ein Liebesverhältnis mit den Bäumen, deren Äste sich schützend wie ein Schirm über ihr ausbreiteten. Es war eine Blockhütte, erbaut aus mächtigen Holzstämmen, mit kleinen Fenstern und einem Kamin aus schweren Steinen.

Ein junger Mann saß auf einer Bank vor der Hütte und schaute auf, als er uns nahen sah. Er trug die feste Kleidung der Waldarbeiter und schrieb mit Tinte und Feder einige Zeilen in ein Notizbuch.

»Was führt Sie zu mir?«, rief er uns schon von Weitem entgegen und klappte das Notizbuch zu. Er spähte über den

Rand einer runden Brille und lächelte gütig: »Miss Hawthorne, Sie beehren mich schon wieder? Sagen Sie, wie geht es Ihrer Wunde?« Er stand auf und kam uns entgegen. »Davy Thoreau«, stellte er sich uns vor.

»Sie kennen mich?«, fragte Scarlet.

Thoreau wirkte überrascht. »Warum sollte ich Sie nicht kennen? Es ist keinen Tag her, dass Sie mich aufgesucht haben.« Er deutete auf ihre Stirn. »Wegen der Wunde da.« Er betrachtete sie näher. »Hm, sie ist wirklich gut verheilt, würde ich sagen.« Er lächelte freundlich. »Das haben Sie meinen Kräutern zu verdanken. Der Wald, müssen Sie wissen, gibt uns alles, was wir brauchen. Ich habe das schon vor langer Zeit herausgefunden, und ... es stimmt.«

»Ihr seid Master Thoreau?« Es war wirklich eine Frage, vollkommen ehrlich gemeint.

»Master Thoreau klingt so förmlich. Hier nennen mich alle Davy. Einfach nur Davy.«

»Anthea Atwood«, stellte ich mich vor und richtete sogleich eine Frage an ihn: »Wie lange leben Sie schon hier unten?«

»Im Jahr 1881 fand ich den Weg, der mich hierherführte. Der Wald existierte damals schon, lange vor den Erdbeerfeldern und vor dem englischen Waisenhaus. Ich errichtete die Hütte und zog mich zurück. Es war so ruhig hier unten.« Er kraulte Buster Mandrake am Kopf. »Die lärmende Welt da oben ließ ich zurück, und es fiel mir nicht schwer. Und am Ende ist es selbst jetzt noch ruhiger als oben in der Stadt, und, wenn ich ehrlich bin, ebenso schön wie unter freiem Himmel. Und außerdem«, er kramte in seiner Westentasche herum und beförderte eine kleine Pfeife aus hellem Holz ans Licht, »außerdem wird man immer jünger, je länger man hier lebt.«

»Deshalb leben Sie hier unten?«, fragte Scarlet.

»Hm, ja, genau«, meinte Thoreau, und seine Augen funkelten. »Das haben Sie mich gestern auch gefragt.«

»Und was haben Sie geantwortet?«

»Die Wahrheit«, erwiderte er, »immer nur die Wahrheit. Ich ging damals in die Wälder, um zu leben. Ja, dem engen Leben, das überall um mich herum war, wollte ich entsagen, und alles, was nicht richtiges Leben war, sollte mich von nun an nicht mehr belasten. Ich arbeitete als Gärtner und Bleistiftmacher, als Essayist und Lehrer.« Er ließ seinen Blick in die Ferne schweifen. »Walden Pond!« Diese Worte sprach er aus wie den Namen eines guten Freundes. »Dorthin begab ich mich, mitten in die Wildnis. So frei fühlte ich mich damals, kaum zu glauben, dass es bereits so lange her ist.« An mich gerichtet, fragte er neugierig: »Haben Sie mein Buch gelesen?«

»Ich habe alle Ihre Schriften gelesen«, gestand ich ihm. »Einige sogar im Jahr ihres Erscheinens.«

Er lächelte und steckte sich die Pfeife an. »Oh, wie schön.« Dann schaute er mich voller Neugierde an und fragte: »Woher kommen Sie, Anthea Atwood?«

»Aus Brooklyn.«

Er schüttelte den Kopf. »Nein, das meine ich nicht.«

Ich seufzte.

Sagte es ihm.

»Dann haben Sie viel erlebt, und Sie wissen, wozu die Menschen fähig sind.«

Ich nickte nur.

Nichts lag mir ferner, als jetzt darüber zu sprechen.

»Nun denn, nun denn, ich lebe nicht hier unten, um jung zu bleiben. Das wäre dumm. Nein, ich habe erkannt, dass das Zeitalter des Wassermanns genau hier, an diesem Ort beginnt. Und letzten Endes habe ich damals in den Wäldern nichts anderes gesucht als das Zeitalter des Wassermanns.« Er blies den Rauch in die Luft und seufzte. »Erst vor wenigen Jahren habe ich dann erkannt, dass ich es die ganze Zeit über schon gefunden hatte.« Er schaute sich nachdenklich um, atmete den Duft des dichten Waldes ein. »Aber nun zu Ihnen«, kam er auf Scarlet zurück. »Schmerzt die Wunde noch?«

Sie schüttelte den Kopf. »Sie kennen mich wirklich, nicht wahr?«

»Warum so zögerlich? Ja, Sie waren gestern bei mir, aber das sagte ich doch schon. Wegen der Wunde an Ihrer Stirn. Einer der Ticktackmänner aus dem Dakota hat Sie geschickt, sagten Sie. Das ist alles. Ich würde nicht so weit gehen zu behaupten, Sie zu kennen. Es dauert so lange, bis man einen Menschen kennt.«

»Aber Sie haben mich geheilt?« Scarlet schilderte ihm ihr eigentliches Problem.

Er sah fröhlich aus. »Ich bin der Heiler von Strawberry Fields. Natürlich habe ich Sie geheilt. Hier unten kennt sich niemand besser mit Kräutern aus als ich.«

»Und dann?«

Er zuckte die Achseln. »Na, dann sind Sie gegangen.«

»Das ist alles?«

»Ja, was sollte sonst noch passiert sein?«

Jake fragte: »Wissen Sie, wohin sie gegangen ist?«

Thoreau schüttelte den Kopf.

»Haben wir geredet? Ich meine, habe ich Ihnen etwas erzählt? Irgendetwas?«

»Nein, Sie waren sehr schweigsam. Und Sie sahen wütend aus, ja, *außerordentlich* wütend sogar.« Er nahm einen langen Zug aus der Pfeife. »Nun ja, und dann kam der Indianer.«

Scarlet horchte auf.

Jake ebenso.

»Wer?«, hakte Scarlet nach.

»Der Indianer.«

»Welcher Indianer?«

»Ihr Freund.«

Scarlet schluckte. »Ich ...« Die Neuigkeit ließ ihre Hände zittern. Sie konnte sich einfach nicht an einen Freund erinnern. Sie berührte das Amulett an ihrem Hals.

Jake rückte seine Brille zurecht, schaute von Scarlet zu Thoreau, von Buster zu mir.

»Er hatte Sie gesucht und war besorgt. Sie flüsterten, redeten, die Worte sprudelten nur so aus Ihnen heraus. Ich bin nach hinten gegangen, weil ich nicht lauschen wollte. Ich bin eben ein höflicher Mensch. Sie haben gestritten, das war nicht zu übersehen, aber worum es ging, das kann ich nicht sagen.«

»Sie haben keine Ahnung?«

»Nein, habe ich nicht. Aber Sie haben ihm etwas erzählt«, gestand er, »was ihn außerordentlich wütend gemacht hat. Vermutlich haben Sie ihm davon berichtet, wie Sie zu der Wunde gekommen sind.« Er sog an der Pfeife. »Aber, nein, das ist nur eine Vermutung ... und doch, lassen Sie mich nachdenken ... da war ein Wort, das Sie ihm gesagt haben.«

»Welches Wort?«

»*Croatoan.*«

»Nie gehört.«

»Ja, das war es, ich bin mir ziemlich sicher. *Croatoan*. Der Indianer war ganz aufgeregt, als er es gehört hat.«

Der Indianer, wie fremd das klang.

Hatte sie wirklich einen indianischen Freund gehabt? Und

wenn ja, was war ihm zugestoßen? »Wie kommen Sie darauf, dass er ein Indianer war?« Da waren keinerlei Gefühle, dem unbekannten Freund gegenüber. Nur ein Hauch von Verlust und Reue.

Thoreau schnalzte mit der Zunge. »Ich habe lange in den Wäldern gelebt. Er sah aus wie einer.«

Scarlet nahm das still zur Kenntnis. Es tat weh, diese Leere in sich zu spüren. »Und dann?«

»Nichts«, antwortete er. »Sie sind gegangen. Einfach so.«

Scarlet pfiff leise durch die Zähne. »Wir sind gemeinsam gegangen?«, hakte sie nach.

»Ja, gemeinsam. Aber wohin ... das kann ich Ihnen leider nicht sagen. Sie sind einfach nur fortgegangen. Und zwar schnell, o ja, Sie hatten es beide sehr, sehr eilig. Man hätte meinen können, dass jemand hinter Ihnen her gewesen sei. Ja, so sind Sie gerannt. Sie haben sich bei mir bedankt, und er tat es auch, aber dann waren Sie auch schon verschwunden. Das ist alles, was ich Ihnen sagen kann.«

»Wissen Sie seinen Namen?«

»Den Namen Ihres Freundes?«

Sie nickte.

»Tut mir leid.« Er schüttelte den Kopf.

»*Croatoan*«, murmelte ich.

»Wissen Sie, was das bedeuten könnte?«, fragte mich Scarlet. Sie war ganz durcheinander, blass und beherrscht.

»Klingt indianisch«, sagte ich nur.

Sehe ich auch so, meinte Buster.

Jake schwieg.

Sah Scarlet nur von der Seite an.

»Wo würde man denn herausfinden können, was es bedeutet?«, dachte diese laut nach.

Ich klatschte in die Hände. »Dort, wo alle Antworten schlummern«, sagte ich. »In Büchern.« Ich verneigte mich vor Master Thoreau und verabschiedete mich. Jake tat es mir gleich. Und Scarlet imitierte, was sie sah. Sie war höflich, das war nett.

»Passen Sie auf sich auf in der Welt da draußen«, gab er uns mit auf den Weg und paffte an seiner Pfeife. »Das Zeitalter des Wassermanns, müssen Sie wissen, endet, sobald Sie Strawberry Fields verlassen.«

»Ich weiß«, antwortete ich.

Dann kehrten wir ihm den Rücken.

Schnellen Schrittes durchquerten wir den Basar, und als wir dann den kargen Tunnel erreichten, fragte Scarlet: »Wohin gehen wir jetzt?«

Jake war dicht bei ihr und hielt doch so viel Abstand, dass es nicht so aussah, als wäre er ihr nah.

»Wir gehen dorthin, Miss Scarlet, wo Geheimnisse gelüftet werden.« Ich bedachte beide mit einem beschwingten Blick. »Wir suchen Master Shakespeare auf. In Midtown.« Und ohne eine Antwort abzuwarten, ging ich voran. Still hoffend, dass *Croatoan* nicht das bedeutete, was ich vermutete.

KAPITEL 7

DIE VERLORENE KOLONIE

Manchmal, dachte Scarlet, dreht sich die Welt schneller, als es gut für einen ist. Man hört Wörter und sieht Bilder, und alles wirbelt nur so durcheinander, ohne aber einen richtigen Sinn zu ergeben. Es fühlt sich an, als befände man sich mitten im Auge eines gewaltigen Sturms, der bereits vor langer Zeit losgebrochen ist und den man bisher noch nicht bemerkt hat.

»Ich bin hungrig«, gestand sie, als wir dicht gedrängt in dem muffigen Zug in Richtung Midtown und Theatre District standen. Die Luft hier unten schnürte ihr die Kehle zu. Sie mochte keine erhitzten Menschenmassen, keine dicht aneinandergedrängten Leiber.

Ich bin auch hungrig, sagte Buster, der, wie immer, auf meiner Schulter hockte und neugierig die anderen Passanten beobachtete.

»Du bist stets hungrig«, gab ich zu bedenken.

Ich bin ein Mandrake. Und ein Streifenschwanzmungo.

»Du bist ein kleiner Mandrake.«

Der hungrig ist, wenn er hungrig ist.

»Wie philosophisch.«

Es ist, wie es ist.

»Oh, schon gut, wie sieht es mit Jake aus?«

Der Angesprochene lehnte am Fenster, rückte sich die Mütze zurecht und sagte: »Immer doch.«

Ich seufzte.

Nun gut.

Verließen wir die Subway also bereits am Times Square.

Scarlet hieß es eindeutig willkommen, hier auszusteigen. Sie bevorzugte es, unter freiem Himmel herumzuwandern. Wenn sie schon den ganzen Tag über durch die Stadt laufen musste, dann an der frischen Luft.

»Du fühlst dich nicht wohl hier unten«, stellte Jake richtig fest.

»Vermutlich habe ich ein Leben unter freiem Himmel geführt«, mutmaßte sie und musste erneut an die Wasser denken, die kühlen Fluten, so scharlachrot und sanft gefärbt mit Wolken und hellem Blau. Sie war darin eingetaucht, irgendwie und irgendwann, in einer anderen Welt, in einem anderen Leben, und das Gefühl, das sie verspürt hatte, als sie in den Fluten geschwommen war, hallte noch immer in ihr, wie ein Echo, das einfach nicht verstummen wollte. Sie war nicht allein in den Wassern gewesen.

»Du kannst dich nicht an ihn erinnern.« Jake brachte es auf den Punkt. Jeden einzelnen ihrer Gedanken brachte er mit diesem einen Satz auf den Punkt.

»Nein, das kann ich nicht.« Sie sah ihn traurig an. »Weißt du, was das für ein Gefühl ist? Sich an nichts erinnern zu können ... Alles ist wie ein Geschmack, der einem noch die Zunge benetzt.« Sie steckte die Hände in die Manteltaschen. »Ich weiß nicht, ob ich einen Freund gehabt habe. Vermutlich schon. Weshalb hätte Thoreau lügen sollen? Aber ich kann mich an kein Gesicht erinnern.« Sie schluckte. »Ist das nicht schrecklich? Es ist, als würde man innerlich sterben. Und man weiß nicht einmal, warum man stirbt. Es hat da jemanden in meinem Leben gegeben und ... ich kann einfach nichts tun.«

Jake, der neben ihr ging, wollte etwas erwidern, schwieg dann aber.

»Eigentlich gibt es da gar nichts, worüber ich reden kann. Es ist nichts da.«

»Du denkst an das Blut, das an deinen Händen war.«

»Sind meine Gedanken so offensichtlich?«

Er zuckte die Achseln.

»Vielleicht war es *sein* Blut.« Sie strich sich eine Strähne des gefärbten Haars aus dem Gesicht. »War er schon lange mein Freund gewesen? Ich weiß es nicht. Warum nur haben wir uns gestritten? Keine Ahnung! Warum ist er jetzt fort? Was ist ihm zugestoßen? Er war ein Indianer, hat Thoreau gesagt. Aber ich ...« Sie blieb stehen. »Ich ...« Sie hielt sich die Hände vors Gesicht, wischte sich trotzig die Tränen aus den Augen. »Ich habe Angst, Jake.«

»Ich weiß.«

»Ja.«

Sie waren eine Berührung voneinander entfernt, für einen winzigen Moment.

»Du bist Scarlet«, sagte er dann.

Sie blickte auf. »Und?«

»Scarlet passt zu dir.«

»Ach ja?«

»Ja. Es ist ein starker Name.« Mit seinem Schal wischte er ihr die Tränen von den Wangen. »Scarlet passt zu dir. Es ist ein schöner Name. Wie ein Lied, das man gerne hört.«

»Danke«, flüsterte sie.
»Das war ein Kompliment.«
»Ich weiß.«
»Nicht, dass du dir etwas darauf einbildest.«
»Würde ich nie tun.«
»Gut.«
Sie holte tief Luft.
»Danke, Jake.«

Für einen kurzen Moment schloss sie die Augen. Versuchte, an gar nichts zu denken.

Dann ging sie weiter.

Sah sich um.

Wie seltsam die Welt doch mit einem Mal geworden war. Und wie schnell sich die Dinge ändern konnten.

Nein, hier draußen existierte kein Zeitalter des Wassermanns. Hier war alles so, wie es immer gewesen war.

Kalt.

Grau.

Doch nein, etwas war anders.

Die Korridore und Tunnel waren hier bunter als anderswo. Manche der endlos erscheinenden schrägen Graffiti schienen sich zu bewegen und den Passanten etwas zuzuflüstern. Musiker mit Gitarren und Trommeln standen oder hockten am Rand der Wege und am Fuße der Treppen. Rhythmen und Melodien von fernen Ländern und nächtlichen Eskapaden wehten über den Köpfen der geschäftigen Menschen durch die Tunnel. Da waren Künstler, die mit Kreide Bilder auf den schmutzigen Boden malten, und ein Clown, der mit seinen Pantomimen die mürrischsten der achtlos an ihm vorbeieilenden Geschäftigen nachmachte.

»Hier sollte man nicht vom Weg abkommen«, warnte ich

Scarlet. »Denn da unten befindet sich noch immer das, was einst oben war.«

»Was meinen Sie?«

»Der Longacre Square«, sagte ich, »ist noch immer dort unten in der uralten Metropole. Nirgendwo sonst werden Sie mehr Abschaum vorfinden als dort.« Meine Worte malten ein schmutziges Bild: wilde Händler, die Pferde, missgestaltete Hufenwesen und Schlimmeres züchteten, Schmiede mit kräftigen Armen und schmutzigen Gesichtern, geschickte Zaumzeugmacher. »Manche Pfade in der uralten Metropole sind von der Art, dass sie noch immer nur mit Pferden und Kutschen zurückgelegt werden können. Die blinden Pferde wittern die Routen und die Avenues, diese Sinne sind ihnen angeboren.« Der Longacre Square ist überfüllt mit rosa Bordellen, halbseidenen Etablissements und billigen Varietés. »Nach Möglichkeit meidet man diese Gegend. Es treiben sich zu viele Halsabschneider dort herum.«

Scarlet betrachtete den Boden, über den sie lief. Noch immer erstaunte es sie, dass es eine Stadt unter der Stadt gab. Nur ein Teil von ihr wunderte sich nicht im Geringsten darüber.

Still ging sie auf eine Treppe zu.

Hier und da wurde man Menschen gewahr, die eigentlich nicht in die Subway gehörten. Sie waren unnatürlich bleich, oder ihr Haar war auf seltsame Weise gefärbt und geschnitten, manche trugen feine Anzüge und Laptop-Taschen, doch etwas in ihren Gesichtern war verzerrt und unscharf. Die Schnittstellen zwischen den Welten waren hier unten fließend, und da normalerweise niemand dem anderen ins Gesicht schaute, bemerkte es keiner.

Scarlet wollte gerade etwas sagen, als Buster Mandrake

einen schrillen Laut ausstieß. Seine Ohren stellten sich auf, er schnüffelte wachsam und hielt die Nase in den lauen Wind, der aus dem Belüftungssystem wehte.

»Was hast du?«

Da ist jemand, stellte Buster fest. Er schnüffelte in den Tunnel hinein, stellte sich auf die Hinterbeine, während eine Pfote sich an meinem Haar festhielt, und reckte den Hals. *Nein*, verbesserte er sich. *Nicht einer. Es sind zwei, ganz sicher. Sie sind noch ein gutes Stück hinter uns.*

Alle drehten wir uns um.

Die Menschenmassen schoben sich dicht an dicht durch den Tunnel. Es war unmöglich zu erkennen, ob inmitten all dieser Menschen zwei Gesichter waren, die uns folgten.

»Folgen sie uns, oder haben sie bloß den gleichen Weg?«

Woher soll ich das wissen?, beantwortete Buster die Frage mit einer Frage. *Der Geruch liegt schon seit dem Dakota in der Luft. Ganz sicher. Jemand folgt uns.*

Ich blieb kurz stehen.

Dachte nach.

»Schon gut«, sagte ich schließlich, wohl eher zu mir selbst. An die anderen gerichtet schlug ich vor: »Wir sollten einfach nur vorsichtig sein. Der Besuch im Dakota könnte auffälliger gewesen sein, als es den Anschein hat. Zudem sollten wir nicht vergessen, dass irgendjemand Ihnen etwas angetan hat, Miss Scarlet. Und dieser jemand, denke ich, könnte durchaus daran interessiert sein, es erneut zu versuchen.«

»Sie glauben, dass uns die Wendigo folgen?« Sie schluckte.

Buster Mandrake schüttelte das Köpfchen. *Nein, das sind keine Wendigo.*

»Menschen?«, fragte Jake.

Er überlegte kurz. *Etwas, was wie Menschen riecht*, sagte er und wirkte ein wenig verwirrt. *Aber ich glaube nicht, dass es Menschen sind.*

Dann gingen wir weiter.

Das ungute Gefühl blieb.

»Du kannst ihn verstehen«, stellte Scarlet plötzlich fest und sah Jake dabei in die Augen.

»Ja, und?«

Wir gingen eine Treppe hinauf, um die Subway zu verlassen.

»Bist du ein Trickster?«

Er schaute mich an, dann Scarlet. Sagte: »Ja.«

»Und du wurdest 1899 geboren?«

»Sagte ich doch schon.«

»Wo?«

»Hier, in New York.«

Scarlet fragte sich, ob er ihr die Wahrheit erzählte. »Du bist also über hundert Jahre alt.«

Er schüttelte den Kopf. »Ich habe lange Zeit in der uralten Metropole gelebt«, sagte er.

»Du hast vorhin nichts davon erwähnt in Myrtle's Mill.«

»Es war noch zu früh. Wir haben uns kaum gekannt.«

»Das war heute Morgen!«

Sein Blick suchte ihren, und er sagte, etwas leiser: »Lass uns ein andermal darüber reden, okay?« Und noch leiser fügte er hinzu: »Manchmal ist es besser, wenn man sich nicht mehr erinnern kann.«

»Okay«, antwortete sie schnell. »Ich wollte nicht ...«

»Schon gut.« Er schenkte ihr ein Lächeln, das sie an die kalten, klaren Wasser denken ließ.

Sie erwiderte es zögerlich, unsicher.

Auch Jake Sawyer schien eine Vergangenheit zu haben.

»Wir sind da!«, verkündete ich den beiden, als wir an die frische Luft traten.

Scarlets Gesicht erstrahlte jetzt förmlich. Sie atmete gierig die Luft ein, die uns Schneeflocken in die Gesichter wirbelte.

Buster Mandrake kroch mir in den Mantelkragen hinein. *Brrr.* Er schüttelte sich vor Kälte.

»Wir beeilen uns«, versprach ich ihm. »Bis zum *Sardi's* ist es nicht weit.«

Ein eisiger Wind wehte am Times Square, dieser Ansammlung von kleinen und großen Plätzen, die alle zusammengenommen kaum mehr als eine verlängerte Kreuzung sind, an der sich der Broadway mit der 7th Avenue vereinigt.

Hier oben war nichts von all der Verkommenheit, die im Laufe der Jahre so tief in den festen Boden gesickert war, zu spüren. Der Longacre Square war woanders. Hier oben war nur Licht. Und Luft. Das Leben, in all seiner bunten Vielfalt.

»Willkommen in der Glitzerwelt«, sagte ich und überquerte die Straße. Die Yellow Cabs hupten wütend, aber das taten sie immer.

»Mistress«, rief Jake.

»Ich weiß, ich weiß. Aber bisher bin ich noch nie angefahren worden.«

Jake grummelte: »Irgendwann wird einer von ihnen nicht anhalten.«

Ich machte eine wegwerfende Handbewegung. »Aber bisher haben sie es noch immer getan.«

Jake zog eine Grimasse und flüsterte Scarlet zu: »So ist sie.«

»Das habe ich gesehen«, rief ich nach hinten.

»Das meine ich«, flüsterte Jake.

»Und gehört!«

Scarlet lächelte.

Sagte aber nichts.

Hinter Jake Sawyer überquerte auch sie die Avenue und folgte mir über den Platz.

Die riesigen Videowände an den Hochhäusern zeigten Ausschnitte aus TV-Shows, Werbespots, Reklame. Der Verkehr quälte sich hupend und langsam durch den Schnee, der zu einer dichten Decke auf dem Asphalt gepresst worden war. Ein Rockstar wurde auf MTV interviewt, und die Menschen standen in kleinen Trauben auf der Straße, um das Ereignis auf einer Videowand zu verfolgen. Die neuesten Nachrichten liefen auf dem elektronischen Ticker von Morgan Stanley, vor dem hektische, fein gekleidete Geschäftsleute stehen blieben und verdrießlich oder fröhlich aussahen. Vor dem *TKTS*-Stand standen die Passanten Schlange, um sich billigere Tickets für die abendlichen Broadway-Shows zu sichern. Auf der anderen Straßenseite waren Theater und Geschäfte aufgereiht: *Toys »R« Us*, ein *Virgin Megastore*, *Planet Hollywood*.

Wir schritten an dem alten Paramount Theater vorbei. »Damals, als ich in die Stadt kam«, erklärte ich Scarlet, »da gab es hier noch kein *Hard Rock Café* und auch nicht diesen geschmacklosen Souvenirladen. Damals war das Paramount ein wunderschönes Theater, in dem die neuesten Hollywoodstreifen liefen.«

»Sie mochte Cary Grant.«

»Und Lionel Barrymore. Ah, erwähnte ich Bela Lugosi?«

Du mochtest auch Claude Rains, bemerkte Buster.

»Der war klein.«

Du mochtest ihn trotzdem.

Was sollte man dazu sagen?!

Wir tauchten in die Menschenströme ein, die wie ein Gewässer über den festgestapften Schnee der Gehwege strömten.

»Dort ist es«, sagte Jake, der immer schneller ging und mit einem Mal die Führung übernommen hatte. »*Sardi's.*«

Da gibt es leckeres Essen, meinte Buster.

Scarlet folgte seinem Fingerzeig. Sie sah eine Leuchtreklame, geschwungene Buchstaben in einem flackernden Lila, die sich vertikal an der Wand eines hohen Hauses festkrallten. Warmes, schummriges Licht war hinter den spiegelnden Fenstern zu vermuten.

»Hinein, hinein«, rief Jake und machte den Anfang.

Wir betraten das Lokal.

Dunkles Holz, ganz warm und redselig, tauchte den großen Raum in weiches Licht. Die Tische mit den weißen Tischdecken und der Blumendekoration wirkten auf Scarlet altmodisch und beruhigend. Sie spürte, dass es echte Pflanzen waren, kein Plastik. Die Wände waren mit wüsten Karikaturen von einstigen und heutigen Broadwaystars verziert.

»Mr. Vincent Sardi und seine Frau Jennie eröffneten das Restaurant damals anno 1920«, erklärte Jake. »Sie wollten etwas völlig Neues schaffen. Etwas, was besonders gut in diese Gegend passt.«

»Das Essen ist sehr britisch«, warnte ich Scarlet vor.

»Kein Problem.«

Wir ließen uns an einem der Tische am Fenster nieder. Keiner der anderen Gäste störte sich daran, dass ein Streifenschwanzmungo-Mandrake auf meiner Schulter saß und flink an meinem Ärmel auf die Tischplatte kletterte.

Der Ober, der Lon Chaney Jr. zum Verwechseln ähnlich sah, eilte zu uns, um die Bestellung aufzunehmen.

Scarlet nahm den schon klassisch zu nennenden *Sardi's Salad* und stellte zu ihrer Verwunderung fest: »Ich esse kein Fleisch.« Es war einer dieser Momente, in denen ihr ein neuer Splitter Vergangenheit zufiel. »Ich glaube, ich habe schon immer vegetarisch gelebt.«

»Oh, da sehen Sie, die Erinnerungen kehren ja doch zurück, wenn auch nur langsam.« Ich selbst bestellte das *Brioche French Toast* mit Vanille, Zitrone und Zimt, Jake orderte einen gegrillten *Angus Burger*. Und für Buster ließen wir eine Zwiebelsuppe mit Fisch und Gratin kommen, die er genüsslich aus einer kleinen Schale schlürfte.

»Warum bin ich hier?«

Ich schaute von meinem Essen auf. »Sie waren hungrig.«

»Nein, das meinte ich nicht.«

»Deswegen sind wir aber hier.«

Scarlet rollte mit den Augen. »Ich habe ganz woanders gelebt. Und doch kommt mir New York so vertraut vor.«

»Es ist, wie ich es Ihnen gesagt habe. Sie haben in der uralten Metropole der Stadt gelebt. Das erklärt einiges, aber bei Weitem nicht alles.«

»Warum bin ich hierher zurückgekehrt?«

»Ich habe nicht die geringste Ahnung. Jedenfalls haben Sie gestern Master Van Winkle einen Besuch abgestattet, was sehr ungewöhnlich ist. Und Sie hatten einen Freund, der Sie begleitet hat. Einen indianischen Freund.«

Scarlet legte das Besteck beiseite und betrachtete erneut ihre Hände, an denen vor wenigen Stunden noch schwarzes Blut geklebt hatte. Konnte es sein, dass es das Blut ihres Freundes gewesen war? Sie empfand keinerlei Trauer. Sie wusste ja nicht einmal, mit welchem Gesicht sie Thoreaus Aussage verbinden sollte.

»Warum habe ich ihn nur aufgesucht?« Sie berührte ihr Haar. »Ich hatte die Haare schon gefärbt, als ich zu ihm ging.«

»Sie haben gesehen, wie er gelebt hat.« Ich nippte an meinem Espresso. »Seien Sie mir nicht böse, aber er empfängt normalerweise niemanden, der gekleidet ist wie Sie. Die Van Winkles sind eine der Familien, die von Anfang an hier waren. Mit den ersten Schiffen kamen sie in die Neue Welt. Man sagt, dass Van Winkles' Ahnen mit Raleighs Schiffen hergekommen sind. Sie haben die Stadt mit aufgebaut.«

Scarlet hörte mir gar nicht zu. »Ich war wütend, aber warum?«

»Er hat dich verletzt«, sagte Jake.

Scarlet nickte.

»Ergibt das einen Sinn?« Die Frage war an niemanden gerichtet und zugleich an die ganze Welt.

Ich schaute nach draußen. »Alles, junge Miss Scarlet, ergibt einen Sinn. Die Schwierigkeit liegt allerdings darin, den Sinn zu erkennen. Wir laufen herum und sammeln Puzzlestücke ein, ja, das ist genau das, was wir tun. Da sind Bruchstücke von Bildern, aber noch immer kein Sinn, kein Zusammenhang. Genau das ist unser Problem.«

»*Croatoan*, was bedeutet das?«

»Es gibt eine Geschichte, an die ich mich kaum erinnere. Deswegen suchen wir Master Shakespeare auf. Er arbeitet in der Public Library und ist ein guter Freund. Darüber hinaus ist er der Mann, dem man die Fragen stellen sollte, auf die man Antworten erhalten will.«

»Und wie ist er?«, fragte sie.

»Christo Shakespeare?«

»Ja.«

Ich lächelte. »Er ist seltsam«, antwortete ich, »ja, er ist seltsam. Sie werden schon sehen.«

»Und die Geschichte?«

»Ist eine Art Geistergeschichte.«

»Erzählen Sie sie uns?«

Ich schüttelte den Kopf. »Es gibt viele Geschichten wie diese. Sie handeln allesamt von Orten, an denen Menschen verschwunden sind. In allen diesen Geschichten gibt es keinerlei Hinweise auf den Verbleib der Menschen. Aber meistens gibt es ein rätselhaftes Wort oder aber einen rätselhaften Gegenstand. Irgendetwas, was die ganze Geschichte zu einem Rätsel macht. In diesem Falle war *Croatoan* das Wort, das am Ort des Geschehens zurückgelassen wurde.« Ich machte eine Pause, leerte den Espresso. »Seltsam daran ist allemal, dass Sie sich nach diesem Wort erkundigt haben. Aber ich bin gewiss keine gute Geschichtenerzählerin. Master Shakespeare ist der Experte in solcherlei Angelegenheiten.« Mit einer eiligen Handbewegung rief ich den Ober herbei. »Und weil die Zeit nun mal drängt«, sagte ich, »und alle endlich satt sind, sollten wir jetzt gehen.«

Wir folgten der West 42nd Street sechs Blöcke weit bis zum Bryant Park, an dessen einem Ende sich die Säulen der New York Public Library erhoben. Die zwei Löwen aus weißem Stein wachten seit jeher über das Heim der vielen alten Bücher, so dass sie einem schon wie gute Vertraute vorkamen. Wenn sie sich bewegten, dann knirschten ihnen die Gelenke, und wenn sie, wie jetzt, den Schnee aus den Mähnen schüttelten, dann konnte man erkennen, wie falsch die Menschen doch lagen, wenn sie Stein als leblose Materie abtaten.

»Keine Angst«, beruhigte ich Scarlet, »die beiden sind uns wohlgesinnt. Sie gehören zu den Guten.«

Der größere der beiden Löwen sprang von seinem Sockel und trottete auf uns zu. Ein tiefes Grollen kam aus seinem Inneren.

»Das ist Lord Fortitude Astor«, sagte Jake, der offenbar keine Angst vor den Tieren hatte.

»Sind sie lebendig?«, fragte Scarlet. »Ich meine, weil ...«

»Weil sie aus Stein sind?« Jake verneigte sich vor dem Löwen.

»Hm«, machte Scarlet nur. Sie konnte den Blick gar nicht abwenden von der Schönheit der Tiere.

Wir grüßen Euch, Mistress Atwood, sagte Lord Astor.

Der andere Löwe blieb am Fuße der Treppe stehen. *Ihr bringt Gäste mit.* Es war eine Feststellung.

»Das ist Lady Patience Lenox«, erklärte Jake.

»Wir möchten zu Christo«, sagte ich.

Lord Astor neigte sein steinernes Haupt. *Master Shakespeare befindet sich im Archiv.*

»Sie können ihn kraulen, er mag es.«

Scarlet streckte vorsichtig die Hand aus.

Ich beiße sie Euch bestimmt nicht ab, sagte der Löwe.

Und Lady Lenox merkte an: *Das sagt er immer. Jeder Einarmige in New York wird Euch das bestätigen.* Sie grinste, wie nur ein steinerner Löwe es zu tun vermag.

Scarlet kraulte die Mähne Lord Astors. »Sie fühlt sich warm an.«

Ein Herz aus Stein zu haben, sagte der Löwe, *ist besser, als gar kein Herz zu haben.*

»Ich bin Scarlet Hawthorne.« Etwas Besseres fiel ihr nicht ein. »Ich bin auf der Suche nach mir selbst, könnte man sagen.«

Das klingt interessant, sagte Lord Astor.

Und ehrlich. Lady Lenox trottete auf sie zu. Auch sie hatte eine wallende Mähne. *Wie wir doch sicherlich alle wissen, sind die Menschen nicht ohne Fehler.* Sie seufzte, tief und grollend. *Edward Clark Potter, so heißt unser Vater. Er war Bildhauer, und im Auftrag des Bürgermeisters, Master LaGuardia, wurden wir geboren, erschaffen aus Stein und reinster Tugend. Als John Jacob Astor und James Lenox anno 1849 diese Bibliothek eröffneten, da waren wir schon da. Dummerweise hatte Master Potter vergessen, dass ich eine Dame bin. Und Löwendamen besitzen normalerweise keine Mähne. Doch mich hat er mit einer bedacht.* Sie lachte auf wie eine Katze, die viel von der Welt gesehen hat. *Eine Lady bin ich dennoch, Mähne hin oder her.*

Scarlet lächelte glücklich. Sie fühlte sich unerklärlich und überraschend wohl in der Gegenwart der großen Tiere.

Dann erzählte sie den Löwen, was sie wusste. Vom Park, den Wendigo, ihrer Ratlosigkeit.

Eine Bibliothek bringt Antworten, sagte Lady Lenox. *Bücher sind eine gar mächtige Waffe.*

Deswegen bewachen wir die Bibliothek seit dem glorreichen Tag ihrer Gründung. Lord Astor schnaufte und schüttelte sich den Schnee von den Pfoten.

»Ich kann mich daran erinnern«, gestand ich, »es war ein wundervoller Tag.«

»Sie sind damals dabei gewesen?«, fragte Scarlet erstaunt.

»Ja. Doch das ist lange her, nicht wahr?« Ich kicherte und gab Buster einen Nasenstüber. »Ich war jung damals.«

Habt Ihr Neuigkeiten erfahren?, wollte Lady Lenox wissen. *Der Wind trägt die seltsamsten Geschichten durch die Nacht. Die Tauben sind geschwätzig. Und Wendigo wandeln in den Straßen.* Sie knurrte. *In wahrhaft seltsamen Zeiten leben wir.*

»Wir kommen geradewegs aus dem Dakota«, sagte ich und berichtete ihr von Master Van Winkle.

Die Steinlöwin trat näher an Scarlet heran und schnüffelte an ihrer Kleidung.

Diesen Geruch, murmelte sie, *kenne ich.*

Scarlet schaute auf. »Ihr meint, ich bin schon einmal hier gewesen?« Immer mehr fügten sich die Puzzleteile ihrer Vergangenheit zusammen. Das jedenfalls hoffte sie inständig.

Nein, dies ist nicht Euer Geruch. Es ist der Geruch eines Mannes. Die Löwin bewegte die Tatzen, voller Ungeduld, ihre Krallen kratzten über den Stein unter dem Schnee. *Eines jungen Mannes. Nur wenig älter als Ihr, Miss Hawthorne. Anfang dreißig, würde ich schätzen. Er ist nicht von hier.*

Lord Astor kam jetzt auch auf sie zugetrottet. *Der Geruch der Wildnis haftet an ihm. Dichte Wälder, weite Ebenen, klare Seen. Er ist einer von denen, die hier in Amerika geboren wurden. Das Blut der ursprünglichen Völker fließt durch seine Adern.*

Lady Lenox nickte langsam. *Er ist es, ich bin mir sicher. Das ist sein Geruch. Er ist hier gewesen.* Sie hob den Kopf und sah ihren Gefährten ernst an. *Er war der Einbrecher.*

Die beiden Steinlöwen musterten Scarlet eindringlich.

»Welcher Einbrecher?«

Jake trat neben sie.

Gestern am frühen Abend drang jemand in die Bibliothek ein, erklärte Lady Lenox.

»Was hat er getan?«, wollte Scarlet wissen.

Er hat gelesen, antwortete Lady Lenox. *Er hat Wissen gesucht, obwohl die Bibliothek geschlossen war.*

Das ist kein schlimmes Vergehen, brummte Lord Astor.

»Deshalb habt Ihr ihn laufen lassen?«

Wie gesagt, er hat nichts Schlimmes getan.

Er hat nichts gestohlen.

Und Lady Lenox fügte hinzu: *Seinen Geruch erkennen wir trotzdem wieder. Wir sind immerhin die Wächter.*

»Und ich rieche nach ihm?«

Beide Löwen nickten.

Buster Mandrake, der sich die ganze Zeit über bedeckt gehalten hatte, merkte an: *Ich rieche nichts.*

Die beiden Löwen beachteten ihn gar nicht. Ihre Blicke galten Scarlet.

Und Scarlet dachte an all die Dinge, die sie nicht mehr wusste. »Bin ich vielleicht mit ihm gemeinsam hier gewesen?«

Lord Astor verneinte. *Es ist nicht Euer Geruch, den wir erkennen. Nur seiner.*

»Und Ihr seid sicher, dass er nur Wissen gesucht hat?« Scarlet wusste nicht, wie sie es ausdrücken sollte. »Ich meine«, erklärte sie leise, Jake zugewandt, »ich würde gern wissen, was für ein Mensch mein Freund war.«

Woher wisst Ihr, dass es Euer Freund war?, fragte Lady Lenox.

Scarlet erzählte ihr von Thoreau.

Ich sagte es ja bereits, knurrte Lord Astor, *wir leben in gefährlichen Zeiten. Die Dinge ändern sich. Etwas ist nicht richtig in der Stadt. Es liegt etwas in der Luft, und es passieren zu viele Dinge, die scheinbar nur durch Zufälle miteinander verbunden sind. Das ist nicht gut.*

Scarlet schwieg. Sie trat wütend mit dem Fuß in eine Schneewehe und ballte die Fäuste.

Ich ging zu ihr hin und legte eine Hand auf ihre Schulter. »Lassen Sie uns hineingehen«, schlug ich vor.

Seid vorsichtig, bat uns Lady Lenox.

Und auch Lord Astor riet uns: *Traut niemandem!*

Dann sprangen sie zurück auf ihre Podeste und verharrten dort wie Stein, der nie ein Herz besessen hatte.

Schnellen Schrittes erklommen wir die vielen Treppenstufen und traten durch das Portal.

»Kann man den beiden trauen?«, fragte Scarlet.

Gute Frage, fiepte Buster Mandrake. *Man ...*

»Man kann!«, brachte ich es auf den Punkt.

Der Streifenschwanzmungo murrte vor sich hin.

»Er kann sie nicht besonders gut leiden«, erklärte Jake und fügte flüsternd hinzu: »Weil er kleiner ist als sie.«

Das habe ich gehört, knurrte Buster, und sein Schwanz ringelte sich wütend.

»War nicht so gemeint.«

War es doch.

Jake hielt inne. »Ja, okay, dann war es eben so gemeint.«

Sagte ich doch.

»Es ist aussichtslos, mit ihm zu diskutieren.«

Buster zwinkerte Scarlet zu, und seine Schnauze verzog sich zu einem Grinsen.

Jake, der es gesehen hatte, sagte nur: »Mandrakes!«

Und ging weiter.

Die Wärme hier drinnen tat gut. Scarlet knöpfte sich den Mantel auf und streckte sich wohlig.

Das Innere der Bibliothek bestand aus Marmorwänden.

Scarlet hatte den Eindruck, eine Kathedrale zu betreten, so elegant wirkten die Ornamente und Verzierungen an den Treppengeländern. Mosaikbilder zierten die Decken, die von Bogensäulen gestützt wurden. Breite Treppen, leises Flüstern, hölzerne Möbel.

»Nicht unbedingt der Ort, an dem ich mich bevorzugt aufhalte«, erklärte Jake. Er kratzte sich gedankenverloren am

Kinn, und die Bartstoppeln machten ein leises Geräusch, das nicht unangenehm war.

»Du magst keine Bücher?«

»Ich mag andere Dinge mehr«, antwortete er.

»Andere Dinge?«

»Maschinen. Motorräder.«

Sie starrte ihn erstaunt an. »Du magst Motorräder?«

»Ich bastle gerne an ihnen herum.«

»Du siehst nicht aus wie jemand, der gern an Motorrädern herumbastelt.«

Jake Sawyer zuckte die Achseln. »Die wenigsten Menschen sehen so aus wie die Menschen, die sie wirklich sind.«

»Stimmt«, sagte sie mit einem Grinsen.

Einen Augenblick lang schwiegen sie.

Folgten mir, Stufe um Stufe, hinauf zum Archiv.

»Du machst dir Gedanken«, sagte Jake schließlich.

»Klar, was soll ich sonst tun?« Sie spürte den Zorn und die Aggression in ihrer Stimme aufleben, und es tat ihr leid, dass sie da waren. Es tat ihr leid, weil sie insgeheim wusste, dass Jake es nur gut mit ihr meinte. »Entschuldige«, fügte sie kraftlos hinzu. »Das ist nicht einer meiner besten Tage, weißt du?«

Er nickte. »Wir werden dein Leben schon wiederfinden«, sagte er. »Dinge, die verloren gehen, wollen meistens wiedergefunden werden.«

»Wer sagt das?«

Er setzte ein freches Grinsen auf. »Ich«, sagte er nur.

Und ging weiter, ohne eine Reaktion ihrerseits abzuwarten.

Scarlet blieb einen kurzen Moment auf der Treppenstufe stehen. Sie sah dem jungen Mann hinterher und wusste nicht recht, was sie tun sollte. Am Ende konnte sie sich ein

Lächeln nicht verkneifen. Es huschte nur ganz kurz über ihr besorgtes Gesicht, aber in der Kürze dieses Augenblicks strahlte es hell und klar wie die Sonne, die sich im Wasser bricht.

Alle folgten mir.

Den Lesesaal im ersten Stockwerk betraten wir nicht. Scarlet erhaschte einen kurzen Blick auf die hohe Halle mit den mit Büchern gefüllten Regalreihen und den offenen Kaminen, in denen Feuer friedlich loderten. Grüne Lampen reckten sich wie kleine Hälse über die hölzernen Tische und tauchten die Gesichter der Lesenden in warmes Licht.

»Es geht weiter, bis ganz nach oben!«, sagte ich.

Sie kennt den Weg, meinte Buster.

Scarlet schwieg.

Sie berührte das Amulett, das an ihrem Hals hing. Sie spürte die Flüssigkeit darin, doch Erinnerungen wurden ihr trotzdem keine geschenkt. Nicht jetzt, nicht hier.

»Wir sind da!«

Wir hatten das Ende der Treppe erreicht. Weiter hinauf ging es nicht mehr.

Ich klopfte höflich an die Tür, um die sich zwei Schlangen aus Stein wanden, die einander in den Schwanz bissen. Die Schlangen hatten Augen aus Amethyst, leblos und kalt.

Nichts geschah.

Nichts regte sich.

Also öffnete ich einfach die Tür.

Ging hinein in das staubige Dämmerlicht.

Hier oben, unter dem mächtigen Dach der New York Public Library, befand sich das Archiv, das vergessene Herz all des Wissens, dessen schöne Gestalt man weiter unten in den Lesesälen bewundern konnte.

»Hier werden wir ihn finden«, sagte Jake.

Nichts hatte sich verändert.

Scarlets Augen begannen sich an das Dämmerlicht zu gewöhnen.

Es war eine Ansammlung von Kisten aus Holz und Pappe und Plastik, die sie erblickte; Kisten, die sich bis dicht unter der schrägen Decke stapelten. So war es schon immer gewesen. So weit das Auge blicken kann, sieht es nur Kisten. Sie ragen aus morschen Regalen, sie neigen sich schräg zur Seite, sie sind mit dicken Spinnweben behängt. Etiketten befinden sich auf ihnen. Kryptische Zahlen und Buchstaben, die irgendwann einmal einen Sinn ergaben. Die Kisten sind vollgestopft mit alten Büchern, Zetteln, Folianten, Pergamenten, Sachen und Krimskrams. Alles, was unten im Lesesaal keine Verwendung mehr findet, das landet hier oben. Zwischen den Kisten öffnen sich schmale Fenster zum Himmel. Man sieht die dunklen Wolken zwischen den Hochhäusern schweben und die dicken Schneeflocken in der Luft wirbeln. Schnörkellose Lampen hängen von der Decke, kaum mehr als Glühbirnen, die in einer Fassung baumeln, armselige Sonnen in diesem Universum aus vergessenen Buchstaben, schwindenden Bildern und siechendem Papier.

»Christo!«, rief ich aus.

Christo Shakespeare, der sich uns mit einem Stapel alter Folianten näherte, trug einen Nadelstreifenanzug, der ihn wie einen englischen Dandy aussehen ließ, und dazu Turnschuhe, die ihn wiederum gar nicht wie einen englischen Dandy aussehen ließen. Er wirkte nicht verstaubt, keineswegs. Er sah aus wie jemand, dem sich besser niemand in den Weg stellt, wenn er ein Ziel vor Augen hat, nicht nachts in Harlem und auch nirgendwo sonst zu irgendeiner anderen Zeit. Er trug silberne

Ringe an mehreren Fingern und zwei an jedem Ohr. Ein modischer Bart umspielte seinen Mund, und fast hätten die spitzen Koteletten die Mundwinkel berührt. Er war groß, ja, riesig. Er überragte Jake um gut zwei Köpfe.

Sein dunkles Gesicht mit den stechenden braunen Augen erstrahlte, als er uns erblickte.

»Anthea Atwood, Schwester«, rief er aus, »wie schön, dich hier zu sehen.« Dann, als er näher kam, verfinsterte sich seine Miene, und er fuhr sich mit der Hand über den kahlen Schädel. »Du kommst normalerweise nur zu mir, wenn du Ärger im Gepäck hast.« Er betrachtete Jake und Buster, nickte ihnen freundlich zu. Dann richtete sich sein Blick auf Scarlet. »Sind Sie der Ärger, den Anthea heute mitbringt?« Er sah ernst aus, als er das sagte, aber seine Stimme war weich und ruhig.

Scarlet wusste nicht recht, was sie sagen sollte. »Kann sein«, erwiderte sie.

Er strahlte. »Na, das ist doch immerhin eine ehrliche Antwort.« Er knallte die Bücher lautstark auf einen Tisch und schüttelte jedem überschwänglich die Hand. »Was führt euch zu mir?«

Es war Scarlet, die ihm antwortete: »*Croatoan*.«

Christo Shakespeare zischte durch die Zähne. »Ich sagte es ja schon, Ärger im Gepäck.« Er kratzte sich nachdenklich am Kinn, zog ein paar Grimassen, die weder sehr freundlich noch sehr unfreundlich wirkten. »In den fast vergessenen Chroniken von Washington Irving, ja, da müsste man etwas finden.« Er bedachte alle mit einem eindringlichen Blick, der vieles bedeuten konnte, und dann verschwand er in seinem riesigen, schattengetränkten Labyrinth aus Wörtern, Karten und Bücherstaub.

Scarlet beugte sich zu Jake und flüsterte ihm eine Frage ins Ohr. »Ist Shaft jetzt Bibliothekar geworden?«

Jake musste lachen. »Er hat eine schillernde Vergangenheit.«

»Ja, das glaube ich gern.«

Bevor sie weiterreden konnten, kehrte er schon zurück, einen Stapel alter Bücher unterm Arm.

»Er ist schnell«, flüsterte Scarlet.

»Ja, das ist er«, antwortete Jake.

Mit einem lauten Knall ließ Shakespeare die Bücher auf den nächsten Tisch fallen, schlug eins davon auf und ließ seinen Finger wie eine Wünschelrute über die Seiten und Buchstaben gleiten. »Ist immer gut, wenn man weiß, wo man suchen muss.« Er zwinkerte Scarlet kurz zu und suchte weiter, und irgendwann schaute er wieder auf und klopfte mit dem Finger auf eine Seite. »Da ist es, die Geschichte von Roanoke Island. Die wollt ihr doch hören, oder?«

»Schieß los!«

Er bedeutete uns, an einem Tisch Platz zu nehmen. Mit seinen großen Händen fegte er einfach alles, was darauf gelegen hatte, beiseite. Mit den Stiefeln schob er den ganzen Haufen dann unter den Tisch.

»Macht es euch gemütlich«, forderte er uns alle auf. Dann verschwand er kurz, und man hörte ein metallisches Scheppern, gefolgt von Schlürfgeräuschen und schnellen Schritten. »Heißer Kaffee, stark und schwarz«, grinste er und stellte die Plastikbecher vorsichtig zwischen den Büchern auf den Tisch. »Ich habe einen eigenen Automaten hier oben, was sagst du dazu?«

»Du hast dich nicht verändert.«

Er grinste noch breiter.

Buster Mandrake sprang Shakespeare auf die Schulter und schaute sich von dort das Buch an.

»Nun sagt mir, was ist passiert? Warum taucht ihr hier auf und sucht nach Croatoan?«

Scarlet sagte es ihm.

»Hm«, grummelte er, »das ist eine interessante Geschichte. Habe ich erwähnt, wie sehr ich Rätsel mag?«

Er blätterte noch einige Seiten weiter.

»Hier!«

Auch Scarlet konnte die Illustrationen erkennen. Bilder, die Indianer zeigten, ein Dorf, eine Küstenlinie mit Inseln und Riffen und Untiefen, Wälder, zwei Schiffe, einen Himmel voller Federn.

»Ich wusste es«, begann Christo Shakespeare und schnippte mit den Fingern. »Washington Irving hat darüber geschrieben. Er hat der Geschichte ein ganzes Kapitel gewidmet.« Seine Stimme war ruhig und doch mächtig wie altes, warmes Holz, das sanft im heißen Feuer knistert. »Roanoke Island«, ließ er sich das Wort auf der Zunge zergehen wie ein Aroma aus Minze und Nacht. »Roanoke Island, müsst ihr wissen, ist eine Insel vor der Küste North Carolinas.«

»Was ist dort geschehen?«, fragte Jake.

Shakespeare pfiff erneut durch die Zähne. »Vieles, Jake Sawyer, vieles.« Er seufzte, als habe er eine lange Geschichte zu erzählen. »Roanoke Island war die Heimat der Secotan.« Er blickte kurz von einem zum anderen. »Das ist ein Stamm der Algonkin.«

Scarlet berührte ihr Amulett.

Shakespeare bemerkte es und sagte: »Das ist ...«

»Algonkin«, kam ihm Scarlet zuvor.

»Wer sagt das?«

»Mistress Atwood.«

Christo Shakespeare betrachtete das Amulett genauer und schüttelte den Kopf. »Anishinabe, würde ich sagen.« Gespielt tadelnd fügte er noch süffisant grinsend hinzu: »Anthea, Schwester, da hast du dich geirrt.«

»Tja, dann ist es eben Anishinabe.«

»Ein Unterschied«, bemerkte er.

»Ein kleiner.«

»Aber feiner.«

Ich zog ein Gesicht, gespielt beleidigt.

Und Christo Shakespeare fuhr fort. Seine dunklen Augen flogen über die Zeilen des Buches, das vor ihm ausgebreitet auf dem Tisch lag. »Roanoke Island war ein Ort, der Schönheit und Überfluss war.« Er schilderte ein irdisches Paradies. »Es gab dort richtige Gärten und überaus reiche Ernten. Squash, Bohnen, Sonnenblumen, Kürbisse, Amarant, Tabak und Mais.«

Vor Scarlets Augen entstand ein Bild, das sie einatmete, als sei es ihre eigene Vergangenheit. Sie konnte die Meerengen fast sehen und die Wälder fast riechen, ebenso die Flüsse und die vielen Sandbänke vor den Inseln. Sie sah Indianer, die mit Speeren, Netzen und Reusen aus Schilfrohr auf Fischfang gingen. Sie standen im seichten Wasser. Die Frauen sammelten Krebse, Nüsse, Muscheln, Beeren und Schildkröten.

»Doch dann«, hörte sie Shakespeare sagen, »kamen die Engländer. Und das Paradies ging verloren.«

Zwei Schiffe waren es gewesen, die eines Morgens am Horizont auftauchten. Der Häuptling der Secotan begrüßte die Neuankömmlinge freundlich, und dann tauschten die Indianer mit den weißen Menschen aus dem fernen Land die Güter, die sie besaßen: Leder, Korallen und Farben gegen Äxte, Beile und Messer.

»Den Engländern gefiel, was sie sahen.«

Sie gründeten die erste englische Siedlung auf amerikanischem Boden. Die vielen Gesetze, die sie selbst in einem fernen Land gemacht hatten, gaben ihnen das Recht dazu.

»Im Jahre 1584 entschieden die beiden englischen Seefahrer Arthur Barlowe und Philip Amadas endgültig, dass Roanoke Island eine englische Kolonie werden sollte.«

Die Bestände an Wild und Fisch waren reichhaltig, das Klima hätte besser nicht sein können, die Ernten konnten sogar zweimal im Jahr eingefahren werden, es gab alle möglichen Arten von Früchten, Nüssen, Melonen, Kürbissen, Erbsen, verschiedene Wurzeln und vieles mehr, all das sehr wohlschmeckend.

»Doch dann reisten die Schiffe wieder ab.«

Scarlet stellte sich vor, wie die Zurückgebliebenen in kleinen Gruppen am Ufer standen und ihnen hinterhersahen. Sie stellte sich die englischen Siedler in ihren Kleidern vor. Fremde in einer fremden Welt.

Einer Welt, die nicht weniger fremd wurde, nur weil man sie als Heimat beanspruchte.

»Zwei Secotan«, fuhr Shakespeare fort, »Manteo und Wanchese, begleiteten die Seefahrer nach England, wo sie am Hofe der Regentin der uralten Metropole von London, Königin Elizabeth, und deren engstem Vertrauten, Doktor John Dee, vorgestellt wurden.«

»Was passierte in der Kolonie?«, fragte Jake.

»Langsam, langsam, immer der Reihe nach.« Christo Shakespeare nahm sich Zeit. »Wir befinden uns vorerst noch in England. Am Hofe der Königin. Elizabeth von England. Elizabeth von London. Der Gedanke, ein anderes Land in Besitz zu nehmen, gefiel ihr.«

Walter Raleigh, ein waghalsiger und mutiger Seefahrer, der seit einiger Zeit schon im Dienste der Regentin von London stand, rüstete daraufhin eine weitere Expedition aus, die neue Siedler und Güter zur ersten englischen Kolonie auf neuem Gebiet bringen sollte. Raleigh war fest davon überzeugt, dass in der Neuen Welt eine mächtige Kolonie erblühen würde. Er taufte das Land auf den Namen *Virginia*, eine tiefe Verbeugung vor der selbst auferlegten Jungfräulichkeit der Regentin von London.

»Die Schiffe stachen in See. Und fuhren nach Amerika.«

Jake rieb sich müde die Augen und rückte die Brille zurecht. »Was geschah auf Roanoke?«

»Die Insel ereilte ein Unglück nach dem anderen«, begann Shakespeare seine Aufzählung.

Die Engländer glaubten, dass die Indianer sie bestohlen hätten.

»Vermutlich hatte einer der Siedler nur aus Achtlosigkeit eine silberne Tasse verloren. Er gab jedenfalls den Indianern die Schuld.«

Ralph Lane, der das Oberhaupt der Kolonie war, wollte die Eingeborenen Respekt vor den Engländern lehren und ließ kurzerhand eine Siedlung der Secotan samt den angrenzenden Maisfeldern niederbrennen.

»Was dann folgte, war das Drama der Besiedlung der Neuen Welt.«

Der Konflikt zwischen den Secotan und den Kolonisten eskalierte. Lane warf die Waffenstärke der Engländer in die Waagschale, und die Indianer hatten dem nichts entgegenzusetzen.

Christo Shakespeares Augen rasten weiter die Zeilen des Buches entlang. »Doch das war noch nicht alles.« Er blätterte die Seiten um, und Scarlet sah die gemalten Bilder laufen lernen. »Dann, als wäre nicht schon genug Unglück geschehen, starben viele Indianer an einer europäischen Krankheit.«

Jeder fürchtete sich vor dem anderen.

Die Secotan gaben den Engländern die Schuld an allem. Und die Engländer, die sich als rechtmäßige Besitzer der Insel sahen, ahndeten alles, was sie als Vergehen betrachteten, mit äußerster Härte.

»Am Ende wurde die Ernte vernichtet«, sagte Christo Shakespeare. »Keine gute Voraussetzung, um den Winter zu überstehen.« Die dicken Seiten wurden umgeblättert. »Doch dann«, fuhr Shakespeare fort, »erreichten überraschend neue Schiffe die Insel.« Er verneinte es, bevor jemand nachfragte. »Nein, nicht die Schiffe Raleighs, die sich aus England aufgemacht hatten.«

Sir Francis Drake, ein Freibeuter im Dienste der Krone, erreichte Roanoke Island.

Er hatte, begleitet von Abgesandten der englischen Elfenhäuser, während der Sommermonate spanische Schiffe in der Karibik gekapert und kehrte nun nach England zurück, noch bevor das nächste Versorgungsschiff die Insel erreichte.

»Als die Schiffe aus England dann endlich eintrafen, da fanden die neuen Siedler keine Engländer mehr vor. Die Indianer hatten alle Fremden getötet. Die neuen Siedler setzten das leere Fort instand und ließen sich dort nieder. John White, dem die Position des Gouverneurs zukam, war ihr Anführer.« Shakespeare starrte auf das Papier. »Er war ein

Mann mit ungewisser Vergangenheit, aber von Einfluss bei Hofe, und die Regentin hatte ihm für diese Raleigh-Expedition freie Hand gegeben.

Auch Master John Whites Tochter Elyonor und deren Mann Ananias Dare begleiteten ihn nach Amerika. Elyonor war schwanger, als sie die Neue Welt erreichten. Ihre Tochter erblickte im August des Jahres 1587 das Licht der Welt. Sie war das erste englische Kind, das auf amerikanischem Boden geboren wurde.

Man taufte das Mädchen auf den Namen Virginia Dare.«

»Was geschah mit den neuen Siedlern?« Scarlet konnte es kaum erwarten, alles zu erfahren. Das Unheil war förmlich spürbar, schon allein in den Worten.

»Wir nähern uns dem Ende der Geschichte«, verkündete Shakespeare, »wir nähern uns dem großen Rätsel.« Er strich sich über den Bart. »Nur zwei Wochen nach der Geburt der kleinen Virginia kehrte John White nach England zu Königin Elizabeth und seiner Frau Mina zurück.«

Elyonor und Ananias Dare blieben entschlossen und mutig mit ihrer Tochter Virginia und den anderen Siedlern auf Roanoke Island zurück. Die Felder wurden bestellt, und die Ernten wurden eingefahren. Die Secotan blieben friedlich, genauso wie die Chowanoc und die Weapemeoc auf den benachbarten Inseln.

»Doch dann ...« Shakespeare stockte.

»Was ist?«, fragte Scarlet.

»Die Kinder«, murmelte er. Und las schnell weiter.

»Was ist mit den Kindern?«

»Mit welchen Kindern?«, fragte Jake.

Christo schaute auf. »Den Kindern der Secotan. Viele von ihnen verschwanden im Zeitraum weniger Monate. Danach hörte das Verschwinden so schnell auf, wie es begonnen hatte.«

»Was heißt das, sie verschwanden?«, wollte Scarlet wissen.

»Genau das, was ich sagte. Sie waren verschwunden. Niemand wusste, was geschehen war.« Er seufzte. »Die Secotan fürchteten sich mit einem Mal vor den Siedlern. Es passierte etwas.«

»Was?«

Shakespeare schwieg. Dann sagte er: »Keine Ahnung. Hier steht nichts.«

»Aber ...«

»Als Master John White drei Jahre später zu der Insel zurückkehrte, da fand er die Kolonie vollkommen verlassen vor. Das ist alles, was wir mit Sicherheit wissen.« Shakespeare holte tief Luft. »Das ist das Rätsel, mit dem wir es zu tun haben.« Seine Augen leuchteten voller Neugierde und Tatendrang. »Das Rätsel, das wir lösen müssen.« Er studierte die Zeilen. »Die Siedler hatten ihre neue Heimat in eine Festung verwandelt. Holzwälle waren errichtet worden, angespitzte Pfähle steckten in der Erde. Der Boden, so heißt es hier, sei aufgewühlt gewesen.«

Das mächtige Fort und die Siedlung waren verlassen und verwüstet worden. Es gab Tagebücher, die man fand. Sie lagen zwischen den anderen unwichtigen Habseligkeiten, die in der Kolonie zurückgelassen worden waren. Nur durch sie erfuhren John White und seine Leute von dem Verschwinden der Kinder.

»Auf einem der Baumstämme stand außerdem ein Wort geschrieben.« Christo Shakespeare betonte es, als beinhalte es Magie: »*Croatoan*.« Er schaute uns alle an, einen nach dem anderen. »Sonst war da nichts. Es war ein Rätsel. Doch

John White war entschlossen, dem Ganzen auf den Grund zu gehen.«

Also ging er mit einem bewaffneten Trupp ins Landesinnere, durchforstete die Wälder, durchsuchte die Dörfer der Secotan, die er allesamt so verlassen wie das Fort und die Siedlung vorfand.

»Zeichnungen entdeckten sie dort, Bilder, auf denen man seltsame Wesen erkennen konnte.«

»Wesen?«

»Hier.« Shakespeare schlug die nächste Seite in dem Buch auf. »Da ist ein Photo der bemalten Felle«, sagte er.

Scarlet beugte sich vor. Alle anderen taten es ihr gleich. Jake war dicht neben ihr.

»Was ist das?«, flüsterte sie.

Die Bilder waren verwirrend. Einfache Zeichnungen waren es, voller Linien und Formen.

»Das ist eine Höhle«, erklärte Shakespeare und deutete auf den Umriss, der wie ein Stein aussah.

»Es befindet sich jemand in der Höhle«, bemerkte ich.

Den mit wenigen Strichen und Farben skizzierten Gestalten, die menschliche Körper besaßen, wuchsen flügelartige Gebilde aus dem Rücken. Sie alle waren ins Innere der Höhle gezeichnet.

»Sie haben keine Augen«, sagte Scarlet. »Und manche von ihnen liegen auf dem Rücken.«

»Das kann bedeuten, dass sie schlafen.«

»Aber was ist das hier?«, fragte ich und wies auf die dunklen Stellen am Boden hin. Lange blaue Rinnsale gingen von ihnen aus, Rinnsale, die zu Bächen wurden und dann verebbten. Darunter waren Schriftzeichen gemalt: Formen, eckig, rund, gezackt, Tierzeichen, Symbole.

»*Croatoan*.«

»Genau das bedeuten die Zeichen«, erklärte Shakespeare.

»Ich weiß«, flüsterte Scarlet nur. »Ich kenne diese Schrift.«

Christo Shakespeare war jetzt sichtlich überrascht. »Sie erstaunen mich, Miss Scarlet. Sie können diese Zeichen lesen? Das ist alles sehr, sehr alt.«

»Keine Ahnung, wieso ich es kann. Aber ich kann es lesen, so viel steht fest.«

Die seltsamen Wesen mit den Flügeln waren in einer Höhle. Sie waren dort gefangen. Es war ein Stein vor dem Höhleneingang.

»*Croatoan*«, sagte Scarlet, »ist der Name dieses Ortes.«

Shakespeare nickte begeistert. »Das vermute ich auch.«

»Aber wer sind die Gestalten?«

»Engel«, sagte Jake spontan.

Alle starrten ihn an.

»Hey, sie sehen aus wie Engel«, verteidigte er sich. »Wie Kinder einen Engel malen.«

Ich beugte mich vor, berührte die Abbildung mit dem Finger. »Ja, in der Tat. Sie sehen wie Engel aus.«

Und Scarlet meinte: »Wohin führt uns das?«

Wir tauschten Blicke.

Schwiegen.

Draußen wehte der Wind ums Haus. Die Dachbalken knarzten vor Kälte, die durch die Ziegel kroch und sie zögerlich mit spitzen Fingern berührte.

»Vielleicht sind das die Siedler?«, mutmaßte Scarlet. »Vielleicht sind sie in eine Höhle geflüchtet und haben den Namen des Ortes, *Croatoan*, als Hinweis im Fort zurückgelassen. Vielleicht haben sie den Stein vor den Eingang gerollt, damit sie in Sicherheit waren.«

Damit etwas, was draußen war, nicht zu ihnen hineinkonnte, wisperte Buster.

Unwillkürlich musste Scarlet an die Wendigo denken.

Ich gab zu bedenken: »Das erklärt nicht, weshalb die Secotan die Siedler als Wesen mit Flügeln gemalt haben.«

»Und diese Pfützen hier ...«

Erneutes Schweigen.

Es war Buster Mandrake, der die Stille brach. *Das sind Engel, die zu Eistoten wurden.* Er rieb sich mit den Pfoten die Schnauze. *So sehen sie doch aus, oder etwa nicht?*

Alle betrachteten wir die Zeichnungen.

Croatoan.

Was hatte dieser Ort mit dem Dakota und Master Van Winkle zu tun? Wie kam es da zu einer Verbindung?

Croatoan.

»Hat John White diesen Ort damals gefunden?«

Christo Shakespeare schüttelte den Kopf. »Nein, hat er nicht. Er hat danach gesucht, ja. Aber ein Unwetter zwang ihn zur Umkehr. Er kehrte nach England zurück, das ist alles, was wir wissen.«

Scarlet blätterte um und starrte das Bildnis auf der nächsten Seite an.

Es zeigte John White, einen sehr elegant gekleideten Mann unbestimmten Alters mit großen Augen und einer langen Nase und blondem Haar, das ihm lockig um die Schultern fiel.

Scarlet hatte das unbestimmte Gefühl, dieses Gesicht schon einmal gesehen zu haben.

Wo?

Sie vermochte es nicht zu sagen.

Sie stand auf und ging unruhig im Raum umher. »Die Eistoten von New York sind also möglicherweise nicht die ersten Opfer dieser Art.«

»Und jemand ist gestern in die Bibliothek eingebrochen, um sich darüber zu informieren«, sagte Jake.

Die Löwen haben es uns gesagt, bemerkte Buster. *Es war ihr Freund.* Die kleine schwarze Nase deutete auf Scarlet.

Christo Shakespeare fragte: »Ihr Freund, Miss Scarlet?«

Sie erzähle ihm kurz und knapp die ganze Geschichte.

»All diese Spuren«, folgerte Shakespeare mit seiner tiefen Stimme, »müssen also verfolgt werden.« Seine Augen leuchteten auf, als er flüsterte: »Van Winkle, Eistote, Wendigo, *Croatoan*. Ein Rätsel, das es zu lösen gilt. Wie schön, wie schön.«

Jake deutete auf eine Liste, die sich vom übrigen Text auf der Seite abhob. »Das sind Namen«, stellte er fest und las einige von ihnen vor: »Poddingcroft, Van Tessel, Shuckford, Clattercop, Heckwelder.« Sein Finger blieb bei einem Namen stehen. »Van Winkle.« Er sah mich an. »Was hat das zu bedeuten?«

Mir schwindelte. Die Puzzleteile begannen sich zu fügen.

Scarlet beugte sich vor, um die Namen lesen zu können. »Was sind das für Namen?«

»Das«, sagte ich, viel leiser, als ich es beabsichtigt hatte, »sind die Namen der Eistoten.«

»Sie meinen, die Eistoten haben damals schon gelebt und sind jetzt hier wieder aufgetaucht?«, fragte Scarlet.

»Nein«, brummte Christo Shakespeare, »das auf der Liste waren ihre Vorfahren, in gewisser Weise. Sie alle haben auf Roanoke Island gelebt.« Er sprang auf und lief aufgeregt im Raum umher. »Ja, die Vorfahren der Eistoten sind in *Croatoan* gestorben.«

»Wie können die Nachfahren in New York leben, wenn die Vorfahren alle getötet wurden?«, dachte Scarlet laut nach. Immerhin hatte angeblich niemand auf der Insel überlebt.

»Oh, woher soll ich das wissen«, murrte ich.

Scarlet schwieg.

Sie erbebte bei dem Gedanken, wie greifbar die Vergänglichkeit so plötzlich geworden war. All die Jahrhunderte zerflossen und wurden eins. Die Dinge, die damals begonnen hatten, endeten hier in New York. Es gab natürlich einen Grund, klar, den gab es immer. Doch der Gedanke, dass sie selbst in all die absonderlichen Vorkommnisse verwoben war, machte ihr unsägliche Angst. Sie berührte ihr Amulett und spürte die Wärme, die es in sich barg, und dann schloss sie die Augen und sah sich selbst als Spiegelbild in den Wassern, in die sie einst eingetaucht war, ganz und gar und nicht allein, still hoffend, dass die Dinge, die sie damals so glücklich gemacht hatten, sich nie ändern würden.

Dann erblickte sie etwas, direkt vor sich, schwebend in der warmen Luft des Archivs, und die bleierne Müdigkeit, die langsam von ihr Besitz ergriffen hatte, fiel von ihr ab wie die Hoffnung, dass alles besser werden würde.

Kapitel 8

Schiffe, die des Nachts vorüberfahren

»Was hast du?«, wollte Jake wissen.

Scarlet spürte, wie alles in ihr erstarrte.

Zuerst war es nur ein Lufthauch gewesen, leicht und vage und kaum mehr als eine Andeutung, ein Frösteln auf der Haut, dessen Ursprung man nicht einmal erahnt. Doch dann schwebte schon die erste Schneeflocke durch den Raum. Sie trat aus der dichten Dunkelheit zwischen den Regalreihen hervor, wurde über die Kisten getragen und legte sich schließlich auf den Tisch, mitten auf die Seiten des aufgeschlagenen Buches. Sie hockte da, irgendwie dreist, inmitten der Buchstaben und Schnörkel.

Scarlet erschauderte.

Noch immer hallte der Satz in ihrem Kopf nach: *die Vorfahren der Eistoten sind in Croatoan gestorben. Die Vorfahren derjenigen, die zu Eistoten in der Stadt der zwei Flüsse werden.*

Und dann schneite es im Archiv.

Einfach so.

Scarlet, die schon beim Anblick der einzelnen Schneeflocke auf dem Buch erstarrt war, spürte, wie sich ein Schwindelgefühl ihrer bemächtigte. Der ganze Raum begann sich zu drehen, ihr wurde heiß und kalt zugleich.

Es war keines der Fenster geöffnet.

Gerade hatte sie noch an das Porträt gedacht, an John White. Daran, dass sie dieses Gesicht woanders schon einmal gesehen hatte. Sie hatte sich gefragt, wohin sie das alles noch führen würde. Tausende von drängenden Gedanken hatten sie bestürmt, ein ganzes Universum wirrer Mutmaßungen, wild und zügellos dahingedacht im Eifer des Augenblicks.

Was hatte sie mit all diesen Dingen zu tun? Wo lag des Rätsels Lösung?

So viele Fragen.

Und dann war einfach so die Schneeflocke aufgetaucht.

Plötzlich.

Unverhofft.

Gefolgt von einem Schwarm weiterer Flocken, alle dicht und weiß und eisig kalt.

Und schon brach die Hölle los. Sie sprach keine Warnung aus, nichts. Da waren nur die Schneeflocken, die ankündigten, was bereits in dem Dämmerlicht lauerte und in Erwartung der baldigen Jagd die Augen zusammenkniff, Witterung aufnahm, zum Sprung bereit.

Scarlet sah Jake an, erblickte ihr Spiegelbild, das in seinen Augen schwamm.

Mit einem Satz kam der Wendigo aus der Dunkelheit hervor.

Er knurrte.

Tief und grollend war das Geräusch, wie ein Versprechen des Übels, das er in sich trug. Mit einer unglaublich schnellen Bewegung sprang er auf den Tisch zu. Zeit würde er keine verlieren, so viel war sicher. Der lange Arm fuhr hernieder, und das Holz krachte.

Christo Shakespeare fluchte laut und wich nach hinten aus. Sein Stuhl fiel um.

»Mistress!«, schrie Scarlet.

Ich ließ mich zur Seite fallen. Die Klaue der Kreatur verfehlte mich nur äußerst knapp.

»Laufen Sie fort!«, rief ich Scarlet zu. »Egal, was geschieht, verschwinden Sie!«

Das war alles.

Nur dieser Ratschlag.

Dann versank das Archiv in einem Gestöber aus Schnee, als wären mit einem Mal alle Fenster aufgerissen worden. Die eisig wirbelnden Flocken formten sich in Windeseile zu Körpern, wie Scarlet sie bereits am nächtlichen Washington Square gesehen hatte.

Das wilde Gestöber verdichtete sich rasend schnell, als sei es ein schlechter Traum, und wurde festes Gewebe, weißes Fell, Knochen, Zähne, Klauen.

Scarlet wusste, was geschehen würde. Sie hatte es bereits gesehen, alles. Und sie hatte kein Interesse daran, es erneut zu erleben.

Doch schon sah sie die geifernden Bestien.

Wendigo.

Es waren drei an der Zahl.

Sie waren groß, nahezu riesig. Und sie hatten Scarlet ausfindig gemacht. Ihre massigen Köpfe berührten, wenn sie auf den Hinterläufen standen, fast die Decke des Raumes. Sie gingen leicht gebeugt, ein wenig wie Gottesanbeterinnen, die Klauen ausgestreckt.

Buster Mandrake sprang mit einem Fiepen in ein Regal

hinein. Sein Schwanz verschwand in den Buchreihen, dann war er fort.

Die alten Bücher und beschriebenen Zettel, die eben noch vor uns auf dem Tisch gelegen hatten, fielen mit einem Poltern und Rascheln zu Boden, als die Tischplatte von einer Wendigo-Pranke in zwei Hälften geteilt wurde. Holz splitterte, und dumpfes Knurren erfüllte den Raum.

Scarlet spürte eine Hand, die ihre ergriff.

Es war Jake Sawyer.

Er zog sie mit sich fort, ohne etwas zu sagen, schnappte sich eilig und wie beiläufig den alten abgeschabten Ledermantel und ihren bunten Flickenmantel. Dann rannte er, Scarlet Hawthorne im Schlepptau, ins Treppenhaus hinaus.

»Wo sollen wir hin?«

»Fort von hier«, sagte er und zog im Laufen den Ledermantel an.

»Sie werden uns folgen.« Auch Scarlet streifte den Mantel über.

»Ich weiß.«

»Was ist mit den anderen?«

»Die Wendigo sind hinter dir her.« Er warf einen kurzen Blick zurück. »Mit ein wenig Glück werden die anderen entkommen.«

Scarlet wusste, dass er recht hatte. Das schlechte Gewissen plagte sie, aber dann hörte sie eine Tür aufschlagen. Die Wendigo hatten das Archiv verlassen. Es war ihnen egal, wer sonst noch dort oben war.

Sie wollten Scarlet.

Aus einem Grund, den sie noch immer nicht kannte.

»Jetzt komm schon, schnell!« Die beiden rannten weiter die Treppenstufen hinab.

Hinter sich hörten sie ein lautes Heulen. Es zerschnitt die Luft und fand zu ihrem Entsetzen ein Echo im Lesesaal.

Scarlet konnte es hören, konnte es schmecken. Panik brach dort unten aus. Zuerst war alles noch ganz still, doch dann begann ein lautes Kreischen und Poltern. Da waren Krallen auf Steinboden, Klauen auf dem Parkett. Bilder und Regale wurden von den Wänden gerissen, Leinwände und Gemälde wüst und erbarmungslos zerschlitzt.

»Da unten sind auch welche«, mutmaßte Jake. Der Tumult im Lesesaal war kaum anders zu erklären.

Die Verwüstung begleitete die Wendigo wie eine Schattenflut.

Als die jungen Leute die modernen Glastüren passierten, sahen sie Schattenfetzen wie wild an den Wänden tanzen. Gliedmaßen, Schreie, Körper, Klauen, alles durcheinander und vom Chaos geküsst.

So schnell sie nur konnten, ließen sie den Eingang zum Lesesaal hinter sich. Sie wussten nicht, wie viele der Kreaturen es noch gab. Eigentlich wussten sie gar nichts.

Im Treppenhaus hoch über ihnen klackten Krallen über den Marmorboden.

Also rannten sie.

Jake stieß die Türflügel nach draußen auf, und die kalte Luft des Wintertages schlug ihnen ins Gesicht. Scarlet atmete tief durch. Vor ihnen lag der Bryant Park, weit und weiß und gänzlich ohne Wendigo.

Doch sie würden nicht mehr lange auf sich warten lassen.

Lord Astor und Lady Lenox öffneten die steinernen Augen. Der Tumult war ihnen nicht entgangen.

»Wir brauchen Hilfe«, rief Jake ihnen entgegen.

Es riecht nach Wendigo, fauchte Lord Astor.

Und Lady Lenox bestätigte: *Das ist nicht gut.*

Ja, dachte Scarlet, das ist gar nicht gut.

Die beiden Löwen stiegen mit knirschenden Geräuschen von ihren Sockeln herab und kauerten sich sprungbereit auf die Treppe. Ihre Augen wurden zu Schlitzen, und die Klauen an ihren Tatzen wurden länger, gruben sich tief in den Stein der breiten Treppe.

Jake zog Scarlet hinter sich her.

Die Treppe hinunter zur Wiese, dann über die zugefrorenen Wege, durch den Park, nur fort, weit, weit fort von der Bibliothek. Sie hörten, wie die Türflügel aus den Angeln gerissen wurden und die massiven Türen gegen die Körper der Löwen prallten.

Die Wendigo waren da.

Es waren jetzt fünf an der Zahl. Riesige weiße Kreaturen, missgestaltet und mit langen Schnauzen. Ihre spitzen Ohren waren aufgerichtet, und von den Lefzen troff Eiswasser zu Boden.

Ohne Vorwarnung sprang Lord Astor die Eindringlinge an. Scarlet glaubte zu erkennen, dass er gleich zweien der überraschten Wendigo die Köpfe mit einem einzigen Hieb der mächtigen Pranken abschlug.

Die toten Schneewesen lösten sich augenblicklich in Gestöber auf.

Die übrigen drei Wendigo waren nun vorsichtiger geworden. Einer griff Lady Lenox an.

Ein berstendes Grollen erfüllte die Luft.

»Komm schon!«, drängelte Jake. »Wir müssen hier weg.«

Scarlet wandte den Blick nicht von den steinernen Löwen ab.

Eine Schneewolke umgab die majestätischen Wesen und

verbarg einen Großteil des Kampfes vor den Augen der Welt. Wachpersonal kam aus dem Haus gestürmt und wurde das Opfer des Wendigo, der am nächsten beim Eingang stand.

Scarlet starrte das Schauspiel mit weit aufgerissenen Augen an.

Jake packte sie bei der Hand.

»Wir werden ihnen nicht davonlaufen können«, stellte sie keuchend fest.

Jake sah sich um. »Ich weiß.« Er zog sie hinter sich her, als sei sie eine Puppe.

»Was hast du vor?«

Er lief auf ein Motorrad zu, das am Rand des Bryant Parks stand. Es war eine altmodische Maschine, mit elegant schwarz glänzendem Lack, einem dicken gewölbten Bauch und silbernen Armaturen. Die runden Scheinwerfer sahen wie Augen aus.

Die beiden Löwen kämpften noch immer mit den Wendigo. Ihr Knurren und Fauchen wurde vom Wind über den Park geweht. Scarlet fragte sich traurig, ob die Wendigo dem massiven Stein etwas anzutun vermochten. Sie hoffte inständig, dass den Löwen nichts zustieß.

Jake indes beachtete die Kampfgeräusche anscheinend gar nicht mehr.

Er widmete sich jetzt ganz der Maschine. Behände griff er in den Motor, zog einige Schläuche, stöpselte sie um, fingerte an Drähten herum, klopfte gegen silberne Teile.

Seine Augen leuchteten, als er sich derart an dem Motorrad zu schaffen machte.

»Du willst sie stehlen?« Scarlet trat auf ihn zu.

Er sah Scarlet nicht einmal an, und ein unternehmungslustiges Lächeln schwang in seiner Stimme mit. »Nun ja, sagen wir mal, ich will sie mir bloß kurz borgen.« Und mit einigen schnellen Handbewegungen, die viel zu geübt waren, um auch nur im Entferntesten annehmen zu lassen, er mache das hier zum ersten Mal, schloss er die Maschine kurz. »Wir machen jetzt eine Tour durch die Stadt«, presste er hervor. »Komm, steig schon auf.« Er schwang sich in den Sattel der Maschine, und Scarlet tat es ihm gleich. »Deine Arme«, forderte er sie auf, »halt dich gut fest.« Er zwinkerte ihr zu.

Und dann legte sie beide Arme um seinen Körper. Ihr Gesicht war jetzt dicht an seinem Haar. Es roch gut, nach Regen und Meer, irgendwie. Und es war eisig kalt. Scarlet trug keine Mütze. Jake ebenso wenig.

Weiter hinten, am Eingang, kämpfte ein Wendigo, der größte der Gruppe, gegen beide Löwen gleichzeitig, und die anderen beiden Kreaturen nutzten die Ablenkung, um unbehelligt aus der Wolke herauszutreten und in den Park hineinzulaufen.

»Sie kommen!«, schrie Scarlet.

Jake kuppelte mit der linken Hand, löste die Bremshebel, legte mit dem linken Fuß den Gang ein. Mit einem lauten Brummen erwachte die Maschine zum Leben.

Jake ließ die Reifen laut quietschen. Sie drehten sich schneller und schneller auf dem gefrorenen Untergrund.

»Weißt du, was du da tust?«, schrie Scarlet.

»Das ist eine *Midnight Star*. Vertrau mir!«

Mit einem gewaltigen Satz sprang die Maschine nach vorn.

Scarlet spürte einen kräftigen Ruck und klammerte sich ganz fest an Jake. Sie spürte die Anspannung seines Körpers, roch das Leder des alten Mantels, selbst die Wolle des Pullovers. Sie verbarg ihr Gesicht an seinem Hals und schloss einen Moment lang die Augen. Der Moment währte nicht länger als ein kurzes Augenzwinkern im Sonnenschein, aber lange genug, um ihr bewusst zu machen, dass sie jemanden gefunden hatte, dem sie vertraute. Das Gefühl, dass es gut war, bei ihm zu sein, bestürmte sie einfach so, wie Gefühle es manchmal eben tun, in unpassenden Momenten zu so unpassenden Zeiten. Sie öffnete die Augen wieder und sah den Ohrring dicht vor sich, die Bartstoppeln, die Brille.

Jake hielt kurz an, sah sich um, wendete das Motorrad auf der Stelle.

»Wir müssen es schaffen«, hauchte Scarlet ihm ins Ohr.

Jake drehte den Kopf ein wenig zur Seite. »Bereit für einen Ausflug?«, fragte er lässig.

»Ja«, sagte Scarlet, die wusste, dass die Lässigkeit nur gespielt war.

Auch Jake fürchtete sich vor den Wendigo.

»Es geht los!« Er startete durch.

Hinter ihnen kamen die zwei Wendigo über den weißen Rasen gestürmt. Sie liefen auf Händen und Füßen, sprangen mit großen Sätzen vorwärts, und ihre Augen ließen nicht von der Beute ab. Eine nebelhafte Wolke umgab sie, trieb sie nach vorn.

»Lass uns ihnen einfach davonfahren!«, rief Jake.

Und gab Gas.

Er lenkte das Motorrad durch den Park. Das Hinterrad wirbelte schmutzigen Schnee auf.

Im Rückspiegel wurde Scarlet der beiden Wendigo gewahr, die ihnen dicht auf den Fersen waren. Die Wesen liefen schnell, wie Geparden. Winzige Dinge im Spiegel, dachte sie, sind näher, als sie zu sein scheinen. Kein beruhigender Gedanke, nein, wirklich nicht.

Jake fuhr auf eine Hecke zu, suchte nach einem Durchgang, bremste ab, als er einen Fußgängerweg entdeckte, beschleunigte erneut. Mit einem Satz sprang die Maschine auf die West 42nd Street und preschte mitten in den Verkehr hinein. Autos bremsten, hupten, Yellow Cabs flogen nur so an ihnen vorbei. Jake lenkte die Maschine zwischen den Autos hindurch, als würde er das jeden Tag tun. Wie ein Wirbelwind fuhr er durch das Labyrinth zwischen den sich bewegenden Autos und verlagerte sein Gewicht, um nicht mit einem von ihnen zu kollidieren.

Er fuhr südwärts, *Macy's* entgegen, die Avenue of the Americans hinab.

Die Wendigo indes waren noch immer auf der Jagd. Auch sie waren jetzt auf der West 42nd Street.

Mit großen Sätzen sprangen sie über die Straße.

»Sie sind noch da!«, schrie Scarlet gegen den Fahrtwind an.

»Ja, ich sehe sie.«

Die Wendigo hatten die Fahrbahn inzwischen verlassen, bewegten sich nun behände von Autodach zu Autodach und wichen sämtlichen höheren oder sonstwie störenden Wagen mit geschmeidigen Sprüngen aus.

Jake beschleunigte weiter. Seine Hand drehte nervös am Gashebel.

Die Wendigo näherten sich erschreckend schnell. Dadurch, dass sie über die Autodächer liefen, holten sie auf. Der kümmerliche Abstand zwischen dem Motorrad und seinen Verfolgern wurde kleiner und kleiner.

Jake bremste, wich einem kleinen Lieferwagen aus. »Wir werden sie hier oben nicht abhängen.« Er drehte den Kopf leicht zur Seite. »Du musst dich festhalten!«

Tu ich doch, dachte Scarlet.

Die Maschine schlingerte unsanft.

»Nein, nein, du musst genau das tun, was ich auch tue!«, rief er ihr zu. »Wenn du dich anders bewegst, dann kann ich nicht richtig lenken.«

»Was meinst du?«

»Wenn ich mich zur Seite lege, dann tust du das Gleiche.«

Sie nickte.

Schaute nach vorn.

Ein Stück vor ihnen tauchte ein Subway-Schild auf. Menschen strömten auf den Eingang zu.

Jake steuerte direkt darauf zu.

»Das ist nicht dein Ernst«, murmelte Scarlet, doch sie wusste, dass Jake sie nicht hörte. Und sie wusste auch, dass genau das, was sie gerade befürchtete, seine Absicht war.

Er fuhr direkt auf die Treppe zu.

Mit aller Kraft klammerte sich Scarlet an Jake fest. Fast war ihr, als könne sie sein Herz schlagen hören.

Er bremste ab, nur kurz.

Das Motorrad vollführte eine halbe Drehung.

Jake ließ den Motor aufheulen.

Die Menschen auf dem Gehweg und der Treppe kreischten laut auf. Sie ahnten, was da auf sie zukam. Die dichten Massen stoben auseinander, Panik machte sich breit. Dafür war die Treppe jetzt frei.

Ohne auch nur einen einzigen Augenblick zu verschenken, fuhr Jake Sawyer die schmale Treppe hinunter. Scarlet musste sich mit aller Kraft an ihm festhalten. Das Motorrad bockte wie ein störrisches Pferd. Sie zog den Kopf ein. Die niedrige Decke raste über ihren Kopf hinweg. An manchen Stellen passte die Maschine so gerade durch den Tunnel, der sich vor ihnen auftat, hindurch.

»Da vorn sind Absperrungen«, warnte sie ihn.

Jake fuhr schneller.

Die Fahrkartenautomaten und die Absperrungsgitter rasten auf sie zu. Dann sah Scarlet, was er vorhatte. Sie verstärkte ihren Griff, klammerte sich an ihn. Jake würde niemals durch die Drehkreuze fahren können. Und er würde auch nicht auf anderem Wege an ihnen vorbeikommen.

Nie und nimmer.

Ausgeschlossen!

Sie schluckte.

Doch nein, das hatte er auch gar nicht vor.

Es gab andere Türen, hüfthohe Gittertüren, die normalerweise Rollstuhlfahrer hindurchließen.

Das Motorrad fuhr frontal gegen eine dieser Türen, bremste gleichzeitig ab, nahm ein wenig vom Schwung weg. Die Türen gaben mit einem Scheppern nach und schwangen auf.

Der Motor ächzte und stotterte, was sich nicht besonders gesund anhörte, und einige Kleinteile fielen von der Maschine ab und rollten über den Boden.

Überall schrien die Menschen in Panik auf. Was sie sahen, wirkte nicht sehr beruhigend. Ein großes schwarzes Motorrad mit zwei Fahrern hier unten in der Subway. Scarlet wurde sich plötzlich bewusst, wie bedrohlich das alles auf die Menschen wirken musste.

Zwei Polizisten, die von irgendwoher aufgetaucht waren, riefen ihnen etwas zu. Sie zogen ihre Waffen, entsicherten sie. Sie zielten auf Jake und Scarlet. Das war New York.

»Gar nicht gut«, murmelte Jake. »Nein, gar nicht gut.«

»Was passiert jetzt?«

»Wir fahren einfach weiter.«

Die beiden Polizisten wurden von dem Heulen der Wendigo, die ebenfalls in die Subway gelaufen waren, abgelenkt.

Offenbar konnten sie sich nicht erklären, welche Wesen Geräusche dieser Art machten. Immerhin gab es schon seit vielen Jahren keine Wölfe mehr in der Stadt.

Doch darüber konnte sich Scarlet jetzt keine Gedanken machen.

Jake lenkte das Motorrad tiefer in die Station hinein.

Er raste durch die Tunnel, und zu beiden Seiten rannten die Menschen davon. Jake bremste, gab Gas, beschleunigte wieder. Eine weitere holprige Treppe folgte, dann ein weiterer Tunnel. Scarlet hatte manchmal Mühe, sich festzuhalten.

»Pass auf, Jake!«

Eltern zogen ihre Kinder beiseite. Passanten drückten sich gegen Wände. Das laute Knattern des alten Motorrads groll wie Donnerhall durch die Unterwelt. Die Leute schimpften lautstark und schüttelten wütend ihre Fäuste, nachdem das schwarze Motorrad tosend an ihnen vorbeigerast war.

Das Heulen der Wendigo indes kam näher und näher.

Schüsse hallten durch die Station.

Laut, klagend, verzweifelt.

Die Wendigo hatten also die Polizisten erreicht.

Jake drehte am Gas.

»Wir schaffen es«, sagte Scarlet. Sie hatte gedacht, dass sie etwas sagen sollte. Also hatte sie es getan.

Dann tauchte der Bahnsteig vor ihnen auf.

Die *Midnight Star* schlidderte über den Boden.

Die Menschen stoben auch hier zu allen Seiten davon.

Scarlet erhaschte einen flüchtigen Blick auf die Anzeigetafel. Der Zug in Richtung Columbus Circle würde in einer Minute einfahren. Es war nur diese eine Minute, die ihnen blieb, um das zu tun, was sie vorhatten. Doch was genau hatte Jake vor? Er hatte es ihr nicht gesagt. Nicht ausdrücklich, nicht wirklich. Dabei wirkte er so, als wüsste er genau, was er tat.

»Was ...?« Die Frage blieb ihr im Halse stecken.

Jake steuerte auf die Gleise zu, Irrtum ausgeschlossen. Er verlor keine Zeit.

Bevor Scarlet etwas einwenden konnte, landete die Maschine mit einem Satz zwischen den Gleisen.

Das Motorrad setzte hart auf und schwankte heftig, blieb stehen. Mit einem erstickenden Geräusch ging der Motor aus.

»Mist«, fluchte Jake.

Es erklang ein lautes, hungriges Heulen.

Er drehte mit aller Kraft die Kupplung und gab gleichzeitig Gas mit der anderen Hand.

Mit einem Stottern erwachte die Maschine zu neuem Leben.

Das Heulen war jetzt ganz nah.

Die Wendigo holten auf.

Die Menschen, denen sie begegneten, kreischten vor Panik auf.

Man konnte an den lauter werdenden Schreien erkennen, wie schnell die Wendigo sich dem Bahnsteig näherten.

»Sie lassen nicht locker«, sagte Scarlet.

Jake murmelte nur: »Mistviecher!«

Und schaltete das Licht ein.

Ein lauwarmer und immer stärker werdender Fahrtwind traf sie von hinten, gefolgt von einem Rumpeln, das Scarlet nur zu gut kannte. Immer lauter wurde das Geräusch.

Der Zug!

Jake trat erneut die Kupplung.

Die Maschine sprang nach vorn.

Holpernd fuhren sie in den Tunnel hinein. Hinter sich hörten sie die Bremsen des Zuges quietschen.

»Findest du, das war eine gute Idee?«

Er schüttelte den Kopf. »Nicht unbedingt.«

Trotzdem fuhren sie weiter. Ein Zurück gab es nicht.

Es roch nach Maschinenöl und Metall, nach Erde und Feuchtigkeit. Sie kamen an halb zerfallenen Bretterbuden vorbei, die von den hiesigen Maulwurfsmenschen neben den Gleisen errichtet worden waren. Signale rauschten an ihnen vorbei, Graffiti wie aufblitzende Fratzen schauten hinter ihnen her.

Das Heulen der Wendigo wurde geradezu unerträglich.

Es waren Laute, wie man sie normalerweise nur in den tiefen Wäldern jenseits der großen Seen vernahm.

Scarlet drehte den Kopf und schaute nach hinten in den Tunnel hinein.

Die hell erleuchtete Öffnung, die der Eingang zur Station war, wurde kleiner und kleiner.

Zwei Gestalten sprangen dort nun auf die Gleise und rannten hinter ihnen her. Man konnte die spitzen Ohren erkennen, deutlich hoben sie sich ab im matten Lichtschein, der vom Bahnsteig her kam. Dann füllte der angekommene Zug die Öffnung aus, und die Wendigo wurden von der Finsternis verschluckt.

»Sie sind noch immer da.«

»Oh, Mist!«

Jake fuhr so schnell es ging.

»Wo willst du eigentlich hin?«

»Broadway Siding«, keuchte er. »Keine Angst, ich kenne den Weg.«

Scarlet schwieg.

Hielt sich nur fest.

Dann endlich tauchte das Siding auf. Jake bremste ab, bevor er die Weichen erreichte. Behutsam lenkte er das Motorrad darüber und fuhr auf dem Rangiergleis weiter.

Ein blinder Mann mit zwei Augenklappen stand dort, am Gleisrand, gestützt auf einen Stock. Auf den Augenklappen standen die Worte *Justice* und *Peace*.

»Wohin wollt Ihr, Fremde?« Seine Stimme war wie schmutziges Moos. »So sprecht, wenn Ihr Einlass begehrt!«

Jake ließ, statt einer Antwort, den Motor laut aufkreischen. »Versteck dich, schnell!«, rief er dem Mann zu, das war alles. Die Maschine rollte an dem Mann vorbei, und Scarlet konnte noch erkennen, wie der Alte sich, gleich einem Igel, irgendwo tief in der Dunkelheit zusammenrollte. »Das war nur ein Torwächter«, erklärte Jake. »Ihm wird nichts geschehen.«

Scarlet blieb keine Zeit, genauer darüber nachzudenken.

»Es geht abwärts!«, sagte Jake.

Der Weg, den sie genommen hatten, mündete in einen runden Tunnel, der wie ein Wasserrohr aussah.

»Das ist ein Teil des alten Croton Reservoirs«, erklärte Jake. »Eine Zuleitung zur großen Zisterne.«

Das Motorrad fuhr nun abwärts, und im Lichtkegel erkannte Scarlet, dass sie einem kreisrunden Tunnel schräg hinab in die Tiefe folgten. Dünne Rinnsale brackigen Wassers liefen am Boden entlang, und aus den Wänden ragten dürre Baumwurzeln heraus. Mehrmals geriet das Motorrad ins Trudeln. Der Boden war nass und rutschig.

Jake fuhr immer schneller.

Das Grunzen der Wendigo wehte hinter ihnen her.

Sie ließen sich nicht abschütteln. Auch sie hatten den Wassertunnel erreicht.

Scarlet konnte die Nervosität spüren, die Jake schneller und schneller fahren ließ.

Das Motorrad erbebte förmlich unter ihnen. Im Lichtkegel der Scheinwerfer war nur ein Teil des Wasserrohres auszumachen. Niemand konnte genau sagen, was vor ihnen lag.

Scarlet hielt die Luft an.

Die Wendigo schrien irgendwo hinter ihnen.

Dicht hinter ihnen.

So nah.

Schneller und schneller raste das Motorrad durch das riesige Rohr. Alles erbebte.

Und dann, in einer Kurve, verlor Jake die Kontrolle über die Maschine. Das Motorrad kippte zur Seite und schlidderte den abschüssigen Wassertunnel entlang, ohne anzuhalten.

Scarlet schrie auf. Ihr Bein steckte zwischen dem heißen Auspuffrohr und dem feuchten Boden. Es tat weh, so verdammt weh.

Sie ließ Jake erschrocken los, und dann löste sie sich auch aus der festen Umklammerung des Motorrads. Mit einem schmerzenden Bein blieb sie im Dreck liegen und stöhnte laut auf. Einige Meter weiter kam die Maschine zum Halten, als sie gegen die Wand rutschte und mit einem lauten Scheppern dort liegen blieb. Jake kroch darunter hervor und fluchte.

Hinter ihnen stürmten die Wendigo heran.

»Jake!« Scarlet kroch zu ihm.

»Alles okay«, antwortete er nur. Sein Gesicht war schmutzig. Die Brille lag zerbrochen in einer Pfütze.

Dann versuchte er verzweifelt, die Maschine in die Höhe zu stemmen.

»Verdammt, verflucht und Dreck.« Er rutschte auf dem nassen Boden aus.

Fast im selben Moment stürmten die beiden Kreaturen aus der Dunkelheit heran. Wie riesige Spinnenwölfe aus Eis und Schnee erschienen sie im Scheinwerferkegel des auf der Seite liegenden Motorrads. Ihre Zähne blitzten weiß auf, ihre Zungen leckten gierig über ihre Schnauzen. Kalt glühende rote Augen funkelten in der Finsternis. Ein eisiger Schneesturm umspielte die Körper der Wesen, deren wütendes Knurren sich mit dem Tosen eines vorbeifahrenden Zuges vermischte.

»Lasst ihn in Ruhe!« Scarlet stellte sich zwischen Jake und die Wendigo.

»Bist du verrückt?«, hörte sie Jake sagen.

»Sie können mir nichts tun«, antwortete sie heldenhaft und berührte mit einer Hand das Amulett. Sie zitterte. Meine Güte, was machte sie da nur? Sie war völlig von Sinnen.

Der größere der beiden Wendigo trat vor.

Er schnüffelte kurz, legte den Kopf ein wenig schief. Er machte einen Satz auf Scarlet zu, hielt dann aber inne und starrte sie nur an.

Lauernd.

Schlau.

Dann bückte er sich und hob einen Stein auf, der sich aus der Wand gelöst hatte.

»Scarlet!«, schrie Jake.

Doch da war es schon zu spät.

Der große Stein traf Scarlet mit voller Wucht an der Schulter und warf sie zu Boden. Ein Schmerz, gewaltig und tiefrot, explodierte in ihrem Bewusstsein. Sie spürte heiße Tränen in den Augen.

Der Wendigo verzog die Lefzen zu einem Grinsen.

Erstaunt blickte Scarlet zu ihm auf.

Der Wendigo betrachtete ruhig den schweren Stein in seiner Hand. Musterte sein Opfer.

Und Scarlet wurde mit einem Mal klar, was sie da gerade sah.

Die Wendigo wussten, dass das Amulett sie schützte.

Deswegen hatte er sie nicht berührt. Er wusste, dass ihm Schlimmes widerfahren würde, täte er es.

Der zweite Wendigo näherte sich Jake von der anderen Seite.

Es war aussichtslos.

Jake erhob sich und humpelte zu Scarlet.

»Hau ab, Mistvieh!«, sagte er nur.

Der Wendigo beachtete ihn gar nicht erst.

Die zweite Kreatur hielt ihre lange Klauen nun demonstrativ in die Höhe, mitten in den Scheinwerferkegel, damit sie auch jedermann deutlich sehen konnte. Die schmalen Augen des Wendigo fixierten Jake.

»Was jetzt?«, fragte Scarlet.

Jake zuckte die Achseln.

Dann kreischte der Wendigo, der sich Jake genähert hatte, laut auf. Schriller, tiefgelber wilder Schmerz explodierte in diesem Schrei und gefror in der Luft zu Hunderten von Splittern.

Die Kreatur taumelte, ging in die Knie.

Scarlet sah jetzt, was geschehen war.

Ein Pfeil hatte sich durch seine Schulter gebohrt. Er schimmerte durchsichtig in der Dunkelheit. Ein zweiter Pfeil folgte dem ersten.

Eines der rot glühenden Augen des Wendigo erlosch mit einem Zischen. Eiswasser lief der Kreatur brennend über das Gesicht. Mit wütenden Schlägen auf seine eigene Schnauze versuchte der Wendigo den rostroten Schmerzen Einhalt zu gebieten.

Der erste Wendigo, den der Angriff auf seinen Gefährten vollends überrascht hatte, knurrte wütend in die Dunkelheit, aus welcher der Pfeil gekommen war. Er duckte sich und trat aus dem Scheinwerferkegel heraus.

»Was war das?«, fragte Jake.

Der Wendigo ging vorsichtig einen Schritt weiter nach hinten in den Tunnel hinein.

Scarlet betrachtete angewidert den Pfeil, der in der Augenhöhle des sich am Boden krümmenden Wendigo steckte. »Das ist Eis«, murmelte sie. »Der Pfeil ist aus Eis, glaube ich.«

Jake stupste sie an.

Sie schaute auf.

Zwei Gestalten traten aus dem Tunnel heraus. Sie trugen dunkle Mäntel und Pelzmützen mit Ohrenklappen. Dazu Armbrüste mit Pfeilen, die seltsam aussahen. Ihre Gesichter waren bleich und wirkten tierisch. Der eine trug seine hellbraune Mähne mit den weißen Strähnen schulterlang und offen. Der andere hatte schwarzes Haar, das er zu mehreren langen Zöpfen gebunden hatte, und es sah dennoch zottelig wie das Fell eines Wolfes aus.

»Einen guten Tag«, sagte der eine, der aussah wie ein Fuchs. »Wie schön, Sie hier unten anzutreffen, Miss Hawthorne.«

Scarlet starrte die beiden an, Jake ebenso.

»Woher wissen Sie, wer ich bin?«, fragte Scarlet.

Die beiden Herren lächelten nur und näherten sich mit behutsamen Schritten, ganz ohne Eile.

»Und wer sind Sie?«, fragte Jake vorsichtig.

»Dieser hier«, sagte der eine und deutete auf seinen Gefährten, »hört auf den klingenden Namen Mr. Wolf.«

»Und jener«, fügte der andere hinzu, »der mich Ihnen so freundlich vorgestellt hat, ist kein Geringerer als Mr. Fox.«

»Wir sind«, begann Mr. Fox.

»Auf der Jagd«, vervollständigte Mr. Wolf den Satz seines Gefährten.

»Könnte man sagen.«

»Ja, ja.«

»Und wie es aussieht.«

»Ist das hier.«

»Der allererste Fang des Tages.«

Sie traten vor, und ihre Gesichter sahen seltsam aus.

»Eispfeile«, erklärte Mr. Wolf.

Und Mr. Fox merkte an: »Die Wendigo mögen sie nicht besonders.«

Der unverletzte Wendigo, der seine Lage zu überdenken begann, wich in den Tunnel zurück. Die am Boden liegende, sich vor Schmerzen krümmende Kreatur indes keuchte und blickte fast jämmerlich zu den beiden Neuankömmlingen auf.

»Warum tun Sie das?«, fragte Scarlet.

»Was?«, fragte Mr. Wolf.

»Ihnen helfen?«, fragte Mr. Fox.

»Ja.«

»Wir sind nett«, antwortete Mr. Fox.

»Ja, ja, das sind wir.«

»Wir sind immer da.«

»Wenn man uns braucht.«

»Und wir neigen dazu.«

»Jungen Damen zu helfen.«

»Das ist die gute Erziehung.« Mr. Fox ging auf den Wendigo zu, kniete sich neben ihn. Die Kreatur wand sich auf dem Boden und leistete keinen Widerstand, als sich die behandschuhten Finger in sein Fell gruben.

»Die wir einst genossen haben.« Mr. Wolf ließ den anderen Wendigo, der sich hinten im Tunnel verbarg, nicht aus den Augen und stellte sich zwischen ihn und Scarlet und Jake. »Mr. Fox, wir sollten es jetzt beenden, was denken Sie?«

Mr. Fox zückte ein Messer, dessen lange Klinge ganz aus Eis zu sein schien. Scarlet erkannte, dass ihm Schmelzwasser über die schwarzen Handschuhe tropfte, als er es an den Hals des am Boden liegenden Wendigo führte. Er schnitt ihm die Kehle durch und lächelte dabei, als habe er ein wunderbares Erlebnis.

Der Wendigo schrie laut auf, und Schneeflocken stoben aus der klaffenden Wunde.

Dann schnitt Mr. Fox dem Wendigo das gesunde Auge aus dem Schädel. Er tat es schnell und ohne viel Aufhebens und hielt das Auge danach fest in der Hand, betrachtete es ausgiebig und steckte es sich dann in den Mund. »Es schmeckt wie Eis«, sagte er und lutschte darauf herum. »Möchten Sie davon kosten?«

Scarlet spürte die Übelkeit in ihrem Hals kratzen.

Sie atmete tief durch.

»Wer sind Sie?«, wiederholte sie Jakes Frage von vorhin.

»Das sagten wir doch bereits.«

»Mr. Fox.«

»Und Mr. Wolf.«

»Wir sind immer da.«

»Wenn man uns braucht.«

»Sind mal hier.«

»Mal da.«

»Gestern noch in London.«

»Heute schon in Gotham.«
»Vorgestern noch im Niemalsland.«
»Heute hier.«
Beide grinsten einvernehmlich.
»Wir sind einsame Boote in den Gewässern der Zeit.«
»Schiffe, die des Nachts vorüberfahren.«
Sie schienen Gefallen an dieser seltsamen Ausdrucksweise zu haben. Scarlet fragte sich, mit was für einem Akzent sie sprachen. Es klang wie ein Hauch von Cockney.
»Doch nun«, sagte Mr. Wolf.
»Zu dir«, sagte Mr. Fox.
Der wieder näher gekommene Wendigo betrachtete seinen toten Gefährten, der sich vor aller Augen in ein Gestöber aus schmutzigem Schnee auflöste und eins mit dem brackigen Wasser in den Pfützen wurde.
Dann trat Mr Fox dem Wendigo entgegen. »Lauf zu deiner Herrin, dumme Kreatur. Lauf zu Lady Solitaire, und berichte ihr, was du gesehen hast.« Er strich sich das Haar aus dem Gesicht.
Mr. Wolf hob drohend die Armbrust, für alle Fälle.
Der Wendigo starrte die beiden seltsamen Herren ratlos an. Er knurrte leise, und fast hörte es sich an, als habe er Angst. Dann zog er sich in die Schatten, aus denen er hervorgetreten war, zurück.
»Er ist fort«, stellte Mr. Wolf fest.
»Danken Sie uns«, sagte Mr. Fox.
Doch noch bevor Scarlet oder Jake etwas sagen konnten, verneigten sich die beiden Gestalten.
»Wir werden Sie jetzt verlassen«, sagte Mr. Wolf.
»Seien Sie vorsichtig«, riet ihnen Mr. Fox.
»Die Welt ist gierig.«

»Und Zufälle, meine Liebe, gibt es nur sehr, sehr selten.« Mr. Fox grinste, als habe er einen vortrefflichen Scherz gemacht. »Seien Sie auf der Hut, Scarlet Hawthorne.«

»Und denken Sie daran«, fügte Mr. Wolf hinzu, »allzeit die richtigen Fragen zu stellen.«

Dann machten sie kehrt und gingen einfach fort, als wäre nichts geschehen.

Scarlet und Jake schauten ihnen hinterher, bis die tiefe Finsternis sie verschluckt hatte. Die klappernden Schritte der beiden waren schnell verhallt, und das Einzige, was blieb, war die Erinnerung an seltsame Schiffe, die des Nachts vorüberfahren, mit Segel, Schwert und seltsamem Gebaren, doch rettend wie der Rose spitzer Dorn.

Kapitel 9

Seemannsgarn

»Sie sind fort.«

Scarlet stand in dem Tunnel und starrte in die Dunkelheit. Sie konnte kaum fassen, was gerade geschehen war. Aber es war vorbei, und nur das war wichtig.

»Wir sollten von hier verschwinden«, drängte Jake.

Scarlet stimmte dem zu.

Sie hatte keine Ahnung, wer die beiden seltsamen Fremden wirklich gewesen waren. Die beiden Wendigo waren sie zwar losgeworden, aber das musste nicht unbedingt bedeuten, dass sie sich aller Sorgen entledigt hatten.

»Sie kannten meinen Namen«, besann sich Scarlet, gedankenverloren und neugierig zugleich.

Dann dachte sie an die Namen der beiden: Mr. Fox und Mr. Wolf. Etwas ganz tief in den Augen der beiden hatte uralt gewirkt. Wie eine rostige Melodie aus roten Harmonien, die gar keine sind, ein Lied, das seit Jahrhunderten schon gespielt wurde.

»Die beiden führen etwas im Schilde. Gestalten wie sie gibt es scharenweise hier unten. Sie helfen einem, wenn es für sie selbst von Vorteil ist. Man darf ihnen nicht trauen.« Jake kontrollierte das Motorrad, klopfte gegen die Leitungen, nickte zufrieden.

Die *Midnight Star* war eine robuste Maschine, und nach all den Irrungen und Wirrungen würde sie die beiden Flüchtenden nun hoffentlich weiter auf ihrem Rücken durch die Tiefen New Yorks tragen.

Jake stieg auf, Scarlet hinter sich wissend.

»Bereit?«

Sie lehnte sich an ihn. »Bereit!«

Dann fuhren sie los.

Weiter hinein und tiefer hinab, durch Gänge, deren Wände und Decken von morschen Holzbalken gestützt wurden, über Brücken, unter denen bodenlose Fluten rauschten.

Die tiefe Nacht verbarg hier unten mehr, als sie preiszugeben bereit war. Und Jake Sawyer schwieg so beharrlich, als habe es ihm die Sprache verschlagen.

Seit einer halben Stunde waren sie nun so unterwegs.

Scarlet hatte den Eindruck, dass sie sich immer tiefer in die Erde vorwagten. Die Tunnelwege, die sie nahmen, fielen teilweise so steil ab, dass sie spürte, wie sie auf dem Sitz nach vorn rutschte und sich ganz dicht an Jakes Rücken drängte. Sie ließ es einfach geschehen, denn es tat gut, seine Nähe zu spüren. Zu wissen, dass sie nicht allein war hier unten, gab ihr Zuversicht.

Nach einiger Zeit wurden die Rohre, durch die sie fuhren, breiter und höher. An manchen Stellen hingen Laternen, in denen rote Grablichter brannten. Zackige Schatten tanzten auf den Wänden, die an vielen Stellen feucht und an manchen Stellen von nahezu weißen Wurzeln bedeckt waren.

Jake sprach noch immer nicht mit ihr. Nur manchmal warnte er sie vor, wenn er im Schein der Lichtkegel etwas sah, was ihren Augen verborgen blieb. Es gab wütende Fallwinde hier unten, versteckte Gruben, verlassene Tunnel und ausgetrocknete Reservoirs. Der Untergrund von New York war ein Ort wie kein anderer, den Scarlet je zuvor betreten hatte, wenngleich sie natürlich nicht mit Gewissheit sagen konnte, ob sie an einem Ort wie diesem wirklich noch nie zuvor gewesen war. Nach alldem, was man ihr gesagt hatte, war es immerhin gut möglich, dass sie jenseits dieser Gänge und Tunnel in der uralten Metropole gelebt hatte. Der Name der Frau, die angeblich ihre Mutter sein sollte, kam ihr wieder in den Sinn: Rima Hawthorne. Sie verband kein Gesicht mit diesem Namen, gar nichts. Sie fühlte sich leer und einsam, wenn sie versuchte, ein Bild zu erhaschen, also lenkte sie sich mit anderen Gedanken ab. Doch am Ende wirbelte alles durcheinander: die Eistoten, Roanoke Island, die Schlafwandler, die Wendigo und dann sie selbst inmitten des Geflechts aus Rätselhaftigkeit und wild erblühender Verzweiflung.

Sie schloss die Augen, spürte den Wind in ihrem Haar.

Manchmal hörte sie aus der nahen Ferne das Rattern und Rollen eines Zuges, ein andermal glaubte sie Musik zu hören.

Die Zeit schien mit einem Mal stillzustehen.

Es war ihr, als gefriere das ganze Leben zu diesem kurzen Moment.

Sie saß noch immer hinter Jake auf dem Motorrad, sie klammerte sich mit beiden Armen an seinen Oberkörper, sie roch das alte Leder seines Mantels und die Nässe in seinem Haar. Er fuhr jetzt ruhig und bedacht durch die Welt, die sich in den erdigen Eingeweiden von *Manna-hata* erstreckte. Die Aufregung, die noch vor einer halben Stunde sein Herz hatte pochen lassen, war von ihm gewichen. Er kannte sich hier aus, das merkte sie.

Scarlets Gedanken wurden ebenfalls ruhiger.

Sie schweiften ab, und sie fragte sich erneut, wer genau die beiden Herren gewesen waren, Mr. Fox und Mr. Wolf. Die beiden Fremden waren so schnell verschwunden, wie sie aufgetaucht waren. Scarlet wusste nicht, was genau sie an den beiden so beunruhigt hatte. Die ganze Zeit über hatte sie das Gefühl gehabt, als würden die beiden sie kennen. Nun ja, nicht direkt kennen, aber doch sehr wohl wissen, wer sie war. Sie wurde auch jetzt das Gefühl nicht los, als seien sie bloß ihretwegen an diesem Ort gewesen. Der eine hatte sie sogar mit Namen angesprochen.

Und eine Frau hatte er erwähnt: Lady Solitaire.

Scarlet erinnerte sich an dieses Wort, das offenbar ein Name war.

Hatte sie nicht davon geträumt?

Solitaire.

War der Name einfach so in ihrem Kopf aufgetaucht? Bereits früher hatte sie an dieses Wort denken müssen, sie war sich fast sicher, und sie hatte auch da nicht gewusst, was es zu bedeuten hatte. Es war wie ein Geschmack, der einem bekannt vorkam.

Solitaire.

War dies alles Zufall?

Niemals!

Die beiden Fremden waren ihr absichtlich zu Hilfe geeilt. Sie hatten ihr zu verstehen gegeben, dass sie wussten, wer sie war, und vermutlich hatten sie mehr verheimlicht als preisgegeben.

Lady Solitaire.

Ja, dachte Scarlet, sie haben mir Hinweise gegeben.

Doch weshalb?

Was hatten die beiden mit ihr zu schaffen?
Sie seufzte.

Lehnte sich an Jake, der die Maschine in eine gewaltige Röhre hineinlenkte, einen Tunnel, dessen wirkliche Ausmaße sich in den Schatten verbargen und nur zu erahnen waren.

»Früher waren dies hier Wasserleitungen«, erklärte Jake ihr, als sie in ein neues System von Wegen und Tunneln hineinfuhren. »Die Hauptwasserleitung von New York. Doch jetzt wird hier unten Handel getrieben.«

Scarlet, die keine Ahnung hatte, wovon genau er sprach, staunte nur. Immer gewaltiger wurden die Tunnel, immer größer die Durchmesser der Röhren. Jake erklärte ihr, was es damit auf sich hatte, und es tat gut, seiner tiefen Stimme folgen zu können.

»Der Croton-Aquädukt«, rief er ihr über den knatternden Motorenlärm zu, »wurde 1866 in Betrieb genommen.«

Es ist ein weit verzweigtes System aus Röhren und Tunneln und Zisternen, das die Wasserversorgung der wachsenden Stadt sichern sollte. Es erstreckte sich vom nördlich gelegenen Croton River bis tief hinab in die Eingeweide der Stadt zwischen den Flüssen.

»Manche Leitungen verlaufen fast dreihundert Meter unter der Oberfläche.«

Scarlet erschauderte.

Für jemanden, der schon die Subway nicht mochte, war das eine erstaunliche Tiefe.

»Fünfundsechzig Kilometer weit erstrecken sich die Rohre durch die Erde.«

Sie begannen ihren Lauf am Croton River, führten über die High Bridge, die den Harlem River überspannte, bohrten sich erneut in die feste schwarze Erde und mündeten schließlich, nach langer Reise, in zwei riesige Speicherhallen im Zentrum der Halbinsel: das York Hill Reservoir, unterhalb des Central Parks, und das Murray Hill Reservoir an der 5th Avenue, gleich unterhalb der Public Library. Von diesen Reservoirs aus verliefen Leitungen und Nebentunnel in alle Himmelsrichtungen wie feine Arterien, die den Lebenssaft der Stadt bis ins südliche *Manna-hata* pumpten.

»Hier unten befindet sich einer der großen Märkte Gothams«, erklärte Jake ihr und lenkte das Motorrad mitten in die fremde Welt hinein.

Es kostete ihn keinerlei Mühe, den Vorhang zur uralten Metropole zu öffnen.

Scarlet wurde eines Lochs in der Röhrenwand gewahr.

Dort raste das Motorrad hindurch.

Und dann bog Jake auch schon in die 5th Avenue Downtown ein.

»Willkommen«, sagte er, »in der Stadt unter der Stadt.«

Scarlet schaute sich um, sog die fremden Eindrücke förmlich in sich auf. Sie befand sich auf einmal in einer riesigen Höhle, die kein Ende zu haben schien. An den Wänden befanden sich zahllose kleine Fensteröffnungen und Türen. Laufstege liefen von einem Haus zum nächsten. Es waren gewaltige Häuserblöcke, Bauten, die mit ihren weiß getünchten Mauern und klobigen Öffnungen nicht von ungefähr an die Pueblos des Westens erinnerten. Selbst von den Decken hingen richtige Häuser, Stalaktiten gleich, mit scheinbar winzigen Fenstern und langen Strickleitern, die zu den nächsten Stegen führten, die sich einige Stockwerke weiter unten befanden. All diese Bauwerke schoben sich übereinander, stützten einander und hielten sich am Felsgestein fest. Ihre

Bewohner liefen auf den hölzernen und eisernen Laufstegen entlang und gingen ihrem Tagewerk nach.

Unten verlief eine breite Straße von einem Ende der Höhle zum anderen. Blinde Wesen, die wie missgestaltete Pferde aussahen, zogen ausgebrannte Autos, hölzerne Karren und elegante Kutschen.

Jake lenkte das Motorrad zwischen ihnen hindurch. Scarlet spürte, wie die Anspannung in seinen Körper zurückkehrte.

Händler boten ihre Waren feil, überall. Sie handelten mit allem, dessen sie in den Schächten und Tunneln hatten habhaft werden können. Über kleinen Feuern brieten nackte Katzen, es gab Käfige, in denen lebendige Hunde darauf warteten, als Mahlzeit zu dienen. Es gab Hydranten, die mit Moos überwachsen waren, und Lampen, die mit Gaslicht brannten. Bunte Stoffe hingen an Haken. Es gab Stände, die Wodu-Puppen anpriesen, und solche, die Knoblauchkreuze verkauften. Die Pferdehändler mit ihren Augenklappen beäugten wachsam die Kunden, die sich in den Stallungen umsahen.

»Dies hier«, sagte Jake, »ist Downtown Market.«

»Du kennst dich hier aus?«

»Ich bin ganz in der Nähe aufgewachsen«, gestand er ihr. »Weiter oben, wo sich die Essex Street und die Hester Street kreuzen. Aber ich kam schon früh hierher. Es war Mistress Atwood, die mir die uralte Metropole zeigte.« Wenn er seufzte, dann merkte es Scarlet an der Bewegung seiner Schultern. »Damals«, flüsterte er nur und schwieg dann lange. Viel zu lange, um es als gutes Schweigen zu deuten.

Scarlet jedenfalls zog es vor, nicht weiter zu fragen. Da war etwas in seiner Stimme, was sie keine Worte mehr hervor-

bringen ließ. Etwas, das wie eine Farbe war, die in ihrem Amulett schwamm.
Etwas, das sie fast berühren konnte.
Weil es auch in ihr war.
Ein tiefer Schmerz.
Rosenrot.
Dumpf.
Eiskalt.
Schweigend fuhren sie weiter.
Irgendwann änderte sich dann die Landschaft und mit ihr Scarlets Laune. Sie konnte jetzt eine Vielzahl von Kanälen erkennen. Lastkähne fuhren darauf, gezogen von Pferdewesen, die am Ufer entlangtrotteten. Die schmalen Grachten waren ein letztes Überbleibsel Neu-Amsterdams, das einmal hier gelebt hatte.
»Wohin bringst du mich?«
»Es gibt eine Taverne«, sagte Jake. »Drüben in den Chrysler Grounds befindet sich die *Pequod*, so heißt sie. Dort werden wir rasten. Und überlegen, was zu tun ist.« Er schwieg einen Moment lang und fuhr dann fort: »Ich kenne dort jemanden, der uns vielleicht weiterhelfen kann.«
»Wen?«
»Er ist ein Tunnelstreicher.«
Scarlet kam diese Bezeichnung bekannt vor, wie so vieles hier unten. Doch zuordnen konnte sie das Wort nicht. Sie musste an Indianer denken, an schönen Schmuck aus Holz und Tätowierungen.
Sie fuhren weiter. Das Motorrad wurde langsamer.
Silberne Wesen mischten sich unter die Passanten. Sie hatten die Köpfe von Adlern und Wasserspeiern. Sie sahen metallisch aus, als trügen sie Rüstungen aus blitzendem Chrom.

Ihre Gelenke glichen Scharnieren, doch in den Gesichtern sah man lebendige Augen.

»Das sind die Chrysler«, erklärte Jake.

»Sind sie lebendig?«

»Sie reden«, gab Jake zur Antwort. »Und wenn du Ersatzteile brauchst, dann wirst du sie bei ihnen finden.«

Scarlet nickte nur.

Sie ließen die seltsamen Chrysler-Wesen hinter sich.

Jake fuhr über eine Zugbrücke, die eine breite Gracht überspannte, und dann sah Scarlet das Schiff. Es war ein riesiges Schiff, das auf dem Trockenen lag. Die Segel waren kaum mehr als schmutzige Fetzen. Der dicke gewölbte Bauch des Schiffes war mit verkrusteten Muscheln überwuchert und dunklem Seegras, das schon vor langer Zeit ausgetrocknet war.

Pequod stand auf den Planken.

»Es ist ein alter Walfänger«, sagte Jake. »Er lag schon hier, als ich noch ein Kind war.« Er parkte das Motorrad neben dem Eingang und stieg ab, streckte sich und knöpfte den Mantel auf. »Damals gehörte die Taverne noch Master Melville. Doch der ist lange tot.«

Scarlet ging auf den Rumpf zu und berührte ihn vorsichtig. »Das Schiff sieht aus, als sei es lange Zeit zur See gefahren«, stellte sie fest. »Wie kommt es hierher?«

»Wie die meisten Dinge hierherkommen.« Jake blieb stehen und betrachtete die Taverne. »Es war eines Tages einfach da. Genauso wie die Windmühlenfelder von Williamsburg.« Er ging auf die Tür zu, die in die schräge Wand eingelassen war. »Die uralte Metropole ist eben ein rätselhafter Ort. Die Magie lebt hier unten, irgendwie. Es gibt nicht viele Regeln. Alles ist hier möglich.« Er drehte sich zu ihr um. »Alles ist ein Geheimnis.«

Die kreisrunde Tür hing schief in den Angeln, und im Inneren sah das Schiff tatsächlich wie eine gemütliche Taverne aus.

Die Decks waren zu einem einzigen großen Raum erweitert worden, in dem Bilder von der wilden See an den Wänden hingen. Bilder, die schmale Boote zeigten, in denen Männer mit langen Harpunen standen, während andere ruderten. Bilder von schrecklichen Walen, von prächtigen Segelschiffen, deren goldenes Zeitalter längst weitgehend in Vergessenheit geraten war. Bilder von Seeungeheuern, wie man sie sonst nur auf alten Karten wiederfand.

Ein kleiner Mann mit einer Schirmmütze kam lachend auf sie zu. »Jake!« Er trug einen dichten Backenbart.

»Starbuck!«

Die beiden schüttelten einander die Hände, wie alte Bekannte es tun.

»Wie geht es dir? Und wer, in aller Welt, ist deine hübsche Begleitung?«

Jake sagte es ihm.

Starbuck ergriff sofort Scarlets Hand und begrüßte sie auf eine altmodische Art und Weise. »Nennen Sie mich Ishmael«, sagte er und lächelte charmant.

Scarlet zugewandt, erklärte Jake: »Starbuck ist der Inhaber der *Pequod*.« Und mit einem vielsagenden Unterton fügte er hinzu: »Du kannst ihn Starbuck nennen, das tun alle.«

»Hallo«, sagte Scarlet nur.

Und betrachtete das Innere des Schiffs.

Der Mann mit dem Backenbart klopfte auf Holz. »Wir sind lange Zeit zur See gefahren, dieses Schiff und ich. Aber das ist eine lange Geschichte.«

»Die fast jeder hier schon kennt«, bemerkte Jake.

Starbuck grinste und deutete auf Scarlet. »Sie ist neu hier. Sie kennt sie noch nicht!«

Scarlet musste schmunzeln. Sie sah von einem Mann zum anderen. Sie war froh darüber, sich in der Gesellschaft richtiger Menschen zu befinden. Nach den Erlebnissen in den Tunneln und dem seltsamen Auftritt der beiden Fremden fühlte sie sich zum ersten Mal seit Myrtle's Mill wieder geborgen.

»Er fuhr zur See«, begann Starbuck, »Melville, meine ich.«

»Auf einem Walfänger«, ergänzte Jake.

»Diesem Walfänger?«, fragte Scarlet.

Starbuck führte sie zu einem kleinen Tisch an Steuerbord. »Die *Pequod* war ein stolzes Schiff. Master Ahab war ihr Kapitän.« Ein Schatten huschte über sein Gesicht. »Master Ahab war der einzige Kapitän, der die uralte See bereiste. Er wusste genau, dass es dort Wale gab, die mit keinem Lebewesen zu vergleichen waren, das in den Weltmeeren lebte.«

Dann berichtete Starbuck von Melville, den er in einer schmutzigen Schänke namens *The Spouter-Inn* in New Bedford, Nantucket, kennenlernte. Die beiden heuerten auf der *Pequod* an und gingen auf die Jagd.

Es war ein gewaltiger Wal, an dessen Verfolgung sie sich machten. Sie folgten ihm Woche um Woche, und als sie ihn schließlich stellten, da fand Master Ahab in der uralten Kreatur seine Nemesis.

»Der weiße Wal ernährte sich von Handelsschiffen«, erklärte Starbuck ihr. »Das zu unterbinden war Master Ahabs Mission. Er sollte die Kreatur zur Strecke bringen, damit die Schifffahrtsrouten endlich wieder sicherer wurden.« Starbuck genoss es sichtlich, die Geschichte zum Besten zu geben. »Ahab hasste die weiße Walkreatur.«

»Warum?«, wollte Scarlet wissen.

»Sie hatte das Schiff verschlungen, auf dem Ahabs Frau gereist war.«

Das war der Grund, weswegen er bei seinem eigenen dunklen Blut und allen Geistern seiner Ahnen geschworen hatte, die bleiche Kreatur zur Strecke zu bringen.

»Doch am Ende kam es anders«, sagte Starbuck. »Der weiße Wal vernichtete die *Pequod*. Er fraß das Schiff auf. Jede Planke, jeden Mann, alles, einfach alles verschwand in seinem Schlund. Master Ahab ebenso.«

Nur drei Männer überlebten das Unglück der Pequod. Ishmael Starbuck war der eine, Hermann Melville war der andere. Fedallah Queequeg der dritte.

»Wir klammerten uns an einem Sarg fest, den der Zimmermann für einen der Harpuniere gemacht hatte: Fedallah Queequeg hatte das Ende des Schiffes und seiner Besatzung nahen sehen. Er hatte die Knochen befragt, und sie hatten ihm den Tod gezeigt. Queequeg hatte gedacht, dass es sein Tod wäre, und so hatte er sich einen Sarg zimmern lassen.«

»Was für ein Glück«, bemerkte Scarlet.

Jake warf ihr einen süffisanten Blick zu.

»Ja, nicht wahr?« Starbuck fuhr fort: »Nach zwei Tagen auf hoher See fand uns ein anderer Walfänger. Die *Rachel*. Sie brachten uns hierher, zum Hafen von Gotham.«

Melville, Starbuck und Queequeg gingen an Land und von dort in die uralte Metropole hinab. Melville schrieb die tragische Geschichte der *Pequod* nieder, Seite um Seite, Tag um Tag, Seemeile um Seemeile. Die anderen beiden fanden Arbeit als Pfadfinder.

»Wie kam das Schiff hierher?«, fragte Scarlet. »Ich dachte, es sei aufgefressen worden.«

Starbuck beugte sich näher zu ihr. »Nicht das ganze Schiff wurde gefressen.«

Denn der Sarg, der die einzigen Überlebenden über Wasser gehalten hatte, war aus Planken der *Pequod* gezimmert worden. Starbuck, Melville und Queequeg brachten den Sarg mit in die Stadt, und als sie sich schließlich in der uralten Metropole von Gotham niederzulassen gedachten, da waren sie allesamt der Meinung, die schlimmen Erinnerungen begraben zu müssen.

»Wir vergruben den Sarg an genau dieser Stelle hier«, erzählte Starbuck mit ernster Miene. »Melville war dabei. Queequeg auch. Wir begruben den Sarg mit den Erinnerungen an all die anderen, die auf See ihr Leben gelassen hatten.«

Und dann, am nächsten Tag, da war es geschehen.

»Die *Pequod* war wieder da.«

Auferstanden, aus dem Sarg. Als hätte ihr Geist überlebt.

Scarlet schaute ihn skeptisch an. »Ist das wahr?«

Starbuck bekreuzigte sich. »So wahr ich hier stehe, das ist die Wahrheit.«

Jake lächelte wissend. »Seemannsgarn«, murmelte er.

Starbuck warf ihm einen gespielt tadelnden Blick zu. »Wir haben das Beste daraus gemacht«, sagte der Bootsmann. »Eine Taverne, die gutes Geld abwirft. Es hat Melville hier gefallen. Er hat oben auf dem Achterdeck das Ende seines Romans geschrieben.« Starbuck wirkte auf einmal ein wenig wehmütig. »Er hat dort oben geschrieben bis zu seinem letzten Tag.« Er seufzte langgezogen. »Wir haben ihn auf See beigesetzt, er wollte es so.«

Jake nickte still vor sich hin. Dann fragte er: »Wo ist Queequeg?«

»Braucht ihr seine Hilfe?« Sein Gesicht verriet, dass es nicht unbedingt etwas Gutes war, wenn man Queequegs Hilfe in Anspruch nehmen musste.

»Ja.«

»Er ist unterwegs, macht das, was ein Streicher so tut«, sagte Starbuck. »Aber ihr könnt hier auf ihn warten. Am frühen Abend wollte er zurück sein.«

Jake und Scarlet hatten nichts dagegen einzuwenden. Nach all der Aufregung würde ein wenig Ruhe mehr als nur guttun.

Starbuck fragte: »Seid ihr wenigstens hungrig?«

Ein Lächeln breitete sich auf Scarlets Gesicht aus. Schon seit sie die Taverne betreten hatte, war ihr der Geruch nach frischem Fisch in die Nase gestiegen. »Ich könnte eine warme Mahlzeit vertragen«, vertraute sie dem ehemaligen Seemann an.

»Wie wäre es mit frischer Clam Chowder«, schlug Starbuck vor.

Scarlet starrte ihn an, als habe er ihr gerade aufgetragen, ein Rätsel zu lösen. »Ich weiß, was das ist«, sagte sie leise, mehr zu sich selbst. Muschelsuppe mit Tomaten, serviert mit Crackern. »Warum weiß ich manche Dinge und andere dann wieder nicht?«

»Für mich ebenfalls Clam Chowder«, willigte Jake ein. »Dazu noch eine große Flasche klares Wasser.«

Starbuck wirkte zufrieden. »Wird prompt erledigt«, versprach er.

Dann verließ er die beiden.

Scarlet schaute ihm nach, und dann wanderte ihr Blick durch den Raum. Der alte Walfänger hätte sich wohl niemals träumen lassen, dass er irgendwann einmal so enden würde, als Taverne für hungrige Reisende, tief unter den Straßen der Stadt Gotham, deren Hafen er bestenfalls ein paar Mal in seinem früheren Leben angesteuert hatte.

»Alles okay?« Jake hatte sie beobachtet.

Scarlet nickte. Schüttelte den Kopf. Nickte wieder. »Die übliche Verwirrung nur.«

»Du bist müde.«

»Ich habe vergessen, wer ich bin.« Sie musste lachen. »Wenn man es sich oft genug wiederholt, dann klingt es richtiggehend bescheuert.« Dann erstarb ihr Lachen so schnell, wie es geboren worden war.

»Wir finden dich schon wieder«, versprach er ihr. »Ich helfe suchen.«

Sie schaute ihn an. Hinter Jake war ein Kartenspiel im Gange. Die Männer sahen aus wie Hafenarbeiter, grobschlächtig und schmutzig. Dahinter standen ein Mann, der wie ein Rabe aussah, und eine Frau, deren blaues Haar an den Seiten zu schmalen Streifen rasiert war, nebeneinander und teilten sich eine Wasserpfeife.

»Wer ist dieser Queequeg?«, fragte Scarlet, nachdem sie einige Minuten lang die anderen Gäste beobachtet hatte.

»Er ist ein Tunnelstreicher«, antwortete Jake. »Er erkundet die Wege und die Pfade der uralten Metropole. Er kennt sich aus. Er hört von Dingen, die heimlich geflüstert werden.«

»Glaubst du, dass er etwas über die Wendigo weiß?«

Jake sah nachdenklich aus. »Gut möglich. Er weiß viele Dinge.«

»Können wir ihm trauen?«

»Ja, können wir.«

Starbuck kehrte mit zwei großen Näpfen voll köstlich riechender Suppe an den Tisch zurück. Diskret servierte er, stellte noch Brot und Wasser auf den Tisch und war augenblicklich auch schon wieder verschwunden, um sich den anderen Gästen zu widmen.

»Die Wendigo trachten mir nach dem Leben«, dachte Scarlet laut nach. »Das können sie nur tun, wenn sie wissen, wer ich bin.« Sie schnüffelte an der Suppe, als erwarte sie eine heimliche Tücke des Wirts. »Sie müssen einfach wissen, wer ich bin und warum ich hier bin.« Ungeduldig rissen ihre Finger eine Papierserviette in Stücke. »Damit sind sie mir schon einmal einen Schritt voraus.«

»Und sie erhalten ihre Order von jemandem namens Lady Solitaire.«

»Hast du den Namen schon einmal gehört?«

Er schüttelte den Kopf. »Wenn sie die Auftraggeberin der Wendigo ist, dann wird sie dir Antworten geben können, nach denen du suchst.«

»Ja, dann weiß sie genau, wer ich bin.« Sie verstummte nachdenklich. »Ob sie diejenige ist, die für die Eistoten verantwortlich ist?«

»Sie ist jemand, der die alte Magie beherrscht«, gab er zur Antwort. »Sie hat die Wendigo zum Leben erweckt und nach Gotham gebracht. Ich weiß nicht, ob sie etwas mit den Eistoten zu tun hat.« Jake löffelte seine Suppe. »Da gibt es noch die Schlafwandler.«

»Die in der Nähe der Eistoten gesehen wurden.«

»Hm«, machte er und kaute auf einem Stückchen Brot herum. »Die Mistress glaubt, dass sie etwas mit den Eistoten zu tun haben. Aber mit Sicherheit können wir das nicht sagen.« Er seufzte. »Eigentlich wissen wir gar nichts.«

Scarlet grübelte.

Die Eistoten und die Schlafwandler, Roanoke Island, die

verlorene Kolonie, die Wendigo, eine geheimnisvolle Lady, der Indianer, mit dem sie zusammen gesehen worden war, die beiden rätselhaften Retter.

»Du fragst dich wahrscheinlich zum tausendsten Mal, was du mit all dem zu tun hast.«

»Ich kann an nichts anderes mehr denken.«

»Wir werden es herausfinden.«

»Bist du dir da so sicher?«

»Alles findet sich irgendwann.«

»Meine Erinnerungen sind fort, Jake. Es ist so, als würdest du etwas sagen wollen, aber fändest keine Stimme mehr. Da ist eine Leere in mir, die einfach nur falsch ist.«

»Queequeg wird uns zu Lady Solitaire führen«, beruhigte sie Jake. »Er kennt sich aus.«

Scarlet aß ihre Suppe. Ein Lächeln zauberte sich wie ein zarter Hauch auf ihr Gesicht. »Die ist wirklich fein«, murmelte sie. »Die *Pequod* kann man getrost weiterempfehlen.«

»Was ist mit den beiden seltsamen Gestalten?«, fragte Jake. »Unseren Rettern in der Not.«

»Mr. Fox und Mr. Wolf.« Scarlet mochte die beiden nicht. »Ich bin ihnen nie zuvor begegnet.«

»Du erinnerst dich nicht daran, dass du ihnen schon einmal begegnet bist.«

Sie grummelte nur: »Könnte man auch sagen.«

»Die führen etwas im Schilde.« Jake mochte die beiden ebenfalls nicht.

»Meinst du, dass sie uns zu dieser Lady Solitaire locken wollten?«

»Hegst du Zweifel daran, dass genau das ihre Absicht war?«

»Nein, eigentlich nicht.«

»Aber?«

»Ich verstehe es nicht«, gab sie zu. »Was wird sie tun, diese Lady Solitaire, wenn ich bei ihr auftauche?« Sie korrigierte sich. »Wenn *wir* bei ihr auftauchen?«

Jake kratzte sich am Bart. »Wenn sie wirklich diejenige ist, der die Wendigo gehorchen, dann solltest du nicht zu ihr gehen.« Er schlürfte seine Suppe. »Könnte eine Falle sein.«

Scarlet sagte entschieden: »Es gibt aber nur diesen einen Weg.«

Beide schwiegen sie.

»Ich muss es tun«, bekannte Scarlet schließlich.

»Wir wissen nicht, welches Spiel Mr. Fox und Mr. Wolf treiben.«

»Sie wird mich nicht töten.« Nein, eigentlich glaubte sie wirklich nicht, dass Lady Solitaire sie töten lassen würde. Die ganze Zeit über fühlte sie sich von den Wendigo bedroht, aber dass sie ihr den Tod zu bringen gedachten, hatte sie von Anfang an bezweifelt. Sie wusste nicht, was die Wendigo bezweckten. Aber nun, da sie in Ruhe darüber nachdachte, kam sie zu dem Schluss, dass vielleicht viel schlimmere Dinge auf sie warten konnten als nur der Tod.

»Was wird aus den anderen?«, fragte Scarlet. Keine zwei Stunden waren seit ihrer Flucht aus der Public Library vergangen.

Jake schaute auf. »Mistress Atwood und Christo Shakespeare?«

»Buster Mandrake nicht zu vergessen.«

»Die wussten sich schon zu helfen«, meinte Jake. »Starbuck hätte davon gehört, wenn ihnen etwas Schlimmes widerfahren wäre.«

»Wie?«

»Ratten«, sagte Jake.

Scarlet zog eine Augenbraue hoch. »Ratten?«
»Sie verbreiten Neuigkeiten.«
»Das wusste ich nicht.« Scarlet war sich nicht sicher, ob Ratten sichere Boten waren. Waren Nager wirklich zuverlässig? Herrje, sie wollte nicht einmal darüber nachdenken. »Du könntest dort anrufen«, schlug sie vor.
»Wo?«
»In der Bibliothek.«
»Geht nicht.«
»Warum?«
»Wir befinden uns in der uralten Metropole.«
»Und?«
»Telefone funktionieren hier unten nicht.«
»Aber warum nicht?«
»Wegen der Zeit.«
»Das verstehe ich nicht.«
»Die Zeit verläuft anders hier unten. Deswegen kann man nicht telefonieren.«
»Hm.«
»Ich erkläre es dir irgendwann.«
»Ich freu mich drauf.«
Jake löffelte seine Suppe weiter. Und Scarlet sah ihm dabei zu. Er wirkte ruhig und müde und nachdenklich. Die dunklen Augen, die sich geschickt hinter den Brillengläsern verbargen, waren tiefer, als Scarlet zu schauen vermochte. Jake war ihr noch immer ein Rätsel, wie alles, was sie derzeit umgab.
»Was hast du?« Jake hatte ihre Blicke bemerkt.
»Nichts.«
»Nein«, meinte er, »es ist nicht *nichts*. Das ist es nie.«
Scarlet seufzte. Sie lehnte sich über den Tisch, sah ihm in die Augen und fragte: »Wer bist du?«

»Ich bin Jake Sawyer«, sagte Jake.

Scarlet zog ein Gesicht. »Du weißt, wie ich die Frage gemeint habe.«

Seine Finger spielten mit dem Löffel herum. »Mistress Atwood hat mich aufgenommen, damals.« Er schaute sich um. Keiner der anderen Gäste beachtete ihn. Nicht die Arbeiter, die ihr dunkles Bier tranken, nicht die Gildehändler, die Verträge abschlossen, und auch nicht die parfümierten Damen mit den bemalten Augen, die in eindeutiger Absicht von Fremden umworben wurden. »Es ist eine lange, nicht sehr schöne Geschichte.«

»Ich verrate sie niemandem«, versprach Scarlet.

Jake lächelte. »Ja, das glaube ich dir.«

»Nun?«

Er seufzte. Nahm einen Schluck Wasser.

»Wir warten hier auf diesen Queequeg«, sagte Scarlet, »und wir können uns anschweigen oder uns etwas erzählen. Und da ich mich an nichts erinnern kann, bist du wohl derjenige, der den Anfang machen muss.«

»Klingt einleuchtend.«

»Das sehe ich auch so.«

Und bevor Scarlet noch etwas sagen konnte, begann Jake mit der Geschichte, die Jake Sawyers wahre Geschichte war. »Wir lebten in Hell's Kitchen, bei all den anderen irischen Einwanderern«, so begann die Geschichte. »Und wir waren arm.« Sein Blick richtete sich auf die grauen Jahre, die längst der Vergangenheit angehörten. »Mein Vater war ein einfacher Arbeiter aus Dublin. Er kam aus Irland in dieses Land, wie viele andere vor ihm und nach ihm es auch getan hatten, nämlich mit den allerbesten Absichten und fleißigen Händen. Er gehörte zu denjenigen, die damals die Tunnel für die allererste U-Bahn-Linie gegraben haben. Und später dann grub er sich mit vielen anderen Iren, Italienern und Griechen weiter durch die Erde, Tunnel für Tunnel. Diese blöden Tunnel sollten ihn am Ende das Leben kosten, aber davon wusste er noch nichts, als er jung war.«

»Was ist passiert?« Scarlet ahnte, dass die Geschichte kein gutes Ende nehmen würde.

»Das, was immer passiert, wenn es nicht passieren soll. Er verliebte sich. Das Waldorf-Astoria war gerade eröffnet worden. Und der Spatenstich für den ersten U-Bahn-Tunnel sollte erst drei Jahre später erfolgen.«

Walker William Sawyer verdiente sein überaus karges Einkommen auf den vielen Baustellen der Stadt. Er war, was viele waren: ein Gelegenheitsarbeiter. Keine Arbeit war ihm zu schwer oder zu schmutzig.

»Dann verliebte er sich.«

Ja, er verliebte sich Hals über Kopf in ein wunderschönes Mädchen. Sie lebte in einem der großen Anwesen drüben an der Upper East Side. Ihr Name war Jane Montague, und sie war wunderschön.

»So wunderschön, wie nur Elfen es sein können.«

Scarlet schaute auf. »Sie war eine Elfe?«

Er nickte. »Sie war unglaublich. Ich kann mich kaum an sie erinnern. Aber in meiner Erinnerung ist sie groß und wunderschön. Sie hatte eine klare Stimme, die wunderbare Lieder sang. Ja, immerzu hat sie gesungen.«

»Aber ich dachte, dass Mistress Atwood ...«

Er unterbrach sie. »Sie traf ich erst später. Viel später.«

»Sie waren verliebt«, resümierte Scarlet, »aber etwas kam dazwischen. Ist es das, was passiert ist?«

Er nickte. »Lord Montague, mein Großvater, billigte die

Liaison der jüngsten Tochter seines Hauses mit dem schmutzigen irischen Arbeiter natürlich in keiner Weise.« Er musste lächeln, still und versonnen, wie ein kleiner Junge es tun würde, wenn er an etwas Verbotenes denkt. »Doch das beeindruckte meine Mutter keineswegs. Ja, sie muss eine wirklich starke Frau gewesen sein. Eines Tages riss sie kurzerhand aus.«

Scarlet lauschte seinen Worten, die das alte Gotham heraufbeschworen. »Sie rannte einfach so davon?«

»Ja, einfach so.«

»Wann war das?«

»Anno 1898, im Herbst.«

»Sie tat es für deinen Vater.«

»Die beiden zogen in eine schäbige Wohnung in Hell's Kitchen, wo sie ihr eigenes Leben lebten.«

Jane und Walker.

Scarlet empfand tiefste Zuneigung für die beiden.

»Es gibt nur wenige Bilder von ihnen«, erklärte Jake. »Nur schwarz-weiße Aufnahmen, auf denen sie ihre feinsten Sachen tragen.« In die Ferne gerichtet war sein Blick, auf Orte, die es längst nicht mehr gab.

Er trank einen Schluck Wasser.

»Was geschah dann?«

»Jane wurde schwanger, noch bevor der erste Schnee fiel.«

»Durch sie bist du ein Trickster?«

Er deutete auf seine Augen, die schmal waren. Man bemerkte es kaum, aber wenn man darauf achtete, dann konnte man den Blick gar nicht mehr davon abwenden. »Ist die Mutter elfisch, dann vererben sich die Augen. Ist der Vater ein Elf, dann erkennt man es an den Ohren.« Er machte eine Pause, nur kurz, doch so lange, dass die Worte, die er dann

aussprach, noch immer schleppend kamen. »Ich war ein Wechselbalg. Ein Bastard. Etwas, was es nicht geben dürfte.«
Scarlet rief sich das wenige ins Gedächtnis, was sie bisher über Trickster erfahren hatte. »Was kannst du Besonderes tun?«
Jake bedeutete ihr, näher zu kommen. »Siehst du die Männer dort drüben?«
Scarlet folgte seinem Kopfnicken.
Eine Gruppe von Männern saß in einer dunklen Ecke an einem runden Tisch beim Kartenspiel. Die Gruppe war in einen Disput darüber ausgebrochen, ob einer von ihnen betrogen hatte. Man spielte um Geld, und da wurden Betrügereien niemals toleriert. Nicht hier unten, nicht im Downtown Market.
»Pass gut auf.«
Der Disput wurde heftiger. Rüde Worte fielen, Arme und Händen vollführten beleidigende Gesten, Gesichter wurden zu Fratzen verzerrt. Starbuck, der hinter dem Tresen beschäftigt war, behielt die kleine Gruppe glücksspielender Arbeiter im Auge. Die Stimmen wurden lauter, die Worte härter und schmutziger, der Tonfall aggressiver.
Dann, ganz plötzlich, stieß einer der Männer den Stuhl, auf dem er gesessen hatte, wütend um und sprang auf. Er schrie einen seiner Mitspieler laut an. Der Beschuldigte ließ die Hand unter die Tischplatte gleiten. Scarlet rechnete damit, dass der Fremde ein Messer ziehen und dass es dann zu einer Schlägerei kommen würde.
Doch nichts davon geschah.
Denn mit einem Mal setzte sich der große Mann wieder hin, einfach so, als habe er im Stillen ein Einsehen gehabt. Ganz langsam hob er den umgestürzten Stuhl auf und

nahm wieder Platz. Das Messer, das der Beschuldigte womöglich gezogen hatte, verschwand wohl wieder. Seine Hände legten sich auf die Tischplatte. Sie waren jetzt ruhig.

Einer der anderen Männer begann die Karten neu zu mischen. Sie einigten sich auf ein neues Spiel. Die beste Lösung.

Scarlet wandte den Blick wieder ihrem Gegenüber zu.

»Siehst du?«, keuchte Jake angestrengt. Sein Gesicht wirkte sehr verkrampft. Schweißperlen glänzten ihm auf der Stirn.

Scarlet sah ihn fragend an.

»Was hast du?«

»Sie vertragen sich wieder. Kein Streit.« Er drückte eine Hand gegen seine Brust und rang nach Atem.

Sie wusste nicht, was sie sagen sollte. »Was ist mit dir los?« Sie nahm verwundert die Besorgnis in ihrer Stimme wahr.

Jake hustete.

Holte tief Luft.

Trank einen Schluck Wasser.

»Das war ich«, gestand er ihr.

»Was?«

»Das, was zwischen ihnen wie eine Krankheit entstanden war«, keuchte er, »ist jetzt in mir.« Er presste sich die Faust auf die Brust und atmete schwer.

»Wie hast du das gemacht? *Was genau* hast du gemacht?«

»Ich kann in eine Aura hineingreifen«, sagte er, als sei es das Einfachste der Welt, das zu tun.

»Du kannst *was*?«

»Du hast richtig gehört. Ich kann in eine Aura greifen.«

Scarlet wusste, was eine Aura war. Das, was einen Menschen umgab. Seine Farbe, seine Stimmung, sein Selbst, sein

Lied. Manche behaupteten, man könne die Aura sehen. Wenn sich zwei Menschen ganz nah sind, dann verbinden sich auch ihre beiden Auren. Sie werden eins, fließen ineinander über, singen ein und dasselbe Lied.

»Ich kann die Gefühle anderer Menschen leiten.« Er verzog das Gesicht, ein wenig nur, und nippte an seinem Glas Wasser.

Scarlet schluckte. »Auch meine Gefühle?«, fragte sie.

Doch Jake schüttelte den Kopf. »Du müsstest es wollen. Normalerweise ist es nur bei Personen möglich, die mich nicht kennen.« Er atmete jetzt wieder leichter, immerhin. »Ich nehme das, was die Menschen streiten lässt, aus ihrer Aura heraus. Dann beruhigen sie sich wieder.«

»Und du?«

»Ich fühle mich einen kurzen Augenblick lang richtig elend, weil ich genau das empfinde, was sie belastet hat. Nach einer Weile dann lässt der stechende Schmerz nach.«

»Du nimmst ihnen die Aggressionen weg?«

»Ich kann ihnen nehmen, was immer mir beliebt«, gestand Jake. »Aber ich tue es nicht.«

Scarlet erschauderte. Das konnte er wirklich tun?

»Wenn ich ein Liebespaar sehe, das vor Glück förmlich zerspringt, dann kann ich auch in dessen Aura eindringen und mir nehmen, was mir gefällt. Ich kann mich am Glück des Paares berauschen, und den beiden bleibt nur die Leere, die ich zurücklasse.«

»Auch das könntest du tun?«

»Ja, das könnte ich.« Die nächsten Worte kamen ihm nur stockend über die Lippen. »Aber ich habe es ...« Er senkte den Blick, und die Schuld, die er empfand, sah man ihm deutlich an. »Ein einziges Mal nur habe ich es getan«, gab er zu. »Da war ich noch ein Kind. Ein dummer Junge, der nicht wusste, was er tut. Aber das ist auch nicht weiter wichtig.«

»Immerhin kennst du deine Vergangenheit«, sagte Scarlet.

Die beiden schwiegen.

»Ich war noch ein Junge. Ich ging in Hell's Kitchen zur Schule, wenn man dieses Loch als solche bezeichnen wollte. Wie auch immer, in dem Viertel, in dem wir lebten, gab es jemanden, der mich richtig hasste.« Er schilderte den Basar, der sich wie ein bunter Teppich mit den verschiedensten Mustern zwischen der Hester Street und der Exeter Street erstreckt hatte. Scarlet hatte keine Mühe, die Bilder zu sehen: Hunderte von bunten Geschäften, kleine Bäckereien, verrauchte Kneipen, Gemüse- und Obsthändler und dazwischen noch Tausende von Verkaufsständen, ein Meer aus klapprigen Buden, Männer mit Bauchläden. Rote Hydranten an den Straßenrändern. Gekrümmte Laternen. Angeboten wurde an Orten wie diesem einfach alles: frisches Gemüse, seltene Früchte, selbst gebrannte Töpferwaren und geschneiderte Kleidung, schwere Brillen, leichte Scheren, Schreibwaren und Stoffreste.

»Warum hat er dich gehasst?«

Jake zuckte die Achseln. »Jungs sind eben so. Er war ein wenig älter als ich, und er mochte mich nicht. Warum, war nicht wichtig. Wichtig war nur, dass es ihn gab.«

Schon bei ihrer ersten Begegnung hatte er Jake angerempelt. Kraftspielereien, Hahnenkämpfe.

»Ich habe seinen Namen nicht vergessen«, flüsterte Jake.

Dicke Sommersprossen hatte er gehabt. Eine Mütze hatte immerzu schief auf den roten Haaren gesessen.

»Sean.«

»Was hat er getan?«

»Das, was Jungs tun, wenn sie einander nicht leiden können. Er hat mir hier und da aufgelauert. Ich musste jederzeit damit rechnen, dass er irgendwann und irgendwo hinter irgendwelchen Ecken auftauchte und mich in eine üble Streiterei verwickelte.«

Streitigkeiten endeten immer in einer Schlägerei.

»Sean war einen Kopf größer. Er war zwei Jahre älter. Und stärker als ich.«

Irgendwann brachte Sean seine Freunde mit ins Viertel. Die neue Gang hielt es für eine gute Idee, den jüngeren und kleineren Kindern Wegzoll abzuknöpfen. Die Exeter Street gehörte ihnen fast einen ganzen Block weit.

»Sie nannten sich die Catskills. Fiel man ihnen in die Hände, dann musste man bezahlen.«

Geld, Handschuhe, Knöpfe, Murmeln, was immer sich anbot.

»Seine Aura war giftgrün«, erinnerte sich Jake. »Und sie wurde rot, wenn er einen schlug.«

Scarlet schwieg.

»Es war an einem Tag im Winter, als ich seine Aura zum ersten und einzigen Mal berührte.« Jake konnte nur mühsam darüber sprechen. »Ich lief in einer Seitenstraße mitten in sie hinein. Sie waren zu dritt. Zwei Catskills hielten mich fest, und Sean boxte mir in den Magen.«

Es tat weh.

Die Welt explodierte in grellem Rot.

»Dann packte ich ihn.«

Jake Sawyer, der am Boden lag, blickte auf und griff dem Jungen so fest in die Aura, wie er nur konnte. Er musste ihn dazu nicht einmal berühren.

»Der rote Schimmer verschwand auf der Stelle.«

Die anderen beiden Catskills-Jungs sahen nur die Veränderung in den Augen ihres Anführers.

Er zückte ein Messer.

»Ich nahm ihm jedes schöne Gefühl«, sagte Jake. »Ich ließ nichts mehr in der Aura zurück.«

Sean wurde von einer wie aus dem Nichts aufkommenden Welle allertiefster Schwermut erfasst. Die Aura, die ihn umgab, begann zu flackern.

Jake tat, was nur er tun konnte.

Er atmete alles, was Sean verlor, im Bruchteil einer einzigen Sekunde ein. Und Jake Sawyer fühlte sich gut. Er fühlte sich, als habe er eine neue, bislang noch unentdeckte Droge geschluckt.

Dann war es vorbei.

»Sean rammte sich ein Messer in die Brust.« Jake senkte den Blick. »Ja, das hat er tatsächlich getan.«

Die anderen Catskills verstanden zuerst nicht, was genau dort vorging. Dann erinnerten sie sich, dass Jake ein Wechselbalg war. Dass seine Mutter die hübsche Elfe gewesen war, die bis vor etwa einem Jahr noch in der Wäscherei an der Ecke gearbeitet hatte. Ihnen wurde bewusst, dass Jake Sawyer der Junge war, der nicht nur ein wenig seltsam war, nein, er war nicht nur seltsam, sondern darüber hinaus noch einer von denen, die in der uralten Metropole ein uns aus gingen.

»Sie wussten, dass ich es getan hatte.« Er stockte. »Niemand konnte es mir nachweisen.«

Polizisten verhörten ihn.

»Wie alt warst du?«, wollte Scarlet wissen.

»Elf.«

»Und Sean?«

»Er verblutete, mitten auf der Straße. Ich kniete neben ihm. Sein Blut war überall auf meinen Sachen. Ich sah ihm in die Augen, die ganze Zeit über. Er wich meinem Blick nicht aus. Er wusste, dass ich es gewesen war, er wusste, dass ich etwas mit ihm gemacht hatte, etwas, was ihn das mit dem Messer hatte tun lassen. Er hatte Angst vor mir. Dann starb er.« Jake zog sich die Brille aus, rieb sich die Augen. »Mein Vater war außer sich vor Zorn«, erinnerte er sich. »Zum ersten Mal in meinem Leben hat er mich verprügelt. Das tat er sonst nie. Dad prügelte mir die Verantwortung förmlich ein, und er hörte erst damit auf, als ich es garantiert begriffen hatte. Er weinte dabei, unentwegt.« Jake leerte das Glas vor sich. »Ich hatte ihn davor nur ein einziges Mal weinen sehen, und das war, als er mit den anderen meine Mutter aus dem Haus trug.« Er hielt das Glas in der Hand, drehte es hin und her. »Seit diesem Tag habe ich es nie wieder getan. Nie so. Es ist keine gute Gabe. Ich bin nicht stolz darauf, es tun zu können.«

Scarlet widerstand dem Drang, seine Hand zu ergreifen. Sie glaubte nicht, dass Jake das gewollt hätte.

»Ein Jahr zuvor war meine Mutter an Tuberkulose gestorben. Es war ein kalter Winter gewesen. Sie war nicht das einzige Opfer in der Stadt.« Er redete einfach weiter, und seine Stimme klang jetzt wie ein trauriges Lied. »Im Sommer danach ereilte meinen Vater der Tod. Es war, als wollte mich das Leben für das bestrafen, was ich Sean angetan hatte.« Jakes Stimme zerbrach in so viele Töne, so viele Bilder. »Sie gruben sich durch die Erde.« Er stockte erneut. »Wir lebten damals in der uralten Metropole. Nach der Sache mit Sean hatten wir die alte Gegend verlassen müssen.« Jake saß ganz still da. »Als die beiden Tunnel aufeinandertrafen, da wurde

Dad Opfer des Vakuums. Die Luft riss ihn in die Öffnung, bevor der Rest des Tunnels zusammenbrach.«

Ein Unglück, wie es viele gegeben hatte. Doch keines, das Jake je vergessen hätte.

»Als der Holland Tunnel fertiggestellt war, gedachten sie kurz der Arbeiter, die beim Bau ihr Leben gelassen hatten.« Das war alles, eine kurze Erwähnung während der Festlichkeiten, sonst nichts.

»Von dem Tag an war ich ein Waisenkind.«

»Wie alt warst du?«

»Vierzehn.«

»Wo hast du gelebt?«

»Überall.«

»Hier unten, in der uralten Metropole?«

»Ja.«

»Und Mistress Atwood?«

»Ich irrte durch die Stadt unter der Stadt, schlief in stillgelegten Schächten und hatte mir ein Nest aus Abfall gebaut. So fand mich Mistress Atwood dann eines Tages.« Er musste lachen. »Dafür scheint sie Talent zu haben. Dich hat sie ja auch gefunden. Sie wusste sofort, wer ich bin. Sie wusste, *was* ich bin. Mistress Atwood, musst du wissen, ist auch eine Trickster. Sie nahm mich mit sich nach Myrtle's Mill, weil sie ein wirklich gutes Herz hat.« Jake wurde ruhiger, als er bei diesem Teil seiner Geschichte angelangt war. »Du kannst ihr vertrauen, was immer sie auch tun mag.«

»Sie ist sich sicher, dass meine Eltern Trickster waren.«

Jake nickte. »Lange Zeit hieß es, dass Trickster keine Kinder zeugen können. Ein Irrglaube. Dennoch gibt es wenige wie dich.«

»Du glaubst es also auch?«

»Dass du ein Tricksterkind bist? Ja, das bist du.«

»Aber wenn meine Eltern beide Trickster waren, dann bedeutet das doch, dass sie etwas Besonderes tun konnten.«

»Ja, auf deine Eltern traf das sicherlich zu.«

»Aber ich habe keine besonderen Fähigkeiten.«

»Du verstehst, was die Pflanzen dir sagen.«

»Aber es ist anders. Es ist so ... undeutlich.«

»Du musst dich erst damit zurechtfinden. Ein Trickster kann die Dinge durch das, was er tut, beeinflussen. Du kannst das nicht. Keine Ahnung, warum das so ist. Du kannst mit den Pflanzen reden, ja, irgendwie kannst du das. Aber du kannst sie zu nichts zwingen.« Er sah ihr in die Augen, und sie schlug den Blick nieder. »Mistress Atwood hat sofort erkannt, dass du ein Tricksterkind bist, als du ihr von der Hecke berichtet hast. Sie wusste, dass es keine Zufälle gibt. Du warst hilflos und hast die Dornenhecke gebeten, dir zu helfen.«

»Nein, das habe ich nicht. Ich wusste nicht einmal, dass ich das kann. Ich war nur durcheinander.«

Jake schüttelte den Kopf. »Die Pflanzen können deine Gefühle ebenso lesen, wie du ihre lesen kannst. Die Dornenhecke am Washington Square hat dir aus freien Stücken geholfen. Denk doch an die Pflanze des Obdachlosen, die du vorhin geheilt hast.«

Ja, dachte Scarlet. Irgendetwas hatte sie mit dieser Pflanze gemacht. Aber sie wusste nicht genau, *wie* sie es gemacht hatte. Es war ihr einfach so passiert. Da war eine Verbindung gewesen.

»Glaubst du, dass die Wendigo deswegen hinter mir her sind?«

»Weil du ein Tricksterkind bist?«

»Ja.«

»Ich weiß nicht.«

»Wenn es doch nur wenige Tricksterkinder gibt«, dachte sie laut nach, »dann kommt uns vielleicht eine ganz besondere Aufgabe zu. Ja, vielleicht sind sie auf der Jagd nach den Tricksterkindern.«

»Glaub ich nicht.«

»Wieso?«

»Klingt zu sehr nach Hollywood«, war seine Antwort.

Scarlet schwieg.

»Letzten Endes wissen wir nicht, warum sie hinter dir her sind.« Jake brachte es auf den Punkt. »Du hast mit deinem Freund herumgeschnüffelt. Ihr beide habt nach etwas ganz Bestimmtem gesucht. Und vermutlich habt ihr etwas gefunden, was nicht für eure Augen bestimmt war.« Er machte eine Pause, um nachzudenken. »Am Ende bleibt es dabei, dass wir nichts wissen.« Dann, mit einem Mal, erhellte sich seine Miene zu einem breiten Lächeln. »Aber das«, sagte er, nunmehr beschwingter, »könnte sich schnell ändern.«

Scarlet folgte seinem Blick.

Ein großer Mann betrat gerade die Taverne.

Er trug eine Harpune und sah wild und gefährlich aus. Er kam auf den Tisch zu, war riesig und Furcht einflößend. Wortlos ließ er sich auf dem freien Stuhl nieder. Mit einer sanften Stimme, die gar nicht zu ihm zu passen schien, begann er zu reden.

Das war der Auftakt des Gesprächs, in dem Scarlet zum ersten Mal von den Dreamings und den verschwundenen Kindern hörte.

Kapitel 10

Mysteriöse Geschichten von überallher

Der Fremde war kahlköpfig, sah man von dem langen Zopf ab, der hinten an dem über und über mit Tätowierungen bedeckten Schädel herabfiel. Er trug lederne karmesinrote Hosen und einen langen Mantel, darunter einen Pullover aus grober grauer Wolle. An den hohen Stiefeln befanden sich silberne Schnallen, und locker an einem abgewetzten Lederriemen über den Rücken geschnallt, trug er tatsächlich eine Harpune. »Sie sind also Scarlet Hawthorne«, sagte er zur Begrüßung, »die Frau, nach der alle suchen.« Er verneigte sich vor ihr, ein kurzes Kopfnicken, verbunden mit einer leichten Neigung des Oberkörpers, altmodisch und elegant. »Ihr Name eilt Ihnen voraus.«

»Wer sucht denn nach mir?«

Queequeg machte es sich am Tisch bequem und rief Starbuck zu, er möge ihm ein Glas Rotwein bringen. »Gotham spielt verrückt«, sagte er und sah dabei auch Jake an. »Ich habe keine Ahnung, was hier vorgeht, aber es geschehen zu viele Dinge auf einmal, als dass wir die Augen vor ihnen verschließen könnten.« Er stellte die Harpune neben sich.

»Was ist denn passiert?«, fragte Scarlet.

»Viel.« Er schaute sich um und betrachtete äußerst wachsam die anderen Gäste. »Sehr viel.«

Starbuck brachte ein großes Glas mit rotem Wein, und Queequeg dankte ihm wortlos mit einem Kopfnicken.

»Gibt es Schwierigkeiten?«, wollte der Wirt wissen.

»Mehr als damals mit Ahab auf See«, erwiderte der einstige Harpunier. »Und das, was mich seit Wochen schon beschäftigt, scheint nur der Anfang zu sein.«

»Was ist denn los?«, fragte jetzt auch Jake.

Queequeg leerte das Glas in einem Zug. »Es gibt so viele Geschichten zu erzählen. Mit welcher soll ich beginnen?«

»Wer sucht nach mir?«, wiederholte Scarlet ihre Frage von vorhin.

»Die Wendigo.«

Scarlet und Jake sahen einander an.

»Und zwei seltsame Gestalten, die sich Mr. Nook und Mr. Nubbles nennen. Oder anders. Sie benutzen viele Namen. Und sie stellen viele Fragen. Immer nur nach Ihnen.«

»Na, das ist ja die Neuigkeit des Nachmittags«, presste Scarlet hervor.

»Hast du jemals von einer Lady Solitaire gehört?«, fragte Jake.

Queequeg griff in die Manteltasche und beförderte eine Pfeife ans Tageslicht. »Ihr Name wird hin und wieder geflüstert, aus vielerlei Gründen.« Er steckte sich die Pfeife an. »Aber keiner weiß, wer sie ist. Man munkelt, dass sie diejenige ist, die den Wendigo Befehle erteilt. Dass sie diese bösen Geister aus den tiefen Wäldern des Westens heraufbeschworen und hierher nach Gotham gerufen hat. Sie sei die Lady, die niemals träumt. Das ist es, was man so sagt.«

»Das behaupten die Leute?«

»Es ist das, was auf den Märkten und in den Gassen und Tunneln erzählt wird, ja.«

»Nicht sehr ergiebig«, meinte Jake enttäuscht.

»Sie existiert«, stellte Queequeg klar. »Sie ist kein Hirngespinst. Es gibt sogar Leute, die behaupten, dass sie mit dem Verschwinden der Kinder zu tun hat.«

»Haben Sie eine Ahnung, wo man sie finden kann?«, fragte Scarlet.

»Nein.«

»Könnten Sie es herausfinden?«

»Dies ist die uralte Metropole«, gab er belustigt zur Antwort. »Hier kann man alles herausfinden. Die Frage ist nur, wie lange man dafür braucht.« Er führte die Pfeife an den Mund und inhalierte den weißen Rauch tief, bevor er ihn aus der Nase fließen ließ. »Und welchen Preis man dafür zahlen muss.«

»Was hat es mit den Kindern auf sich?«, fragte Jake.

Queequeg betrachtete die kunstvoll geschnitzte Pfeife mit dem verzierten und geschwungenen Hals. »Seit einigen Wochen verschwinden nun schon Kinder aus den Straßen der Stadt. Keiner weiß, was mit ihnen geschieht. Sie sind alle noch klein, kaum fünf Jahre alt.«

Scarlet horchte auf. Sie musste an Roanoke Island denken. Konnte es sein, dass da ein Zusammenhang bestand?

»Die Rattenfrauen tragen die Berichte der Nager zusammen. Es geschieht in allen fünf Boroughs New Yorks. Und es sind Kinder aus allen Schichten. Kinder aus Gotham selbst und darüber hinaus auch die Kinder aus der uralten Metropole. Spuren findet man keine. Manch einer munkelt, dass die Wendigo etwas damit zu tun haben. Aber das ist nur Geschwätz. Keiner weiß wirklich etwas. Tatsache ist nur, dass die Kinder verschwinden. Und dass, so lauten die Berichte, eine mysteriöse Frau in Weiß etwas mit dem Verschwinden zu tun haben soll.«

»Weiß man denn, wie viele Kinder bisher verschwunden sind?«, wollte Jake wissen.

»Es mögen um die zweihundert Kinder sein, die vermisst werden. In TriBeCa fand man Schneeflocken auf den Bettchen, in denen sie gelegen hatten. Deswegen fiel der Verdacht auch auf die Wendigo. Keines der Kinder, die vermisst werden, ist, wie gesagt, älter als fünf Jahre. Das ist ein weiteres Rätsel.«

»Was hast du mit der Sache zu tun?«

»Die Tunnelstreicher helfen der Metropolitan Garde und den Leuten des Dukes bei der Spurensuche. Bisher allerdings ohne Erfolg.« Queequegs Gesicht verfinsterte sich. »Die Leute verdächtigen jeden, den sie nicht kennen.«

»Was ist mit mir?«, fragte Scarlet.

»Sie sind die Fremde, die nach Gotham kam. Man erzählt sich, dass Sie etwas mit dem Tod Master Van Winkles zu tun haben. Man erzählt sich, dass Sie nicht allein hierhergekommen sind. Man erzählt sich, dass Sie ein Geheimnis umgibt.«

Scarlet rollte mit den Augen. »Ist das alles?«

»Ist das nicht genug?«

»Sie weiß nicht, wer sie ist«, erklärte Jake und erzählte in nur wenigen Worten die Geschichte seiner Begleiterin – und als er fertig war, da betrachtete Queequeg still die junge Frau mit dem pechschwarzen Haar und den traurigen Augen.

»Die Menschen nennen keinen Namen. Sie sprechen nur von einer Frau, die geheimnisvolle Fragen stellt. Einer Frau in Weiß. Sie soll sich auch nach Ihnen erkundigt haben.«

»Eine Frau in Weiß?« Scarlet betrachtete ihn voller Misstrauen.

Queequeg lächelte. »Sie sind wachsam, Miss Scarlet. Das ist gut so.« Er sog erneut an der Pfeife. »Mistress Atwood sagte mir bereits, dass man sich vor Ihnen in Acht nehmen muss.«

»Sie haben sie getroffen?«, sprudelte es aus Scarlet hervor.

»Ja, vorhin, am oberen Broadway Siding habe ich Christo Shakespeare aus der Public Library und Mistress Atwood aus Myrtle's Mill getroffen. Sie haben nach euch beiden gesucht.« Von ihnen also hatte Queequeg erfahren, dass etwas geschehen war. Dass die Wendigo sie in der Bibliothek überrascht hatten. Dass sie geflohen waren.

»Ging es ihnen gut?«, fragte Scarlet.

»Die Wendigo haben sich nicht im Geringsten um sie gekümmert. Sie waren nur hinter Ihnen her, Miss Scarlet.« Er lächelte, und Scarlet erkannte eine ganze Reihe von Goldzähnen, in denen sich das matte Licht brach und ihm Sterne in den Mund zauberte. »Hätte ich gewusst, dass ihr hier auf mich wartet, dann hätten mich die beiden begleiten können.«

»Haben sie gesagt, wo sie hinwollten?«

»Zurück in die Bibliothek, denke ich. Sie wollten nach Hinweisen suchen. Die Mistress beschäftigt sich noch immer mit den Eistoten und den Pflanzen, die sie bei ihnen gefunden hat.«

»Gibt es Neuigkeiten bezüglich der Schlafwandler?«, fragte Jake. »Haben sie vielleicht etwas mit dem Verschwinden all dieser Kinder zu tun?« In Zeiten wie diesen versuchte man jeden Anhaltspunkt zu packen.

»Es gibt einige Neuigkeiten bezüglich der Dreamings«, antwortete Queequeg mit dunkler Stimme, und selbst die verschlungenen Tätowierungen schienen nun ernster auszusehen als noch vorhin.

Scarlet bemerkte, dass auch Jake noch nie etwas von diesen Wesen gehört zu haben schien. Er zog sich die Brille aus, putzte die Gläser mit seinem Pullover, setzte sie wieder auf.

»Wer, in aller Welt, sind denn nun die Dreamings?«, wollte er auch sogleich wissen.

»Sie sind das, was wir schlechte Träume nennen«, sagte Queequeg.

»Was haben sie mit den Schlafwandlern zu tun?«

»Vielleicht nichts, vielleicht aber auch alles.«

Dann inhalierte er weiteren Rauch, schloss kurz die Augen und begann seine Geschichte zu erzählen.

»Man sagt«, so begann er die Geschichte, »dass es einmal eine Zeit gegeben hat, in der die Zeit selbst noch gar nicht erschaffen worden war. Die Zeit vor der Zeit, so nennen die Indianer sie. Die träumende Zeit. Traumzeit. Ein Zustand des andauernden Träumens.«

Der allmächtige Träumer, der viele Namen hatte seit dem Anbeginn der Welt, existierte allein, am Anfang. Er war alles, und alles war in ihm. Er träumte die Welt so, wie später die Welt vielleicht sogar ihn träumen würde. Er herrschte über die Welt, und die Wesen, die er sich erschaffen hatte, waren ihm untertan. Das war die Schöpfung. Das war die Welt.

»Doch dann sah er, dass sich die unsteten Gedanken in den Köpfen mancher Menschen selbstständig machten. Dass die Menschen eigene Welten entstehen ließen. Dass sie an Dinge dachten, die es gar nicht gab. Und in dem Augenblick, in dem sie daran dachten, da begannen diese Dinge zu existieren.«

Der Träumer sah mit Erschrecken, dass auch die Schöpfung, wie er selbst, die Fähigkeit zum Träumen besaß. Es verunsicherte ihn, weil die Menschen Dinge taten, die ihm missfielen. Sie dachten ihre eigenen Gedanken. Hinterfragten, was er ihnen aufgetragen hatte. Wurden ungehorsam.

Also sandte er seine Scharen hinab zur Erde, gestrenge geflügelte Wesen. Sie hüteten argwöhnisch des Träumers Gesetze mit flammenden Schwertern und ernsten Gesichtern. Die Mala'ak ha-Mawet, so wurden diese Wesen genannt. Sie hatten Macht über die Menschen, weil die Menschen sich vor ihnen fürchteten. Und wer sich fürchtet, der ist schwach und kann leicht kontrolliert werden.

»Aber die Menschen hatten noch ihre Träume. Und in den Träumen waren sie frei.«

Scarlet erinnerte sich an Starbucks Erzählung von vorhin. Queequeg wusste, wie sich Ketten anfühlten. Er wusste, was Ketten bewirken konnten. Man mochte einen Menschen noch so in Ketten zwingen, man mochte ihm heftige Schmerzen zufügen und ihn demütigen. Man mochte vieles tun, was schrecklich und entwürdigend war.

»In den Träumen waren die Menschen frei.«

Was auch immer geschähe.

»Das wusste der Träumer. Er haderte mit sich selbst, weil die Schöpfung, wie sich herausstellte, so fehlerhaft war wie er selbst.«

So erschuf der Träumer eine weitere Kaste von Wesen, die ihm, neben den Engelsscharen, als treue Dienerschaft zugeneigt sein sollten. Er gebar sie aus den Träumen, die ihn schreiend erwachen ließen in der Unendlichkeit seiner tickenden Zeitlosigkeit.

»Die Dreamings.«

Sie waren ohne Form und so flüchtig wie die Gedanken, welche die Menschen vor den anderen zu verbergen versuchen. Sie waren wie der Wind, nur leichter, wie der Herzschlag, nur leiser, wie die Träume, nur viel, viel dunkler.

Und sie bewegten sich wie Schlangentiere durch die fiebernden Träume, die Gestalt annahmen in der Menschen Köpfe und Gemüter. Sie konnten, wenn ihnen danach war, diese Träume verändern, wann immer sie wollten. Sie waren die Gaukler, die Trugbilder wisperten und die Bilder in den Spiegeln zu verzerren und zu verformen wussten.

»Durch sie erlangte der Träumer die absolute Macht über seine Schöpfung.«

»Eine interessante Geschichte«, schaltete sich Scarlet ein, »doch was haben diese Dreamings mit uns zu tun?«

»Mancherorts in der uralten Metropole«, erklärte Queequeg geduldig, »da glauben die Menschen, dass die Dreamings zurückgekehrt sind. Sie glauben, dass die Schlafwandler, die man in der Nähe der Eistoten findet, nichts anderes als die arglosen Opfer der Dreamings sind. Nur Körper, die, Marionetten gleich, genau das tun, was ihnen jemand aufträgt.«

Scarlet erschauderte, weil sie an Master Van Winkle denken musste. Konnte es wirklich sein, dass alles zusammenhing? Die Eistoten, die Dreamings, sie selbst und die Wendigo?

Lady Solitaire?

»Die Zigeuner vom Gramercy Park glauben, dass die Dreamings in den Träumen der Menschen nach etwas ganz Bestimmtem suchen.«

»Wonach denn?«

»Nach etwas, was der Träumer selbst nicht hat, aber gern besäße.«

Scarlet dachte an die vielen Pflanzen-Schutzzauber, die bei den Eistoten gefunden worden waren. Sie dachte an die Menschen, die ihr Ende in *Croatoan* gefunden hatten: Eistote – und Vorfahren der Eistoten, die man hier in Gotham gefunden hatte. Sie dachte an die vielen Kinder, die auf Roanoke Island verschwunden waren. An die Abgesandten der englischen Elfenhäuser, die wieder in die weit entfernte Heimat zurückgekehrt waren. An die Wendigo, die nach ihr suchten.

Wieder und wieder.

An Lady Solitaire.

Wo, in aller Welt, lag der Zusammenhang verborgen? Es musste doch einen geben. Sie glaubte nicht mehr an Zufälle. Es konnte nicht sein, dass so viele Dinge passierten und nichts miteinander zu tun hatten.

»Die Dreamings, das glauben jedenfalls die Algonkin, machen sich die Körper der Menschen zunutze.« Queequeg ließ Scarlet und Jake nicht aus den Augen, als er das sagte. »Sie besetzen ihre Gedanken und bedienen sich der Hülle, die ohne eigenen Willen ist.«

»Stehlen sie auch die Kinder?«, fragte Jake.

Queequeg zuckte die Achseln. »Niemand kann sagen, wer die Kinder stiehlt. Es gibt Zeugen, die eine Frau gesehen zu haben glauben. Doch am Ende ist und bleibt es ein Rätsel. Eines von vielen Rätseln, die derzeit die Ruhe in Gotham erschüttern. Alles verändert sich, alles ist im Fluss.« Er seufzte tief. »Ich habe Nachforschungen angestellt und einiges herausgefunden.«

»Was denn?«

»Die Kinder betreffend«, gab er zur Antwort. »Denn Vorkommnisse dieser Art haben sich schon oft in der Geschichte ereignet. Man muss nur recherchieren und fördert die seltsamsten Geschichten zutage. Ja, es ist schon oft passiert. Doch niemals hier, niemals in New York.«

»Wo dann?«, fragte Scarlet.

»Wie hast du es herausgefunden?«, wollte Jake wissen.

Queequeg sah ihn an und lächelte milde. »Man muss nur eine Bibliothek oder das Internet bemühen, und schon findet man die seltsamsten Dinge heraus.« Er lehnte sich zurück, machte es sich bequem. »Die Geschichten warten meist nur in aller Seelenruhe darauf, endlich entdeckt zu werden.«

»Und Sie haben die Geschichten ausgegraben?«, fragte Scarlet.

»Einige davon.«

»Wir sind ganz Ohr«, sagte Jake.

»Dachte ich mir.« Queequeg genoss es sichtlich, in die Rolle des Erzählers zu schlüpfen. Mit seiner tiefen Stimme mit dem Akzent, der nach dem Salz der See klang, begann er zu berichten, was er in Erfahrung gebracht hatte. »Die meisten Berichte«, sagte er, »führen uns nach London zurück, in die Stadt am dunklen Fluss.« Er sah seine Zuhörer eindringlich an, als wolle er sich vergewissern, dass sie auch tatsächlich aufmerksam lauschten. »Dort, in der Stadt der Schornsteine, wie sie von manchen auch manchmal genannt wird, und der uralten Metropole darunter, dort häuften sich die Fälle der rätselhaft verschwindenden Kinder. Man kann die Spur dieser Dinge bis in die frühen Zeiten zurückverfolgen.«

»Und sie sind alle ähnlich?«, hakte Jake nach.

»Alle, wirklich alle. Es ist erschreckend.« Er fuhr fort. »Petronius Arbiter, ein römischer Dichter, verfasste neben dem *Satyricon* auch einige Berichte über das römische Leben in Londinium, wie die Stadt früher hieß. Im Jahre achtundfünfzig nach Christus kam es dort zu Vorkommnissen, die als Kinderraub von Britannien die Menschen in Angst und Schrecken versetzten. In dem gesamten Gebiet der Stadt Londinium verschwanden kleine Kinder, einheimische wie römische Kinder gleichermaßen. Kein einziges wurde wiedergefunden.«

»Und alle waren sehr jung?«

Er nickte. »Dann«, fuhr Queequeg fort, »kam es fünfhundert Jahre später zum nächsten großen Verschwinden. Master Geoffrey Chaucer, der Chronist, erwähnt in seinen Canterbury-Erzählungen einen Kinderraub, der im Jahre 1348 während der großen Pestepidemie Hunderte von Müttern und Vätern verzweifeln ließ. Das ungeklärte Verschwinden der Kinder schrieb man der Krankheit zu, und niemand machte sich weitere Gedanken darüber. Genauso ging es 1563.«

Scarlet fühlte sich mit einem Mal ganz einsam. Sie fragte sich, ob sie dem allem gewachsen war.

»Dann«, redete Queequeg unbeirrt weiter, »fand ich in den Tagebüchern von Samuel Pepys einen Bericht, der sich mit dem Verschwinden fast aller Kinder aus der damaligen City of London auseinandersetzte. Auch hier waren die Kinder wieder fünf Jahre alt und jünger. Im Jahr 1666 aber brannte die Stadt, und unzählige Menschen starben in ihren Häusern und in den Straßen. Deswegen brachte dem Kinderverschwinden niemand hinreichende Beachtung entgegen.« Die Stimme wurde zu einem Teppich, in dessen Muster immer wieder neue und wieder nur neue Geschichten verwoben waren. »Ich forschte weiter, weil ich das ungute Gefühl hatte, dass es da einen Zusammenhang geben könnte.« Queequeg rief sich alles ins Gedächtnis zurück und verkündete: »Ich stieß auf Berichte aus aller Welt, die über ähnliche Vorfälle zu berichten wussten. Es war unglaublich, was sich bereits alles zugetragen hatte.«

Scarlet sah zu Jake hinüber und fühlte sich nicht mehr ganz so allein. Er war da, und das war gut so. Darüber nachdenken wollte sie eigentlich nicht. Es war gut, wie es war. Punktum.

»Da gab es eine Siedlung«, hörte sie Queequeg erzählen, »in der Oase von el-Bahariya in der weiten Wüste von Libyen. Das war eine der ersten Geschichten, auf die ich stieß. Eine Skorpionplage befiel diese Oase, und keiner wusste sich zu helfen. Die Skorpione waren überall, selbst in den Wasserschläuchen. Sie waren in den Zelten, unter den Hufen der Kamele, in den Schlafstätten der Kinder. Sie töteten die Schafe und die Kamele, stachen Frauen und Männer und Hunde. Doch dann, als die Not am größten war, kam eine wunderschöne Reisende in die Oase, eine Fremde ohne Namen. Sie war eine Beduinin. Sie trug einen Stab aus Holz mit Verzierungen und einem funkelnden Stein, eingefasst in helles Holz. Niemand wusste, woher die Frau in Weiß kam, niemand konnte sagen, welchem Stamm sie angehörte.«

Die Fremde erbot sich jedenfalls, die Menschen von der Plage zu befreien. Die Bewohner der Oase waren bereit, der schönen Fremden alle Reichtümer zu geben, die sie hatten, so viele Edelsteine, wie zwei Kamele nur zu tragen vermochten.

»Die schöne Fremde, die in den uralten Schriften von Tutanck-Amen als die Frau in Weiß vom Roten Meer bezeichnet wird, ließ die Männer eine Mulde in den Sand graben, dann streute sie schwarzes Pulver dort hinein, grobe Körner, die nach Schwefel rochen.«

Dann nahm sie eine Flöte und begann zu spielen, eine wundersame Melodie. Die Skorpione kamen aus allen Löchern und Verstecken gekrochen und wuselten in die Mulde hinein. Als Tausende und Abertausende von Leibern übereinanderwuselten, da fing die schöne Fremde das Sonnenlicht ein, und all die Tiere verbrannten. Ihre Leiber verendeten in dem Flammenmeer, das aus dem Stein an ihrem Stab geboren wurde, und das Dorf in der Oase war von der Plage befreit.

»Doch dann stellte sich heraus, dass die Dorfbewohner keineswegs so wohlhabend waren, wie sie zu sein vorgegeben hatten. Sie hatten die schöne Fremde hinters Licht führen wollen, um ihre Haut zu retten.«

»Und deswegen wurden sie bestraft.« Jake ahnte, wie die Geschichte endete. Viele Geschichten endeten wie diese. Die meisten Märchen, die er kannte, taten das.

»Du sagst es.«

»Was passierte?«

»Die schöne Fremde spielte auf ihrer Flöte, und der Klang der Flöte ließ alle Dorfbewohner in einen tiefen Schlaf fallen. Nur die Kinder blieben wach. Sie begannen zu der beschwingten Melodie zu tanzen, und dann folgten sie der schönen Fremden hinaus in die Wüste.« Queequeg schaute sich um, ließ die anderen Gäste in der Taverne nie wirklich aus den Augen. »Kein einziges von ihnen wurde jemals wiedergesehen.«

»Woher weiß man das alles?«, fragte Scarlet.

»Eine Kindersklavin, die der Scheich den Katara-Beduinen abgekauft hatte, war an einem Pflock festgebunden. Sie konnte der Melodie nicht folgen, aber alles bezeugen.«

Scarlet fragte sich, in was sie da nur hineingeraten war.

»Doch das«, fuhr Queequeg ohne Pause fort, »war nicht der einzige Vorfall dieser Art. Einige Jahrhunderte später wurde das Dorf St. Cérilly im Nivernais in Frankreich von einer Rattenplage heimgesucht.«

Die Ratten fielen im Frühjahr dort ein. Sie waren überall, in den Wänden, auf den Dachböden, in den Kellern. Sie fraßen die Vorräte auf und selbst das Gift, das man auslegte, und sogar die Katzen fürchteten sich vor ihnen, so viele waren es. Auch hier erschien wieder eine schöne Fremde, die mit einer hölzernen Flöte die Ratten aus dem Dorf zum nahe gelegenen Fluss führte, wo sie dann alle kläglich ersoffen.

»Und der Preis?«

»Die gleiche Geschichte wie eben«, sagte Queequeg. »Auch in dieser Geschichte verweigerten die Dorfbewohner die Bezahlung. Und als die Menschen von St. Cérilly am nächsten Morgen erwachten, da waren auch dort alle Kinder verschwunden.« Der Mund des Tunnelstreichers stand gar nicht mehr still, so viele Geschichten sprudelten aus ihm heraus. Mysteriöse Geschichten von wirklich überallher. »Es gibt viele Erzählungen wie diese, und alle klingen sie ähnlich. Es gab auch ein kleines Städtchen im Braunschweiger Land, nahe der deutschen Stadt Hannover. Auch dort fielen die Ratten ein, auch dort erschien eine hübsche Fremde, und am Ende nahm sie alle Kinder mit. Rom wurde unter Kaiser Nero von einer Rattenfängerin besucht, und auch dort verschwanden Kinder. Immer war von einer Frau in Weiß die Rede. Einer Frau, die nie mehr als ein Geheimnis war.«

»Und diese Frau ist jetzt hier in New York?«, hakte Jake nach.

Er zuckte die Achseln. »Niemand weiß das mit Sicherheit. Kann sein, dass sie Lady Solitaire ist, wer weiß das schon?«

Scarlet fragte sich, was hinter all dem stecken konnte. All die Jahre, über die hier gesprochen wurden, all die Jahre, die schon längst der Vergangenheit angehörten. Konnte es sein, dass die Dinge, die sich damals an so weit entfernten Orten zugetragen hatten, jetzt hier in New York noch eine Bedeutung hatten? Nach und nach waren die Städte größer geworden, und die Menschen hatten sich weniger Geschichten erzählt. Vielleicht hatten diese mysteriösen Vorkommnisse sich noch viel, viel öfter zugetragen? Wenn zweihundert Kinder in einem kleinen Dorf verschwinden, dann kommt dies einer Katastrophe gleich. Alle reden darüber, das Unglück nimmt einen zentralen Platz in der Geschichte des Ortes ein. Geschieht dies alles jedoch in einer großen Stadt, so kann es viele Gründe geben, weswegen es in Vergessenheit gerät. Große Städte vergessen schneller, als kleine Dörfer es tun.

»Das, was hier in Gotham geschieht, ist den Geschehnissen aus den Geschichten sehr ähnlich.« Queequeg redete einfach weiter. Es war fast so, als habe er einen tiefen Brunnen voller Worte ausgegraben. »Der letzte Kinderraub, von dem wir wissen, ereignete sich vor etwas über zehn Jahren in London während der Manderley-Krise. Aufgrund der Konflikte zwischen den beiden großen Häusern Manderley und Mushroom kam es zu Ausschreitungen in der Stadt, die ähnlich schlimm waren wie die Whitechapel-Aufstände vor mehr als hundert Jahren. Doch dann hörte es auf, einfach so.«

»Und jetzt hat es erneut begonnen.«

»Ja«, antwortete Queequeg, »und zwar in unserer Mitte.« Jake wollte etwas sagen, aber Queequeg hob abwehrend die Hand. »Es gibt noch weitere Fälle, über die ich gestolpert bin. Während der Vierziger- und Fünfzigerjahre des sechzehnten Jahrhunderts verschwanden Kinder in Paris, Brüssel und

Leuven. Im Jahre 1583 ereilte einige Dörfer in Polen und die Stadt Warschau das gleiche Schicksal.«

»Und immer war es die gleiche Geschichte?«

»Immer die gleiche. Die Kinder verschwanden, ohne auch nur eine einzige Spur zu hinterlassen, als hätte der Erdboden sie verschluckt. Und immer wurde eine hübsche Frau gesehen, weiß gekleidet und mit hellem Haar, umgeben von Geheimnissen.«

Wie ein Gespenst geisterte diese Gestalt nebelhaft durch all diese Geschichten.

»Der letzte dieser Fälle in Amerika«, näherte sich Queequeg schließlich dem Ende seines Berichts, »ereignete sich auf Roanoke Island. Das war der einzige Vorfall auf diesem Kontinent. Danach kam es nie wieder zu einem ähnlichen Geschehen.«

»Bis vor Kurzem.«

»Ja, bis es kürzlich hier anfing.«

»Was genau ist auf Roanoke passiert?«, wollte Jake wissen.

»Die Secotan, so sagt man, fürchteten sich vor den Engländern, die ihr Land in Besitz nahmen, und es soll ausgerechnet eine Engländerin gewesen sein, die die Kinder entführt hat. Sie habe sie an einen eiskalten Ort geführt, munkelten die Ältesten.«

»Und in Gotham?«

»Die Frau in Weiß wurde auch hier gesehen. Sie wird beschrieben wie jene geheimnisumwitterte Frau in den Geschichten von alters her. Eine Fremde, die durch die Straßen New Yorks zieht und Kinder stiehlt.«

Die Oase in der libyschen Wüste, Rom, Hameln, Londinium, St. Cérilly, Paris, Warschau, Brüssel, Roanoke Island, New York – wo, in aller Welt, lag zwischen all diesen Orten, die so unterschiedlich waren und auch so weit entfernt voneinander, nur die Verbindung? Die Aufzählung klang, als habe sie jemand ohne Sinn und Verstand aufgestellt. Doch es musste einen Zusammenhang geben. Viel zu ähnlich waren die Dinge, die sich ereigneten. Immer und immer wieder waren es die gleichen Geschichten, die sich die Menschen erzählten, immer waren es die gleichen Unglücke, die sich zugetragen hatten.

»Viele dieser Vorfälle ereigneten sich in der Alten Welt, in Europa«, sagte Jake plötzlich.

»Dachte ich mir auch«, entgegnete der Tunnelstreicher.

Scarlet wiederholte geistesabwesend die Jahreszahlen.

Jake fragte: »Welche Verbindung gibt es zwischen Europa und Amerika?«

Scarlet überlegte kurz und formulierte die Frage anders. »Welche Verbindung gibt es zwischen Roanoke Island und England?«

»Die Engländer haben dort amerikanischen Boden in Besitz genommen. Sie haben ihre Siedlungen in Virginia gegründet.« Das war alles, was Jake dazu einfiel.

Und Scarlet fragte sich noch einmal laut, ob Lady Solitaire die Frau in Weiß war, die in all den Geschichten auftauchte, und sagte: »Ich muss mit ihr reden!«

»Ist das klug?«, fragte Queequeg.

»Keine Ahnung«, sprudelte es aus ihr heraus, »aber es muss sein. Sie weiß auch, wer ich bin. Davon bin ich überzeugt.« Sie sah dem Tunnelstreicher in die Augen. Sie waren grün. »Können Sie uns zu Lady Solitaire bringen?«

»Ich weiß nicht, wo sie sich aufhält.«

»Aber Sie sagten doch, dass man alles herausfinden könnte.« Sie ließ nicht locker.

Queequeg überlegte. »Wir könnten den Kojoten aufsuchen«, schlug er vor, nachdem er eine Weile geschwiegen hatte.

»Den Kojoten?«

Queequeg nickte. »Der Kojote, der Listige Lord.« Er grinste. »Manche glauben sogar, dass er sich einst mit dem Träumer angelegt hat, am Anbeginn der Zeit. Ich selbst bin mir nicht sicher, ob der Kojote wirklich so alt ist, wie er immer zu sein vorgibt. Er ist nun einmal listenreich, ein Betrüger, ein Schurke.«

»Sie kennen ihn?«

»Ich bin ihm noch nie begegnet. Aber ich habe von Streichern gehört, die das Vergnügen hatten.«

»Was haben sie gesagt?«

»Nichts.« Queequeg begegnete ihrem Blick.

»Nichts?«

»Nein, nichts. Sie waren tot.«

»Hat er das getan?«

»Der Kojote?«

»Ja.«

Queequeg sog lange an seiner Pfeife. »Der Kojote ist wankelmütig, heißt es.«

Scarlet atmete tief durch, dann fragte sie trotzig: »Wo finden wir ihn?«

»Er hat keine feste Residenz, er ist immer in Bewegung, das ist seine Art.«

»Aber Sie können herausfinden, wo er sich aufhält?«

»Sie lassen nicht locker, was?«

»Nein.«

Queequeg nickte stoisch. »Wir können die Spinnen fragen.«

Hatte sie richtig gehört? »Spinnen?«

»Ja, die Spinnentiere. Die Arachniden. Sie leben direkt in der Nachbarschaft, sozusagen.«

»Eigentlich«, meinte Jake, »leben sie überall.«

Scarlet wusste nicht, ob sie sich über diesen Plan freuen sollte oder nicht. »Die Spinnen bringen uns zu dem Kojoten. Und der Kojote bringt uns, wenn wir Glück haben, zu Lady Solitaire. Habe ich das richtig verstanden?«

»Wenn er uns hilft, dann werden wir Lady Solitaire finden, da bin ich mir sicher.«

»Aber wird er uns auch wirklich helfen?«

»Wer? Der Kojote?«

Sie nickte. »Ja, der Kojote.« Wer sonst?

»Das weiß man vorher nie.« Queequeg war immerhin ehrlich. »Aber wenn jemand weiß, wer zum Beispiel wirklich hinter ihren Kreaturen, den Wendigo, steckt, dann ist es der Kojote. Er hat Kontakte zur Lykopolis von Liberty Island. Wenn einer in wölfischen Dingen Bescheid weiß und die wölfischen Plots zu durchschauen vermag, dann ist es der Kojote.«

»Sie würden uns also führen?«

Queequeg nickte. »Seid meine Gäste. Wann sollen wir aufbrechen?«

»Sofort«, sagte Scarlet schnell. »Wir haben keine Zeit zu verlieren.«

Kapitel 11

Die Brücke der Sehnsüchte

Die Zeit tickte laut und drängend wie ein Krokodil, und sie war nicht auf ihrer Seite, dessen war Scarlet sich sicher. Sie musste endlich in Erfahrung bringen, wer sie war. Wenn sie dafür in Kauf nehmen musste, sich in Gefahr zu begeben, dann war das eben so. Manchmal musste man nun mal mutig sein und durfte weder zurück noch zur Seite blicken. Da war nur der Weg, dem man beständig folgen musste. Nur eine rätselhafte imaginäre Straße, gepflastert mit gelben Steinen.

Follow the yellow brick road.

Es war, am Ende, wie in dem Lied.

Scarlet war sich bewusst, wie gefährlich das Spiel war, auf das sie sich hier eingelassen hatte.

Die Straße, der sie nun so bereitwillig folgte, würde sie hoffentlich zu Lady Solitaire bringen. Eine Reise in die Vergangenheit würde es sein, zurück an ferne Orte, dorthin, wo jemand mit dem Gesicht, das sie aus den Spiegeln heraus anschaute, und dem Namen Scarlet Hawthorne nur darauf wartete, dass man ihn endlich entdeckte. Die rätselhafte Lady Solitaire war der Schlüssel zu dem Leben, das sie einst geführt hatte. Sie war die Tür, die Scarlet durchschreiten musste. Sie war die Lösung.

Wie so oft im Leben waren die Dinge im Grunde genommen ganz einfach.

Folge nur der Straße, suche nach Lady Solitaire, und stelle ihr dann die richtigen Fragen.

War das alles?

Konnte es denn wirklich so einfach sein?

Würde sie dort endlich erfahren, wonach es sie so verlangte? Oder war Lady Solitaire nur eine Schattengestalt, die jemandes anderen Fäden zog und still und heimlich die Marionetten in Gotham tanzen ließ?

Wie dem auch war – es gab nur einen Weg, es herauszufinden.

Follow the yellow brick road.

Der Weg, auf dem sie gerade wandelte, würde sie zum großen Oz führen. Und mit ein wenig Glück gab es so etwas wie die roten Schuhe, die sie sozusagen zurück nach Kansas bringen würden. Dorthin, wo alles begonnen hatte. Dorthin, wo noch Menschen sein mussten, die sie kannten, die auf sie warteten, die sie vermissten, die sich sorgten.

»Alles okay?«, fragte Jake neben ihr.

»Nein.« Die Antwort kam schnell und hart und ehrlich.

Jake sagte nichts, dafür ging er dicht hinter ihr her, allzeit wachsam und um ihr Wohlergehen besorgt. Er schaute oft zu ihr, suchte in ihrem Gesicht heimlich nach Hinweisen auf ihr Befinden. Er glaubte wohl, dass sie die Blicke nicht bemerkte.

Tat sie aber.

Trotzdem.

Sie sagte nichts, ging einfach nur weiter.

Follow the yellow brick road.

Die Schritte hallten von den Wänden wider, und in dem Echo war nichts außer Kälte und Dunkelheit.

Scarlet folgte Queequeg durch einen Tunnel, dessen Wände feucht waren und dessen Boden schmalen Rinnsalen brackigen Wassers ein Zuhause bot. Es war kalt hier unten, wenn auch nicht so kalt, dass man den Winter, der oben in der Stadt daheim war, hätte erahnen können. Es gab Fallwinde, die unangenehm waren, und manchmal hörte sie in der Dunkelheit die Ratten rascheln. An den Wänden waren gelbe Schilder, die vor elektrischen Leitungen warnten, manchmal Kästen, in denen sich Telekommunikationskabel bündelten. Tropfende Abwasserrohre liefen über ihren Köpfen an der niedrigen Decke entlang. Es war eine stille Welt, in der die Finsternis regierte.

»Ich hasse Tunnel«, entfuhr es ihr. Und damit war wohl wieder einmal alles gesagt.

»Es dauert nicht mehr lange«, verkündete der Tunnelstreicher, der das kurze Gespräch mitangehört hatte.

Queequeg führte sie auf Schleichwegen durch die uralte Metropole, seit mehr als einer Stunde schon.

Über labyrinthisch verzweigte, wohl längst vergessene Treppen, vorbei an zerfallenen Tempelanlagen und Gruben, in denen Tiere fauchten, durch Rinnsale, die manchmal zu Flüssen werden konnten, Leitern hinab in Schächte, die seit Jahren niemand mehr betreten hatte, wieder hinauf in Kloaken, die man schnell hinter sich lassen musste, wollte man den giftigen Dämpfen entgehen. Es war eine Welt, die vor langer, langer Zeit erbaut worden war. Menschen hatten sich mit den wenigen Werkzeugen, die ihnen zur Verfügung gestanden hatten, durch die Erde gegraben und erschaffen, was jetzt vor ihnen lag. Eine Welt, die tiefer war als das Empire State Building hoch.

»Wir gehen alle zu Fuß«, hatte Queequeg ihnen verkündet. »Wir nehmen die Route hinauf zur Park Row.« Er hatte seinen Wein geleert und sich erhoben, den Mantel übergeworfen und die Harpune geschultert. »Es hinterlässt viel weniger Spuren, wenn wir uns wie die Streicher bewegen.« Die Tunnelstreicher schienen ungern zu warten oder anderweitig Zeit zu vergeuden. Queequeg hatte sich von Starbuck verabschiedet, und schon war die Reise losgegangen.

Das Motorrad hatten sie bei der *Pequod* zurückgelassen. »Irgendjemand wird dafür Verwendung haben«, hatte Jake nur gesagt und die Maschine, die ihnen so treue Dienste geleistet hatte, ein letztes Mal berührt.

»Wollen wir hoffen, dass die Wendigo uns diesmal in Ruhe lassen«, hatte Queequeg geknurrt und war vorangegangen. Vorsichtig hatte er um Ecken gespäht, war an den Wegkreuzen stehen geblieben und hatte Witterung aufgenommen, hatte den Boden nach Spuren abgesucht und die Wände betrachtet, als könnten sie Zeugnis davon ablegen, wer hier vor Kurzem den Weg entlanggekommen war.

Scarlet und Jake war nichts anderes übriggeblieben, als ihm zu folgen.

Die meiste Zeit über hatten sie geschwiegen. Jeder hatte seinen eigenen Gedanken nachgehangen, und Jake Sawyer hatte grimmig und ernst gewirkt und ebenso wachsam, wie es der Tunnelstreicher stets war.

So waren sie gegangen und gegangen.

Bald schon hatten Scarlet die Füße wehgetan, und auch die Orientierung hatte sie recht schnell verloren. Es war hinab- und wieder hinaufgegangen, die Gänge hatten Haken geschlagen und sich andauernd in neue Richtungen gewunden.

Also hatte sie es aufgegeben.

Sie musste Queequeg vertrauen.

Einen anderen Weg gab es nicht.

Und dann, als sie Downtown Market längst verlassen hatten, waren Scarlet zum ersten Mal die vielen Zettel mit den gezeichneten Bildern und den Namen der vermissten Kinder aufgefallen. Überall hingen sie in den Tunneln, waren an den Wänden und den Laternen und den Gittern befestigt. Sie sahen alle gleich aus: da war ein Bild, eine grobkörnige Fotografie, eine mit Bleistift dahingehauchte Zeichnung, und dazu jeweils ein Name und die verzweifelte Bitte der Angehörigen, eine Nachricht zu schicken, falls man ihr Kind gesehen habe. Ein kurz gehaltener Text informierte über die Umstände und den Ort des Verschwindens. Die Hoffnung, die an jedem dieser Zettel haftete, war schmerzhaft spürbar, selbst im dämmrigen Halbdunkel der Gänge.

»Warum gehen wir nicht nach Liberty Island?« Scarlet stapfte inzwischen müde durch den Dreck am Rande eines Abwasserkanals. »Wenn dort die Lykopolis ist, dann lebt der Kojote vielleicht dort!«

Queequeg schaute sie an, als habe sie etwas durch und durch Dummes gesagt.

»War nur eine Frage«, sagte sie entnervt.

»Die Wölfe dort sind nicht sehr freundlich«, erklärte ihr der Tunnelstreicher, als sie die Kloake verließen und in einen Versorgungstunnel einschwenkten. »Man sollte sie nicht stören bei dem, was sie dort tun.«

»Und was tun sie?«

»Wölfische Dinge«, sagte Queequeg nur.

Scarlet ließ es dabei bewenden. Sie konnte sich vorstellen, was er meinte. Ob sie das wollte, wusste sie nicht.

»Warum fragen wir ausgerechnet die Spinnen?« Die Vorstellung, schon bald mit den Spinnentieren reden zu müssen, gefiel ihr ganz und gar nicht. Einmal abgesehen von der Tatsache, dass sie keine Ahnung hatte, wie man mit Spinnen reden konnte. Und wie Spinnen selbst zu reden vermochten.

»Die Spinnen und die Wölfe sind Geschwister, könnte man sagen.«

»Das verstehe ich nicht.«

Jake schaute nur von Queequeg zu ihr und wieder zurück.

»Kojote und Spinne sind beide die Kinder des Manitu«, erklärte Queequeg, »und wie alle Kinder des Weltenschöpfers, so haben sie einander oft geärgert und nicht selten hinters Licht geführt. Es gibt viele Geschichten, in denen sie sich an List und Tücke zu übertrumpfen versuchen und am Ende dann doch einander ebenbürtig sind. Ja, sie halten immer zusammen, wenn es knifflig wird. Wenn wir also erfahren wollen, wo wir den Kojoten antreffen, dann müssen wir die Spinnen befragen.« Seine Stiefelschnallen klimperten leise mit jedem Schritt. »Es gibt da eine Geschichte, die nicht oft erzählt wird.« Er drehte sich nicht um, wenn er redete, sondern schritt mit unverändert hohem Tempo weiter durch die Gänge, die Haken schlugen wie Tiere auf der Flucht. »Die Spinnen«, fuhr er fort, »lebten damals verstreut in den Wäldern und Wiesen der Welt. Sie spannten ihre Netze und lebten friedlich, bis der Träumer die Menschen erschuf. Die Menschen hassten die Spinnentiere. Sie waren voll des Ekels, wenn sie die Arachniden auch nur anschauen mussten. Dabei taten die Spinnen nichts Schlechtes. Im Gegenteil: Sie vertilgten, was sonst den Menschen zum Nachteil gereicht hätte. Sie fraßen die Wespenwesen, die gierigen Fliegen, die hungrigen Madenmotten, die in den heißen Sommernächten schlimme Krankheiten verbreiteten, und anderes kleines Getier. Doch die Menschen, die schon immer ein friedloses Gemüt hatten, töteten die Spinnen, wo immer sie ihrer habhaft werden konnten. Sie zerrissen ihnen die Netze und töteten den Nachwuchs. Sie duldeten es nicht, dass die Spinnen in den Häusern lebten. Es war ein Ausmerzen, das kein Ende fand.«

»Und die Spinnen?«, fragte Scarlet. »Haben sie sich denn nicht gewehrt?«

»Sie waren zu schwach, um den Menschen etwas entgegenzusetzen. Spinne, ihr Gott, konnte zwar die Gestalt eines Menschen annehmen, aber das war nur ihm selbst möglich. Seinen Kindern war diese Wandlung verwehrt geblieben. Und sosehr sich Spinne auch mühte, Frieden mit den Menschen zu schließen, es gelang ihm einfach nicht.«

»Was taten die Menschen?«

»Sie töteten die Spinnen, wie sie es immer getan hatten. Sie töteten sie ohne Sinn und Verstand. Manche Menschen aßen auch Spinnen, aber das war eher die Ausnahme.« Queequeg lugte in zwei Abwasserrohre hinein, die in den Tunnel ragten wie spitze Zähne. Er klopfte auf das rostige Metall, lauschte, nickte, ging weiter. »Dann, eines Tages, bat Bruder Spinne den Bruder Kojoten um Rat. Er fragte ihn, ob er, der Herr der Wüste und der Prärie, seinem Volk helfen könne. Der Kojote überlegte. Das dauerte nicht lange, denn er war ein listiger Geselle.«

Scarlet spürte, wie die Neugierde in ihr erwachte. Sie mochte diese alten Geschichten. Die Wahrheiten darin konnte man riechen wie den leichten Duft eines Gewürzes, der in der Luft schwebte. »Was hat er getan?«

»Der Kojote fing einen Hasen, häutete ihn, briet ihn am Feuer und bot ihn dem Träumer an. Und der Träumer, der kein schmackhaftes Mahl ausschlug, begab sich zur Erde hinab und gesellte sich zu dem Kojoten. Der Kojote schenkte dem Träumer würzigen Maiswein ein, denn er war ein guter Gastgeber, selbst an einem kleinen Feuer wie diesem. Der Träumer aß und trank, und der Kojote sah dem mächtigen Schöpfer ruhig beim Essen und Trinken zu, und dann, als sie gemütlich dasaßen und sich Geschichten erzählten und die Sterne betrachteten, als der Kojote den Wein in der Stimme des Träumers riechen und hören konnte, da lud der Kojote den Träumer zu einem Kartenspiel ein. So saßen die beiden am Feuer, der Kojote mischte die Karten und teilte aus, und sie verglichen die Blätter. Sie pokerten mit den Einsätzen, die Götter und ihre Kinder auf den Tisch legten, wenn die Nacht noch jung war. Der Kojote setzte sein Glück und seine List als Einsatz ein.«

»Ein Glücksspiel?«, fragte Jake erstaunt. »Ist das die Art, wie Götter miteinander umgehen?«

Queequeg lachte. »Mit Glück«, sagte er, »hatte das alles wenig zu tun.«

Scarlet ahnte es. »Der Kojote war listig.«

»Er benutzte Karten, die gezinkt waren. Und der Träumer, dessen Zunge und Geist vom Maiswein gelöst waren, ließ sich auf die Forderungen des Kojoten ein. Als seine Einsätze mehr und mehr schwanden, da luchste der Kojote dem Träumer das Versprechen ab, etwas für die Spinnen zu tun, sollte des Kojoten Blatt das höhere sein.«

»Und der Träumer willigte ein?«, fragte Jake.

»Der Kojote legte die perfekten Karten in den Sand.«

»Und der Träumer?«

»Hatte nichts in der Hand.« Queequeg duckte sich und schritt durch ein Loch in der Wand in einen Nachbartunnel, der schräg nach oben führte. »Der Träumer hatte verloren. Und der Kojote forderte nun, dass er den Spinnen ein einziges Bewusstsein schaffen sollte, einen allumfassenden Verstand, der auf viele Körper verteilt war, die dann doch zu einem einzigen Körper werden konnten.«

So etwas hatte es noch nie zuvor gegeben.

Nicht einmal die Bienen besaßen einen Verstand wie diesen, weder die Wespenwesen noch die Ameisen. Die Spinnen wären den Menschen nicht länger unterlegen, würden sie sich verändern können, und sie müssten sich nicht mehr fürchten.

»Was tat der Träumer?«

»Ihm blieb nichts anderes übrig, als sein Versprechen zu erfüllen. So gab er den Spinnen das Bewusstsein und verließ die Lagerstätte in der Prärie.« Queequeg sah Scarlet und Jake an. »Doch am nächsten Morgen, da erwachte der Träumer, und er ahnte, dass er hinters Licht geführt worden war. Noch immer schmeckte er den süßen Maiswein auf der Zunge. Und die Frechheit des Kojoten erzürnte ihn. Er war davon ausgegangen, dass der gebratene Hase ein Geschenk gewesen sei, eine Huldigung. Doch nun war klar, dass er einer Täuschung erlegen war.«

»Aber die Schuld daran traf ihn doch selbst«, bemerkte Scarlet. »Er hätte das Spiel durchschauen können.«

»Er war der Träumer. Der Schöpfer«, antwortete Queequeg nur.

»Er war sauer«, brachte es Jake auf den Punkt.

»Genau, das war er«, stimmte Queequeg zu. »Er hatte den Spinnentieren ein Bewusstsein gegeben, eines, das sie, wenn sie es alle wünschten, teilen konnten. So entstanden die Spinnenleute.«

Scarlet schaute auf. »Spinnenleute?«

»Sie werden sie gleich sehen. Sie sind beeindruckend, diese Arachniden. Sie sind klug. Ich habe schon früher mit ihnen in Verhandlungen gestanden.«

Scarlet fragte sich, was genau er damit meinte. »Und von diesem Tage an waren die Spinnen und die Kojoten enge Freunde?«

»Ja. Der Träumer hätte die Sache wohl trotzdem auf sich beruhen lassen, wären da nicht die Menschen gewesen.«

»Was ist passiert?«, fragte Jake.

Queequeg antwortete: »Die Menschen beschwerten sich beim Träumer. Sie fluchten, weil sie der Spinnen nicht mehr Herr wurden. Sie hielten dem Träumer vor, er habe sich hinters Licht führen lassen. Diese Anschuldigung konnte der Träumer nicht im Raum stehen lassen. Er hatte einen Ruf zu verlieren. Er musste zeigen, dass er nach wie vor die Macht über die Schöpfung besaß. Und so kam es, dass der Träumer dem Kojoten bei ihrer nächsten Begegnung, die nicht lange auf sich warten ließ, einen Krug mit süßem Wein anbot. Doch dieser Wein war vergiftet, und der grausame Tod des frechen Kojoten sollte als Mahnung dastehen an alle, die sich erdreisten würden, des Träumers zu spotten, indem sie ihn zu täuschen versuchten.«

»Aber?« Scarlet ahnte, dass die Geschichte nicht so enden würde.

»Aber«, fuhr Queequeg fort, »es kam alles ganz anders. Der Kojote trank das Gift, ja, und dann lag er in der Prärie und wand sich vor Schmerzen. Er wusste, dass der Träumer ihn bestrafen wollte. Er wusste, dass er zu weit gegangen war. Doch da eilten ihm die Spinnen zu Hilfe. Ihre kleinen Leiber wuselten durch das Fell des Kojoten, und Tausende und Abertausende von Mündern bissen sanft in des Kojoten Haut und tranken sein Blut. Sie sogen ihm das Gift aus dem Körper.« Queequeg hielt inne, spähte in die Finsternis der Tunnel, die vor ihnen lagen. »Seit diesem Tag gibt es giftige Spinnen. Es ist das Gift des Träumers, das ihnen durch die Adern strömt.« Queequeg meinte es wirklich ernst. »Deshalb sind die Giftspinnen die ehrbarsten unter den Arachniden. Sie gehörten zu denen, die mutig das Gift des Kojoten tranken.«

»Und der Kojote?«, hakte Scarlet nach.

»Der war ihnen bestimmt auf ewig dankbar dafür.« Jake schenkte Scarlet ein breites Grinsen. Die Listigkeit des Kojoten schien ihm zu gefallen.

»Der Träumer indes«, fuhr Queequeg unbeirrt fort, »war immer noch zornig. Er wollte den Spinnen das Geschenk, das er ihnen gemacht hatte, wegnehmen, doch mit dem Gift, das die Spinnen aus dem Kojoten getrunken hatten, war ihnen ein Teil der Magie des Träumers zugefallen. Sie gaben diese Magie weiter, von Generation zu Generation.«

»Und deswegen gibt es sie auch heute noch«, beendete Scarlet die Erzählung.

»Sie sagen es.«

»Eine schöne Geschichte«, sagte Jake, »aber hat sie sich auch wirklich so zugetragen?«

Queequeg zuckte die Achseln. »Ist das von Belang? Die Arachniden gibt es wirklich, wir werden ihnen schon bald gegenüberstehen. Viele alte Geschichten sind wahr, andere nicht. So ist es schon immer gewesen, so wird es immer sein.«

»Ja«, murmelte Jake nachdenklich.

»Und wo finden wir die Spinnen?«, fragte Scarlet.

Queequeg prüfte einen Durchgang, aus dem ein übel riechender Wind wehte. »Wo befindet sich das größte Spinnennetz der Stadt?«, stellte er versonnen die Gegenfrage, dann hockte er sich auf den Boden und ertastete unsichtbare Spuren, schnüffelte daran.

Scarlet zuckte die Achseln.

Queequeg sagte nur: »Die Brooklyn Bridge. Die Brücke der Sehnsüchte.«

Scarlet konnte sich an den Anblick der imposanten Brücke gut erinnern. Dass es dort Spinnen gab, war ihr nicht bekannt.

»Dort gibt es eine Kolonie«, erklärte ihr Queequeg. »Sie leben tief unten in den Fundamenten der Brückenpfeiler. In den heißen Monaten kommen sie nach oben und spannen ihre Netze zwischen den Drahtseilen der Hängebrücke. Eigentlich leben die Arachniden überall in der Stadt, doch ihre wirkliche Heimat befindet sich seit mehr als hundert Jahren tief in der Brooklyn Bridge. Sie haben geholfen, das große Netz zu spinnen, damals, als die Brücke erbaut wurde. In den Sommermonaten leben sie dort draußen, hoch oben in der Luft. Sie seilen sich an Fäden ab und schweben über dem East River, fangen die Fliegen mitten im Himmel, sind frei wie der Wind selbst. Doch wenn die Kälte über Gotham aufzieht, dann kehren sie in den Schutz der mächtigen Brückenpfeiler zurück.«

»Und dort besuchen wir sie.« Eigentlich war es gar keine Frage.

Queequeg nickte.

»Und Sie glauben, dass wir dort hineinspazieren können und sie uns den Aufenthaltsort des Kojoten verraten?« Jake wirkte skeptisch.

»Der Kojote ist eine schelmische Gottheit«, erklärte Queequeg. »Er ist dafür bekannt, dass er große Katastrophen herbeiführt. Er ist teils Mensch, teils Tier, je nachdem, welche Gestalt er annehmen möchte. Er ist ein Wandler, das war er schon immer. Er hat dem großen Schöpfer, dem Träumer, so lautet eine andere Geschichte, einst das Licht gestohlen und es dann den Menschen gebracht und zum Geschenk gemacht, nur um den Träumer erneut zu ärgern.« Queequeg konnte sich ein Lächeln nicht verkneifen. »Heute lebt er irgendwo in Gotham. Er ist immer auf Wanderschaft, allzeit rastlos. Er ist ein Betrüger, ein Schelm, jemand, der Monster tötet und sich dafür fürstlich bezahlen lässt. Man sagt, dass er vom Glücksspiel lebt. Und die Spinnen mögen ihn. Wir müssen ihnen klarmachen, dass wir dem Kojoten unter gar keinen Umständen ein Leid zufügen wollen. Ansonsten könnten wir Probleme bekommen.«

»Und Sie glauben, dass er uns zu Lady Solitaire führen kann, dieser Kojote?«

»Dass er es kann, zweifle ich nicht an, Miss Scarlet«, sagte Queequeg, »aber ob er es auch tun will, ist niemals sicher. Wir müssen uns vorsehen, er ist ein listenreiches Wesen.«

»Hm«, machte Scarlet nachdenklich.

»Hm«, machte auch Jake skeptisch.

Queequeg ging unbeeindruckt weiter. Alles, aber auch wirklich alles an ihm, jede Bewegung, jedes noch so stoische Mienenspiel, jede Tätowierung und jeder Atemzug, einfach alles an ihm schien aus tiefster Überzeugung zu verkünden, dass er genau wusste, was er da tat. Und da Jake und Scarlet keine Wahl hatten, folgten sie ihm auch weiterhin, stetig hinauf zur Subway, die durch die erdige Dunkelheit donnerte, und weiter und weiter darüber hinaus, immer nur weiter in Richtung der träumenden Stadt, die nie, niemals richtig schlief und sie mit eisiger Luft und Schneegestöber erwartete.

Sie verließen die Subway in der Chambers Street und sahen schon von dort aus die Silhouette der zu dieser frühen Abendstunde bereits hell erleuchteten Brooklyn Bridge. New York war wieder einmal zur Stadt des Lichts geworden.

Scarlet schlug den Kragen ihres Flickenmantels höher und war froh, den Untergrund verlassen zu können. Gierig atmete sie die frische Luft ein, und sofort breitete sich ein Lächeln auf ihrem Gesicht aus, das hier oben nicht mehr so hart und unnahbar wirkte wie eben noch, als sie in dem überfüllten Zug zwischen all den fremden Menschen eingepfercht gewesen waren.

»Wie fühlst du dich?« Jake ging neben ihr her, die Hände tief in den Taschen vergraben, die Mütze ins Gesicht gezogen.

Sie betrachtete die riesige Brücke, die hell erleuchtet den Fluss überspannte. »Glaubst du, dass wir Lady Solitaire finden werden?« Schneeflocken stöberten wie einsame Tänzer durch den Nachthimmel. Eigentlich wollte sie jetzt nicht reden.

Queequeg ging voraus, er war bereits in die nächste Straße eingebogen. Er war wachsam.

»Mit ein wenig Glück werden wir das«, sagte Jake. »Aber wir haben nicht die geringste Ahnung, was sie tun wird. Wir wissen nicht einmal, wer genau sie ist. Oder was du mit ihr zu tun hast.« Er blickte Scarlet besorgt an und fügte leise hinzu: »Wir wissen nicht, *was* sie ist.«

Scarlet blieb stehen. »Warum tust du das?«, fragte sie, weil sie genau an diese Frage gedacht hatte.

»Was meinst du?«

»Mir helfen. Du bringst dich doch nur in Gefahr. Dabei kennst du mich gar nicht.« Sie versuchte ein zögerliches Lächeln, das ihr misslang. »Vielleicht bin ich gar kein netter Mensch?« Sie wusste nicht, warum sie das gerade jetzt zur Sprache brachte. »Vielleicht gehöre ich zu den Bösen?« Alles war möglich, das war ja das Schlimme.

»Nein, das glaube ich nicht. Du gehörst nicht zu den Bösen.«

»Was macht dich da so sicher?«

»Du bist einfach nicht böse.«

»Bist du ein guter Menschenkenner?«

»Nein, eigentlich nicht. Aber ...«

»Aber was?«

Er schaute in den wolkenverhangenen Nachthimmel hinauf. Zu den Lichtern, die hinter all den Fenstern brannten.

»Scarlet«, sagte er schließlich. Sonst nichts.

»Das ist keine Antwort«, entgegnete sie.

»Scarlet«, wiederholte er ihren Namen. »Scarlet, Scarlet, Scarlet.« Er zog sich die Mütze ins Gesicht. »Doch«, sagte er, und ein beschwingtes Grinsen begleitete seine Worte. »Doch, das ist es. Das ist die Antwort. Scarlet.« Dann drehte er sich auf dem Absatz um. »Komm!« Und schon stapfte er durch den tiefen Schnee, der den Gehweg bedeckte. Dorthin, wo Queequeg auf sie wartete, am Fuße der Treppe, die zur Brooklyn Bridge hinaufführte.

Scarlet zögerte kurz.

Sie schaute Jake Sawyer hinterher, und ihr wurde bewusst, dass er einfach so in ihrem Leben aufgetaucht war. Eigentlich kannte sie ihn praktisch nicht, und Jake kannte sie seinerseits ebenso wenig. Trotzdem war er da. Sie fragte sich, was

das zu bedeuten hatte. *Ob* es etwas zu bedeuten hatte. Dann spürte sie das Amulett an ihrem Hals, und die Gewissheit, dass es da jemanden in ihrem Leben gegeben hatte, den sie einfach so vergessen hatte, ließ sie erneut verzweifeln. Erst vor wenigen Stunden noch hatte sie das Blut eines Menschen von ihren Händen gewaschen. Jetzt war sie hier und ...
Nein, sie sollte darüber nicht nachdenken.
Es war nicht gut.
Falsch.
Das war genau das, was es war. Es war falsch, nicht richtig.
Sie spürte, wie sie zu gehen begann. Es war, als gleite sie durch einen Traum, so unwirklich und doch ganz klar. Da war die Stadt mit ihren Geräuschen und den vielen Menschen. Drüben, auf der anderen Flussseite, war Brooklyn, ein Meer aus Lichtern.
»Da ist sie«, sagte Queequeg, als sie bei ihm ankam.
Die riesige Brücke, die vor ihr aufragte wie ein Monument aus uralter Zeit, verband *Manna-hata* mit Brooklyn. Für viele Menschen war sie das Tor zu einem Traum von einem besseren Leben gewesen. So viele Einwanderer hatten sie erblickt und erkannt, zu welchen Leistungen die Menschen fähig waren, wenn sie ihre Träume verwirklichen wollten. Die Sehnsuchtsbrücke, dort war sie. Dicke Tragseile aus Stahl hielten die Brücke zwischen den beiden Pylonen hoch in der Luft. Nahezu vierzehntausend Meilen Drahtseil waren kreuz und quer über den Fluss verspannt worden, gebündelt in vier gewaltigen Kabeln, die sich über die Pfeiler zogen und dann an beiden Enden in Ankerplatten befestigt waren, die wiederum in mehr als drei Stockwerke hohen Granitkammern versenkt worden waren.
»Jedes der vier Hauptseile«, erklärte Queequeg ihr, als sie

die Treppe zum Fußgängerweg der Brücke hinaufliefen, »besteht aus neunzehn Strängen, die sich aus zweihundertachtundsiebzig Stahldrähten zusammensetzen. Die Drähte sind nicht verdreht, sondern parallel verlegt, und sie werden von einer Eisenzwinge zusammengehalten.« Seine Worte im Wind klangen wie die eines Fremden von weither.

»Warum sagen Sie mir das alles?«, fragte Scarlet und schaute zu Jake, der mit in den Manteltaschen vergrabenen Händen dastand und den Anblick zu genießen schien.

»Weil wir dort hinaufsteigen werden.«

Scarlet war jetzt oben auf der Brücke angekommen.

Sie blieb stehen.

Sie spürte die Schneeflocken in ihrem Gesicht. Die Brücke vibrierte unter dem Verkehr, der mehr als fünf Meter unter ihren Füßen in beide Richtungen lief. Scarlet stand da, und ihr Blick folgte fassungslos den Seilen in die Höhe.

»Das ist nicht Ihr Ernst.«

»Doch, ist es.«

»Kann es nicht sein.«

»Doch, es kann.«

Sie schluckte. »Warum, in aller Welt, müssen wir dort hinauf, wenn dort im Winter keine Spinnen sind?«

Jake regte sich nicht. Er starrte nach oben, und sie hatte keine Ahnung, was gerade in seinem Kopf vor sich ging.

»Die Spinnen leben in der Winterzeit im Inneren der Brückenpfeiler«, sagte Queequeg, »das ist richtig. Aber der Eingang zu ihrer Kolonie, der befindet sich dort oben.«

Sie betrachtete die beiden Pylonen, neugotische Giganten, so gewaltig und mächtig wie die Titanen selbst. Wie mächtige Säulen ragten sie aus den eisigen grauen Fluten des East River heraus.

»Warum das?«

»Weil sie nur ungern Besuch bekommen.«

Jake murmelte: »Und die Zahl der Besucher reduziert sich extrem, wenn man den Eingang so wählt, dass er sich dort oben befindet.« Er klatschte in die Hände. »Es wird nicht besser, wenn wir hier stehen bleiben und nach oben schauen.«

Sie befanden sich auf der Brückenrampe. Die Drahtseile stiegen unaufhörlich in die Höhe.

Scarlet spürte, wie sich alles in ihr verkrampfte. »Wir müssen wirklich dort hinauf?«

Queequeg und Jake sahen einander an.

»Okay, dumme Frage«, murmelte Scarlet.

Der Tunnelstreicher stieg über die Absperrung, griff nach den Halterungen, die neben den dicken Drahtseilen entlangliefen. »Sie müssen sich gut festhalten«, sagte Queequeg und setzte seinen Stiefel auf das meterbreite Drahtseil.

»Das wäre mir nie und nimmer eingefallen«, schimpfte Scarlet laut. Sie musste schimpfen, denn das war das Einzige, was sie ihre Angst in den Griff bekommen ließ. Dann schwang sie sich auf das Drahtseil und folgte Queequeg in die Höhe.

Der Tunnelstreicher betrat als Erster das Hauptseil. Es war breit genug, um bequem darauf gehen zu können. Wäre es ebenerdig verlaufen und in geringer Höhe, Scarlet hätte nicht einen einzigen Gedanken daran verschwendet, ob sie es tun sollte. Doch die Stahlseile liefen steil ansteigend in die Höhe. Weit, weit vor sich erkannte Scarlet den ersten Brückenpfeiler. Sie fragte sich, wie hoch der Pfeiler war.

»Ich bin dicht hinter dir«, sagte Jake.

Scarlet drehte den Kopf zur Seite. »Wenn ich stürze, dann reiße ich dich mit in den Tod.«

Tolle Aussicht.

Sie war wütend. Sie hasste sich dafür, diesem Tunnelstreicher zu folgen. Sie würde sich ihre Angst nicht anmerken lassen. Jedenfalls würde sie sich alle Mühe geben.

Aber sie *hatte* Angst.

O ja, und das nicht wenig.

Sie mochte keine Höhen. Das spürte sie jetzt ganz deutlich. Die Stahlseile waren rutschig und vereist. Hände und Gesicht begannen ihr vor klirrender Kälte zu brennen. Ein scharfer Wind wehte, und zwar umso stärker, je weiter sie die Brücke erklommen. Tief unter ihnen erkannte sie Schiffe auf dem East River. Die Hochhäuser *Manna-hatas* funkelten in der Dunkelheit.

»Ich muss total verrückt sein, dass ich mich auf das alles einlasse«, schimpfte sie und achtete dennoch darauf, nicht abzurutschen. »Völlig bescheuert, verdammt noch mal.«

»Du machst das gut«, hörte sie Jake hinter sich sagen.

Oh, das hatte ihr gerade noch gefehlt. Ein wohlgemeintes Kompliment. »Du könntest die Klappe halten«, rief sie in den heulenden Wind hinein.

Jake lachte, war aber so dicht bei ihr, dass er sie hätte packen können, wenn sie abgerutscht wäre.

Dennoch ärgerte sie seine Bemerkung.

Was bildete er sich ein? Sie hatte zwar ihre Erinnerung verloren, aber sie war nicht dämlich.

Sie beschloss, einfach weiterzugehen.

Sich zu konzentrieren.

Mit pochendem Herzen starrte sie auf ihre Stiefelspitzen, tat langsam einen Schritt nach dem anderen, immer und immer weiter.

Queequeg bewegte sich einige Meter vor ihr sehr schnell

und geschmeidig das Drahtseil hinauf. Nur ab und zu warf er einen Blick zurück. Offenbar schien wenigstens er darauf zu vertrauen, dass sie den Aufstieg schaffte.

Sie ging und ging.

Sehr viel langsamer konnte die Zeit da unten in der uralten Metropole auch nicht verstreichen.

Vor sich erkannte sie in dem Gestöber aus dicken Schneeflocken den ersten Pylon. Wie ein rettendes Eiland ragte er aus der Nacht auf. Scarlet verzog das Gesicht, weil ihre Hände schmerzten. Die frostigen Winde kratzten ihr boshaft an der Haut, so dass sie das Gefühl hatte, als würde sie reißen. Trotzdem schaffte sie es, sich an den Halteseilen vorzutasten. Schritt für Schritt gelang ihr der Aufstieg, und endlich, nach einer Ewigkeit, die sie Jahre ihres Lebens gekostet zu haben schien, erreichte sie den ersten Brückenpfeiler.

Queequeg erwartete sie bereits. Er streckte die Hand aus und zog sie auf die Plattform.

Scarlet atmete durch. Ihr Herz raste.

Sie hatte es tatsächlich geschafft.

Dies war der höchste Punkt der Brooklyn Bridge. Sie schaute zu dem anderen Brückenpfeiler. Ein Netzwerk aus Stahlseilen umspannte die Nacht über dem East River, erleuchtet von eingeflochtenen Lampen. Sie erkannte die Spinnennetze, die dazwischen im Wind vibrierten. Glitzernde, funkelnde Schneeflocken hatten sich in ihnen verfangen. Spinnen sah sie keine.

»Geschafft!« Jake war bei ihr.

Sie schaute ihn wütend an.

Er grinste frech zurück, schob sich die Mütze zurecht, hauchte sich in die Hände.

Queequeg machte sich an etwas am Boden zu schaffen.

Scarlet stand neben Jake auf der Plattform.
Beide schwiegen sie.
Vor ihnen breitete sich Gotham in seiner ganzen Pracht aus. Die Spitze der Insel mit den Wolkenkratzern, gesprenkelt mit kleinen Lichtern.
Der Wind heulte hier oben und war so eisig, wie man es sich unten nicht vorzustellen vermochte.
»Wie fühlst du dich?«, fragte Jake.
Scarlet atmete die kalte Luft ein. »Frei!« Sie musste lächeln, so gut tat es, hier oben zu stehen. Die ganze Weite der Welt breitete sich vor ihr aus. New York reichte wirklich bis zum Horizont.
»Es soll Menschen geben«, sagte Jake, »die in ihrem ganzen Leben niemals das Ende der Stadt gesehen haben.«
Scarlet schwieg. »Es ist wunderschön.«
Tief unter ihnen rollte der Verkehr über die Brücke. Sechs Fahrspuren, Autos wie kleine Leiber, wuselnd und blinkend und hupend. Alles dort unten wirkte so unbedeutend, so winzig.
Scarlet war es, als könne sie die Wolken mit den Fingerspitzen berühren, wenn sie sie nur danach ausstreckte. Sie schloss die Augen und lauschte dem Wind und den fernen Geräuschen der großen Stadt, in der sie gestrandet war.
Etwas begann an ihrem Haar zu ziehen, erst zögerlich, dann mit einem Mal heftig.
Eine Windböe fegte über den Brückenpfeiler und erfasste Scarlet. Sie spürte, wie der Wind an ihrem Flickenmantel zerrte. Sie strauchelte, wankte. Riss die Augen auf. Der Abgrund kam auf sie zu, und für einen kurzen Moment dachte sie, dass dies alles in ihrem Leben gewesen sein könnte. Sie würde stürzen und fallen, o ja, so weit in die Tiefe fallen, dass

alles, aber auch wirklich alles, was ihr etwas bedeutet hatte, unwichtig werden würde. Sie würde fallen, und dann wäre ihre eigene Geschichte beendet. Sie würde davon berichten, wie sie gestorben war. Da niemand wusste, wer sie war, würde niemand um sie trauern. In die eisigen Fluten würde sie eintauchen, und Meerwesen würden sie ins Licht geleiten oder sonstwohin. Es wäre vorbei, zu Ende.

Doch sie fiel nicht.

Jake war bei ihr.

Er hielt sie fest.

Seine Arme umfassten ihren Körper, und sie konnte seinen Atem auf ihrem Haar spüren.

»Dort unten tanzen in den heißen Sommernächten die Nixen in den Fluten des East River, aber jetzt ist niemand da.« Das war alles, was er sagte. Sanft zog er sie in die Mitte des Pfeilers zurück. Keine einzige Sekunde lang ließ er sie los.

»Ich hatte nicht die Absicht, ihnen Gesellschaft zu leisten«, antwortete Scarlet erschrocken und schnappte nach Luft.

Jake löste die Umarmung nur langsam.

»Danke«, hauchte Scarlet.

Er nickte ihr zu. Lächelte leise. »Das sagst du oft.« Er sah verwegen aus, ein wenig hilflos, aber stark und als wäre er genau da, wo er gerade sein wollte.

Einen Moment lang stand sie regungslos da. Pechschwarzes Haar fiel ihr ins Gesicht. »Wenn man glücklich ist, dann ist man sich dessen so selten bewusst«, flüsterte sie. »Doch wenn die Zeit vergeht, dann spürt man, was einem das Glück einst war.« Sie sah Jake jetzt in die Augen, sah sich selbst darin, irgendwo in der Tiefe, die ihr fremd war. »Alles ist doch nur ein Moment«, seufzte sie, »ein Moment, der vergeht und einen allein im kalten Wind zurücklässt.«

Jake zog sie zu sich, umarmte sie.
Hielt sie fest.
Scarlet ließ es geschehen, schloss die Augen, fragte sich, wo dieser Moment so plötzlich aufgetaucht war.
»Das hier«, flüsterte Jake ihr sanft ins Ohr, »das hat nichts zu bedeuten, weißt du?!«
Sie nickte schnell und vergrub ihr Gesicht an seiner Brust.
»Ja, ich weiß, das hat es nicht.« Sie klammerte sich an ihn, einfach so, weil der Moment da war und sie mittendrin.
Eine Weile standen sie still da.
Der Wind wehte an ihnen vorbei, und dann war der Moment vorüber, bevor er begonnen hatte. Später einmal würden sie sich an ihn erinnern wie an einen viel zu kurzen Augenblick, der ihnen zufällig zugeweht war wie ein flüchtiger Hauch von vertrautem Zögern und zögerlicher Vertrautheit zwischen verwirrten Herzen, die am unteren Ende des grauen Winterfirmaments standen.
»Wir sind noch immer hier«, sagte Jake.
»Ganz oben.«
»Der beste Platz auf der ganzen Welt.«
Scarlet musste lachen. Dann wurde sie nachdenklich. »So viele Sterne, und doch ist es dunkel.«
Sie lösten die Umarmung, als sei sie etwas Falsches gewesen. Standen da und sahen einander an.
»Kommt schon!«, rief Queequeg. »Es ist kalt hier oben.«
Jake drehte sich von Scarlet fort, ging schnell zu Queequeg hinüber. Und als Scarlet ihm folgte, da sah sie, was die beiden dort betrachteten.
Es war eine Luke, die in den Boden eingelassen war. Sie war verschlossen. Eine Falltür befand sich dort. Queequeg hatte den Schnee entfernt, und doch sah sie weiß aus.

Da erkannte Scarlet, dass es keine Falltür aus Stahl war, sondern ein feines Gebilde aus vielen Spinnennetzen, kunstvoll verwoben von Abertausenden winziger Tiere, die irgendwo in dem mächtigen Bauwerk, auf dem sie gerade standen, lebten. Queequeg berührte es, indem er die flache Hand daraufflegte und klickende und klackende Laute mit dem Mund formte. Es klang befremdlich, als trete jemand auf Popcorn.

Das Klicken und Klacken wurde erwidert, von Abertausenden von Stimmen, filigran und zart, wie es schien.

Der Tunnelstreicher ließ die wuselnden Geräusche, die aus dem Inneren des Pfeilers nach draußen drangen, den Wind berühren. Erst dann durchstieß er das Netzwerk, schob die Netze beiseite und öffnete den Zugang zu der verborgenen Kolonie der Arachniden im Inneren der Brooklyn Bridge.

»Willkommen«, sagte er, »in der Kolonie der Spinnen von Gotham.«

Schnell wie ein Schatten verschwand er in der Dunkelheit, und Scarlet und Jake blieb gar nichts anderes übrig, als ihm zu folgen.

KAPITEL 12

DIE SPINNEN VON GOTHAM

Drinnen befand sich ein Treppenhaus, das in die Tiefe führte. Die Finsternis ließ einen großen Raum erahnen. Die Schritte hallten von den Wänden wider, als befänden sie sich in einer Kirche.

»Es geht abwärts«, murmelte Scarlet. Ihr war nicht besonders wohl bei dem Gedanken an das, was sie gerade vorhatten. Etwas Weiches schwebte in der Luft und benetzte ihr Gesicht.

Sie erschrak und schüttelte sich.

Fäden!

Ja, das musste es sein.

Feine Fäden!

»Spinnenfäden«, hörte sie Jake sagen. Er ging dicht vor ihr her und wischte sich die Spinnenfäden aus dem Gesicht. Überall waren sie, winzige klebrige Teile von Netzen. Sie schwebten wie unendlich feine Fäden durch die Nacht, die in dem Pylon zu Hause war.

Der Brückenpfeiler, das begann Scarlet jetzt langsam zu erkennen, war wie eine Kathedrale, ein Raum, so riesig, dass er von außen fast schon kleiner wirkte. Es roch von tief, tief unten nach den Fluten des East River, modrig und nach Fäule, eisig und grau. Scarlet musste unwillkürlich an den Keller eines alten Schlosses denken. Sie war sich sicher, dass sie noch nie in einem Schlosskeller gewesen war, aber das, was sie roch, erinnerte sie an die Keller in alten Filmen, vor denen sie sich als Kind gefürchtet hatte. Schwarz-weiße Geschichten mit Bela Lugosi, Boris Karloff und Lon Chaney Junior. Wo sie diese Filme gesehen hatte, konnte sie nicht sagen. Aber sie war sich sicher, *dass* sie sie gesehen hatte. Und dass sie sich vor den dunklen Gemäuern gefürchtet hatte.

»Wir sollten wirklich vorsichtiger sein«, murmelte sie.

Jake flüsterte nur: »Er weiß, was er tut.« Besorgt wirkte er dennoch.

»Na, hoffentlich.«

Es war ein fest gemauerter Hohlraum, in den Queequeg sie führte. Es gab keine Fenster und nur Treppen aus festem Stein, die wie eine Spirale in einer Halle aus Nacht und schwebenden Fäden stand. Es war ein fast siebenundachtzig Meter hohes Monument, das mitten in den eisigen Fluten des schmutzigen East River stand, ein Weltwunder, das Hunderte von Männern dort unten verankert hatten, im Morast und Schlick des Flussbettes. Und wenn es eine Falle war, dann würde der einzige Weg, der sie hinausführte, der Weg sein, auf dem sie jetzt herkamen.

Sie seufzte, rieb sich die Augen.

Nein, Scarlet hatte kein gutes Gefühl bei der Sache.

Es wurde stärker und stärker, je tiefer sie sich alle in den Brückenpfeiler vorwagten.

An den Wänden, auch das erkannte Scarlet jetzt, befanden sich Zeichnungen, die Kunde taten von der Geschichte dieser Brücke. Man erkannte Senkkästen, die wie flache

Schiffe aussahen, gewaltig und so groß wie das Fundament der neugotischen Brückentürme. Da waren Bilder von der Eröffnung der Brücke am 24. Mai 1883. Drängelnde Menschenmassen, die sich zum ersten Mal auf die Brücke trauten und von *Manna-hata* hinüber nach Brooklyn spazierten. Oldtimer, die über die Straße unter den Fußwegen fuhren, elegante Damen mit Schirmen und feine Herren mit hohen Hüten und Gehstöcken.

Dann veränderten sich die Darstellungen.

Je tiefer sie hinabstiegen, desto andersartiger wurden die Bilder. Da waren jetzt kleine Netze zwischen den Drahtseilkonstruktionen gespannt. Spinnen krabbelten im Licht der Sonne auf den Netzen herum.

Die Brooklyn Bridge sah auf diesen Bildern wie ein einziges riesiges Spinnennetz aus. Ein Spinnennetz, hinter dem sich die prächtige Skyline *Manna-hatas* erhob und im gleißenden Sonnenlicht glänzte.

Dass die Spinnen den Menschen beim Errichten der Brücke geholfen hatten, stand außer Frage.

»Sie sind da«, flüsterte Queequeg weiter unten.

Scarlet schaute auf.

Ja, sie spürte es.

Dann *sah* sie es.

Sie sah es, weil es Lichter gab. Lichter, die lebendig waren. Schemenhafte Wesen schwebten zwischen den Spinnenfäden in den Gängen des Treppenhauses umher, und eine sanfte, stille Leuchtkraft ging von ihnen allen aus. Ob diese glimmenden Schemen in der Finsternis tot oder lebendig waren, das vermochte Scarlet nicht zu sagen.

»Was, in aller Welt, ist das?«, fragte sie.

Erst jetzt, als die Geisterlichter in Scharen durch die Dunkelheit schwebten, fiel Scarlet auf, dass es hier unten keine Lampen gab, nicht eine einzige. Dennoch konnte sie Konturen erkennen, je tiefer sie sich in den Brückenpfeiler vorwagte. Es flackerte überall.

Die Geisterlichter summten.

Ja, sie sangen leise Melodien.

Lieder, die Scarlet nicht kannte.

»Damals, als die Brücke erbaut wurde, sind viele Arbeiter hier unten gestorben«, erklärte Jake ihr leise. »Sie mussten das Felsgestein im Flussbett zertrümmern und den Schlamm aus den Senkgruben pumpen und die Fundamente befestigen. Es gab häufig Unfälle.« In seinen Augen glitzerte es wie Morgentau, und Scarlet fragte sich, ob er gerade an seinen Vater dachte. Wieder einmal fiel ihr auf, wie wenig sie doch über Jake Sawyer wusste.

Sie dachte kurz an den Moment, den sie eben erlebt hatte, hoch oben auf dem Plateau des Pylonen, im eisigen Wind. Doch dann, viel zu schnell, verwarf sie den Gedanken. Nein, sie wollte jetzt nicht daran denken. Es gab anderes, was wichtiger war.

Also betrachtete sie die Bilder.

Und versuchte, sich den Tag des großen Triumphes vorzustellen.

New York in Aufruhr, weil ein neues Wunderwerk erschaffen worden war. Abertausende von Menschen, die von überallher an diesen Ort strömten und die sich alle rund um das neue Bauwerk versammelten. Manche trauten sich nicht, es zu betreten. Zu gewaltig erschien ihnen die Brücke. Nie zuvor hatten sie etwas Derartiges erblickt.

»Das sind die Geister derjenigen, die gestorben sind«, flüsterte Jake. »Sie sind jetzt Geisterlichter.«

Und Queequeg, der stehen geblieben war, um sich umzuschauen, erklärte ihr: »Viele der Arbeiter, die beim Bau gestorben sind, wurden hier unten belassen. Sie versanken im Schlamm des Flusses, ertranken, wurden von Geröll und Schutt begraben, erstickten im Vakuum. Ihre armen Gebeine ruhen noch immer tief in den Fundamenten der Brückenpfeiler, weil sie niemand dort herausgeschafft hat. Und solange sie dort ruhen, ist es ihren Geistern nicht gestattet, über die Erde zu wandeln.«

Scarlet starrte die hellen Schemen an.

Das also steckte hinter den Geisterlichtern.

Verlorene Seelen.

Sie fühlte Mitleid, Trauer, Bedauern. Einst waren diese flimmernden Dinger richtige Menschen gewesen, kräftige Arbeiter, die der Stadt zwischen den Flüssen ein vollkommen neues Gesicht geschenkt hatten. Ein modernes Gesicht und einen Weg über die Fluten und Sehnsucht in den Herzen all jener, für die sich ein neues Tor zu einer neuen Zukunft aufgetan hatte.

Die leuchtenden Schemenwesen besaßen keine Form, nur leicht angedeutete menschliche Konturen, die wie die Körper aussahen, die sie einst besessen hatten, damals. Sie schwebten durch die Nacht, und ein Glimmen ging von ihnen aus, das zackige Schatten auf den Wänden tanzen ließ.

Im Schein dieser Geisterlichter erkannte Scarlet ein gewaltiges Spinnennetz, eines, das sie frösteln ließ.

Sie bemerkte, wie sie Jakes Nähe suchte.

Instinktiv.

»Das Netz ist gewaltig«, murmelte Jake fasziniert.

Scarlets Kehle war zu trocken, um etwas zu erwidern.

Niemals hätte sie erwartet, eines Tages ein derart großes

Spinnennetz zu sehen. Doch nein, es war nicht nur ein einziges Spinnennetz. Es sah bloß so aus. Ähnlich einer großen Stadt waren hier Tausende und Abertausende von einzelnen kleinen und großen Spinnennetzen miteinander verbunden. Sie formten Wege und Pfade, ergänzten und überlagerten sich. Kokons waren überall in die Netze verwebt. Sie pulsierten, atmeten. Skelette von Menschen und Tieren baumelten in den Netzen. Wenn ein Luftzug sie berührte, dann streckten sie sich, als sei noch immer Leben in ihnen. Über die Netze krabbelten Millionen von kleinen Leibern, die jetzt, da sie die Neuankömmlinge bemerkten, alle in Bewegung gerieten und sich abseilten.

»Wir müssen ruhig bleiben«, riet ihnen Queequeg. »Und freundlich sein.«

Scarlet war wie erstarrt. »Toller Vorschlag.« Sie konnte den Blick nicht von den menschlichen Skeletten lösen. »Den Ratschlag hätten unsere Vorgänger auch berücksichtigen sollen.« Waren dies etwa Wanderer gewesen wie sie selbst, die mit einem Anliegen hierhergekommen waren? Oder hatten sie sich nur verirrt?

»Die Arachniden sind höflich, wenn man sie nicht reizt.« Queequeg senkte den Kopf und wartete.

»Was tut er da?«, presste Scarlet zwischen den Zähnen hervor.

»Er ist höflich«, murmelte Jake zurück.

Beiden war es nicht gerade wohl zumute.

»Du kennst Queequeg hoffentlich gut«, flüsterte sie.

»Wir können ihm vertrauen, keine Sorge.«

Sie hoffte, dass er recht hatte.

»Ich habe aber Angst«, sagte sie leise.

»Lass es dir nur nicht anmerken«, erwiderte er.

»Sonst?«

Jake zuckte die Achseln.

Über die Fäden kamen Spinnen gekrabbelt. Sie bewegten sich unglaublich schnell auf ihren acht Beinen.

Es waren viele, ach, so viele.

»Bleib einfach ruhig.« Er ergriff ihre Hand. »Ich habe auch Angst.«

»Sie sind so zahlreich.« Scarlet trat dicht neben ihn. »Und sie sehen nicht gerade freundlich aus.«

»Ich weiß«, war alles, was er entgegnete.

Schon waren die Spinnen näher heran.

Sie waren ungeheuer flink. Manche schwebten wie kleine schwarze Sterne mitten in dem bodenlosen Nichts aus Nacht. Sie kamen auf Scarlet, Jake und Queequeg zu, ein Meer aus Leibern, das an mehreren Stellen zusammenfloss.

Da waren dürre Weberknechte und fette Kellerspinnen mit pechschwarzen Körpern, behaarte Wolfsspinnen und Schwarze Witwen, fast blinde Spinnen, die durchsichtig wirkten, nass glänzende Wasserspinnen und mit spitzen Stacheln bewehrte Sarazenenspinnen, riesenhafte Kamelspinnen und sogar einige Spezies, die man nur selten in diesen Breiten zu Gesicht bekam.

Sie krabbelten emsig übereinander, plumpsten auf die Treppenstufen und begannen sich zu Klumpen zu formen. Mehr und mehr wuchsen diese Klumpen nach oben.

Scarlet musste an die alte Geschichte von der Spinne, dem Träumer und dem Kojoten denken. »Sie formen einen Körper«, entfuhr es ihr.

»Das sind die Spinnenleute«, antwortete Queequeg nur. »Ihretwegen sind wir hier.«

Es ging schnell, unfassbar schnell.

Binnen weniger Augenblicke flossen all die kleinen Spinnen zu zwei Körpern zusammen, die jeder für sich genommen größer als Queequeg waren. Sie besaßen Arme und Beine, einen Kopf, einen Hals. Alles war fortwährend in Bewegung. Es waren Hunderte kleiner Spinnen, die mit ihren Leibern die Körper bildeten. Sie regten sich, krabbelten übereinander, hielten einander fest, agierten gemeinsam wie ein einziges Wesen. Sie imitierten ein Gesicht, Augen, Mund und Nase, Kinn und Wangen. Nur war eben alles wirklich ständig in Bewegung.

Hunderte von Mandibeln bewegten sich gleichzeitig. Sie machten Geräusche, die dem Klicken und Klacken des Tunnelstreichers von vorhin sehr nahe kamen.

»Wir grüßen Euch«, sagte Queequeg und verneigte sich.

Er bedeutete Jake und Scarlet, das Gleiche zu tun. Beide verloren keine Zeit, seiner Bitte nachzukommen.

»Was führt Euch her, Streicher?«, knackte es aus den vielen Mündern wie Feuer. Die Laute aus den Kiefern wurden tatsächlich zu richtigen Worten. Der erste Spinnenmann trat näher an Queequeg heran, und sein wuselndes Gesicht nahm ständig neue Ausdrücke an, die losgelöst waren von dem, was er sagte. »Warum kommt Ihr zu uns in die Kolonie, obwohl Ihr doch genau wisst, dass wir immerzu hungrig sind?«

Scarlet warf Jake einen nervösen Blick zu.

Hungrig?

Das hörte sich nicht gut an.

Jake sah so aus, als denke er genau das Gleiche.

»Wir erbitten Eure Hilfe«, sagte Queequeg.

»Warum sollten wir Euch helfen?«

»Man sagt, dass Ihr krank seid«, behauptete der Tunnelstreicher.

Scarlet und Jake sahen einander an. Davon hatte er nichts erwähnt.

»Wie habt Ihr davon erfahren?«, wollte der Spinnenmann wissen. Dicke Kreuzspinnen fielen ihm aus den Augenhöhlen, seilten sich ab, baumelten kurz am Kinn und wurden dann ein Teil der Wangen.

»Ich bin ein Tunnelstreicher«, antwortete Queequeg. »Ich streiche durch die uralte Metropole und lausche dem, was geredet wird.«

Die beiden Spinnenwesen kamen näher.

Sie wuchsen noch immer, waren riesengroß.

»Dann sagt«, fauchte der eine, »was man sich so erzählt, Tunnelstreicher!«

Queequeg sah in das zerfließende und neu entstehende Gesicht aus winzigen schwarzen Leibern.

»Man sagt, dass es Euch nicht gut geht.«

Scarlet erkannte, dass die große Gestalt leicht vibrierte. Es sah aus, als würde sie erzittern.

Queequeg fuhr fort: »Man sagt, dass die Spinnen krank sind.« Er erwähnte einige seiner Quellen.

»Und Ihr seid gekommen, um uns zu helfen?«

»Ja.«

»Ihr könnt uns nicht helfen.«

»Wir können es versuchen.«

»Ihr seid Menschen.«

»Wir folgen einer Spur.«

»Ihr könnt uns nähren, wir sind so durstig«, sagte der zweite Spinnenmann, und der Mund in seinem Gesicht wurde groß und breit und reichte von einem Ohr bis zum anderen.

Scarlet fragte sich insgeheim, ob er ein Grinsen imitieren wollte oder ob es sich um eine Drohgebärde handelte. Dann rief sie sich die Überreste von Menschen und Tieren ins Gedächtnis zurück, die überall in den hohen Netzen steckten, und mit einem Mal war ihr ganz elend zumute.

»Wenn Ihr uns jetzt tötet«, sagte Queequeg schnell, »dann werdet Ihr nicht erfahren, warum wir hier sind.«

Die Spinnenleute schwiegen.

Sie traten aufeinander zu und berührten sich mit den Händen und tauschten Spinnen. Es sah aus, als flössen die beiden Leiber zusammen, als würden Finger eins, um sich kurz darauf wieder zu lösen.

»Man sagt, dass Ihr krank seid.«

Der Spinnenmann schwieg einen Augenblick lang, dann sagte er mit leisen Klackgeräuschen: »Die Spinnen schlafen nicht mehr.«

»Was heißt das?«

»Die Spinnen schlafen nicht mehr. Sie müssen wach bleiben.«

Scarlet wunderte sich, dass Spinnen überhaupt jemals schliefen in ihrem Leben. Bisher war sie eigentlich immer davon ausgegangen, dass Spinnentiere niemals schliefen, sondern sich nur ausruhten, wenn sie regungslos dasaßen und mit ihren Augen wachsam ihr Umfeld betrachteten.

»*Warum* schlafen die Spinnen nicht mehr?«, fragte Queequeg.

»Diejenigen von uns, die schlafen«, antwortete der Spinnenmann mit einem Schnalzen in der rauen Stimme, »erstarren zu Eis. Nicht einmal mehr ihre Panzer bleiben uns erhalten, alles verschwindet. Sie werden zu Wasser und tropfen hinab in die Tiefe und werden eins mit dem großen Fluss.«

Queequeg nickte nur. »Und Ihr glaubt, dass Ihr überlebt, wenn Ihr wach bleibt.«

»Das Übel, für das wir keinen Namen haben«, erklärte der Spinnenmann mit leiser Stimme, »schleicht sich an uns heran, wenn wir träumen. Ich sehe Euch die Verwirrung an, Streicher.« Die Spinnen in seinem Gesicht formten ernsthafte Züge. »Ja, wir haben die Fähigkeit zu träumen schon vor langer Zeit geschenkt bekommen. Ihr kennt doch die Geschichte von Bruder Spinne und Bruder Kojote.« Es war keine Frage. »Wer ein Bewusstsein hat, der vermag auch zu träumen, es ist eigentlich ganz einfach. Wenn wir in dieser Gestalt leben, wenn aus vielen einer wird, dann können wir träumen. Wir haben es immer schon getan, weil es etwas war, was uns gefallen hat. Träume haben unsere Welt größer gemacht. So haben wir all das hier erschaffen können. Master John A. Roebling, der diese Brücke entworfen hat, damals, vor all den vielen, vielen Jahren, hat uns um Hilfe gebeten. Wir flossen zusammen und dachten alle nur einen einzigen Gedanken. Wir träumten einen gemeinsamen Traum und erblickten das größte Spinnennetz, das die Welt je gesehen hatte. Ja, wir konnten neue Welten erschaffen, Welten, die uns sonst verschlossen geblieben wären.« Die kleinen Münder machten ein wehmütiges Seufzen nach. »Doch jetzt richten sich die Träume gegen uns.«

Der andere Spinnenmann, der bisher geschwiegen hatte, fuhr fort: »Wir können nichts dagegen tun. Wir bleiben also wach, sobald wir menschliche Gestalt angenommen haben, und dadurch werden wir dann schwach.«

»Aber Ihr könnt doch schlafen, wenn Ihr nur Spinnen seid«, schlug Scarlet vor.

Der Spinnenmann betrachtete sie neugierig. »Wer einmal in seinem Leben geträumt hat, der will dies wieder und wieder tun. Es ist wie Opium, wie all die Substanzen, die Menschen benutzen, um ihr Bewusstsein zu erweitern. Wir können nicht auf die Träume verzichten. Zu lange haben wir in ihnen gelebt, Tag für Tag, Zeitalter um Zeitalter.«

»Ihr meint, Ihr seid süchtig danach?«

Der Spinnenmann nickte, und viele Spinnentiere fielen ihm aus dem Körper, sammelten sich wuselnd am Boden und wurden erneut Teil seiner Gliedmaßen. »Ja, das sind wir.«

»Doch jetzt«, betonte der andere Spinnenmann, »können wir nicht mehr träumen.«

»Denn wenn wir es tun, dann sterben wir.«

»Aber wenn wir es nicht tun, dann leben wir nicht.«

Scarlet und Jake wechselten Blicke.

Die Spinnenleute waren in einem Dilemma gefangen. Konnte das der Preis sein, den ihnen die göttliche Gabe abverlangte?

Diejenigen von uns, die schlafen, erstarren zu Eis. Nichts von ihnen bleibt. Alles verschwindet.

Es war wie bei den Eistoten. Sie wurden zu Eis, tauten auf, zerflossen zu nichts.

Konnte das etwa die Lösung sein? War Master Van Winkle gestorben, weil er in einem bösen Traum gefangen gewesen war? Weil sein Traum ihm etwas angetan hatte? Lebten Dreamings in den Träumen? Hatte er deswegen das Amulett mit den Pflanzen besessen? Weil es ihn vor ihnen hatte schützen sollen?

Fragen über Fragen. Und immer noch keine richtigen Antworten. Denn selbst wenn dies der Grund für seinen Tod war – warum hatte es ausgerechnet ihn getroffen?

»Ihr seht es jetzt, Streicher. Das ist das Leid, das uns befallen hat«, beendete der Spinnenmann seine Rede.

»Und Ihr, Tunnelstreicher, habt ein Mittel dagegen?«, wollte jetzt der zweite Spinnenmann wissen.

»Nein.« Queequeg schüttelte das Haupt. Er stand aufrecht und sah den Arachniden an.

Die Spinnenwesen schwiegen.

Dachten nach.

Lauerten.

Scarlet hatte kein gutes Gefühl bei der Sache, nein, ganz und gar nicht. Die Spinnen in den Gestalten wuselten immer aufgeregter hin und her. Es sah aus, als hielten sie Zwiesprache miteinander.

»Wenn Ihr uns nicht helfen könnt«, sagte schließlich der erste Spinnenmann.

»Dann seid Ihr nutzlos«, ergänzte der zweite Spinnenmann.

Beide näherten sich dem Tunnelstreicher bedrohlich.

»Haltet ein!« Queequeg hob die Hand. »Wir suchen nach den Drahtziehern. Wir suchen nach denen, die nicht nur Wesen wie Euch zu Eis erstarren lassen. Es passiert überall in der Stadt. Die Menschen sind ebenfalls betroffen. Es gibt Berichte, die von Dreamings künden.«

»Dreamings?«, fauchte der Spinnenmann, der Queequeg am nächsten war.

»Traumwesen, die tödlich sind«, antwortete der.

»Was kann man gegen sie tun?«, wollte der Spinnenmann wissen.

»Das wissen wir nicht. Aber wir versuchen, das Rätsel zu lösen.«

»Das wird Euch nicht gelingen«, sagte der Spinnenmann.

»Warum nicht?«

»Ihr seid Menschen.«

»Das stimmt.«

»Ihr werdet es nicht schaffen. Ihr müsst noch viel, viel mehr schlafen, als es die Spinnen tun. Sie werden Euch zur Strecke bringen. Eure Träume, Streicher, sind Eure größte Schwäche.«

»Wir folgen aber bereits einer Spur.«

Der Spinnenmann trat weiter vor.

Die Spinnen in seinen Augen drängten sich dicht an dicht zusammen, so dass der Blick der Kreatur dunkel und schattig wurde. Es sah aus, als runzele er die Stirn und grübele.

Queequeg ließ die Katze aus dem Sack. »Wir suchen den Kojoten.«

Die Wesen hielten argwöhnisch inne. Ihre Gesichter veränderten sich jetzt immer schneller.

Oben in den Netzen erwachten andere Spinnen zum Leben.

Sie näherten sich der Stelle, an der Scarlet und Jake und Queequeg standen. Ihre kleinen Leiber ließen die feinen Fäden erbeben.

»Der Kojote ist mal hier, mal da«, sagte der Spinnenmann. »Warum wollt Ihr den Kojoten treffen?« Er klang misstrauisch, wachsam, nicht unbedingt guter Laune.

»Er soll uns zu jemandem führen«, antwortete Queequeg. Dann nannte er den Namen. »Er soll uns zu Lady Solitaire führen. Wir glauben, dass sie etwas mit den Eistoten zu tun hat. Wir glauben, dass sie uns helfen kann, die Antworten zu finden.«

Das war der Moment, in dem Bewegung in die Spinnenleiber kam.

Ohne Vorwarnung fielen sie über den Tunnelstreicher her.

Scarlet hatte das Gefühl, als würde die ganze Welt um sie herum auf einmal in Bewegung geraten. Die Fäden, die durch die Luft schnitten, begannen aufgeregt zu schwingen, als Abertausende von Spinnen an ihnen herabkletterten.

»Lady Solitaire hat uns gewarnt«, zischte der große Spinnenmann, »dass jemand kommen würde, um nach ihr zu suchen.«

Queequeg taumelte einige Schritte zurück. Winzige Weberknechte fielen von oben auf ihn herab, krochen ihm in den Mantel hinein.

»Das ist nicht gut«, murmelte Jake.

»Sehe ich genauso«, antwortete Scarlet.

Der zweite Spinnenmann sprang den Tunnelstreicher an. »Und sie hat uns gesagt, was wir mit denen, die kommen würden, tun sollen.« Als er gegen Queequeg prallte, da zerfiel sein Körper in Hunderte von Spinnenleibern, die den schreienden Tunnelstreicher unter sich begruben. Die Tiere begannen Netze zu spinnen. Queequeg schrie, dann wurde er plötzlich still und begann zu würgen, als die Spinnen in seinen Mund hineinkrochen. Feine Fäden wurden um ihn herum gesponnen, bis er sich nicht mehr bewegen konnte.

Der Angriff war so schnell vorüber, dass Scarlet kaum Gelegenheit blieb, sich wieder zu fassen.

Aus dem lebendigen Spinnenleiberhaufen, der den Tunnelstreicher eben erst unter sich begraben hatte, entstand erneut ein Spinnenmann. Zuerst ragte nur der Oberkörper aus dem Haufen auf, dann formten sich die Arme und die Beine. »Die andere, die hier war«, fauchten die Spinnen des Spinnenmanngesichts, das sich nicht die Mühe machte, sich noch einmal vollständig zusammenzusetzen, »hat auch nach Lady Solitaire gesucht.«

Scarlet erschauderte.
Die andere?
»Und nach Euch.«
Welche andere?
»Wir waren also vorgewarnt.«
Scarlet sah, wie sich eine Kreuzspinne auf ihrer Hand niederließ und zustach.
»Aua«, entfuhr es ihr. Dann schlug sie nach dem Tier, fegte es sich von der Hand.
Was ging hier nur vor?
Ihr blieb keine Zeit mehr, darüber nachzudenken.
Jake ergriff ihre Hand. »Wir sollten hier abhauen«, schrie er ihr zu. Zog sie hinter sich her.
Und so liefen die beiden los.
Panisch.
Kopflos.
Der einzige Ausweg, der ihnen noch blieb, war der Weg, den sie gekommen waren. Sie mussten die Treppenstufen hinauf und dann hinaus an die kalte Luft, heraus aus dem Inneren dieses Brückenpfeilers.
Wirre Gedanken bestürmten die junge Frau: Würden die Spinnen ihnen in die Kälte der Nacht folgen? Würden sie von der Brücke fliehen können? Würden sie überleben? Wie sollten sie so schnell den Weg nach unten finden?
Springen?
Unmöglich, das würde den sicheren Tod bedeuten.
»Alles okay?«, fragte Jake.
Scarlet betrachtete ihren Handrücken. Ein schwarzer Fleck hatte sich dort gebildet. Die Stelle fühlte sich taub an, es tat jedenfalls nicht weh. »Oh, frag mich besser nicht«, keuchte sie.
Dann wurde es dunkler.

Die Geisterlichter begannen zu erlöschen.

»Mist!« Scarlet wusste, dass sie es nicht schaffen konnten, wenn es dunkel war.

Dunkelheit war für die Spinnen kein Hindernis.

Für Menschen schon.

»Komm!« Jake zog sie nach oben. Er nahm immer zwei Stufen auf einmal.

Scarlet stöhnte, als kleine Leiber ihr ins Haar fielen. Panisch schlug sie nach ihnen, zupfte sie sich aus den Haaren heraus und warf sie zu Boden. Sie fühlten sich pelzig an. Warm.

Es half nichts.

Immer mehr Spinnen strömten auf sie zu.

Sie waren aber auch überall.

Es sah aus, als bewege sich die Nacht höchstselbst.

Scarlet warf einen Blick nach hinten und erkannte, dass sie Queequeg bereits völlig eingesponnen hatten. Ohne sich zu bewegen, lag er da, eingewoben in eine Art Kokon, an eben jener Stelle, wo sie über ihn gekommen waren. Sie wusste nicht, ob er tot war oder nur betäubt. Sie wusste nicht einmal, warum die Spinnen eigentlich so fürchterlich wütend waren.

Im Grunde war sie genauso weit wie vor einem Tag, als sie ohne Erinnerung im Battery Park gestrandet war.

Sie wusste gar nichts!

»Was sollen wir tun?«

»Laufen!«

Toller Ratschlag.

Die Spinnen waren ihnen dicht auf den Fersen. Andere seilten sich von weiter oben ab, und wenn sie Scarlet berührten, dann schlug diese hektisch und wie wild nach ihnen.

Sie sah die Öffnung, durch die sie vorhin eingetreten waren. Die Luke und darüber den grauen Nachthimmel. Doch dann schloss sich die Öffnung. Wurde erst weiß, dann dunkel.

Spinnen!

Sie spannten ihre Netze dort oben. Sie warteten. Sie waren auf der Jagd. Der gesamte Brückenpfeiler schien alarmiert worden zu sein, und Scarlet fragte sich, wie viele Spinnen hier drinnen lebten.

Es wurde stockfinster.

Die letzten Geisterlichter gingen aus.

Jake stolperte, fluchte.

»Scarlet, wo ...?«

Plötzlich rannte sie mitten in ein Netz hinein.

Sie schrie erschrocken auf.

Die klebrigen Fäden ließen sie nicht mehr los. Sie spürte sie an den Händen, im Gesicht.

Jake zückte ein Taschenmesser und begann, die Fäden zu zerschneiden. »Ich lasse dich nicht zurück«, sagte er. »Auf gar keinen Fall werde ich das tun.« Er kramte in seiner Tasche herum und entzündete ein Feuerzeug und steckte damit einen Teil des dichten Netzes in Brand. Die Flammen züngelten nach den Spinnen, die sich in Sicherheit brachten, knisternd zu Boden fielen, sogar in die Höhe sprangen.

Scarlet zerrte an den Fäden. Die Panik in ihr war wie ein fester Knoten, der sie kaum atmen ließ.

Dann schrie auch Jake erschrocken auf.

Spinnen krabbelten ihm die Hose hinauf und fielen von oben auf ihn herab und bedeckten seinen Ledermantel. Er schlug nach ihnen, panisch, instinktgeleitet, doch ohne Erfolg. Da waren nun auch behaarte Vogelspinnen und riesige, boshaft zischende Kamelspinnen, hungrige Kreaturen mit gewaltigen Kiefern und langen Beinen, auf denen sie, das erkannte Scarlet im Licht der Flammen noch, kleinere Artgenossen transportierten, die ihrerseits ausströmten, sobald sie die Beute erreicht hatten.

Es würde schnell vorbei sein.

Jake Sawyer wurde unter der Flut von Spinnenleibern begraben.

Scarlet schlug um sich, mehr konnte sie nicht tun.

Sie traute sich nicht einmal zu schreien, weil sie fürchtete, dass einige der Tiere ihr in den Mund kriechen würden. Nein, sie musste sich irgendwie befreien. Sonst würde alles hier enden, in diesem Spinnennetz.

Doch zusehends verließ sie die Kraft. Irgendwie wusste sie bereits, dass sie nicht entkommen würde. Es waren einfach zu viele Spinnen. Sie spürte die schnellen Beine über ihre Kleidung laufen. Spinnen wuselten ihr um den Hals, bedeckten ihr das Gesicht. Da waren winzige Beine in ihren Haaren. Fäden wurden gesponnen, auf ihrer Haut, vor ihren Augen, zwischen den Fingern. Sie hatte keine Chance. Sie kamen von überallher, und sie waren wütend. Der Strom kleiner Leiber ließ nicht nach.

Lady Solitaire.

Meine Güte, allein die Erwähnung das Namens hatte sie in diesen Aufruhr versetzt.

Lady Solitaire.

Ein erschreckender Gedanke kam Scarlet.

Was, wenn Lady Solitaire nicht nur den Wendigo, sondern auch den Spinnen gebot? Dann wären sie mitten in die Falle gelaufen. Dann wäre das hier ihr Ende.

Wie dumm.

Sie atmete flach.

Schloss die Augen.

Sie hatte Angst.

Innerlich schrie sie sich die Seele aus dem Leib.

Hunderte von Beinen krabbelten auf ihr, berührten sie im Gesicht. Sie spürte sanfte Stiche, am Hals, auf den Handrücken. Ihre Bewegungen wurden langsamer und schleppend. Sie versuchte zu schlucken, doch nicht einmal das wollte ihr noch gelingen. Sie sank zu Boden, jeder Zuversicht beraubt.

Sie dachte an Jake Sawyer. Der kleine Teil ihres Verstandes, der noch wach war, rief sich sein Gesicht ins Gedächtnis zurück. Und verwirrt stellte Scarlet fest, dass sie sich um ihn sorgte. Er hatte ihr helfen wollen, und jetzt lag er irgendwo in dieser Dunkelheit, war ein Opfer der Spinnen geworden. Und sie würde ihm all die Dinge, die sie ihm vielleicht irgendwann einmal gesagt hätte, niemals mehr sagen können.

Es war vorbei.

So viele Sterne, erinnerte sie sich ihrer Worte, *und doch ist es dunkel.*

Ja, ihre Welt wurde ganz weich und dunkel wie Seide. Ihr Körper sackte langsam in sich zusammen, es tat nicht einmal weh, und die Reste des dichten Netzes, in das sie gelaufen war, fingen ihren Sturz sachte auf. Flinke Beine benetzten ihren Körper mit filigranen klebrigen Spinnenfäden.

Scarlet Hawthorne schloss die tränennassen Augen und begann zu träumen, während der Kokon sie umschloss wie eine schützende Hülle, so warm und weich wie die pelzigen Leiber, die nicht mehr von ihr abließen.

Kapitel 13

Gelöste Rätsel und rätselhafte Lösungen

»Wachen Sie auf, Miss Scarlet!«
Nur diese Worte.
»Miss Scarlet!«
Sie hustete, dann fasste sie sich ans Gesicht und schlug nach den Spinnen, die nicht mehr da waren.

Scarlet Hawthorne öffnete die Augen, blinzelte und stammelte benommen und überrascht: »Mistress Atwood?«

Ich schenkte ihr ein Lächeln. »Sie haben mich erkannt, wie schön!«

»Wo bin ich?«, fragte sie, noch immer benommen.

»Tief unter der Great Central Station«, gab ich ihr zur Antwort. »Sie hatten Glück. Spüren Sie noch eine gewisse Taubheit in den Armen?« Als sie nicht sofort antwortete, gestand ich ihr: »Ich selbst hatte noch etwa eine Stunde danach Kopfschmerzen. Aber das passiert. Sie haben uns nicht gefressen, und das ist gut so. Man sollte sich über das freuen, was gut für einen ist, nicht wahr?«

»Wo sind die anderen?«

»Ich bin hier.« Das war Jake. Er stand hinter ihr.

Scarlet drehte den Kopf. Ihr schwindelte vor Erleichterung. Dann erstrahlte ihr Gesicht in einem Lächeln, so hell wie Abertausende frisch geschlüpfter Sterne. »Du lebst!«

»Die Stiche schmerzen noch ein wenig«, erklärte Jake, steckte die Hände in die Hosentaschen und sah betont lässig aus. »Aber ich lebe.« Er schaukelte auf den Fersen hin und her und strahlte ebenso wie sie.

»Was ist passiert?«, fragte Scarlet.

Sie sah die Überreste der Spinnenkokons auf dem Boden liegen. Jemand oder etwas hatte die Fäden aufgeschnitten.

»Die Arachniden haben Sie hierhergebracht. Jake ebenso.«

»Und Queequeg?«

Ich zuckte die Achseln. »Ihn haben sie nicht hergebracht.«

»Was heißt das?« Sie setzte sich auf, hielt sich den Kopf.

»Nichts Gutes«, antwortete Jake.

»Vielleicht haben sie ihn getötet, wir wissen es nicht.« Ich half ihr auf die Beine.

»Was ist das für ein sonderbarer Ort?« Sie schaute sich um. Die Halle, in der wir uns befanden, war ein Spiegelbild der großen Halle der Grand Central Station, bloß tief unter der Erde gelegen. Anders als in ihrer oberirdischen Schwester liefen hier unten keine Passanten herum. Alles war still, staubig, verlassen. Dort, wo sich normalerweise die Ausgänge befanden, waren hier nicht einmal Türen zu erkennen.

»Wir können nicht von hier weg«, sagte ich ihr, bevor sie die Frage stellen konnte. »Jake und ich haben bereits alles untersucht. Diese Halle besitzt keinen Eingang und auch keinen Ausgang.«

»Aber wie haben uns die Spinnen denn hierhergebracht?«

»Ich habe keine Ahnung. Es ist ein geschlossener Raum.

Wie Sie, Miss Scarlet, bin auch ich einfach erwacht und war hier. Das ist alles. Wir können nicht hinaus.«

»Sind wir ihre Gefangenen?«

»Möglich.«

»Möglich?«

»Die Spinnen haben uns nur hergebracht. Dann sind sie wieder gegangen.«

Scarlet stand auf und streckte die Glieder. »Was ist mit dem Kokon passiert? Sie hatten mich eingesponnen.«

»Jake war so freundlich, Sie von den Fäden zu befreien«, antwortete ich. »Es war aber auch kein großes Problem, sich selbst dieser ekligen klebrigen Dinger zu entledigen.«

Erst da stellte sie die offensichtlichste Frage: »Wie kommen Sie denn hierher?«

»Ich dachte schon, Sie fragen nie.«

»Und?«

»Ich habe die Brooklyn Bridge besucht«, sagte ich. »Und die Spinnen waren mir gegenüber kaum weniger zuvorkommend, als es bei Euch beiden der Fall war.«

»Aber ...«

»Sie fragen sich jetzt sicher, was ich dort zu suchen hatte.«

Scarlet nickte.

»Im Grunde genommen trieb mich die gleiche Neugierde wie Sie selbst dorthin.«

»Sie suchten nach Lady Solitaire?«

Ich zögerte. »Nein, eigentlich nicht.«

»Weshalb waren Sie denn dort?«

»Oh, das ist eine lange Geschichte.«

»Wir haben Zeit, würde ich sagen.« Scarlet schaute sich um. Es gab wirklich keine Zugänge. Der gigantische Jahrhundertwende-Bau war ein Gefängnis. Die riesigen Marmortreppen führten nirgendwohin, sie endeten vor zugemauerten Ausgängen. Die hohen Fenster ließen Licht in die Halle strömen, obwohl dort oben eigentlich gar keine Lichtquelle sein durfte, da sich das gesamte Gebilde ja tief unter der Erde befand. Die kathedralenartige Kuppel war übersät mit Planeten und Sternen.

»Wo soll ich beginnen«, sinnierte ich nachdenklich und fragte: »Stört es Sie, wenn ich ein wenig herumlaufe?«

»Nein«, antwortete Scarlet ungeduldig.

»Nun denn, dann beginne ich wohl am besten dort, wo alles begonnen hat.«

»Gute Idee.«

»Es ist nicht sehr spannend«, warnte ich sie vor. »Die Wendigo ließen Christo Shakespeare, Buster und mich in Frieden. Sie hatten nur noch Augen für Sie, Miss Scarlet. Und als alles vorbei war, da schlossen wir erst einmal die Fenster, drehten die Heizung hoch und erholten uns von dem Schreck. Dann gingen wir durch die Straßen und suchten nach Ihnen. Wir suchten in der Subway und den stinkenden engen Tunneln von Midtown Below, doch wir fanden nichts!«

»Ich habe ihr inzwischen berichtet, was passiert war«, sagte Jake, der kurz vor Scarlet aus dem Spinnenschlaf erwacht war.

»Dann traf ich den Tunnelstreicher.«

»Sie kannten Queequeg?«

»Ja, in der Tat, ich kannte ihn. Er erwähnte die gestohlenen Kinder. Und als wir in die Bibliothek zurückkehrten, da hatte ich eine Eingebung. Natürlich hatten wir schon vorher gewusst, dass es zu diesen Vorfällen gekommen war, aber weder Christo noch ich selbst hatten sie mit den Eistoten in Verbindung gebracht. Da wir nicht wussten, wo Sie abgeblieben waren, nutzten wir die Zeit und lasen erneut die alten Berichte und Bücher. Und da die Siedler, die auf Roanoke Island die erste Kolonie hier in Nordamerika gegründet hatten, aus England kamen, haben wir auch einige englische Schriften bemüht.« Ich lief im Kreis herum, die Hände hinter dem Rücken verschränkt. »Und Erstaunliches zutage gefördert.«

»Schießen Sie los!« Scarlet setzte sich auf ein Treppengeländer aus Stein und ließ die Füße baumeln. Sie warf Jake einige Blicke zu, die überhaupt nicht mehr so fremd waren wie vorhin noch.

»Wir haben eine Verbindung gefunden«, sagte ich stolz, »zwischen dem, was in London geschehen ist, und dem, was sich auf Roanoke Island zugetragen hat. Es gab eine Reihe von Personen, deren Rolle in diesen Ereignissen sehr mysteriös ist.«

»Was hat das mit uns zu tun?«

»Keine Ahnung, aber ich habe da ein Gefühl, als könnten alle Spuren nach New York führen.«

Jake schlenderte ebenfalls im Raum umher.

»Beginnen wir mit John Dee«, sagte ich und ging während des Vortrags auf und ab, betrachtete das Muster auf dem Boden, während ich mir Mühe gab, von einer Marmorplatte auf die nächste zu treten, als sei es ein Kinderspiel. »John Dee war Wissenschaftler, ein Astrologe und Mystiker, er war ein bekannter Okkultist und, nicht zuletzt, ein Alchemist. Er war ein enger Vertrauter von Henry VIII., und später dann, als Elizabeth I. Königin von England und Regentin der uralten Metropole von London wurde, da stand er ihr mit Rat und Tat zur Seite. Er hat einige bahnbrechende Werke seiner Zeit verfasst, nicht zuletzt zur okkulten Philosophie und Botanik. John Dee studierte, als er noch jung war, in Leuven und Brüssel.«

»Vielleicht in den Vierziger- oder Fünfzigerjahren des sechzehnten Jahrhunderts?«, fragte Scarlet, die sich an die Geschichten des Tunnelstreichers erinnerte.

»Ja«, erwiderte ich. »Das tat er. Und als er wieder daheim in London weilte, da entwickelte er völlig neuartige Instrumente zur Navigation auf See. Er schrieb an einem Werk namens *Monas Hieroglyphica*, einer kabbalistischen Darstellung seiner eigenen Sicht der Welt, in der er die Gleichheit aller Wesen der Schöpfung betonte.«

»Er akzeptierte demnach keine Hierarchie?«, fragte Jake.

»Nein, er vertrat die Meinung, dass alle Lebewesen selbst bestimmen sollten, was sie zu tun gedachten. Außerdem, das sollte ich anmerken, bezeichnete er Gott in fast allen seinen Schriften als den Träumer.«

Scarlet schaute auf.

»Nun, kommt Ihnen das bekannt vor?«

»Der Name ist in den letzten Stunden des Öfteren gefallen«, bekannte sie nachdenklich.

»Hm, sehe ich auch so«, grummelte Jake.

»John Dee reiste später nach Böhmen und Polen, wo er noch weitere Studien betrieb. Er lernte dort an den Universitäten einen gleichgesinnten Wissenschaftler kennen: Edward Kelly. Die beiden verstanden sich prächtig. Schließlich kehrten sie gemeinsam nach London zurück.« Ich holte tief Luft, sah mich um. Die Kopie der Grand Central Station war noch immer in stiller Starre gefangen. »In der folgenden Phase seines Lebens«, fuhr ich fort, »lebte John Dee in London und ging am Hof der Regentin ein und aus. Doch dann, im Jahre 1587, verschwand er für drei Jahre aus der Stadt. Niemand wusste, wo er abgeblieben war. Man munkelte, er habe die dunklen Regionen der Seele bereist, aber das war natürlich Unsinn.«

»1587?«, hakte Scarlet nach.

»Sie besitzen einen scharfen Verstand, junge Miss Scarlet«, gestand ich ihr zu. »Die drei Jahre waren exakt diejenigen drei Jahre, in denen Walter Raleighs Schiffe nach Roanoke Island gefahren waren. Und just in dem Augenblick, in dem die Schiffe wieder nach London zurückkehrten, wurde auch Magister John Dee wieder gesehen.«

»Sie glauben, dass er auf Roanoke Island war?«

»Genau so ist es. John White und John Dee waren, davon bin ich mittlerweile überzeugt, ein und dieselbe Person.« Ich zwinkerte ihr zu. »Ich bezeichne das alles als meine *Theorie der vielen Johns*.«

»Aber was hat das zu bedeuten?«

Ich zuckte die Achseln. »Keine Ahnung, Miss Scarlet, das habe ich bisher noch nicht herausgefunden.«

»Aber?«

»Es ist ein faszinierendes Rätsel.«

»Na, klasse.«

»Hören Sie mir einfach zu. Es klingt alles ein wenig seltsam, aber man kann die Zusammenhänge nicht ignorieren.« Ich trat auf sie zu und sah ihr fest in die Augen. »Folgendes: John Dee starb im Jahre 1608. Und im gleichen Jahr erblickte John Milton das Licht der Welt, was ein Zufall sein kann oder auch nicht.«

John Milton.

Scarlet senkte den Blick.

Grübelte.

»Ich habe sein Buch gelesen, daran kann ich mich erinnern. In der Schule.«

»Viele mussten sein Buch lesen«, sagte ich. »In der Schule. Und sonst wo.«

Das verlorene Paradies.
»Was hat Milton mit der Sache zu tun?«, wollte Jake wissen.

»John Milton und John Dee waren einander mehr als nur ein wenig ähnlich. Beide gaben sich den okkulten Wissenschaften hin, beide versuchten zu ergründen, was es mit dem göttlichen Funken auf sich hatte. Beide nahmen sie Einfluss auf die politische Lage des Landes. Beide waren die flüsternden Stimmen am Ohr der Regentin von London. Die Ähnlichkeiten sind so schon verblüffend, doch dann, Miss Scarlet, dann sah ich ein Bildnis von John Milton. Doch dazu später.«

»Was hat es mit seinem Buch auf sich?«, fragte Jake.

Das verlorene Paradies.

»Milton erzählt darin die Geschichte eines gefallenen Engels, der gegen die göttlichen Regeln aufbegehrt und dem Paradies einen kurzen Besuch abstattet. Die Schöpfung Gottes, die Milton mehrmals als den *träumenden Gott* bezeichnet, verliert ihre Unschuld durch den eigenen Ungehorsam und die Intrigen Satans, der in der Gestalt einer Schlange als Verführer auftritt. Eigentlich variiert Milton nur die wesentlichen Aussagen des Buches Genesis aus dem Alten Testament, das ist alles.«

Ich zitierte:

»Des Menschen erste Schuld und jene Frucht,
Von Pairidaezas Stock, so süß verflucht,
Hat Himmel stürzen lassen, in die Tiefe,
Und Träume, wenn der Träumer schliefe,
Sind Welten, die im hellen Lichte scheinen,
Wenn Mensch und Engel sind vereinen.«

Scarlet erkannte es. »Auch John Milton sieht Gott hier als den allmächtigen Träumer.«

»Wie Dee?«

Ich nickte. »Ein Zufall? Nein, Jake, ich glaube nicht mehr an Zufälle.«

»Was hat das alles mit dem Verschwinden der Kinder zu tun?«, wollte Jake wissen.

»Warte ab, Geduld, Geduld«, murmelte ich, holte ein wenig weiter aus und lief dabei noch immer unentwegt auf und ab. »In seiner recht umstrittenen Schrift *Monas Hieroglyphica* kommt John Dee zu dem Schluss, dass nur die kindliche Unschuld genügend Reinheit besitzt, um der Alchemie von Nutzen zu sein. Die Unschuld der Kinder müsse man für die Menschheit nutzbar machen, das zu betonen war er nie müde geworden. Sie sei der einzig wahre Schlüssel zur ewigen Jugend.

All die Experimente, die man damals durchführte, wiesen natürlich in die falsche Richtung.«

Meistens ging es in diesen Experimenten um das Blut von Tieren, das man gewinnen musste, um seltsame Elixiere aus seltenen Pflanzen zu destillieren. Um Dinge, die mit Jungfräulichkeit zu tun hatten.

Alles Humbug!

»Edward Kelly, der John Dee assistierte, verfasste eine Schrift mit dem Titel *Vita Obscura*, die sich mit dem Stein der Weisen beschäftigte. Edward Kelly war der festen Überzeugung, dass die Kreuzritter vor vielen, vielen Jahren den Stein der Weisen mit nach England gebracht und dort versteckt hatten. Er suchte wie besessen nach Hinweisen in der Gralslegende und war davon überzeugt, dass der Heilige Gral an einem geheimen Ort in England verborgen wurde.«

Scarlet kannte diese Legende.
Wer tat das nicht?
Der Heilige Gral – jener Kelch, der das Blut des sterbenden Christus aufgefangen hatte. Wer aus ihm trank, sollte das ewige Leben erhalten. Eine uralte Geschichte.
»Aber«, murmelte ich während des Hin-und-her-Laufens, »aber, aber, aber, aber ...« Ich blieb stehen. »Der Heilige Gral wird nicht in allen Kulturen als Kelch angesehen. Die französischen Ritter bezeichneten ihn als Sangréal, was so viel wie Sang Réal bedeutet, was wir wiederum als Königsblut übersetzen können. Und es gibt noch ein weiteres Symbol für das Blut des Menschenkönigs.« Ich erhob den Finger, sagte: »Den Wein.«
Jake wirkte skeptisch. »Der Wein?«
»Ja, genau. Der Wein ist das Blut, und das Blut ist das Leben.« War das denn nicht deutlich? »Der Ursprung des Weines ist der Weinstock. Pairidaezas Stock, wie in den Zeilen Miltons deutlich wird.« Ich beobachtete die beiden. »Nun, sehen Sie die Zusammenhänge?«
»Milton hat diese Pflanze in seinem *Verlorenen Paradies* erwähnt.«
»Sie sagen es.«
»Und was hat die Pflanze mit dem Verschwinden der Kinder zu tun?«
»Geduld, Geduld«, erbat ich mir. »Es ist ganz einfach.«
Jake dachte laut nach. »John Dee sucht die Formel für das ewige Leben. John Milton schreibt über Pairidaezas Stock.«
»Es geht noch weiter«, sprudelten mir die Worte aus dem Mund. »Denn John Milton, der Verfasser von *Das verlorene Paradies*, schrieb im Jahre 1637 noch ein längeres Gedicht, in welchem er um einen guten Freund mit Namen Edward

King trauerte, der in der Irischen See ein feuchtes Grab gefunden hatte. Dem Gedicht gab er den Titel *Lycidas*.«

»Und?«

»Vor etwas mehr als zehn Jahren, als blutige Unruhen die uralte Metropole von London heimsuchten, da tauchte dieser seltsame Name in den Chroniken der Tunnelstreicher auf.«

»*Lycidas?*«

»Ja, *Master* Lycidas. Wer immer er auch war, er hatte eine Rolle gespielt in den Konflikten, die heute nur noch als die Manderley-Krise bezeichnet werden.«

»Aber was hat das alles mit uns zu tun?«, fragte Jake.

»Was hat das mit den Kindern zu tun?«, schloss sich Scarlet an.

»Oder den Eistoten?«

»Langsam, langsam«, begann ich die Erklärung. »Jetzt kommt das ins Spiel, was wir von Queequeg erfahren haben.«

»Warten Sie«, sagte Scarlet, die wach zu werden schien. Sie berichtete mir in wenigen Worten von dem, was sie von Queequeg in der *Pequod* erfahren hatte. »Zur Zeit der großen Pest verschwanden viele Kinder in London.«

Sie hatte es erfasst. »Das war im Jahre 1563. John Dee lebte in London.«

Scarlet nickte. »Der nächste Kinderraub«, fuhr sie fort, »ereignete sich dann im Jahre 1666.«

»John Milton lebte in London.«

»Queequeg berichtete von ähnlichen Vorfällen in Leuven und Brüssel, Paris und Warschau.«

»Alles Orte, an denen John Dee sich aufgehalten hat«, sagte ich.

Jake schaltete sich jetzt ein: »John Dee und John Milton hingen den gleichen Gedanken nach. Sie waren beide der Meinung, dass unschuldige Kinder der Schlüssel zur ewigen Jugend sind. Überall, wo sie sich aufgehalten haben, wurden Kinder gestohlen.«

»Kleine Kinder.«

»Und ...«, ich hob den Finger, »ihre Handschrift ist identisch.«

Beide sahen mich an, als hätte ich etwas durch und durch Verrücktes gesagt.

»Wie, in aller Welt, kommen Sie denn darauf?«

»Internet«, sagte ich nur.

»Bitte?«

»Google!«

»Ist nicht Ihr Ernst.«

»Suchen Sie nach den Werken Miltons und Dees in *Bildern*, und Sie werden fündig.«

Die beiden starrten mich noch immer an.

»Ich bin durchaus fähig, einen Computer zu bedienen«, stellte ich klar. »Dies ist New York. Es lebe die Renaissance. Die dunklen Zeiten sind vorbei. Wir sind zivilisiert.«

»Natürlich«, sagte Scarlet.

»Klar«, sagte Jake.

Ich zog es vor, einfach weiterzureden. »Wir haben es hier mit einem uralten Wesen zu tun, das seit dem Anbeginn der Zeit unter uns weilt. Alle Hinweise deuten darauf hin. Die Spur des Wesens kann allein in London bis zur römischen Besetzung der Stadt zurückverfolgt werden.«

»Aber«, fragte Jake, »was ist mit der Gegenwart?«

»Die *Theorie der vielen Johns*«, sagte ich.

»Wie meinen Sie das?«

Ich hob die Hand und lief weiter im Raum herum. »Wenn wir uns die Frage nach der Gegenwart stellen, führt uns das auch wieder nach London. Zu den letzten Vorfällen dort kam es, wie eben schon erwähnt, vor mehr als zehn Jahren. Damals verschwanden viele Kinder überall in der Stadt, und dieser Master Lycidas weilte dort. Gleichzeitig tauchte eine Frau namens Madame Snowhitepink in London auf. Es gab Gerüchte, dass sie etwas mit dem Verschwinden der Kinder zu tun haben könnte.«

»Berichten die Chroniken der Tunnelstreicher auch davon?«

»Ja.«

Scarlet nickte, überlegte. »Snowhitepink.« Sie ließ den Namen auf der Zunge zergehen. »Snow, White, Pink.«

Ich musste lächeln, als sie die Stirn in Falten zog. »Der Gedanke kam mir auch, als ich es gelesen habe.«

»Miss White?«

»Christo Shakespeare, der in Archäologie bewandert ist, fand noch etwas anderes heraus. Eine gewisse *Wilhelmina White* tauchte in den Zwanzigerjahren in Karnak in Ägypten auf und besuchte die Grabungen Howard Carters im Tal der Könige. Sie wird in einer kurzen Randnotiz seines Berichts erwähnt. Die Beduinen beklagten auch dort das Verschwinden von Kindern. Seltsam, nicht wahr?«

»Wilhelmina White?«, sprach Jake den Namen ganz langsam aus.

Ich tat es ihm gleich. »*Mina* White.«

»Die Frau von John White?«, erinnerte sich Scarlet.

»Sie sagen es. Mina White, die Frau von John White, der auf Roanoke Island war, kurz bevor dort im Herbst die Kinder der Secotan vom Angesicht der Erde verschwanden.«

Stille.

»Kann es sein, dass wir es hier mit ein und derselben Person zu tun haben?«

»Es sind einfach zu viele Dinge, die miteinander verwoben sind. Eindeutig, Miss Scarlet, das sind keine Zufälle. Master Lycidas war John Milton, davor John Dee und dazwischen sogar John White. Ich sagte es ja, die *Theorie der vielen Johns*. Alle diese Personen standen zu all den verschiedenen Zeiten mit einem rätselhaften Kinderverschwinden in Verbindung. Und Mina White, die rätselhafte Frau, taucht ebenso in den meisten dieser Geschichten auf.«

Scarlet erinnerte sich an die Geschichten, die Queequeg erzählt hatte. Auch in ihnen gab es immer eine hübsche Fremde, die immer wieder als die Frau in Weiß bezeichnet wurde und die Kinder mit sich nahm.

»Wie ist denn das möglich?«

»Das ist das Leben«, sagte ich nur. »Alles ist möglich.«

Aber da war noch etwas.

Ein beunruhigender Gedanke. »Wenn wir annehmen, dass all diese Personen in Wirklichkeit jeweils ein und dieselbe Person waren, dann gibt es ein Muster, das sich bis in die Gegenwart zieht. Ein Muster, das wir langsam zu erkennen beginnen. Doch was bedeutet es für uns, wenn zum Beispiel die vielen Johns wirklich über all die Jahre all diese schrecklichen, geheimnisumwitterten Dinge getan haben? John Milton hegte Sympathien für den gefallenen Engel Lucifer. Er war für ihn das edle Sinnbild der freiheitsliebenden Kreatur, die dem Träumer entsagte.«

»Und die Malereien in den Höhlen von *Croatoan* zeigten Wesen, die eine gewisse Ähnlichkeit mit Engeln aufwiesen«, bemerkte Jake.

»John Milton«, sagte ich, »sah aus wie John White. Google

sei Dank. Es gibt keine Zufälle, Miss Scarlet. Die Ähnlichkeit der beiden Porträts ist verblüffend. Und John Dee, nun ja, auch er sieht John Milton und John White nicht unähnlich. Gewiss, wir haben es hier mit sehr alten Zeichnungen zu tun, aber dennoch lässt sich eine Ähnlichkeit nicht abstreiten. Und das bedeutet?«
Was?
Dass sie wirklich unumstößlich dieselbe Person waren?
»Was, wenn Lycidas wirklich der Lichtlord war?« Eine wilde Vermutung zu äußern kann manchmal recht hilfreich sein. »Milton hegte starke Sympathien für den gefallenen Engel. Lucifer ist bei ihm jemand, der seinen scharfen Verstand benutzt und die Ungerechtigkeiten in der Welt offenlegt, jemand, der erkennt, was der Träumer seiner willenlosen Schöpfung auferlegt hat. Der gefallene Engel wird bei Milton zu Unrecht aus dem Himmel vertrieben und ist ob des erlittenen Unrechts voller Rachegedanken und Wut.«
»Sie glauben daran, dass es Engel gibt?«, fragte Scarlet.
»Was für eine Frage.« Ich starrte sie an. »Natürlich gibt es Engel, irgendwo.« Ich hielt inne. »Nun ja, es *gab* sie. Doch seit einigen Jahren sind sie alle verschwunden. Sie haben, glaubt man den Chroniken der Tunnelstreicher, in London gelebt. Doch die neue Regentin der uralten Metropole von London hat die Engel vertrieben. All ihre Himmel sind verlassen.« Ich rieb mir müde die Augen. »Die Chroniken sind unvollständig, weil jemand große Teile entfernt hat. Es ist nicht einfach, etwas über diese Zeit zu erfahren.«
Scarlet wunderte sich. »Wer hatte denn ein Interesse daran, zu vertuschen, was damals in London geschehen ist?«
»Nachdem sich die beiden großen Elfenhäuser verbunden hatten, war die neue und überaus junge Mylady Manderley

die engste Beraterin der Regentin geworden. Vor zwei Jahren dann ist die alte Regentin gestorben. Kurz darauf ist die neue Mylady Manderley zur Regentin aufgestiegen.« Ich seufzte. »Sie hat alle Schriften und Dokumente, die sich mit der Zeit zwischen den Whitechapel-Aufständen von 1888 und der Manderley-Krise beschäftigten, vernichten lassen.«

»Warum?«

»Das weiß niemand.«

Scarlet erschauderte. »So viele Sterne«, flüsterte sie, »und doch ist es dunkel.«

Jake kniete sich neben sie. »Was ist los?«

»Nichts. Es ist nur ... wie ein Echo ... von weit her.« Sie wirkte verwirrt, ganz durcheinander.

»Ich beschloss«, fuhr ich mit meiner Erzählung fort, »einen Schuss ins Blaue zu wagen, sozusagen.«

Die beiden lauschten meinen Worten, während ich hin und her lief, zu unruhig, um still dazustehen.

»Die einzige mythische Gestalt, die auf nordamerikanischem Boden lebt und dem Lichtlord nicht unähnlich ist«, begann ich, »ist der Kojote. Er hat einst seinem Schöpfer, so sagt man, das Licht gestohlen, um es den Menschen zu schenken.« Ich zuckte die Achseln. »Es war nur eine verrückte Idee. Suche den Kojoten und frage ihn, ob er etwas weiß. Das war mein Plan. Und da jedermann weiß, dass die Spinnen und der Kojote einander sehr verbunden sind, habe ich mich zur Brooklyn Bridge aufgemacht.«

Das Ende der Geschichte war nicht schwer zu erraten.

Nein, nicht wirklich.

»Es gefiel den Spinnen nicht, dass ich Lycidas und den Kojoten in einem Atemzug nannte.« Ich machte ein unschuldiges Gesicht. »Sie waren richtig wütend, fielen über mich her.

Und als ich erwachte, da fand ich mich an diesem Ort hier wieder.« Ich seufzte. »Das ist die ganze Geschichte. Ich befreite mich aus dem Kokon, und dann sah ich, dass noch zwei weitere Kokons in der Halle lagen.« Das war alles.
Und hier stehen wir.

Scarlet berührt das Amulett. Sie sieht traurig aus. »Was ist das?«, fragt sie, plötzlich über alle Maßen erstaunt.
Auch Jake sieht neugierig an mir vorbei.
Ich drehe mich um.
»Ich habe nicht die geringste Ahnung«, gestehe ich. »Es sieht aus wie ...« Ich gehe darauf zu. Es sieht aus wie ein normales Bauelement, gewöhnlich und nicht besonders elegant.
»Das ist«, sage ich, »eine Tür.«
In der Tat, eine Tür. Unglaublich, aber mitten in der Halle steht eine Tür. Sie ist dort, wo vorher nichts war. Sie ist einfach da. Erschienen, aufgetaucht oder materialisiert. Nur ein Rahmen aus hellem Holz mit einer einfachen Tür darin. Frei stehend, wie ein magischer Bühnentrick. Man kann um sie herumgehen, und von allen Seiten ist sie nichts anderes als eine Tür.
»Eine Tür«, flüstere ich, noch immer fasziniert. »In der Tat, eine Tür.«
Scarlet tritt neben mich. »Was Sie nicht sagen. Aber was ist dahinter?«
Jake geht schnell auf die andere Seite. »Nur die andere Seite der Tür.«
»Wo kommt sie her?«
Keiner gibt ihr eine Antwort, weil niemand sie kennt.
Die Tür steht einfach so da, mitten in der Halle, die wie eine Kathedrale ist.

»Was passiert nur, wenn man sie öffnet?« Scarlet berührt zögerlich das helle Holz.

Die Klinke sieht rostig aus, sie schimmert karmesinrot, hat Kratzer und glänzt nur matt. Scarlets Finger schließen sich um die Klinke.

»Was wird jetzt geschehen?«, fragt Jake.

Wir stehen alle vor der geheimnisvollen Tür.

»Was verbirgt sich dahinter?« Furchtsam lässt Scarlet die Klinke los und tritt zur Seite. »Was«, flüstert sie erneut, »verbirgt sich dahinter?«

Jake ist bei ihr, viel näher, als er es eben noch war.

Solitaire – das ist es, was wir denken.

Sonst nichts.

Nur *Solitaire*.

»Woher, in aller Welt, soll ich das denn wissen?«, stelle ich die Gegenfrage, trete vor und drücke die rostige Klinke einfach nach unten. Das ist genau die Lösung, nach der wir alle gesucht haben. Es kurzerhand auszuprobieren – war das nicht schon immer der einfachste Weg, um den Dingen auf den Grund zu gehen?

Mit einem Krächzen öffnet sich die Tür. Einer nach dem anderen treten wir ein, in einen Raum aus Eis und Winterszeit, wo klirrende Dinge wie Spiegel ihre eigenen Tränen fressen.

»Willkommen in meiner Hölle«, sagt eine Frau, die gleißend weißes Licht am Leib zu tragen scheint. Sie breitet die Arme aus und lächelt wie Schnee, der durch dichtes Geäst nach unten fällt. »Ich bin Lady Solitaire.« Dann gefriert ihr Gesicht, das jung und hübsch ist, als sei die Zeit eine liebende Gefährtin, und wir alle sind uns bewusst, wie nah uns der Tod nun gekommen ist.

ZWISCHENSPIEL

Aus
Rima Hawthornes
Aufzeichnungen

MÖCHTEST DU WISSEN, wie ich gestorben bin?
Es geschah so plötzlich, und als es passiert war, da dachte ich, es müsse ein böser Traum sein.
Die Zeit begann aufs Neue für mich zu ticken, erst langsam, dann schneller und pochend wie ein Herz, verborgen unter den Dielen eines Raums, den niemand zu betreten bereit sein wird, niemand außer mir.
So zähle ich die Tage, die mir noch bleiben, von eben jenem Augenblick an. Dessen eingedenk haben wir heute schon den dritten Tag. Ich war nie gut darin, meine Gedanken zu Papier zu bringen. Aber ich muss es tun, denn es ist das Einzige, was mich vor der Verzweiflung bewahrt. Dies, meine kleine Leserin, die Du noch still in meinem Bauch ruhst, ist die Geschichte, die davon erzählt, wie ich gestorben bin.
Du wirst sie lesen, wenn Du groß bist, wenn alles, was sich gerade zuträgt, nicht mehr als ein Schatten in der matten Erinnerung einer alten Frau sein wird. Wir werden ein Leben führen, weit weg von der Stadt, in der ich meine Kindheit verbracht habe. Ein Leben, das so anders als das Leben in London sein wird. Ein Leben am anderen Ende der Welt. Ich träume von diesem Leben, weil ich den Mut finden muss, es zu beginnen. Nicht für mich, nein, für Dich, meine Kleine. Es ist Dein Leben, das ich vorbereiten muss.
Und wo fange ich an?
In London?

Der Stadt der Schornsteine am dunklen Fluss, der uralten Metropole?

Ich erinnere mich an die Straßen, an die Gerüche, an die Gesichter.

Jetzt, wo ich Tag für Tag nur das Salz des Meeres rieche, ganz besonders.

Es ist so eng hier auf dem Schiff, so beängstigend.

Es gibt so viele Dinge, die mich verzweifeln und wünschen lassen, dass ein Sturm dem Ganzen ein Ende bereiten würde. Doch weiß ich in diesen Momenten, dass ich kein Mitleid mir selbst gegenüber empfinden soll.

Nein, ich muss an Dich denken. Daran, dass Du in einer neuen Stadt das Licht der Welt erblicken wirst.

Ja, meine Kleine, ich denke an das, was einst war.

Ich erinnere mich an alles, so sehr, dass es mir jedes Mal die Tränen in die Augen treibt.

Vor allem aber erinnere ich mich an *sein* Gesicht.

Lapislazuli, so habe ich ihn oft genannt.

Manchmal, mein kleines Mädchen, manchmal, so sagt man, findet man die Liebe, die man selbst gesucht hat und die einen überraschend und wie von allein gefunden hat, und muss ihr so schnell wieder Lebewohl sagen, dass jener Moment des kurzen Glücks, der einem wie ein heller Stern gewesen ist, niemals richtig Vergangenheit zu werden vermag.

Lapislazuli.

Ich trage nicht einmal ein Bild von ihm bei mir. So überstürzt haben wir uns trennen müssen.

Und nun? Ich bin hier, und er lebt weiter in London. Niemals werden wir uns wiedersehen. Es ist vorbei. Die Wege haben sich getrennt. Jeder wird sein eigenes Leben haben.

»Was wirst du tun?«, fragte ich ihn, als wir in der Nacht vor dem alten Raritätenladen standen und die Schneeflocken wie gefrorene Tränen ihre Tänze vollführten.

»Ich werde dich nie vergessen.« Ruhig war seine Stimme, doch ganz tief in ihr hörte ich den Tod wispern. Das Leben, das wir uns erhofft hatten, war zersplittert.

Die Scherben stecken mir noch immer im Herzen. Kein Mensch wird sie dort herausziehen können.

Ich war diejenige, die fortging.

Ich musste es tun.

Sonst wären wir beim Licht des anbrechenden Tages gestorben.

Ein guter Freund Deines Vaters namens Maurice Micklewhite geleitete mich zum dunklen Fluss, wo ein Boot auf mich wartete. Mit nichts als dem Koffer, der jetzt dort in der Ecke steht, bestieg ich das Boot. Maurice Micklewhite sah mir nach, bis es im Nebel, der auf den Wassern trieb, verschwunden war. Ich weinte still in der Dunkelheit, doch niemanden kümmerte, was ich tat. Der Bootsmann tat das, wofür er bezahlt worden war. Er brachte die anderen Passagiere und mich zu dem Dampfschiff, das auslaufen würde, sobald die Sonne am Himmel erschien.

Jetzt bin ich hier.

Auf der *Hyperion*.

Die See ist überall. Ihre kalten Finger berühren das Schiff, und ich weiß, dass der Ozean sich gähnend unter uns auftut. Seit zwei Tagen sind wir bereits auf See. Seit zwei Tagen hat sich die Welt so weit gedreht, dass ich nicht mehr an den Ort, den ich verlassen habe, zurückkehren kann. Ich darf nur noch nach vorn schauen, über die Weiten des Atlantiks, bis in die Neue Welt, wohin mich dieses alte Schiff bringen wird.

Und Du?
Sie wollten Dich töten.
Sie lauerten mir auf, weil es Trickstern verboten ist, Kinder zu bekommen. Doch jetzt schlägt dein Herz genau da, wo es schlagen soll. Du wirst leben, doch der Preis, den wir dafür zahlen mussten, war so hoch, ach, so hoch. Die Welt ist so gierig, mein Kind, und wenn man nicht aufpasst, dann verschlingt sie Kinder mit Haut und Haaren.
Ich werde *Lapislazuli* niemals wiedersehen.
Du wirst ihn auch nie sehen.
Tun wir es doch, werden wir alle sterben.
Er, Du, ich ebenfalls.
Ja, das war der Preis, den wir dem uralten Shah-Saz zahlen mussten, damit seine Magie uns das Leben schenkte. Wir würden leben, aber jeder allein. Aber, nein, kleines Ding, das ist nicht richtig. Ich habe ja Dich. In knapp sechs Monaten werde ich Dich im Arm halten können.
Doch bis dahin ...
Ich hoffe, dass der Mut mich nicht verlässt. So viel liegt vor mir. Und ich bin allein.
Die anderen auf dem Schiff harren alle ihrer eigenen Träume.
Die Kabinen sind überfüllt, es stinkt schrecklich nach allem, was Menschen vergänglich macht. Nur oben an Deck kann man es aushalten, nur dort kann man atmen.
Oh, kleines Mädchen, wir hätten es wissen müssen.
Wir hatten uns so lange schon versteckt.
Niemand in Salem House durfte erfahren, dass wir ein Paar waren. Es war uns verboten. Bis heute verstehe ich nicht wirklich, warum es uns verboten war, aber das, was sie uns anzutun versuchten, zeigt doch, wie ernst es ihnen mit die-

sem Verbot war. Sie waren bereit, dafür zu töten. Sie lauerten mir auf, an diesem verfluchten Abend, sie lauerten mir auf wie Wegelagerer, wie Gesindel, in der Westmorelandstreet. Es waren ehemalige Schüler von Salem House. Sie schleppten mich in einen Hinterhof und hielten mich fest, und einer von den beiden legte seine Hände auf meinen Bauch. Er machte etwas, und es tat weh. Sie waren Trickster und taten, wozu sie fähig waren. Dann spürte ich Dich nicht mehr, kleines Mädchen. Ich weinte, und in meiner Angst verbrannte ich sie. Ja, sie verbrannten lichterloh, denn das ist es, was ich tun kann. Deswegen war ich in Salem House. Ich bin eine Trickster, wie auch Dein Vater.

Willst Du nicht seinen Namen erfahren?

Ja?

Ich werde ihn Dir zuflüstern wie ein süßes Geheimnis, das nur uns beiden gehört. Mortimer, das ist sein Name. Andere Namen sind nicht wichtig. Nur dieser.

Mortimer.

Aber ich habe ihn immer nur *Lapislazuli* genannt.

Mortimer war der Name, bei dem ihn die Ratte gerufen hatte.

Ach, kleines Mädchen, es gibt so vieles zu berichten.

Wie soll ich Dir nur jemals all die Dinge nahebringen, die ich doch selbst kaum verstehe? Ich weiß ja nicht einmal, ob ich diese Fahrt überleben werde. Vielleicht sind andere Trickster an Bord, die meinen Tod herbeisehen? Maurice Micklewhite hielt mich an, einen anderen Namen zu wählen.

Ich habe Angst, mein Kind.

Die Feder kratzt auf dem Papier.

Ich war nie jemand, der viel geschrieben hat oder mit seinen Worten zu spielen wusste.

Ich habe die Pflanzen geliebt, musst Du wissen. Ich war glücklich, wenn ich meine Hände in der feuchten Erde vergraben konnte, wenn sie Wurzeln berührten und Blätter ertasteten. Mortimer war jemand, dessen Mund nie stillstand. Er redete pausenlos, während ich mich um die Pflanzen in der Schule kümmerte, er redete und redete und glaubte doch, ein zutiefst schweigsamer Mensch zu sein.

Ich weiß nicht, ob ich diese Aufzeichnungen fortführen werde.

Jetzt tut es gut, die Gedanken niederzuschreiben. Aber ob ich es noch tun werde, wenn mein neues Leben beginnt?

Wie das schon klingt: mein neues Leben. Das Leben hat doch, so scheint es, alle Farbe verloren. Die anderen Passagiere munkeln, dass man in die Matratzen, auf denen wir schlafen, die Kleidungsstücke ertrunkener Mädchen hineingestopft hat. Man erzählt sich viele schlimme Dinge und so wenig gute Dinge. Man hört an Bord andauernd seltsame Geschichten von der Neuen Welt, die entweder dem Paradies oder der Hölle nahekommen soll.

Ich bin müde. Schluss für heute.

Wenn sich zwei Menschen ganz wahrhaftig und aufrichtig lieben, dann ist die Aura, die sie umgibt, ein scharlachrotes Leuchten. Lapislazuli hat sie mir gezeigt, diese Aura. Ich habe gesehen, wie wir mitten in ihr standen, wie sie uns umgab. Sie war ein Schein, ein sanftes Glühen, immer dann, wenn wir nur beisammen waren, und ein tiefrotes Feuer, wenn wir uns berührten. Sie tauchte die Welt um uns herum und uns selbst darin in Farben, die scharlachrot waren, so wild und verrückt wie unsere Herzen, die gegen jede Vernunft das taten, was ihre Bestimmung war.

Wenn die Eltern eine solche Aura beschwören können, dann leuchtet diese in ihren Kindern fort. Die Kinder, so sagt man, atmen die Aura der Eltern. Und ich weiß, dass Deine Aura, mein kleines Mädchen, scharlachrot sein wird. So glühend wie das, was mir ein Leben lang fehlen wird.
Deswegen bist du Scarlet.
Meine kleine Scarlet.
Scarlet Hawthorne.
Das ist der Name, den ich gewählt habe.
Er wird mich nicht mehr an London erinnern und jene, die uns folgen mögen, hoffentlich verwirren.
Der Name, den ich all die Jahre getragen habe, wird bedeutungslos sein. Er wird sterben, wie mein altes Leben schon gestorben ist.
So wird es sein.
Kleine Scarlet.

Tage sind vergangen seit meinem letzten Eintrag.
Ich bin eben keine eifrige Schreiberin. Und die Tage an Bord lassen die Zeit unwichtig werden. Unendlich lang sind die Stunden, die man nur mit Warten füllen kann. Warten darauf, dass es Abend wird. Warten darauf, dass es Morgen wird. Warten darauf, dass das Warten endet.
Die Geräusche verändern sich, wenn die Meerestiefe sich verändert. Ich kann es hören, jeden Tag ein wenig mehr. Die Tonlage der See wird tiefer, je weiter England in die Ferne rückt. An der Tiefe seiner Stimme erkenne ich die Tiefe des Ozeans.
Stimmen wispern mir zu, wenn ich auf der dreckigen Matratze liege, und sie beschwören die Bilder herauf, die ich eigentlich vergessen will. Mortimer und Salem House, Maurice

Micklewhite und der alte Raritätenladen, die Momente der Zweisamkeit, die nie mehr wiederkehren werden. Berührungen, die nie mehr da sein werden.

Mein Verstand findet sich damit ab, mein Herz niemals.

Gibt es Zufälle?

Oder Schicksal?

Er würde das Kind und mich retten können, doch nur dann, wenn jemand den Preis zu zahlen bereit wäre. Das sagte der Shah-Saz vom Brick Lane Market, wo Micklewhite uns hinbrachte, als alles verloren schien. Der Shah-Saz, dieser Mann mit seinem Hokuspokus. Sein verfilzter Bart sah aus wie Zuckerwatte, und selbst aus der krummen Nase und den Ohren wuchsen ihm buschige Haare heraus wie Gras.

»Du wirst leben«, sagte Mortimer.

Ich wollte es nicht. Ich wollte lieber sterben, als ohne ihn zu leben. Doch die Dinge geschehen manchmal ohne unser Zutun.

Ich könnte schreien!

Verzweiflung tut weh.

Sehnsucht auch.

Aber ich muss stark sein.

Ich habe Geschichten von Ellis Island gehört. Die Schwachen werden zurückgeschickt, sagt man. Ja, mein Kind, ich muss wohl stark sein.

New York.

Was wird uns dort erwarten?

Das Schiff ist vollgepfercht mit Menschen, die alle ihren Traum suchen und fest darauf hoffen, ihn dort zu finden. Ach, so viele Träume sind es, die alle nicht in Erfüllung gehen werden. Sie erzählen sich Geschichten von New York,

von den Häusern, die höher sein sollen als alles, was man in England je gesehen hat. Sie erzählen vom Westen, von weitem Land, wo jedermann sich niederlassen kann. Sie machen sich Mut, indem sie sich all diese Geschichten erzählen. Sie müssen die Zeit füllen, die ihnen an Bord bleibt.
Ich selbst will nur vergessen. Sagt man nicht, dass die Zeit alte Wunden zu heilen vermag? Nein, ich will das nicht glauben. Ich *kann* es nicht.
Die Tage verbringe ich damit, an Bord umherzuwandern. Schlechtes Wetter muss man unter Deck abwarten, in den Kabinen, die sich viel zu viele Menschen teilen. Es stinkt nach menschlichen Ausdünstungen, und die Stimmen der anderen schleichen sich in die eigenen Gedanken und lassen einen nicht einmal mehr in den Träumen allein.
Man ist einander ausgeliefert.
Wir sind acht.
Wir teilen uns eine Kabine, deren Wände man mit den Armen berühren kann, wenn man in der Mitte des Raumes steht.
Wir schlafen übereinander, wie Vieh, in Kojen gepfercht, die eng sind wie Särge.
Jeder sehnt die Ankunft herbei. Jeder will diesem schaukelnden Ort entrinnen. Jeder will wieder Luft zum Atmen haben. Jeder will, dass es endlich vorüber ist.
Sieben Tage liegen noch vor uns, wenn das Wetter gut ist. Acht, wenn nicht. Hoffentlich nicht mehr.

Es ist so weit. Vierzehn Tage auf hoher See, eingepfercht in den Schiffsbauch der *Hyperion*, nähern sich dem Ende. Vor uns taucht der Hafen von New York aus dem Nebel auf. Es ist so, wie es sich die meisten ausgemalt haben. Ich kann jetzt nicht schreiben. Ich kann nur dastehen, dicht an der Reling, und staunen, wie all die anderen es auch tun.

Du hast dich eben bewegt, kleine Scarlet. Als wüsstest du, dass wir da sind.

Gestern war ich in der Hölle.

Die *Hyperion* steuerte am frühen Morgen die Insel vor der riesigen Stadt an. Wir standen alle an Deck und bestaunten die Silhouette, die sich uns darbot. Die gewaltigen Brücken und die Häuser, die höher waren als alles, was man jemals in der Alten Welt gesehen hatte. Höher noch als Kathedralen.

Das ganze Schiff, Passagiere und Besatzung gleichermaßen, drängte an Deck, um Lady Liberty zu sehen, die majestätisch an uns vorbeizog. Hoch reckte sie die Fackel dem Himmel entgegen, und anmutig ließ sie alle Schiffe vorbeiziehen. In den Gesichtern der Menschen erkannte man das Licht, das von dieser eleganten Dame aus weißem Stein ausging. Das, wovon alle geträumt hatten, wurde nun zur Gewissheit.

Wir waren in Amerika.

Wir hatten es tatsächlich geschafft.

Nach all den Strapazen der Reise waren wir schlussendlich doch noch hier angekommen. Und was immer uns erwarten würde, es konnte nur gut sein. Dinge klärten sich. Ich wusste, dass ich die Menschen, mit denen ich die letzten vierzehn Tage verbracht hatte, nie wiedersehen würde. Keiner würde zurückschauen. Jeder würde seinen Weg gehen. Das Licht der Lady Liberty schien für alle, die es in ihr Herz ließen.

Und dann ...

Dann steuerten wir auf die Insel zu.

Allein schon ihr Name war Legende. Sie war der Ort, der wie ein Orakel war, der Platz, an dem sich Schicksale erfüllten. Furchtsam hatten die Passagiere ihren Namen geflüstert und die Blicke niedergeschlagen, weil niemand wirklich darüber reden wollte. Alle wussten, dass ihr neues Leben hier beginnen oder enden würde. Alle hatten Angst. Ich auch.

Langsam kam die Insel näher.

Das Schiff ging längsseits.

Und ich stand mit all den anderen an Deck, den Koffer, der ein ganzes Leben oder das, was davon geblieben war, enthielt, in meiner Hand. Ich konnte den Blick nicht lösen von dem, was dort war.

Ellis Island.

Das, was sich dort drüben, keinen Steinwurf mehr von uns entfernt befand, sah eher aus wie eine eigene Stadt, eine gewaltige Bastion des noch gewaltigeren New York.

Dies war also der Ort, an dem sich alle Einwanderer einfinden mussten.

Das große Gebäude mit den vier Türmen und den Kuppeln erinnerte mich an den Tower von London. Früher, so erzählte man sich, war dies ein Munitionslager gewesen, doch seit sechs Jahren befand sich dort die Einwanderungsbehörde von Gotham. Es gab unzählige Gebäude, ein eigenes Kraftwerk, eine eigene Polizei- und Feuerwehrstation, Schlafsäle mit Tausenden von Betten, viele Wäschereien und Großküchen. Mehr als eine Million neuer Einwanderer konnten dort untersucht werden. Alle Tests wurden in den ehrfurchtgebietenden Gebäuden durchgeführt. Dies war der Ort, der Schicksal spielte.

Eine ungeheure Anspannung lag in der Luft.

An Bord war allzeit darüber spekuliert worden, wie die Untersuchungen wohl aussehen mochten. Jeder hatte Angst, dass er zurückgeschickt würde. In jedermanns Gesicht spiegelte sich die Furcht vor dem endgültigen Urteil des behandelnden Arztes. Jedermann wusste, wie mächtig die Bürokratie war.

Die *Hyperion* legte am Pier an.

Und die Odyssee begann.

Nach der überaus erschöpfenden Schiffsreise, die ich im Gegensatz zu manch anderem Passagier bei nahezu guter Gesundheit überstanden hatte, wurde man nach dem hektischen Ausschiffen, das als ungeheuer entwürdigendes Gedränge zu bezeichnen noch ein Kompliment an die Disziplin der Menschen gewesen wäre, zum Hauptgebäude geleitet.

Hunderte von erschöpften Immigranten warteten bereits mit ausgemergelten Gesichtern und ihren wenigen Habseligkeiten, die ausnahmslos in einen einzigen Koffer hineinpassten, in einer schier endlos erscheinenden Schlange unter dem Schutzdach vor dem Haupteingang.

Sie warteten und warteten, alle warteten sie auf den Einlass in den Komplex.

Mir schwindelte oft, aber ich wusste, dass ich jetzt keine Schwäche zeigen durfte.

Ach, kleine Scarlet, ich spürte dich so sehr in mir. Du warst ganz unruhig, als könntest Du spüren, wie es um mich bestellt war. Mir war übel, und mein Herz war vor Aufregung in einem Trommelwirbel gefangen.

Ja, so warteten wir.

Nur langsam ging es voran.

Es mag einige Stunden gedauert haben, bis ich endlich das Gebäude und die große Halle betrat.

Überall waren Menschen, das Stimmengewirr war ohrenbetäubend. Hunderte von Einwandererfamilien warteten hier auf ihre Abfertigung. Es gab Barrieren aus Metall, um die Massen zu lenken. Es gab einen Raum, in dem die Gepäckstücke untersucht wurden. Alles ging sehr schnell. Dann wurde man zurück in die große Halle geschickt.

Längst waren die Gesichter, mit denen ich die letzten vierzehn Tage auf der *Hyperion* verbracht hatte, von der Masse verschluckt worden.

Im ersten Stock, so verkündete jemand, hatte man die Möglichkeit, die Gepäckstücke aufzugeben. Sie würden an ihren Bestimmungsort versendet, versprachen Schilder und Bedienstete gleichermaßen. Nichtsdestotrotz hatten viele von uns Angst, ihre Habseligkeiten nie wiederzusehen. Und so blieben die meisten Menschen mit ihren Koffern und Taschen in der großen Halle stehen.

Und warteten.

Weiter und weiter.

Zehntausend Immigranten, munkelte man, wurden jeden Tag durch Ellis Island geschleust. An diesem Morgen war ich einer von ihnen. Frauen, Männer, Kinder, alle mit dem verträumten Glanz der zweiten Geburt in den Augen. Alle hofften sie auf ein neues Leben.

Ach, kleine Scarlet, wie ein Traum erscheinen mir diese Stunden auch jetzt noch. Wie Bilder, die sich nahtlos aneinanderfügen. So viele Dinge passierten auf einmal, dass ich gar keine Zeit hatte, darüber nachzudenken.

Ein Mann heftete eine Nummer an meinen Mantel, und ich musste mich in eine lange Reihe eingliedern, die aus der großen Halle herausführte. Mürrische Beamte der Einwanderungsbehörde trieben die Leute zur Eile an. Anordnungen wurden in den verschiedensten Sprachen gebrüllt. Der Gedanke, dass dies Tag für Tag geschah, nahm mir den Mut. Es gab Fragebögen, die man ausfüllen musste, und unzählige

Formalitäten, die zu erledigen waren, eine überflüssiger und unsinniger als die ihr folgende. Die Menschen wurden einzeln und als Familien zusammengetrieben, planmäßig geordnet, aufgeteilt und sortiert. Es war eine Uhr, die niemals zu ticken aufhörte.

Dann kamen die Ärzte.

Ungeduldige Männer in weißen Kitteln, Männer ohne Lächeln, die alt und ungerecht aussahen, Männer, die Menschen im Bruchteil von wenigen Sekunden untersuchten und ihr Urteil fällten.

Oft genügte nur ein einziger Blick, um die Diagnose zu stellen und über das weitere Schicksal eines Menschen oder einer ganzen Familie zu entscheiden. Polygamisten und Mittellose, Kriminelle, Geistesgestörte, Herzkranke sowie Menschen mit einer körperlichen Behinderung – sie alle wurden abgewiesen. Man führte sie schnell in einen Nebenraum, wo sie gekennzeichnet wurden. L stand für Behinderung, H für Herzkrankheit, EC gab es bei Augenproblemen und ein X bei Verdacht auf Geisteskrankheit. Alle fürchteten die Untersuchung bezüglich eines Trachoms, einer Infektion der Augen, die man nicht heilen konnte. Wer Anzeichen erkennen ließ, wurde umgehend nach Hause geschickt, ungeachtet des Alters oder der familiären Situation.

Ganze Familien wurden auseinandergerissen. Man sah schreiende Menschen, die weinten. Hände, die einander zugereckt wurden. Kleine Kinder, die ihre Eltern verloren.

Wenn es eine Hölle gibt, dann existierte sie dort.

Und damit war es noch nicht vorbei.

Hatte man die Ärzte überstanden, so gelangte man in die Registrierungshalle, wo die letzten Befragungen durchgeführt wurden.

Name und Geburtsort, angestrebter Zielort und erlernter Beruf, Höhe des mitgeführten Bargelds. Niemand machte sich Gedanken um die Schicksale hinter den Gesichtern, dafür waren es viel zu viele Einwanderer.

Wer es bis hierher geschafft hatte, der konnte sich zu den Glücklichen zählen.

Keiner der mürrischen Beamten, in deren Mündern manchmal pechschwarze Insektenbeine zuckten, machte sich die Mühe, die Angaben, die man machte, zu überprüfen. Es wurde lediglich bestätigt, was die Schiffspapiere aussagten. Hatte man dort einen Namen angegeben, so musste dieser nur noch registriert werden.

Ich hatte meinen alten Namen abgelegt.

Die glückliche Rima, die Mortimer geliebt hatte, war in London gestorben.

Sie war tot, und der Sarg, in den man sie gebettet hatte, hatte schon längst die Leinen gelöst und fuhr hinüber nach *Manna-hata*.

Ich stand vor dem Beamten und nannte ihm meinen Namen.

Rima Hawthorne.

Dieser Name stand in den Papieren.

Das war der Name, den ich fortan tragen würde.

Vor gerade einmal zwei Wochen hatte mir Mortimer in Hampstead Manor eine kurze Geschichte des amerikanischen Schriftstellers Nathaniel Hawthorne vorgelesen: *Der Schöpfer des Schönen*. Ich verband wunderschöne Erinnerungen mit diesem Namen, das war alles.

Deswegen Rima Hawthorne.

Die weiteren Angaben, die man wünscht, waren kaum mehr als eine reine Formalität: alleinstehend, aus Bedford-

shire kommend, von Beruf Näherin, Zielort *Manna-hata*, mit einer Anstellung bei der Triangle Waist Company in Aussicht. Master Micklewhite hatte ein Empfehlungsschreiben verfasst, das ich dem jungen Beamten unter die Nase hielt. Das war alles.
So betrat ich also die Neue Welt.
Niemand sah mir an, dass ich schwanger war. Die Kleidung, schwere Röcke und ein Mantel, ließen nichts erkennen. Du warst mein Geheimnis, süße Scarlet, bist es noch immer.
Damit durfte ich Ellis Island verlassen.
Jetzt bin ich in *Manna-hata*.
Wir haben es geschafft.

Die Lower East Side ist mein Zuhause, seit Monaten schon.
Ich fand recht schnell eine Anstellung bei einem Krämer in der East Houston Street, keinen Block von meiner Unterkunft entfernt. Die beiden Zimmer teile ich mir mit einer fünfköpfigen irischen Familie, den O'Brians.
Die Mietskasernen sind so übervölkert, überall. Neue Immigranten strömen in die Straßen des Viertels. Russen, Armenier, Italiener, Polen, Griechen, Ungarn und bestimmt ein halbes Dutzend weiterer Nationalitäten. Eine andere Wohngegend können sich die Armen nicht leisten.
Dass dieser Zustand nicht von Dauer sein kann, ist mir klar.
Es dauert nicht mehr lange, und Du wirst das Licht der Welt erblicken. Dann wird mein Leben eine neue Wendung nehmen. Ich bin dann eine Mutter, allein. Es ist nicht sehr schwierig, eine Anstellung zu finden. Aber wenn Du bei mir bist, dann wird alles anders werden.

Andauernd zerbreche ich mir den Kopf deswegen.

Ich habe einen Brief an Maurice Micklewhite verfasst und ihm berichtet, wie es mir geht. Das, mein Kind, ist die Vereinbarung, die wir getroffen haben. Er will mir schreiben, das hat er mir versprochen. Er will mir schreiben, damit ich weiß, dass es Mortimer gut geht.

Nie will er mir mehr schreiben, keine Details.

»Wenn es ihm gut geht«, hat er gesagt, als wir am Kai auf das Boot warteten, »dann werde ich nur diese Worte schreiben: *Es geht ihm gut.*«

Wir wussten beide, dass dies die beste Lösung war. Mehr von Mortimer zu erfahren, von dem neuen Leben, das er führen würde ... nein, das wäre nicht gut. Und Mortimer, das versprach Micklewhite, würde niemals erfahren, dass es die Briefe gab. Er ist ein starrköpfiger Mensch, und beide wussten wir, dass er versuchen würde, zu mir zu gelangen. Er würde nach Lösungen zu suchen beginnen, die es nicht gibt. Deshalb die Vereinbarung.

Ja, meine kleine Scarlet, ich lebe jetzt in New York.

Ich bin allein, obwohl immer andere Menschen um mich herum sind.

Du wirst schon bald bei mir sein.

Ich kann es kaum erwarten.

Ich habe solche Angst davor.

Gestern erreichte mich ein Brief aus London. Er enthielt ein versiegeltes Schreiben und die Anweisung, mich damit nach Staten Island zu begeben. Jetzt bin ich auf der Fähre, die mich dorthin bringt. Die Adresse, zu der ich mich mit dem Brief in der Hand begeben soll, ist 912 Richmond Terrace, nahe der Tyson Street. Dort würde man sich meiner anneh-

men. Micklewhite House, so lautet der Name des Anwesens, in dessen Obhut ich mich begeben soll.
    Kann ich diese Hilfe annehmen? Ist es ein Almosen? Ich fühle mich nicht gut dabei.
    Aber was soll eine junge Frau in meiner Situation sonst tun? Ich bin allein. Wenn Du bei mir bist, kleine Scarlet, dann kann ich nicht arbeiten. Nicht so viel, dass mein Lohn uns beide ernährt.
    Die Fähre legt an. Ich gehe von Bord. Wünsch mir Glück.

Sie waren sehr nett zu mir, wenngleich mir Master Marcus Micklewhite, der seinem Bruder fast zum Verwechseln ähnlich sieht, zu Beginn unseres Gesprächs ein wenig verhalten gegenübertrat. Er las den Brief, den ich in meiner zitternden Hand hielt, und ab und zu nickte er.
    Micklewhite House ist ein vornehmes Anwesen mit einem Rasen und mächtigen Säulen und einer Veranda, die das Haus von allen Seiten umgibt. Korbmöbel und Schaukeln stehen auf der Veranda, und es gibt Windhunde, die müde und artig im Schatten liegen. Alles ist so vornehm, so elegant, und ich bin nur eine junge Frau von der Lower East Side. Mein Haar sieht nicht schön aus, und die Kleider, die ich trage, müssen wohlhabenden Leuten wie den Micklewhites wie schäbigste Lumpen erscheinen. Dafür besitze ich Umgangsformen, die einen über das Äußere hinwegsehen lassen. Hoffe ich.
    Mrs. Micklewhite, die keine Elfe ist, sondern eine feine Dame aus Boston, war, glaube ich, recht angetan von meiner offenen Art. Sie erwähnte mehrmals mit Stolz, dass dies nicht London sei. New York sei eine freie Stadt, das Tor zu einem freien Land. Staten Island sei ein Paradies, weil es hier

aussähe wie auf dem Lande. Sie redete unentwegt, was mir einen großen Teil meiner Angst nahm. Viele der alten elfischen Familien, die hier lebten, hätten sich noch immer die überheblichen Ansichten der Alten Welt bewahrt. Eine Familie, die sie kenne, habe sogar kürzlich ihre einzige Tochter verstoßen, und das nur, weil sie sich mit einem einfachen Arbeiter abgebe. An dieser Stelle schüttelte sie missbilligend den Kopf. Und dann nahm sie mich in die Arme.

Ich glaube, wir haben ein neues Zuhause.

Die Menschen hier sind so anders als die in London.
Alles kommt einem viel freier vor.
Es gibt keine Regentin.
Der Duke von *Manna-hata* vertritt die Belange der Stadt in Washington.
Heute stieg ich zum ersten Mal hinab in die uralte Metropole. Sie ist so anders als die Stadt unter der Stadt, wie ich sie aus London kenne. Es gibt hier keine Engel, das fiel mir sofort auf. In London traf man sie manchmal in den Straßen. Sie musizierten auf alten Instrumenten.
In Amerika aber gibt es keine Engel.
Mrs. Micklewhite erlaubte mir, eine der Dienstbotinnen zu begleiten.
Tabitha ist sehr nett.
Sie erzählte mir von ihren Vorfahren, die auf Sklavenschiffen in den Süden gebracht worden waren. Schlimme Dinge trugen sich dort zu, und ich musste an die grässlichen Whitechapel-Aufstände denken. Dann kam es auch hier zu einem großen Bürgerkrieg, und jetzt sind alle Menschen frei.
Tabitha wurde in New York geboren. Die Micklewhites haben sie seit vier Jahren schon in ihren Diensten.

Einmal in der Woche muss sie Besorgungen in der uralten Metropole von Gotham machen.

Wir gingen an einen exotischen Ort, der Shadow Sailor's Snug Harbor heißt und jenseits der weiten Windmühlenfelder liegt. Dort, tief unter dem Staten Island, das wir kennen, legen die schlanken Schiffe an, die sich auf den fremden Meeren bewegen, von denen ich noch nie zuvor gehört habe, nicht einmal in Salem House. Fische mit bunten Schuppen und Kraken mit Muschelaugen werden dort unten angeboten und verkauft. Es ist eine Welt, in der Tunnelstreicher und Maulwurfsmenschen in Harmonie leben, wo blinde Pferde schwere Karren ziehen und einige indianische Götter ihre Tage verbringen.

Tabitha zeigte mir alles und erklärte mir die Welt, in die Du hineingeboren wirst.

Bald ist es so weit.

Ich spüre Deine Tritte jeden Tag mehr.

Sie werden fester. Wie auch die Schmerzen stärker werden.

Welch wunderbarer Tag. Ich hatte vergessen, wie Glück sich anfühlt, wenn es einen bei der Hand nimmt und zum Tanze bittet.

Meine süße kleine Scarlet, jetzt weiß ich es: Du hast *seine* Augen. Du bist so klein. Ich habe Deine Aura gesehen, als die Hebamme dich in die weißen Tücher eingewickelt hat und Du geschrien hast. Sie ist scharlachrot, Deine Aura. Es ist unglaublich, wie Du duftest. Mir ist, als könnte ich tagelang nichts anderes tun, als Deine Haut zu berühren und diesen Duft zu atmen.

Du bist kerngesund, das hat die Hebamme gesagt.

Herrje, ich könnte nur weinen, wenn ich Dich anschaue.

Wäre Mortimer nur hier, er würde Dich sicherlich ebenso ansehen, wie ich es tue. Er würde Dich fest im Arm halten. Er wird nie erfahren, dass es Dir gut geht. Er wird nicht einmal erfahren, dass es Dich gibt. Mortimer wird nie wissen, wie sehr dieser Tag doch mit Magie erfüllt ist. Wir schreiben den 21. November des Jahres 1898, und die Welt ist ganz plötzlich ein wunderbarer Ort.

Ach, kleine Scarlet, ich sollte Dir lieber erzählen, was eben passiert ist.

Micklewhite House ist umgeben von den verschiedensten Pflanzen und sogar im Inneren, auch im Winter, eine einzige grüne Oase. Lavendelbäume, Basilikum, Wacholderbüsche, Anemonen, Indianernesseln und Goldrute, Rosen, Tränende Herzen und Efeu. Sie alle verströmen ihre Düfte, sie alle erwecken den Eindruck, das Haus selbst sei ein lebendiges Wesen.

Als die Wehen einsetzten und ganz schrecklich stark waren, da beugten sich auf einmal die Rosen zu mir ans Bett. Die Ranken selbst bewegten sich, die anderen sahen es auch. Ich konnte die Blüten riechen, weil sie mein Gesicht berührten, und sie beruhigten mich. Und dann, kleine Scarlet, als Du endlich im Arm der Hebamme Deinen ersten Schrei ausstießest, da raschelten die Blätter aller Pflanzen im Raum vor Freude, als spürten sie das Glück, das uns umgab. Sie bewegten sich, als sei ein Windstoß durch den Raum geweht.

Zum ersten Mal, seit ich London verlassen habe, bin ich glücklich. Laut schreien könnte ich, damit es jeder erfährt. Denn Du bist bei mir. Meine kleine wunderbare Scarlet, die zu den Pflanzen sprechen kann. Du bist so scharlachrot, wie Dein Vater es war, wenn er mich umarmte und lachte. Er wäre stolz auf Dich. Willkommen im Leben.

Zweites Buch

Scarlet

Kapitel 1

Das Wintermädchen

Die Erinnerungen sind wie das Wasser, scharlachrot, durchwebt mit bunten Steinen. Und manchmal sind es bitterste Furcht und tiefste Wehmut, die sich im einst vergessenen Wissen verbargen und einem schier das Herz zerreißen, da selbst die eigenen Gefühle nun andere sind als noch Augenblicke zuvor. Scarlet Hawthorne erfuhr dies alles auf schmerzlichste Weise, als sie Lady Solitaire gegenübertrat. Alles, woran sie bis dahin geglaubt hatte, veränderte sich im Wimpernschlag eines eisig kalten Auges, und die Hölle, die jeder von uns in sich trägt, wurde mit einem Kuss, der noch immer auf den Lippen brannte, zum Leben erweckt.

Follow the yellow brick road.

Das ist es, was ihr durch den Kopf schießt.

Sie erinnert sich an das Lied.

Die Straße.

Den Weg.

Es gibt keinen Zauberer von Oz. Nicht hier.

Ja, jetzt sind wir an einem Ort, der bisher nur in unseren Träumen existierte.

»Wohin gehen wir?«, fragt mich Scarlet.

»Geradeaus, immer der Nase nach.«
»Warum ist der Engel nicht mit uns gekommen?«, fragt sie.
»Ich weiß es nicht.«
»Tun wir das Richtige?«
Ich schweige.
Scarlet nickt. Sie muss nicht aussprechen, was sie denkt, es steht ihr deutlich ins Gesicht geschrieben.

Für einen kurzen Augenblick zögern wir. Dann betreten wir den fremden Ort und folgen dem Weg. Wir sehen, was vor uns liegt. Alles ist so vertraut und doch ganz anders, als wir es uns in den kühnsten Träumen ausgemalt haben.

Doch, nein, ich sollte nicht schon wieder abschweifen.

Ich sollte den Faden der Geschichte genau dort aufnehmen, wo wir ihn haben fallen lassen.

Folgen Sie mir zurück nach New York, unter die Stadt der zwei Flüsse, tief hinab in die uralte Metropole, wo wir soeben durch eine geheimnisvolle Tür getreten waren, die uns an einen entfernten Ort brachte, zu einer schimmernden Gestalt in einen Raum aus Eis und Winterszeit, wo klirrende Dinge wie Spiegel ihre eigenen Tränen fraßen.

»Willkommen in meiner Hölle«, sagte eine Frau, die gleißend weißes Licht am Leib zu tragen schien. Sie breitet die Arme aus und lächelt wie Schnee, der durch dichtes Geäst nach unten fällt. »Ich bin Lady Solitaire.« Dann gefror ihr Gesicht, das jung und hübsch war, als sei die Zeit eine liebende Gefährtin, und wir alle waren uns bewusst, wie nah uns der Tod nun gekommen war. Sie sprach die Namen der Anwesenden aus, als hüteten sie, jeder für sich, ein Geheimnis: »Miss Scarlet Hawthorne, Mr. Jakob Sawyer, Mistress Anthea Atwood. Wie schön, dass Sie alle mich beehren.«

»Was ist mit Queequeg passiert?«, wollte Jake augenblicklich wissen. Er trat vor und wirkte grimmig.

»Die Spinnen haben sich an ihm gütlich getan. Sie waren hungrig.« Die Lady in Weiß ließ keinerlei Anteilnahme erkennen. Ihr Gesicht blieb ausdruckslos und wunderschön.

Scarlet wurde rot vor Zorn. »Er war ein guter Mensch.«

»Mag sein.«

»Mag sein?«, äffte Scarlet sie nach.

Und Lady Solitaire, deren Augen wie Eis aussahen, erwiderte: »Er hat seine Nase in Angelegenheiten gesteckt, die ihn nichts angehen.« Sie wirkte streng und kühl. Seltsam leer schienen die großen Augen, die von blendendem Eisblau waren. Und Scarlet musste sich eingestehen, dass die Frau, die dort stand, wunderschön war, nahezu makellos schön.

Wir sahen uns um.

»Wo sind wir?«, fragte Scarlet.

Die Tür hatte uns direkt in diesen Raum geführt.

»Im alten Paramount-Theater«, gab ich zur Antwort. »Ich bin früher oft hier gewesen.«

Sie sah mich von der Seite an. »Bela Lugosi?«

Ich enthielt mich der Antwort.

»Und Claude Rains«, bemerkte Jake mit einem Augenzwinkern.

Wirklich lustig fand das niemand.

Ich jedenfalls nicht.

»Claude Rains war immerhin sehr charmant«, bemerkte ich nur, »ich bin ihm einmal begegnet.«

Der Glanz vergangener Zeiten schwebte noch immer durch diesen Raum, der ein Saal war.

All die großen Stars waren in den vergangenen schwarzweißen und später dann schrill technicolorbunten Zeiten hier aufgetreten: Benny Goodman, Tommy Dorsey, Frank Sinatra und Dean Martin, Jerry Lewis.

Die neuen Filme der Paramount-Studios hatten ihren ersten Auftritt immer hier in dem riesigen Kinosaal gehabt. Nicht umsonst ähnelte das Gebäude mit seiner südamerikanischen Pyramidenform dem Berg aus dem berühmten Logo der Filmfirma. Doch das war alles Vergangenheit, nur ein Hauch von Nostalgie. Die Lichtspieltheater, die früher einmal die Massen angezogen hatten wie das Licht die Motten, waren im Laufe der Sechzigerjahre geschlossen worden. Diesen Ort hier hätte es eigentlich gar nicht mehr geben dürfen.

Und doch war er da.

Die Sitzreihen des alten Kinos rochen nach Staub und all den Jahren, die hier ruhten. Ein roter Vorhang verbarg die Leinwand. Aus den Wänden ragten lange goldene Arme, die Kerzen in ihren Händen hielten. Andauernd bewegten sie sich und leuchteten dorthin, wo sie das Licht benötigt glaubten. Die Wände mit der überaus eleganten Täfelung aus hellem Holz waren von Efeu bedeckt, der sich bis hinauf zu den Kronleuchtern an der Decke rankte. Dünner Raureif hatte sich auf den Blättern und Ranken gebildet.

Überall in dem Kinosaal befanden sich Türen.

Sie sahen genauso aus wie die Tür, durch die wir eben hereingekommen waren.

Dreizehn waren es an der Zahl. Sie standen frei im Raum, nur ein Rahmen mit einer Tür darin, und alle sahen sie verschieden aus. Eine von ihnen war jedoch zerstört. Pflanzen hingen vertrocknet an ihr herab. Man konnte erkennen, wie sie sich in den Rahmen gebohrt hatten, das Holz war zersplittert, und die Tür hing nur lose in den Angeln.

»Das Lichtspieltheater ist vor langer Zeit schon verschwunden«, erklärte ich und sah mich um. »Es ist wohl in den Untergrund gesunken, wie so viele Dinge, für die in der Welt dort oben niemand mehr Verwendung findet. Jetzt befindet sich nur noch ein Hard Rock Café ganz oben in dem zurückgebliebenen Gebäude, gleich unterhalb der Spitze, direkt unter der großen Uhr und dem schimmernden Globus.«

Vor vielen, vielen Jahren waren hier im Saal die großen Werke von Cecil B. de Mille gezeigt worden, von Howard Hawks und Orson Welles, oft sogar im Beisein der Regisseure und Schauspieler. Mondäne Veranstaltungen waren abgehalten worden.

Damals.

Heute nicht mehr.

Die Leinwand war schweigsam. Ein eleganter Vorhang verdeckte sie, jemand schien hinter ihm zu stehen.

Musik erklang leise aus den Lautsprechern, die sich irgendwo an den Seiten des Saals befinden mussten. Cole Porter, Irving Berlin. *Let's face the music and dance* und danach die ersten Takte von *Cheek to cheek*.

Wir standen vor einer Tür, gleich neben der Bühne.

Nachdem wir das Kino betreten hatten, war diese Tür, durch die wir eingetreten waren, einfach wieder zugefallen. Jake hatte sofort geprüft, ob sie verschlossen war.

Das war sie.

Es gab also kein Zurück mehr.

Lady Solitaire saß mitten im Zuschauerraum. Als sie uns sah, erhob sie sich und kam langsam durch die Reihen auf uns zu. Sie trug einen Anzug, so weiß wie der allertiefste Winter. Dazu einen langen Schal aus durchsichtiger Seide, der bis auf den Boden reichte. Ihr langes Haar, das wallender

Schnee war, fiel ihr in sanften Wellen über die Schultern. Indianischer Schmuck war darin eingeflochten, Federn und hölzerne Gegenstände, winzig und mystisch.

Derweil formten sich an anderen Stellen im Saal unzählige Schneewirbel zu großen Gestalten, die auf zwei Beinen dastanden und boshaft grollten. Ihre langen Schnauzen waren böse Winterträume aus schmutzigem Weiß, und die roten Lefzen schimmerten wie düstere Versprechen von Blut und Verderben. Es mochten mehr als zwanzig Wendigo sein, die nach und nach überall im Theater ihre endgültige Gestalt annahmen und deren kalt glühende Augen böse funkelten.

»Zu guter Letzt sind Sie mir doch noch in die Falle gegangen«, bekannte Lady Solitaire. »Oder sollte ich sagen, es ist Ihnen gelungen, mir in meinem überaus bescheidenen Heim einen Besuch abzustatten?« Sie lächelte, und Herzen konnten gefrieren, wenn sie das tat. »Wie dem auch sei, Sie sind jetzt hier. Und ich heiße Sie willkommen.«

Scarlet starrte sie an.

»Sie wollten mich doch finden«, fuhr Lady Solitaire fort, »und jetzt sind Sie hier.« Die hellen Augen fixierten Scarlet. »Schon wieder, könnte man sagen. Zum zweiten Mal, und das in nur zwei Tagen. Ihre Beharrlichkeit, das muss ich Ihnen zugestehen, ist wirklich beachtlich.«

»Wo ist der Kojote?«

»Hier!« Eine Gestalt mit dem Gesicht eines Kojoten trat hinter dem Vorhang hervor. Er trug einen Nadelstreifenanzug. Dazu rot-weiße Turnschuhe. »Ich heiße Sie willkommen.« Er stützte sich auf einen Gehstock, dessen Knauf ein Schakalkopf aus Silber war.

»Anubis?«, hakte ich nach.

»Kennen wir uns?«

»Ich bin Anthea Atwood aus Brooklyn«, stellte ich mich kurz vor. »Ich dachte, Ihr wärt der Lichtlord?«

»Sie sind sehr direkt, meine Gute.« Er schüttelte amüsiert den Kopf und zog die Lefzen zu einem Grinsen zurück. »Doch ich muss Sie enttäuschen. Nein, ich bin nicht der, für den Sie mich halten. Da haben Sie sich wohl geirrt.«

Ich zuckte die Achseln.

»Das scheint Ihnen öfter zu passieren, nicht wahr?«, flüsterte Scarlet mir zu.

Ich knurrte eine knappe Erwiderung, sonst nichts.

»Ich bin weder der Lichtlord, noch bin ich Anubis.« Er blieb oben auf der Bühne stehen, stützte sich auf den Gehstock. »Ich bin nur der Kojote. Schon immer gewesen.«

»Ihr seht aber aus wie Anubis«, sagte ich.

»Wir sind ...« Er suchte nach Worten, sagte schließlich: »Verwandt.« Er stieß einen Laut aus, der ein Lachen hätte sein können, wären seine Augen nicht so dunkel und ernst geblieben. »Anubis hat kein gutes Verhältnis zu den Spinnen, das hatte er noch nie.«

»Was tut Ihr hier?«

»Ich stehe Lady Solitaire bei. Außerdem bin ich derjenige, dem die Wendigo in die Stadt gefolgt sind.«

»Wer sind sie wirklich, die Wendigo, meine ich?«

»Das wissen Sie nicht, Mistress Atwood?« Er schien überrascht. »Immer, wenn Wolf und Mensch miteinander gekämpft haben und beide in diesem Kampf gestorben sind, ist der Geist eines neuen Wendigo entstanden. Er vereint die Seelen, die auf so schmerzhafte Art und Weise verloren gingen. Sie wurden ein Leib und ein Geist. Der alte Konflikt, der sie beide hat sterben lassen, lebt in den Wendigo fort. Es ist kein schönes Leben.«

»Doch treu ergeben sind sie immer demjenigen, der ihnen Verständnis entgegenbringt.« Lady Solitaire bewegte sich langsam auf uns zu. Sie kraulte einem Wendigo im Vorbeigehen das Fell. Die riesige Kreatur neigte den Kopf zur Seite und ließ ein leises Winseln hören, so zart, wie man es einem Wesen dieser Größe gar nicht zugetraut hätte. »Jedes Wesen verdient es,« sagte Lady Solitaire, »dass man ihm mit Verständnis und Respekt begegnet. Auch die Raubtiere. Auch jene, die wir nicht verstehen.« Der Wendigo erhob sich wieder, winselte noch ein letztes Mal und sah dann wieder so mordlüstern und gierig aus wie zuvor. »Wir tun doch alle nur, was unserer Natur entspricht, nicht wahr?!«

Scarlet stand wie angewurzelt da.

Jake wich nicht von ihrer Seite. Er hatte eine Hand in der Manteltasche, wo er normalerweise ein Messer aufbewahrte.

»Sie sind vor zwei Tagen schon hier eingedrungen«, sagte Lady Solitaire, und einer der Wendigo kam auf Scarlet zu. Jake stellte sich schützend vor sie. »Tun Sie das nicht, Mr. Sawyer«, warnte sie ihn mit leisen Worten. »Ihrem letzten Begleiter ist es nicht gut bekommen, als er sie zu schützen versuchte.«

Scarlet schaute auf.

Ihr letzter Begleiter?

»Was wisst Ihr?«

»Alles!« Lady Solitaire genoss ihren Auftritt. Wie ein einziger Schleier aus Stoff und Haaren wehte sie den Gang entlang. Scarlet fragte sich, wie alt sie wohl war. Sie wirkte jünger als sie selbst, aber in ihren Augen gefror ein Feuer, das viel älter sein musste.

»Alles?«

Die Wendigo umzingelten sie, aber keiner kam ihr zu nah, sie alle waren sehr vorsichtig. Ihre Krallen kratzten über den roten Teppich, der überall den Boden bedeckte. Ihr eisig kalter Atem war wie Nebel in der warmen Luft des Theaters.

»Warum ist es so kalt hier drinnen?«, fragte Scarlet.

»Ich bin ein kalter Mensch«, antwortete Lady Solitaire, und etwas an dieser Aussage schien sie nachdenklich zu stimmen. »Wo ich bin, da ist der Winter. Das war schon immer so. Ich bin das eiskalte Wintermädchen, bei dessen Anblick die Menschen erstarren.«

»Ihr seid wunderschön«, stammelte Scarlet. Sie wusste nicht, warum sie das sagte. Aber es war das, was sie dachte.

»Die meisten Menschen«, sagte Lady Solitaire mit einem Anflug von tiefem Bedauern, »bewundern doch das am meisten, was sie im Innersten frieren lässt.« Sie blieb stehen. »Ich bin noch so jung wie vor Hunderten von Jahren. Die Zeit ist trotzdem nicht meine Freundin. Sie ist niemandes Freundin. All die Jahre gehen spurlos an mir vorbei. Haut, Haar, Körper, alles bleibt, wie es immer schon war. Doch das Herz wird kälter, von Jahr zu Jahr, die Augen werden immer mehr wie Stahl, und die erstarrte Seele ist mir ein einziges wildes Winterland geworden.« Sie berührte einen Kinositz, liebkoste den samtigen Stoff mit dem Finger. »Er ist so weich und doch ganz kalt. Wie alles hier drinnen. Denn das bin ich.«

»Der Schutzzauber«, warnte der Kojote, als sie sich Scarlet näherte. »Er ist noch immer lebendig und mächtig.«

»Ja«, stimmte Lady Solitaire zu und lächelte sanft. »Mr. Chinook hat uns alle überrascht, als er sich für Sie geopfert hat.« Ihr Finger fuhr langsam am Rand des Sitzes entlang. »Aber so sind die Menschen. Immer für eine Überraschung gut.« Der Schnee, der ihr jetzt die Fingerspitze benetzte, schmolz nicht. »Mr. Chinook, erinnern Sie sich an ihn?«

Scarlet schluckte.

Sie erbebte innerlich, als sie diesen Namen hörte, obwohl sie sich überhaupt nicht an ihn erinnerte. Der war klingend wie eine Melodie, die sie gehört hatte, als die Welt sich noch nicht weitergedreht hatte. Aber sie konnte das Lied, das er war, trotzdem nicht erkennen.

Mr. Chinook.

Etwas löste der Name in ihr aus.

Wehmut?

Verwirrung?

Trauer?

»Das war sein Name: Keanu Chinook. Sie erinnern sich nicht an ihn, nicht wahr?« Lady Solitaire schritt die Reihe entlang und kam endlich beim Gang an. Sie sah wirklich aus wie ein Mädchen, aber ihre Augen waren so voller Tiefe und Alter. »Er hat Sie begleitet, immerzu. Er hat Sie geliebt. O ja, das konnte man sehen, selbst ich. Er hat Sie andauernd angesehen, als würde er sein Herz zum ersten Mal verlieren.«

»Wer seid Ihr?«, fragte ich sie.

»Haben Sie es nicht erraten, neugierige Mistress Atwood?«

Ich sagte: »Die verschwundenen Kinder. Ihr seid die Frau in Weiß, die damit zu tun hat.«

Sie starrte mich nur an.

Schmunzelte.

»Wir haben Eure Spuren gefunden«, fuhr ich fort, »überall in der Geschichte. Immerzu ist von einer Frau in Weiß die Rede. Wo sie auftaucht, da verschwinden die Kinder. Keiner weiß, was mit ihnen geschieht.« Ich trat auf sie zu, einen Schritt nur, aber ein Wendigo versperrte mir knurrend den Weg. »Ihr weiltet damals in London, vor etwas über zehn Jahren. *Madame Snowhitepink*, so rief man Euch. Und vor mehr als achtzig Jahren wart Ihr in der Wüste. Ja, in Karnak am unteren Nil wurdet Ihr gesichtet. Mr. Howard Carter hat Euren Namen in seinem Bericht erwähnt: *Wilhelmina White*.«

»Namen«, lachte sie nur, »sind doch nicht mehr als Schall und Rauch.« Sie lächelte sanft, als habe sie gerade einen vortrefflichen Scherz gemacht. »Sie vergehen im Hauch der Jahre, als habe sie nie jemand ausgesprochen.«

»Wer seid Ihr?«, fragte jetzt auch Scarlet.

»Ich bin Lady Solitaire«, antwortete sie schnell, »doch früher nannte man mich Virginia.«

Der Kojote sagte: »Virginia Dare.«

»Das erste englische Kind, das auf amerikanischem Boden geboren wurde.«

»Sie sagen es, Mistress Atwood.«

»Aber ...«

Der Kojote sprang behände von der Bühne und landete dicht neben mir: »Ich kümmere mich um Virginia Dare, seit ich sie in den Wäldern gefunden habe.«

»Ich war geflohen«, erklärte das eisig kalte Wintermädchen mit ruhiger Stimme, »aus der Siedlung auf Roanoke Island. Ich war in die tiefen Wälder hineingelaufen, als das Unglück über die Kolonie kam, und dort ernährte ich mich von dem, was ich fand. Es war bitterster Winter, und mein Herz fror immer mehr. Die Kolonisten waren alle tot. Die Secotan fürchteten sich vor mir, wie sie sich vor allen Siedlern gefürchtet hatten. Sie glaubten, dass etwas Böses nach Roanoke Island gekommen war. Sie glaubten, dass das Böse meinetwegen gekommen war. Ich irrte allein durch die Wälder, hungerte, fror, versteckte mich vor den Einwohnern, die mich gewiss als Sklavin an andere Stämme im Süden verkauft hätten, wären sie meiner habhaft geworden. Ich wollte sterben, das Leben in den Wäldern war hart.

Meine Eltern waren fort, ich war allein. Doch dann fand mich der Kojote.«

»Ich nahm sie mit nach *Croatoan* und zeigte ihr, was dort geschehen war, und erklärte ihr, weshalb wir diesen Ort verlassen mussten. Dann gingen wir beide nach Norden, wo die Wainoke lebten. Sie nahmen uns auf, weil der Kojote ein hohes Ansehen dort genießt. Dort wuchs Virginia auf, inmitten der Wälder und Höhlen, vor denen die Wainoke ihre Wigwams errichteten. Sie war zwei Jahre alt gewesen, als ich sie fand. Ein verwildertes Winterkind mit einem Herzen, das kalt vor Furcht war. Als sie zehn Jahre alt war, wurden wir Mitglieder der Kolonie von Jamestown.«

»Dort lebte ich lange Jahre. Dort wuchs ich zur Frau heran.«

»Ich lehrte sie, die Sprache der Wälder zu verstehen. Die Sprache der uralten Tiergeister ermöglichte es ihr, eine völlig neue Welt zu entdecken. Virginia Dare war so, wie alle Weißen, die in diese Länder kamen, hätten sein sollen, und bald schlug in ihr das Herz der tiefen Wälder.«

»Ich lauschte den Stimmen und begann sie zu verstehen.« Verträumt fügte sie hinzu: »Ich erhob mich in die Lüfte, war ein Adler, den nichts und niemand zu halten vermochte. Ich spürte die Winde unter meinen Schwingen und war frei wie das Leben selbst.«

Scarlet nickte.

Das war genau das, was sie empfand, wenn sie an die weiten Seen und die tiefen Wälder dachte.

»Jetzt bin ich hier in New York, und ich tue, was immer mir beliebt.« Sie sah Scarlet neugierig an, und in Windeseile veränderte sich der Ausdruck in dem hübschen Gesicht. »Und wenn mir jemand in die Quere kommt, dann muss er dafür bezahlen.«

»Aber warum?«, fragte Scarlet. »Was steckt hinter alldem?«

»Das«, sagte Virginia Dare, »haben Sie doch schon bei Ihrem letzten Besuch erfahren wollen.« Sie seufzte. »Sie kamen zu mir, sind in mein Haus eingebrochen und haben mir all diese Fragen gestellt. So viele Fragen, auf die ich Ihnen keine Antwort geben konnte.« Gemächlich schritt sie den Gang entlang. »Ich habe mir einen Film angeschaut, denn das ist das Einzige, was mich mein Herz spüren lässt. *Hausboot*. Cary Grant und Gina Lollobrigida, ich mag diesen Film. Danach wollte ich *His Girl Friday* genießen. Doch Sie machten mir einen Strich durch die Rechnung. Sie kamen hierher und brachten nur Ärger mit.« Der Zorn in ihrer Stimme bekam eine neue Farbe. »Scarlet Hawthorne, ich wusste schon bei Ihrem ersten Besuch, dass Sie mit den Dreamings unter einer Decke stecken.« Ihre Augen versprühten Eis, als sie das sagte. »O ja, das überrascht Sie? Sie und Ihr Freund kamen hierher, nach Gotham, weil die Dreamings es Ihnen aufgetragen hatten. Ja, die Schlafwandler, in denen die Dreamings leben, haben Sie geschickt. Sie und diesen mutigen Krieger, der sein ganzes Leben hingab, damit Sie entfliehen konnten.« Sie schaute hinüber zu der Tür, die von den vertrockneten Pflanzen umschlungen war. »Sie hatten Master Van Winkle aufgesucht, bevor Sie zu mir kamen. Sie hatten sogar versucht, ihm ein Geheimnis zu entlocken und ihn zur Konspiration zu bewegen. Sie haben die Dreamings auf seine Spur gelockt und ihn damit seinem Schicksal überantwortet.«

Scarlet erschauderte. »Ich habe keine Ahnung, wovon Ihr redet.«

»Sie tragen die Schuld an seinem Tod.«

»Es gab schon vorher Eistote in der Stadt«, gab ich zu bedenken.

»Sie haben nicht die geringste Ahnung, Mistress Atwood«, fuhr sie mir ins Wort. »Sie stolpern blind durch die Straßen dieser Stadt und sehen nicht, was doch offensichtlich ist.« Sie rang um Fassung. »Das Sterben begann schon viel, viel früher. Auf Roanoke Island, da hat es begonnen. Und jetzt passiert es wieder.«

»Ich weiß nicht, was hier vorgeht«, sagte Scarlet.

»Das ändert nichts daran, dass Sie etwas getan haben, was niemand mehr rückgängig machen kann. Es ändert nichts daran, dass Sie schuldig sind, Scarlet Hawthorne.«

Scarlet war verwirrt.

Irgendwelcher Dinge beschuldigt zu werden, die getan zu haben man sich nicht erinnern konnte, war befremdlich. Es hinterließ ein ungutes Gefühl der Leere. Die Dreamings hatten sie geschickt? Sie konnte sich nicht daran erinnern. Sie wusste nicht einmal genau, wer oder was die Dreamings waren.

»Was wollte ich von Euch?«

»Von mir?« Virginia Dare lachte laut auf. »Sehe ich so dumm aus, als würde ich Ihnen all das mitteilen, was Ihnen an Wissen fehlt? Dies ist kein Film, in dem der Bösewicht dem Protagonisten erklärt, was es mit allem auf sich hat.«

»Sind Sie der Bösewicht?«, fragte Jake.

»Gut und böse, schwarz und weiß«, fauchte sie. »Es ist nicht so einfach, wie es scheint. Gutes kann Böses erschaffen, und Böses, getan zur rechten Zeit, kann gute Dinge heraufbeschwören. Wer sagt denn schon, was gut ist und was böse? Es hängt alles vom persönlichen Standpunkt ab.« Sie reckte das Kinn und sagte: »Ich stehe hier. So ist das. Und all meine Handlungen vollziehe ich vor einem ehrbaren Hintergrund. Ich habe keine Skrupel. Ich weiß, was ich tue. Ich fühle keine Reue.«

»Warum war ich hier?«, wiederholte Scarlet ihre Frage. Sie wich dem eisigen Blick der Frau in Weiß nicht aus.
»Sie handelten im Auftrag von Lord Somnia.«
Scarlet hatte keine Ahnung, von wem sie sprach. »Nie von ihm gehört.«
»Er gibt niemandem preis, wer er ist. Er spricht nur durch die Dreamings zu den Menschen, die ihm dienen.«
»Aber ich ...«
»Ach ja, Ihre schönen Erinnerungen«, sagte Virginia Dare. »All Ihre ach so süßen Erinnerungen. Sie wollen sie so gerne zurückhaben, nicht wahr, gleich hier und jetzt? Dann würde es Ihnen besser gehen. Dann wüssten Sie endlich, was Sie getan haben.« Sie schien abzuwägen, ob sie das Risiko eingehen konnte, ihr die Erinnerungen zurückzugeben. Zärtlich berührte sie die Holzkugeln, die ihr in die Haare geflochten waren. »Sie sind Ihnen ganz nah. Trinken Sie sie doch aus, alle auf einmal.« Sie sah aus wie ein Raubtier, wunderschön und gefährlich zugleich. »Die ganze Zeit über tragen Sie all Ihre Erinnerungen bei sich, ganz nah, auf der Haut.« Sie lachte laut auf, und es hörte sich an, als würde das Eis auf einem See ganz langsam zerbrechen. »Alles, was Sie tun müssen, ist, sie trinken.«
Scarlet wurde bleich.
Das Amulett! Sie umfasste es, hielt es fest, als sei es plötzlich das Kostbarste, was sie besaß.
»Sehen Sie, die Antwort kommt von ganz allein zu Ihnen.«
Das kleine Röhrchen mit dem klaren Wasser und den bunten Steinchen und den vielen Symbolen.
»Kluges Kind«, sagte Virginia Dare. »Nehmen Sie es, und trinken Sie es aus, dann werden Sie all die Dinge erfahren, nach denen es Sie verlangt. Sie werden all das wissen, was Sie

vor zwei Tagen gewusst haben. Die Erinnerungen werden wieder Ihnen gehören.«

Jake berührte ihre Hand. »Tu das nicht«, warnte er sie.

»Warum?«

»Weil sie es sagt«, gab er zu bedenken. »Ich traue ihr einfach nicht.«

Scarlet dachte an den Moment oben auf der Brooklyn Bridge und fühlte sich nicht gut dabei, seine Besorgnis so abzutun. Aber sie konnte sich dem nicht verschließen, was sich ihr bot. »Du weißt nicht, wie es ist, wenn man ganz ohne Erinnerungen leben muss.«

»Sie ist verschlagen.« Jake sah Virginia Dare böse an. »Sie führt etwas im Schilde.«

Scarlet zögerte.

Sah mich an.

»Es ist Ihre Entscheidung, Miss Scarlet.«

»Mistress Atwood!« Jake sah mich vorwurfsvoll an.

»Es gibt Entscheidungen im Leben«, sagte ich ihm, »die kann einem niemand abnehmen. Wenn man im Nachhinein feststellen muss, dass man sich völlig falsch entschieden hat, dann hat man doch immer noch die Gewissheit, dass man selbst derjenige war, der die falsche Entscheidung getroffen hat.«

»Ist das Ihr Ernst?«

»Jake. Selbst wenn es schlechte Erinnerungen sind«, hielt ich ihm vor Augen, »es sind Scarlets Erinnerungen. Sie gehören zu ihr wie das Leben, das sie einmal gelebt hat. Wir haben kein Recht, ihr diese Entscheidung abzunehmen.«

Virginia Dare, die dem Gespräch mit wachsamen Augen gefolgt war, machte eine wegwerfende Handbewegung. »Mir ist es einerlei, was Sie tun. Sie können mit Ihren Erinnerungen sterben, oder Sie können es ohne sie tun. Am Ende, Scarlet Hawthorne, macht das keinen Unterschied.«

»Ihr wollt uns töten?«, fragte Jake.

»Ich werde Sie töten, ja.« Wie schwere Steine fielen die Worte in die Stille aus Eis und Schnee.

»Warum habt Ihr uns dann herbringen lassen?«, fragte ich.

»Ich musste es tun.«

»Um uns zu töten?«

»Unter anderem, ja.«

»Die Spinnen hätten uns töten können«, bemerkte ich.

»Ja, in der Tat, das hätten sie tun können.«

»Die Spinnen haben es aber nicht getan«, fasste Scarlet das alles angemessen zusammen. »Also muss es einen Grund dafür geben, dass wir hier sind.«

»Einen Grund gibt es doch immer, Miss Scarlet.« Das mädchenhafte Gesicht erstrahlte, vielleicht weil Virginia Dare Scarlets Hartnäckigkeit bewunderte. »Ich wollte herausfinden, ob Sie etwas Neues in Erfahrung gebracht haben. Ich war mir die ganze Zeit über so sicher, dass es richtig sei, Sie zu töten.« Sie senkte den Blick, zum ersten Mal, seit wir das Lichtspieltheater betreten hatten »Doch nach allem, was ich gerade gesehen habe, beginne ich zu zweifeln.« Sie schwieg nachdenklich. »Ich wollte mit Ihnen reden, das ist alles. Ich wollte sehen, was passiert.«

»Und?«

Sie hielt inne.

Scarlet fragte sich, was Virginia Dare auf Roanoke Island wirklich widerfahren war. Sie lebte schon so lange. Wann war ihr Haar derart weiß geworden? Wann hatte sie zu altern aufgehört?

»Wenn Ihr mich töten wollt, dann tut es.« Sie berührte das

Amulett, betrachtete das Wasser, in dem die Steinchen und die kleinen Symbole schwammen. »Aber hört auf, dieses Spiel zu treiben.«

»Nun gut.« Virginia Dare sah zur Decke hinauf. »Hören Sie nur!« Aus den Lautsprechern erklang *They can't take that away from me.* »Wollen Sie die Erinnerungen zurückhaben?« Sie nickte ihr zu. »Dann trinken Sie!« Ihre klaren kalten Augen beobachteten Scarlet. Die Wendigo rührten sich nicht. »Es ist kein Gift, keine Angst. So plump würde ich nie vorgehen.« Sie lächelte. »Freier Wille«, sagte sie. »Ob Sie es tun oder lassen, liegt allein in Ihrem Ermessen. Tun Sie, was immer Sie wollen. Aber tun Sie es jetzt.«

Scarlet berührte das Amulett und wusste nicht, was sie tun sollte.

Sie zögerte.

Jake ergriff ihre Hand.

Nickte ihr zu.

»Es sind deine Erinnerungen, Scarlet.«

Mehr war nicht zu sagen.

Sie lächelte ängstlich. »Danke«, flüsterte sie mit rauer Stimme. »Danke, Jake.«

Was würde sie erwarten?

Als hätte er ihre Gedanken gelesen, sagte Jake nur: »Ich bin da. Was immer auch gewesen sein mag.«

Sie betrachtete das Glasröhrchen.

Schüttelte es sanft.

Die bunten Steinchen im Wasser tanzten mit den Pflanzenstückchen und Symbolen zur Melodie des Liedes *They can't take that away from me.* Es war ein Tanz, der so beschwingt wirkte, dass sie keinerlei Zweifel mehr hatte.

Scarlet entkorkte das Amulett und setzte es an die Lippen.

Dann trank sie von den Erinnerungen, die man ihr genommen hatte, und wie eine Flutwelle kehrte all das, was fort gewesen war, zu ihr zurück. Ein Bilderschwall ließ sie zu Boden sinken. Gefühle begruben sie unter sich. Es war so, als sei sie blind gewesen und würde von allen Farben der Welt bestürmt, im Bruchteil eines Augenblicks. Ein einziges Zwinkern war es, das sie erbeben ließ, und dann wusste sie, was alles geschehen war. Sie wusste, wer sie war. Sie wusste, wer sich hinter dem Namen, den sie trug, verborgen hatte.

Sie sah die Gesichter, die sie ihr Leben lang begleitet hatten, hörte Stimmen, die ihre Welt erschaffen hatten, roch Düfte, die sie mit Kindheit, Heimat und allem anderen verband.

Da war ein kleines Geschäft, *Hawthorne's Shop*. Sie verkaufte Blumen und Pflanzen und Saatgut in diesem Laden. Ein einfaches, schönes Leben war es, das sie führte. Rima, ihre Mutter, war die Inhaberin des Geschäfts. Der Laden befand sich in St. Clouds, Minnesota.

»Ich bin vor ein paar Wochen dreißig geworden«, stammelte sie. Jetzt wusste sie es.

Es war ein weiter Weg von St. Clouds bis nach New York.

Sie schloss die Augen.

Sah all die Zimmer, in denen sie gelebt hatte. Räume, in denen wichtige und unwichtige Gespräche geführt worden waren. Orte, mit denen sie etwas verband. Kummer, Glück, Zorn, Geborgenheit.

Sie spielte manchmal Klavier, obwohl es niemals ihre Stärke gewesen war. In dem Haus in der Winnipeg Street stand schon ein Klavier, als sie dort eingezogen waren. Ganz voller Kratzer war das Holz, der Lack an vielen Stellen abgebröckelt, der Glanz verblichen. Die Tasten waren mehr gelb als weiß, mehr grau als schwarz, bei manchen hatte sich die

Farbschicht sogar ganz abgelöst. Sie mochte das hässliche Ding, vom ersten Augenblick an. Sie spielte gern darauf. Es war wie sie. Das, was ihre Finger fabrizierten, war Musik, die keine war. Dafür aber ehrlich. Sie spielte einfach drauflos.
Das war St. Clouds.
Ihr Heimatort.
Menschen.
Straßen.
Häuser.
Stimmen.
Gesichter.
Das alles war ihr wirkliches Leben. So weit fort von dem, was sie gerade jetzt erlebte.
St. Clouds war eine Stadt, in der die Menschen einander kannten und grüßten, wenn sie sich auf der Straße begegneten. In den lauten und leisen Gesprächen auf der Straße oder über die Zäune hinweg tauschte man nette Belanglosigkeiten aus: Wie wird der Winter, wie wird der Sommer, wie wird der Herbst? Welcher Dünger ist gut für den Rasen, wer hat Probleme mit Moos oder Waldmurmeltieren? Man sah Pick-ups, beladen mit großen Säcken voller Saatgut und Werkzeugen, und Männer mit karierten Hemden und Latzhosen und Baseballmützen, die Budweiser tranken, manche sogar schon am frühen Morgen. Man sprach über Baseball, wenn die Saison begann, und immer noch, wenn sie schon vorbei war. An den Garagen waren Basketballkörbe angebracht, in die Jungs Bälle warfen. Eltern trafen sich in Schulen und Kindergärten, um Kuchen zu backen oder Feste vorzubereiten.
Das alles war St. Clouds.
Minneapolis war nicht weit fort und doch Welten ent-

fernt. St. Clouds war anders als die Orte, an denen Scarlet früher gewesen war.

Sie erinnerte sich an den Laden in Greenwich Downtown, wo ihre Mutter gearbeitet hatte. Steine hatte es dort gegeben und Krimskrams und viele, viele Pflanzen. Ja, an die Pflanzen konnte sie sich noch gut erinnern. An ihren Geruch, an das Gefühl, die Blätter zu berühren. An die Geschichten, die sie sangen.

Dann war sie mit ihrer Mutter weitergezogen, immer nach Westen.

Von New York nach Indianapolis, wo sie lange Jahre verbracht hatten, später weiter nach Chicago, wo sie die Highschool besucht hatte. Bilder voller Farben, die es schon gar nicht mehr gab. Die Farben waren verblasst, die Menschen gegangen.

Am Ende dann St. Clouds.

Da war ein Gespräch gewesen, vor zwei Jahren. Rima hatte ihr von London erzählt, von ihrem Vater, den sie *Lapislazuli* genannt hatte.

Die uralte Metropole von London war in der Stimme ihrer Mutter zum Leben erwacht. In der Stadt am dunklen Fluss hatte sie Mortimer kennengelernt, in einer Schule namens Salem House. Monate hatten sie gemeinsam verbracht, waren so glücklich gewesen, so unendlich glücklich, doch dann hatten sie sich trennen müssen.

Etwas Schlimmes war geschehen.

Ein Fluch hatte die beiden voneinander getrennt. Ein Name fiel: Shah-Saz. Er klang bedrohlich, fremdartig, boshaft. Scarlet hatte nicht weiter nachgefragt, nicht damals. Rima hatte von allein erzählt und erst geschwiegen, als sie bei Scarlets Geburt angelangt war.

Sie war aus dem fernen London nach New York gekommen, damals, als das Empire State Building noch nicht erbaut worden war. Sie hatte Ellis Island überstanden und ihr Kind zur Welt gebracht. Es war eine schwere Zeit gewesen, allein in einer fremden Stadt, allein in einem so fremden Leben.

Damals hatte sie damit begonnen, ihre Gedanken niederzuschreiben.

Sie war keine fleißige Schreiberin gewesen. Ihre Berichte wiesen viele Lücken auf. Das waren die Zeiten, in denen sie nichts geschrieben hatte. Doch das Wichtigste hatte sie festgehalten, in Schreibheften, wie Scarlet sie in der Schule benutzt hatte. Sie hatte ihrer Tochter die Aufzeichnungen gegeben und sie gebeten, darin zu lesen. Es würde wichtig sein, eines Tages, glaubte sie.

Und Scarlet hatte darin gelesen.

Die Zeilen entstanden erneut, wuselten wie Tintenwesen über das Papier, beschworen ein ganzes Leben herauf.

Und dann?

Die Bilder zerflossen, wichen einem Gesicht, das ihr Leben gewesen war.

Keanu Chinook.

Scarlet spürte, wie heiße Tränen über ihr Gesicht rannen.

Keanu!

Als sei es gestern erst gewesen.

Sie hatten sich am großen See kennengelernt.

Er war zum Angeln am See, und Scarlet fuhr dorthin, weil sie die Weite der Ebenen und die Wälder schon nach wenigen Tagen in der Stadt herbeisehnte, als hinge ihr Leben davon ab. Sie brauchte die Ruhe dort oben wie die Luft zum Atmen. Sie brauchte sie wie die Momente, in denen sie auf dem Boden in ihrem Zimmer saß, laut Musik hörte und dazu mit dem Oberkörper schaukelte.

Schicksal oder was auch immer, dort begegnete sie Keanu. Beide stellten fest, dass sie in Minneapolis studierten. Und dann, nicht lange darauf, stellten sie fest, dass sie sich ineinander verliebt hatten. Sie fuhren oft zu den Seen und schwammen darin, bis es dunkel wurde. Im hohen Ufergras liebten sie sich und lauschten danach dem Wind und den Grillen. Wenn sie bei Keanu war, fühlte sie sich lebendig und frei. Er erzählte ihr von den Sioux, den Ojibwe und den Anishinabe. Von den Siedlern, die aus Europa kamen, und dem misslungenen Aufstand von 1862. Davon, dass man viele Sioux in Mankato gehenkt hatte, viele andere waren nach Nebraska verbannt worden. Er zeigte ihr eine neue Welt, und sie liebte es, sich durch diese Welt führen zu lassen.

Keanu war eine Truhe voller Geschichten.

Vier Jahre arbeitete er mit in der Gärtnerei. Scarlet sah ihn morgens, wenn er aus dem Bad kam, und später, wenn die Arbeit erledigt war. Wenn sie aufstand, war er meistens schon damit beschäftigt, die Säcke voller Erde und die Blumenkübel zu sortieren. Der Laden war ein Meer aus Pfingstrosen, Rittersporn und Türkischem Mohn. Keanu brachte ihr bei, wie die Indianer die Pflanzen sahen. Als Gefährten, denen man mit Respekt begegnen musste. Man musste ehren, was die Natur einem gab. Das durfte man niemals vergessen. Sie erklärte ihm, was die Pflanzen empfanden und wie man mit ihnen reden konnte. Sie zeigte ihm, dass Pflanzen auf sie reagierten. Es sei eine besondere Gabe, das hatte ihre Mutter ihr immer gesagt, das und immer nur diese Erklärung hatte sie bis dahin zu hören bekommen.

Als sie dann endlich erfuhr, was es mit ihrem Vater auf

sich hatte, da stieg sie in den Volvo und fuhr hinauf zum See. Keanu zeltete dort, seit Tagen schon. Er meditierte, einmal im Monat. Sie erzählte ihm alles und weinte, und dann schwammen sie in den Wassern, in denen sich das Firmament spiegelte, so dass man das Gefühl bekam, geradewegs im Himmel zu schwimmen.

Keanu küsste sie, und das Leben gehörte ihnen. Sie konnten das Glück mit den Fingerspitzen berühren, so nah war es bei ihnen, all die Jahre über.

Sie liebte Keanu.

Sie wollten heiraten, irgendwann im folgenden Jahr. Sogar über Kinder redeten sie.

Beide sahen die Zukunft, die ihnen gehörte, ganz deutlich.

Manchmal sang er für sie, ganz leise. Lieder der Stämme von den Seen. Und manchmal sang sie für ihn, mit ihrer rauen Stimme, die kein Lied gut klingen ließ, außer für jene Menschen, die ihre Stimme mochten. Er liebte es, sie singen zu hören.

Scarlet erinnerte sich nun genau.

Keanu hatte sie geliebt. So wie sie war, mit all den seltsamen Eigenheiten, die das Leben zuweilen mit sich bringt, wenn man ein Tricksterkind ist.

Jetzt war er tot.

Das Gesicht zerfetzt von den Klauen eines Wendigo.

Überall Blut, und sie kniete neben ihm und sah in die dunklen Augen, als das Leben aus ihnen tropfte wie Tränen, die nimmermehr versiegen wollten.

Er hatte ihr das kleine Amulett im vergangenen Sommer geschenkt, oben am See, zusammen mit dem Versprechen, es irgendwann mit Magie zu füllen.

Es war ein Talisman der Anishinabe.

Scarlet schrie, als die Bilder ihr Herz durchbohrten.

Sie hockte auf dem Boden in diesem eisig kalten Lichtspieltheater und schrie sich die Seele aus dem Leib.

Jake Sawyer kniete neben ihr und hielt sie fest im Arm.

Sie spürte die Wärme seines Körpers.

Dann stieß sie ihn fort.

Sie konnte es nicht ertragen, dass jemand so nah bei ihr war.

Nicht jetzt, nicht hier.

Die Bilder gehörten nur ihr, niemandem sonst. Nur ihr allein, allein, allein. Sie ertrank darin und tauchte wieder auf, schnappte nach Luft, ertrank erneut. Die Luft war kalt, und die Tränen, die sie weinte, waren es nicht.

Keanu!

Erneut sah sie in die dunklen Augen und hielt seine Hand. Er spuckte Blut und hustete, während die Wendigo um sie herum laut knurrten.

Sie waren zum Paramount Building gekommen, weil die Spuren, denen sie zwei Tage lang gefolgt waren, sie dorthin geführt hatten. Doch dann, als sie in der Falle saßen, hatten sie zu fliehen versucht. Lady Solitaire hatte die Meute wilder Wendigo auf sie gehetzt. Eine der Kreaturen hatte sie angegriffen, als sie zum Ausgang gestürmt waren, und Keanu hatte sich zwischen Scarlet und den Wendigo gestellt. Eine Pranke hatte ihn getroffen und ihm den Brustkorb aufgeschlitzt und dann die linke Hälfte des sonst so hübschen und stolzen Gesichts zerfetzt. Keanu Chinook war zu Boden gegangen, und Scarlet war augenblicklich bei ihm gewesen. Sie hatte damals gedacht, dass sie jetzt gemeinsam sterben würden.

Damals, damals.

Damals.

Ein *Damals*, das gerade zwei Tage Vergangenheit war.

Bilder.

Zerfranste Bilder, so nah und so fern.

Keanu berührte mit letzter Kraft das Amulett, packte es, riss es ihr vom Hals, so ruckartig, dass das Lederband, an dem es festgebunden war, zerriss. Dann zog er sie zu sich und küsste sie. Es war das letzte Mal, dass sich ihre Lippen berührten. Es war ein Kuss, der all die Jahre und all die Träume und all das Bedauern in sich trug, all die Gefühle und all die Trauer, die ein Kuss nur in sich tragen kann. Dann führte Keanu das Amulett an seinen Mund und atmete tief hinein. Sie beugte sich zu ihm und hörte, was er ihr sagte: »Du wirst all das vergessen, und das wird dich schützen. Sie werden dir nichts anhaben können.« Dann atmete er erneut in das Amulett, verschloss es und drückte es ihr in die Hand. »Magie«, keuchte er, zu leise. Dunkles Blut rann ihm aus dem Mund, lief ihm über den Hals. Er atmete nicht mehr. Seine Lippen wurden starr, und sein Körper sackte leblos zur Seite.

Scarlet schrie.

Es war in diesem Raum gewesen.

Sie schaute zu der Tür, die zerstört war.

Dorthin war sie gelaufen, nachdem Keanu gestorben war.

Die Wendigo hatten verzweifelt versucht, sie zu attackieren, aber sie waren an ihr abgeprallt. Der Efeu an den Wänden war zum Leben erwacht, weil er ihre Verzweiflung gespürt hatte. Ja, sie hatte zu den Pflanzen gesprochen.

Sie war zur nächstbesten Tür gelaufen, hatte sie geöffnet und war hindurchgegangen. Sie hielt das Amulett fest in der Hand, und als sie den Fuß über die Schwelle setzte, da hörte sie den Efeu wie wild rascheln, und schon betrat sie den Rasen im Battery Park. Ein kalter Wind, geboren auf den

Fluten des Hudson River, fegte ihr durchs Haar. Und sie wusste nicht mehr, wo sie war. Sie wusste noch ihren Namen, ja, das wohl: Scarlet Hawthorne. Aber wer sich hinter diesem Namen verbarg, das wusste sie nicht mehr.

Die Tür, die sie noch vor wenigen Augenblicken auf dem Rasen zu erkennen geglaubt hatte, löste sich in Luft auf, doch bevor sie endgültig verschwand, sah Scarlet, wie der Efeu sich um den Rahmen schlang und an ihm zerrte, bis das Holz zerbarst.

Die Tür zersplitterte.

Dann war sie fort.

Doch sie, Scarlet Hawthorne, war noch da.

Niemand war ihr durch die Tür gefolgt. Sie wusste nicht, wohin die anderen Türen, die sie gesehen hatte, führten.

Sie weinte.

Dunkles Blut klebte an ihren Händen, und sie wusste nicht mehr, woher es kam. Sie spürte einen Kloß im Hals und betrachtete das kleine Röhrchen mit dem Wasser und den kleinen Steinchen und anderen Dingen. Sie hielt es in der Hand und fragte sich, warum das Lederband, an dem es hing, zerrissen war.

Alles änderte sich.

Sie stand am Rande des Battery Parks und bewegte sich kaum. Sie konnte die Silhouetten der Kanonen erkennen, die einmal die Stadt verteidigt hatten und die jetzt kaum mehr als eingerostete Attrappen waren. Ein Wind, der nach der fauligen Tiefe der weiten See roch, wehte ihr schneidend ins Gesicht, und das pechschwarze Haar kitzelte ihre bleichen Wangen.

Die alte holländische Windmühle, die wie ein hölzernes Karussell aussah, drehte sich hinter ihr im Kreis, und die

Segel aus weißem Leinen blähten sich mit jeder Böe. Es roch nach dem dunklen Wasser des Hudson, der nicht weit von dieser Stelle den East River küsste und gemeinsam mit ihm der offenen See zuströmte. Sie musste an einen anderen Ort denken, einen See, der weit entfernt war und dessen Ufer von hohen Kiefern und Tannen und wilden Zedern gesäumt waren.

Sie wusste nicht, was es mit diesem See auf sich hatte, und sie hatte auch keine Ahnung, wo sich dieser See befand. Doch es waren Wasser, die eigentlich woanders waren. Und auf ihrer Hand setzten sich nur die Schneeflocken nieder.

Sie schloss die Augen, öffnete sie wieder. Sie war noch immer hier. Nirgendwo anders.

Dann zerschnitt das Heulen die Luft. Es durchschnitt die Nacht, und sie wusste, dass, wer immer dieses Geräusch machte, hinter ihr her war. Sie begann zu laufen und rannte einer Zukunft entgegen, in der sie sich jetzt gerade befand, sie war mittendrin.

»Ihr habt ihn getötet«, presste sie hervor und funkelte Virginia Dare voller Hass an. »Ich habe ihn geliebt, und Ihr habt ihn getötet.« Sie schlug mit den Fäusten auf den Boden und schrie sich die Seele aus dem Leib. »Was wollt Ihr denn noch von mir?« Sie stand auf, ganz langsam. Ging auf die Frau in Weiß zu. »Wollt Ihr auch mich töten?« Sie starrte die Wendigo an, dann wieder Virginia Dare. »Dann tötet mich doch!«, kreischte sie wie von Sinnen. »Kommt her und macht all dem ein Ende. Lasst die Wendigo tun, was sie auch schon mit Keanu getan haben.« Ihre Gedanken kreisten, und sie stürzte in diesen Wirbel aus Fetzen, die ihr ins Fleisch schnitten und die Tränen nicht verebben ließen.

Die Bilder indes hörten nicht auf zu fließen. Sie waren ein

Meer, das keinen richtigen Anfang und auch kein Ende hatte. Von Küste zu Küste, diesseits und jenseits des Horizonts, es ging immer weiter.

Scarlet hatte das Gefühl, als habe sie reines Unglück getrunken, indem sie das Amulett geleert hatte.

Sie sah ihre Mutter, die wie leblos inmitten der Pflanzen im Gewächshaus lag.

Es war Winter, draußen lag Schnee, so dicht, wie er es nur im Dezember und dann erst wieder im Februar tat. Sie rannte zu ihr und drehte sie auf den Rücken. Ihre Augen waren weiß wie der Schnee vor dem Fenster, so leblos und kalt, wie sie es niemals vorher gewesen waren. Scarlet bat die grünen Pflanzen um Hilfe, doch keine von ihnen konnte ihr sagen, was geschehen war.

Rima Hawthorne, die mittags gern ein Nickerchen machte, war tief und fest eingeschlafen und einfach nicht wieder aufgewacht.

Das war alles.

Scarlet kniete über ihr.

Sie streichelte das während der letzten Jahre so grau gewordene Haar ihrer Mutter, fühlte ihren Puls, lauschte ihrem Herzschlag. Es war alles noch da, Rima lebte, so viel war klar. Scarlet kannte sich in diesen medizinischen Dingen nicht gut aus. Und sie hatte Angst, ganz schreckliche Angst. Ihr ganzes Leben lang war Rima bei ihr gewesen. Sie konnte sich nicht vorstellen, wie die Welt ohne sie sein würde.

Scarlet rief nach Keanu, der draußen den Wagen mit Tannen belud. Er eilte zu ihr, als er ihre Schreie hörte.

Und als er bei ihr war, da redete ihre Mutter plötzlich.

Scarlet begann zu zittern, als sie sich die Stimme ins Gedächtnis rief. Es war wie ein böser Traum.

Rima öffnete den Mund, und eine Stimme, die nicht die Stimme ihrer Mutter war, sagte mit einem eisigen Zischen, das dem einer Schlange glich: »Du musst nach New York gehen. Sofort. Geh und finde deinen Vater Mortimer. Finde ihn schnell, dann wird dieser Körper, der nun schläft, wieder zum Leben erwachen. Versagst du aber, wird dieser Leib auf ewig schlafen.«

»Wer bist du?«, stammelte Scarlet. Heiße Tränen liefen ihr über das Gesicht.

»Ich bin nur ein Traum«, antwortete ihre Mutter ganz leise mit dieser fremdartigen Stimme. »Einer von vielen.«

»Was soll ich tun, wenn ich ihn gefunden habe?«

»Bringe ihn zu Lord Somnia.«

Damit schloss Rima den Mund und schwieg.

Sie sagte weder, wer Lord Somnia war, noch, wo Scarlet ihn finden würde.

Ihre Lider flatterten, und dann fiel sie in einen tiefen Schlaf. Die Ärzte fanden keine Erklärung für das, was sie befallen hatte. Sie wollten sie im fernen Chicago in ein Krankenhaus einliefern, doch Scarlet sprach sich entschieden dagegen aus.

Nein, Rima sollte in St. Clouds bleiben.

Sie würde im Gewächshaus schlafen, und die Rosenranken würden über sie wachen, wenn Scarlet sie darum bat.

Dann waren sie aufgebrochen, um ihren Vater zu finden.

Ja, so war Scarlet nach New York gekommen. Keine vier Tage war es her, dass sie den Zug in St. Clouds bestiegen hatten. Keanu hatte sie begleitet. Er hatte keine Ahnung gehabt, worauf er sich da einließ. Scarlet auch nicht.

Szenen aus der uralten Metropole von New York bestürmten die junge Frau.

Das Dakota.
Master Van Winkle.
Strawberry Fields.
Brooklyn Bridge.
Lady Solitaire.
Scarlet presste die Hände verzweifelt gegen die Schläfen.
Jake.
Sie spürte, dass er bei ihr war. Sie wimmerte wie ein Kind, das schlechte Träume hat.

»GENUG!«, schrie Virginia Dare plötzlich. »Sie wissen jetzt wieder, warum Sie hier sind.«

Scarlet schaute auf. Sie fühlte sich schwach.

Ja, Jake Sawyer kniete neben ihr.

Er war nicht von ihrer Seite gewichen. Selbst dann nicht, als sie wütend und verzweifelt auf ihn eingeschlagen hatte.

Jetzt war sie ganz nah bei ihm, und sie sah ihn an, und sie wusste, dass er Jake Sawyer war und niemals Keanu Chinook sein würde.

Virginia Dare sagte: »Ich konnte Sie nicht töten. Es wäre zu riskant gewesen. Sie trugen all Ihre Erinnerungen in diesem Amulett mit sich herum. Ich war mir nicht sicher, was genau Sie seit der Flucht herausgefunden hatten. Außerdem gab es noch ein kleines Problem, das wir nunmehr gelöst haben.« Sie zeigte ein zufriedenes Lächeln. »Hätte nämlich jemand anders die Flüssigkeit getrunken, dann wären Ihre Erinnerungen aus dem Flakon die seinen gewesen. Doch nun, da die Erinnerungen wieder Ihnen gehören, steht es mir frei, alles zu tun, wonach es mich gelüstet.« Sie bedachte die Wendigo und den Kojoten, der die ganze Zeit über geschwiegen hatte, mit einem vielsagenden Blick. »Außerdem«, fuhr sie fort und sah dabei so unschuldig wie ein kleines Kind aus,

»außerdem erlischt der Schutz des Amuletts, sobald man es leert.«

Scarlet ahnte, was sie als Nächstes sagen würde. Jake hatte recht gehabt. Sie war in eine Falle getappt.

»Da die Erinnerungen das Entscheidende waren«, stellte sie fest, »wird das Amulett Sie nun nicht mehr schützen.«

Scarlet starrte den filigranen Gegenstand an.

»Es ist nur ein Röhrchen aus Glas, nicht mehr.« Das wunderhübsche Gesicht Virginia Dares gefror zu einer makellosen Maske ohne Regung. »Die Wendigo können ihren Hunger stillen, wann immer es ihnen gefällt.«

Es war der Kojote, der mit seiner rauen Stimme erklärte: »Sie sehen, dass es unabdingbar war, Sie hierher ins Theater zu bitten. Die Spinnen konnten Sie nicht töten. Zuerst mussten Sie die Erinnerungen zurückbekommen. Und dann ...« Er ließ ein gutturales Knurren hören, auf das die Wendigo mit Unruhe reagierten. Sie schauten alle in ihre Richtung.

Scarlet versuchte, Zeit zu schinden. »Ihr müsst mich nicht töten.«

»Es ist aber auch nicht falsch, wenn ich es tue.« Virginia Dare wandte ihr den Rücken zu.

»Vielleicht kann ich Euch helfen.«

»Das glaube ich nicht.«

»Miss Dare!«

»Leben Sie wohl. Alle!«

»Aber ...«

»Wir gehören zu den Guten. Und Sie, Scarlet Hawthorne? Sie dürfen Ihren Vater niemals finden«, sagte der Kojote. »Sie dürfen unter gar keinen Umständen zu Lord Somnia gehen.«

»Ich kenne ihn doch gar nicht.«

»Umso besser.«

»Ich werde nicht zu ihm gehen.«

Virginia Dare hauchte ein leises »Ich weiß.«

Scarlet wusste, was sie meinte. Tote gingen nirgendwohin.

»Warum?«, schrie Scarlet wütend. »Was ist der Sinn von alledem?«

Virginia Dare drehte sich zu ihr um und lachte laut auf. »Das wissen Sie noch immer nicht?«

Scarlet erwiderte nichts.

Keiner von uns sagte ein Wort.

»Dann«, sagte Virginia Dare, »werden Sie dieses ungelöste kleine Rätsel mit in Ihr Grab nehmen.«

Sie bedeutete den Wendigo, die Sache zu beenden. Zähne wurden entblößt, Schnauzen gereckt. Krallen schoben sich aus den Klauen, und dann setzte sich das Heer von weißen pelzigen Leibern in Bewegung.

Der Kojote seinerseits folgte Virginia Dare. »Achtet auf die Sitzbezüge!«, befahl er den Wendigo.

Wäre die Situation nicht so absurd gewesen, Scarlet hätte lachen müssen. Die Kreaturen würden sie zerfleischen, und der Kojote machte sich Gedanken um die alten Sitzbezüge? Die Welt war wirklich verrückt und vollkommen aus den Fugen geraten.

Scarlet holte tief Luft.

Sie wusste nicht, was sie nun tun sollte.

Plötzlich wurde die eisige Stille von einem seltsamen Geräusch zerschnitten.

Die Wendigo hielten inne, weil der Kojote neue Befehle brüllte. Jake ergriff ihre Hand und zog sie hinter sich her.

Etwas nahte.

Und noch bevor Scarlet begriffen hatte, was passierte, brach bereits die Hölle los.

Kapitel 2

Schlafwandler

Sie sahen aus wie Menschen, doch ein Blick in ihre Augen verriet, dass sie etwas anderes waren.

»Schlafwandler«, sagte ich nur. Bereits früher hatte ich welche gesehen, doch nie in dieser Anzahl. Bisher waren sie nur vereinzelt aufgetreten, überall in der Stadt, verlorene und passive Wesen, die Mitleid erregten. Ärzte hatten sich ihrer angenommen. Sie waren regelmäßig in der Nähe der Eistoten aufgetaucht, aber einen Beweis dafür, dass sie mit diesen in Verbindung standen, gab es bislang nicht.

Scarlet, die jetzt aus ihren Erinnerungen schöpfen konnte, erkannte die armen Kreaturen, die sich uns näherten, ebenso wieder. Normalerweise wirkten sie sehr ausgemergelt, weil sie, sobald sie dem Zustand, der sie dann nicht mehr losließ, anheimfielen, keinerlei Nahrung mehr zu sich nahmen. Virginia Dare hatte gesagt, dass es diese geheimnisvollen Dreamings seien, die diese menschlichen Körper für sich beanspruchten. Wie lange ein Dreaming schon in seinem Wirtskörper lebte, konnte man wohl daran erkennen, wie dünn und krank dieser aussah.

Auch Rima Hawthorne hatte, seit sie in diesen Zustand

des dauernden Schlafens gefallen war, nichts mehr gegessen. Es war der ewige Schlaf, der über einen kam, ein Zustand, der dem Koma ähnlich war.

Nein!

Scarlet wollte sich nicht an ihre Mutter erinnern.

Es schmerzte sie, sich das ausdruckslose Gesicht ins Gedächtnis zu rufen und mit dem rotwangigen lustigen Gesicht in Verbindung zu bringen, das sie seit ihrer Kindheit gekannt hatte. Rima war ein lebenslustiger Mensch gewesen. Sie als die passive Gestalt zu sehen, die sie seit Tagen geworden war, tat Scarlet über alle Maßen weh.

Nein, ihre Mutter hatte mit diesen Wesen nichts gemeinsam.

Die Schlafwandler waren Rima zwar ähnlich, aber am Ende waren sie etwas völlig anderes. Diese Wesen hier konnten sich im Gegensatz zu ihrer Mutter noch bewegen. Sie konnten Dinge tun. Sie liefen herum und lagen nicht nur regungslos da. Außerdem waren es Fremde.

Rima war das nicht.

Nicht für Scarlet.

Ihre Mutter war immer schon nicht nur Mutter, sondern auch Freundin für sie gewesen.

»Verdammt, sie sind überall.« Jake sah sich nach einem Fluchtweg um.

»Sie kommen von dort drüben!« Scarlet deutete hinüber zu dem eleganten Haupteingang. Das kunstvolle Art-déco-Portal bildete den zentralen Zugang zum Lichtspieltheater.

Zwei junge Männer, die rote Uniformen mit silbernen Knöpfen trugen, rannten vor den in den Saal stürmenden Schlafwandlern her. Diese Pagen mussten den Eingang bewacht haben. Jetzt waren sie auf der Flucht.

»Und von dort kommen sie auch!« Notausgänge gab es natürlich ebenso im Paramount Theater, selbst hier unten.

Aus allen Eingängen strömten die Schlafwandler in den Saal hinein.

Ihre Augen sahen weiß und tot aus, aber sie konnten sehen. Irgendwie waren sie dazu in der Lage, all die Dinge, die um sie herum passierten, wahrzunehmen. Die Kraftlosen und Ausgemergelten, von denen es nur wenige gab, näherten sich langsam, mit schlurfenden Schritten. Die frischen Wirtskörper aber, von denen es wirklich beängstigend viele gab, waren viel schneller, noch voller Kraft. Behände sprangen sie über die Kinositze, kletterten darüber hinweg, strömten in die Gänge hinein.

»Virginia«, stellte ich fest.

Scarlet erkannte, was ich meinte.

Keiner der Schlafwandler beachtete uns.

Sie hatten es auf Virginia Dare abgesehen.

Auf sie und den Kojoten.

Die beiden Pagen, die hektisch gestikulierend dem Kojoten Bericht erstatteten, ließen sie unbehelligt.

»Ich habe sie noch nie in dieser Verfassung gesehen«, gestand ich.

Scarlet rief sich wieder ins Gedächtnis, was sie soeben angedacht hatte.

Wenn es die Dreamings waren, die aus Menschen solche Kreaturen machten, dann mussten die Schlafwandler, die jetzt auf sie zukamen, erst vor kurzer Zeit zu Schlafwandlern gemacht worden sein. Es waren allem Anschein nach normale Menschen, die wohl rein zufällig von den Dreamings ausgewählt worden waren, um ihnen als Wirte zu dienen. Geschäftsleute, Gildehändler, Passanten, Tunnelstreicher und

Handwerker. Menschen, die unterschiedlicher nicht sein konnten. Dazu noch einige Pagen in den roten Uniformen.

»Wie sieht Ihr Plan aus?«, fragte mich Jake.

Ich zuckte die Achseln. »Wir sollten diesen Ort hier, denke ich, möglichst schnell verlassen. Außerordentlich schnell.«

Scarlet und Jake starrten mich an.

»Gute Idee«, sagte Jake.

»Und wie?«, fragte Scarlet ungeduldig.

»Durch eine Tür!« War das nicht offensichtlich?

Jake wartete nicht lange.

Er machte auf dem Absatz kehrt und ging zu der Tür zurück, durch die wir eben hereingekommen waren. Sie war zwar nach unserem Eintreffen zugeschlagen, aber man konnte ja nie wissen.

Jake drehte den Knauf, rüttelte an der Tür. Nichts. Er versuchte es erneut. Nichts rührte sich.

»Pech«, bemerkte er lapidar. »Dann müssen wir einen anderen Weg suchen.«

»Es gibt noch genügend andere Türen«, antwortete ich. »Kommen Sie schon, das ist der einzige Weg, der hier wirklich hinausführt.« Ich ging voran. »Eine von ihnen wird sich schon öffnen lassen.«

»Ihre Zuversicht möchte ich haben«, grummelte Jake.

»Die würde dir guttun.«

»Welche sollen wir nehmen?«, fragte Scarlet. »Wir können sie ja wohl kaum alle ausprobieren.«

»Irgendeine«, gab ich zur Antwort.

Irgendeine sollte genügen.

»Irgendeine, die irgendwo hinführt«, murmelte ich.

»Wir nehmen die nächste, dort drüben«, entschied Jake.

Die Schlafwandler füllten das Kino zusehends. Auch oben

in den Logen kamen sie zum Vorschein. Die Wendigo knurrten und machten sich zum Angriff bereit. Neue Schneewirbel rauschten durch den Lichtspieltheatersaal und nahmen feste Gestalt an. Weitere Wendigo stürmten heran.

»Das sieht nicht gut aus«, bemerkte ich.

Niemand antwortete mir.

Scarlet sah jetzt, wie die Schlafwandler den Kojoten und Virginia Dare umzingelten. Die beiden waren, wie sie selbst, auf dem Weg zu einer der vielen Türen. Das Wintermädchen sah sich ängstlich um. All der Hochmut, den es eben noch zur Schau gestellt hatte, war jetzt in bitterste Furcht umgeschlagen. Die Schlafwandler hatten sie überrascht, so viel stand fest. Scarlet wusste nicht genau, was die Schlafwandler von ihr wollten, aber so, wie sie es sah, waren Virginia Dare und die Schlafwandler erbitterte Feinde.

Virginia Dare.

Sie war rätselhaft.

Scarlet hatte fast Mitleid mit ihr.

Wünschte ihr insgeheim, dass ihr die Flucht gelang. Ja, das tat sie tatsächlich.

Doch ... NEIN!

Als sie sich des Gedankens bewusst wurde, schüttelte sie ihn schnell wieder ab. Diese Frau hatte den Tod ihres Freundes befohlen, ohne mit der Wimper zu zucken. Sollte ihr doch widerfahren, was wolle. Sie hatte es schon verdient! Sollte der Tod sie ereilen oder Schlimmeres, es würde nur der Lohn sein für das, was sie gesät hatte.

Scarlet folgte uns zur nächsten Tür.

Noch ließen uns die Schlafwandler in Frieden. Der Kinosaal war riesig. Noch gelang es uns, unbemerkt von einer Tür zur nächsten zu laufen.

Immerhin.
Die Wendigo stürzten sich jetzt auf die ersten Schlafwandler und zerrissen ihre Körper. Sie waren Raubtiere und töteten ohne Skrupel und so effizient, als sei dies allein der Zweck ihrer Geburt.
Der Kojote indes zog nicht weit von uns entfernt einen schmalen Säbel aus dem Schaft seines Gehstocks heraus und stach auf die näher kommenden Gestalten ein, sorgsam darauf bedacht, sich ihnen nicht allzu sehr zu nähern.
Es floss Blut aus den Wunden, die er mit dem Säbel schlug, denn die Wesen, die ihn angriffen, waren noch immer Menschen aus echtem Fleisch und lebendigem, warmem Blut.
Allein das Bewusstsein gehörte nicht mehr ihnen.
»Lasst euch nicht von ihnen berühren«, sagte ich.
»Ich habe meine Mutter aber auch berührt.«
»Unwichtig. Ich habe auch schon einmal einen ihrer Art berührt, und es ist mir nichts geschehen. Und trotzdem.«
»Aber wenn meine Mutter mir keinen Schaden zugefügt hat ...«
Ich verdrehte die Augen vor Ungeduld. »Ich habe im Krankenhaus von Grymes Hill Schlafwandler gesehen, als ich in die Ermittlungen hineingezogen wurde. Dr. Dariusz hat mich zu ihnen vorgelassen und mir alles über sie erzählt. Alles, was er wusste, und das war eher wenig als viel. Sie haben einfach geschlafen, und manche von ihnen sind auch wieder aufgewacht. Eigentlich haben sie gar nichts getan. Aber diese Kreaturen hier sind anders.«
Scarlet nickte. »Ja, Sie haben recht.« Sie hatte eindeutig Mühe, die durch den Saal streifenden Horden als *Kreaturen* zu sehen. Für sie waren es noch immer Menschen, die ir-

gendwo einem Leben, das sie bis vor wenigen Stunden noch ohne Arg geführt hatten, entrissen worden waren.

»Wir sollten uns beeilen«, drängte Jake. Er war bereits bei der nächsten Tür angelangt und machte sich an ihr zu schaffen. Es war eine grellgrüne Plastiktür mit einem modernen Griff, die man wohl einfach zur Seite schieben musste. Jake probierte es, zerrte gewaltsam an dem Griff, so fest es nur ging.

Wieder nichts!

Er fluchte still, schaute auf, beobachtete die Schlafwandler und sagte schließlich: »Sie sind nicht dumm.«

»Ja, als hätten sie ein gemeinsames Bewusstsein.« Die Schlafwandler gingen systematisch vor, das erkannte auch Scarlet. Sie besetzten zuerst akribisch alle Ausgänge. Während einige von ihnen wie Raubtiere hinter Virginia Dare und dem Kojoten her waren, bewegten sich die anderen auf die überall im Saal verteilten frei stehenden Türen zu. Was auch immer man mit den Türen alles anfangen konnte, die Schlafwandler wussten anscheinend um deren Bedeutung. Zumindest war ihnen klar, dass die Türen wichtig waren, dass Virginia Dare und der Kojote durch sie fliehen konnten.

Scarlet seufzte.

Wenn es stimmte, dass jede dieser Türen an einen anderen Ort führte, dann waren sie die einzige Möglichkeit, von hier zu entkommen. Blieb bloß noch die Frage, wohin einen die Tür, durch die man ging, schickte. Zurück in die Grand Central Station wollte Scarlet auf gar keinen Fall. Da würde sie wieder genauso in der Falle sitzen, wie sie es vorhin getan hatte. Nein, Jake musste eine Tür finden, die an einen Ort führte, der ihnen helfen würde.

An ganz anderer Stelle in dem riesigen Lichtspieltheater wich Virginia Dare unterdessen mit panischem Blick den

Kreaturen aus, die ihr nachsetzten. Sie erhob sich in die Lüfte, und kurz sah es so aus, als schwebe sie mit ausgebreiteten Armen ein Stück weit über die Sitze, um gleich neben einer Tür zu landen.

Scarlet blinzelte.

Hatte sie gerade richtig gesehen?

Sie musste an das denken, was der Kojote und diese Frau in Weiß gesagt hatten. Dass er der jungen Virginia Dare eine Verständigung mit den Tiergeistern ermöglicht hatte, dass sie geflogen war wie ein Adler.

Geschichten.

Oder doch nicht?

»Wenn wir von hier fort wollen«, schlug Jake vor, »sollten wir uns wirklich beeilen.« Wütend trat er gegen die nächste Tür und den Rahmen. Nichts bewegte sich.

Scarlet stimmte ihm zu.

Sie sah plötzlich Queequeg vor sich, den Tunnelstreicher, den, konnte man Virginia Dare Glauben schenken, die Spinnen gefressen hatten. Sein Tod war sinnlos und brutal gewesen, wie eigentlich jeder Tod es ist. Sie warf einen Blick auf die Frau in Weiß, die auch jetzt noch wunderschön war, und die Sympathie, die sie für einen kurzen Augenblick empfunden hatte, schwand so schnell, als sei sie nur ein schlechter Traum gewesen. Virginia Dare und der Kojote hatten Queequeg töten lassen, ohne überhaupt darüber nachzudenken, ob ein solches Vorgehen unbedingt nötig gewesen wäre. Sie bestimmten einfach über das Leben anderer, als hätten sie ein Recht darauf, dies zu tun.

Scarlet fluchte.

Sie sah, wie Jake erneut an der Klinke der Tür zerrte. Es war die Tür, die sich direkt am Bühnenaufgang befand. Sie wirkte alt, war mit eingravierten Bildern aus der Zeit der holländischen Siedler verziert. Man konnte unschwer die vielen Windmühlen erkennen und Schiffe mit dicken Bäuchen und prallen Segeln. Korn wurde auf Feldern geerntet, dort, wo jetzt Midtown und die Upper East Side waren.

Jake schüttelte den Kopf. »Es hat keinen Zweck, die Türen sind alle fest verschlossen.«

»Verdammt, verflucht und Dreck«, entfuhr es mir.

»Allerdings«, stimmte Scarlet mir zu.

Ohne ein Wort zu verlieren, rannte Jake weiter zur nächsten Tür, die unter den Lautsprechern stand und noch nicht von Schlafwandlern umringt war.

Scarlet und ich folgten ihm.

Was hätten wir auch anderes tun können?

In der Zwischenzeit war auch Virginia Dare an einer Tür am anderen Ende des Theatersaals angekommen.

Die beiden Pagen, die es für eine gute Idee hielten, bei dem Wintermädchen zu bleiben, waren ebenfalls dort.

Virginia Dare funkelte die beiden wütend an, sagte etwas, das Scarlet nicht verstehen konnte.

Der Kojote folgte ihr mit nur einem einzigen Sprung, landete auf allen vieren und richtete sich dann wieder zu seiner vollen Größe auf. Er strich sich den Anzug glatt und nahm Witterung auf. Nachdenklich betrachtete er die beiden Pagen, ehe er seinen Blick durch das Theater gleiten ließ. Die spitzen Ohren waren aufgestellt, und die Schnauze kräuselte sich in stiller Verachtung für die auf ihn zuströmenden Schlafwandler.

Seine Schutzbefohlene trat dicht neben ihn.

Er neigte den Kopf, als sie ihm etwas zuflüsterte und in unsere Richtung schaute.

Anschließend wandte sie sich der Tür zu.

Als einer der Schlafwandler auf Virginia Dare zustürmte, packte der Kojote den ersten Pagen und schleuderte ihn gegen den Schlafwandler, einfach so. Die Kraft des Wurfes reichte aus, um beide tief in die Stuhlreihen hineinzubefördern.

Scarlet sah, wie sich der Page aufrappelte.

Ganz benommen starrte er den Schlafwandler an, der ebenso schnell wieder auf den Beinen war. Dann berührte der Schlafwandler den Pagen, und wir alle sahen zum ersten Mal, was passierte, wenn die Schlafwandler über einen kamen.

Immerhin ging es schnell.

Der Arm des Pagen wurde dort, wo der Schlafwandler ihn berührt hatte, zu Eis. Man konnte erkennen, wie die Hand durchsichtig wurde: Raureif bildete sich auf ihr, dann wurde sie zu Eis. Der Page gefror in eben der Position, in der er sich bei der Berührung befunden hatte. Er kippte einfach zur Seite und stieß dabei mit dem Arm gegen eine Stuhllehne. Mit einem lauten Knirschen brach ihm der Arm ab und blieb am Boden liegen.

Der Schlafwandler betrachtete sein Opfer zufrieden. Dann lächelte er, kälter als jeder Winterwind.

Der Kojote knurrte.

Flink packte er den zweiten Pagen, der sein Schicksal erkannte und aus Leibeskräften schrie und sich wehrte. Es nützte ihm nichts. Wie ein Ball warf der Kojote den kreischenden Pagen in die Horde sich nähernder Schlafwandler. Der Page ruderte mit den Armen, und dann, als sie ihn berührten, gefror er mitten in der Bewegung, fiel zu Boden, und Teile von ihm zersplitterten bei dem Aufprall in Hunderte kleiner Eiskristalle.

Der Kojote indes hatte wertvolle Zeit gewonnen.

Er hielt den silbernen Knauf seines Gehstocks hoch.

Die Augen des silbernen Schakals begannen rot zu glühen.

Dann berührte der Kojote mit dem Schakalkopf den Türknauf, und mit einem rostigen Knarzen schwang die Tür auf.

Sie öffnete sich und gab den Blick frei auf eine riesige Höhle, die vereist war.

Scarlet erkannte von dort, wo wir uns befanden, Kinder, die statt ihrer Augen etwas anderes im Gesicht stecken hatten. Was das war, konnte sie nicht genau erkennen. Es sah so aus, als steckten winzig kleine Spiegelscherben in ihren Augenhöhlen. Aber das konnte nicht sein, oder?

Virginia Dare jedenfalls trat ohne zu zögern durch die Tür. Sie wurde kurz unscharf, und schon war sie fort.

»Vorsicht!«, schrie Scarlet mit einem Mal. Sie erschrak selbst über den Laut, der sich ihr entrang.

Der Kojote schnellte herum.

Ein Schlafwandler hatte sich ihm unbemerkt genähert. Auf allen vieren war er an ihn herangeschlichen, und jetzt sprang er auf und rannte ihm mit boshaft funkelnden Schneeaugen entgegen.

Der Kojote reagierte sofort, zog den Säbel und stieß zu.

Doch noch bevor der Kojote dem Schlafwandler den Säbel tief in den Bauch rammen konnte, wie es ihm bei der anderen Kreatur vorhin gelungen war, griff der Schlafwandler, der kräftig und schnell war, mit beiden Händen nach der Klinge.

Der Kojote fauchte wie eine Katze, als er erkannte, dass der Schlafwandler womöglich ein ebenbürtiger Gegner war.

Ein kurzer Blick in Scarlets Richtung, ein angedeutetes Nicken.

Dankte er ihr etwa?

Benommen fragte sie sich, warum sie ihm überhaupt geholfen hatte. Virginia Dare und der Kojote waren doch die Bösen. Oder waren sie es nicht? Hatte das Wintermädchen nicht geglaubt, dass Scarlet mit den Schlafwandlern gemeinsame Sache machte? Dass sie im Auftrag der Dreamings handelte?

Scarlet hasste dieses Verwirrspiel.

Nichts war so, wie es zu sein schien. Jeder verbarg etwas vor dem anderen. Das war nicht ihre Welt.

Sie musste an Master Van Winkle denken. Keanu hatte herausgefunden, dass er ein Nachfahre der Eistoten von Roanoke Island war. Daraufhin hatten sie ihn in seinem Appartement im Dakota aufgesucht, doch sobald sich Van Winkle angehört hatte, was sie zu sagen hatten, da waren sie schnell und unsanft des Hauses verwiesen worden.

Später war Scarlet zurückgekehrt und ...

Auch dieses Gespräch war nicht anders verlaufen.

Wie gesagt, Lügen und Trugbilder, wohin man schaute. Sie war sich sicher, dass Van Winkle etwas über den Aufenthaltsort ihres Vaters gewusst hatte. Daran hatte er nie Zweifel aufkommen lassen.

Aber er hatte nicht geredet.

Wie auch immer – jetzt war sie hier, inmitten all dieser Wesen, die nichts anderes im Sinn hatten, als einander wehzutun. Aber das war die Welt, in der sie lebte. Das war die Welt, die ihr ihren Liebsten, Keanu, genommen hatte.

Das wütende Geheul des Kojoten hallte schaurig von den Wänden wider.

Scarlet sah, wie erschrocken der Kojote zurückwich, als der Schlafwandler ihm näher kam. Er zog sich einfach an der

Klinge voran. Dickes Blut tropfte zwischen den Fingern des Schlafwandlers hervor, aber er ließ die Klinge dennoch nicht los. Mit aller Macht zerrte er daran, was dazu führte, dass die Klinge ihm immer tiefer ins Fleisch schnitt.

Trotzdem ließ der Schlafwandler kein Anzeichen von Schmerz erkennen.

Der Kojote fauchte, versuchte die Klinge zu befreien.

Dann holte der Schlafwandler aus, ließ sich zur Seite fallen, vollführte eine Drehung – und der Säbel mit dem Schakalkopf am Griff entglitt dem Kojoten und flog in weitem Bogen durch den Saal und landete irgendwo zwischen den Stuhlreihen.

Der Kojote heulte laut auf, voller Wut.

Seine Augen, die eben noch halbwegs freundlich ausgesehen hatten, wurden jetzt dunkelrot.

Er warf einen Blick durch den Saal. Wollte schon nach vorn stürmen, doch dann besann er sich eines Besseren.

Er beschloss, den Rückzug anzutreten.

Sprang zur Tür, die noch immer geöffnet war, und ging schnell hindurch.

Etwas flackerte kurz auf.

Und dann war auch der Kojote verschwunden.

Die Tür fiel hinter ihm ins Schloss.

Das war alles.

»Na klasse, die beiden haben es geschafft.«

»Hast du gesehen, wohin die Tür führt?«, fragte Jake.

Scarlet nickte. »Sah aus wie eine große Höhle. Da waren viele Kinder. Etwas mit ihren Augen war nicht richtig.«

Jake war bereits an der nächsten Tür und rüttelte am Knauf, jedoch ohne Erfolg.

Scarlet fragte sich, ob dies hier der Ort war, von dem aus

Virginia Dare die Stadt kontrolliert hatte. Wieder einmal wurde ihr bewusst, dass sie sich noch immer im Unklaren befand, was die Rolle des Wintermädchens in diesem Spiel anging.

Vermutlich hatten Virginia Dare und der Kojote Zugang zu allen möglichen Orten in Gotham gehabt. Vermutlich hatten sie jederzeit durch eine der vielen Türen dorthin gelangen können, wo sie gerade zu sein wünschten.

Scarlet dachte an ihre eigene Flucht. Ja, so waren ihr auch die Wendigo gefolgt, als sie geflohen war. Sie hatte die Tür durchschritten, und dann war sie im Battery Park gewesen. Die Pflanzen hatten die Tür danach fest verschlossen und sie zerstört. Dort drüben stand sie noch immer, nutzlos, zersplittert und mit vertrocknetem Efeu überwuchert.

Die Wendigo mussten kurz darauf eine andere Tür genommen haben, die sie an einen anderen Ort geführt hatte. Das hatte Scarlet einen kleinen Vorsprung verschafft.

»Jake!«

Er schaute zu ihr. »Wir sollten uns jetzt wirklich etwas einfallen lassen.«

»Der Stock des Kojoten! Er öffnet die Türen.«

Jake verstand sofort. »Wo ist er?«

Scarlet schaute in die Zuschauerränge, dorthin, wo sich Schlafwandler und Wendigo noch bekämpften.

Mist.

»Wunderbar«, fluchte Jake.

Das Lichtspieltheater umfasste, die Logen inbegriffen, nahezu viertausend Sitzplätze. Das Parkett war also groß genug, um sich darin zu verlaufen. Und irgendwo dort lag der Stock oder Säbel – oder was immer es auch war – des Kojoten.

»Du bist dir wirklich sicher, dass es genau der Teil des Parketts ist?« Jake meinte genau den Teil des Lichtspieltheaters, der voller Schlafwandler war.

»Ja, sieht so aus.«

»Na wunderbar!«

Für einen Moment standen wir alle drei regungslos da.

Die Schlafwandler und die Wendigo lieferten sich vor unseren Augen ein blutiges Gefecht.

Jetzt, da Virginia Dare und der Kojote endgültig entkommen waren, schienen die Kreaturen ihrer Wut Luft zu machen. Doch was immer die Schlafwandler bei den beiden Pagen getan hatten, bei den Wendigo wollte ihnen das nicht so recht gelingen.

Vielleicht, so dachte sich Scarlet, war es nicht möglich, Kälte mit Kälte zu bekämpfen. Vielleicht waren die Wendigo mächtigere Wesen als die Dreamings? Vielleicht war alles auch ganz anders?

Am Ende waren das nur Vermutungen.

Die Wendigo stürzten sich jedenfalls mit der ganzen Inbrunst des Jägers auf die Schlafwandler. Scarlet fühlte sich an das erinnert, was sie mit Keanu gemacht hatten. Noch immer setzte ihr die Erinnerung zu. Das Blut an ihren Händen, seine Tränen, sein Tod. Sie wusste nicht einmal, was sie mit seinem Körper gemacht hatten. Sie betrachtete die Wendigo und wollte die Antwort eigentlich gar nicht wissen.

Was hatte er sich nur dabei gedacht, sie so alleinzulassen. Keanu hätte sie nicht verlassen dürfen. Vielleicht wären sie beide entkommen, irgendwie. Es hätte womöglich einen Weg gegeben. Einen, der ihnen beiden die Zukunft versprochen hätte, die sie sich so erträumt hatten.

Er hätte sie nicht verlassen dürfen.

Niemals hätte er das tun dürfen.

Doch nein, das hatte er nicht.
Sie schluckte, und es tat weh, sogar im Hals.
Er hatte ihr das Leben gerettet und den Tod gewählt, damit sie weiterleben konnte. Sie berührte das leere Amulett, das sie niemals fortgeben würde. Nein, niemals.
Keanu hatte ihr die Pforte geöffnet.
Aber er hatte keinen Stock mit einem Schakalkopf gehabt.
Er hatte nichts gehabt.
Und doch war die Tür aufgegangen.
Wie war das möglich gewesen?
»Ich hole ihn!« Jake sah sie an. »Du bleibst hier. Und Sie auch, Mistress Atwood.«
Die Wendigo sprangen die Schlafwandler an und setzten ihnen mit Krallen und Klauen zu. Im Gegensatz zu Menschen, denen man solche Wunden beigebracht hätte, gaben die Schlafwandler jedoch nicht auf. Sie stürzten sich immer wieder aufs Neue auf die Wendigo, und ihre nicht verebbende Zahl machte den Schneewesen irgendwann doch zu schaffen.
»Dort drüben ist eine weitere Tür«, bemerkte ich.
»Wo?«
»Im Orchestergraben.« Sie war von einem Vorhang verdeckt. »Wir sollten die Tür da unten benutzen.«
»Gute Idee. Sieht nicht so aus, als hätten die Schlafwandler sie entdeckt.« Er machte sich bereit.
»Sei vorsichtig«, bat Scarlet ihn.
Jake musste mitten durch die kämpfenden Kreaturen hindurchlaufen. Er holte tief Luft.
»Keine Sorge, ich bin gleich wieder da.«
Scarlet mochte nicht, was er da sagte. »Du willst den Helden spielen?«

Er grinste verwegen, doch seine Augen taten es nicht.

»Hey, ich *bin* der Held«, sagte er.

Und rannte los.

»Kommen Sie!«, forderte ich Scarlet auf und zog sie hinter mir her, mitten in den Orchestergraben hinein. »Hier sind wir vorerst sicher vor ihren neugierigen Augen.« Die alten Instrumente, auf denen sich eine dicke Staubschicht wie ein Filztuch ausgebreitet hatte, standen noch überall herum.

Scarlet riss sich los und stellte sich auf die Zehenspitzen und lugte über den Rand des Grabens.

Wenn ausreichend viele Schlafwandler sich auf einen einzigen Wendigo stürzten, dann konnte es sogar sein, dass dieser sich verzweifelt in wildes Schneegestöber auflöste. Die Schneeflocken, die auf diese Art entstanden, wirbelten durch den Saal, ehe sie tot zu Boden sanken. Scarlet ging davon aus, dass ein Wendigo, dem dies widerfuhr, endgültig starb.

Andere Wendigo hingegen wechselten freiwillig ihre Form, wirbelten schnell als Schnee durch den Saal und nahmen an einer anderen Stelle wieder die Wolfsform an, um weitere Schlafwandler aufzuschlitzen.

Scarlet fragte sich, wie die Schlafwandler sich vermehrten. Taten sie es durch Berührungen? Kamen die Dreamings im Schlaf über einen, und man merkte gar nicht erst, dass man zum Schlafwandler wurde? Die Tatsache jedenfalls, dass der Kojote sich alle Mühe gegeben hatte, jedwede Berührung mit den Kreaturen zu vermeiden, gab ihr zu denken. Sie hatte gesehen, was den Pagen widerfahren war.

Nein, man sollte sich auf gar keinen Fall von ihnen berühren lassen.

Nie und nimmer.

»Sie nehmen einem die Träume«, murmelte Scarlet plötzlich. Es war ein so spontan geborener Gedanke, dass man ihm einfach Glauben schenken musste. Er war plötzlich da, wie manche Gedanken eben plötzlich auftauchen. »Sie stehlen einem die Träume.«

»Das ist es!«, rief ich aus. »Wer keine Träume mehr hat, der erstarrt zu Eis.«

»Niemand kann ohne Träume leben. Ob sie das wirklich tun?«

»Kann sein, kann sein.«

Scarlet stand bangen Herzens am Rande des Grabens und spähte in den Saal, wo die Gefechte tobten.

Ein Wendigo kämpfte gegen eine Horde Schlafwandler an, denen er tödliche Wunden zugefügt hatte. Trotzdem kämpften die Wesen weiter. Einigen von ihnen fehlten Gliedmaßen, anderen hing ein Arm nur noch an einigen blutigen Sehnen am Torso.

Sie hörten nicht auf, die Wendigo zu attackieren. Sie waren Marionetten. Erst wenn ein Schlafwandler bewegungsunfähig war, blieb er zuckend auf dem Boden liegen und wand sich wie ein Insekt, das man zu zertreten versucht hat. Die weißen Augen leuchteten auf unnatürliche Weise.

Und wer sich in seine Nähe wagte, der wurde trotzdem angegriffen.

Es war ein einziges Durcheinander von Leibern, Blut und Schneegestöber. Es schien kein Ende zu nehmen.

Jake lief geduckt zu der Stelle, an der Scarlet den Säbel aus dem Gehstock hatte niederfallen sehen.

Er wich den Schlafwandlern aus, so gut es ging. Und er mied die Wendigo. Er sprang über eine Stuhlreihe, und dann stürzte er, tauchte zwischen den Sitzen ab.

Dann, zwei Reihen weiter, tauchte er wieder auf.

Scarlet schrie auf, als ein Schlafwandler sich ihm näherte.

Jake drehte sich blitzschnell um und duckte sich zur Seite hin weg, kroch unter den Sitzen hindurch und kam an anderer Stelle wieder zum Vorschein. Ein Wendigo beschäftigte sich mit dem Schlafwandler, riss ihm die linke Hälfte des Gesichts weg. Anschließend grub er seine Zähne in die Brust des Schlafwandlers, dessen zu Klauen geformte Finger am Fell der Schneekreatur zerrten.

»Wie wissen sie, wer ein Schlafwandler ist und wer nicht?«, fragte Scarlet auf einmal und sah mich ängstlich an.

»Die Wendigo?«

»Ja.«

»Sie kennen den Unterschied nicht«, antwortete ich ihr. »Sie stürzen sich auf alles, was kein Wendigo ist.«

Die einfachste Vorgehensweise, wirkungsvoll und unkompliziert.

Scarlet bangte um Jake. Sie wollte ihn nicht auch verlieren, wie sie ...

Nein, daran durfte sie jetzt nicht denken.

Nein, nein, nein!

Jake würde nicht sterben. Jake war geschickt. Jake lief zwischen den Stuhlreihen hindurch, mied jede Gestalt, die sich außer ihm dort herumtrieb, und endlich hielt er den Säbel in den Händen. Er machte sich ein Bild von der Lage, erkannte, dass ihm der direkte Rückweg durch kämpfende und sterbende Kreaturen verwehrt war, und dann sprintete er zum anderen Ende des Saals, wo er vor einer Wand stehen blieb.

Er schaute nach oben.

Efeu erstreckte sich wie ein erstarrtes Meer aus Ranken

und Blättern bis hinauf zur Decke. Jake prüfte die Festigkeit der Pflanzen.

Scarlet bat inständig darum, dass ihm jemand zu Hilfe eilte. Zwischen Jake und dem Orchestergraben wimmelte es nur so von wilden kämpfenden Körpern. Diejenigen Wendigo, die Schlafwandler töteten, ließen ein schrilles Heulen des Triumphs vernehmen. Die Schlafwandler indes, die Wendigo in sterbende stöbernde Schneewehen verwandelten, stießen keinen einzigen Laut aus.

Wie sollte Jake nur zurückkommen?

Scarlet wünschte sich nichts inständiger, als dass Jake wohlbehalten bei ihr im Orchestergraben ankommen würde.

Dann sah sie, wie eine Ranke des Efeus sich von der Wand löste und in Jakes Richtung streckte. Es sah aus, als würde sie ihn einladen, ihr zu folgen. Die Ranke schlängelte sich wie ein Tier vor seinem Gesicht.

Danke, wisperte Scarlet insgeheim. *Danke, danke, danke. Tausend Dank.*

Die Pflanzen halfen ihm.

Jake, der nicht zu wissen schien, wie ihm geschah, steckte sich den Säbel mit dem silbernen Schakalknauf in den Gürtel und begann mit dem Aufstieg, ohne Zeit zu verlieren. Die Ranke, die sich zu ihm gebeugt hatte, war ihm behilflich, indem sie ihn schneller nach oben zog.

Scarlet konnte das Grinsen in seinem Gesicht erkennen. So schnell es ging, begann er an dem vereisten Efeu die Wand emporzuklettern. Jake war jemand, mit dem man rechnen konnte.

Sie wollte gerade einem Freudentaumel anheimfallen, da sah Scarlet, dass sich der Efeu von der Decke zu lösen begann.

Sie fragte sich, ob die Ranken stark genug wären, ihn zu tragen. Es blieb ihm nur dieser eine Versuch.

Jake bemerkte das Eis, das von oben auf ihn herabrieselte. Er sah, was auf ihn zukam. Der Efeu würde gleich mit ihm in die Tiefe stürzen, wenn er nichts unternahm. Also ergriff er die Ranke und stieß sich fest von der Wand ab. Mit beiden Händen hielt er sich an der dicken Ranke fest, und der Schwung trug ihn weit über die Sitzreihen.

Da löste sich der Säbel aus seinem Gürtel und fiel hinab in den Saal, wo er klappernd am Boden liegen blieb.

Scarlet blieb förmlich das Herz stehen.

Jake, wie es aussah, nicht.

Instinktiv ließ er die lianenartige Ranke los und stürzte in die Tiefe und landete zwischen den Stühlen. Schnell rappelte er sich auf, schnappte sich den Säbel und sprintete an den Schlafwandlern vorbei auf den Orchestergraben zu.

Er hatte die Waffe des Kojoten wieder in seinen Händen. Wenn ein Schlafwandler seinen Weg kreuzte, dann schlug er mit dem Säbel nach ihm, und die Kreatur ließ vorerst von ihm ab.

Scarlet seufzte erleichtert auf.

Dem Himmel sei Dank.

Jake kam auf uns zugerannt.

Er hielt die Klinge mit dem silbernen Schakalkopf in der Hand, was jetzt, da er einige von ihnen damit getötet oder bedroht hatte, auch den Schlafwandlern aufgefallen war. Eine Horde folgte ihm. Sie schienen erkannt zu haben, dass man mit dem Knauf die Türen zu öffnen vermochte. Und sie hatten erkannt, dass Jake jemand war, den zu jagen sich lohnte.

»Was sind das für Türen?«, fragte Scarlet. »Kann man sie steuern?«

»Türen führen an andere Orte«, sagte ich. »Es sind alte Türen.«

»Na klasse, ist das alles?«

»Ja, das ist alles«, sagte ich nur. »Ich habe keine Ahnung, wie man sie steuern kann. Vielleicht kann man es gar nicht. Vielleicht führt jede Tür nur an einen ganz bestimmten Ort.«

»Das würde erklären, weshalb die Wendigo nicht direkt in den Battery Park gekommen sind.«

»Sie sagen es.«

»Und?«

Ich starrte sie an. »Wir werden sehen, wohin diese Tür uns führt. Wenn Jake es bis hierher schafft.« Ich ließ unausgesprochen, was uns widerfahren würde, wenn er es nicht schaffte.

»Da!«, rief Scarlet, die mir schon gar nicht mehr zugehört hatte.

Die Schlafwandler konzentrierten sich auf Jake. Von allen Seiten strömten sie auf ihn zu. Er hatte keine Chance.

Scarlet wandte sich mir zu. »Sie sind doch eine Trickster«, fuhr sie mich an. »Jake hat es mir gesagt. Jetzt ist vielleicht der Zeitpunkt gekommen, wo Sie etwas tun können. Helfen Sie ihm!«

»Ich wollte sie nicht auf mich aufmerksam machen«, antwortete ich und ging in Position.

Jake lief weiter.

Die ersten fünf Schlafwandler, die ihn verfolgten und mittlerweile ganz nah waren, wurden zu Boden geschleudert. Es sah aus, als habe sie eine unsichtbare Hand gepackt.

»Waren Sie das?«, fragte Scarlet erstaunt.

Ich nickte. »Sie wollten doch, dass ich etwas tue.«

»Warum haben Sie das nicht schon früher getan?«

Die Wendigo hielten inne, ebenso die Schlafwandler. Für einen Augenblick trat eine Stille ein, die unheimlich war. Nur Jakes Schritte hallten durch den Saal, alle anderen standen still und starrten in unsere Richtung, sekundenlang, wie festgefroren.

»Deswegen«, sagte ich. »Sie mögen keine Trickster, nein, wirklich nicht. Es bringt einem nichts als ungewollte Aufmerksamkeit.« Etwas mürrisch fügte ich hinzu: »Und die haben wir jetzt.«

»Was heißt das?«

»Sie wissen, dass wir hier sind.«

Die Stille explodierte in eine Fülle von Geräuschen.

»Manche niedere Wesen wie die Wendigo«, erklärte ich Scarlet über den tosenden Lärm hinweg, »glauben, dass sie die Eigenschaften und Fähigkeiten ihrer Beute in sich aufnehmen können. Wenn sie die Beute verspeisen.« Ich sah ihr tief in die Augen. »Sie wissen, was ein Trickster ist. Sie wissen auch, dass Trickster besondere Fähigkeiten haben. Und es hungert sie danach, diese Fähigkeiten selbst zu besitzen.«

Scarlet wurde bleich.

»Jake sollte sich beeilen«, sagte ich besorgt.

Ein Meer aus Leibern näherte sich dem Orchestergraben, allen voran Jake Sawyer.

Die Schlafwandler, die ihm zu nahe kamen, fegte ich beiseite. Die Wendigo indes lösten sich in Schneegestöber auf, wehten weiter und nahmen erneut Gestalt an.

»Gegen die Wendigo vermag ich wenig auszurichten«, gab ich zu. »Sie sind seltsam.«

»Na klasse.«

Jake sprang keuchend zu uns in den Orchestergraben.

Er warf einen Blick zurück, schnappte nach Luft. Dann

hielt er den Kopf des Schakals in die Höhe und berührte damit die Tür.

Ein leichtes Knistern erklang und dann ...

... passierte nichts.

Nichts.

Schon wieder!

»Was jetzt, verdammt noch mal!«

Jake hielt den Knauf erneut vor sich und berührte damit die Tür.

Nichts.

»Bitte, sagen Sie jetzt nicht, dass wir einen Zauberspruch oder etwas Ähnliches benötigen, um diese Tür zu öffnen. Dafür fehlt uns nun wirklich die Zeit.«

Das Meer hungriger Leiber näherte sich.

Unaufhaltsam.

Ich zuckte die Achseln. Dachte an die vielen Filme, die ich damals gesehen hatte.

Wie gelangte man am schnellsten nach Kansas? Indem man die roten Schuhe zusammenschlug und sich ganz fest wünschte, dorthin zu gelangen. Indem man es sich von ganzem Herzen wünschte.

»Rote Schuhe«, sagte ich.

Scarlet starrte mich an, als hätte ich den Verstand verloren. »Was meinen Sie damit?«

»Wir benötigen rote Schuhe?«, fragte Jake nachdenklich.

»Ja.«

Jake starrte auf den Säbel, an dessen Ende der silberne Knauf funkelte. »Wir haben die roten Schuhe, aber die roten Schuhe allein bringen einen noch lange nicht nach Kansas.«

»Mistress Atwood?«

Ich reagierte nicht, konzentrierte mich stattdessen auf den

Kronleuchter, der den Saal beherrschte. Er begann zu wanken, er schaukelte, und die Schrauben lösten sich aus der Decke. Dann, mit einem Bersten aus Eis und Metall, stürzte er in die Tiefe und begrub eine Reihe von Schlafwandlern und Wendigo gleichermaßen unter sich.

»Das verschafft uns ein wenig Zeit«, presste ich mühsam hervor.

»Wir haben die roten Schuhe.« Scarlet schaute auf. »Was hat der Kojote sonst noch getan?«

»Er hat die Tür geöffnet«, sagte ich. »Aber nicht, um sich selbst zu retten. Er kümmerte sich um das Wintermädchen. Er hat sich gewünscht, dass Virginia Dare in Sicherheit gelangt.«

Scarlet nickte. Sie spürte Tränen in den Augen. Keanu Chinook hatte die Tür für sie geöffnet. Er hatte sie in Sicherheit gewünscht.

Jake starrte den Schakalkopf an. »Das Ding ist wertlos. Die roten Schuhe sind wertlos ohne den richtigen Wunsch.« Er trat vor, berührte die Tür und ließ die Hand ruhig auf dem warmen Holz liegen. Dann fasste er den Knauf an und drehte ihn zur Seite.

Das Schloss klickte.

Und die Tür war offen.

»Wo möchten Sie hin?«, fragte ich Scarlet.

Ein junger Schlafwandler sprang von oben in den Orchestergraben hinein. Er fletschte die Zähne, und in diesem Moment kamen Scarlet sogar die Wendigo menschlicher vor. Jake wirbelte herum und schlug mit dem Gehstocksäbel nach ihm. »Geht hindurch!«, rief er uns zu. »Nun macht schon!«

Scarlet zögerte noch.

»Ich komme als Letzter nach«, rief er und drosch auf den Schlafwandler ein. Er stach zu.

Der Schatten eines Wendigo fiel auf Jake. Dieser ließ sich zur Seite fallen, und der Wendigo schnappte nach dem Schlafwandler, riss ihn zu Boden, und beide rutschten zwischen den Instrumenten hindurch in die andere Ecke des Grabens.

Scarlet stand wie angewurzelt da.

»Jake!«, schrie sie.

Ein Schlafwandler tauchte hinter ihm auf, dann noch einer. Ein Wendigo riss ihm die Füße weg, so dass er stürzte. Instinktiv schlug Jake ihm die Klaue mit dem Säbel ab. Die Schlafwandler warfen sich jetzt auf den verletzten Wendigo, so dass Jake davonkriechen konnte.

Meine Güte.

Sie wurden immer mehr.

Jake kam auf die Füße, stolperte auf die Tür zu.

Er packte Scarlet und küsste sie.

Es war ein schneller Kuss, in Eile und doch aus tiefstem Herzen.

Ihre Blicke trafen sich, viel zu kurz nur.

Dann, als der Schatten eines Wendigo ihn quälend langsam umarmte, stieß er sie einfach hinter mir durch die Tür.

»Passen Sie auf sie auf, Mistress Atwood!«

Scarlet wollte noch etwas sagen, streckte die Hand aus. Sie schrie laut seinen Namen, doch schon schlug die Tür zu, und Jake Sawyer war fort.

Kapitel 3

Hexenjagd

Die Tür war noch da, aber sie ließ sich nicht mehr öffnen. Scarlet presste ihr Gesicht dagegen und lauschte. Sie hörte keine Stimme, spürte kein Lied, sah nicht die Sterne, trotz derer ihre Nacht so finster war. Jake Sawyer war fort. Sie erinnerte sich an seinen Blick, als der Schatten des Wendigo sein Gesicht mit dunkler Farbe übergossen hatte. Sie erinnerte sich daran, sich selbst in seinen Augen erblickt zu haben. Kurz nur, ja, doch da war ihr Spiegelbild gewesen.

»Es ist vorbei«, sagte ich leise zu ihr.

Scarlet weinte.

Sie stand noch immer regungslos da, die rechte Gesichtshälfte gegen die Tür gepresst. Vielleicht würde sie doch noch etwas hören, riechen, wahrnehmen. Nein, Jake war fort.

Sie spürte, wie ihr Herz raste, und sie wusste nicht einmal, warum es das tat. Sie war doch nicht verliebt, nein, dafür war alles viel zu kompliziert. Sie kannte Jake kaum, und sie wusste, dass sie Keanu geliebt hatte. Sie liebte ihn noch immer. Nur, er war tot. Sie wusste es wieder. Und Jake Sawyer ... Er hatte sie nie verlassen, bisher.

Das Holz war ganz warm.

Sie wollte es nicht loslassen.

Nur diese dünne Tür trennte sie von Jake Sawyer. Er war dahinter, irgendwo in der uralten Metropole von Gotham. Er hatte sie doch tatsächlich durch die Tür gestoßen und war dortgeblieben.

Nein!

Sie würde die Tür nicht loslassen.

Nein, nicht hier, nicht heute, niemals mehr.

Sie wollte allzeit so stehen bleiben und warten, bis alles wieder anders würde. Eines Tages, das wusste sie, würde sich diese Tür wieder öffnen. Eines Tages würde er wieder vor ihr stehen, unversehrt, und ...

Nein.

NEIN, NEIN, NEIN!

Sie durfte sich nichts vormachen. Sie hatte den Schatten gesehen, der hinter ihm aufgetaucht war. Es war ein Wendigo gewesen, riesengroß und mächtig. Wie sollte Jake da entkommen, sich zur Wehr setzen, überleben?

So viele Fragen.

Ach, so viele ...

Und keine Antworten.

Nein, nicht eine einzige.

Nur Erinnerungen, die sie wieder hatte und doch nicht haben wollte.

»Warum?« Sie sah mich an. »Mistress Atwood, warum?«

Ich reichte ihr die Hand.

Sie starrte lange Zeit darauf, ohne sich zu bewegen.

»Warum?«, wiederholte sie. Tränen rannen ihr übers Gesicht.

Ich schüttelte den Kopf.

»Er ist tot, nicht wahr?«

»Ich weiß es nicht.«

Scarlet Hawthorne ergriff meine Hand. Behutsam zog ich sie von der Tür fort. Jener Tür, die mitten im Raum stand und nicht mehr das Portal war, durch das wir eben noch gegangen waren. Sie war jetzt eine Tür mit Rahmen, die nirgendwo hinführte. Die einfach nur da war.

Dann sank Scarlet in die Knie. Sie schrie so laut, dass ich zusammenzuckte.

»Warum?«, schrie sie.

Immer und immer wieder.

»Warum, warum, warum?« Unendlich langsam zog ich sie zu mir, dann umarmte ich sie.

»Warum kann ich keine Musik mehr hören?«, schluchzte sie. »Warum nur?«

Nur eine einzige Antwort konnte ich ihr geben: »Ich weiß es nicht. Es tut mir leid.«

Dann verschwand auch die Tür.

Sie löste sich in Luft auf, wurde zuerst unscharf an den Rändern, dann war sie fort.

Scarlet starrte die Stelle an, an der sie gerade noch gewesen war, und Tränen machten ihr das Sprechen unmöglich. Es war, als drängten all die Gefühle, die in ihr geruht hatten, nun an die Oberfläche. Sie lag in meinen Armen und weinte und zitterte.

Nach nahezu einer halben Stunde war sie wieder ansprechbar. Ich hatte sie die ganze Zeit über fest in den Armen gehalten und ihrem Schluchzen und ihrem armen kranken Herzen gelauscht.

Erst dann schaute sie sich um.

Fragte benommen: »Wo sind wir?«

Ich ließ ihre Blicke ein wenig weiter durch die Wohnung

gleiten. Sie sollte es sehen, alles. Die Unordnung, das Motorrad, die Bilder, das Licht der Nacht, das in Streifen durch die hohen Fenster einfiel. Die wenigen Möbel, so karg und doch so sehr er selbst.

»Wir sind hier bei ihm«, sagte sie schließlich, sie hatte es von ganz allein herausgefunden.

»Ja, dies ist Jakes Wohnung.«

»Wo liegt sie?«

Sie ging zum Fenster.

Draußen sah sie eine Straße, die ihr bekannt vorkam. Schnee fiel noch immer vom Himmel und deckte die Stadt mit Weiß und Winter zu.

»Das ist die Bedford Street«, sagte ich. »Jake wohnt im Twin Peaks.«

»Das ist das Greenwich Village«, stellte Scarlet fest. Die Nacht schwamm in ihren Augen. »Warum sind wir hier?«

»Jake hat uns an einen ganz bestimmten Ort gewünscht«, versuchte ich zu erklären. »Dies hier ist Kansas.« Ich setzte mich in einen Sessel. »Niemand kennt Jake Sawyer. Niemand weiß, wo er lebt. Niemand wird uns hier suchen.«

Scarlet konnte es nicht fassen.

»Hier sind wir vorerst sicher.«

Sie ging durch die riesige Studiowohnung. Die Wände waren Mauern, rote Steine mit weißen Fugen. Hier und da war ein Spinnennetz gespannt. Es hingen keine Bilder in der Wohnung, nur ein einziges. Es zeigte ein Ehepaar, unverkennbar Jakes Eltern. Es war ein Hochzeitsfoto. Jakes Vater trug einen guten Anzug, und Jakes Mutter war unverkennbar eine Elfe. Es war eine andere Zeit, ein anderer Ort. New York 1898, das Jahr, in dem sie selbst geboren worden war.

Ein Motorrad stand mitten im Raum, umringt von Werkzeugkisten, die alle halb offen standen. Es war eine alte *Indian Summer*, Baujahr 1958. Werkzeug lag unsortiert auf dem hässlichen Teppich verstreut, dazwischen waren Öldosen und Ersatzteilkartons zu erkennen. Kleine Eimer mit klarem Lack standen auch dort herum. Selbst in der Küche lagen Motorteile in der Spüle, gleich neben den schwarzen, nach Kaffee riechenden Tassen. Weiter hinten im Raum stand ein Drahtgestellbett, daneben Staffeleien mit Ölgemälden darauf. Szenen aus der Stadt zeigten sie, in den Farben des Herbstes. New York, wie es jemand sah, der sich hier sehr wohlfühlte. Auf der Couch stapelten sich die Kleidungsstücke, fast ausnahmslos Jeans, dazwischen T-Shirts und dicke Pullover wie jener, den er die ganze Zeit über getragen hatte.

Bücher standen kaum welche in den Regalen, dafür jede Menge CDs. Neil Hannon, Yamit Mamo, Melanie Pappenheim, AaRON, Rufus Wainwright III. und Adam Stewart.

Scarlet ging in der Wohnung umher wie eine Füchsin in der Falle. Sie war so durcheinander. Sie sah aus dem Fenster und erblickte die Winterwelt und war froh darüber, hier drinnen zu sein. Sie wischte sich die Tränen aus dem Gesicht. Blieb vor dem Motorrad stehen. Sie berührte den Ledersitz, ganz zögerlich. Sie konnte es kaum glauben, jetzt hier zu sein.

»Sie sollten schlafen«, schlug ich vor.

Scarlet sah mich aus rot geränderten Augen an. »Ich kann das nicht. Schlafen, meine ich. Nicht jetzt. Nicht hier.«

»Doch, Sie können das. Denn es ist das, was Jake gewollt hätte.«

Kleinlaut fragte sie: »Meinen Sie?«

Ich nahm sie bei der Hand und führte sie zum Bett. »Legen Sie sich hin und schlafen Sie. Morgen, Miss Scarlet, ist auch noch ein Tag.«

Sie ließ sich ins Bett sinken. Ich deckte sie zu.

»Denken Sie an gar nichts. Schlafen Sie einfach.«

Sie wachte auf, da war es noch mitten in der Nacht. Sie hatte von Keanu geträumt, und das Bett roch sanft nach Jake. Während der Traum sachte verwehte, grub sie den Kopf ins Kissen und atmete tief ein. Sie hatte die Augen geschlossen, und mit dem Duft kamen die Bilder, an die sie gar nicht denken wollte. Sie setzte sich im Bett auf.

Mattes Licht fiel durch die Fenster und tauchte den Raum in Schatten.

»Mistress Atwood?«, fragte sie in die Dunkelheit hinein.

»Ich bin hier«, gab ich mich in einem Sessel zu erkennen, der vor einem der Fenster stand, das den Ausblick auf die Gerippe der Bäume, die im Sommer so grün waren, erlaubte.

»Sie sind noch wach?«

»Ich genieße die Ruhe.«

»Wie spät ist es?«

Ich sagte es ihr.

»Warum können Sie nicht schlafen?«

»Die gleiche Frage«, sagte ich, »könnte ich auch Ihnen stellen.«

Sie stand auf und kam herüber, nahm im Sessel neben mir Platz. Sie winkelte die Beine an, legte die Arme darum, stützte den Kopf auf die Knie. »Ich habe von ihm geträumt.«

»Von Keanu Chinook?«

»Ja. Aber ich vermisse Jake.«

Ich schwieg.

»Ich vermisse ihn so sehr.«

Ich seufzte. »Mir geht es ebenso.« Draußen auf der Straße lief ein Hund durch den Schnee. »Er war so ungestüm, als ich ihn fand«, sagte ich. »So lang ist das jetzt schon her.« Scarlet sah mich von der Seite an. Die Schatten verwandelten ihr Gesicht in etwas Unwirkliches. »Wer sind Sie?«, fragte sie, ohne den Blick von mir zu wenden. »Ich meine, warum tun Sie das alles für mich? Warum helfen Sie mir?«

»Weil es eine Zeit gab«, antwortete ich ihr, »in der mir niemand geholfen hat, als ich auf die Hilfe anderer angewiesen gewesen wäre.« Die Stille, die eben noch da gewesen war, wich meinen Worten. »Nun ja, das ist nicht ganz richtig. Später habe ich Hilfe erfahren, aber damals, als die Feuer brannten, da sahen alle weg. All die ehrbaren Bürger, sie schauten einfach nicht hin. Viele Menschen sind es oft nicht wert, dass man auch nur einen Gedanken an sie verschwendet. Und andere lassen einen wieder daran glauben, dass es schöne Dinge gibt.«

»Was ist passiert?«

Ich seufzte. »Die Lügen«, begann ich zu erzählen, »haben sich nicht wirklich verändert. Sie sind noch genauso lebendig wie damals, als ich ein junges Mädchen war.«

»Wann war das?«

»1692.«

Scarlet starrte mich an.

»Jetzt fragen Sie mich bestimmt, ob ich wirklich so alt bin. Und ich werde lächeln und erwidern, dass ich mich dafür doch noch gut gehalten habe, nicht wahr?«

»Möchten Sie es mir erzählen?«

Ich musste nicht einmal lange überlegen. »Ja.«

Und während draußen erneut dicke Schneeflocken auf die Stadt der zwei Flüsse niedergingen, entführte ich Scarlet

Hawthorne nach Massachusetts, in die ländlichen Kolonien, wo ich aufgewachsen war.

»Ich wurde in London geboren«, so begann die Geschichte. »Wann genau das war, kann ich nicht sagen. Anno 1680, grob geschätzt. Plus/minus einige Jahre. Ich kannte meine Eltern im Grunde nicht. Sie gaben mich als Kind fort, so einfach war das. Bis heute habe ich keine Ahnung, was sie dazu bewogen hat. Ich kann mich noch gut daran erinnern, wie die Welt damals roch. Am Ufer der Themse überantworteten sie mich einem Mann namens William Griggs. Er war Arzt, ein netter und guter Mensch. Er nahm mich mit nach Massachusetts in Neuengland, wo er sich niederzulassen gedachte. Ich war nur ein kleines Mädchen und hatte überhaupt keine Wahl.«

Ich nahm meine Eltern noch als Silhouetten wahr, die sich am Hafen nicht einmal von mir verabschiedeten. Die Themse roch nach Dunkelheit, Fäulnis und Dreck.

»Sie gaben mich einfach so fort«, wiederholte ich. »Vielleicht lag es daran, dass manchmal seltsame Dinge passierten, wenn ich in der Nähe war.«

»Dinge?«

»Gegenstände schwebten. Dinge bewegten sich, ohne dass sie jemand berührte.«

»Sie sind eine Trickster.«

»Meine Mutter muss elfisch gewesen sein. Wegen der Augen«, sagte ich nur.

»Was haben Sie getan?«

»Damals«, antwortete ich, »damals wusste ich natürlich nicht, was überhaupt ein Trickster war. Ich wusste nur, dass es normal war, diese Dinge tun zu können. Aber ich ahnte auch, dass dies etwas war, was ich nicht mit jedermann teilen konnte. Die Menschen, die es sahen, reagierten verschreckt und mieden mich.«

Sie gaben mich William Griggs. Vermutlich erhielten sie im Gegenzug eine kleine Entschädigung, wer kann das heute schon noch sagen?

»So kam ich jedenfalls nach Amerika.«

Für William Griggs war ich weniger als eine Tochter und nicht mehr als eine Dienstmagd. Er behandelte mich allerdings gut, züchtigte mich nur selten mit dem Stock. Er brachte mir Lesen und Schreiben bei, las mir aus der Bibel vor und hielt mir allzeit vor Augen, dass wir dem Schöpfer zu danken haben.

»Der Ort, an dem er sich niederließ, war Salem Village, eine kleine Gemeinde in Massachusetts.

Wir lebten erst zwei Jahre dort, als es zu seltsamen Vorkommnissen kam. Ich hatte nicht viele Freundinnen, weil ich ein ungeschicktes Kind war.« Das war die Stelle, an der Scarlet sanft lächeln musste. »Ich machte Dinge kaputt, tat mir selbst weh, war einfach ungeschickt.« Ich zog eine Grimasse. »Und hübsch war ich auch nicht.« Die Erinnerungen waren wirklich noch so frisch, als sei mir erst gestern all das widerfahren, woran ich nicht mehr zu denken versucht hatte während der vergangenen Jahre. Ja, es war noch alles da, und es würde niemals verschwinden. Die schlimmen Erinnerungen gehen eben niemals so ganz fort.

Müde rieb ich mir die Augen.

»Es gab da jemanden«, fuhr ich fort und nannte den Namen: »Tituba.«

Tituba, die auf dem Hof neben unserem Haus arbeitete, glaubte nicht an den Gott, zu dem die Gemeinde betete. Tituba stammte aus dem Süden, und sie hatte eine ganz eigene

Art, mit der Natur zu sprechen. Sie konnte die Karten legen und Krankheiten weissagen, sie konnte die wilden Kräuter bestimmen und die Tiere in den Wäldern benennen. Sie wusste so viel, was niemand sonst jemals wissen wird. Darüber hinaus konnte sie sich in die Gedanken anderer Menschen einschleichen und sie Dinge tun lassen, die sie nicht tun wollten.

»Tituba war eine Trickster«, fasste ich eine lange Geschichte kurz zusammen, »und als ich neu in der Kolonie war, da bemerkte sie sehr schnell, dass ich war wie sie.«

Eines Nachmittags nahm sie mich zur Seite, wir gingen hinter die Scheune. Sie trug einen Korb mit Eiern, die sie gerade aus den Nestern geholt hatte. Eines der Eier hielt sie in der Hand, hoch über dem Kopf, und dann ließ sie es los. Instinktiv fing ich das Ei auf, doch nicht mit meinen Händen, so schnell hätte ich gar nicht reagieren können. Das Ei fiel nicht zu Boden, nein, es schwebte auf Höhe der Grashalme über der Erde. Es war nicht kaputtgegangen.

An diesem Tag erfuhr ich, was eine Trickster ist.

Tituba erklärte mir alles, was sie wusste. Sie erzählte mir die Geschichten von den alten Göttern, den jungen Göttern und selbst den vergessenen Göttern, die in den Wüsten der Alten Welt leben und darauf warten, dass jemand ihre Herzen aufs Neue glühen lässt.

»Sie bat mich inständig, es niemanden merken zu lassen, was ich da tun konnte. Sie sagte, dass es niemand verstehen würde.«

Die Puritaner, so Tituba, glaubten zwar an den einen Gott und den Teufel und die Sünde, aber dazwischen gebe es nichts für sie. Dinge waren entweder göttlich oder des Teufels.

Und Göttlichkeit würden sie mir mit Sicherheit nicht zusprechen, wenn sie schwebende Gegenstände erblickten.

Also hielt ich den Mund.

Ich traf mich regelmäßig mit Tituba, die mir beibrachte, mit meiner Fähigkeit umzugehen. Sie half mir dabei, mich zu konzentrieren. Sie lehrte mich die Dinge, die die Welt zusammenhielten.

»Doch dann geschah das Unglück.«

Wie so oft, kam es aus einer Richtung, mit der man nicht gerechnet hatte.

»Betty Parris und Abigail Williams«, erklärte ich, »waren die Mädchen in der Gemeinde, zu denen die anderen aufschauten. Sie waren selbstsicher und reizend, und ihre Eltern waren Leute von Rang in der puritanischen Kolonie. Eines Nachts trafen sie sich mit anderen Mädchen: mit Ann Putnam und Elizabeth Hubbard. Sie trafen sich heimlich im Wald, auf einer Lichtung. Man behauptete, sie hätten nackt im Licht des vollen Mondes getanzt. Man behauptete auch, sie hätten Liebeszauber heraufbeschworen. Was für ein Blödsinn! Am Ende waren sie alle noch Kinder, die nur ihren einfältigen romantischen Träumen nachhingen. Sie waren gewöhnliche Mädchen, die sich Gedanken darüber machten, wie sie die Jungs beeindrucken konnten. Deshalb trafen sie sich bei Mondlicht. Tituba hatte einer von ihnen die Geschichte einer Prinzessin erzählt, die das Herz ihres Prinzen erobert hatte, indem sie für ihn bei Mondlicht einen Trunk zubereitet hatte. Alles in allem war es nichts weiter als eine Spielerei.«

Doch jemand bemerkte es.

Reverend Deodat Lawson.«

Man stellte Betty und Abigail zur Rede.

Nicht irgendjemand tat dies, sondern John Hale, der Geistliche im nahen Beverly.

Die nächtlichen Treffen sorgten für großen Aufruhr in der gläubigen Gemeinde.

Nun war aber Betty die Tochter Reverend Samuel Parris', der die Reinheit seiner Tochter vor Gott bezeugte. Aus Angst davor, bestraft zu werden, taten die Mädchen das, was Kinder zu tun pflegen, um einer Bestrafung zu entgehen: Sie beschuldigten drei Frauen, sie irgendwie verhext zu haben. Sie hätten unter deren Bann gestanden. Die beiden Freundinnen könnten dies bezeugen.

»Und so wurden Namen genannt«, sagte ich. »Seltsamerweise beschuldigten sie aber nur Frauen, die anders waren als sie selbst.«

Sarah Good war sehr arm und zudem sehr hübsch, Sarah Osbourne hatte ihren einstigen Diener geheiratet und ließ sich darüber hinaus nur selten im Gottesdienst blicken, und Tituba war eine Farbige, die nicht einmal der gleichen Religion angehörte wie die Puritaner.

Alle drei waren verdächtig. Sie waren anders, das reichte erst einmal aus, um sie vor Gericht zu stellen.

»Als die Verhandlung begann«, erinnerte ich mich, »da mehrten sich die Vorwürfe.«

Auf einmal wollte wirklich jeder etwas Seltsames und Mysteriöses gesehen haben. Jemand hatte angeblich beobachtet, wie eine der Frauen die Äpfel vom Baum erntete, ohne sich dabei zu bewegen. Sie seien ihr förmlich in den Korb geflogen. Ein anderer wollte gesehen haben, wie Tituba mit den Fingern Feuer entzündete. Man sprach davon, dass die Frauen gesunde Kühe krank und deren Milch sauer gemacht hatten, und dies allein dadurch, dass sie ihnen böse Blicke und

Flüche zugeworfen hätten, aus Neid und Missgunst den reichen Bauern gegenüber.

»Am ersten März des Jahres 1692«, ging es schnell weiter, »beschuldigte man die drei Frauen offiziell der Hexerei und sperrte sie ein. Ich ging damals zu Tituba, hielt ihre Hand. Wir schauten uns durch die Gitterstäbe hindurch an, und sie bat mich um einen Gefallen. Sie nahm mir das Versprechen ab, dass ich sofort aus Salem verschwinden würde, wenn noch weitere Frauen der Hexerei beschuldigt würden.«

Die Menschen seien dumm und böse, und wenn sie erst einmal damit begonnen hätten, die Unschuldigen für ihre eigenen Sünden büßen zu lassen, dann würde dies so lange weitergehen, bis irgendjemand mutig genug wäre, das alles zu beenden.

Wie weise Tituba doch war.

Sie saß in ihrer Zelle, auf all dem schmutzigen Stroh, und brachte den Wodu-Göttern, die sie verehrte, den Großteil ihrer kargen Mahlzeiten als Opfergabe dar.

»Dann ging es weiter.«

Tituba hatte sich bereits ihrem Schicksal ergeben. Dass sie sterben würde, das wusste sie vom Moment ihrer Verhaftung an. Die anderen beiden Frauen indes hofften auf mildere Urteile, wenn sie die Schuld weit von sich wiesen. Es seien seltsame Dinge passiert, behaupteten sie unter den strengen Blicken des Magistrats. Sie hätten selbst unter dem Bann von Hexen gestanden. Und so wurden neue Namen genannt: Martha Corey, Dorothy Good, Rebekka Nurse und viele mehr.

Im April des Jahres 1692 beschuldigte man Elizabeth Proctor, die Tiere der Nachbarsfarm verhext zu haben. Die Milchkühe würden keine Milch mehr geben, die Schweine kaum mehr schlafen. Elizabeths Mann und ihre Angehörigen, die sie vor Gericht verteidigen wollten, wurden ebenfalls der Hexerei angeklagt und verurteilt.

»Immer mehr Personen gerieten in den Kreis der Verdächtigen.« Menschen starben in kleinen Zellen, andere wiederum nahmen sich freiwillig noch vor ihrer Gefangennahme das Leben, was als Schuldeingeständnis gewertet wurde.

Die Gerichte tagten täglich.

Immer neue Namen wurden genannt.

Jeder versuchte seinen Kopf zu retten, indem er die Schuld auf andere abwälzte.

So ging es weiter und weiter.

Es hörte nicht mehr auf.

»Schließlich«, krächzte meine Stimme, »begannen die großen Scheiterhaufen zu brennen.«

Tituba war die Erste, die man auf die Holzscheite stellte.

»Ich stand in der Menge und hatte nur Angst. Die Frau, mit der ich so viele Stunden verbracht hatte, die wie eine Mutter für mich gewesen war, sie zündeten sie an. Einfach so. Sie entfachten ein Feuer, und Tituba stand nur da und ließ es geschehen.« Ich schüttelte den Kopf, noch immer fassungslos, dass sie es getan hatten.

»Sie hätte sich befreien können, oder nicht?« Scarlet wusste nicht recht, was sie sagen sollte.

»Ich glaube, Miss Scarlet, dass sie das nicht wollte.«

Sie hatte der Menschheit ins Gesicht geblickt, und das, was sie dort gesehen hatte, wollte sie nie mehr sehen müssen.

Tituba brannte.

Ich hörte sie schreien, ich hörte ihr Fleisch schmoren.

Ich weinte.

Bloß ihren Rat, den befolgte ich nicht. Warum nicht? Weil ich dumm war? Weil ich ein Kind war?

William Griggs hatte mich nach dem Vorfall mehrmals befragt, ob ich etwas mit den Mädchen zu schaffen gehabt hätte, und ich hatte verneint. Er hatte mich auf die schwere Bibel in seinem Arbeitszimmer schwören lassen, auch das hatte ich getan.

Ich glaubte nicht daran, dass das Leben einfach so weitergehen würde. Doch genau das tat es.

Die Tage vergingen. Titubas Asche war im Wind verweht. Ihre Knochen hatte man den Hunden hingeworfen.

»Schließlich beschuldigte jemand mich, eine Hexe zu sein.«

Es hieß, ich habe viel Zeit mit Tituba verbracht und mich von ihren dunklen Künsten faszinieren lassen. Ja, gewiss, man zerrte mich vor Gericht. Jemand, den ich gut kannte, stellte fest, dass ich bei Titubas Verbrennung geweint hatte. Es meldeten sich mehr als zehn Zeugen, die meine Tränen deutlich gesehen hatten. Betty und die anderen wurden auf einmal von wilden Krämpfen befallen, als man mich in den Saal führte. Sie kreischten und krochen unter die Sitze.

Das alles meinetwegen.

Der Magistrat jedenfalls ordnete an, man solle mich an Händen und Füßen binden und mir einen Sack über den Kopf ziehen, damit ich niemanden mit dem bösen Blick belegen könne.

»Ich beteuerte meine Unschuld, aber das hatten schließlich alle getan.«

Es endete, wie es nur enden konnte.

In der Menge.

Unter lauten Rufen.

»Man führte mich nach draußen. Man band mir die Hände auf den Rücken und ließ mich an einer Aufhängung in den Fluss hinabtauchen.«

Bevor sie das taten, sah ich die Blicke der anderen Mädchen und Frauen, der Jungen und Männer. Sie alle waren schuldig, aber niemand brachte den Mut auf, dieses Schauspiel zu beenden. Ich dachte an Tituba und bereute inständig, diesen Ort nicht schon vorher verlassen zu haben.

»So tauchte man mich ins Wasser.«

Ich tauchte unter, und die Luft wich mir aus den Lungen, mehr und mehr. Ich spürte die Stricke, die meine Handgelenke fesselten. Ich spürte den dicken Knoten, und dann löste ich ihn mit meinen Gedanken auf, ganz einfach. Sie zogen mich aus dem Wasser, und der Magistrat und seine Helfer begutachteten mein Werk.

»Ich spuckte Wasser, erbrach mich, lag hustend im Dreck, während die guten Bürger von Salem eine Hexe erkannten, wenn sie eine sahen. Ich spürte, wie die Menge zu toben begann. Einen besseren Beweis dafür, dass ich eine Hexe war, hätten sie kaum bekommen können.«

Das Urteil wurde schnell gefällt. Am Morgen des nächsten Tages sollte ich verbrannt werden.

»Sie sperrten mich in einen Käfig, an dem jeder vorbeigehen konnte. Wie ein Tier.«

Nie hätte ich gedacht, wie viele an diesem Abend vorbeikommen würden, um mich aus der Ferne zu verhöhnen. William Grigg, der mir Lesen und Schreiben beigebracht hatte, drückte seine bitterste Enttäuschung aus, weil ich vom rechten Weg abgekommen sei. Betty und Abigail erschienen und weinten, weil ich noch immer Macht über sie besäße.

»Tief in der Nacht öffnete ich den Käfig und floh.«

Das ist alles.

»Es machte mir keine Mühe, die Siedlung zu verlassen.«

Ich war zwölf. Ich wusste nicht genau, wohin ich gehen sollte, aber es würde da schon ein Ziel geben, das anzustreben sich lohnte. Es würde gewiss ein Trupp losgeschickt werden, um mich zu suchen. Ich musste also schnell sein, wollte ich nicht eingefangen werden.

Ich ging vor dem Morgengrauen und war fort aus der Gegend, als die Sonne hoch am Himmel stand. Als ich den Wald verließ, da hörte ich die Turmuhr in Salem zehnmal schlagen. Sie hätte meinen sicheren Tod eingeläutet, wäre ich dort im Käfig geblieben.

»Seit diesem Tag weiß ich, dass die Menschen niemals Dinge akzeptieren, die sie nicht verstehen. Sie mögen nicht, was anders ist. Seit diesem Tag weiß ich, dass Trickster sich besser verstecken und im Stillen agieren.«

Ich überquerte Flüsse, lief durch Wälder, streifte über Wiesen. Manchmal kam ich an einer Farm vorbei, deren Familie ich kannte. Trotzdem traute ich mich nicht, um Essen zu bitten. Ich war eine Ausgestoßene, alle wussten das, wirklich alle. Es gab niemanden mehr, zu dem ich hätte gehen können, so einfach war das.

Tage und Nächte kamen und gingen.

Ich lief, bis meine Füße wund waren. Ich ernährte mich nur von Kräutern. Von Beeren.

»Dann traf ich Grey Crow. Und alles änderte sich.«

»Toller Name.«

»Eigentlich hieß er Wahunsonacock, aber ich durfte ihn Grey Crow nennen.«

Scarlet musste schmunzeln.

»Grey Crow«, fuhr ich fort, »war einst ein Häuptling der

Powhatan gewesen. Sie hatten seine Tochter entführt, um einen dauerhaften Frieden zu erzwingen, im Jahre 1613.«

Während der Gefangenschaft wurde Pocahontas in englischen Sitten und der anglikanischen Religion unterrichtet. Schließlich heiratete sie und begab sich als Lady Rebecca ins Land ihrer Häscher, wo sie kurz vor der Rückreise an Pocken starb.

Grey Crow, untröstlich über den Verlust der Tochter, dankte ab und übergab die Führung seines Volkes seinem Halbbruder Opechancanough, der umgehend den nächsten Krieg anzettelte. Grey Crow aber ging auf Wanderschaft durch die unterirdischen Pueblo-Reiche, die von den Mésas im äußersten Westen bis nach Neuengland gewandert waren, weil die gefiederten Schlangen immer öfter über den rot glühenden Himmel des Westens zogen. Grey Crow wurde Schamane und lebte lange Zeit dort unten in den tiefen Höhlen von Narragansett Bay.

Als er dann im Jahre 1692 durch die Wälder von Massachusetts streifte, da traf er auf ein zwölfjähriges wildes Mädchen, das die Gräser und Blätter streicheln konnte, indem sie nur daran dachte, dies zu tun.

»Grey Crow nahm mich auf wie eine Tochter«, bekannte ich. »Er zeigte mir all das, was er wusste. Ich wurde in der Geschichte der rechtmäßigen Einwohner dieses Landes unterrichtet, lernte Pflanzen und Tiere kennen, wurde eine Heilerin und eine Schamanin.«

Er zeigte mir, wie man sich in Trance-Zustände begeben und anschließend in einer Geistvision fliegen kann, wie man eine Aura sehen und heilen kann. Er war mein Ziehvater, nicht weniger. Er zeigte mir die Welt, die wirklich war und doch im Verborgenen schlummerte.

Die weißen Siedler, die sich wie eine Krankheit über das Land der ursprünglichen Völker ergossen, konnten nicht richtig sehen. Ihre Augen waren blind für das, was offensichtlich war. Sie trieben Eisenbahnschienen durch die Wälder, über Flüsse, durch Berge hindurch. Sie führten Orte zusammen. Die Zeit selbst wurde verändert. Brauchte man früher zwei Monde, um von einem Ort zum nächsten zu gelangen, so war dies auf einmal binnen eines einzigen Tages möglich.

»Die Zeit, Miss Scarlet, geriet aus den Fugen.«

»Weil die Menschen sie nicht mehr wahrnahmen?«

Ich schüttelte den Kopf. »Weil die Menschen sie falsch wahrnehmen. Und es immer noch tun. Die Zeit ist ein Weg, den wir beschreiten. Sie ist ein natürlicher Fluss aller Dinge. Es ist nicht gut, wenn die Dinge schneller geschehen. Das Herz und die Seele bleiben zurück.«

Scarlet blickte nachdenklich nach draußen ins Schneegestöber. »Gotham ist eine hektische Stadt.«

»Sie sagen es.« Ich folgte ihrem Blick. »Die Gildehändler haben sogar einmal versucht, die Zeit selbst zu überlisten. Sie wollten einen Ort schaffen, an dem die Gesetze der Zeit keine Gültigkeit mehr haben. Man hätte Geschäfte abschließen können, ohne sich zeitlichen Begrenzungen unterordnen zu müssen. Nacht und Tag wären eins geworden. Kein Gildehändler hätte mehr schlafen müssen.« Ich warf ihr einen warnenden Blick zu. »Deshalb wurde die Mauer errichtet. Die Zeit sollte ferngehalten werden. Und innerhalb der Mauer errichteten die Gildehändler eine Festung aus Zahlenwerk und Rechenkunst. Sie huldigten einer Gottheit, die grün und giftig war wie ein Dollarschein.« Ich erinnerte mich an den Tag, an dem Grey Crow mir die Geschichte erzählt hatte. »Doch da erschienen die Geister der vergangenen und zukünftigen Jahre und rissen die Festung ein. Keinen Stein ließen sie auf dem anderen. Auf den Trümmern, da ließen sie eine breite Straße bauen. Und jedermann, der dort arbeitete, würde das, was die Gildehändler einst angestrebt hatten, niemals besitzen.«

»Wall Street«, sagte Scarlet nur.

»Deswegen haben alle, die dort leben, niemals Zeit. Es ist der Fluch der alten Geister.«

Sie starrte mich überrascht an. »Ist das wahr?«

»Alles, was wir glauben, ist wahr, Miss Scarlet. So funktioniert die Welt. Die Menschen in Salem glaubten fest daran, dass all die armen Seelen, die sie den Flammen überantworteten, Hexen waren. Sie waren davon überzeugt, Gutes zu tun.« Verträumt betrachtete ich eine Schneeflocke, die sich auf dem Fensterglas niedergelassen hatte. »Die Welt ist immer nur so groß, wie wir sie uns zu denken vermögen.«

»Und die Höhlen von Narragansett Bay?«

»Sie waren wie die uralte Metropole«, sagte ich.

Die uralten Höhlen, so Grey Crow, waren schon immer in der Erde gewesen. Erst später seien sie von den Menschen besiedelt worden, aber die Schamanen aus alter Zeit hatten schon gewusst, dass dies Orte voller Magie und Schrecken waren. Es gab Geschichten von Wanderern, die sich in die Höhlen begaben und nach sehr vielen Jahren zu ihrem Stamm zurückkehrten, noch so jung wie damals, als sie fortgegangen waren. Sie kehrten zurück, und ihre kleinen Schwestern waren zu alten Frauen geworden.

Überall im Land fände man Höhlen wie die Pueblo-Höhle, in der die Algonkin lebten.

Grey Crow lebte dort und gab mir ein Zuhause.

»Einige Jahre später machte er mir ein Geschenk. Es war mein vierzehnter Geburtstag. Das war anno 1732. Sie sehen, es ist so eine Sache mit der Zeit.« Ich wusste, wie verwirrend dies alles am Anfang sein konnte. »Er sagte, dass mich das Geschenk immer daran erinnern sollte, dass ich den Menschen nicht trauen dürfe. Sie mochten lächeln und Verständnis heucheln, am Ende war Vertrauen in sie jedoch trügerisch.«

»Was war das für ein Geschenk?«

Ich lächelte versonnen und gleichsam ernst. »Die Turmuhr von Salem. Grey Crow war mit einigen Kriegern des Nachts in die Kirche eingedrungen. Sie hatten die Uhr komplett ausgebaut.«

Scarlet schaute auf. »Sie ziert jetzt Myrtle's Mill.«

»Sie sagen es. Ich ließ sie dort einbauen. Damit ich niemals vergesse, wie die Menschen sind, wenn sie ihre Masken fallen lassen.«

»Und was geschah dann?«

»Grey Crow starb. Ich verließ die Pueblos und ging nach New York. Das war im Jahre 1827. Das Jahr, in dem in Gotham die Sklaverei abgeschafft wurde.« Ich hielt inne. »Und hier sind wir jetzt.« Ich schloss die Augen, und alte Bilder kehrten zurück. »Ich kaufte den Ort, an dem jetzt Myrtle's Mill steht.« Ich sah Scarlet an und vergewisserte mich, dass sie mir noch zuhörte. »Nun, die Mühle gab es schon damals. Aber sie war anders, wie Sie sich denken können.«

»Woher hatten Sie das Geld?«

»Indianergold«, sagte ich. »Grey Crow war ein Häuptling gewesen, und seine Vorfahren hatten bei den Feldzügen gegen die gefiederten fliegenden Schlangen des Westens und die gierigen Spanier reiche Beute gemacht, Hunderte von Jahren, bevor ich geboren wurde. Das Gold wurde weitergegeben, und am Ende erhielt ich einen Teil, der kaum mehr als ein Almosen war.« Ich lachte. »Manchmal gibt es keine Zufälle, nicht wahr?«

Scarlet nickte still. »Wieso haben Sie sich um Jake gekümmert?«

»Er brauchte Hilfe.«

»Wie ich?«

»Ja, wie Sie.«

»Und die anderen?«

»Sie sind sehr neugierig, wenn ich das bemerken darf.«

»Ich weiß. Nun sagen Sie schon!«

»Christo Shakespeare lernte ich kennen, als er gerade erst aus der Sklaverei entlassen worden war. Er ist elfisch, aber das haben Sie sicher schon bemerkt. Und Buster Mandrake ... nun, diese Geschichte kann er Ihnen später selbst erzählen.«

»Er kommt hierher?«

»Ja.«

»Weiß er denn, wo wir sind?«

»Ich habe vorhin eine Taube losgeschickt, damit sie ihm Bescheid gibt.«

»Eine Taube?«

»Fliegende Ratte. Taube. Weißer Vogel. Etwas dumm, aber ein guter Bote.«

»Hm«, machte Scarlet und stand auf. »Was werden wir tun, wenn der Tag anbricht?«

Ich ging zu ihr hin, legte ihr eine Hand ruhig auf die Schulter. Mir war nicht entgangen, dass sie das Motorrad angeschaut hatte, schon wieder.« Wir werden das tun, was uns auszeichnet«, flüsterte ich ihr mit einem Lied in der Stimme zu. »Das, was wir schon immer getan haben.« Ich schenkte ihr ein Lächeln. »Wir werden weitermachen.«

Kapitel 4

Chinadowntown

Die Sonne, dachte Scarlet, geht immer über Brooklyn auf. Doch so düster wie an diesem Morgen war das Licht bestimmt selten in die tiefen Straßenschluchten der Stadt gefallen, und überdies war Brooklyn weit entfernt.

Nach dem nächtlichen Gespräch war Scarlet noch einmal eingeschlafen. Die Erschöpfung war doch zu groß gewesen. Wieder hatte sie geträumt, dieses Mal von Jake. Schlafwandler und Wendigo waren in dem Traum vorgekommen, viele alte Filme und eine wunderschöne Frau in Weiß, die mit einem Kojoten im Bunde war.

Es war einer jener Träume gewesen, in denen der Träumende in die Tiefe stürzt, in denen er hilflos mit den Armen rudert und zu fliegen versucht, aber immer tiefer und tiefer sinkt, bis er schließlich fällt und im Fallen so viele Bilder sieht, dass die Tränen, die nach dem Aufwachen sein Antlitz benetzen, niemanden verwundern werden, der jemals einen ähnlichen Traum erlebt hat.

Sie streckte sich im Bett, setzte sich auf die Kante und saß lange Zeit einfach nur da. Sie schlürfte den Kaffee, den ich ihr brachte. Dann weinte sie wieder. Das jedoch erst, als sie sich vergewissert hatte, dass ich in der Küchenzeile stand und nicht hinsah.

»Ich vermisse ihn«, sagte Scarlet.

Ich fragte nicht nach, wen genau sie meinte.

Still und schweigsam schlurfte sie durch die Wohnung, fasste einige Dinge an, zögerliche Berührungen nur. Neben dem Motorrad ließ sie sich auf den Boden sinken. Sie saß nur da, mit ihrer großen Tasse, aus welcher der Kaffee dampfte, saß da und starrte mit funkelnden Augen die alte Maschine an, deren Motor von geschickten Händen in Einzelteile zerlegt worden war, die sich jetzt überall in der Wohnung verstreut wiederfanden.

Irgendwann hörte sie dann das Kratzen kleiner Krallen auf dem glatten Holzboden.

Ließ die Gedanken im Morgenlicht treiben.

Schaute auf.

Buster Mandrake erschien kurz nach Sonnenaufgang. Er schlüpfte durch die Klappe in der Haustür, die direkt in den großen Raum führte.

Warum fühle ich mich nur immerzu wie eine Katze, wenn ich herkomme?, schimpfte er.

»Jake ist fort«, sagte ich. Und leise berichtete ich ihm, was geschehen war.

Er wurde ganz still. Die schwarzen Knopfaugen blinzelten traurig, nicht mal sein gestreifter Schwanz ringelte sich in der gewohnt lebhaften Art und Weise. *Es tut mir leid*, fiepte er.

Ich seufzte, zog mir den Mantel über. »Wir sollten keine Zeit verlieren. Gibt es Neuigkeiten?«

Buster Mandrake nickte. *Jemand hat uns einen Besuch abgestattet*, begann er. *In der Bibliothek.*

»Wer war es?«

Eine Ratte.

Ich schaute erstaunt auf. »Eine Ratte?«

Genau genommen war es eine Rättin.

»Was wollte sie?«

Sie wollte dich sprechen. Und Miss Scarlet.

»Weshalb?« Die Ratten waren seltsame Gestalten. Sie verrichteten niedere Botendienste. Man konnte ihnen nicht trauen, jeder wusste das. »Was haben wir mit dem Rattenpack zu schaffen?«

Sie hörte sich anders an als die Flussratten oder die Midtown-Ratten, ja, selbst anders als die Ratten aus Brooklyn. Sie klang vornehm, irgendwie blasiert. Sie hatte diesen komischen Akzent, den manche Engländer haben. Cockney. Sie hörte sich an, als habe sie einen silbernen Löffel gefressen. Er blinzelte. Aber sie war nett.

»Nett?«

Ja, nett. Einfach nur nett.

Seit wann redete Buster so über eine Ratte? »Was wollte sie?«

Sie wolle Mistress Atwood sprechen, sagte sie. Und als ich ihr mitteilte, dass niemand daheim war, da bat sich mich, dich nach Chinadowntown zu schicken. Du sollst jemanden aufsuchen. Eine gewisse Madame Shan. In der Verbotenen Stadt.

»Warum sollte ich denn das tun?« Ich war doch nicht verrückt und schenkte einer Rättin Glauben.

Sie hat ihren Namen genannt.

»Sie hatte einen Namen?«

Mina Hampstead.

»Nie gehört.«

Buster kicherte. *Natürlich hast du ihn nie gehört. Du pflegst keinen Umgang mit Ratten.*

»Nur mit dir.«

Bitte sag jetzt nichts Falsches, okay?

Ich zog ein Gesicht. »Mina Hampstead.«

Lady.

»Was?«

Lady Mina Hampstead.

Das veränderte die Sache ein wenig. »Sie stammt demnach aus London.« Ein seltsamer Zufall. »Was, in aller Welt, will sie von mir?«

Sie sagte, dass jemand mit dir reden wolle. Du sollst zu den Chinesen gehen. Nach Chinadowntown. Zur alten Stadt. Dort sollst du nach jemandem suchen, der Madame Shan heißt.

»Die Göttin?«

Sie wird dir weiterhelfen.

Erst jetzt schaltete sich Scarlet in die Unterhaltung ein. »Worum geht es hier überhaupt?«

»Miao Shan ist eine Göttin. Sie kam aus China hierher, irgendwann Ende der Achtzigerjahre.«

»Was hat sie mit uns zu tun?«

»Ich habe, ehrlich gesagt, nicht die geringste Ahnung, was sie mit uns zu tun hat. Aber irgendjemand scheint mich treffen zu wollen. Und dieser Jemand will nicht erkannt werden. Deshalb dieses Versteckspiel, nicht wahr?«

Buster Mandrake nickte nur.

»Kann man ihr trauen, was glaubst du?«

Der Streifenschwanzmungo legte die Ohren an. *Sie klang ehrbar. Nicht wie die Ratten von hier. Eher wie jemand, auf dessen Wort man sich verlassen kann. Ich habe sie gefragt, wo sie herkomme, und da hat sie London genannt. Sie sei erst seit einem Jahr in New York.*

»Hm«, murmelte ich mürrisch. »Einer Rättin vertrauen. Nicht die beste aller Alternativen, die uns bleibt.«

»Vielleicht führt sie uns zu Virgina Dare? Oder zu Jake? Vielleicht kann sie auch einfach nur Licht in die Sache bringen. Das wäre doch auch etwas wert«, sagte Scarlet, und dann auf einmal: »Meine Mutter hat mir erzählt, die Ratten seien treue Begleiter gewesen.«

»In London ist vieles anders«, sagte ich nur. »Die Ratten haben eine überaus zwielichtige Rolle während der Whitechapel-Aufstände gespielt. Und vor einigen Jahren sind sie geächtet worden.«

»Vielleicht waren nicht alle schlecht.«

»Ja, das haben Sie wohl recht, Miss Scarlet. Es sind nie alle schuldig, immer nur einige wenige, für die dann alle den Kopf hinhalten müssen.«

Ich knöpfte mir den Mantel zu und wickelte mir den langen Schal um den Hals.

»Sie werden doch hingehen, oder?« Scarlet sah mich unsicher an.

Einen Moment lang herrschte Stille.

Ehe ich antwortete.

»Natürlich werde ich das tun. Wir werden alle gemeinsam dorthin gehen. Es ist die einzige Spur, die wir haben.« Ich deutete nach draußen. »Der trübe Tag hat gerade erst begonnen. Und fängt der frühe Vogel nicht den Wurm?«

Ich ging voran, Buster krabbelte an mir hoch und hockte auf meiner Schulter, und Scarlet ließ die Tür hinter sich ins Schloss fallen, nicht ohne einen allerletzten Blick auf das Motorrad geworfen zu haben.

Chinadowntown.

Ich seufzte.

Nicht der beste aller Orte, um mit einer Suche zu beginnen.

Und ausgerechnet in der Verbotenen Stadt. Und ausgerechnet Madame Shan.
Der Tag konnte nur besser werden.

Wir verließen die Subway in der Canal Street. Der Kanal, der 1806 gegraben worden war und der seine stinkende Fracht aus einer Sammelstelle bezog, die den Unrat aus der Franklin Street, der Worth Street und der Baxter Street in einer Grube vereinigte, um ihn dann hinaus ins Meer zu leiten, dieser Kanal existierte seit Jahren nicht mehr. Er war zu einer Straße umfunktioniert worden, einem Weg, der unter dem Asphalt entlanglief. Doch dieser Weg war den Lieferanten, den Kutschen und Sänften vorbehalten.
Also verließen wir den Untergrund und begaben uns in die Kälte des grauen Wintertags.
Chinatown.
Eine eigene kleine Welt ist das, fernab der Stadt, wie wir sie kennen. Es ist wie in einem anderen Land, zu einer anderen Zeit, an einem anderen Ort, selbst über der Erde. Fast kam es einem so vor, als müsse man gar nicht erst in die uralte Metropole abtauchen, um die seltsamen Dinge zu erleben, die man selbst hier oben so unverhüllt an jeder Ecke präsentiert bekam.
Scarlet lief staunend neben mir her. Sie hatte sich den Flickenmantel eng um den Hals gezogen. Darüber hinaus trug sie einen Schal, den sie an Jakes Garderobe hatte mitgehen lassen. Ab und zu roch sie daran, das war alles. Ich hielt den Mund.
»Wer ist sie?«, fragte Scarlet, als wir die Straße überquerten.
Geschminkte Damen in Chinaseide standen schon um diese Uhrzeit in den Restaurants.

»Eigentlich heißt sie Guan Yin. Sie hat sich verwandelt.«

»Das verstehe ich nicht.«

»Es ist, wie immer, eine alte Geschichte, Miss Scarlet.«

Miao Shan war eine Prinzessin gewesen, die Tochter eines Despoten. Sie war die letzte seiner drei Töchter, die verheiratet werden sollte. König Zhuang suchte ihr einen Ehemann aus, doch Miao Shan widersetzte sich ihm. Sie lehnte die Heirat ab und verkündete ihrem Vater und dem Hofstaat, dass sie fortan in einem buddhistischen Kloster leben wolle. Der König, der die Natur der Frauen kannte, gab nach einigem Zögern nach und ließ sie ins Kloster gehen. Der Herrin des Klosters aber trug er auf, er solle ihr das Leben zur Hölle machen.

»So bekam sie die schwersten Arbeiten zugewiesen, doch die Götter hatten Mitleid mit ihr und halfen ihr, indem sie ihr Tiere schickten, die ihr beistanden«.

Als der König davon erfuhr, war er erzürnt. Er ließ den Wald um das Kloster herum in Brand stecken, um die Tiere zu strafen. Doch die Götter schickten Regen, um das Feuer zu löschen. Daraufhin bekam Miao Shan neue Arbeiten aufgebürdet, doch die Götter erschienen den Nonnen und befahlen ihnen, der jungen Novizin zu helfen. Als der König davon erfuhr, war er so erzürnt, dass er Soldaten zum Kloster schickte, die es bis auf die Grundmauern abbrennen sollten.

»Doch wieder schickten die Götter Regen, und abermals wurde das Feuer gelöscht.«

Der König geriet so sehr in Wut, dass er seine Tochter am nächsten Tage hinrichten lassen wollte. Der Tod würde eine gerechte Strafe für ihren Ungehorsam sein. Doch auch hier hatten die Götter Erbarmen. Das Schwert, mit welchem der Scharfrichter sie köpfen wollte, brach entzwei, und die Lanze, die er ihr in den Leib rammen wollte, zersprang in viele Stücke. Schließlich erdrosselte der Henker sie mit einem Schal aus Seide. Ihre Seele verließ den Körper. Als das geschehen war, da kam ein Tiger an der Hinrichtungsstelle vorbei und nahm den Körper der toten Prinzessin mit in den Dschungel.

»Er benetzte den Leib mit dem Elixier der Unsterblichkeit, damit er nicht zerfiel, solange die Seele sich auf Wanderschaft befand.«

»Was geschah mit ihrer Seele?«, wollte Scarlet wissen.

»Miao Shan fand sich an einem eisig kalten Ort wieder.«

Ein Geist erzählte ihr, dass dies die Hölle sei. Sie habe nichts zu befürchten, denn der Herr des Lichts, dem die Hölle unterstünde, habe von ihrer Helligkeit gehört. Und alles Licht, das nicht von des Träumers Hand erschaffen, sondern im Herzen eines Menschen geboren war, interessierte ihn.

»So traf sie den Herrn des Lichts, der ein Wesen von betörender Schönheit war.«

»Ist das der Lichtlord, von dem Sie annahmen, er sei der Kojote?«

»Möglich.«

Scarlet ging nachdenklich neben mir her. Dann blieb sie stehen. »Ein eisiger Ort. Das, was ich durch die Tür im Paramount-Theater gesehen habe, das war auch ein eisiger Ort.«

»Vielleicht ein Zufall.«

»Vielleicht auch nicht.«

Wir gingen weiter.

»Miao Shans Licht«, fuhr ich fort, »verwandelte die Hölle jedenfalls bald in ein Paradies. Grüne Pflanzen wuchsen dort, und alles war schön und herrlich.«

Doch der träumende Jade-Kaiser des Himmels hörte von seinen Boten, dass die Ordnung sich veränderte. So schickte er seine Diener aus, geflügelte Boten mit Bildern in den Gesichtern, auf dass sie die Seele Miao Shans wieder in ihren Körper zurückbrachten. Der Körper, den der Tiger geborgen hatte, lebte noch immer, und als die Seele wieder in ihm war, da war Miao Shan wiedergeboren. Sie ging nach Süden und lebte auf einer Insel namens Xiang Shan.

»Dort blieb sie neun Jahre lang.«

»Der träumende Jade-Kaiser des Himmels«, hakte Scarlet nach. »Klingt nach dem Träumer, von dem wir gehört haben.«

»Möglich«, sagte ich nur.

»Alles ist möglich, oder?«

»Ja.«

»Wie geht die Geschichte weiter?«

»Der Jade-Kaiser war zornig.«

Während Miao Shan auf der Insel lebte, bestrafte der träumende Jade-Kaiser des Himmels den König. Er goss die Beulenpest über seinem Königreich aus, und Zhuang erkrankte unheilbar daran. Und weil er der König war und sein Volk wie er, ging es ihnen allen schlecht.

»Sie alle mussten für die Freveltat ihres Königs zahlen, so wollte es der träumende Jade-Kaiser des Himmels.«

Buster Mandrake schaute sich wachsam um.

»Als Miao Shan vom Leid ihres Vaters hörte, da brach sie nach Hause auf.«

Sie überquerte Meere, durchquerte Länder, doch sie kam nie im Reich ihres Vaters an.

Der träumende Jade-Kaiser des Himmels wollte nicht, dass sie ihren Vater erlöste. So litt der König an seiner Krankheit, die ihn nur marterte und nicht sterben ließ, so sehr er es sich auch wünschte, und seine Tochter wurde älter und älter. Erneut traf sie auf den Herrn des Lichts, der in menschlicher Gestalt auf Erden wandelte. Sie bat ihn um Hilfe, und er gewährte sie ihr.

»Er gab ihr einen Rat.«
»Was hat sie getan?«
»Sie hat sich selbst geopfert.«
Sie bat den Herrn des Lichts, ihr zu helfen. Und so hackte er ihr beide Hände ab und schälte auch ihre Augen aus den Höhlen heraus. Blind wie sie war, verwandelte Miao Shan die blutigen Hände und Augen in ein Heilmittel, das ein Falke zum Palast des Königs brachte.

»Das war das Schicksal, das sie auf sich genommen hat.«
»Wie schrecklich.«
»Wie gesagt, es ist eben eine alte Geschichte. Und alte Geschichten enden zuweilen genau so.«
»So?«
»Nun ja, diese hier endet eigentlich besser.«
»Wie?«
»Zhuang wurde geheilt.«
Der Falke brachte ihn zu Miao Shan. Und als er sah, dass seine Tochter, der er so viel Böses angetan hatte, sich selbst aufgegeben hatte, um ihn zu erlösen, da sank er auf die Knie.

»Der Herr des Lichts nahm ihn mit in die Hölle, die ein Paradies war.«
»Und Miao Shan?«
»Sie erstrahlte und wurde eine wahrhaftige Göttin. Ihr alter Name fiel von ihr ab, und sie hieß fortan Guan Yin.« Ich deutete auf eine Statue, die zwischen zwei Säulen eines nahen Gebäudes stand. Es war eine hübsche Frau, die ein Diadem trug

und grüne Gewänder voller Perlenstickereien. »Das ist Guan Yin. Die Göttin des Mitleids. Sie wird noch heute verehrt.«
Scarlet betrachtete die Statue, die aus Holz war.
»Was passierte dann?«
»Lange Zeit«, fuhr ich fort, »lebte sie in ihrer Heimat, doch als die Welt sich veränderte und so viele ihres Volkes in ein fremdes Land zogen, da schloss sie sich ihnen an, weil sie glaubte, dass sie in der Fremde auf ihren Schutz angewiesen seien.«
So kam sie hierher.
Sie reiste mit den allerersten Chinesen in den Fünfzigerjahren des neunzehnten Jahrhunderts hier ein. Viele ihrer Landsleute kamen nach Amerika, weil sie sich vom Goldrausch in Kalifornien schnellen Reichtum und Wohlstand erhofften. Viele von ihnen wurden zu Wanderarbeitern, die im Eisenbahnbau tätig waren.
»Die wenigen Chinesen, die sich fest in New York ansiedelten, blieben erst einmal unter sich.«
Nach und nach allerdings wuchs die Gemeinde.
Es gab die üblichen Ressentiments gegenüber Neuankömmlingen.
Den Chinesen wurde das Leben schwer gemacht, ein ganzes Jahrhundert lang. Später besserte sich die Lage.
»Die Verbotene Stadt selbst kam erst vor wenigen Jahren in die uralte Metropole von Gotham.«
»Welche Verbotene Stadt?«, fragte Scarlet.
»*Die* Verbotene Stadt.«
»Aus Beijing?«
»Die Stadt aus dem Reich der Mitte.« Ich nickte nur. »Sie ist jetzt hier, so viel ist sicher. Ich habe keine Ahnung, warum sie hergekommen ist. Vielleicht ist sie den Einwanderern ein-

fach gefolgt. Vielleicht auch dem Ruf der barmherzigen Göttin. Wie gesagt, ich kann es nicht sagen. Womöglich war sie auch einfach nur eine sehr ruhelose Stadt, die einen Tapetenwechsel brauchte.«

Scarlet blieb vor einem Schaufenster stehen. »Das ist wirklich eine seltsame Geschichte.« Sie ging näher heran und spähte hinein. »Warten Sie einen kleinen Augenblick«, forderte sie mich auf, und dann war sie verschwunden.

Nur Momente später verließ sie den Laden wieder. Sie trug jetzt einen schwarzen Hut, den sie sich bis über die Ohren gezogen hatte. »Und? Wie gefällt er Ihnen?«, wollte sie wissen.

»Er ist kleidsam«, antwortete ich.

»Kleidsam?«

»Sagte ich doch.«

»War das ein Kompliment?«

Ich zwinkerte ihr zu. »Er steht Ihnen gut, und jetzt kommen Sie.«

Scarlet suchte den Blick des Streifenschwanzmungos.

Mir gefällt der Hut, er sieht gemütlich aus, sagte Buster Mandrake.

»Gemütlich.«

Gemütlich ist gut.

»Na, mir gefällt der Hut jedenfalls.« Sie sah trotzig aus, als sie das sagte, aber damit war das Thema erledigt.

Wir überquerten eine weitere Straße und betraten eine andere. Scarlet mit Hut, ich ohne.

Die verwinkelten Straßen hier waren selbst so früh am Morgen bereits angefüllt mit fernöstlichen Gerüchen und der Magie eines fernen Landes, das nun woanders war.

Wir schoben uns durch dichtes Gedränge und wildes Gewusel.

Überall waren Werbeflächen, bunt und schrill, übersät mit Schriftzeichen, die exotisch anmuteten. Man hatte wirklich das Gefühl, sich urplötzlich in einer ganz anderen Stadt zu befinden.

Es gab hier Wahrsagerbuden und Restaurants, Stehimbisse und Garküchen und Krimskramsläden. Selbst die amerikanischen Fastfood-Restaurants hatten hier chinesische Schriftzeichen. Man verstand nicht den Sinn dieser Zeichen, alles war anders, alles war fremd, alles wirkte geheimnisvoll, auch wenn es bloß die Preisliste für die Leistungen einer Wäscherei war. Man war ein Fremder in einer Stadt, die man eigentlich zu kennen glaubte. Es wurde eine andere Sprache gesprochen, eine wilde Mischung aus Chinesisch und heimischen Dialekten, eine Sprache, die sich in den letzten hundert Jahren entwickelt hatte.

»Chinadowntown ist nicht über die Sidings zu erreichen«, erklärte ich Scarlet. »Wir müssen einen anderen Weg nehmen.«

Seltsame Gestalten lungerten an den Ecken herum und beobachteten mit ausdruckslosen Mienen jeden, der die Straße entlangging. Sie trugen feine Anzüge und feine Mäntel, alles schwarz in schwarz. Einige von ihnen trugen sogar Sonnenbrillen, und das, obwohl der Himmel düster und wolkenverhangen war.

»Das sind Mitglieder der Tongs«, sagte ich leise. »Geheime Bruderschaften, denen die Regierung in diesem Viertel obliegt.«

»Was tun sie?«

»Das weiß niemand so genau«, antwortete ich. »Sie verwalten das Viertel. Sie pflegen Kontakte, die manchmal ein wenig kriminell sind. Man weiß nicht genau, wie mächtig sie sind, aber man weiß, *dass* sie mächtig sind. Es wird gemunkelt, dass selbst der Duke von *Manna-hata* sich mit ihnen arrangieren muss, will er im Rathaus bleiben.«

Scarlet nahm das zur Kenntnis und unterließ es, die Tongs offen anzusehen.

Wir gingen weiter.

Beeilten uns.

Buster Mandrake betrachtete voller Argwohn die vielen kleinen Garstuben, die Hunde, Katzen und Raben frisch zubereiteten. Die Tiere saßen in kleinen Käfigen, und die Kunden konnten sich ihr Mahl frisch zubereiten lassen. Die Tiere wurden dann aus den Käfigen geholt, erschlagen oder erdolcht, gehäutet und anschließend in einem Topf gegart oder in der Pfanne gebraten.

Ich hasse diese Gegend, murmelte Buster ängstlich. *An manche Sitten kann ich mich nicht gewöhnen.* Er kroch mir in den Kragen des Mantels, und nur zwei Äuglein lugten aus dem Schatten heraus.

»Können Sie die anderen Tiere verstehen?«, fragte Scarlet.

Er nickte nur. *Sie leiden. Sie haben Angst. Wenn es eine Hölle gibt, dann ist sie hier.*

Scarlet sah ihn traurig an.

Ich streichelte ihm den Kopf. »Nicht hinhören«, riet ich ihm.

Das war alles.

Die Straßen wurden schnell enger.

Die Gebäude selbst sahen hier so aus, als seien sie aus einem anderen Land eingewandert.

Häuser im Pagodenstil mit Phoenix und Drache als Schmuckelemente waren an jeder Ecke auszumachen. Nur hier und da lugten Schilder und Fenster aus den Bauten, die nicht dorthin zu gehören schienen. *Starbucks*, die *Golden Pacific National Bank*, ein *Virgin Shop*. Musik wurde in den Läden gespielt, fernöstliche Klänge, die wie Schmetterlinge im Schnee trieben.

»Warum kann ich mich an nichts von alldem erinnern, obwohl ich so lange Zeit hier gelebt habe?«, fragte sich Scarlet, als sie all das sah. Greenwich Village war nicht weit von hier entfernt.

»Sie haben es vergessen, das ist ganz normal. Wenn man von klein auf in der uralten Metropole aufwächst, dann verschwimmen die Zeiten ein wenig. Man erinnert sich nicht mehr an alles, wenn man dort aufgewachsen ist. Und das ist auch gut so. Mit Erwachsenen verhält es sich anders.«

Scarlet überlegte kurz.

Dann fragte sie: »Wohin gehen wir eigentlich?«

An den Straßenecken sah man jetzt Fischstände, selbst bei diesem Wetter. Die Verkäufer warteten vermummt mit festen Handschuhen und Mützen hinter ihren Ständen. Der Fischgeruch hing in der Luft, und es kam einem vor, als stünde man direkt am Hafen.

»Wir sind schon da«, sagte ich.

Scarlet betrachtete das Straßenschild.

70 *Mulberry Street, Ecke Bayard Street.*

»Es ist im zweiten Stock.«

»Was?«

»Das Portal zur Verbotenen Stadt.« Ich ging voran.

Der Türsteher, ein dicker Chinese mit dunkler Mütze, sah uns äußerst ernst und böse an, als hätten wir bereits etwas verbrochen.

»Wir möchten ins Museum«, sagte ich und legte das Geld auf den Tisch.

Er strich es ein, ohne eine Miene zu verziehen. Zum Abschied starrte er uns nur hinterher, als wolle er uns allein mit seinen Blicken töten.

Willkommen im Land des Lächelns, murmelte Buster.

»Immerhin hat er uns nichts getan«, gab ich zu bedenken.

Es ist so toll hier, ich bin hin und weg, entgegnete Buster. Dann schwieg er.

»Im zweiten Stock«, erklärte ich Scarlet, während wir die engen Treppen hinaufstiegen, »befindet sich das *Museum of the Chinese in America*. Dort werden wir finden, was wir suchen.«

Scarlet nahm es zur Kenntnis. Sie betrachtete die Bilder an den Wänden. Sie zeigten turmhohe Häuser und Gärten, in denen Kraniche standen. Es gab Bilder von Chinesen, die eine Eisenbahnstrecke verlegten, und Bilder von Chinesen, die in einem Bergwerk arbeiteten. Es gab Bilder von Drachen und Labyrinthen und anderen Dingen, die keinen Sinn ergaben und kaum mehr als Formen und Muster waren und dennoch lebendig wirkten, selbst als Tuschezeichnung.

»Da sind wir!«

Wir erreichten die Ausstellungsräume.

Es gab nicht weniger als ein kurioses Sammelsurium von Gegenständen zu bestaunen, die die Menschen hier im Laufe der Jahre abgelegt hatten. Das meiste stammte wohl aus Privatbeständen. In den Regalen und auf den Tischen und in den Vitrinen wurden alle möglichen Dinge präsentiert, alles, was einmal zum Leben in diesem Viertel und anderswo gehört hatte. Seltsame Musikinstrumente, Kleidungsstücke, leichte Arbeiterpantoffeln, enge Lotusschuhe, Drachenspangen und Seidenspinnerstühle. Es gab Krallen von Raupen zu bestaunen, Bilder aus der Xia-Dynastie, lange Artikel aus den

Zeitungen von damals, Gekritzel, über dem die reißerischen Schlagzeilen der Zwanzigerjahre prangten, und Goldgräberanekdoten in Notizbüchern voll vergilbter brauner Seiten.

Vor einem Tisch, auf dem eine Spieluhr stand, blieb ich stehen.

»Wenn mich nicht alles täuscht«, sagte ich, »dann müssen wir hier durch.«

»Durch die Spieluhr?«

Ich schaute mich um, ob jemand da war, der uns mit argwöhnischen Blicken verfolgen konnte.

»Woher wissen Sie das?«

»Manche Dinge weiß man eben«, antwortete ich ihr.

Dann berührte ich die Spieluhr.

Sie war aus Blech, kunstvoll bemalt, eine gewöhnliche Dose, auf der eine Stadt abgebildet war, deren hohe rote Mauern im Sonnenlicht glänzten. Nur an der Seite erkannte man einen Schlüssel, der fest in einer Öffnung steckte, die wie ein Tor aussah.

Ich drehte den Schlüssel mehrmals um, so dass man im Innern der Dose ein Knacken von Mechanismen hören konnte. Winzige Zahnräder begannen zu laufen und Geräusche zu machen.

Dann öffnete sich die Dose.

Die Seiten klappten mit einem Surren auf, und Scarlet erkannte in der Dose eine Miniaturstadt, winzige Zinnen und Säulen und Treppen, alles in Blau, Rot, Gelb, Weiß und Schwarz, den Fünf Farben. Vor allem Rot und Gelb schimmerten im matten Licht der Deckenbeleuchtung wie kleine Geheimnisse. Die Tempel und Paläste zeigten die Glücksfarbe Rot, die mit dem Sommer, dem Süden und dem Feuer verbunden wurde. Die meisten Dachziegel waren gelb glasiert, Symbol für die Erde und die Farbe des Kaisers, der dort herrschte, wo die Mitte der Welt war.

In den vielen Höfen und auf den Gebäuden befanden sich winzig kleine Skulpturen, überall.

»Der Kaiserpalast spiegelt die Sicht der Welt wider«, erklärte ich. »Man glaubte, dass die Welt quadratisch sei, und in ihrem Zentrum, davon war man überzeugt, läge China selbst.«

Das Reich der Mitte, stellte Buster fest.

»Du sagst es.«

Tiersymbole sollten den Kaiser und sein Gefolge vor allerlei bösen Geistern beschützen.

Kraniche, Löwen, Drachen, Schildkröten, Chimären aus allem, sie alle waren allzeit gegenwärtig.

»Das«, sagte ich, »ist die Verbotene Stadt. Chinadowntown, sozusagen.«

Die Mechanismen surrten, und die Figuren in der Miniaturstadt begannen sich zu bewegen. Ein warmer Sonnenschein ging von den vielen Farben aus. Scarlet sah, wie er ihre Kleidung benetzte wie Tau am Morgen. Sie sah, wie sich die vier Tore, von denen jedes in eine andere Himmelsrichtung zeigte, gleichzeitig öffneten. Sie spürte einen Sog, der von der Halle der höchsten Harmonie ausging. Die hohen dreifüßigen Weihrauchbrenner neben der Treppe zur Halle hinauf begannen zu brennen, und der Geruch ihrer Dämpfe stieg Scarlet in die Nase.

Die Spieldose stieß einen Lichtblitz aus.

Grell.

Hell.

Schnell.

Scarlet kniff die Augen zusammen.

Schwindelte.
Taumelte.
Schaute hin.
Und war auf dem Platz vor der großen Halle.
Einfach so.
War sie jetzt hier.
»Ich sagte doch, dass es ein Portal ist.«
Sie starrte mich überrascht an. »Wie ist das möglich?«
»Fragen Sie nicht mich. Ich wusste nur, dass es funktioniert.«
»Woher?«
»Sagten Sie nicht einmal, ich sähe aus wie eine weise alte Frau?«
Scarlet lächelte und schwieg.
Hoch über sich erkannte sie Felsgestein. Es war eine Höhle, und sie war jetzt mitten in der Verbotenen Stadt. Chinadowntown, sozusagen. Irgendwo noch weiter oben dröhnte ein Zug durch die Dunkelheit.
»Wir befinden uns tief unterhalb der Subway. Keine Angst, die Decke hält.«
Sie konnte den Blick trotzdem nicht von der hohen Decke abwenden. »Es ist alles so weiträumig«, murmelte sie. Man sah keine Wände, zu keiner Seite hin. Sie mochten in den Schatten liegen oder so weit entfernt sein, dass das Auge sie nicht wahrnehmen konnte.
»Chinadowntown ist ein Ort, um den man gewöhnlich einen Bogen macht. Es gibt Geschichten, die von Wanderern berichten, die ...«
Scarlet hob die Hand. »Danke, die will ich jetzt nicht hören.« Sie staunte bei all dieser Größe. »Ist es nicht verboten, herzukommen?«, fragte sie.

»Warum?«

»Nun ja, die Stadt heißt so.«

»Hm«, machte ich und ließ den Namen auf der Zunge zergehen: »Die Verbotene Stadt. Ja, könnte etwas dran sein an der Sache. Das würde erklären ...« Ich warf ihr einen amüsierten Blick zu. »Sie wollten die Geschichten nicht hören, nicht wahr?«

»Oh, bitte!«

Sie kann manchmal recht anstrengend sein, kommentierte Buster Mandrake meine Aussage.

Ich ließ ihn reden.

»Gehen wir hinein?«, schlug ich vor.

»In den Palast?«

»Ja, wohin sonst?« Ohne eine Antwort abzuwarten, ging ich vor.

Die Treppen waren aus weißem Marmor gemeißelt. Die Weihrauchbrenner verströmten einen Duft, der einschläfernd war. Wir folgten den Stufen und gelangten zu mächtigen Säulen, hinter denen rote Vorhänge im sanften Wind wehten.

Wir traten ein.

Befanden uns in einem Saal voller Skulpturen. Sie alle waren aus Holz und stellten Tiere dar.

Kranich.

Löwe.

Drache.

Schildkröte.

Gottesanbeterin.

Schlange.

Chimäre.

Madame Shan saß in einem riesigen Stuhl und betrachtete

uns neugierig. Wir traten vor sie und verneigten uns tief, stellten uns höflich vor und nannten unser Anliegen.

Sie hörte sich das alles an und sagte kein einziges Wort währenddessen. Sie trug ein Diadem, grün und gülden, und ein grünes Gewand mit einem kunstvoll verschlungenen Muster, das sich fortwährend bewegte, während sie sprach.

»Ich will Euch eine Geschichte erzählen, Mistress Atwood«, sagte sie. »Denn es ist immer eine Geschichte, die Antworten bringt, nicht wahr?«

Wir blieben dort stehen, wo wir waren.

Und Madame Shan begann zu erzählen.

Ihre Stimme war weich und samtig wie die durchsichtigen Schleier, die ihr um die Arme wehten, und ihre Worte wandelten sich auf dem Gewand zu Bildern, die selbst eine Geschichte zu erzählen bereit waren.

»Es war einmal ein Kaiser der Tang-Dynastie«, begann sie. »Ming Hiang. Er litt eines Tages an Fieber, und während er noch zu schlafen glaubte, erschien ihm ein Dämon mit roten Hosen und nur einem einzigen Schuh. Durch ein Bambustor sei er in den Palast gelangt, sagte der Dämon. Auf die Frage, wer er denn sei, antwortete der Dämon: *Ich bin Lug und Trug, ich atme Leere und Verzweiflung.* Der Kaiser rief nach den Wachen, doch niemand hörte ihn. *Sie schlafen,* sagte der Dämon, *denn ich habe ihnen Leere geschenkt.* Der Kaiser rief nach seinen Frauen, doch der Dämon sagte: *Sie sind fort, ich habe ihnen Verzweiflung gegeben.* Er rief nach seinen Beratern, doch der Dämon sagte: *Ich habe sie mit Lug und Trug überschüttet. Sie sind alle fort.*«

Miao Shan lächelte.

Die Zeichnungen auf ihrem Gewand formten den Kaiser und den Dämon in einem güldenen Grün.

»Dann wurde der Kaiser einer zerlumpten Gestalt gewahr, die ein zerrissenes Halstuch trug und sich in seine Gemächer geschlichen hatte.«
Wer bist du?, wollte er wissen.

Die Gestalt antwortete nicht. Sie trat vor und packte den Dämon, zerquetschte ihn zu einer Kugel und steckte sich diese dann in den Mund. Es war vorbei.

Der Kaiser dankte dem Fremden, und der Fremde sagte: *Ich bin ein Geist. Nur ein Geist kann andere Geister fressen.* Dann berichtete er, dass er in der Provinz Shanxi gelebt hatte. Er hatte sich der öffentlichen Beamtenprüfung unterzogen, war aber abgelehnt worden. So war er nach Beijing gewandert und hatte sich auf den Stufen des Palastes mit dem Halstuch das Leben genommen. Die Wachen, die ihn fanden, erzählten dem Kaiser von dem Toten. Und der Kaiser befahl, den Toten in eine grüne Robe kleiden zu lassen. Er wurde feierlich bestattet, was eine Ehre war, die nur der kaiserlichen Familie zustand.

Aus Dankbarkeit dem Kaiser gegenüber schwor der Geist des Mannes, auf ewig im Palast zu bleiben und die Mitglieder der kaiserlichen Familie und all ihre Nachkommen vor allen Geistern und Dämonen zu beschützen, die es wagen würden, der Familie Übles anzutun.

Der Kaiser dankte ihm erneut und erfuhr dann endlich seinen Namen: Zhang Kui.

Im Laufe der nächsten dreihundert Jahre vertilgte Zhang Kui noch viele böse Dämonen. Er tat es, um seinen Schwur zu erfüllen, und mit jedem Dämon, den er vertilgte, wurde er mehr und mehr zu einem goldenen Drachen.

»So steht es geschrieben, so wird es erzählt.« Madame Shan lächelte gütig. »Zu einem Drachen wurde er, wunderschön und mächtig, zu einem Drachen, der Lug und Trug von der Wahrheit trennen kann wie kein anderer.«

Ich fragte mich, was diese Geschichte mit uns zu tun hatte.

Scarlet lauschte ihr jedenfalls ganz andächtig. Sie trug noch immer den Hut, den sie vorhin erstanden hatte. Er tauchte ihr Gesicht in wispernde Schatten, und die Augen, die mitten darin lagen, waren nicht zu erkennen.

Madame Shan deutete auf den großen Platz vor dem Palast. »Ihr seid in die Verbotene Stadt gekommen, obwohl Ihr wisst, dass die Verbotene Stadt ein Ort ist, den man nicht so einfach betreten darf.«

Scarlet warf mir einen Blick zu, der mehr sagte als Worte: *Ich habe es Ihnen gesagt, Mistress Atwood. Verboten bedeutet, dass es verboten ist. Die Verbotene Stadt. Hätte man sich denken können, oder?!*

Die Steine am Boden begannen sich zu bewegen. Sie senkten sich ab, und wir sahen, dass ein Labyrinth entstand.

»Der Drache, zu dem Zhang Kui wurde, lebt seit Jahrhunderten dort unten. Er nimmt denen, die sich in die Verbotene Stadt wagen, eine Prüfung ab.«

Scarlet spürte ein mulmiges Gefühl in der Magengegend.

Eine Prüfung? Das klang nicht gut. Nein, das hörte sich überhaupt nicht gut an.

Es klang nach Ärger.

»Wenn Ihr es durch das Labyrinth schafft, dann wartet am anderen Ende eine Antwort auf Euch.«

»Und wenn wir es nicht schaffen?«, fragte ich.

»Dann werdet Ihr von Zhang Kui aufgefressen. Ein jeder von Euch wird dann zu einer neuen goldenen Schuppe in seinem Panzer.«

Buster Mandrake war gar nicht begeistert von der Aussicht, gefressen zu werden.

Der Thron, auf dem Madame Shan saß, wurde wieder von roten Vorhängen verdeckt, und als der lau wehende Wind sie fortblies, da war auch Madame Shan verschwunden. Da war nur ein leerer Platz, wo vorher noch der Thron gestanden hatte.

Das war alles.

»Mist«, fluchte Scarlet.

So was, fiepte Buster.

Mit einem Mal sah es so aus, als würde der gesamte Palast, die gesamte Stadt in dem Labyrinth versinken. Steine und Mauern sackten weg, und wir stürzten in die Tiefe. Alles, was um uns herum gewesen war, wurde hinab in das Labyrinth gezogen. Der Palast verschwand, die vier Tore, überhaupt die ganze Verbotene Stadt.

Scarlet schrie.

Als auch sie den Halt verlor.

Und stürzte.

Sie war nicht die Einzige.

Als der Staub sich lichtete, da waren wir mitten im Labyrinth.

»Ich dachte, Madame Shan sei nett?«, fuhr Scarlet mich an. Sie klopfte sich den Staub vom Hut.

»Tja«, sagte ich nur.

Jetzt sind wir hier, machen wir das Beste draus, schlug Buster Mandrake vor.

»Die Göttin des Mitleids? So wird sie doch genannt.« Scarlet war wütend.

»So wird sie von den anderen Chinesen genannt.«

»Und das bedeutet? Was?«

433

Ich zuckte die Achseln. »Wir sind ja noch alle am Leben«, beruhigte ich sie.

Scarlet trat mit der Stiefelspitze in den Sand. »Na, immerhin.«

Sie irrt sich manchmal, flüsterte Buster, der jetzt an Scarlet hochkletterte. Er lächelte und legte die Ohren an. *Darf ich?*

Sie ließ ihn gewähren.

Und er blieb auf ihrer Schulter sitzen.

»Na gut«, murmelte sie, »dann schauen wir uns um.«

Gute Idee.

Fand auch ich.

Und machte den Anfang.

Ging voran.

Das Labyrinth bestand aus Steinwänden. Wenn man von einem Gang in den nächsten wechselte, dann veränderte sich auch die Farbe der Steine. Es waren große, grob behauene Steine. Dunkles Moos und lange Gräser wuchsen zwischen den Steinen aus den Wänden heraus. Der Boden war grobkörniger Sand, immer in anderen Farben, als sie die Wände gerade zeigten.

»Was tun wir jetzt?«, fragte Scarlet.

»Wir tun das, was man in einem Labyrinth so tut. Wir suchen den Weg nach draußen.«

»Glauben Sie, dass uns der Drache begegnen wird?«

»Ich habe keine Ahnung. Ehrlich gesagt, es hat mich überrascht, dass wir hier gelandet sind. Wenn uns jemand sprechen will und dieser Jemand eine Rättin zu uns schickt, dann sollte man doch annehmen, dass es einfacher sein müsste, denjenigen zu finden, der mit uns reden will.« Ich breitete genervt die Arme aus. »Stattdessen das hier ...«

»Es sei denn ...« Scarlet sprach den Satz nicht zu Ende. Sie wirkte beunruhigt.

»Es sei denn – was?«

»Es ist eine Falle.«

Ich blieb stehen. »Sie können ja richtig aufmunternd sein.«

»Nein, nein. Sagten Sie nicht, dass man den Ratten nicht trauen darf?«

»Ja, das sagte ich.«

Die Rättin war aber nett.

»Das hat nichts zu bedeuten«, erwiderte ich.

Sie hat mir ihren Namen genannt.

»In der Geschichte der uralten Metropolen haben die Ratten einige nicht zu unterschätzende Intrigen angezettelt.«

Ich habe gespürt, dass sie eine von den Guten ist.

»Wir sollten also vorsichtig sein mit dem, was wir von ihnen denken.«

Lug und Trug, dachte ich.

Dann warf ich Buster einen Blick von der Seite zu.

Was hatte er doch gleich gesagt?

Ich habe gespürt, dass sie eine von den Guten ist? Was war denn das?

Schau mich nicht so an, warnte er mich.

»Ach, habe ich das?«

Er zog die Schnauze kraus. Legte die Ohren an.

Okay.

Ich ließ es dabei bewenden.

Folgte Scarlet, die schon voranging. Immer schneller wurden ihre Schritte.

Dann sahen wir die Gebilde.

»Was ist das?«, fragte Scarlet.

Vorsichtig näherten wir uns den mannsgroßen Körpern.

Sie waren weiß und schimmerten im gelbroten Licht dieser Höhlenwelt. Sie erinnerten Scarlet an die Kokons, die sie in der Brooklyn Bridge gesehen hatte.

»Sind das Knochen?«

Ich folgte ihrem Fingerzeig. »Sieht ganz so aus.«

Aus den Gebilden ragten alte braune Knochen heraus, eindeutig. Schlimmer noch, es waren menschliche Knochen. Es waren Finger, lang und gekrümmt, Teile von Armen und Beinen, Rippenbögen. Man erkannte die Umrisse von Schädeln, die von einem filigranen weißen Fadenwerk übersponnen waren.

Scarlet atmete schwer. »Sagen Sie jetzt nicht, dass wir es wieder mit Spinnen zu tun haben.«

Etwas bewegte sich in den Schatten.

Es waren schlängelnde Bewegungen, zu plump, um wirklich gefährlich zu wirken.

Ein schwerfällig anmutendes Etwas kam ins Sichtfeld.

Eine wurmartige Kreatur, die sich auf winzigen Beinstummeln fortbewegte. Der wulstige Körper schob sich über den Boden, und ein stumpfer Kopf mit wirklich winzigen Augen reckte sich uns entgegen.

»Seidenspinner«, flüsterte ich.

»Was heißt das?«

»Es sind Seidenspinner.«

»Sind sie gefährlich?«

Ich spähte in die wabernden Schatten hinein. »Nun ja, wenn sie das da mit einem machen, dann will ich mich gern von ihnen fernhalten.«

Ich mag sie nicht, bemerkte Buster Mandrake.

»Meine Meinung«, stimmte Scarlet ihm zu.

»Wir müssen an ihnen vorbei.«

»Ja, die anderen Wege haben sich als Sackgassen erwiesen.«
Der Gedanke gefiel Scarlet gar nicht.
Dann, noch bevor wir eine Entscheidung gefällt hatten, setzten sich die Seidenspinnerraupen in Bewegung.
Die gedrungenen Leiber mit den kurzen Auswüchsen, die nur wie Beinstummel aussahen, krochen schneller über den sandigen Boden, als wir es ihnen zugetraut hätten. Andere kamen über die Wände nach unten gekrabbelt.
»Was haben Sie vor?«, fragte Scarlet, als ich die Hände faltete.
»Ich will nicht herausfinden, wie gefährlich sie sind.«
»Sie sind die Trickster«, sagte Scarlet. »Können Sie denn gar nichts tun?«
Ich konzentrierte mich, spürte die Luft und die Materie vor mir und packte einige der Dinger mit den bloßen Gedanken, die vollends mir gehörten, und dann schleuderte ich sie in den Gang hinein. Ich pflückte sie von den Wänden und wirbelte sie weit fort von uns.
»Zumindest verschafft uns das ein wenig Zeit«, keuchte ich. Diese Dinge zu tun, war doch anstrengender, als ich gedacht hatte. »Kommen Sie, wir laufen dort hinein.«
»Verdammt!«, fluchte Scarlet, statt mir zu folgen.
Sie sah nach oben.
»Auch das noch!«
Seidenspinner seilten sich an dünnen Fäden von der Decke ab.
Sie schwebten wie Kokons über unseren Köpfen und näherten sich schnell. Ihre Münder waren formlose Öffnungen in dem wulstigen Kopfstück, winzige zangenartige Gebilde schabten an ihren Rändern entlang. Die Augen, weißgelb und feucht glänzend, schienen blind zu sein. Trotzdem spür-

ten die Seidenspinnerraupen, wo wir waren. Vielleicht zog sie die Körperwärme an, vielleicht auch nicht.
Am Ende war es einerlei, was es war.
Sie konnten uns sehen, was immer auch Sehen für sie bedeutete.
»Wir müssen schnell hindurchlaufen«, schlug ich vor.
»Das ist Ihr Plan?«, fragte Scarlet entgeistert.
»Ja, das ist mein Plan.«
»Einen anderen haben Sie nicht?«
War es denn die Möglichkeit! »Nein«, antwortete ich entschieden. »Einen anderen habe ich nicht.« Ich trat auf sie zu. »Und Sie?«
Scarlet zuckte die Achseln. »Auch nicht.«
»Buster?«
Sehe ich so aus, als ...
»Schon gut«, schnitt ich ihm das Wort ab.
Da berührte etwas meine Schulter.
Ich schlug es instinktiv weg.
Etwas Schweres plumpste neben mir auf den Boden, ringelte sich wie ein Stück abgeschnittener Schlange.
Ich trat drauf.
Es machte ein glitschiges Geräusch, und das Zucken verebbte.
»Buster!«, schrie ich, als ich zur Seite schaute.
Zu spät!
Eines der Raupendinger fiel auf Scarlets Rücken, streifte Buster Mandrake und riss ihn mit sich zu Boden. Scarlet sprang zur Seite und drehte sich schnell um.
Mach es weg, mach es weg!, schrie der Streifenschwanzmungo panisch.
Die Seidenspinnerraupe hatte ihn gepackt und auf den

Boden gedrückt. Ihr Körper wickelte sich um den Streifenschwanzmungo, und die Drüsen an ihrem Mund produzierten seidene Fäden, die sich klebrig um das kleine Tier wickelten. Buster schrie und trat um sich, er biss nach der Raupe, aber selbst wenn er ihr die Haut mit seinen kleinen Zähnchen ritzte, schien ihr das nicht wehzutun. Es ging so schnell, dass uns schier der Atem stockte. In Windeseile hatte sie Buster Mandrake zu einem zappelnden Kokon versponnen. Nur die schwarzen Äuglein schauten verwirrt und ängstlich aus dem Weiß heraus.

Dann passierte es.

Etwas zog ihn in die Höhe.

»Da, ein Faden!«, schrie Scarlet.

Gerade erst hatte sie es erkannt, als Buster auch schon über uns verschwand. Die Dunkelheit, die über dem Labyrinth schwamm, hatte ihn sofort verschluckt.

»Wo ist er hin?«

Ich starrte dorthin, wo er eben noch gewesen war. »Ich weiß es nicht.«

Dann trat ich nach einer fetten Seidenspinnerraupe, die gerade meinen Stiefel berührte.

»Was sollen wir tun?«

»Weiterlaufen!«

Ein besserer Rat fiel mir nicht ein. Also liefen wir weiter.

Ein tiefes Grollen ertönte, von irgendwo über uns.

Es war vor uns.

Hinter uns.

Es war überall.

»Der Drache!«, stellte ich fest.

Zhang Kui.

»Was jetzt?«

Wir schauten uns nur kurz an.

Dann rannten wir.

Die Farben der Wände veränderten sich immer schneller, was immer das auch zu bedeuten hatte. Kopflos liefen wir durch das Labyrinth, etwas Großes war uns auf den Fersen. Es schnaufte und grunzte, und ich hatte nicht das geringste Interesse zu sehen, wer oder was sich hinter diesen Geräuschen verbarg.

Ich fragte mich, ob dies die Strafe dafür war, dass wir die Verbotene Stadt betreten hatten. Vielleicht hatte Scarlet recht gehabt, und wir waren in die einfachste Falle der Welt getappt. Und das nur, weil eine Rättin uns geraten hatte, hierherzukommen.

Wie hatte ich nur so dumm sein können?

Ich hätte wissen müssen, dass man den Rattenviechern nicht trauen darf.

Doch für Reue war es jetzt zu spät.

Wir waren hier, und nichts änderte etwas an der Tatsache, dass die Situation nicht gerade die beste Situation der Welt war.

Vor uns lag jetzt ein Platz mit einer Skulptur in der Mitte. Sie zeigte einen Drachen mit goldenen Schuppen. Er war so riesig, und sein Körper war lang wie der einer Schlange. Spiralförmig ringelte sich der Schwanz um die Drachenskulptur, und bald erkannten wir, dass der Schwanz zu einer hohen Wand wurde. Er schien kein Ende zu haben.

»Das Labyrinth«, sagte Scarlet, »entsteht aus dem Drachen.«

Ja, sie hatte recht.

»Wir befinden uns im Zentrum des Labyrinths«, seufzte ich. Wir hatten uns keinen Deut in die richtige Richtung bewegt.

Das Labyrinth entsprang an dieser Stelle.
Dies war der Ursprung.
Der Drache mit den goldenen Schuppen, die Skulptur, sie war der Anfang und das Ende. Die Mauern wurden hier geboren und liefen auch hier wieder zusammen.

»Mistress Atwood!« Scarlet schrie auf. Ein Seidenfaden hatte sich um ihren Knöchel gewickelt.

Sie stolperte.

Stürzte.

Schrie erneut auf, als sie in den Sand fiel. Der Sand war grün im Zentrum des Labyrinths.

Sofort seilten sich zwei Seidenspinnerraupen aus der Höhe ab und begannen sie zu umwickeln. Scarlet zerrte an den Fäden, aber sie waren klebrig und fest. Es gab keine Möglichkeit, ihnen zu entrinnen. Jetzt, da sie bewegungsunfähig am Boden lag, kamen immer mehr Seidenspinnerraupen aus ihren Verstecken, krochen am Boden entlang, seilten sich aus der Höhe ab, sprangen von den Wänden herunter.

Scarlet krümmte sich.

Ich rannte zu ihr.

Mit Gedanken und den eigenen Händen riss ich die Seidenspinnerraupen von ihrem Körper.

Sie fühlten sich weich an, ohne Kontur. Eine breiige Masse, die sich bewegte. Deren Fleisch pulsierte. Sie benetzten mir die Hände mit den klebrigen Fäden, und plötzlich spürte auch ich mehrere der Tiere auf meinem Körper. Etwas verfing sich in meinen Haaren.

Ich stürzte, lag neben Scarlet im Dreck.

Na toll.

Die Seidenspinnerraupen waren überall. Mit einer zähen und gleichsam hungrigen Langsamkeit, die einen innerlich kreischen ließ, kamen sie auf uns zu. Es wurden immer mehr. Ich hatte keine Ahnung, wo sie alle herkamen mit ihren ungemein wulstigen Leibern.

Sie kamen.

Und wir wurden eingesponnen.

Scarlets vor Schreck geweitete Augen starrten mich an.

Ein Grollen ertönte, so tief und mächtig, dass der Sand selbst von den Mauersteinen bröckelte.

Die Seidenspinnerraupen hielten inne, dann ließen sie uns allein. So schnell, wie sie über uns gekommen waren, so schnell waren sie auf einmal auch wieder verschwunden.

Überall fiel Sand von den Mauern. Etwas erschütterte sie. Etwas Großes, das sich uns näherte.

Doch nein, halt, deswegen fiel der Sand nicht von den Mauern. Die Steine selbst bewegten sich. Sie schimmerten gülden, weil es Schuppen waren. Ja, genau so war es. Der Drache aus Stein, die Skulptur, aus der das Labyrinth geboren wurde, das war Zhang Kui. Der Dämonenfresser war das Labyrinth, ebenso wie das Labyrinth Zhang Kui war. Anfang und Ende, Yin und Yang, der ewige Lauf der Dinge, der Kreislauf des Lebens.

Die Mitte der Welt.

Der Drache der Mitte, er war hier, genau um uns herum.

Mit schreckensstarren Augen sahen wir, wie sich das Labyrinth enger um uns schloss.

Die Wände kamen näher, der Sand knirschte.

Es war ein Drache.

Er war riesig.

Wie eine gefiederte Schlange aus Gold und Gelb war er, mit Schuppen, so funkelnd und glitzernd, als seien sie güldene Male für die Ewigkeit. Lange Barthaare schlängelten sich vor seinem Maul, das hoch über uns schwebte. Sein Atem roch nach Minze und Myrrhe, seltsamerweise. Das tiefe Grollen kam aus dem massigen Leib, der uns umgab und keine Mauer mehr war.

Der riesige Löwenkopf senkte sich zu uns, und er nahm Witterung auf.

Die goldgelben Augen waren zu Schlitzen verengt.

Als eines seiner Barthaare Scarlet berührte, wollte ich schreien, doch die Stimme versagte mir. Ich bekam keine Luft mehr, und dann öffnete der Drache Zhang Kui, der Lug und Trug erkannte, wenn er sie sah, das Maul.

Die güldenen Augen wurden noch viel enger, und er fletschte die Zähne und fauchte wie eine riesengroße Katze aus Gold und Gelb. Eine gespaltene Zunge, die grün war, kam aus dem Schlund hervorgekrochen. Sie schoss auf Scarlet zu und wickelte sich ihr um den Leib.

Dann zog der Drache die Zunge zurück, und Scarlet verschwand in seinem Rachen.

Ich wollte schreien.

Doch bevor die Schreie meinen Hals verlassen konnten, zuckte die Zunge erneut aus dem riesengroßen Maul, und ich sah, dass hinter dem Aufblitzen rotgelber Zähne nur tiefste Finsternis zu finden war.

Kapitel 5

Berry Street, Ecke 9th Street

»Mistress Atwood?«

Ich öffnete die Augen. »Das sieht nett aus«, sagte ich und meinte die elegante Einrichtung im Inneren des Drachen. Sie entsprach einem britischen Salon aus der viktorianischen Ära, lauter altes Zeug, inklusive einer riesigen Standuhr, die just in dem Augenblick, als ich wieder zu mir kam, zehnmal schlug.

»Möchtet Ihr Kaffee, Tee?« Der Fremde sah aus wie ein Gaukler aus dem Mittelalter. Er war hager, gekleidet in Purpurrot. Eine lange Feder ragte aus seinem breitkrempigen Hut, den er selbst hier in dem Raum nicht abnahm. »Ihr seid diejenigen, die Miss Hampstead aufgesucht hat.« Er lächelte freundlich. »Oh, entschuldigt, ich vergaß mich vorzustellen.« Er zog den Hut. »Miéville. Das sollte genügen.« Er bot uns einen Platz an seinem Tisch an.

»Wo sind wir?«, stammelte ich.

»Wir befinden uns in Zhang Kui.«

»Ihr meint, wir befinden uns *in* dem Drachen?«

»Sagte ich doch.«

»Wie kann das sein?«

Miéville zuckte die Achseln. »Was ist so ungewöhnlich daran? Es gibt Leute, die leben in Walen.«

»Hm.« Ich nahm an dem runden Tisch Platz. »Was tut Ihr hier?«

»Zhang Kui bietet mir Obdach, das ist alles.«

Scarlet schien sich auch nicht mehr darüber zu wundern. Buster Mandrake lag in ihrem Schoß und schlief. Die Aufregung war wohl etwas groß gewesen für sein Streifenschwanzmungoherz.

»Wer seid Ihr?«, fragte ich.

Er drückte sich altmodisch aus. Sein Akzent war britisch, zweifelsohne. Ein Hauch von Cockney schwang in der Melodie seiner Stimme mit und ließ die Buchstaben in sanften Wellen fliegen.

»Ich bin Miéville«, sagte Miéville. »Ich bin ein Tunnelstreicher.«

»Ihr seid nicht von hier«, sagte Scarlet.

Er lachte. »Nein, ich komme aus London.«

»Was tut Ihr dann hier in Gotham?«

»Das ist eine lange Geschichte.«

»Haben wir Zeit?«

Er schüttelte bedauernd den Kopf. »Nein, die haben wir nicht. Ihr müsst Euch schnellstmöglich an einen Ort begeben, wo jemand Euch treffen will. Doch so viel Zeit muss sein.« Er griff zum Tisch, wo eine lange Pfeife lag. Er zündete sie an und sog genüsslich daran. »London ist nicht mehr so, wie es einst war. Die neue Regentin diktiert der Stadt mit strenger Hand ihre eigenen Regeln. Die Garde hat weitreichende Befugnisse erhalten, und selbst die Metropolitan Police untersteht jetzt den Weisungen vom Regent's Park.«

Scarlet hatte, wie ich selbst, keine Ahnung, wovon er redete.

»Eine Reihe von Bürgern hat London verlassen, als die neue Regentin die Regierungsgewalt an sich riss. Mylady Myriel Manderley ist ganz anders, als ihre Vorgängerin es war. Sie hat sich einen Berater erwählt, einen mysteriösen Lord namens Somnia. Er tauchte aus dem Nichts auf, und nach kurzer Zeit schon ging er bei den mächtigen Häusern der Stadt ein und aus.« Mièville blies Rauchkringel in die Luft über dem Tisch. »Um eine lange Geschichte kurz zu machen: Ich habe London verlassen, weil es keine freie Stadt mehr ist. Die uralte Metropole hat sich in den vergangenen zwei Jahren zu sehr verändert. Und nicht alle Veränderungen sind gut, das wisst Ihr sicherlich am besten.«

Scarlet wusste nicht, was sie sagen sollte. Sie war in der Geschichte Londons nicht ausreichend bewandert.

»Es gibt Personen«, fuhr Mièville mit ernster Miene fort, »die mit Euch reden müssen. Sie haben London aus dem gleichen Grund verlassen, wie ich es getan habe.«

»Was war der genaue Grund?«

Mièville starrte sie an, als würde er sie kennen.

»Man hat mich gesucht.«

»Wer?«

»Alle. Die Metropolitan. Die Garde. Andere. Alle.«

»Ihr seid ein Verbrecher?«

»Gemessen an den neuen Gesetzen der Regentin? Ja, wenn Ihr es so seht, dann bin ich ein Verbrecher.«

»Was habt Ihr getan?«

»Ich habe Leuten geholfen. Leuten, die auf den schwarzen Listen standen.«

»Schwarze Listen?«

»Mylady Manderley ließ alle diejenigen, die ihr gefährlich werden konnten, auf Listen setzen. Man beschuldigte sie diverser Vergehen. Irgendetwas fand sich immer. Dann verhaftete man sie. Einige von ihnen, die weise genug waren, die Zeichen zu deuten und die Zukunft zu erahnen, bereiteten beizeiten ihre Flucht vor. Sie siedelten nach Amerika über.« Er wirkte nicht gerade glücklich, als er das sagte. »Dieses Land ist so anders. Man kann die Freiheit spüren, wenn man die Luft atmet.«

»Aber im Augenblick ist es nicht gerade ungefährlich in dieser Stadt.«

»Deswegen«, betonte er, »will meine Kontaktperson Euch sprechen. Es ist von außerordentlicher Wichtigkeit.« Er sah uns beide ernst an. »Schlafwandler gab es auch in London. Eistote ebenso.«

»Es gibt einen Zusammenhang?«, fragte Scarlet.

»Den gibt es immer.«

»Wollt Ihr uns aufklären?«

Er schüttelte den Kopf. »Nein, das wird jemand anders übernehmen.«

»Wer?«

Er nannte den Namen.

Buster erwachte, räkelte sich, blinzelte müde.

»Warum dieses Spiel mit dem Drachen?«

»Es war kein Spiel.« Mièville ließ keine Regung erkennen.

»Was heißt das?«

»Der Drache hat die Gabe, Lug und Trug zu schmecken, habt Ihr das vergessen?«

»Es war also ein Test?«

»Dachtet Ihr etwa, dass Madame Shan Euch einfach so zu mir vorlässt?«

Ich starrte die Spitzen meiner Schuhe an. Dann hob ich den Blick. »Nun ja, eigentlich sind wir davon ausgegangen, dass es genau so ist.« Ich schenkte ihm ein offenes Lächeln.
»Seit wann lebt Ihr hier drinnen?«
»Oh, es steht mir jederzeit frei zu gehen. Dies ist kein Gefängnis. Es ist nur eine Wohnung.«
»In einem Drachen?«
»Es gibt Menschen, die hören die Carpenters. Was ist so schlimm daran?«
Scarlet kraulte Buster am Hals.
»Dieser Platz ist sicher. Der Drache ist ein göttliches Wesen. Niemand findet mich hier drinnen.« Er lehnte sich zurück. »Er ist mein Zufluchtsort. Madame Shan war so gütig, mich mit Zhang Kui bekannt zu machen. Er ist ein Labyrinth und wirklich schwer zu verstehen, doch wer sich in ihm verläuft und ehrlich ist, dem wird Einlass gewährt.«
»Was sollen wir jetzt tun?«, fragte Scarlet.
Buster hob den Kopf.
Miéville nickte. »Geht nach Williamsburg. Berry Street, Ecke 9th Street. In den Laden, den ich Euch genannt habe. Dort werdet Ihr mehr erfahren.«

Wir verließen Chinadowntown, das nichts anderes ist als die Verbotene Stadt und ein lebendiges Labyrinth, und fuhren mit dem Zug nach Williamsburg, das wie ein Dorf am Rande des Monsters Gotham anmutet. Hier lebt die Boheme der Stadt. Es gibt viele Künstler, Anwälte, Spinner, Ärzte, Popstars. Die Geschäfte in den Straßen sind meist klein und bieten seltsame Dinge an, die es in den großen Geschäften nicht gibt.
Es gibt Delikatessen von überallher, denn hier leben Polen

und Juden und Puertoricaner und viele mehr, es ist ein Schmelztiegel der Nationen und Kulturen, ein Mekka für jeden, der neue Erfahrungen sammeln will, ein Ort, vergleichbar mit Montmartre in Paris oder Charing Cross in London. Es ist eine Gegend, die Schönheit zu schätzen weiß.

Es gibt eine Ruine, die einmal ein deutsches Opernhaus war, und Fabriken und Reedereien gedeihen am East River, unten am Fluss. Es gibt Gebäude im Second-Empire-Stil und solche, die bald abgerissen werden könnten, wären da nicht die Einwohner, die ihr Heim mit allem verteidigen, was ihnen lieb und recht ist.

Früher kamen die Vanderbilts und Rockefellers und Carnegies zum Baden an diesen Ort, doch heute ist von dem Glanz der alten Tage nur noch wenig zu spüren.

Heute ist der Stadtteil bunt und lebendig.

»Glauben Sie, dass wir hier die Antworten finden werden?«, fragte Scarlet, als wir die Subway an der Bedford Avenue verließen. Buster Mandrake saß ihr auf der Schulter, er hatte Gefallen an diesem Platz gefunden.

»Die Tage sind derzeit voller Geheimnisse«, antwortete ich. »Wir werden sehen.«

Wir stapften durch den Schnee.

Scarlet genoss es, dass der Streifenschwanzmungo so nah bei ihr war. Sie war nicht allein. Buster erzählte von den vielen Dingen, die Streifenschwanzmungos interessieren, und Scarlet hörte zu. Er berichtete von seiner Kindheit, davon, wie es ist, aus einer Pflanze zu schlüpfen, den Geruch der Blüten in der Nase zu haben und zu wissen, dass die Rose, die dort blüht, die eigene Mutter ist. Er erzählte ihr, wie er mich kennenlernte, wie er Jake kennenlernte. Er erzählte ihr davon, wie sein Leben aussah. Er redete ununterbrochen, und am Ende, als wir gerade dabei waren, die Subway zu verlassen, da legte er alle Förmlichkeit ab.

»Du bist ganz schön seltsam«, sagte Scarlet daraufhin.

Und Buster, dem die Schneeflocken das helle Fell benetzten, lächelte nur, so wie Streifenschwanzmungos es tun, wenn es ihnen gut geht.

Dann erreichten wir die Ecke Berry Street, 9th Street. Ein altes, klappriges Schild zierte den Eingang des Eckhauses mit den roten Ziegelsteinen und lud zum Verweilen ein.

HAVISHAM'S

stand darauf geschrieben, in Lettern, die uralt und ebenso abgegriffen zu sein schienen. Überhaupt alles an diesem Haus schien alt und staubig zu sein, sogar die Fenster, die milchglasige Augen waren, die kaum mehr als andeuteten, was sich dahinter verbarg.

Eine Glocke bimmelte, als wir eintraten.

Der Laden, in dem wir jetzt standen, glich einer behaglichen Höhle, in der einem die Kälte des Wintertags nichts anhaben konnte. Es war angenehm warm, selbst die Farben verströmten eine Ruhe wie schweigsames Holz. Regale säumten die hohen Wände. Sie waren vollgestopft mit Büchern aller Art und jeglichen Alters.

Die Buchrücken staubiger Lexika, dünner Gedichtbändchen und flacher Atlanten beobachteten den Besucher. Es gab schwere Bibeln mit Gold- und Silberprägungen und uralte Werke, deren handgeschriebene, kunstvoll verzierte Schriftzüge nicht mehr erkennbar waren. Dazwischen standen die glänzenden Ausgaben moderner Romane, Taschenbücher und gebundene Ausgaben.

Es roch nach Papier und Gilb und brüchigem Leder und gebeiztem Holz und der wohligen Wärme der Gedanken so vieler Leser.

Zwei mit grünlichem Plüschpolster bezogene, uralte Stühle standen neben dem Tresen, auf dem eine riesenhafte Registrierkasse thronte. Jedes Mal, wenn ein Kunde etwas kaufte, dann klingelte sie womöglich und ratterte lautstark. Eine junge Frau stand hinter der Kasse und betrachtete uns neugierig. Als sie Scarlet erblickte, sah sie mehr als nur überrascht aus.

»Meine Güte«, entfuhr es ihr, und sie wurde so bleich, als habe sie ein Gespenst erblickt. Sie trug die lockigen roten Haare lang, eine Strähne fiel ihr ins Gesicht und verdeckte ein Auge vollständig. »Sie sehen aus wie er.«

Ein junger Mann mit pechschwarzem Haar lugte um eine Ecke. Auch er schien Scarlet zu erkennen. Auch er wirkte seltsam erstaunt, sie hier zu sehen.

Die junge Frau mit den roten Haaren wirkte jedenfalls vollkommen und über alle Maßen überrascht. »Wenn er nur wüsste, dass ...« Sie kam einen Schritt näher. »Kann es denn wirklich sein ...?«

»Mrs. Marlowe?«, fragte ich.

Die junge Frau nickte, trat hinter dem Tresen hervor. Langsam kam sie auf uns zu. »Ich bin Emily Marlowe«, stellte sie sich vor. Sie konnte den Blick nicht von Scarlet lösen. Auch Scarlet bemerkte das. Sie schaute sie an, als wäre ihr jetzt alles klar, was immer das auch sein mochte.

»Miéville schickt uns her«, sagte ich.

Der junge Mann verließ die Regalreihe und ging zur Tür, spähte vorsichtig nach draußen.

»Es ist uns niemand gefolgt«, sagte ich.

»Ich bin Tristan«, sagte der junge Mann und warf uns einen Blick über die Schulter zu. »Tristan Marlowe.«
»Anthea Atwood.«
Buster Mandrake.
»Scarlet Hawthorne.«
Emily Marlowe starrte sie an, als erblicke sie wahrhaftig einen Geist. »Sie sehen aus wie er«, stammelte sie erneut, als könne sie es gar nicht fassen, sie hier zu sehen. »Wie, sagten Sie, ist Ihr Name? Hawthorne?«
»Ja.«
»Wer ist Ihre Mutter?«
Scarlet sagte es ihr.
Emily Marlowe atmete tief durch. Sie sah ihren Mann an. »Sie ist es«, entfuhr es ihr. »Sie ist es wirklich.« Sie hielt sich die Hände vor den Mund. »Meine Güte, Sie sehen aus wie er, wirklich, das tun Sie.«
»Wie wer?«, fragte Scarlet.
»Mortimer Wittgenstein«, sagte Emily. »Sie haben seine Augen. Er muss Ihr Vater sein. Der Name Ihrer Mutter ...« Sie stockte.
Wittgenstein? Erst jetzt fiel Scarlet auf, dass ihre Mutter niemals seinen vollen Namen erwähnt hatte. Wittgenstein, glaubte Scarlet sich zu erinnern, war jedoch der Mädchenname ihrer Mutter gewesen. Rima Maria Wittgenstein. »Sie kennen meinen Vater?« Wie seltsam diese Frage doch klang. Hier stand sie nun und sah sich einer jungen Frau gegenüber, die womöglich den Mann kannte, den zu kennen sie selbst sich ihr ganzes Leben lang gewünscht hatte. Sie hatte damals am Ufer des Flusses gestanden, hinaus nach Liberty Island geschaut und sich gefragt, ob es irgendwo da draußen jemanden gäbe, der wie sie selbst war.

»Ja, ich kenne Ihren Vater.« Emily Marlowe lächelte, nur kurz. »Wir sind uns gelegentlich über den Weg gelaufen, könnte man sagen.«

Tristan Marlowe schloss die Tür hinter sich und verriegelte sie sorgsam.

»Wir suchen ihn.« Scarlet betrachtete die junge Frau. Die Gewissheit, dass die Unbekannte ihren Vater kannte, machte sie ein wenig neidisch auf sie. Emily Marlowe mochte ein wenig jünger sein als sie selbst, Scarlet schätzte sie auf Anfang zwanzig. Sie sprach unverkennbar mit englischem Akzent, einem Hauch von Cockney, wie vorhin auch Miéville.

»Ich wusste nicht, wer Sie sind«, sagte Emily Marlowe. »Ich hörte nur, dass Sie im Paramount-Theater waren. Dass Lady Solitaire versucht hat, Sie zu töten. Sie will nicht, dass Sie ihn finden.« Sie hustete. »Ihren Vater, meine ich.« Dann huschte ein Schatten über ihr Gesicht. »Meine Güte, er weiß gar nicht, dass es Sie gibt. Wittgenstein hat mir die Geschichte erzählt. Vor zwei Jahren. Ja, Sie müssen Rimas Tochter sein. Sie sehen wirklich aus wie er, das Gesicht, die Art, wie Sie sich bewegen.« Sie legte den Kopf so schräg, dass ihr das Haar aus dem Gesicht fiel. Ihr linkes Auge war ein glatter Mondstein, wunderbar hell glänzend im Licht der sanften Beleuchtung.

»Wir hatten gehofft, dass Sie herkommen.« Tristan Marlowe gesellte sich zu uns. Er war hager und bleich und sah aus, als habe er nächtelang nicht geschlafen. »Virginia Dare und der Kojote hatten Sie in ihrer Gewalt. Die Ratten haben davon berichtet. Dass Sie bereits zum zweiten Mal bei Lady Solitaire aufgetaucht waren.«

»Die Ratten?«, fragte ich.

»Die Ratten«, sagte Tristan Marlowe. »Die Frau in Weiß

lässt üblicherweise jeden töten, der ihr Geheimnis lüften will.«

»Wir wollten nicht *ihr* Geheimnis lüften«, sagte Scarlet und fragte sich, wohin das alles führen würde.

»Doch, genau das wollten Sie«, sagte Emily Marlowe. »Nun ja, Sie hätten es jedenfalls getan. Denn Virginia Dares Vergangenheit ist ein Geheimnis. Und Sie sind dabei, es aufzudecken.«

Sie machte eine Pause.

Dann fuhr sie fort: »Jedenfalls kam Mina zu uns und berichtete uns von den Dingen, die die Ratten sich erzählten. Dass Sie ein zweites Mal lebendig aus dem Paramount-Theater entkommen seien.«

Woher, dachte Scarlet, wussten die Ratten darüber Bescheid? Was ging hier vor? Sie fragte sich, ob sie der jungen Frau mit dem Mondsteinauge trauen konnte.

»Ja, sieht so aus, als lebe ich noch«, murmelte sie. »Aber Sie haben mir immer noch nicht gesagt, wer Sie eigentlich sind.«

»Nehmen Sie doch Platz«, bot Emily Marlowe uns die grüne Couch mit dem runden Tisch davor an. Dann erklärte sie: »Ich war Wittgensteins Schutzbefohlene. Er hat sich meiner angenommen und mich zur Alchemistin ausgebildet. Ich war ein Waisenkind, und er hat mich zu sich nach Hause geholt, nach Hampstead Manor. In London.«

Hampstead?

Scarlet versuchte die Teile des Puzzles zu verbinden.

War das nicht der Name der Rättin gewesen? Mina Hampstead?

»Und jetzt?«, hakte Scarlet nach. »Sind Sie eine?«

Emily Marlowe seufzte. »Ich verkaufe lieber Bücher.«

»Warum?«

»Es verschafft einem weniger Aufmerksamkeit. Und wir wollen beide nicht auffallen.«

Tristan Marlowe nickte, ging zum Fenster, schaute hinaus. Er wirkte nervös und wachsam.

»Weshalb haben Sie London verlassen?«

Emily Marlowe schwieg, sah hinaus ins Schneetreiben, und dann erklärte sie mit leiser Stimme: »Wittgenstein ist verschwunden, und selbst ich weiß nicht, wo er steckt. Er hat gewisse Dinge in Erfahrung gebracht, deswegen sind sie alle hinter ihm her.«

»Alle?«

»Die Schlafwandler. Lord Somnia. Die Dreamings.« Sie schaute Scarlet ernst an. »Sie!«

»Wenn alles, was Sie beide eben gesagt haben, stimmt«, sagte Scarlet, »dann bin ich seine Tochter. Ich darf ihn suchen.« Sie sprach leise, als müsse sie sich über ihre eigenen Gedanken erst klar werden, bevor sie sie in Worte fassen konnte, und dann erzählte sie von Rima und der Schlafkrankheit und dem Auftrag, den sie erhalten hatte, ohne auch nur den Schimmer einer Ahnung zu haben, worum es hier genau ging.

»Sie werden sterben, wenn Sie ihm begegnen.« Emily Marlowe sah traurig aus. Eine schwere Melancholie schien ihr ständiger Begleiter zu sein. »Und er wird ebenfalls sterben. So will es der Fluch. Der Preis des Shah-Saz. Wittgenstein hat mir die Geschichte damals in Prag erzählt.«

Scarlet war verunsichert. Diese fremde junge Frau wusste so viel von ihr, dass es ihr Angst machte. Sie selbst hatte diese Dinge erst vor wenigen Jahren erfahren, und jetzt stand dieses englische Mädchen hier und sprach von dem Fluch des Shah-Saz, wusste, was ihrer Mutter in London widerfahren war, und kannte ihren Vater.

Meine Güte, ihr Vater.

Zum ersten Mal fragte Scarlet sich, ob sie ihn überhaupt sehen wollte. Bisher hatte sie nur an ihre Mutter gedacht, weil die Gefühle, die sie in sich trug, doch ausschließlich Rima galten. Sie wollte, dass Rima aufwachte. Sie wollte, dass alles gut würde. Sie wollte, dass alles wieder so sein würde, wie es früher gewesen war. Aber ob sie Mortimer Wittgenstein gegenüberstehen wollte ... das wusste sie nicht.

Sie fürchtete sich davor.

»Wir wollten jedenfalls mit Ihnen reden«, schaltete sich Tristan Marlowe ein, »weil Sie nach ihm suchen. Wir wussten zwar nicht, wer Sie sind, aber das war auch nicht wichtig. Jemand war in die Stadt gekommen, und dieser Jemand stellte unbequeme Fragen. Fragen, die keiner mochte. Am allerwenigsten Virginia Dare. Das ist das Problem, wie Sie gleich schnell erkennen werden. Dass Sie seine Tochter sind, wussten wir nicht. Wenngleich es jetzt, da wir es wissen, auch keinen sehr großen Unterschied macht. Das eigentliche Problem hat sich nicht verändert.«

Es war Emily Marlowe, die es aussprach: »Sie dürfen nicht weiter nach ihm suchen.«

»Aber warum denn nicht?« Scarlet verstand gar nichts mehr. Sie spürte leise die Schnauze des Streifenschwanzmungos an ihrem Hals. Sie machte ihr Mut, diese kleine kalte Nase. Denn sie war da. Sie war bei ihr. Und irgendwie hatte Scarlet das Gefühl, dass diese kalte Nase sie so schnell auch nicht wieder verlassen würde.

»Ich sollte von vorn beginnen«, schlug Emily Marlowe vor, »denn es ist eine recht lange Geschichte.«

Tristan Marlowe verabsentierte sich in einen Nebenraum. »Wittgenstein, müssen Sie wissen, verschwand vor einem halben Jahr. Kurz zuvor war er eine Woche wie vom Erdboden verschluckt, doch dann suchte er uns auf, mitten in der Nacht, und teilte uns nur mit, dass er uns unter gar keinen, aber auch wirklich gar keinen Umständen mitteilen könne, wo er sich aufhielt. Er würde fortgehen, das war das Einzige, was wir erfuhren. Gleichzeitig hielt er uns vor Augen, dass man uns verfolgen würde, weil man glauben könnte, dass wir etwas über seinen Aufenthaltsort wüssten. Die Regentin würde uns verfolgen lassen, wie sie es mit allen tat, die ihr im Wege waren.« Emily Marlowe schluckte, als fühle sie einen tiefen inneren Schmerz, der nicht nachlassen wollte. »Also verließen wir sehr bald schon London und die uralte Metropole. Viele taten das.« Sie zupfte sich an den Haaren. »Miéville war einer von ihnen. Mina Hampstead folgte uns auch.«

»Sie haben meine Mutter in ihrer Gewalt«, sagte Scarlet, um auf das Problem hinzuweisen. Das Problem, dessentwegen sie hier war. Dessentwegen sie nach Gotham gekommen war.

»Ich weiß.«

»Sie wird sterben, wenn ich ihn nicht finde.«

»Sie wird auch sterben, wenn Sie ihn finden und zu ihr bringen. Lord Somnia benutzt sie nur als Druckmittel. Er wird niemanden am Leben lassen, der von all dem hier weiß. Deshalb dürfen Sie Ihren Vater nicht finden. Das dürfen Sie auf gar keinen Fall tun. Dann wäre alles vorbei. Wenn Sie Wittgenstein an Lord Somnia ausliefern, dann wird er all das erfahren, was er wissen will. Und das wird das Ende sein.«

»Wessen Ende?«

Tristan Marlowe kehrte mit einem Tablett zurück und stellte drei Tassen englischen Tees auf den Tisch. »Das Ende der Welt, so wie wir sie kennen.« Er sagte das, als spräche er übers Wetter.

»Was steckt hinter all dem?«, fragte ich. »Wissen Sie, worum es geht? Wann hat es angefangen?«

»Hat es auf Roanoke Island begonnen?«, fragte Scarlet.

»Nein, es fing alles noch viel, viel früher an. Zu einer Zeit, in der allein der Träumer herrschte.«

Scarlet nippte an ihrem Tee. Er schmeckte bitter und war heiß.

Und Emily Marlowe begann zu erzählen: »Es gab ein mächtiges Wesen, das die Engel als den Träumer bezeichnen. Der Träumer erschuf die Welt, die er sich erträumt hatte, um nicht allein sein zu müssen. Die Engel waren ihm untertan und lebten im Himmel, der in jenen Zeiten noch der Himmel des Träumers war. Es gab Gesetze, die aber alle die Gesetze des Träumers waren.«

»Und es gab eine Kaste von Engeln«, setzte Tristan Marlowe ein, »die diese Gesetze mit Schwertern aus Flammen hüteten.«

Sie hießen Mala'ak ha-Mawet.

»Zu Beginn waren alle Engel Brüder und Schwestern, doch es gab unter ihnen einen Engel, der die Macht der Liebe kostete. Lucifer, ein Lichtengel, der Anführer der Urieliten. Er hatte Angst, diese Liebe zu verlieren.«

Er hatte erkannt, dass er ein Herz besaß. Und dieses Herz, das schenkte er Lilith, der Schönen vom Roten Meer. Er wusste, dass diese Liebe seinem Leben Sinn gab. Er fürchtete sich davor, diese Liebe verlieren zu können. Und diese Angst, die er in sich trug, war etwas, was es gar nicht geben durfte. Denn die Dinge waren so, wie der Träumer sie erschaffen hatte. So waren sie schon immer gewesen, so und niemals anders.

Emily sagte ernst: »Lucifer begann zu zweifeln.«

Wie konnte der Träumer allmächtig sein, wenn die Schöpfung so fehlerhaft war wie er selbst?

Wie konnte der Träumer denn weise sein, wenn er nicht einmal die Antworten auf die Fragen wusste, die er selbst seiner Schöpfung in den Mund gelegt hatte?

Wie gerecht konnte ein Herrscher sein, wenn er die Gesetze, die er selbst erlassen hatte, von einer Kaste boshafter und kriegerischer Engel durchsetzen lassen musste?

»Lucifer erkannte, wie ungerecht die Gesetze des Träumers waren. Er ging zu seinem Herrn und stellte ihm Fragen.«

»Nie zuvor hatte es ein Engel gewagt, Fragen zu formulieren«, sagte Tristan Marlowe.

Das Wort, das schließlich den Himmel zerstörte, war so einfacher Natur, dass selbst Kinder es zu nutzen vermögen.

Warum?

Das war das Wort, das die Engel niemals hätten aussprechen dürfen. Das war das Wort, das alles zu Fall brachte.

»Aber Lucifer sprach es aus, laut und klar, er schrie es hinaus in die Welt und in alle Himmel, so dass alle Engel es vernahmen.«

Wie ein Lauffeuer verbreitete es sich. Es war das erste Wort, das nicht mehr allein dem allmächtigen Träumer gehörte. Es gehörte den Geschöpfen, die er sich erträumt hatte. Es gehörte den Engeln und es gehörte den Menschen.

»Der Träumer, der nicht mehr allein und dennoch verlassen war, fühlte, dass etwas in ihm erwacht war, was noch keinen Namen hatte.«

Gefühle, die gierig an seinen Eingeweiden fraßen und den

Himmel, den er sich geschaffen hatte, zu zerstören begannen, noch bevor die Aufrührer zu solchen geworden waren.

»Eifersucht und Neid waren es, die des Träumers Blicke trübten und verwirrten.«

Wie konnte es sein, dass er, der allmächtige Träumer, von diesen Gefühlen heimgesucht wurde, die er nicht selbst erschaffen hatte? Wie konnte es sein, dass er die Fragen, die seinem Mund entrannen, nicht beantworten konnte? Wie war es möglich, dass seine Schöpfung Liebe empfand und er selbst auf diese Weise nicht dazu in der Lage war?

»Die anderen Engel stellten ebenfalls Fragen.«

Doch statt Antworten zu geben, setzte der Träumer die Mala'ak ha-Mawet ein, dunkle Engel, deren Tätowierungen ihnen wie eisiges Wasser in den Gesichtern brannten und deren schwarze Haare mit Bändern geflochten waren, so rot wie das Blut der Sünde, die existierte und doch niemals hätte geboren werden dürfen.

»Lucifer begehrte immer stärker auf.«

Aber der Träumer war immer noch der Herrscher. Er trug den Mala'ak ha-Mawet auf, sein Wort zu verbreiten, wenn nötig, mit Gewalt. Und die dunklen Engel taten, was er ihnen aufgetragen hatte.

Sie verfolgten Lilith, die mit ihren Töchtern nach Zmargad geflohen war. Lucifer sollte die Liebe, die er nie hätte erfahren dürfen, niemals wiedersehen. Er sollte um sie trauern und daran zerbrechen. Und wenn er zerbrochen wäre, dann würde das Chaos aufhören, und die Engel würden keine Fragen mehr stellen.

»Doch es kam alles anders.« Sie lächelte.

Die Mala'ak ha-Mawet zerstörten Zmargad, doch Lilith konnte entkommen. Lucifer, der das Totenfeld erst nach der

Schlacht erreichte, suchte nach Lilith, und als er sie tot glaubte, da formte er aus seinen bitteren Tränen und dem heißen Wüstensand eine gläserne Totenmaske, die das Antlitz seiner Geliebten war. Und Lilith sprach zu ihm, und alle Sorgen fielen von ihm ab, und er machte sich auf zu dem Ort, an dem sie sich versteckt hielt und wo er sie endlich wieder in die Arme schließen konnte.

»Der Träumer erfuhr davon und schickte seine Heerscharen über die Erde aus.«

»Lucifer hatte derweil Verbündete um sich geschart.«

Andere Engel, die, wie er, zu lieben vermochten oder einfach nur Antworten suchten auf die Fragen, die ein Leben ausmachten. Eine Festung hatte er errichtet, tief in der Wüstenei der Hölle, die ein Kind des Paradieses war.

»Pandaemonium.«

Die Engelsscharen, die dem Lichtlord folgten, wurden nach einer Schlacht, die den Himmel in Wolken und Tränen hüllte, von den Scharen der wütenden Mala'ak ha-Mawet besiegt.

»Lucifer und seine Gefolgsleute wurden gerichtet«, sagte Emily Marlowe.

»Sie waren schuldig.«

Das Urteil wurde schnell gesprochen: Verbannung.

»Lucifer kehrte in die Wüstenei zurück, und von dort aus unternahm er lange Reisen, bis er am Ende in der Stadt der Schornsteine strandete. In London. Es gab viele Namen, unter denen er lebte: John Dee, John Milton, Master Lycidas.«

Schnell fragte Scarlet: »John White?«

Emily nickte nur, sagte: »Dazu komme ich noch. Lassen Sie es mich der Reihe nach erzählen.«

Es war Tristan Marlowe, der fortfuhr: »Lucifer fand Mittel

und Wege, wie er sein Leben verlängern konnte, wenn er auf der Erde weilte.«

Er machte sich die Kraft des Lebensbaums zunutze und opferte Kinder, die den Lebensbaum tränkten. Pairidaezas Stock. Er produzierte aus der Unschuld der Kinder einen Trank, der ihm neue Lebenskraft spendete und ihn die Jahrhunderte auf der Erde überstehen ließ, ohne zu altern. Während dieser Zeit bestimmte er das Leben der Menschen auf nicht unmaßgebliche Weise.

»Die Kinder, die verschwanden«, begann Scarlet einen Satz, aber Emily Marlowe unterbrach sie, indem sie hinzufügte: »Und es immer noch tun.«

»Was geschieht mit ihnen?«

Emily Marlowe schaute zum Fenster hinaus, wo sich dicke Schneeflocken auf der Scheibe niederließen. »Wir haben sie gesehen. Damals, in London. Master Lycidas und Mylady Lilith waren nach all den Jahren noch immer ein Paar. Lilith stahl die Kinder.« Sie kratzte sich am Handrücken. »Wir nannten sie immer nur Madame Snowhitepink, damals im Waisenhaus.«

Scarlet wusste nicht, wovon sie sprach.

»All die Jahre über war sie Lucifer nicht von der Seite gewichen.«

»Wahre Liebe«, sagte Tristan Marlowe und sah seine Frau eindringlich an.

»Die Kinder trugen Spiegelscherben in den Augen. Und sie lebten in der Hölle.«

»In der Hölle?«

Emily erklärte es ihr.

»Doch dann«, fuhr sie schließlich fort, »verließen auch die enttäuschten Mala'ak ha-Mawet den Himmel des Träumers.«

Ihr Anführer, Lord Gabriel, hatte zu zweifeln begonnen. Er hinterfragte, was bisher seine Welt gewesen war. Er zweifelte daran, dass der Träumer allmächtig war: Er hatte Schwäche gezeigt, und die Mala'ak ha-Mawet waren eine kriegerische Kaste. Gabriel und die Seinen verließen den Himmel aus freien Stücken, weil sie ihren Glauben verloren hatten.

»Er wollte sich an Lucifer rächen, weil dieser sein Leben zerstört hatte, indem er die Frage stellte.«

»Vor zwei Jahren kam es in London zu einer großen Schlacht.«

Die Urieliten, mächtige, schöne Lichtengel, kämpften auf der zugefrorenen Themse gegen die Scharen der dunklen Mala'ak ha-Mawet. Die Mala'ak ha-Mawet wurden geschlagen. Lucifer und Lilith opferten ihre Unsterblichkeit und lebten fortan ein gewöhnliches Leben als gewöhnliche Menschen. Das war alles, was sie sich erträumt hatten. Sie wollten so leben, wie die Menschen es taten.«

»Nach einem ewigen Leben kann die Vergänglichkeit manchmal der Himmel sein«, murmelte ich.

Alle schauten mich an. Ich zog eine Grimasse und war wieder die Zuhörerin, die still dasaß.

»Die beiden großen elfischen Familien«, erklärte Tristan Marlowe, »die all die Jahre in einer Fehde gelegen hatten, schlossen Frieden. Mara Myriel Manderley übernahm die Führung der beiden Häuser und einte, was einst einander bekämpft hatte.«

Emily sah aus, als bereitete es ihr körperliche Schmerzen, ihn dies sagen zu hören.

»Doch dann kam alles anders.«

»Myriel Manderley erwählte sich einen neuen Berater.«

Niemand wusste, wer genau er war. Niemand hatte je zuvor von ihm gehört. Er nannte sich Lord Somnia, und Myriel Manderley tat, wozu er ihr riet. Als die Regentin unter mysteriösen Umständen erkrankte und schließlich starb, da ließ sich Mara Myriel Manderley zur bislang jüngsten Regentin von London ernennen. Die Stadt wurde neu geordnet, überall. Es wurden neue Gesetze erlassen. Es gab neue Strafen.«

»Und dann«, sagte Tristan Marlowe, »tauchten die ersten Eistoten auf.«

»Man fand sie überall in der uralten Metropole von London. Es gehörte nicht viel dazu, herauszufinden, dass es sich um Engel handelte.« Emily Marlowe nippte an ihrem Tee, ihre Stimme schwankte, als würde sie gleich mit einem Krächzen verebben. »Ja, die Schlafwandler, die in London umgingen, töteten Engel, überall in der Stadt. Zumindest glaubten wir anfangs, dass es die Schlafwandler seien. Wir wussten noch nichts von den Dreamings. Der Himmel der Urieliten am Oxford Circus erstarrte jedenfalls zu Eis, ebenso die Himmel in Paris und Prag, wie man uns mitteilte. Ähnliches ereignete sich überall auf der Welt. Moskau, Madrid, Berlin, wo immer sich ein Himmel befand, wurde er zerstört.«

»Es gibt keine Engel mehr in London?« Scarlet wunderte sich selbst, dass sie diese Frage stellte. Bisher hatte sie nie geglaubt, dass richtige Engel über die Erde wandelten.

»Es gibt keine Engel mehr in ganz Europa. Auf den meisten Kontinenten wurden sie ausgerottet.«

Tristan Marlowe sagte: »Wir glauben, dass Lord Somnia dahintersteckt. Wir glauben, dass er der Träumer ist.«

»Sie glauben, dass Gott selbst die Engel töten lässt?«, fragte ich entgeistert. Es war ungeheuerlich, so etwas auch nur anzunehmen.

»Wir nennen ihn nicht bei diesem Namen«, verbesserte mich die junge Frau. »Er ist der allmächtige Träumer. So haben die Engel ihn genannt, so nennen wir ihn auch.« Sie seufzte. »Aber, um auf Ihre Frage zurückzukommen: Ja, wir glauben fest daran, dass genau das geschieht. Der Träumer hat seine Schöpfung schon immer für fehlerhaft gehalten. Denken Sie nur an die Sintflut, an Sodom und Gomorrha. Immer hatte er seine Hand im Spiel.«

»Sie glauben, dass er alle Engel töten will?«

»Er hat bereits damit begonnen.«

»Und er ist erfolgreich.«

»Er hat die Dreamings geschaffen, um die Menschen zu kontrollieren. Und jetzt leisten sie ihm treue Dienste bei der Ermordung der Engel.« Tristan Marlowe rieb sich müde die Augen.

»Und Roanoke Island?« Ich ließ nicht locker. »Wie passt die Insel in dieses Spiel?«

»Damals«, erklärte Emily Marlowe, »als die ersten englischen Schiffe die Neue Welt erreichten, da brachten sie weiße Siedler als Kolonisten nach Roanoke Island. Wir wissen, wie das endete.«

»Und dann kamen die ersten Engel nach Amerika.«

»Mit der zweiten Expedition, die von John White geleitet wurde.«

Sie wollten sich einen neuen Himmel erschaffen, weit fort von den Gebieten, über die der Träumer seit alter Zeit schon herrschte. Sie wollten nur leben, nichts weiter. Es waren die Engel, die damals an Lucifer geglaubt hatten. Ja, damals, während der großen Schlacht. Es waren die Engel, die ihr Paradies verloren hatten und es wiederfinden wollten. Doch als der Träumer herausfand, was sie vorhatten, da schickte er die

Dreamings nach Roanoke Island, und alle, die dort im Himmel von Croatoan lebten, mussten sterben.«

»Croatoan war ein Himmel?«, fragte Scarlet. Sie hatte keine Ahnung, wie sie sich einen solchen Himmel vorstellen sollte. Bis vorhin hatte sie nicht einmal geglaubt, dass Engel wahrhaftig über die Erde wandelten. Aber manchmal akzeptierte man die Dinge, die einen umgaben, sehr schnell.

»Die Schlafwandler sind nur die Pfadfinder und Fährtenleser. Sie spüren die Opfer auf. Sie brauchen ihre Körper, um sich fortbewegen zu können.« Emily Marlowe seufzte gequält. »Die Dreamings hingegen wandern von einem Traum zum nächsten. Sie wissen, dass die Lebewesen nur existieren können, wenn sie Träume haben. Sind die Träume jedoch tot, dann ist alles vorbei.«

»Sie nehmen ihren Opfern die Träume fort. Sie fressen sie auf.«

»Und die Opfer erstarren zu Eis.«

Scarlet überlegte angestrengt. Etwas schien nicht richtig zu sein. »Aber wenn die Dreamings doch durch die Träume wandeln«, grübelte sie laut über ihrem Tee, »dann müsste es doch wirklich ein Leichtes für sie sein, uns zu finden.«

Emily Marlowe schüttelte den Kopf. »Nein, wir sind Trickster. Sie können unsere Träume nicht sehen.«

»Warum nicht?«

»Fragen Sie nicht mich.«

»Aber es muss doch einen Grund dafür geben.«

»Es gibt für alles einen Grund«, gab ich zu bedenken.

Emily zuckte die Achseln. »Die Dreamings können sich menschlicher Körper bedienen und sie zu Schlafwandlern machen. Die Schlafwandler können, wenn sie andere Menschen berühren, diese ebenfalls zu Schlafwandlern machen.

Bei denen, die Trickster sind, scheint das nicht zu funktionieren.«

»Bei meiner Mutter hat es immerhin funktioniert.«

»Sie ist aber nur ein Schlafwandler geworden, der passiv ist.«

»Und die Engel?«

»Die Dreamings können sie befallen, einfach so. Warum das so ist, kann ich nicht sagen.«

Ich stand auf und begann unruhig im Raum umherzulaufen. »Die Engel sind die Geschöpfe des Träumers«, sagte ich, »vielleicht hat er mehr Gewalt über ihren Geist, weil er sie erschaffen hat.« Ich berührte einige der Buchrücken mit dem Finger. »Und die Trickster, wir alle hier, wir sind nicht seine Geschöpfe. Die Trickster sind ungewollt. Ein Missgeschick der Natur, wenn man so will.«

Emily schwieg.

Ich blieb vor einem Regal stehen und grübelte.

»Was ist mit John White?«, fragte Scarlet in der Zwischenzeit in die Stille hinein. »Was ist wirklich auf Roanoke Island geschehen?« Mrs. Marlowe hatte den Himmel namens Croatoan erwähnt, immerhin.

»John White«, sagte Tristan Marlowe, »hatte den Engeln von Roanoke Island seine einzige Tochter anvertraut.« Er ließ uns einen Augenblick lang erstaunt aussehen, dann fuhr er fort: »Ja, Lilith und er hatten ein Kind gezeugt, und sie wussten, dass der Träumer das Mädchen töten würde, erführe er von ihr. Schon in der Vergangenheit hatte er es nicht geduldet, dass Lilith und Lucifer Nachwuchs zeugten.«

»Sie gaben das Mädchen in die Obhut von Elyonor und Ananias Dare.«

»Die beiden behaupteten, dass die kleine Virginia ihr eigenes Kind sei. Die Kleine hätte ein normales Leben führen können. Sie hätte glücklich sein können. Sie glaubte, dass Elyonor und Ananias ihre Eltern waren, ganze zwei Jahre lang. Sie wusste nichts von all den anderen Dingen, die ihr Leben bestimmten.«

»Doch in Wahrheit war John White ihr Vater. Lucifer, der Lichtlord. Und Lilith war ihre Mutter.«

»Meine *Theorie der vielen Johns*«, sagte ich nur. »Da ist sie wieder. Ich hatte also doch recht.«

John Dee.

John White.

John Milton.

»Virginia Dare floh in die Wälder, als es passierte.«

»Der Träumer«, fasste Emily Marlowe zusammen, »ließ alle Engel, die den neuen Himmel namens Croatoan gegründet hatten, in einer einzigen Stunde töten. Sie alle gefroren zu leblosen Klumpen Eis, weil die Dreamings über sie herfielen und ihre Träume stahlen.«

»Die anderen Engel jedoch, die später nach Amerika kamen«, erklärte Tristan Marlowe, »vermieden es, den gleichen Fehler zu machen wie ihre Vorgänger. Sie gründeten keinen einzigen Himmel, denn ein Himmel war, wie sie in Croatoan gesehen hatten, zu auffällig und zog des Träumers Aufmerksamkeit auf sich. Sie lebten fortan allein, mischten sich unter die Menschen, wurden ein Teil von ihnen. Sie halfen dabei, den Kontinent zu besiedeln. Sie gingen mit den Trecks nach Westen, gründeten neue Städte. Sie bauten dieses Land mit auf.«

»Fast alle Engel«, sagte Emily Marlowe, »die hierherkamen, nahmen die Namen ihrer Vorgänger an. In stillem Gedenken an Croatoan.«

»Deswegen also tragen die Eistoten in Gotham die Namen der Siedler von Roanoke Island.«

»Ariel Van Winkle«, murmelte Scarlet. Sie konnte sich an ihn erinnern.

»Sie suchten ihn auf, weil Sie die Verbindung erahnt hatten«, sagte ich.

Scarlet erinnerte sich.

Natürlich.

Es war schwierig gewesen, noch einmal zu ihm vorgelassen zu werden. Ihr erster Versuch scheiterte, doch dann färbte sie sich die Haare und schmuggelte sich, getarnt als Putzfrau, ins Dakota ein. So schaffte sie es, zu Master Van Winkle vorzudringen.

Ein zweites Mal.

Er war wütend, und doch bewunderte er ihre Hartnäckigkeit. Sie hatte ihn bei ihrem ersten Besuch bereits darum gebeten, dass er ihr bei der Suche nach ihrem Vater half, doch er hatte abgelehnt.

Jetzt bat sie ihn erneut darum.

Keanu und sie hatten recherchiert und waren auf eine Verbindung Master Van Winkles zu Lady Solitaire gestoßen. Als sie dann aber den Fehler machte und Lord Somnia erwähnte, da kam er mit Krallenhänden über sie, ohne Vorwarnung, und brachte ihr die Wunde an der Stirn bei. Er sprach unbedacht den Namen Croatoan aus, und dann floh Scarlet auch schon aus seinem Apartment.

Ariel Van Winkle war also ein Engel gewesen, sie hätte es ahnen müssen. Doch wer glaubte schon an Engel?

»Sie meinen, dass all die Eistoten in Wirklichkeit tote Engel sind?«

»So ist es.«

Emily nickte. »Das sind sie. Denn das ist es, was hier passiert. Das ist das eigentliche Problem.«

»Lord Uriel«, erklärte Tristan Marlowe geduldig, »der den Himmel der Engel vom Oxford Circus anführte, ist geflohen. Er hält sich an einem geheimen Ort versteckt, den wir nicht kennen. Lucifer und Lilith haben London vor einem Jahr schon verlassen. Wir glauben, dass sie irgendwo hier in New York leben, weil ...«

Scarlet führte den Satz zu Ende: »Weil hier die Kinder verschwinden.«

War es das?

Lebten Lucifer und Lilith jetzt hier in Gotham und stahlen Kinder, um sie erneut Pairidaezas Stock zu opfern?

»Wir glauben, dass Ihr Vater weiß, wo Lucifer sich aufhält. Deswegen will Lord Somnia ihn finden. Ihr Vater soll ihn zu Master Lycidas führen. Zu Lucifer.«

Scarlet seufzte.

Im Grunde genommen ist alles ganz einfach, dachte sie. Wittgenstein kennt den Aufenthaltsort des Lichtlords, warum auch immer. Und wer den Lichtlord finden will, muss folglich zuerst Wittgenstein finden.

Ich bin seine Tochter ...

Und ...

Was?

Zu viele Dinge schwirrten Scarlet im Kopf herum.

»Warum Lucifer?«, wollte Scarlet wissen. »Ist er nicht auch ein Engel, den sie töten können?«

»Lucifer ist dazu in der Lage, die vertriebenen Engel zu einen und gegen den Träumer in die Schlacht zu führen. Er hat es schon einmal getan. Damals hat er sein Paradies verloren, und jetzt versucht er es wiederzufinden. Er hat darüber geschrieben, damals, als er sich John Milton nannte. Und er war auf Roanoke Island.«

Sie nickte. Das war mittlerweile unbestritten.

»Er kam hierher, um dieses neue Land zu sehen. Und um seine Tochter in Sicherheit zu bringen. Roanoke Island sollte ein neues Paradies werden. Doch es wurde genauso verloren wie das andere auch«, sagte Tristan Marlowe.

Seine Tochter aber überlebte.

»Virginia Dare ist eine Nephilim.« Emily Marlowe war sichtbar unbehaglich zumute. »Sie ist das Kind eines Engels, gezeugt in Liebe mit einer Sterblichen.«

»Aber sie ist nicht die einzige Nephilim«, sagte Tristan Marlowe.

Emily schüttelte den Kopf. »Viele Engel zeugten ihre Kinder mit Sterblichen. Dieses Land wurde auf ihrer Nachkommenschaft errichtet. Ja, Miss Hawthorne«, benutzte auch Emily Marlowe nun die offizielle Anrede, »Amerika ist das Land der Nephilim. Es ist ein freies Land. Der Geist der Freiheit und des Lebens, er lebt hier in jedem Grashalm. Einige Nephilim gründeten eine eigene Stadt, an den Gestaden des Pazifiks, und ihren Eltern zu Ehren nannten sie diese Stadt Los Angeles – die Stadt der Engel. Ja, Amerika ist ein Land, in dem der Träumer, aus welchem Grund auch immer, nur eingeschränkte Macht besitzt. Er kann hier wandeln. Doch wir glauben, dass ihn das ungeheure Kraft kostet.«

»Aber welche Rolle spielen wir?«, fragte Scarlet. »Was haben Sie mit all dem zu schaffen?«

»Liegt das nicht auf der Hand?« Ich gesellte mich wieder zu der Runde an dem Tisch. »Wir sind die Köder, Miss Scarlet, nur die Köder. Lord Somnia ist lediglich an uns interessiert, weil wir ihn zu Mortimer Wittgenstein führen können, wie er glaubt. Und Mortimer Wittgenstein kann ihn zum Lichtlord führen. Wenn die noch lebenden Engel keinen Anführer haben, dann wird es keinen Aufstand geben. So einfach ist das.«

»Sie dürfen ihn nicht finden«, sagte Tristan Marlowe. »Es wird weder Ihre Mutter retten noch Sie selbst.«

Scarlet schwieg. »Und Virginia Dare?«

»Virginia Dare stellt sich jedem entgegen, der versucht, der Spur ihrer Eltern zu folgen. Deswegen hat sie Ihnen die Wendigo auf den Hals gehetzt. Sie wusste nicht, wer Sie waren, bis Sie es ihr sagten. Das erste Mal kamen Sie zu ihr, um ihre Hilfe im Kampf gegen die Wendigo zu erbitten.«

»Ja«, erinnerte sich Scarlet. Ariel Van Winkle hatte sie dazu gebracht, über Croatoan nachzuforschen. Sie waren den Spuren gefolgt, bis Keanu sogar einen Weg gefunden hatte, bei Lady Solitaire vorzusprechen. Sie hatten gehofft, dass sie ihnen ihre Fragen beantworten würde.

Und sie hatten ihr Fragen gestellt. Sie hatten wissen wollen, was es mit Croatoan auf sich hatte, und vieles mehr. Doch Virginia Dare hatte die Wendigo gerufen, und auf der Flucht war Keanu gestorben und Scarlet in die Winternacht geschickt worden.

Battery Park.

Dort hatte es begonnen.

Jetzt war sie hier.

Im *Havisham's* an der Ecke Berry Street und 9th Street.

»Aber was sollen wir jetzt tun?« Ich sah Mrs. Marlowe müde und zugleich streng an. »Was werden Sie beide tun?« Und dann waren wir bei der Frage, die wir uns von Anfang an gestellt hatten: »Warum haben Sie uns hergerufen?«

Emily Marlowe musste nicht lange überlegen. »Wir werden

gar nichts tun«, sagte sie. Sie wich meinem Blick nicht aus, wirkte ein wenig trotzig, als sie mir antwortete. »Wir werden von hier fortgehen, vorerst. An einen anderen Ort, wo niemand zu uns kommt. Das sollten Sie auch tun. Das ist der Rat, den ich Ihnen gebe. Gehen Sie fort von hier. Die Dinge werden sich regeln, das haben sie immer getan.«

»Das kann ich nicht tun«, sagte Scarlet. Sie klang wütend.

»Dann wird Virginia Dare die Wendigo des Kojoten auf Sie hetzen, bis Sie tot sind.« Emily Marlowe schien keine Illusionen diesbezüglich zu haben.

»Vielleicht gibt es einen anderen Weg.«

Emily Marlowe schüttelte energisch den Kopf. »Ihr Vater wird schon wissen, was er tut. Ich vertraue ihm. Wenn er sich auf die Seite des Lichtlords stellt, dann wird dies eine Bewandtnis haben.«

»Aber welche?«

»Das hat er uns nicht gesagt. Er ist manchmal sehr eigen.«

Ich sah Scarlet von der Seite an. »Na, das kenne ich.«

Sie erwiderte den Blick.

»Das ist alles?«, fragte Scarlet. »Deswegen sind wir hierhergekommen?«

»Tun Sie nichts, ich bitte Sie darum.«

»Deswegen haben wir den Abstecher nach Chinadowntown gemacht?« Sie wurde wütend, weil sie irritiert war. »Wir sind hergekommen, nur um gebeten zu werden, nach Hause zu gehen?«

Emily Marlowe antwortete einfach: »Ja.«

Sonst nichts.

Ihr gesundes Auge funkelte Scarlet anklagend an. »Ich kenne Wittgenstein sehr gut, und Sie tun das nicht. Er verfolgt einen Plan. Wenn Sie ihn finden, dann liefern Sie ihn Lord

Somnia aus. Und was Ihre Mutter angeht, Rima ... da ist nichts, was Sie tun können.«

»Es gibt immer noch einen anderen Weg«, grummelte Scarlet beleidigt. Sie wusste nicht einmal, warum sie überhaupt noch hier war.

»Sie haben nicht erlebt, was ich erlebt habe«, sagte Emily Marlowe. »Die Welt ist zu gierig, als dass man sich mit ihr anlegen kann. Ich dachte, dass alles ein gutes Ende haben würde.« Sie sprach nicht weiter, holte tief Luft. »Wir haben unsere Heimat verlassen und werden wohl nie wieder dorthin zurückkehren. Nicht, solange Myriel Manderley Regentin ist. Nicht, solange sie auf das hört, was Lord Somnia ihr zuflüstert.« Sie schwieg, und ihre Hände spielten nervös mit dem Löffel herum, der neben der Teetasse lag. »Lassen Sie die Finger von alledem. Sie können Ihrer Mutter nicht helfen.« Und bevor Scarlet etwas sagen konnte, flüsterte sie mit einer Stimme, die wie verbranntes Laub klang: »Ich weiß sehr wohl, wie es ist, eine Mutter zu verlieren.« Sie schaute auf. »Kehren Sie nach Myrtle's Mill zurück und tun Sie gar nichts. Lassen Sie den Dingen ihren Lauf.«

»Das ist der Rat, den Sie mir geben?«

Die Engländerin nickte.

»Wir sollen uns verstecken?«

»Ja.«

»Einfach gar nichts tun?«

Tristan Marlowe sagte nur: »Glauben Sie uns, es ist das Beste.«

Scarlet erhob sich.

»Sie haben ja recht«, murmelte sie. Das Besteck auf dem Tisch klapperte, als sie gegen die Kante stieß. »Schon richtig, Mrs. Marlowe, ich kenne meinen Vater nicht«, sagte sie laut, fast schrie sie es schon, »aber ich weiß wirklich nicht, wie er es mit Ihnen ausgehalten hat.«

Emily Marlowe sagte tonlos: »Dann fragen Sie eben nicht danach.«

Sonst nichts.

»Wir wollten Sie nur warnen«, schaltete sich ihr Mann ein.

Scarlet schüttelte den Kopf, müde.

Ging zur Tür.

Es war genug.

Sie hatte plötzlich das Gefühl, zum Atmen nach draußen gehen zu müssen.

Buster Mandrake saß noch immer auf ihrer Schulter und schwieg.

»Miss Hawthorne«, rief ihr die junge Engländerin hinterher, doch Scarlet hörte gar nicht mehr hin.

Sie lief kopflos nach draußen in die anbrechende Winternacht, wo dicke Schneeflocken im Licht der Laternen tanzten. Sie lehnte sich gegen eine Laterne und schloss die Augen und atmete die eisig kalte Luft ein.

So gut tat es, hier draußen zu sein, oh, so gut.

Scarlets Kopf war voller Geschichten, voll der gut gemeinten Ratschläge und widersprüchlichen Gefühle. Sie sah Gesichter in den wild tanzenden Schneeflocken und zog sich schnell den Hut an, der ihr wie ein Schutz gegen die Welt vorkam, mit einem Mal. Sie wünschte sich, dass Jake jetzt hier sein könnte, aber er war es nicht.

Sie hob den Blick und betrachtete leise den Himmel über Williamsburg. Und ein Gedanke kam ihr, den sie einfach festhielt, weil er schön war.

»Miss Scarlet?«

Sie drehte sich um.

Tränen rannen ihr übers Gesicht. »Es geht schon wieder«, sagte sie.

Ich trat neben sie. Zupfte ihr den Schal zurecht, schlug ihr den Kragen des Flickenmantels hoch.

Sagte nur: »So!«

Wir standen da, Augenblicke vergingen.

Schließlich fragte Scarlet: »Gehen wir?«

Ich rückte ihr den Hut zurecht. »Haben Sie noch etwas vor, Miss Scarlet?«

Sie wischte sich die letzten Tränen aus dem Gesicht und sagte: »Suchen wir Mortimer Wittgenstein!« Dann überquerte sie die Straße und drehte sich nicht ein einziges Mal um.

Ich folgte ihr, und die Nacht, das wusste ich, gehörte uns und den Dingen, die da harrten, entdeckt zu werden.

KAPITEL 6

DIE GROTTE IN DEN NEVERGLADES

Alles in Ordnung?, fragte Buster Mandrake vorsichtig, als wir schweigsam über die Williamsburg Bridge gingen. Scarlet hatte darauf bestanden, zu Fuß nach *Manna-hata* zurückzugehen.

»Ich konnte sie nicht leiden, das ist alles.« Scarlet war immerhin ehrlich. »Oh, diese Engländer«, fluchte sie laut, auch jetzt noch, nachdem wir seit einer halben Stunde durch den Schnee stapften. Dann erst wurde ihr bewusst, dass sie erst eine Generation davon entfernt war, selbst als Engländerin durchzugehen. Ihre Mutter war Engländerin, ihr Vater war Engländer. Also verbesserte sie sich und änderte ihre innere Einstellung dahingehend, dass sie sich im Klaren darüber war, dass sie jedenfalls Emily Marlowe nicht leiden konnte. »Sie war anmaßend und so *von oben herab*. Meine Güte, ich dachte nicht, dass es solche Menschen außer in den Jane-Austen-Verfilmungen der BBC noch gibt.« Sie seufzte. »Gut, sie kennt meinen Vater. Und was bedeutet das? Gar nichts.«

»Sie hat uns immerhin gewarnt«, gab ich zu bedenken.

Scarlet machte eine wegwerfende Handbewegung. »Sie

führt doch etwas im Schilde.« Überhaupt hatte sie den Eindruck, dass alle etwas im Schilde führten. Keiner schien irgendetwas ohne Plan und Absicht zu machen. »Ich werde meinen Vater finden, denn ich will, dass meine Mutter wieder gesund wird. Ist das denn zu viel verlangt?« Sie trat mit der Stiefelspitze in eine Schneewehe. Herrje, was kümmerten sie Engel und Lucifer und Himmel, die brannten? Sie hatte ihr eigenes kleines Leben geführt, und sie wünschte sich nichts sehnlicher, als dieses winzige, kleine, unbedeutende Leben wieder weiterführen zu können.

Die Silhouette der Stadt, die niemals schlief, glitzerte und glänzte, als seien die Sterne selbst auf all die Wolkenkratzer gefallen und an den Fassaden kleben geblieben. Es sah aus, als sei ganz Gotham mit sternheller Nacht besprenkelt. Die Brooklyn Bridge lag weiter südlich, und Scarlet konnte kaum glauben, dass sie vor noch gar nicht allzu langer Zeit dort oben auf den Pfeilern gestanden hatte. Es tat weh, an Jake Sawyer zu denken. Doch sie hatte noch immer Hoffnung, dass er es geschafft hatte, aus dem Paramount-Theater zu entkommen.

Dann rief sie sich den Schatten des Wendigo ins Gedächtnis zurück, und sie verzagte.

Nein, es gab keine Wunder.

Nicht in diesen Tagen.

Oder hier.

Sie seufzte.

Eine Weile gingen wir schweigend nebeneinander her. Scarlet ließ sich all die Dinge durch den Kopf gehen, die sie eben erfahren hatte. Die Welt konnte so kalt und kompliziert sein, wenn man erst einmal auf all ihre Stimmen lauschte. Oh, wie sehnte sie die Seen herbei, die klaren Wasser oben in den Wäldern bei St. Clouds. Nichts würde ihr diese Welt zurückbringen, so viel war klar. Wie immer das alles hier enden würde, es wäre eine andere Welt, die sie vorfinden würde. Schweigen half ihr da auch nicht weiter.

»Wir haben es also tatsächlich mit Lucifer zu tun«, sagte Scarlet schließlich, als wir fast auf der anderen Flussseite in *Manna-hata* angekommen waren. »Das klingt doch verrückt, oder etwa nicht?« Sie erinnerte sich an den Ort, den sie erblickt hatte, als sich die Tür im Paramount-Theater geöffnet hatte. Jene Tür, durch die der Kojote und Virginia Dare geflüchtet waren. Es waren Kinder dort gewesen, sie hatten Spiegelscherben in den Augen getragen, und die Höhle, in der sie sich aufgehalten hatten, war voller Eis und Schnee gewesen.

»Die Welt«, antwortete ich ihr, »ist ein verrückter Ort. Alles ist möglich.« Ich wickelte mir den Schal noch enger um den Hals, denn auf der Brücke wehte ein schneidender Wind. »Wo wäre Wittgenstein am sichersten?«, fragte ich. »Gehen wir einmal davon aus, dass er ein Mann ist, der ungewöhnlichen Gedankengängen folgt und Dinge tut, die man nicht von ihm erwartet.« Ich machte eine Pause, sah sie an. »Wo wird er jetzt wohl sein? Hm?« Scarlet schwieg. »Er wird verfolgt, weil jemand wissen will, wo sich Lucifer aufhält. Aus einem Grund, den wir noch nicht kennen, weiß Wittgenstein, wo sich Lucifer aufhält.« Ich machte eine lange Pause. »Wo, frage ich Sie, ist der sicherste Ort, an dem er sich in dieser Situation aufhalten kann?«

Scarlet blieb stehen. »Er ist bei Lucifer.«

Buster Mandrake spähte in die Nacht hinein, wachsam wie immer. *Er ist bei Lucifer und Lilith.* Er rümpfte die Schnauze. *Und bei Virginia und dem Kojoten.*

479

»Genau. Denn wenn er dort ist, dann ist er in Sicherheit. Dann wird ihm, so oder so, nichts zustoßen. Findet Lord Somnia den Lichtlord, dann wird er sich wohl kaum mit Wittgenstein beschäftigen. Es ist der sicherste Ort, an dem er sich aufhalten kann.«

»Bleibt aber noch die Frage, *warum* er *überhaupt* bei Lucifer ist«, gab Scarlet zu bedenken.

»Ja, die Frage bleibt uns erhalten, leider.«

Und wo ist Lucifer?, fragte Buster.

»In der Hölle?«, mutmaßte Scarlet.

»Sie sagen es.«

»In diesem Palast, den er sich einst errichtet hat.«

Pandaemonium.

»Und das bedeutet für uns?« Scarlet sah nicht so aus, als wüsste sie keine Antwort auf diese Frage.

Ich zuckte die Achseln. »Wir müssen in die Hölle hinabsteigen.«

»Das ist alles?«

Ich nickte. »Ja.«

»Kein Zweifel?«

»Nein.«

»Und wie, in aller Welt, wollen Sie das anstellen, Mistress Atwood?«

»Genau da«, sagte ich langsam, »liegt das Problem. Ich habe keine Ahnung, wie ich in die Hölle komme.«

Du könntest lügen, schlug Buster vor. *Ja, sei eine Lügnerin.*

»Darin bin ich nicht gut.«

Du kannst es versuchen.

»Ich bin mir nicht sicher, dass das funktioniert.«

»Vielleicht«, dachte Scarlet nach, »gibt es verschiedene Zugänge zur Hölle in der Stadt. Ich meine, wenn die gestohlenen Kinder in die Hölle gebracht wurden, dann muss es mindestens einen Zugang in Gotham geben. Vielleicht gibt es sogar mehrere.« Sie schaute dorthin, wo die Spitze des Empire State Building in die Nacht ragte. »Doch wo könnten die sein?«

»Denken Sie nach«, forderte ich Scarlet auf.

»Welche Orte könnten einen Zugang zur Hölle verbergen?«

Hell's Kitchen, schlug Buster Mandrake vor. *Oder Hell Gate.*

Scarlet musste wider Erwarten grinsen. »Hell Gate, das klingt ziemlich gut.« Sie kicherte in sich hinein, weil sie kaum glaubte, dass es so einfach war. »Das wäre doch endlich einmal eine richtig deutliche Spur, der wir folgen können.«

»Ja«, sagte ich schnell, »das sehe ich genauso. Ich weiß, ich weiß, es hört sich ein wenig überdreht an, aber man weiß ja nie. Hell's Kitchen liegt drüben im italienischen Viertel bei den römischen Ruinen und dem neuen Circus Maximus. Und Hell Gate liegt drüben nahe der Upper East Side.« Es war eine Verengung im Fluss, die so genannt wurde. Am Hell Gate war der East River voller Untiefen und Felsen, die das Manövrieren äußerst schwierig machten. Unzählige Schiffe waren dort schon gesunken. Noch viel eher als in Hell's Kitchen, dessen Name sich nur auf die Lebensbedingungen der italienischen Einwanderer bezog, war beim Hell Gate ein Hauch von Boshaftigkeit zu spüren.

»Wir sollten Christo Shakespeare fragen«, schlug Scarlet vor. »Immerhin sind wir auf dem Weg zu ihm.«

»Gute Idee«, schloss ich mich dem Vorschlag an. Dann beschleunigten wir unsere Schritte, weil die Nacht meistens kürzer war, als man annahm, und auch Scarlet das unbestimmte Gefühl beschlich, dass sich irgendwann wieder Verfolger an unsere Fersen heften würden.

Wir erreichten die Public Library eine Dreiviertelstunde später.

Zu Fuß durch die Stadt zu laufen war nicht die beste Idee gewesen, aber Scarlet hatte darauf bestanden. Sie hatte die frische Luft gebraucht und genossen. Unter gar keinen Umständen war sie dazu zu bewegen gewesen, die Subway zu benutzen.

Im Archiv der Bibliothek angekommen, empfing uns Shakespeare mit der ihm eigenen Herzlichkeit.

»Wo habt ihr nur gesteckt!«, rief er uns schon im Treppenhaus entgegen. Die Bibliothek war verwaist um diese Uhrzeit.

Kurz und bündig berichteten wir ihm, was wir erlebt und wo wir gesteckt hatten.

Geduldig hörte er sich die ganze Geschichte an. Sein ernstes Gesicht wurde noch ernster und die Falten auf seiner Stirn noch tiefer. Er kraulte andauernd seinen dünnen Bart und riss die Augen weit auf, wie es seine Angewohnheit war, wenn er gespannt zuhörte.

»Du hast dir wieder Ärger eingehandelt, Schwester«, sagte er tadelnd, als wir fertig waren, doch die Besorgnis in seiner tiefen Stimme war nicht zu überhören. »Du steckst deine Nase in Dinge, die uns alle Kopf und Kragen kosten können.«

»Ich weiß, ich weiß.«

»Was sollen wir nun tun, Anthea?«, fragte er.

»Wir gehen nach Hell Gate.«

Er starrte mich an, als hätte ich etwas durch und durch Verrücktes gesagt.

»Hell Gate«, brummte er nur.

»Ja.«

»Warum Hell Gate?«

»Es muss dort einen Zugang zur Hölle geben.«

Er rieb sich die Augen. »Du willst wirklich dorthin gehen?«

»Ja.«

»In die Neverglades?«

»Wir werden schon zurechtkommen«, sagte ich.

»Anthea, Schwester«, er sah mich ernst an, »du bist nicht der Typ, der allein in die Neverglades geht. Und Hell Gate, herrje.« Er pfiff durch die Zähne. »Es gibt Geschichten über Hell Gate, und keine davon ist eine schöne Geschichte. Es sind schon viele Menschen dort verschwunden. Nicht mal die Alligatoren jagen in der Nähe der Grotte.«

»Was sind das für Geschichten?«, fragte Scarlet.

»Gruselgeschichten«, antwortete Christo Shakespeare.

Die flackernden Lichter zauberten wie zuvor Schatten in sein Gesicht.

»Was soll's«, murmelte ich, »wir befinden uns schließlich mitten in einer Gruselgeschichte.«

»Hm«, machte er nur und sah grimmig aus.

»Wir haben die Brooklyn Bridge überlebt«, gab Scarlet zu bedenken.

Und das Paramount-Theater.

»Und Chinadowntown.«

Wir schaffen das. Der Streifenschwanzmungo setzte sich auf die Hinterbeine und warf sich in die Brust.

Christo Shakespeare konnte sich ein Lächeln nicht verkneifen. »Ja, das habt ihr wohl.«

Draußen wehte noch immer ein eisiger Winterwind um das Gebäude. Scarlet war froh, einen Augenblick ausruhen zu können. Sie vermisste es sehr, irgendwo daheim zu sein.

»Hell Gate«, flüsterte Shakespeare. »Ist kein guter Ort. Und ich meine jetzt nicht die Untiefen im East River.« Er ließ sich am Tisch bei uns nieder, schlürfte seinen Kaffee, und seine dunklen Augen fixierten einen unsichtbaren Punkt in der schattenhaften Tiefe der Regalreihen, die sich hinter uns auftaten. »Schon immer sind dort Menschen verschwunden. Und Tiere.« Sein Gesicht wurde finster. »Hell Gate trägt seinen Namen zu Recht, wenn ihr mich fragt. Es ist eine Grotte, die man nur bei Ebbe betreten kann. Niedrigwasser ist der Schlüssel, könnte man sagen. Es gibt Legenden über Helden, die sich dort hineingewagt haben sollen. Aber keinen von ihnen hat man je wiedergesehen. Sogar die Tiere meiden diesen Ort. Es gibt dort keine Moskitos, keine Alligatoren, keine Mokassinschlangen. Nicht mal die Buthas und die Liches wagen sich dorthin. Es ist ein böser Ort, das sagen alle. Das habe ich schon gehört, als ich noch ein Kind war.«

»Sie sind dort aufgewachsen?«, fragte Scarlet.

»Ja, das bin ich.« Er lehnte sich zurück und sagte stolz: »Ich gehörte einer elfischen Familie an, die in den Weiten der Sahara gelebt hatte, vor Jahrhunderten. Doch dann kamen fremde Schiffe an die Küste und nahmen die Menschen aus der Wüstenstadt einfach mit. Sie legten sie in Ketten und brachten sie an andere Orte, überall auf der Welt, wo sie zu Dienern ohne Gesichtern wurden.« Er rollte mit den Augen. »Meine Familie kam im achtzehnten Jahrhundert nach Amerika, Miss Scarlet. Sie brachten uns als Sklaven in den Süden.« Die Erinnerung schmerzte ihn sehr, und hinter seinem gefassten Äußeren taten sich noch immer Abgründe auf, die selbst die Zeit nicht zu schließen vermochte. »Ich war der Einzige, der überlebte.« Er schluckte schwer. »Mein Vater bekam nach einem Fluchtversuch den linken Fuß abgeschlagen. Er starb an Wundbrand. Meine Mutter, die in den hellen, weiten Sandländern eine Königin von Anmut und Größe gewesen war, wurde an eine Plantage in Atlanta verkauft. An eine grässliche Familie namens Wilkes. Sie starb, als eine der Hütten brannte, in denen die Sklaven lebten. Ich hörte nur davon, als die feinen Herren darüber redeten.« Seine langen Finger umspielten die Tasse, damit sie nicht ruhig bleiben mussten. »Ich selbst floh aus der Mühle, in der ich arbeiten musste. Ich floh in die Sümpfe.« Er sah Scarlet tief in die Augen. »Ich war noch ein Kind, als ich fortlief. In den Sümpfen traf ich die Cajuns, die dort lebten. Sie nahmen mich auf, und ich war einer von ihnen.« Er stand auf und begann im Raum herumzulaufen. »Es lebten viele Sklaven bei den Cajuns.« Er sortierte Bücher aus Kisten in die Regale ein. »Dann begann der große Krieg, und die Everglades veränderten sich immer mehr.« Er hielt ein altes Buch mit braunem Umschlag in den Händen, betrachtete es. »Zu unruhig waren die Zeiten geworden, und so wanderten die Sümpfe nordwärts, in die freien Staaten.« Er stellte das braune Buch behutsam zu den anderen ins Regal. »Nach zwei Jahren der Wanderschaft erreichten sie die uralte Metropole von New York, und hier ließen sie sich nieder. Drüben am East River, in den Gewölben, die groß sind wie ein ganzes Leben. Sie wurden zu den Neverglades, und es gibt sie noch immer.« Er machte eine Pause, kurz nur, ehe er fortfuhr. »In den Neverglades gibt es eine uralte Grotte, die seit alten Zeiten Hell Gate genannt wird. Man sagt, sie sei schon immer dort gewesen. Sie ist nicht aus dem Süden gekommen. Sie ist wie ein Geschwür, das immer schon dort, an genau dieser Stelle wuchert.«

»Was passiert dort?«

»Es soll Wesen geben, wird gemunkelt, Kreaturen mit vielen Beinen und durchsichtigen Flügeln.« Er bemerkte unsere Blicke und betonte: »Etwas, was nicht von dieser Erde ist. Etwas, so sagt man, was aus der Hölle kommt.« Er zog ein Buch aus dem Regal hinter sich und klappte es auf. »Sie sind so schrecklich, dass nicht einmal die Cajuns einen Namen für sie haben.« Er klappte das Buch zu, ohne zu sagen, was er darin gesucht hatte, stellte es zurück ins Regal und sah uns an. »Sogar die rastlosen Baba-Yaga in ihren Hühnerhäusern machen einen weiten Bogen um diesen Ort, wenn sie einmal im Jahr in die Neverglades kommen.«

Das hört sich doch sehr nach Hölle an, meinte Buster Mandrake.

»Diese Wesen, wer immer sie sind und wo auch immer sie herkommen, schleichen durch die Nacht, manchmal. Sie greifen sich dann unvorsichtige Cajuns, Tiere, wen auch immer. Sie hinterlassen keine Spuren, gar nichts. Sie hausen tief in der Grotte, und keiner, nicht einmal ein Sumpfstreicher, wagt, dort hineinzugehen.« Ihm war ganz offensichtlich nicht wohl bei dem Gedanken, uns dorthin gehen zu lassen. »Die Cajuns sagen, es sei das Tor zur Hölle. Die Priesterinnen sagen, es sei der Ort, an dem Wodu keine Macht mehr besitze. Niemand geht dorthin.«

»Wir schon«, sagte Scarlet entschlossen.

Ich nickte nur.

Ich bin dabei, sagte Buster.

Christo Shakespeare sah Scarlet fest in die Augen. »Sie wissen nicht, was Sie da tun.«

»Stimmt.«

»Und doch wollen Sie es wagen?«

»Würden Sie es nicht tun, an meiner Stelle?«

Er überlegte, dann nickte er. »Kann sein.« Er ging zum

Fenster, schaute nach draußen. »Ihr könnt nicht allein an diesen Ort gehen.« Er sagte es, als wäre es in Stein gemeißelt. »Ich werde Sie begleiten, Miss Scarlet. Und dich, weise Schwester. Nicht zu vergessen den wuselnden, wendigen Mandrake hier.« Er sah uns einen nach dem anderen an. »Auf nach Hell Gate!«

Wir nahmen die Subway bis zur 86th Street, von dort aus gingen wir zu Fuß weiter, bis wir schon von Weitem das elegante Landhaus erblickten, das vor den Weiten des grauen East River dastand wie ein Relikt aus den Zeiten, als Lincoln noch nicht nach Süden geschaut hatte. Es war ein typischer Bau im Federal-Style, wie man ihn sonst überall in Louisiana oder Mississippi fand. Dahinter erstreckte sich der East River bis nach Williamsburg.

Ein Park säumte das Ufer und lud im Sommer zum Verweilen ein, jetzt nicht.

Scarlet blieb dennoch am Ufer stehen und betrachtete die Eisschollen, die wie schwere dunkle Träume auf den Wassern trieben. Manchmal sah man den Rücken eines riesigen Long Island Wals, wie er sich in Richtung der offenen See bewegte, manchmal konnte man die flache Schwanzflosse einer Nixe erkennen, die mit ihrem Schwarm zur Bronx schwamm, wo sich die Jagdgründe der Fliegenfische befanden.

Die Schiffe der Boat People schaukelten sanft auf den Wellen, während in den Kabinen warme Lichter brannten. Im Frühling würden sie weiterziehen, den Eerie Canal hinauf und weiter bis zu den großen Seen. Sie waren die Zigeuner der Flüsse, ein wanderndes Volk, das allerlei magische Dinge mit nach New York brachte, wenn es im Herbst von seinen Fahrten zurückkehrte.

Scarlet fühlte sich an den Battery Park erinnert.
An den Moment, in dem alles begonnen hatte.
Sie ließ die Brise ihr Gesicht streifen und fragte sich, wann und ob sie wieder nach Hause zurückkehren würde.
»Dort drüben befindet sich der Zugang zu den Neverglades«, sagte Christo Shakespeare und deutete auf das verfallene Anwesen. »Gracie Mansion«, nannte er den Namen des Landhauses. Die hellen Bretter waren schmutzig, und nasse Blätter lagen in Häufchen in den Ecken der Veranda herum, teilweise nackt, manchmal vom Schnee bedeckt. Überall war Schmutz und Abfall. Viele der Fensterscheiben waren zerbrochen.

Das einstmals elegante Landhaus war nun ein Ort, der den Winden und dem Wetter gehörte. Nachdem Master La Guardia, der frühere Bürgermeister der Stadt, dort gewohnt hatte, war es verwaist, und niemand war mehr dorthin gezogen. Man munkelte, dass es dort spukte. Dass die Geister aus den gierigen Sümpfen der Tiefe dort umgingen. Manch einer behauptete sogar, man habe dort riesige Alligatoren oder andere Tiere hinter den Fenstern gesehen. Es seien seltsame Laute von dort drinnen gekommen.

Sogar die Ratten meiden das Haus, bemerkte Buster.

Christo Shakespeare mied es nicht. Er schien sich hier bestens auszukennen.

Er öffnete die Tür.

Mühelos glitt sie auf.

»Endlich eine Tür, die sich öffnet«, sagte Scarlet.

Wir betraten das Haus vorsichtig.

Christo Shakespeare ging voran.

»Früher einmal«, flüsterte er, »während des großen Bürgerkriegs, da wurde das Landhaus sogar als Hospital genutzt.«

Soldaten waren hier untergebracht, ebenso einstmalige Sklaven, die in den Norden gekommen waren. Manche behaupteten, dass die Wodu-Priester Abraham Lincolns sogar versucht hätten, die ansteckenden Flüche der Ku-Klux-Kinderkrieger zu brechen. Zahlreiche Menschen starben hier unter grässlichen Umständen, viele konnten aber auch gerettet werden.

»Es ist ein Ort«, sagte Shakespeare, »an dem die Erinnerungen noch immer lebendig sind.«

Scarlet schaute sich ehrfürchtig um.

Drinnen im Haus war nichts verändert worden.

Alles sah noch genauso aus, als habe jemand über Nacht die Räumlichkeiten verlassen und sein Hab und Gut einfach stehen lassen. Seltsam wirkte allenfalls, dass es keine Plünderungen gegeben hatte. In all den Jahren war niemand hier eingedrungen und hatte sich an dem Porzellan und den Möbeln und den Bildern bedient. Es war einfach alles noch da.

Scarlet lauschte.

Nichts.

Aus der Ferne das Geräusch der Wellen, die gegen den Pier schlugen, der Verkehr auf der Williamsburg Bridge, sonst nichts.

Stille.

Nur unsere Schritte.

Atem.

»Dort entlang«, wies uns Christo Shakespeare den Weg. Er durchquerte den Salon, an dessen Wänden Bilder von Abraham Lincoln, Martin Luther King und James Baldwin hingen, und ging auf die Tür zu, die in den Keller hinabzuführen schien.

Er öffnete sie.
Lugte in die Dunkelheit.
Lauschte.
Nichts.
Er betätigte den Lichtschalter, und die Lichter gingen tatsächlich an.
»Es gibt hier noch Strom?«, fragte Scarlet verwundert.
»O ja«, war alles, was Shakespeare antwortete.
Dann ging er voran, Stufe um Stufe. Langsam, vorsichtig.
Wir stiegen ein Treppenhaus hinab. Immer und immer noch tiefer führten die schmalen Treppen nach unten. Die kühle Luft roch modrig und leicht metallisch. Dann kamen wir endlich unten an.
Die niedrigen Kellerräume waren weitgehend leer.
An den einstmals weißen Wänden und Decken liefen dünne Wasserrohre und Dampfleitungen entlang. Hier und da sah man Gegenstände, die alt und rostig und vermodert waren. Eine Tragbahre, altertümliche Lampen, in denen nur schwach orangefarbene Lichter glommen, Medikamentenverpackungen, die achtlos und aufgeweicht überall auf dem Boden lagen, vergilbte Zeitungen mit den Schlagzeilen der späten Vierzigerjahre, die jemand dort zurückgelassen hatte. Der Schimmel an den hohen Wänden ließ die Gänge aussehen, als litten sie an einer seltenen Hautkrankheit.
Am Ende eines Ganges stießen wir auf eine Doppeltür mit der Aufschrift *Zum Leichenhaus*. Wir traten kurz ein und sahen ein Skelett, bedeckt noch mit alten Lumpen, die einmal modern gewesen waren. Scarlet trat an den Tisch heran, auf dem das Skelett lag. Ein Zettel war daran befestigt, am Zeh: *John Doe*. Scarlet wusste, dass man den Namen in Krankenhäusern verwendete, um die unbekannten Toten zu markie-

ren. Diejenigen, die weder Angehörige noch einen Namen hatten, waren alle *John Doe.*

»Hier wurden die Ku-Klux-Kranken behandelt«, sagte Christo Shakespeare.

Scarlet fragte nicht nach, was genau er meinte. Es hörte sich schlimm an. Die Einrichtung mit ihren Gurten aus Gummi und eisernen Schnallen und Fesseln und kalten Gitterbetten erzählte zudem ihre eigene Geschichte.

»Kommen Sie«, forderte ich Scarlet auf.

Das ist kein guter Ort, meinte Buster und drückte sich eng an Scarlets Hals.

»Er ist ein Mandrake«, sagte Christo Shakespeare nur. »Ein Mischling.«

»Und?«

»Rassismus ist ihm nicht fremd.«

Buster duckte sich ein wenig, wich ihrem Blick aus, als sie ihn ansah. Scarlet berührte seinen Kopf und kraulte ihn zwischen den Ohren. *Es ist alles vorbei*, sagte er. *Alles Vergangenheit.*

Dann gingen wir wieder hinaus und folgten den tropfenden Dampfleitungen in die andere Richtung.

Unsere Schritte hallten wie Leuchtsignale durch die Stille der unterirdischen Welt.

Wir kamen an einer Wäscherei vorbei, an einem Gewächshaus voll verdorrter Pflanzen, an einer Puppe, der das Gesicht fehlte, und einem Bücherregal, in dessen Fächern sich raupenartige Zweibeiner verpuppt hatten. Sie bewegten sich nicht, klebten ruhig an dem morschen Holz.

»Was ist das?«, fragte Scarlet, die ihren Ekel kaum unterdrücken konnte.

»Das sind Raupenfrauen«, sagte Christo. »Normalerweise

verpuppen sie sich in Kaufhäusern und werden zu Nachtfaltern, wenn der Tag vorbei ist.« Er näherte sich ihnen vorsichtig. »Diese hier werden frühestens in ein paar Tagen schlüpfen. Dann sind wir längst fort.«

Scarlet nickte nur.

Und ging schnellen Schrittes weiter.

Sie wollte gar nicht wissen, was genau diese Raupenfrauen taten, wenn sie zu Nachtfaltern geworden waren.

Sie lauschte lieber in die Stille.

Achtete darauf, wohin sie trat.

Hier und da lagen dicke Stücke brüchigen Putzes auf dem Boden, an manchen Stellen schauten dunkle Pferdehaare aus den Decken heraus. Rohre ragten wie Speere aus den Wänden, und dann wurde es wärmer. Der Tunnel fiel weiter ab.

Die Treppen verschwanden, und die Gegend ähnelte immer mehr den alten Tunneln, die hinunter nach Strawberry Fields führten. Immer weiter in die Tiefe führte das Labyrinth aus Gängen, Kreuzungen und Gabelungen.

Schließlich sahen wir lianenartige Gewächse aus den Wänden wuchern. Die Luft war jetzt schwülwarm, tropisch. Es gab dicke Wurzeln von Sumpfzypressen, die aus dem Betonboden herauswuchsen. Schiefe Fackeln steckten in rostigen Haltern, die aus den Wänden ragten, und leuchteten uns den Weg. Ein Wind, der nach abgestandenem Sommer und nach Zoo roch, schlug uns in die Gesichter.

Als Scarlet um die nächste Ecke ging, stand der Alligator direkt vor ihr.

Er war riesengroß, schuppig, mit einer knotigen Haut, die schon Jahrhunderte erblickt haben mochte.

Er starrte sie aus kleinen Äuglein an und schnaufte. Dann öffnete er leicht das Maul und entblößte große Zähne.

»Oh«, machte Scarlet.

Und der Alligator sagte: *Ich grüße Sie!*

Christo Shakespeare trat schnell an ihr vorbei.

Er lächelte breit.

Der Alligator kam ein Stück auf ihn zu und senkte leicht den Kopf, so dass Christo Shakespeare ihn an der langen, gedrungenen Schnauze streicheln konnte. »Du hast dich nicht verändert«, sagte er zu dem Alligator. »Noch immer der alte Haudegen.«

Der Alligator schnaufte. *Was führt dich her?* Er drehte den Kopf und starrte Scarlet an. *Ist sie für mich bestimmt?* Dann begutachtete er mich: *Oder die ältere Dame?*

Beleidigt funkelte ich ihn an.

Ältere Dame?

Pah!

»Nein, sie gehören zu mir«, sagte Christo Shakespeare nur.

Dann heiße ich auch Sie willkommen, sagte der Alligator.

Scarlet wusste nicht genau, was sie tun sollte.

»Das ist Ticktock«, sagte Shakespeare. »Wir kennen uns schon lange.«

Und noch bevor Scarlet nachfragen konnte, wie ein Alligator zu einem solch klingenden Namen kam, tickte etwas in ihm. *Da, sehen Sie?* Er lächelte, wie ein Alligator eben zu lächeln vermag. *Ich habe sie verschluckt, mitsamt einer Hand. Das war alles.*

»Wir sind auf dem Weg nach Hell Gate«, sagte Christo.

Seid ihr euch sicher, dass ihr diesen Weg gehen wollt?

»Ja, es gibt keinen anderen Weg.« Christo Shakespeare erkundigte sich nach den verschwundenen Kindern. Die Irrlichter hatten erzählt, dass manchmal Kinder durch die Sümpfe gekommen seien. »Wann war das?«

Es kommt immer wieder mal vor.
»Wurden sie nach Hell Gate gebracht?«
Das weiß ich nicht. Er zögerte. Kann schon sein.
»Wir müssen zum Hell Gate.«
Ich kann euch hinbringen. Aber es durchschreiten, das müsst ihr allein. Und es ist keine gute Idee, dorthin zu gehen.
»Dachte ich mir.«

Der Alligator namens Ticktock wendete in dem engen Gang, was bei seiner Größe gar nicht so einfach war, und ging dann voran. Sein mächtiger zackiger Schwanz schwebte über dem Boden, und Scarlet dachte sich nur, dass er eine gute Waffe abgeben würde, und sie war froh, dass der Alligator nicht ihr Feind war.

Nach einer Weile wurde der Tunnel noch abschüssiger, und dann öffnete er sich und mündete in ein Sumpfgebiet, das in einer Höhle lag, deren Ausmaße so riesig waren, dass man die Decke nur erahnen konnte. Irgendwo über uns floss der East River entlang. Wie ein feiner Regen, so tropfte es ständig von der unsichtbaren Decke über uns nach unten.

Es war warm.

Scarlet knöpfte ihren Flickenmantel auf.

Die brackigen trüben Wasser, in denen wie Holzstämme weitere Alligatoren schwammen, waren ein feuchtwarmes Heim für wuselnde Hummer, große Welse, Fächerfische und außerordentlich große gescheckte Schnappschildkröten. Überall ragten wilde und seltsam geformte Pflanzen aus den Fluten heraus. Sumpfkiefern, Magnolienbäume, Rote Mangroven und Sumpfzypressen, auf deren Wurzeln dichtes Spanisches Moor wuchs und sich bewegte, sobald sich ein Insekt auf ihm niederließ.

Die Häuser der Cajuns hingen oben im Geäst der Bäume.

Gesichter, die alt und schmutzig aussahen, starrten aus den kleinen Fensteröffnungen nach unten. Die Menschen trugen Strohhüte, zerfranst und alt. Sie rauchten Pfeifen und kauten Tabak und nagten an Gräsern, die ihnen aus den Mundwinkeln ragten. Die Häuser waren aus Binsen und Ästen und Brettern gezimmert, die einmal Treibgut in den Kanälen gewesen waren. Hunde bellten hoch oben in den Baumkronen. Die Häuser waren durch Stege miteinander verbunden.

»Hier bin ich aufgewachsen«, sagte Christo Shakespeare, und jeder Ton seiner Stimme verriet, dass er stolz auf seine Herkunft war.

Scarlet sah sich um.

Es war faszinierend.

Von hier aus schwammen die Alligatoren in die Kanalisation, wo sie auf die Jagd gingen. Zu erbeuten gab es da draußen immer etwas. Es gab unvorsichtige Tunnelstreicher, arglose Kanalarbeiter, Jugendliche, die nach unten kamen, um eine außergewöhnliche Party zu feiern. Menschen, die verschwanden, endeten oft hier unten. Und einige von ihnen endeten im Magen eines Alligators.

Ticktock, der ein freundlicher Alligator war, ging voran und führte uns zu einem kleinen Boot. Es war an einem Pflock festgemacht und schien intakt zu sein.

Wir bestiegen das Boot.

Christo Shakespeare bewegte sich, als sei er nie fort gewesen. Er setzte sich nach hinten, zog an der Anlasserschnur, und der Außenbordmotor knatterte laut auf, und es stank nach Benzin.

»Hier hat meine Familie gelebt«, sagte Christo Shakespeare. »Meine Cajuns-Familie.«

Während wir durch die Bayous fuhren, erzählte er uns von

der Zeit hier unten in den Neverglades. Von einem Leben fernab der Welt, in der es Rassenunruhen gab. Hier herrschten eigene Gesetze, hier gab es Ehre und Stolz, hier gab es alles, was ein Leben ausmachte. Shakespeare gelangte heimlich in die Bibliotheken der Stadt, er stahl sich des Nachts in die Columbia University, da es Schwarzen noch viel zu lange versagt war, an den Universitäten zu studieren.

»Dort lernten wir uns kennen«, ergänzte ich seine Erzählung an der richtigen Stelle. »Ich war über einem Buch eingeschlafen, sie hatten den Lesesaal einfach verriegelt, ohne mich zu bemerken. In der Nacht stöberte Shakespeare mit einer Kerze heimlich in den Beständen.«

»Nun ja«, gab er zu, »seitdem ist sie meine Schwester.« Er grinste.

Das Boot schaukelte.

Er umschiffte einen Baumstamm, der krumm wie der abgerissene Arm eines Ertrinkenden aus dem Wasser ragte.

Dann erreichten wir Hell Gate.

Die Grotte war jetzt, bei Ebbe, zugänglich. Wie ein gähnender Rachen lag sie da, weit aufgerissen für all jene, die den Mut hatten oder dumm genug waren, an dieser Stelle anzuhalten.

Ticktock schwamm langsam darauf zu, und seine Augen, die das Einzige von ihm waren, was aus dem Wasser herausschaute, blinzelten respektvoll.

»Man sagt, dass die Höhle kein Ende hat«, sagte Christo. »Die Kinder hatten alle Angst davor. Jeder hatte das. Niemand geht hierher, nicht einmal die Cajuns.«

»Das ist also Hell Gate«, murmelte Scarlet. Sie wusste nicht, ob dies wirklich der Eingang zur Hölle war. Aber die Grotte sah zumindest so aus, als könnte sie es sein.

Ich sagte: »Namen haben immer eine Bedeutung.«

Und Buster fiepte: *Mir ist nicht wohl zumute.* Seine Nackenhaare stellten sich auf. Das taten sie nur selten.

Scarlet dachte an den Toten in dem Keller. *John Doe.* Seinen Namen hatte niemand mehr gewusst, als er gestorben war, sonst hätte sein Name auf dem Zettel an seinem Zeh gestanden.

Sie fröstelte, obwohl es schwülwarm war.

Christo steuerte das Boot nah an den Felsen heran. Scarlet sprang ans Ufer und band die Leine an einer Mangrovenwurzel fest.

Sumpfpflanzen wucherten am Eingang zur Grotte. Sie beiseitezuräumen stellte kein Problem dar. Scarlet blieb stehen und spähte in das dunkle Loch.

Pechschwarz war es in der Grotte.

Christo Shakespeare hielt eine Fackel hinein, doch es sah fast so aus, als fräße die Schwärze das Licht auf. Außer neuen Schatten wurde dort drinnen nichts Neues geboren.

Ein kalter Hauch wehte aus der Grotte.

Scarlet bemerkte, dass sich keine Tiere in der Nähe aufhielten. Es gab keine Spinnen oder Ameisen, weder Moskitos noch Schlangen. Selbst die Pflanzen, die hier wuchsen, reckten ihre Blätter von der Grotte fort, dem Licht entgegen.

»Gehen wir hinein?«, fragte Scarlet. Warum warten?

»Sie ist waghalsig«, stellte Shakespeare fest.

Habt acht!, zischte Ticktock. In gebührendem Abstand trieb der Alligator im Wasser.

Vorsichtig trat Scarlet in die Grotte hinein. Sie zog den Kopf ein.

Es roch nach Moder und Nässe.

Shakespeare hielt die Fackel aus dem Boot vor sich. In der

Grotte war eine Treppe, die in die Tiefe führte. Ihre Stufen glänzten vor Nässe, und in den Pfützen, die dort schimmerten, tummelten sich winzige Lebewesen, die wie nichts aussahen, was Scarlet je erblickt hatte. Sie waren durchsichtig, insektenhaft, und sie mieden das Licht.

Das ist also der Weg, den wir gehen werden, sagte Buster Mandrake. Er nahm Witterung auf und fragte dann: *Wer bewacht eigentlich das Boot?*

Alle warfen ihm einen nervösen Blick zu.

Schon gut, ich bin still.

»Da drüben!«

Scarlet war diejenige, die es aufhob.

»Was ist das?«

Sie hielt es ins Licht. »Ein Kinderschuh.«

Wir blickten angestrengt ins Dunkel.

Irgendwo in der Finsternis war ein Schnalzen zu hören. Es näherte sich, wurde lauter. Es klang wie Stöcke, die auf Stein schlugen.

Wir hielten inne.

Lauschten.

Etwas war in der Dunkelheit. Etwas, was ebenfalls innehielt. Und ebenfalls lauschte.

Dann war es vorbei.

Schnelle Schritte näherten sich uns.

»Was ist das?« Scarlets Stimme klang beunruhigt. Sie trat einen Schritt nach hinten.

Ein zirpender Schrei ertönte.

»Was, in aller Welt, macht solche Geräusche?« Christo Shakespeare hielt die Fackel höher, ohne Erfolg. Sie machte nur die ersten Stufen sichtbar, doch alles, was dahinterlag, blieb ein Geheimnis.

Der zirpende Schrei war noch nicht verklungen, da folgte ein zweiter Schrei.

»Was immer da kommt«, gab ich zu bedenken, »es sind zwei.«

Scarlet berührte die rechte Pfote des Streifenschwanzmungos.

Wir sollten hier abhauen, sagte Buster.

»Okay«, sagte ich.

Dann sahen wir es.

Es war eine riesige insektenhafte Kreatur, die sich uns wie ein Schattenriss näherte. Sie lief auf vielen Beinen. Ihre Kieferzangen bewegten sich tastend, die großen Insektenflügel waren an den dürren Körper angelegt. Die Kreatur kam schnell näher. Sie lief am Boden, an den Wänden, an der Decke. Sie stieß schnarrende, zirpende Geräusche aus, klickende, klackende Laute, die nichts Gutes verhießen.

Hinter ihr ertönten weitere Geräusche. Noch mehr Beine.

Scarlet musste an einen Ameisenhaufen denken. Daran, was wohl geschehen würde, wenn sich ein Mensch, der ganz winzig wäre, in einen Ameisenhaufen hineinwagte. Sie fühlte sich, als wäre dies jetzt der Fall. Ja, sie war jetzt diejenige, die dumm genug gewesen war, in den Ameisenhaufen hineinzusteigen.

»Miss Scarlet!«

Christo Shakespeare zupfte sie am Ärmel. »Zurück!«, schrie er.

Wir liefen.

Rannten.

Wenn dies wirklich der Eingang zur Hölle war, dann legte jemand großen Wert darauf, dass niemand hindurchschlüpfte, der unerwünscht war.

Wir stolperten nach draußen, sprangen ins Boot.

Shakespeare warf den Motor an, und Ticktock und seine Artgenossen, die während unseres kurzen Aufenthalts in der Grotte hinzugekommen waren, entfernten sich geschwind von der Grotte, da auch sie die lauten Geräusche der Insektendinger hörten.

Dann waren sie da.

Es waren viele.

Sie verließen die Grotte nicht, blieben im Dunkel. Alles, was wir sahen, waren dürre Insektenbeine, mit Stacheln bewehrt. Sie zuckten nach draußen. Da waren Flügel, die surrten, und Facettenaugen, die böse stierten. Aber keine der Kreaturen verfolgte uns in die Sümpfe. Sie blieben in der Grotte. Sie waren nicht auf Beute aus.

Doch der Durchgang, das war nun klar, blieb uns verwehrt.

Nie und nimmer würden wir an diesen Dingern vorbeikommen.

Unmöglich!

Absolut unmöglich.

Während Scarlet, Buster und ich zur Grotte starrten, wo die Insektenbeine nun in der Finsternis verschwanden, steuerte Christo Shakespeare das Boot zurück zu dem Platz, an dem wir es bestiegen hatten.

»Was jetzt?«, fragte ich.

Scarlet lehnte sich im Boot zurück und schloss die Augen. Es musste noch einen anderen Weg geben, der in die Hölle hinunterführte. »Ich weiß es nicht«, murmelte sie.

Buster saß auf ihrem Schoß und beobachtete Ticktock. Der Alligator geleitete uns.

Ich habe es euch ja gesagt, waren seine Abschiedsworte. *Nie-*

mand geht in die Grotte hinein und kommt glücklich wieder heraus. Hell Gate ist ein Ort, den man meiden sollte. Immer.

Scarlet dachte an den Kinderschuh. Sie hatte ihn vor Schreck fallen lassen, als die Kreatur auf sie zugestürmt war. Er lag jetzt noch immer in der Finsternis, und niemand würde ihn aufheben. Er war hellblau gewesen.

Sie warf einen letzten Blick zurück.

Die Neverglades lagen friedlich da. Hell Gate war am anderen Ende des Sumpfs.

Scarlet dachte an das Kind.

An Jake.

Keanu.

Dann verließen wir die Bayous.

Wir gingen den langen Weg, den wir gekommen waren, zurück. Schweigend, nachdenklich, weiter und weiter. Erschöpft stapften wir die Tunnel entlang, stiegen Treppen hinauf, sahen Rohre, die schon eben unseren Weg gekreuzt hatten. Es war ein langer Aufstieg aus der uralten Metropole hinauf zur Upper East Side, zu lang, zu still.

Als wir an dem Gang zu der Leichenhalle vorbeikamen, blieb Scarlet stehen.

»Alles in Ordnung mit Ihnen?«, fragte ich.

Sie schüttelte den Kopf. »John Doe«, murmelte sie. Nur diesen Namen. Dann sah sie mich an. »Die *Theorie der vielen Johns.*« Sie machte keinerlei Anstalten, bis zu der Tür oder gar durch sie hindurchzugehen. Nein, sie musste das Skelett nicht noch einmal sehen. »John Doe.« Konnte es ein Hinweis sein? Oder war es Zufall, dass sie gerade jetzt daran denken musste?

»Sie glauben, dass uns John Doe dort drinnen einen Weg in die Hölle weist?«

Scarlet zog ein Gesicht. »Nein, natürlich nicht.« Sie ging auf und ab, überlegte. »Nicht John Doe, nicht das Skelett.« Sie sah mich an, und ihr Blick sah so unternehmungslustig aus wie vorhin. »Nicht John Doe«, wiederholte sie, »aber ein John.«

Christo Shakespeare starrte sie an. »Ein John?«

»Ja.«

»Welcher John?«

»Irgendein John.«

»Das müssen Sie mir erklären.«

»Nun ja, der Name John war immer schon eine Art Synonym für Lucifer. Ein Name, den er gern benutzt hat. Vielleicht gibt es einen Ort, der mit dem Namen John in Verbindung gebracht werden kann. Vielleicht ist dort ein Tor zur Hölle.«

Noch ein Tor?, fragte Buster.

»Ich bin sicher, dass es mehr als eine Pforte gibt.«

Der Streifenschwanzmungo überlegte nicht lange. *John's Pizzeria*, sagte Buster. *Dort gibt es definitiv die beste Pizza in ganz Manna-hata. Sogar Woody Allen isst regelmäßig dort.*

Wir alle sahen ihn entnervt an.

»Nein, *John's Pizzeria* ist bestimmt kein Zugang zur Hölle.«

Am Ende war es Christo Shakespeare, der sich mit der flachen Hand gegen die Stirn schlug. »Warum sind wir nicht schon früher darauf gekommen?«, fragte er sich selbst.

Alle starrten ihn an.

»John«, sagte er.

Wir nickten.

»St. John.«

Erneutes Nicken.

»Die Kathedrale.«

Ich klatschte in die Hände. »Bravo, das könnte es sein.« Scarlet wirkte zufrieden.

Die Cathedral of St. John the Divine, fiepte Buster. *Drüben in Morningside Heights.*

Dieses Ziel vor Augen, verließen wir Gracie Mansion mit neuer Zuversicht in den Herzen. Und während wir zur nächsten Subway hetzten, zogen dichte Wolken über *Manna-hata* auf. Wildes Schneegestöber setzte ein, und irgendwo über den mit Sternen gesprenkelten Dächern von Gotham glaubten wir, das ferne Heulen der Wendigo zu hören.

Kapitel 7

Follow the yellow brick road

Manchmal zeigt einem das Leben seltsame Pfade auf. Man weiß nicht, wo sie hinführen. Man betrachtet einfach nur das Laub auf dem erdigen Waldboden und entscheidet sich dann für den Weg, der unbetreten aussieht.

Doch Scarlet lief nicht durch den Wald, und was sie sah, das war nur Schnee, so rein und weiß wie die Unschuld der Kinder, die abhandengekommen waren. Sie betrauerte ihren Freund, und sie vermisste Jake Sawyer. Sie fühlte sich innerlich so leer wie nie zuvor, und doch war sie ganz aufgeregt, weil sie einem Ziel entgegenlief. Was immer auch vor ihr lag, irgendetwas würde passieren. Etwas, was eine Entscheidung mit sich bringen würde. Oh, wie sie es hasste, zu warten.

Still zu sitzen war noch nie ihre bevorzugte Tätigkeit gewesen. Schon als Mädchen war sie immer nur gesprungen und gelaufen.

In der Subway indes war sie wieder ganz still gewesen.

Andauernd hatte sie Buster Mandrakes Fell gekrault.

Ihm hatte es gefallen, immerhin, und ihre unruhigen Hände hatten eine Aufgabe gehabt.

Dann waren wir in der 116th Street angekommen, und ihre Lebensgeister waren aufs Neue erwacht. Sie sah müde und blass aus, aber wer von uns tat das nicht.

Zu viel war während der vergangenen Tage geschehen.

Fast kam es mir so vor, als hätte ich Scarlet Hawthorne schon vor einer Ewigkeit an der Ecke Waverly Place und Waverly Place getroffen.

Jetzt liefen wir über die Morningside Avenue, hinein in den Park, der spärlich beleuchtet war. Die kahlen Bäume bewegten sich knorrig im Wind, die Bänke, auf denen in den Sommertagen meistens jemand saß, waren verwaist, sah man von den Häufchen frischen Schnees ab, die auf ihnen ruhten. Seit einigen Stunden war niemand mehr hier entlanggegangen. Die Schneedecke war unbefleckt. Nur bei den Bäumen sah man kleine Spuren, die von aufgewachten Eichhörnchen oder hungrigen Ratten stammen konnten.

Dann hörten wir es wieder.

Klar und deutlich.

Der Wind trug ein langgezogenes Heulen zu uns.

»Wendigo«, sagte ich.

Keiner dachte an etwas anderes. Alle blieben wir stehen und lauschten. Die nächtliche Geräuschkulisse trug das heulende Klagen erneut an unsere Ohren, und es bestand kein Zweifel daran, woher diese Geräusche kamen.

»Wie weit sind sie noch weg?«, fragte Scarlet.

»Hört sich noch weit an.« Christo Shakespeare zog ein Gesicht, sicher war er sich jedenfalls nicht.

»Lasst uns einfach weitergehen«, schlug ich vor. Sofern Virginia Dare und der Kojote bemerkt hatten, dass wir in Hell Gate versucht hatten, in die Hölle zu gelangen, hatten sie sicher ihre Kreaturen nach uns ausgeschickt.

Ja.

Das Heulen war noch weit entfernt. Es half ein wenig, sich das immer und immer wieder zu sagen.

Sie reiten auf dem Winterwind durch die Nacht, sagte Buster.

»Klingt ja vielversprechend«, meinte Scarlet nur. Sie fragte sich insgeheim, ob die Engländerin, Mrs. Marlowe, den anderen einen Hinweis gegeben hatte. Sie hatte Emily Marlowe nicht gemocht. Warum genau, das konnte sie auch nicht sagen. Es war nur ein Gefühl gewesen, aber sie war es gewöhnt, auf ihre Gefühle zu hören.

»Es ist nicht mehr weit«, stellte Christo Shakespeare fest.

Am Ende, dachte Scarlet, als sie kurz zum Himmel hinaufschaute, kann der Streifenschwanzmungo sogar recht behalten. Die Wendigo waren immer noch stürmische Wolfswesen, die sich den Wind zunutze machen konnten. Sie wusste nicht, wie diese Wesen die Welt um sich herum wahrnahmen. Witterten sie ihre Beute? Hielten sie nach ihr Ausschau? War es eine Mischung aus beidem? Scarlet stellte sich vor, wie die Wendigo als Schneegestöber hoch am Himmel über die Stadt getragen wurden, wie sie durch die Straßenschluchten wehten und Ausschau hielten nach denen, die sie finden sollten.

»Sie wissen noch nicht, wo wir sind«, bemerkte Christo Shakespeare. »Wenn sie es wüssten, dann wären sie bereits hier. Sie folgen nur den Anweisungen ihres Meisters, des Kojoten.«

Wir blieben in Bewegung.

»Glauben Sie«, fragte Scarlet, »die Wendigo ahnen, dass wir zur Kathedrale wollen?«

»Wenn ja«, antwortete ich, »würden sie wohl schon bei uns sein.«

Vielleicht lauern sie uns aber auch auf. Buster blinzelte in die Winternacht. *Könnte doch sein, oder? Sie machen sich gar nicht erst die Mühe zu jagen. Sie begeben sich zur Kathedrale und warten. Ist doch viel einfacher. Wenn ich ein Jäger wäre, dann würde ich genau das tun.*

»Du machst einem Mut«, sagte ich. »Danke.«

Er rümpfte die Nase.

Wir liefen jetzt den kleinen Abhang hinunter zur Straße und hinterließen, das musste ich feststellen, große und breite Spuren im frischen Schnee. »Gut und schön«, sagte ich im Laufen, »aber der Gedanke ist nicht so abwegig, wie er uns erscheint.« Wir waren nicht mehr weit von der Columbia University entfernt. »Andererseits«, führte ich den Gedanken laut zu Ende, »könnte es aber auch sein, dass sie uns nicht dort erwarten.« Alle ahnten, was ich sagen wollte. »Weil sie nicht glauben, dass wir dorthin gehen.«

»Was einerseits bedeuten könnte, dass es dort keinen Zugang zur Hölle gibt«, meinte Scarlet.

»Und andererseits wieder bedeuten könnte, dass auch dieser Zugang von solch seltsamen Kreaturen wie jenen am Hell Gate bewacht wird und gar keine Gefahr besteht, dass wir dort eindringen könnten.«

»Sie meinen, dass die Wendigo gar nicht hinter uns her sind, weil wir keine Gefahr für sie darstellen?«

»Nun ja, könnte doch sein.«

Das Heulen erklang erneut.

Es klang jetzt körperlicher als noch zuvor, weniger wie ein Wind, der um die Häuserecken weht, sondern mehr wie ein Körper mit Fell und Krallen und einer bösen Absicht in den Augen.

»Wir sollten uns dennoch beeilen«, schlug Christo Shakespeare vor. »Ob wir uns jetzt irren oder nicht. Wir werden es herausfinden. Aber nicht hier in diesem Park.«

So überqueren wir die Anhöhe.

Der Morningside Park ist eine Felsaufwerfung, die den Stadtteil Morningside Heights von Harlem trennt. Nur eine Ansammlung von Gärten, die mit Fußwegen verbunden sind.

Wir kamen an einer großen Figur vorbei, die auf einem Sockel stand. Sie trug einen Anzug, Bart und Hut.

Christo Shakespeare blieb vor dem Denkmal stehen. »Das ist Carl Schurz«, sagte er.

Scarlet fragte: »Und?«

»Master Schurz«, erklärte Christo Shakespeare geduldig, »war ein deutscher Freiheitskämpfer, der in der Märzrevolution anno 1848 kämpfte und dann nach Amerika auswandern musste. Er schaffte es bis zum Innenminister. Das hier ist sein Denkmal.«

Scarlet sagte erneut: »Und?« Sie klang ungeduldig.

»Zufall?«, fragte Christo Shakespeare.

»Was meinen Sie?«

»Der Park drüben am East River, in dem Gracie Mansion steht, heißt Carl Schurz Park.«

Zwei Orte in der Stadt, die mit derselben Person im Zusammenhang stehen? Und an beiden könnte sich ein Tor zur Hölle befinden? Ist das nicht ein wenig zu arg konstruiert?, meinte Buster Mandrake.

»Wer weiß?«

Scarlet starrte das Denkmal an und lief dann weiter.

»Carl Schurz war Innenminister. Das heißt, er hatte Kontakt zu all den Großen und Mächtigen der Stadt. Zu den Van Winkles, Knickerbockers, Astors und so weiter. Nicht zu vergessen die Eistoten.«

»Schön und gut«, sagte Scarlet, »aber hilft uns das jetzt weiter?«

»Nein, nicht unbedingt.«

»Also ...«

»Also?«

»Also ist es egal«, sagte sie.

Christo Shakespeare zuckte die Achseln.

Wir liefen den Hang hinab und schlugen den linken Weg ein, durch den Morningside Drive bis zur 113th Street, wo wir die Notre Dame Church und das St. Luke's Hospital zu unserer Rechten liegen ließen.

Dann sahen wir sie schon.

Die Cathedral of St. John the Divine, fiepte Buster.

Erst zu zwei Dritteln fertiggestellt, war dies schon jetzt ein monumentaler Bau, der einmal die größte Kathedrale der Welt sein würde.

Das Hauptschiff und die Westfront waren im gotischen Stil gehalten. Spitze Bögen umrahmten die mächtigen Eingänge, Wasserspeier saßen auf den Dächern der Seitenschiffe und starrten Neuankömmlingen wachsam entgegen.

Die Westtürme fehlten noch, was die Kathedrale ein wenig aussehen ließ wie einen Teufel, dem man die breiten Hörner gestutzt hatte.

Nicht zuletzt lag das daran, dass auch der Vierungsturm, der die Kreuzform der Kathedrale betonen sollte und im Schnittpunkt von Querschiff und Hauptschiff lag, ebenso wenig beendet war. Mit ein wenig Glück sollte die Kathedrale aber innerhalb der nächsten zehn Jahre fertiggestellt sein.

Wie gesagt, mit ein wenig Glück.

»Sie ist riesig«, flüsterte Scarlet.

Und Buster antwortete: *Groß genug jedenfalls, um tagelang nach einem Portal zu suchen.*

Wir beschleunigten unsere Schritte.

Ein neues Heulen erklang, näher als das vorherige.

Drüben sahen wir die Fassade der Butler Library und die ersten Gebäude der Columbia University, wo 1968 die großen Studentenunruhen begonnen hatten. Es war nicht mehr weit bis zur Amsterdam Avenue, wo wir zum Hauptportal der Kathedrale gelangten.

»Wo fangen wir mit der Suche an?«, fragte ich.

»Drinnen«, war Christo Shakespeares Antwort.

Das gewaltige Bauwerk warf einen langen Schatten.

Die Portale an der Westfront sind kunstvoll behauen. Sie zeigen Szenen aus dem Leben der Engel und eine apokalyptische Darstellung der Skyline Gothams.

»Als hätte der Bildhauer geahnt, dass die Türme einmal einstürzen würden«, sagte ich.

Christo Shakespeare warf mir einen traurigen Blick zu. In ganz Gotham gab es wohl kaum jemanden, der nicht einen Bekannten oder Freund betrauerte, der sich in den Türmen oder in ihrer Nähe aufgehalten hatte, als die beiden Flugzeuge den Tag in eine Totenmesse verwandelten.

»Kommen Sie«, forderte Scarlet uns auf, öffnete die Tür und trat ein.

Wir folgten ihr.

Betraten die Kathedrale.

Jeder unserer Schritte hallte laut von den hohen Wänden wider.

Von draußen wehte das Heulen der Wendigo an uns heran wie ein dunkles Versprechen aus Zähnen und Klauen.

Scarlet blieb mitten im Hauptschiff stehen.

»Irgendwo in dieser Kathedrale muss ein Portal sein«, murmelte ich.

»Glauben Sie.«

Hoffst du, sagte Buster.

Den Innenraum prägten Reihen von Säulen, die mächtig in die Höhe ragten und das Deckengewölbe stützten. Siebzehn Meter hoch und gehauen aus grauem Granit, poliert und mit feinen Mustern versehen. Die bunte Fensterrose über dem Altar war ein Symbol für die Vielfalt jedes Glaubens in der Welt. Die Strebepfeiler ließen die Kathedrale wie ein lebendiges Wesen erscheinen, in dessen Innerem wir uns befanden.

»Da drüben!«, rief ich.

Ich hastete zum Bischofsstuhl, der eine exakte Kopie des Stuhls von Henry VII. aus der Westminster Abtei in London war. Ich berührte ihn, tastete ihn ab, suchte nach versteckten Mechanismen.

Ohne Erfolg.

»Nichts!«

Christo Shakespeare lief in Eile nach hinten in die St. Ambrose Chapel, und dort untersuchte er die feinen Eisenarbeiten, die Pflanzen, Tiere, Menschen und Heilige zeigten.

Auch nichts.

Er kehrte zu uns zurück.

Irgendwo muss doch etwas sein. Buster Mandrake hüpfte flink über den Steinboden, schnüffelte hier und da, kehrte um, lief in eine neue Richtung. Dann hob er den Blick zu einem der Fenster. *Mal schauen ...* Er kletterte die roten Vorhänge zu einem der Buntglasfenster hinauf, sprang auf das Fensterbrett und balancierte mutig dort entlang, presste seine Nase gegen das Buntglasfenster mit dem Einhornmotiv und starrte nach draußen.

»Lasst uns nachdenken«, murmelte Christo Shakespeare. »Wo kann es einen Zugang geben?« Er ging einige Alternativen durch. »In der Krypta. Am Altar. Am Taufbecken.« Sein Blick glitt unruhig im Raum umher. »Vielleicht findet sich ein Hinweis im Muster der Steine.« Er prüfte die Bodenplatten.

Nichts.

Da ist etwas!, rief Buster zu uns herunter.

»Was?«

Ein Engel.

Alle schauten zu ihm auf. Ich trat unter das Fenster, breitete die Arme aus, und Buster sprang hinein.

Da draußen, bellte er, *ist ein riesiges Granitbecken, ein ausgetrockneter Brunnen. Mitten im Brunnen steht eine Skulptur.* Die schwarzen Knopfaugen blinzelten. *Ein Engel ist es, ganz klar. Aus Bronze.*

Ein Engel.

War es denn möglich ...?

»Lasst uns nachschauen.«

Viel Zeit blieb uns nicht mehr.

Wir liefen nach draußen ins Schneegestöber.

Scarlet war die Erste, die draußen war. Wir hielten uns links. Und da war er.

Peace Fountain, las Buster auf einem Schild, das halb vom Schnee verdeckt war.

Der Friedensbrunnen.

Die Bronze-Skulptur in der Mitte zeigte einen stolzen Erzengel, wie er mit bloßen Händen den Teufel bekämpfte. Die Flügel waren majestätisch ausgebreitet. Eiswasser tropfte an ihnen herab. Ins Gesicht des Engels waren filigrane Muster eingraviert, Tätowierungen gleich. Und um ihn herum schlangen sich Pflanzen an einem Baumstamm empor, der auf einer Seite sogar ein Gesicht besaß, das einem Harlekin ähnlich sah. Lange und spitze Eiszapfen hingen an ihm herab.

Scarlet lief um den Brunnen herum.

Berührte ihn.

Doch nichts passierte.

Dafür kam das Heulen immer näher.

Es hörte sich an, als dränge es aus den Kehlen von Wesen, die über den Campus der Columbia hetzten. Es wirbelte durch die Nacht und wurde lauter und lauter, bis es ein schrilles Kreischen war, das um die Ecke der Kathedrale geweht kam.

»Verdammt, verflucht und Dreck!«

Scarlet warf mir einen kurzen Blick zu.

»Was jetzt?«, wollte Christo Shakespeare wissen.

Buster kletterte an Scarlet herauf und verbarg sich in ihrem Haar, das unter dem Hut hervorlugte.

Der Schnee, der bisher leicht zur Erde gefallen war, verdichtete sich zu einem leichten Gestöber, und das leichte Gestöber wurde schnell zu einem schneidenden Sturm, der uns kratzend wie Dornen in die Gesichter schnitt und Deckung hinter der Engelsstatue suchen ließ.

Der Engel regte sich nicht.

»Mist!«, fluchte jetzt auch Christo Shakespeare.

Vor uns bildeten sich mehrere große Körper aus dem Schnee.

Ihre langen Schnauzen wurden sichtbar. Sie nahmen Witterung auf. Sie zogen die Lefzen aus Eis und Schnee zurück und bleckten die weißen Zähne, noch bevor sie richtig Gestalt angenommen hatten. Die Tatzen scharrten im Schnee, und die Augen glühten rot, sobald sie in den Höhlen entstanden. Stück für Stück traten die Wesen aus dem Schneewirbel heraus.

»Was nun?«, fragte Christo Shakespeare, schon wieder.

Scarlet wusste keinen Rat.

Sollte es so enden?

Immer noch mehr Wendigo entstanden aus dem Schneesturm. Sie umringten den Brunnen.

Ein Entkommen würde es diesmal nicht geben.

Christo Shakespeare zog ein langes Messer aus dem Mantel heraus, eine Art Machete.

»Ich lenke sie ab«, sagte er mutig, »und ihr versucht, wieder in die Kathedrale zu gelangen.«

»Aber dort sind wir nicht sicher.«

Nirgendwo sind wir sicher, dachte Scarlet.

»Die Kathedrale ist sicher«, sagte ich. »Heiliger Boden.«

»Den Blödsinn glauben Sie doch nicht etwa, oder?« Scarlet war verärgert.

»Nein, ehrlich gesagt ... nein.«

Die Wendigo tauschten Blicke – und knurrten einander verschwörerisch zu.

Christo Shakespeare trat vor.

Dann hatte Scarlet eine Idee. »Nein, nicht das Messer«, sagte sie schnell. Sie brach mit aller Kraft einen der riesigen Eiszapfen ab, die von den Flügeln des Engels herabhingen. »Als wir die beiden Jäger trafen, Mr. Fox und Mr. Wolf, da hatten sie Messer aus Eis, um die Wendigo zu töten.« Genau, das war die Lösung. Man konnte Eis nur mit Eis bekämpfen, wie man Feuer nur mit Feuer und wilde Fluten nur mit wilden Fluten bekämpfen konnte. Das war das überaus Elementare an den Elementen, wie wunderbar. Die Eiszapfen waren wie

kleine Speere, die man vor sich halten konnte. Und wenn man damit die Wendigo zurückhalten konnte ...
Christo Shakespeare grinste breit und voller Tatendrang. »Eine gute Idee, Miss Scarlet.« Er brach sich einen großen Zapfen ab.
Dann trat er den Wendigo entgegen.
Buster kletterte auf die Skulptur und blieb auf dem Kopf des Engels sitzen.
Die Wendigo hatten nun allesamt vollständig Gestalt angenommen. Das war der Moment, auf den sie gewartet hatten.
Sie knurrten.
Bleckten die Zähne.
Verloren keine Zeit.
Ihre Gliedmaßen waren lang und spinnenhaft, und die Krallen schoben sich aus dem Fleisch ihrer Finger, die noch menschlich aussahen. Ihre Fersen waren, ähnlich wie bei Hunden, in der Mitte der Hinterläufe, fast dreißig Zentimeter über dem Boden. Sie wirkten insektenhaft, fast wie die Kreaturen, die in Hell Gate aufgetaucht waren.
Einer von ihnen näherte sich Christo Shakespeare.
Der hieb mit dem Eiszapfen nach der Kreatur, traf sie an der Seite. Jaulend sprang das große Tier zurück.
Heulte.
Die anderen beobachteten alles sehr genau.
Dann griffen sie an.
Alle auf einmal.
Es ging sehr schnell.
Mehr als zwanzig Leiber näherten sich dem Brunnen, alle zugleich.
Scarlet spürte, wie ihre Hände zitterten.

Sie hielt den Eiszapfen fest in der Hand, und in diesem Moment stellte sie fest, dass sie noch nie ein Lebewesen getötet hatte, nicht mit Absicht.

Sie erinnerte sich an den Wendigo, der sich ihr genähert hatte und der bei der Berührung allein gestorben war. Aber das hatte sie nicht gewollt. Das Amulett hatte sie beschützt, doch dieser Zauber existierte jetzt nicht mehr. Sie war nicht diejenige gewesen, die getötet hatte.

Sie hatte kein Leben genommen. Es war nicht ihre Absicht gewesen, das zu tun.

Doch jetzt stand sie hier und hielt eine Waffe in der Hand und dachte an Keanu und Jake und spürte ein Gefühl, das dunkel und beharrlich an ihren Eingeweiden zerrte, ein Gefühl, so dumpf und schrecklich, dass es bitterster Rachedurst sein musste.

Ja, sie würde diese wüsten Kreaturen töten. Sie hatten es nicht besser verdient. Die Wendigo hatten Keanu auf dem Gewissen und Jake womöglich auch. Sie verdienten den Tod, das war es, was sie dachte.

Sie trat vor und stach dem ersten Wendigo, der sich ihr näherte, den Eiszapfen ins Auge, zog ihn dann aber schnell wieder heraus.

Der Wendigo schlug sich kreischend mit den Tatzen ins Gesicht, fügte sich dadurch selbst noch tiefere Wunden zu und brach dann zusammen. Zuckend lag er für Augenblicke, die wie eine kleine Ewigkeit waren, im Schnee, und schließlich löste er sich auf.

Christo Shakespeare war auch nicht zimperlich.

Buster fauchte die Wendigo von seinem Platz auf dem Engelskopf aus an.

Und ich schleuderte die Kreaturen fort von uns, so gut es

ging. Doch meine Kräfte begannen nachzulassen. Mehr und mehr. Ich war eben doch nicht mehr die Jüngste.

»Wir müssen in die Kathedrale zurück!«, schrie Christo Shakespeare. »Und zwar alle.«

Keiner hatte etwas dagegen einzuwenden.

Überall waren Krallen und Zähne, Fell und Schneegestöber.

Wir verließen den Platz bei dem Engel und kämpften uns in Richtung der Kathedrale vor.

Die Wendigo gaben sich alle Mühe, uns daran zu hindern, das Portal zu erreichen, also mussten wir dort drinnen in Sicherheit sein. Die Aussicht auf einen sicheren Platz gab uns Mut.

Uns allen.

Wir stachen wie wild mit den spitzen Eiszapfen nach den Wendigo, konnten sie zumindest damit verletzen.

Rücken an Rücken kämpften wir uns vor.

Dann fiepte etwas.

»Verflixt, verflucht und ...!«

Buster Mandrake saß noch immer auf dem Kopf des Engels. Ein Wendigo hatte ihn erblickt, löste sich vom Rest des Rudels und rannte auf allen vieren zum Brunnen zurück.

»Mistress!«, schrie Scarlet.

Sie überlegte nicht lange. Sie rannte zurück zum Brunnen, stolperte, rappelte sich auf.

Eine Horde Wendigo folgte ihr.

»Auch das noch«, grummelte ich.

Ich konzentrierte mich, spürte ihre Präsenz und schleuderte zwei von ihnen zur Seite. Den Wendigo, der auf Buster zusprang, warf ich aus der Bahn, so dass er neben dem Brunnen in den Schnee stürzte.

Ehe ich mich's versah, rannte ich Scarlet hinterher. Keine Ahnung, warum ich das tat. Es war töricht und dumm.

Trotzdem!

Mit letzter Kraft wehrte ich einen weiteren Wendigo ab.

Dann war ich beim Brunnen angelangt.

Scarlet war schon da.

»Schön, wir sind wieder hier«, bemerkte ich.

Sie schwieg.

Buster sprang von oben auf Scarlets Hut, dann auf ihre Schulter. Er stupste sie mit der Nase an.

Danke, hechelte er. *Tausend Dank.*

Scarlet nickte nur. Sie spürte, wie der Eiszapfen in ihrer Hand zu schmelzen begann, dort, wo sie ihn festhielt.

Es würde nicht mehr lange dauern, und ...

Nein.

Sie durfte nicht daran denken.

Beide standen wir mit dem Rücken zur Skulptur, während die pelzigen Jäger uns umkreisten.

Drüben, am Westeingang, hatte es Christo Shakespeare schon fast bis zur Kathedrale geschafft. Die Wendigo beachteten ihn kaum mehr. All die schmalen rot glühenden Augen waren auf uns konzentriert. Christo Shakespeare lief weiter zum Portal und blieb dort außer Atem stehen und sah zu uns herüber.

Zwischen uns bewegten sich die Wendigo.

Zehn.

Fünfzehn.

Zwanzig.

Neue Schneewirbel kamen hinzu und nahmen Gestalt an.

»Wie weit können Sie werfen?«, fragte ich Scarlet.

Sie starrte mich an.

Buster machte ein dummes Gesicht. *Das ist nicht dein Ernst, Anthea.*

»Doch, ist es.«

Scarlet verstand.

Ich will das nicht.

»Ich helfe Ihnen ein wenig.«

Scarlet packte den Streifenschwanzmungo mit beiden Händen und warf ihn über die Köpfe der Wendigo hinweg in Richtung Kathedrale. Ich selbst konzentrierte mich und stabilisierte Buster Mandrakes unbeholfenen Flug, so gut es ging.

Die Wendigo knurrten.

Christo Shakespeare riss verwundert die Augen auf, als er den fliegenden Streifenschwanzmungo auf sich zukommen sah.

Buster Mandrake stürzte mit einem kläglichen Jaulen in den Schnee, keine zwei Meter von Shakespeare und dem Portal entfernt. Er rappelte sich schnell auf, streckte sich und rannte in die Kathedrale hinein. Christo Shakespeare zögerte noch, doch als die Wendigo sich ihm näherten, blieb ihm gar keine andere Wahl, als ebenfalls die Kirche zu betreten.

Er schloss die Tür hinter sich.

Die Wendigo ließen von ihm ab.

»Na, was habe ich gesagt? Heiliger Boden!«

Scarlet warf mir einen Blick zu, der mir zu schweigen gebot.

Die Wendigo kamen auf uns zu.

»Ist das unser Ende?«, fragte ich.

Scarlet schaute zu dem Engel hinauf und flüsterte: »Bitte, hilf uns.« Das war alles.

Der Wendigo, der wohl das Rudel anführte, spannte die

Muskeln an, und dann sprang er. Mit einem großen Satz näherte er sich. Die spitzen Zähne würden einen schnellen Tod bringen, wenn sie richtig zubissen.

Scarlet erinnerte sich an Keanu, an das viele Blut, das aus den Wunden geflossen war.

Sie erwartete den Aufprall.

Die Fänge des Wendigo.

Den kalten Tod.

Und dann erstarrte alles, aber auch wirklich alles, in seiner Bewegung.

Ja, selbst die wuselnden Schneeflocken erstarrten mitten in der Luft.

Wie kleine Wattetupfer aus Zucker schwebten sie in der Nacht.

Scarlet sah, wie die Nackenhaare des Wendigo, die sich eben noch aufgestellt hatten, jetzt wie winzige Nadeln in die Höhe ragten.

Die Bäume bogen sich nicht mehr im Wind.

Nichts bewegte sich mehr.

Es herrschte Ruhe.

Stille.

Plötzlich vernahmen wir ein lautes Knirschen.

Es war Metall, kalt und biegsam, das den Schnee abschüttelte. Eiszapfen fielen klirrend auf die gelben Steine am Boden des Brunnens. Wie Glasscherben hörten sie sich an.

Wir drehten uns um.

Der Erzengel bewegte die Schwingen und sah auf uns herab. Die Augen aus Bronze blickten uns neugierig an. Die Skulptur erhob sich in die Lüfte, schwebte durch die erstarrten Schneeflocken hindurch und kam vor uns auf dem Rasen zum Stehen.

»Ihr habt das Herz eines Engels«, sagte er mit einer tiefen Stimme. »Und Augen, die zu sehen vermögen.«
»Danke«, erwiderte ich.
Er sah mich an. »Ich meinte Eure Begleiterin.«
»Oh.«
Auch gut.
Scarlet trat einen Schritt zurück. »Habt Ihr das gemacht?«
Der Engel aus Bronze nickte. »Ihr habt erkannt, dass ich lebe. Ihr habt mich angesprochen.« Er lächelte schimmernd. »Ich bin erlöst.«
Scarlet wusste nicht, was er meinte. »Ihr wart in dieser Figur gefangen?«
»Die Mala'ak ha-Mawet brachten mich hierher und gaben mir die Gestalt, die Ihr nun seht. Als Mut und Kraft gefragt waren, da hatte ich versagt. Dafür erhielt ich diese Strafe. Erstarrt in der Zeit selbst, musste ich das Portal bewachen.« Er blinzelte, streckte die Flügel, faltete sie, breitete sie erneut aus. »Ich bin Michael, der Engel des Mutes und der Kraft. Wohin wollt Ihr gehen?«
Scarlet wusste nicht genau, warum sie es sagte, aber sie tat es. »Wir suchen den großen Zauberer von Oz.«
»Ihr wollt wirklich in die Hölle eintreten?«, fragte Michael.
»Ja.«
Dann lächelte er und sagte: »Folgt dem gelben Steinweg.«
Noch bevor Scarlet etwas erwidern konnte, bewegten sich die gelben Steine des Brunnenbodens.
Die Skulptur aus Bronze, zu der jetzt kein Engel mehr gehörte, sondern die nur noch ein Baum mit einem Harlekingesicht war, wurde zum Zentrum eines Strudels.
Die gelben Steine wirbelten um das Zentrum des Brunnens herum.

Wir traten zurück, fort von dem Brunnen.
Dann begannen sich die Steine in Windeseile abzusenken.
Eine Wendeltreppe aus gelben Steinen führte in die Tiefe, die im Dunkeln lag.
Der Engel drehte sich zu der Skulptur um, die jetzt keinen Engel mehr besaß.
»Ich werde Euch folgen«, sagte er, »aber jetzt noch nicht.«
Die Wendeltreppe stand still.
»Erst später.«
Follow the yellow brick road.
»Was passiert mit Shakespeare?«, fragte ich. Die in der stillen Zeit erstarrten Wendigo würden bald wieder zum Leben erwachen.
»Er kann nicht mitkommen. Die Zeit wird bald nicht mehr stillstehen. Ihr müsst jetzt gehen.« Das war alles, was der Engel uns zu tun auftrug. »Geht jetzt, wenn Ihr wirklich gehen wollt.«
Follow the yellow brick road.
Scarlet ging voran.
Sie wusste nicht, was sie anderes hätte tun können.
Die Welt war erstarrt im Augenblick, doch auch dieser Augenblick würde verrinnen wie Sand im Stundenglas. Und wenn dies geschah, dann würde all das wieder zum Leben erwachen, was jetzt noch ein Stillleben war.
»Kommen Sie!«, forderte sie mich auf.
Ich seufzte.
Sah ein letztes Mal dem Engel in die bronzefarbenen Augen und fragte mich, was diese schönen Augen schon alles gesehen hatten in dem Leben, das die glühende Ewigkeit vom Anbeginn der Zeit gewesen sein mochte.
Der Engel tat nichts.

Er stand nur da.

Ich stieg hinab.

Dann hörte ich, wie er die Schwingen ausbreitete und die Welt mit all ihren tosenden Geräuschen erneut zum Leben erweckt wurde. Wendigo heulten in der Nacht. Ein schrilles Kreischen, das sich wie der Beuteruf eines Raubvogels anhörte, durchschnitt das Schneetreiben.

Wir indes waren in dumpfem Dämmerlicht gefangen.

Nur die gelben Steine der Treppe leuchteten uns den Weg hinab in die Hölle.

Tiefer und tiefer stiegen wir.

Schweigend.

Der gelbe Steinweg führte immer weiter, und wir wussten nicht, wie lange wir gingen. Es wurde ruhig. Die Stille selbst wisperte die Dinge, die in unseren Köpfen und Herzen zu stummen Liedern wurden, die wir nie wieder singen würden.

Nicht hier.

An diesem Ort.

Denn wir erreichten die Hölle.

Follow the yellow brick road.

Das ist es, was ihr durch den Kopf schießt.

Sie erinnert sich an das Lied.

Die Straße.

Den Weg.

Es gibt keinen Zauberer von Oz. Nicht hier.

Ja, jetzt sind wir an einem Ort, der bisher nur in unseren Träumen existierte.

»Wohin gehen wir?«, fragt mich Scarlet.

»Geradeaus, immer der Nase nach.«

»Warum ist der Engel nicht mit uns gekommen?«, fragt sie.

»Ich weiß es nicht.«

»Tun wir das Richtige?«

Ich schweige.

Scarlet nickt. Sie muss nicht aussprechen, was sie denkt, es steht ihr deutlich ins Gesicht geschrieben.

Für einen kurzen Augenblick zögern wir. Dann betreten wir den fremden Ort und folgen weiter dem Weg. Wir sehen, was vor uns liegt. Alles ist so vertraut und doch ganz anders, als wir es uns in den kühnsten Träumen ausgemalt haben.

Es ist eisig kalt hier unten.

»Sind wir wirklich in der Hölle?«, fragt Scarlet.

An einem Horizont, den es gar nicht geben dürfte, geht eine gelbe Sonne auf, die wunderschön ist und so kalt wie ein Herz, das unter den Dielen eines Raumes schlägt.

Da sind krumm gewachsene Bäume, die endlose Wanderwege und weite Schafweiden säumen, es gibt große und kleine Seen und geschwungene Brücken und Schlösser, gewundene Wasserläufe, zugefroren in diesem Winter, irgendwo jenseits der uralten Metropole. Vögel mit ledrigen Schwingen sitzen auf den Ästen der Sträucher und Bäume.

»Das ist der Central Park«, stelle ich verwundert fest.

»Nein«, erwidert Scarlet und zieht den Flickenmantel enger um sich, »das ist nur ein Ort, der *aussieht* wie der Central Park.« Sie folgt dem gelben Steinweg, der sich über Hügel und durch Täler schlängelt.

Unter einem tiefroten Himmel, der nicht von dieser Welt ist, erkennt sie die prächtige Fassade des *American Museum of Natural History*, gleich daneben die *San Remo Apartments* und ein Stück weiter eine düstere Version des *Dakota Building*.

Die Bäume sehen unwirklich aus, schräg und schief und so lebendig.

Die Häuser, die den Park umgeben, sind nicht beleuchtet. Sie sind hier nicht mit Sternen gesprenkelt, wie in dem Gotham, das wir gerade eben verlassen haben. Es gibt keinen Schnee in der Luft. Der Boden ist dafür trotzdem mit einer dicken Schneeschicht bedeckt.

Dann fällt Scarlet etwas anderes auf. »Es gibt keine Geräusche.«

Ich lausche.

Stille.

Kreischend.

Laut.

Nichts!

Die Kakophonie der riesigen Stadt ist verstummt.

Das Hupen der Yellow Cabs, das tosende Leben in den Straßen *Manna-hatas*, das alles gibt es nicht.

Es ist still, einfach nur still.

»Das ist die Hölle?« Scarlet weiß nicht recht, was sie jetzt tun soll.

Ich sehe mich um.

Dann hören wir ein Schnalzen. Es kommt von den Bäumen, die den gelben Steinweg säumen. Es ist leise und grell und brüchig wie Eis unter den Füßen.

Wir kennen dieses Geräusch.

Scarlet wird ganz bleich.

Es ist das Geräusch, vor dem wir in Hell Gate geflohen sind.

Scarlet schaut zu einem der kahlen Bäume mit den krummen Ästen hinüber.

Die Äste bewegen sich.

Sie sind knorrig und sehen aus, als hätten sie Gelenke, die sie knackend zu bewegen vermögen.

Die düstere Krone des alten Baumes verändert sich und wird zu einer Fratze mit langen, triefenden Kieferzangen und Facettenaugen. Der ganze Baum breitet unzählige Beine aus, und dann löst sich die Kreatur, die wir in den Sümpfen gesehen haben, aus dem Geäst heraus, springt auf die Schneefläche und wird zu einem Rorschachwesen, wie wir es uns in unseren kühnsten Albträumen nicht hätten erdenken können.

In den anderen Bäumen am gelben Steinweg hocken weitere Kreaturen, die so ähnlich aussehen wie das Rorschachwesen und zugleich ganz anders sind. Doch alle sind sie auf Beute aus.

Jetzt wissen wir es.

Sie sind die eigentlichen Wächter der Hölle.

Dann kommen sie über uns.

Wir stehen regungslos da, erstarrt vor Schreck.

Es gibt keinen Ort, an dem wir Zuflucht suchen können. Wir befinden uns auf einer weiten Fläche.

Am roten Himmel über uns glauben wir zwei Gestalten zu erblicken, die in den Wolken schweben. Ihre mächtigen Schwingen aus Nacht und Nichts werfen zackige Schatten auf die Kreaturen, die sich uns nähern.

Scarlet deutet nach oben. »Engel«, flüstert sie.

Doch die Hoffnung, die eben noch in ihrer Stimme lebte, erstirbt, denn die Engel sind nur Zuschauer. Sie kommen uns nicht zu Hilfe. Sie kreisen dort oben und sehen nur seelenruhig zu, wie die Insektenkreaturen über uns kommen.

Die dürren Leiber der Kreaturen krümmen sich, und da sind vor Gift triefende Stacheln.

Scarlet spürt, wie sie gestochen wird.

Dann spüre auch ich den Stich.

Mit einem Schmerz, der uns alle Gedanken nimmt, sinken wir zu Boden und spüren nicht einmal den Aufprall.

Scarlet Hawthorne, die es bis in die Hölle geschafft hat, schließt die Augen, und während das Gift in ihrem Körper zu wirken beginnt, denkt sie daran, wie scharlachrot und sanft durchwebt mit bunten Steinen und zugleich laut wie der Motor einer *Indian Summer*, Baujahr 1958, die Erinnerungen sein können.

Dann nimmt die Hölle sich unserer an, so kalt und eisig, wie sie es wohl schon immer war.

ZWISCHENSPIEL

AUS RIMA HAWTHORNES AUFZEICHNUNGEN

MÖCHTEST DU WISSEN, wie ich geboren wurde?

Ich kann Dir das Jahr nennen, es war 1911, mein dreizehntes Jahr in New York. Sogar den Tag weiß ich noch, wie könnte ich ihn jemals vergessen? Es geschah an einem Samstag, am 25. März. Du warst gerade einmal acht Jahre alt. Seit drei Jahren lebten wir in der uralten Metropole, drüben in Greenwich Village.

Jetzt, da ich mich mit dem Gedanken anfreunde, diese Stadt zu verlassen, kommt fast Wehmut auf.

All die Jahre über habe ich wenig geschrieben.

Dabei ist so viel geschehen.

Du bist zu einem hübschen und klugen Mädchen herangewachsen. Du siehst Deinem Vater so ähnlich, Scarlet. Wenn Du später einmal wissen willst, wie Mortimer aussah, dann blicke einfach in den Spiegel. Ich liebe ihn noch immer, und wenn ich Dich ansehe und beobachte, was Du tust, dann weiß ich, warum ich ihn so liebe. Daran zu denken, dass er noch immer nicht weiß, dass es Dich gibt, kann mir auch an guten Tagen die Kehle zuschnüren.

Alle paar Monate erreicht mich ein Brief von Maurice Micklewhite.

Es geht ihm gut.

Das ist alles, was er schreibt.

In jedem Brief nur diese Worte.

Doch ich sollte über das schreiben, was Dich interessieren wird, solltest Du diese Zeilen jemals lesen.

Drei Jahre lebte ich in Micklewhite House, drüben in Staten Island, doch dann war es an der Zeit zu gehen.

Master Micklewhite und seine Frau trugen keine Schuld an meiner Entscheidung, wieder nach *Manna-hata* zu gehen. Vielmehr wollte ich frei sein von dem, was sich einst in London zugetragen hatte. In der ganzen Zeit, die wir bei ihnen lebten, hatte ich mich nie wirklich davon lösen können. Und das Einzige, was mich noch mit meinem alten Leben verband, war eben diese Familie, die sich so großmütig um mich gekümmert hatte.

Mir brach es das Herz, ihnen Lebewohl zu sagen. Doch ich musste es tun.

Tabitha hatte das Haus ein Jahr zuvor verlassen, weil ein Verwandter von ihr einen Laden in Greenwich Downtown eröffnet hatte. Er handelte mit Steinen, Kräutern und allerlei magischen Gegenständen. Er glaubte an Wodu und die Künste, die man in der alten Zeit praktizierte. Sie wohnte dort unten, in der Cherry Lane, wo Schwarze wie Weiße sich einem neuen Leben verschrieben hatten.

Dorthin gingen wir, in die Stadt unter der Stadt.

Ich weiß, dass Du es nie wirklich mochtest.

Du konntest die Tunnel und die verschlungenen Pfade der uralten Metropole niemals wirklich in Dein hungriges Herz schließen.

Du sehntest Dich immer nach dem Himmel, wolltest die Geschichten der Indianer hören, all die abenteuerlichen Geschichten, die von Büffelherden und von Jägern und Wigwams und Medizinmännern erzählten.

Trotzdem warst Du geduldig.

Ich fand eine Anstellung in der *Triangle Waist Company*, wo ich als einfache Näherin arbeitete. Es war anstrengend, aber es wurde gerecht entlohnt. Wir waren allein und konnten nicht wählerisch sein. Es war eben so – und niemals anders.

New York war gewachsen. Und wuchs noch immer.

Immer neue Einwanderer waren in die Stadt gekommen, ein jeder suchte nach Arbeit. Ein Jahr vor meiner Geburt kam es zu Arbeitsniederlegungen, überall in der Stadt. Die Gewerkschaften zwangen die Arbeitgeber erstmals in der langen Geschichte des Landes zu Verhandlungen. Es wurden gerechtere Löhne gefordert, und die Arbeitsbedingungen sollten sicherer sein.

Die Fabrik, in die ich jeden Tag ging, war ein Ort, der laut und modern war.

Sie befand sich in den obersten vier Stockwerken des Asch Building, nur einen Block westlich vom Washington Square. Ein hohes Gebäude, wie sie in Massen aus dem Boden sprossen. Mächtige Eichen säumten den Platz vor dem Gebäude und spendeten angenehmen Schatten in den Sommermonaten. Sie waren der letzte schöne Anblick, wenn man die Fabrik betrat.

Die *Triangle Waist Company* war ein lauter Ort. Schon wenn man die Treppe hinaufstieg, spürte man überall die Vibrationen der Nähmaschinen. Öffnete man die Tür, wurde der Lärm ohrenbetäubend. Die Richtzeiten für die Arbeiter wurden vom Akkord oder den Leistungen der Schnellsten bestimmt.

Ich arbeitete im siebten Stockwerk.

Es waren weite Räume, die das gesamte Stockwerk einnahmen.

Die Arbeitsplätze waren in Reihen angeordnet, nach einem System, das symmetrisch und effizient war. Kontrolleure, die Fertigungszeiten maßen, gingen zwischen den Plätzen auf und ab, blickten streng und missmutig von einem Tisch zum nächsten, notierten sich Dinge in kleine Bücher. Jede von uns Frauen und Mädchen hatte eine eigene Nähmaschine, die mit dem Fuß auf einem Pedal angetrieben wurde. Die Anzahl der herzustellenden Stücke wurde uns vorgeschrieben. Konnte man das Tempo nicht halten, bekam man Geld vom Lohn abgezogen. Passierte einem dieses Missgeschick mehr als einmal, so wurde einem gekündigt. Es gab zu viele Menschen, die Arbeit suchten, als dass man sich mit denen beschäftigt hätte, die zu langsam waren.

Mein Tagesablauf war immer der gleiche. Tabitha, die morgens in den Laden ging, nahm Dich mit. Du spieltest bei ihr zwischen all den ausgestopften Puppen und den seltsamen Kräutern. Ja, Scarlet, in dem seltsamen Gewächshaus wurdest Du groß. Du liebtest diesen Ort. Mit leuchtenden Augen erzähltest Du von den Dingen, die Du entdeckt hattest, während ich Stoffstücke zusammennähte und zuschnitt.

Oft kam Tabitha mit Dir zur Fabrik, bevor die Schicht endete, und Dein Gesicht strahlte jedes Mal, wenn ich aus dem Tor trat und wir uns in die Arme fielen. Ich war immerzu müde, doch wenn ich Dich lächeln sah, erwachten die Kräfte wieder in mir.

Auch an jenem Samstagnachmittag, der so schrecklich enden sollte, brachte Tabitha Dich zur *Triangle Waist Company*.

Das ist der Grund, weshalb ich wieder geboren wurde.

Du warst der Grund, wunderbare Scarlet.

Mein einzigartig hübsches Tricksterkind.

Aber ich sollte es der Reihe nach erzählen.

Es tut mir leid, wenn die Gefühle mich abschweifen lassen, aber das, was ich erlebt habe, ist so schrecklich und zugleich so wunderbar, dass es mir noch immer schwerfällt, die

Erinnerung an dieses Unglück als etwas zu akzeptieren, was sich wirklich zugetragen hat.

Ich schreibe es trotzdem auf.

Denn so hat es sich zugetragen ...

Wir arbeiteten alle sehr schnell an diesem Tag, weil wir noch dringender als sonst unsere Quoten erfüllen wollten. Es war ein milder Frühlingstag, und die Aussicht, den Lohn früher als sonst abholen und dann anschließend mit Tabitha und Dir in den Central Park gehen zu können, war mehr als verlockend. Jeder hing bei der Arbeit Gedanken wie diesen nach, jeder hatte jemanden, der auf ihn wartete.

Doch dann passierte es.

Eine Viertelstunde vor Feierabend roch die Erste von uns das Feuer. Später sagten die Inspekteure und Gardisten, dass jemand ein glühendes Streichholz oder eine Zigarettenkippe achtlos auf einen Haufen Stoffreste hatte fallen lassen. Sicher war sich aber keiner. Und am Ende war auch unwichtig, wer das Feuer verursacht hatte. Den Toten sind solche Gründe immer egal.

Ich kann mich noch gut an die letzten Minuten erinnern. Kurz bevor die Hölle losbrach, hatte ich aus dem Fenster geschaut. Du mochtest es, wenn ich das tat. Du warst unten auf dem Gehweg, gemeinsam mit Tabitha. Du blicktest zu mir hinauf und winktest mir.

Dann rief jemand lauthals »Feuer!«, und alle rannten in Panik zum Ausgang auf der Gebäudeseite zum Washington Place.

Ich schloss mich den anderen an.

Wir waren noch ruhig, doch dann sahen wir, dass etwas nicht stimmte. Die Türen, die nach draußen führten, waren verschlossen. Jeder wusste, was der Grund dafür war. Die

Bosse hatten sie verschließen lassen, weil sie Angst hatten, dass jemand unbemerkt eine Pause einlegen könnte.

Einige von uns rannten zurück, andere blieben.

Während das Feuer in Windeseile um sich griff und wie ein tasmanischer Teufel von einem Stoffballen zum nächsten sprang, griff die Panik immer weiter um sich. Die Mädchen schlugen verzweifelt mit den Fäusten gegen die Eisentüren, bis ihnen die Knöchel bluteten, und dann versuchten sie, die Türen gewaltsam zu öffnen.

Einige der Arbeiterinnen, die weiter oben im neunten Stockwerk gearbeitet hatten, waren hinauf zur zehnten Etage gelaufen und über das Nachbardach geflohen. Weitaus mehr Menschen versuchten, sich in die Fahrstühle zu zwängen. Die Kabinen wurden zu schwer, und kurz darauf versagten alle Aufzüge, die nicht abgestürzt waren, den Dienst.

Was wir befürchtet hatten, wurde zur Gewissheit.

Wir waren gefangen.

Die Feuerwehr, die schnell eingetroffen war, gab sich wirklich alle Mühe, die Brände im achten Stockwerk zu löschen, aber der Wasserdruck war zu gering, um etwas ausrichten zu können. Die Hitze wurde brennend, und der Qualm biss uns in die Gesichter. Das Atmen wurde schwerer. In der Panik, einen Weg nach draußen zu finden, wurden viele von der kopflosen Masse unkontrolliert drängender und sich gewaltsam einen Weg bahnender Leiber zerquetscht oder zu Tode getrampelt. Diejenigen, die es bis zu den Feuertreppen schafften, stürzten in die Tiefe, als die rostigen Metallstreben nachgaben.

Es gab keine Fluchtmöglichkeiten mehr.

Da waren die Gesichter der Mädchen und Frauen, alle geschwärzt vom Ruß, und in allen erkannte man Fassungslosigkeit und Elend. Niemand glaubte mehr daran, das Gebäude verlassen zu können.

Ich befand mich im siebten Stock und starrte nach draußen.

Als die anderen ein zweites Mal in Panik zu den Ausgängen geströmt waren, hatte ich ausgeharrt. Ich wusste, dass es zu einem Unglück kommen würde, wenn die Menschenmenge in dieselbe Richtung rannte. Also blieb ich.

War es mein Schicksal, hier oben in diesem flammenden Inferno zu sterben?

Ich bin eine Trickster, und ich kann allein Kraft der Gedanken Feuer entstehen lassen, doch kann und konnte ich fremdes Feuer nicht beherrschen. Es war eine böse Ironie des Schicksals, die mich an diesen Ort geführt hatte.

Unten auf der Straße versammelten sich indes immer mehr Menschen.

Der Rauch musste überall in *Manna-hata* zu sehen sein.

Sogar in den unteren Etagen züngelten die Flammen schon aus den Fenstern. Glasscheiben explodierten, und dann sah ich die brennenden Klumpen, die ich zuerst für Stoffballen hielt. Sie stürzten aus allen Fenstern. Nur langsam fielen sie nach unten, quälend langsam.

Es waren keine Stoffballen.

Es waren Mädchen und Frauen, die sich fest an den Händen hielten und dann sprangen. Es gab keinen anderen Ausweg für sie. Die Flammen trieben sie nach draußen. Nie zuvor hatte ich mir darüber Gedanken gemacht, wie lange ein Körper braucht, um aus einer Höhe von achtundzwanzig Metern und mehr nach unten zu fallen. Jetzt sah ich es. Ich hörte trotz der Schreie den Aufprall. Ich sah ein Mädchen, das mit den Armen ruderte und sich redlich bemühte, seinen Körper selbst im Fallen noch aufrecht zu halten.

Dann war sie auf einmal nur noch ein regungsloser Haufen Kleiderstoff und gebrochener Knochen, irgendwo unten in der Straßenschlucht.

Es würde schnell vorbei sein.

Ich spürte die Flammen, und dann sah ich Dich, kleine Scarlet.

Tabitha hielt Deine Hand.

Ja, daran kann ich mich erinnern.

An die unglaubliche Hitze, die mir den Atem nahm.

Und an Dich.

An Deine Aura, so scharlachrot, dass selbst das Feuer sich darin spiegelte. Es war ein Flimmern, und Deine Aura umarmte eine der Eichen, die unten den engen Gehweg säumten.

Dann passierte es.

Eine der Eichen, die unten an der Straße standen, begann sich zu bewegen. Es sah aus, als zerrte der Wind an ihren Ästen, als biege ein Sturm den Stamm, der so fest und dick war, in alle Richtungen. Doch dann sah ich, was wirklich passierte. Die Wurzeln des Baumes zogen sich aus der Erde zurück und krochen über den Asphalt. Der ganze Baum bewegte sich auf das Haus zu. Seine Äste reckten sich in die Höhe, er streckte sich. Die Zweige knarrten und schoben sich an der Hauswand empor. Wie Finger griffen sie in die Fenster, verhakten sich in Mauervorsprüngen und zogen den ganzen Baum hinter sich her. Die Wurzeln der Eiche erreichten die Wand, und sie taten es den Ästen gleich.

Das war der Moment, in dem ich zu verstehen begann, was dort geschah. Die Eiche war auf dem Weg zu mir.

Du hattest das bewirkt, kleine Scarlet.

Du hattest mit der Eiche gesprochen.

Schon früher hatte ich beobachtet, wie die Pflanzen, warst Du in der Nähe, ein absonderliches Verhalten an den Tag legten. Verwelkte Blumen erblühten, kranke Sträucher wurden grün. Es sah aus, als würde Deine Aura in die Pflanzen hineinfließen, als flüsterte sie ihnen etwas zu.

Jetzt geschah es wieder.

Die Eiche erklomm rasch das Asch Building, Stockwerk um Stockwerk, und die Menschen, die dort unten standen, wussten nicht, ob das, was sie sahen, auch wirklich passierte.

Wie gelähmt stand ich am Fenster, hinter mir ein Flammenmeer, unter mir der Abgrund.

Die Flammen züngelten nach der Eiche, und langsam fing sie Feuer. Ich sah, wie ihre sprießenden Knospen verkohlten. Doch der Baum schob sich weiter, kletterte die Fassade hinauf, ohne Unterlass.

Dann waren die Äste bei mir. Sie griffen nach mir.

Wie Fangarme wickelten sie sich um meinen Körper und hoben mich hoch, zerrten mich durchs Fenster nach draußen. Tief unter mir sah ich die Straße mit den aufgeregten Menschen. Mir schwindelte. Andere Äste fanden noch andere Mädchen, die kreischend wie Puppen durch die Luft getragen wurden.

Benommen fragte ich mich, wie dem Baum der Abstieg gelingen sollte. Die Wurzeln, die sich weiter unten in die Fenster krallten, in jene Fensteröffnungen, aus denen jetzt lichterloh die Flammen züngelten, all diese Wurzeln und Äste, sie brannten jetzt auch. Die dunkle Rinde begann sich vom Stamm zu schälen, dicke Säfte rannen dem Baum über Zweige und Äste.

Er wird es nicht schaffen, dachte ich und fühlte Mitleid mit dem Baum, der sein Leben für uns alle einsetzte.

Dann schwangen die Äste, die einige der Mädchen gerettet hatten, über den Abgrund der Straßenschlucht hinweg. Mit aller Wucht wurden wir gegen das Haus geschleudert, das dem Asch Building am nächsten war. Der Baum hatte nicht lange überlegt, ob wir uns verletzen könnten. Wir prallten gegen die Fenster, und das splitternde Glas schnitt uns in die Haut. Kopfüber stürzten wir in die Räume und schlugen schwer auf.

Ich spürte den Aufprall, und dann war da nur Schwärze.

Als ich wieder bei Sinnen war, lag ich in einem Zimmer. Menschen, die ich nicht kannte, standen um mich herum. Sie halfen mir auf die Beine. Mit letzter Kraft stürmte ich zum Fenster.

Die Eiche, die wie ein wucherndes Gewächs in zwanzig Metern Höhe an der Wand des Asch Building hing, konnte sich nicht mehr festhalten und stürzte brennend auf die Straße hinab.

Ich schrie laut auf, weil ich Dich dort unten wähnte. Doch wie ich später erfahren sollte, hatte Tabitha Dich vom Ort des Unglücks weggezogen. Zu groß war die Gefahr gewesen, von einem der fallenden Leiber verletzt zu werden.

Ich dachte nicht mehr nach. Ich lief nach unten.

Auf der Straße erwartete mich die Hölle.

Feuerwehrleute taten, was immer sie tun konnten. Das Löschwasser, das in Rinnsalen über die Straße lief, war rot von Blut. Da war ein Mann, der schreiend auf zwei Polizisten einprügelte, weil er in dem von einem schmutzigen Tuch verdeckten Fleischklumpen seine Frau erkannte. Berge von Leibern türmten sich auf der Straße auf. Die Pferde der Feuerwehr scheuten, weil der Geruch nach Blut sie verunsicherte. Löschwagen lagen umgekippt auf der Straße. Sprungnetze waren gerissen, und gekrümmte Leiber ragten aus ihnen heraus. Die Menschen schrien und weinten bitterlich, knieten neben Angehörigen, suchten nach Gesichtern, die sie kannten. Die Polizisten und Feuerwehrleute standen hilflos da und versuchten, des Chaos Herr zu werden.

Und ich?

Ich suchte nach Dir.

Wie blind rannte ich durch die Straße, stolperte über die Leichen und lief dennoch weiter.

Dann sah ich Dich und Tabitha.

Ihr hattet Euch in Sicherheit gebracht. Oh, Scarlet. Wir fielen einander in die Arme. Ich heulte wie ein Kind. Du weintest auch.

Am Ende der Straße brannte die Eiche noch immer lichterloh.

»Sie hat dir geholfen«, sagtest Du. »Die Eiche hat euch allen geholfen.«

Ich drückte Dich nur an mich.

Dann umarmte ich Tabitha.

Zuletzt euch beide.

Jetzt weißt Du, wie ich geboren wurde.

Ich kann Dir das Jahr nennen, es war 1911.

Es geschah an einem frühlingshaften Samstag, am 25. März, einfach so.

Du warst gerade einmal acht Jahre alt und hattest eine Eiche gebeten, mich zu retten. Es klingt verrückt, aber genau so hat es sich zugetragen.

Die Eigentümer der *Triangle Waist Company*, Isaac Harris und Max Blanck, wurden angeklagt, weil sie die Arbeiterinnen in der Fabrik eingesperrt hatten. Sie wurden freigesprochen, was die Öffentlichkeit empörte. Niemand konnte ihnen nachweisen, dass sie die Türen versperrt hatten. Und am Ende machte nichts von alledem die toten Mädchen und Frauen wieder lebendig.

Ich ging nie wieder dorthin.

Dieser Teil meines Lebens war vorbei.

Danach arbeitete ich in Tabithas Laden. Wir lebten weiter in der Cherry Lane in Greenwich Downtown. Du wurdest älter – und während sich Dein zwölfter Geburtstag näherte, endeten die Roaring Twenties mit einem Börsenkrach, und es begann die Zeit, die als die große Depression in die Geschichte Amerikas einging. *Manna-hata* bekam ein neues Gesicht. Das Chrysler-Building wurde fertiggestellt, dazu das Empire State Building. Lindbergh flog über den Atlantik, die Prohibition wurde aufgehoben, und die Vereinigten Staaten traten in den Zweiten Weltkrieg ein. Als Du an Deinem dreizehnten Geburtstag die Kerzen ausblasen durftest, da wurde in Gotham hoch über uns jede Nacht der Times Square verdunkelt.

Das alles ist jetzt vorbei. Die Zeit, das wissen wir, läuft anders, wenn man in der uralten Metropole lebt.

Ellis Island wurde gestern geschlossen. Ich kann kaum glauben, wie viel Zeit seit meiner Ankunft auf der *Hyperion* vergangen ist. Wir werden morgen abreisen, nach Indianapolis. Ich muss das alles hinter mir lassen.

Du auch.

# Drittes Buch

SOMNIA

Kapitel 1

Zauberer von Oz, Lord des Lichts

Der Himmel ist manchmal wie Wasser, ganz scharlachrot und voller Träume, die wie Bruchstücke eines schon vor langer Zeit verlorenen Paradieses zwischen den Wolken schweben. Man schaut ihnen hinterher und sieht die verschiedensten Dinge. Man streckt die Hand aus und kann doch keines von ihnen berühren.

So ist das Leben.

Scarlet Hawthorne erfuhr dies, als sie dem Zauberer von Oz begegnete und die Dinge eine völlig andere Wendung erfuhren, als sie es je in ihrem Leben gedacht hätte.

Jetzt sind wir da, wo die Rorschachwesen uns vergiftet haben. Noch immer auf dem gelben Steinweg.

Irgendwo im Nirgendwo.

»Wo sind wir?«, fragt Scarlet.

»Noch immer in der Hölle.«

Sie schaut auf, lächelt unsicher.

»Es ist vorüber.«

Scarlet setzt sich mühsam auf. »War es denn nicht nur ein Traum?«, fragt sie benommen.

Sie kann es kaum glauben. Aber wenn man etwas sieht, dann muss es wohl wirklich wahr sein, oder?

»Es war viel mehr als das.«

Sie nickt. Sie muss ihre Gedanken ordnen, bevor sie etwas sagen kann.

Dann ergreift sie die Hand, die ihr gereicht wird, und lässt sich ins Leben zurückziehen. Sie beginnt zu verstehen, wenn auch nur langsam. Sie ist wieder hier, mitten in der Hölle, im neunten Kreis, der ein Eispalast ist; sie ist, wie könnte es anders sein, noch immer auf dem gelben Steinweg. Nein, das ist nicht ganz richtig. Nicht *immer noch*, sondern *schon wieder* oder *wieder einmal*, das ist der Unterschied.

Doch ich sehe, dass ich Sie verwirre. Ich sollte dort beginnen, wo wir soeben noch waren. Folgen Sie mir also zum gelben Steinweg, dem wir bis in die Hölle gefolgt waren.

Follow the yellow brick road.

Scarlet Hawthorne öffnete die Augen und fühlte sich elend. Sie erinnerte sich nur noch dunkel an die insektenhaften Wesen, die über sie gekommen waren. Sie hatten einen Stachel gehabt, und sie hatten sie gestochen. Es hatte wehgetan. Und dann war sie in einen tiefen Schlaf gesunken.

Jetzt rieb sie sich die Augen.

Jeder Knochen tat ihr weh.

»Mistress Atwood?«, fragte sie und sah sich um.

»Ich bin hier.«

Ich stand vor einer Parkbank und betrachtete die Spuren darauf. »Ich hoffe nur, dass es Shakespeare und Buster gut geht«, sagte ich leise, weil man Wünsche nie ganz laut aussprechen soll, das hatte ich in den Wäldern gelernt. Dann ging ich zu meiner Begleiterin.

»Wir leben noch«, sagte Scarlet. Sie zog den Pullover hoch und betrachtete die Stelle am Bauch, wo der Stachel in sie eingedrungen war. Die Haut war leicht gerötet, aber das war auch alles. Scarlet berührte die Stelle. Sie war nur ein wenig angeschwollen und fühlte sich warm an. »Wo sind die Kreaturen?« Sie konnte keine erkennen.

»Sie sind fort«, sagte ich. »Soll heißen, ich sehe sie nicht mehr.«

»Wie lange sind Sie schon wach?«

»Nicht lange. Ich bin kurz vor Ihnen wieder zu mir gekommen.«

Scarlet stand auf. »Wo ist mein Hut?«, fragte sie.

Ich zuckte die Achseln. »Hier ist er nicht.«

Sie fasste sich an den Hals und atmete auf. Das Amulett war noch dort. Es fühlte sich warm an. Ihr wäre nicht wohl bei dem Gedanken gewesen, es nicht mehr bei sich zu haben.

»Wohin gehen wir?« Sie betrachtete den roten Himmel. Konnte es sein, dass die Sonne jetzt an einer anderen Stelle stand als vorhin? Sie dachte kurz darüber nach und kam zu dem Schluss, dass es ihr nichts bringen würde, darüber nachzudenken. Also ließ sie es bleiben.

»Ich habe keine Ahnung, wohin wir gehen sollen«, gestand ich und hoffte, dass die Kreaturen uns fernbleiben würden. »Folgen wir doch einfach weiter dem gelben Steinweg.«

Da Scarlet keinen besseren Vorschlag zu machen hatte, taten wir genau das.

Follow the yellow brick road.

Wir folgten dem Weg mit den gelben Steinen, denn es gab nur einen einzigen Weg hier, der mit gelben Steinen gepflastert war. Und lag auch Schnee auf den Wiesen und Hügeln und anderen Wegen, so hatte sich doch auf dem gelben Steinweg weit und breit keine einzige Schneeflocke niedergelassen. Und das, glaubte auch Scarlet, musste einen Grund haben.

So gingen wir durch den Central Park.

Vorbei am Belvedere Castle folgten wir dem gelben Steinweg durch den Wald von The Ramble, wo seltsame Netze zwischen den Bäumen gespannt waren, deren Bewohner aber nirgends zu sehen waren. In der Ferne sahen wir das Dakota Building, in dem nicht ein einziges Licht brannte, obwohl die Dämmerung bereits einsetzte, wenn auch nur langsam, und wir keine Ahnung hatten, wie dunkel es hier werden würde.

»Alles ist so friedlich«, bekannte Scarlet, als wir in der Mitte der Bow Bridge stehen blieben und auf das Eis des Sees unter uns blickten. Zackige Schatten huschten unter der Eisfläche hindurch, zu groß und unförmig, um Fische zu sein. »Ich habe mir die Hölle nie so friedlich vorgestellt.« Noch immer staunte Scarlet, dass dies das Gesicht der Hölle sein sollte. Der Himmel war jetzt rostrot, und die Sonne sank tiefer und tiefer, und irgendwo dort oben musste New York liegen. Sie hatte keine Ahnung, ob Himmelsrichtungen in dieser Region eine Bedeutung hatten, aber sie hatte noch immer das Gefühl, von oben herabgestiegen zu sein. Also war *hier* unten und Gotham war *oben*.

Wie auch immer – jetzt war sie hier, und es war der Central Park, wie sie ihn kannte, nur ohne Menschen und Tiere und ohne Geräusche. Die ganze Landschaft verschwand unter einer dichten Schneedecke, auf der seltsame Fußspuren zu erkennen waren. Spuren, die so weit auseinanderlagen, dass nur sehr große Wesen sie im tiefen Schnee hinterlassen haben konnten. Scarlet wollte nicht wissen, was unter dem

Schnee noch alles lebte und sich dort verbarg. Sie wusste, dass der Augenschein immer täuschen konnte.

Ja, dies war der Central Park, mit all seinen Wegen, und doch war es ein Ort, der nicht weiter davon entfernt hätte sein können, der Central Park zu sein.

»Wie geht es Ihnen?«

»Ich lebe«, sagte Scarlet erneut. »Ich spüre kein Gift in mir. Was immer diese Dinger getan haben.« Sie musste an Jake denken und an Christo und Buster. Alle waren fort, auf der Strecke geblieben. Opfer des gelben Steinwegs, wenn man es so sehen wollte

Ich nickte. »Ja, wir leben.«

»Hat das einen Grund?« Sie war davon ausgegangen, dass die Kreaturen, die uns angefallen und gestochen hatten, die Wächter der Hölle waren. In Hell Gate hatten sie jedenfalls vehement dafür gesorgt, dass niemand es wagte, in die Tiefe hinabzusteigen. Doch hier waren sie offenbar recht nachlässig vorgegangen.

Was Scarlet nicht glauben wollte.

»Alles«, erwiderte ich, »hat seinen Grund.«

»Nun kommen Sie schon, keine Ausflüchte.«

»Ich weiß es nicht. Die Kreaturen waren sehr gnädig, so viel steht fest.«

»Und warum waren sie es?«

Das brachte uns wieder zum Ausgangspunkt zurück. »Keine Ahnung.«

Wir betraten Cherry Hill. Am Nordrand von Conservatory Waters befand sich auch hier das Mädchen mit dem Pilz. Alice, die im Wunderland auf die Haselmaus, den verrückten Hutmacher und die Grinsekatze trifft, alle in Bronze verewigt.

Es war dort, an dem Denkmal, dass wir auf die beiden seltsamen Herren trafen, die hinter zwei Bäumen hervortraten, wie es plötzlicher kaum möglich war, und sich höflich verneigten, als sie unseren Weg kreuzten.

Sie trugen feine Gehröcke und hohe Hüte. Der eine sah aus wie ein Fuchs, der andere wie ein Wolf. Scarlet Hawthorne hätte gelogen, wenn sie ihr nicht bekannt vorgekommen wären.

»Wir grüßen Sie«, sagte der eine, der aussah wie ein Wolf.

»An diesem Ort«, fügte der andere, der aussah wie ein Fuchs, hinzu.

»Unser Herr bittet Sie.«

»Ins *Plaza* zu kommen.«

»Denn dort.«

»Residiert er.«

Die beiden standen nebeneinander auf dem Weg und sahen ein wenig seltsam aus.

»Wer sind Sie?«, fragte ich.

»Mr. Fox«, stellte der Wölfische seinen Kollegen vor.

»Und Mr. Wolf«, tat es der Füchsische dem Wölfischen gleich.

»Wir dienen ihm.«

»Schon lange.«

»Wem?«, wollte ich wissen, obwohl ich es mir denken konnte.

Sie sahen einander an, als hätte ich etwas überaus Dummes gefragt. So breit wie die Grinsekatze grinsten sie.

Dann sagte der eine: »Na, wem schon.«

Und der andere: »Raten Sie doch!«

Sie lachten beide.

»Dem großen Herrn dienen wir natürlich, wem sonst?«

»Dem Zauberer von Oz.«

»Dem Lord des Lichts.«

»Dem Mann, der hier die Fäden zieht.«

Der eine – Mr. Fox – setzte sich auf den Bronzepilz neben Alice und legte einen Arm um sie.

Der andere – Mr. Wolf – lehnte sich auf den breiten Hut des verrückten Hutmachers. Beide beobachteten uns, warteten ab.

»Warum haben uns diese Tiere angegriffen?«, fragte ich.

»Oh, die Nekir«, sagte Mr. Fox.

Und Mr. Wolf fügte hinzu: »Das war eine Vorsichtsmaßnahme.«

»Ja.«

»Reine Vorsichtsmaßnahme.«

»Wir wollen doch nicht«, zwinkerte Mr. Fox Scarlet zu.

»Dass Lord Somnia Euch folgt.«

»Denn das.«

»Wäre nicht schön.«

»Nein, gar nicht.«

»Würde uns jede Menge Ärger einbringen.«

»Nicht wahr?!«

Sie standen da und waren augenscheinlich sehr stolz auf sich und das, was sie taten.

»Folgen Sie einfach weiter dem gelben Steinweg.«

»Er führt Sie ins *Plaza*.«

»Mitten hinein.«

»Und wenn Sie eine Pflanze sehen.«

»Einen Baum.«

»Riesengroß.«

»Im Palm Court.«

Beide hoben warnend den Finger und sagten dann mit

ernsten Mienen unisono: »Nicht anfassen, der beißt!« Sie kicherten, als hätten sie etwas überaus Lustiges gesagt.

Dann wurden sie wieder ernst.

»Lucifer.«

»Unser Herr.«

»Der große Zauberer von Oz.«

»Und Lichtlord.«

»Möchte Sie treffen.«

»Jetzt.«

»Hier.«

»Sofort.«

»Denn.«

»Es eilt!«

»Beeilen Sie sich.«

»Bevor es zu spät ist.«

Die beiden verneigten sich, lüpften die Hüte, und ... das war alles. Sie gingen ihres Weges, als wäre dies ein schöner Sommertag und als wären sie selbst nur zum Flanieren in den Park gekommen.

Und wir?

Wir folgten weiterhin dem gelben Steinweg. Er schlängelte sich durch den Park, vorbei am Bethesda Brunnen und der Schafweide, über die geschwungene Brücke, die über die 65th Street Transverse führt, hinüber zu The Dairy mit seinen spitzen Dächern und weiter am Wollman Rink entlang bis zum Central Park South und den Wolkenkratzern.

Dann sahen wir das *Plaza*.

Der neugotische Bau mit seinen Erkern und spitzen Giebeln strahlte eine kühle erhabene Düsternis aus. Dichte Rosensträucher rankten sich von außen an den Mauern empor, und ihre Dornen schützten das Gebäude vor Eindringlingen.

Große Fenster mit dunklen Rahmen, die wie schattenumrandete, tief liegende Augen nach Wanderern Ausschau zu halten schienen, gaben dem *Plaza* einen Hauch von List und Tücke. Mit seinen über achthundert Zimmern und fünfhundert Bädern war es noch immer das größte und bei Weitem auch luxuriöseste Hotel Gothams.

»In den Fenstern brennen keine Lichter«, sagte ich.

Scarlet hatte die Hände im Flickenmantel vergraben. Es störte sie, dass der Hut nicht mehr da war. Sie hatte ihn gemocht. Es war etwas, was sie mehr störte als vieles andere hier.

Wie auch immer – der gelbe Steinweg jedenfalls führte uns genau bis zum Hautpeingang des *Plaza*. Die eleganten Drehtüren sahen alt aus. Überhaupt war vieles an dem Gebäude schwarz-weiß und ganz ohne Farbe. Das Gebäude sah aus wie das *Plaza*, aber es war etwas anderes. Alles hier war wie ein Spiegelbild der Wirklichkeit, aus der wir gekommen waren.

Die Hölle imitierte die Wirklichkeit.

Oder war es umgekehrt?

Komplizierte Sache.

Dessen eingedenk, hätte kein Ort in der Stadt passender sein können, um dem Zauberer von Oz als Residenz zu dienen.

Wir traten ein.

Beiden war uns unbehaglich zumute, doch einen Weg zurück gab es jetzt nicht mehr.

Gleißender Marmorboden empfing uns, es roch nach Minze und Rosen. Auf silbernen Ständern brannten große Kerzen. Sie verströmten einen süßen Geruch, der an Mohn erinnerte. An der Rezeption stand ein grimmig aussehender Mann in einem gelben Regenmantel. Er sah uns an, aber als wir ihn ansprachen, schwieg er, und es schien, als sähe er einfach durch uns hindurch.

Wir gingen weiter.

Nach einer Weile fragte Scarlet: »War das Hemingway?«

»Er sah aus wie Hemingway.«

»Warum hat er nichts gesagt?«

»Oh, fragen Sie mich etwas Einfacheres«, bat ich sie.

»Das Personal ist ein wenig seltsam«, murmelte sie. »Geisterhaft.«

»Dito«, entgegnete ich.

Vielleicht waren es ehemalige Gäste des Hotels, die jetzt hier in der Hölle lebten, weil zu Lebzeiten schon das *Plaza Hotel* ihre Welt gewesen war. Und sagt man nicht, dass die Hölle die Wiederholung sei?

In den Korridoren und dem Foyer liefen Kinder herum.

Nein, das war nicht richtig, sie *rannten* nicht herum, sie *schlurften*, um es genauer zu beschreiben.

In ihren ausdruckslosen Gesichtern steckten scharfe Spiegelscherben, da, wo normalerweise die Augen sein sollten. Wer auch immer sie waren, die Kinder mit den Spiegelscherbenaugen jedenfalls beachteten uns nicht. Sie bewegten sich träge umher oder standen einfach nur herum.

»Ich habe sie schon einmal gesehen«, flüsterte Scarlet, »in der Tür, durch die Virginia Dare und der Kojote gegangen sind.« War das möglich? Waren Virginia Dare und der Kojote an diesen Ort hier gegangen? Hatte die Tür geradewegs in die Hölle geführt?

Scarlet fragte sich, ob Jake nicht vielleicht doch hatte entkommen können. Es war das, was sie sich von ganzem Herzen wünschte.

Wir gingen schweigend weiter.

Es war nicht schwierig zu erraten, wer diese Kinder wohl waren. Die vielen Zettel, die sie in der uralten Metropole gesehen hatte. Die traurigen Gesichter, die jemand mit einer Anschrift und einem Hilferuf versehen hatte. Dies waren all die Kinder, die niemand mehr gefunden hatte. Jene Kinder, die von der Frau in Weiß fortgebracht worden waren.

Scarlet fragte sich, ob sie jemanden ansprechen sollte. Doch was hätte sie fragen sollen? *Wo, bitteschön, finden wir den Herrn dieser Hölle? Den Lichtlord? Lucifer? Den großen Zauberer von Oz?* In ihrer Kindheit hatte sie das Buch so oft gelesen. Und immer schon hatte sie sich vor dem Zauberer gefürchtet. Nie hatte sie geglaubt, dass er Dorothy wirklich etwas Gutes tun würde. Zu selbstherrlich war er ihr vorgekommen.

Meine Güte, das war doch verrückt!

Es gab keinen Zauberer von Oz.

Der Zauberer war eine Figur in einem Kinderbuch.

Und sie war hier, an diesem Ort, der die Hölle war und wie das *Plaza* aussah, und glaubte wirklich, im Land hinter den Tornadostürmen zu sein. Weit, weit weg von Minnesota.

Diesen Gedanken nachhängend, passierten wir die Oak Bar und eine Reihe von Restaurants und Bars, die alle verwaist waren. Nirgends fand sich irgendeine Menschenseele.

Schließlich erreichten wir den Palm Court.

Edle Säulen aus Marmor trugen eine Decke aus Buntglas, durch die mattes Licht schimmerte. Skulpturen an den Säulen zeigten die vier Jahreszeiten, die sich langsam bewegten, als würden sie gern aus dem Marmor ausbrechen und endlich wieder das sein, was sie einmal gewesen waren. Überall standen große Palmen in Kübeln aus Silber, ihre Blätter waren wie ein Baldachin für die Gäste, die durch den saalartigen Garten gingen.

Vorsichtig traten wir ein.

Spähten in die Schatten.

Dorthin, wo das Ding stand.

»Was ist das?«, fragte Scarlet, aber sie glaubte, die Antwort bereits zu kennen.

Ein Gewächs befand sich in der Mitte des Saals, missgestaltet und atmend. Es war ein Baum mit knorrigen Ästen, die bis hinauf in die Bleiverglasung der Decke ragten, wo sie sich mitten ins Glas hineinbohrten und es an vielen Stellen splittern ließen. Welke, atmende Blätter, die keine Ähnlichkeit mit irgendwelchen Blättern hatten, die Scarlet jemals in ihrem Leben gesehen hatte, bewegten sich träge wie Hände, die in der Luft nach Nahrung suchten. Die wuselnden Wurzeln des mächtigen Baumes berührten die Gesichter von Kindern, die regungslos zwischen dem Wurzelwerk knieten und hektisch atmeten, während die Wurzeln ihnen etwas aus dem Körper saugten, was sie pulsieren ließ.

»Pairidaezas Stock«, murmelte ich.

Ehrfürchtig.

Fasziniert.

Es gab ihn also wirklich.

Scarlet trat näher an den Baum heran.

Erschrocken sah sie, wie sich eine der Wurzeln vom Gesicht eines Kindes löste. Die Augen des kleinen Jungen waren nicht mehr da, und das Blut, das ihm aus den Augenhöhlen rann, gefror zu einer spiegelnden Fläche, die kaltes Glas war und sich in der Haut verhakte.

Angewidert trat Scarlet zurück.

Eine Tür öffnete sich.

»Berühren Sie ihn«, sagte eine Stimme, die tief und sanft wie Holz war. Eine Stimme, geboren zum Verführen.

Wir drehten uns um.

Ein Mann stand dort, wo wir eben noch vorbeigegangen waren. Er trug das lange blonde Haar offen, in sanften Wellen fiel es ihm über die Schultern. Die tief liegenden Augen musterten uns durch die dicken Gläser einer altmodischen Brille. Er trug einen dunklen Anzug und ein Halstuch aus Seide, das rot war wie Blut, ein weißes Hemd.

»Sind Sie ...?«

Er unterbrach mich sanft, hob die Hand, stellte sich vor: »Der Zauberer von Oz. Der Lichtlord.« Er grinste wie ein Raubvogel. »Engel. Aufrührer. Freigeist.« Er verneigte sich tief. »Sie können mich Lucifer nennen, zu Ihren Diensten.« Er kam auf uns zu und fixierte Scarlet. »Mephistopheles«, sagte er mit einer Stimme, die sich genau wie die Robert de Niros anhörte, »klingt so übertrieben in Manhattan.« Er besaß einen leicht wippenden Gang, als lausche er andauernd einer Melodie, die außer ihm niemand zu hören schien. »Nur zu, Miss Hawthorne, berühren Sie ihn.« Er lächelte unbestimmt. »Sie spüren doch, was Pflanzen fühlen.« Er trat ganz dicht neben sie und flüsterte ihr ins Ohr: »Sie sind ein Tricksterkind. Ich weiß, wo Ihr Vater ist.«

»Ich ...« Die letzte Aussage hatte sie ein wenig aus der Fassung gebracht, so beiläufig war sie geäußert worden.

»Sie sind Scarlet Hawthorne. Berühren Sie ihn. Los, trauen Sie sich!«

Scarlet trat vor.

Sie wusste nicht, warum sie das tat.

Es war, als sei sie in einem Traum gefangen. Sie streckte die Hand aus und legte sie auf die Rinde des Baumes.

»Sehen Sie!«, forderte Lucifer sie auf.

Und sie sah.

Ein Land, so wunderschön und prächtig, wie es nicht einmal Minnesota in ihrer Erinnerung war. Wiesen und Felder, Berge und Flüsse. Es gab klare Seen und Fische darin und so viele Tiere, die längst vergessen waren. Engel wandelten durch diesen Garten und saßen unter einem Baum. Es war ein prächtiger Baum, jung und gut im Saft. Er trug reife Früchte, die köstlich mundeten, wenn man sie aß. Pralle Früchte, rot und orange, grün und lila, alle Früchte der Welt wuchsen an den Ästen dieses Baumes.

Sie ließ die Rinde los. Sie fühlte sich an wie Haut.

»Jetzt schmecken die Früchte bitter.« Lucifer wirkte betrübt. »Man muss sich überwinden, will man sie essen.« Er verzog das Gesicht. »Und doch gibt es immer nur diesen einen Weg, um am Leben zu bleiben.«

Scarlet schluckte. Noch immer spürte sie die Berührung auf ihrer Hand.

»Was passiert mit den Kindern?«

Lucifer trat näher an Pairidaezas Stock heran. »Der Baum nimmt ihnen ihre Seelen.« Er sagte dies, als sei es völlig normal. »Er trinkt sie, wie Wurzeln sonst Wasser trinken.«

»Die Kinder sterben.«

»Nein, Mistress Atwood, ihre kleinen Körper leben weiter.«

Der Junge, den die Wurzel eben freigegeben hatte, ging auf Lucifer zu. Der Engel berührte sanft sein Gesicht. »Sagt man denn nicht, dass die Augen ein Spiegel der Seele sind?«, sinnierte er leise. Mit langen Fingernägeln pflückte er die Scherben aus den leeren Augenhöhlen. »Und was sind dann die Spiegel?« Blut rann dem Jungen übers Gesicht, aber er verzog keine Miene dabei. »Nicht nur die Welt ist gierig.« Lucifer steckte sich die Scherben in den Mund, zerkaute und schluckte sie. »Sehen Sie, jetzt ist sie fort, die kleine Seele.« Er deutete auf die pulsierende Wurzel, den Stamm, die Äste, die Früchte, die nur an manchen Stellen prall und voll waren. »Seine arme kleine Seele.« Das Blut in den Augenhöhlen des Jungen wurde erneut zu einer festen Masse, die am Ende zu spiegeln begann. »Ist es nicht grausam, das tun zu müssen, wieder und immer wieder?« Er ging zum Baum und pflückte eine Traube, betrachtete sie. »So viel Unschuld«, sagte er und seufzte. »Das ist alles, was davon übrig bleibt.« Er steckte sich die Traube in den Mund und schluckte sie herunter. »Sie schmecken bitter«, flüsterte er, »denn nicht mehr fühlen zu können, schmeckt immer bitter.« Er hob den Blick, die dunklen Augen sahen an Orte, die sie einst erblickt hatten. »So viel Unschuld, die vergeblich nach dem Leben sucht.« Er deutete auf all die Kinder mit den Spiegelscherbenaugen. »Sie sind mein Leben. Und ich bin das ihre.« Er schaute Scarlet an. »Ist das nicht schrecklich?«

»Warum tun Sie das?«

Er pflückte eine weitere Traube. »Weil es meine Natur ist«, sagte er. »Der Träumer hat mich so erschaffen, meine Liebe. Lord Somnia, Mr. Morpheus, der Träumer, Dr. Dream, der Sandmann.« Er lachte bitter. »Ha, so viele, viele Namen, und immer ist er es, der dahintersteckt.« Er spuckte den Rest der Traube auf den Boden. Kleine Scherben steckten darin wie winzige Messer. »Mistkerl!«, fluchte er, drehte sich um und schnippte mit den Fingern. Eine Tür zwischen den Palmen öffnete sich. »Darf ich vorstellen?« Eine wunderschöne Frau mit blondem Haar trat in den Saal ein. »Mylady Lilith.« Er schnippte erneut mit den Fingern, eine andere Tür sprang auf. Er lächelte süffisant. »Meine Tochter kennen Sie ja bereits, wie ich meine.« Sie trat aus der Tür. Virginia Dare war so schön, wie sie es im Paramount-Theater gewesen war, sie kam nach der Mutter.

»Jetzt sind ja alle versammelt«, raunte ich, »wie bei Agatha Christie.«

Scarlet wusste nicht, was sie sagen sollte.

»Warum bin ich hier?«, fragte sie schließlich.

Lucifer nahm sich ein Glas, das auf einem Tisch in der Nähe stand: »Sie sind dem gelben Steinweg gefolgt. Sie haben mich gefunden. Sie haben auf das gehört, was Mr. Fox und Mr. Wolf Ihnen geraten haben. Jetzt sind Sie hier. Bei mir. Bin ich nicht der, den Sie gesucht haben? Der Zauberer von Oz. Der Puppenspieler. Der Kerl, der die Fäden zieht.«

»Sind Sie der Kerl, der die Fäden zieht?«, fragte ich herausfordernd.

Stille trat ein.

Wenn auch nur kurz.

»Sie sind geschickter, als Sie zu sein vorgeben, Mistress Atwood.« Er pflückte noch eine Traube vom Baum, dann noch eine, wieder und wieder. Er zerquetschte sie, und der Saft floss in das Weinglas hinein. »Ja, ich bin der Kerl, der die Fäden zieht. Mister Bombastic. Ich bin derjenige, der die Karten neu mischt.« Er ging zu Lady Lilith und steckte ihr eine Traube in den Mund, den sie leicht geöffnet hatte. »Ich bin der Kerl, mit dem man sich nicht anlegen sollte.« Seiner Tochter reichte er das Weinglas, aus dem sie gierig trank.

»Und Lord Somnia?«, hakte ich nach. »Mr. Morpheus?«

Lucifer verzog das Gesicht.

Lilith sagte mit ruhiger Stimme: »Er wird Sie nicht wieder zurück nach Kansas bringen, Miss Scarlet.«

Virginia Dare schwieg.

»Lord Somnia ist derjenige, der Unrecht tut. Nicht ich.«

Lucifer blickte in die Runde, seine Augen funkelten vor Zorn. »Er ist derjenige, der die Regeln bricht, die er selbst den Menschen und Engeln auferlegt hat. Er ist der Herr der Lüge, nicht ich.«

Scarlet nahm all ihren Mut zusammen und stellte die Frage, auf die es ankam. Die Frage, die alle anderen Fragen beinhaltete. »Was geht hier vor?«

»Sie sind doch gekommen, um Ihren Vater zu sehen?«, sagte Virginia Dare in einem spöttischen Tonfall. Noch immer war ihre Stimme klirrend wie Eis.

Scarlet dachte, dass es das Beste sei, bei der Wahrheit zu bleiben. »Wenn ich meinen Vater treffe, dann werde ich sterben.« Lucifer fragte nicht nach, warum das so war. »Ich soll ihn an Lord Somnia ausliefern, wenn ich ihn gefunden habe. Ich muss es tun, damit Lord Somnia meine Mutter freigibt.«

Lucifer schüttelte den Kopf. »Lord Somnia will mich ein für alle Mal erledigen«, stellte er fest. »Das Leben ist immer so einfach, nicht wahr? Der eine will etwas, der andere nicht. Es gibt einen Konflikt. Einen Sieger, einen Verlierer. Der eine bekommt, was er will, der andere nicht.«

»Ja«, sagte Scarlet, »scheint so.«

»Sie sind immerhin ehrlich«, sagte Lilith. Sie war so schön, wie ihre Tochter es einmal sein würde, wenngleich die Ähnlichkeit sich eher im Ausdruck der hell und blau blitzenden Augen verbarg.

»Warum sollte ich es nicht sein?«

»Weil die Welt eine durchtriebene Lügnerin ist«, antwortete der Lichtlord, »und alle dazu neigen, einander zu belügen.« Und dann: »Ihr Vater ist nicht hier.«

»Sondern?«

»Er ist woanders«, sagte Lilith und blickte Scarlet dabei in die Augen.

»Wo?«

Lucifer berührte das Blatt einer Palme. »Wissen Sie, warum *wir* hier sind?«

»Wissen Sie, warum er Sie nicht getötet hat?« Virginia Dare schien sie nicht zu mögen.

Beide schüttelten wir den Kopf.

»Lord Somnia, der Träumer«, er sprach die Namen aus, als seien sie pures Gift, »Mr. Morpheus, wie er sich seit Neuestem nennt, will die Engel töten. Nun ja, er hat schon damit begonnen. Er hat die großen Metropolen der Welt von ihnen *gesäubert*. Ja, das ist das Wort, das er benutzt, wenn er davon spricht. Worte sind mächtig, nicht wahr?« Er seufzte. »Diejenigen Engel, die noch am Leben waren und das Glück hatten, fliehen zu können, sind nun an einem sicheren Ort.«

»Wo?«

Er tippte sich an den Kopf. »Hier.«

Scarlet verstand nicht.

»Sie sind hier. Im *Plaza*. In jedem Zimmer. Sie sind überall. Sie schlafen.«

»Sie schlafen?«

»Bald, junge Miss Hawthorne, wird es zu einer Schlacht kommen«, sagte er mit einem Anflug von Genugtuung. »Einer gewaltigen Schlacht, wie damals um Pandaemonium. Ich werde die Engel, die noch leben, anführen.«

»Sie waren sterblich«, gab ich zu bedenken.

»Haben Sie Kinder, Mistress Atwood?«, fragte der Lichtlord.

Ich verneinte.

Lilith ging langsam durch den Saal, und auch ihre Hand

liebkoste die Palmen im Vorübergehen. »Der Träumer untersagte es uns, Kinder zu haben. Er verbot es, weil er es so wollte.« Ihre roten Lippen wurden ganz schmal. »Er hat so viele von meinen Kindern getötet.« Ihr Gesicht war eine Maske, als sie das sagte. »Doch wir haben jetzt Virginia. Sie ist unser Mädchen, und wir werden nicht zulassen, dass er ihr etwas antut.« Sie sah mir direkt in die Augen. »Sie ist im Verborgenen zu einer Frau herangewachsen. Sie ist das Winterkind, das keine Gefühle hat, weil ER sie ihr nicht zugesteht. Sie ist kalt, leblos, und doch voller Lebenslust.« Lilith ging zu Virginia und berührte zärtlich ihre Wange. »Wir konnten Kinder bekommen, doch diese Kinder, so wollte es der Träumer, sollten uns keine Gefühle entgegenbringen. Das war der Fluch, den er für uns vorgesehen hatte.« Sie lachte böse auf. »Doch Virginia ist anders. Sie ist kalt, aber nicht zu uns. Sie atmet den Winter, aber sie weiß, wie der Sommer schmeckt.«

Virginia sagte mit eisiger Stimme: »Ich weiß, was ich bin. Und böse bin ich nicht.«

Scarlet lief ein Schauer über den Rücken, als sie Virginia Dare das sagen hörte.

»Mr. Morpheus«, sagte Lilith, »wird Virginia töten, wie er alle anderen auch getötet hat. Er ist davon überzeugt, dass die Schöpfung keinen eigenen Willen haben darf. Das war schon immer sein Problem.« Sie seufzte. »Lucifer und ich, wir haben in London gelebt. Jahrhunderte sind dort vergangen. Doch die letzten beiden Jahre haben wir so gelebt, wie die Menschen es normalerweise tun.« Mit verträumtem Blick fügte sie hinzu: »Es gab da einen Laden, am Cecil Court, ein Antiquariat, das vorher einer wunderbaren Frau namens Eliza Holland gehörte.« Sie hielt inne, und ihre

Augen sahen aus, als blickten sie weit, weit zurück auf die Jahre eines vergangenen Lebens, die nichts je wieder zu ihr zurückbringen würde. »Wir haben den kleinen Laden übernommen, und das war unser Leben.«

»Wir sind älter geworden«, sagte Lucifer. »Unsere Haut ist faltig geworden, wir haben an Sehkraft eingebüßt.« Er lachte traurig. »Wir wollten leben, und dann, irgendwann, wollten wir sterben.«

»Doch dann hat die neue Regentin damit begonnen, die Engel ausfindig zu machen. Die Schlafwandler haben den Himmel am Oxford Circus infiziert, so fing es an.« Wütend stapfte Lilith um Pairidaezas Stock herum. »Lord Uriel war einer der wenigen, die überlebten. Alle sprachen von dem neuen Berater, der nach London gekommen war. Wir wussten sofort, wer er war.«

»Er machte nicht einmal ein Hehl aus seinem Namen«, sagte Lucifer. »*Lord Somnia*. Er verbirgt sich nicht wirklich hinter dem Namen. Er ist der Träumer, der die Welt einst träumte, wie die Welt ihn selbst heute träumt. Er ist derjenige, der die Freiheit frisst. Er ist derjenige, der das Paradies zerstört hat. Er hat die Dreamings geschaffen, um die Schöpfung selbst in ihren geheimsten Träumen zu kontrollieren. Doch die Schöpfung entwickelte ihre eigenen Gedanken. All die Menschen, die ihre Fragen zu stellen lernten. Ja, wenn die Menschheit in etwas besonders gut war, dann darin, Fragen zu stellen. Alles hinterfragten sie, seine Kinder, und nichts nahmen sie als gegeben hin.« Stolz betonte er: »Das ist mein Erbe. Ich habe sie gelehrt, ihre Köpfe zu gebrauchen und nichts als vorbestimmt hinzunehmen.«

Lilith seufzte. »Wir gingen nach Gotham. Wir wussten, dass der Träumer hier an Macht verlor.«

»Wir mussten wieder zu Kräften kommen«, sagte Lucifer. »Auch Lord Uriel und eine Schar versprengter Engel flohen nach Amerika. Sie suchten mich auf und baten mich darum, an ihrer Seite zu kämpfen.«

»Mehr noch«, sagte Lilith, »sie baten ihn darum, sie anzuführen.«

Virginia Dare, die sich auf eine Treppenstufe setzte, sagte: »Ich stieg in die engsten Kreise der Hölle hinab.« Sie sah uns starr an. »Ich ging zu den Kindern des Limbus und suchte mit ihnen nach einem Ableger der Pflanze, die einst im Paradies gewachsen war.«

»Sie durchwanderte die Wüstenei«, sagte Lilith, »ließ Pandaemonium weit hinter sich und betrat die Orte, die nicht einmal Lucifer in seinen Träumen bereist hatte. Sie traf auf verlorene Seelen, die seit Jahrhunderten durch die Ödnis irrten, sie ließ sich von ihnen Geschichten erzählen, und in all den Worten erkannte sie schließlich den Pfad, der sie zur Quelle führte. An den Ort, an dem die Wurzeln des Baumes sprossen. Pairidaezas Stock. Sie brachte den Ableger zurück in den neunten Kreis der Hölle, der noch immer ein Eispalast ist. Sie brachte ihn in die Stadt, in der sie lebte, nach New York.«

»Alles, was sich niemals wiederholen sollte«, stellte Lucifer fest, »begann aufs Neue.«

»Wir nahmen uns die Kinder von der Straße, und der Lebensbaum trank von ihrer Unschuld. Ich wurde wieder zu der Frau in Weiß, die durch die Nacht zog und die Kinder stahl.« Lilith wirkte traurig, als sie das sagte. »Sie nährten den Lebensbaum, und die Trauben, die an ihm wuchsen, enthielten die Essenz, die uns die Kraft gab, nach der es uns verlangte.«

»Ich wurde wieder zum Lichtlord.«

»Und ich bin Lilith.«

Scarlet sah die beiden fasziniert und zugleich voller Abscheu an. »Sie haben die Kinder getötet.«

»Sie sind nicht tot.«

»Nur verloren.«

Scarlet seufzte. »Wo ist mein Vater?« Sie fragte sich, was er mit dieser Sache zu tun hatte.

»Er schläft«, antwortete Lucifer.

»Was heißt das?«

»Er träumt. Er lebt in einem Traum. Dort ist er sicher, denn es ist *unser* Traum.«

»Das verstehe ich nicht.«

»Ich«, sagte Lucifer, »war der erste Engel, der zu träumen vermochte. Ich dachte mir eine Zukunft aus, die frei war von den Zwängen des Träumers. All die anderen Engel, die später zu träumen erlernten, bekamen diese Gabe, weil ich sie ihnen schenkte. Ich hatte sie erkämpft.« Flüsternd fügte er hinzu: »Ich allein habe die Macht, sie alle in ihren Träumen zu einen und zu leiten.« Er lächelte, und es war ein grausames Lächeln. »Wir werden den Träumer dort angreifen, wo er nicht mit einem Angriff rechnet. Das ist es, was wir vorhaben.«

Jetzt wurde mir alles klar. »Ihr greift ihn im Traum an.«

»Ja.«

Scarlet fragte sich, warum er ihr das alles erzählte. Warum legte er all seine Karten auf den Tisch?

»Die Engel, die im *Plaza* sind, schlafen.« Lucifer ging zum Lebensbaum und verleibte sich eine weitere Traube ein. »Ihr Vater, Miss Hawthorne, ist ebenfalls in dem Traum. Er wartet dort bereits auf uns.«

»Er wartet auf mich?« Sie konnte die sinnlose Hoffnung, die in ihrer Stimme mitschwang, kaum verbergen.

Lucifer schüttelte das Haupt. »Er weiß nichts von Ihnen. Er weiß nicht, dass er eine Tochter hat.«

»Aber ...«

Er schluckte die Traube. »Ich suchte ihn auf, in London. In seinem Haus in Marylebone.«

»Was wollten Sie von ihm?«

»Ist das nicht offensichtlich? Ich konnte mich nicht frei bewegen, nicht mehr. Es hätte die Aufmerksamkeit Lord Somnias auf uns gelenkt. Ich bat Mortimer Wittgenstein, die anderen Engel für mich ausfindig zu machen. Er sollte ihnen den Plan mitteilen. Sie alle sollten nach New York kommen. Hier wollten wir uns versammeln und gegen die Scharen der Dreamings und den großen Mr. Morpheus höchstselbst kämpfen, wie wir es früher schon einmal getan haben.« Er sah jetzt aus wie ein Raubvogel, der auf Beute aus ist. Er schlug mit der Faust in die flache Hand. »Vor zwei Jahren haben wir die Mala'ak ha-Mawet besiegt. Jetzt wird der letzte Kampf gekämpft.«

Lilith sah sorgenvoll zu Virginia.

»Und welche Rolle spiele ich in diesem Spiel?«, wollte Scarlet wissen.

»Sie sind der Köder. Lord Somnia hat Sie losgeschickt, um Wittgenstein zu suchen. Aber finden wollte er nur mich.«

»Und jetzt?«

»Jetzt hat er Ihre Spur verloren«, stellte Lucifer klar. »Er folgt Ihnen nicht mehr. Sie sind ein Tricksterkind, Miss Hawthorne. Und daher war es dem Träumer nicht möglich, Ihren Geist zu durchdringen. Die Dreamings können sich nicht in Ihren Träumen bewegen, weil Sie kein Geschöpf des

Träumers sind. Sie sind etwas anderes. Ein Wechselbalg. Etwas, wofür in der Natur eigentlich kein Platz vorgesehen war.«

»Aber meine Mutter«, gab Scarlet zu bedenken. Hatten die Dreamings sie nicht befallen?

»Ihre Mutter wurde betäubt, um Ihnen vorzutäuschen, dass ihre Träume sich in der Gewalt der Dreamings befinden.« Lucifer schnalzte mit der Zunge. »So ist er nun mal, Mr. Morpheus. Er hat gemogelt. Er hat sie vergiftet und behauptet, sie würde wieder erwachen, wenn Sie alles täten, was er von Ihnen verlangte.«

Scarlet blieb stumm.

»Er hat Sie hinters Licht geführt.«

»Das heißt, sie wird nicht wieder erwachen?« Scarlet musste an das denken, was die Engländerin im Havisham's gesagt hatte. »Kann man ihr denn nicht doch noch helfen?« Wenn es kein Dreaming war, der ihren Verstand besetzte, dann musste es doch eine Rettung geben. Für jedes Gift gab es doch ein Gegengift. Das durfte nicht das Ende sein.

Lucifer schüttelte den Kopf. »Ich weiß nicht, was genau Mr. Morpheus mit ihr angestellt hat. Es gibt Gifte, die er in seinen Träumen kredenzt, von denen wir keine Ahnung haben.«

Scarlet schwindelte es. Sie dachte an Rima, wie sie inmitten der Rosenranken lag. »Aber warum bin ich jetzt hier?«, fragte sie. Noch immer sah sie keinen Sinn in alledem.

Lilith war es, die erneut sagte: »Sie sind dem Weg gefolgt, das ist alles. Es ist ein Zufall.«

»Das heißt, Sie werden uns nicht töten?«, brachte ich ein ernstes Anliegen auf den Punkt. »Wir müssen nicht sterben?«

»Irgendwann, Mistress Atwood, muss jeder einmal sterben.«

Scarlet überlegte. Etwas war nicht richtig. Das, was Lucifer sagte, war nicht gänzlich schlüssig. »Aber wie hätte ich Lord Somnia denn kontaktieren sollen, wenn ich meinen Vater gefunden hätte?«

»Er ist Ihnen gefolgt, die ganze Zeit über.« Lucifer wirkte ernst. »Jeder Schritt wurde von ihm überwacht. Er schwebte über Ihnen, sozusagen.«

Scarlet schaute auf. »Heißt das, er ist jetzt hier?«

Lucifer schüttelte den Kopf. »Er kann die Hölle nicht betreten, nicht diese Hölle. Er hat keine Macht über die Dinge, die seine Schöpfung erschaffen hat.«

»Deswegen haben wir die Nekir geschickt.« Lilith wirkte wie versteinert, sie hatte Angst.

Die Rorschachwesen, die uns gestochen hatten. Die Nekir!

»Ihr Gift hat Sie für einen Augenblick bewusstlos gemacht. Verzeihen Sie mir diesen Eingriff, aber er war unabdingbar für das, was wir vorhaben. In der kurzen Zeit, in der Sie beide ohne Bewusstsein waren, hat der Träumer Ihre Spur verloren. Jetzt sind wir vor seinen Nachstellungen sicher.«

»Was haben Sie vor?«

»Virginia wollte Sie töten lassen. Der Kojote war uns immer schon ein treuer Gefolgsmann. Doch als Sie das zweite Mal entkamen und drüben am Hell Gate auftauchten, da änderten wir den Plan.« Er lächelte, und Scarlet hatte erneut das Gefühl, nur eine Figur in einem viel größeren Spiel zu sein. »Sollten Sie doch in die Hölle kommen. Sollte Mr. Morpheus Ihnen bis zum Eingang folgen. Lord Somnia würde glauben, dass wir alle hier auf ihn warten. Dass wir uns verstecken, im neunten Kreis der Hölle, jenseits von Pandaemonium.« Er ging auf und ab, rastlos wie ein Panther im Käfig. »Doch das zu glauben wird ein Fehler sein.« Er lachte auf. »In eben diesem Moment rüsten wir zur großen Schlacht.«

Lilith sagte: »Der Angriff wird bald schon erfolgen.«

»Ihr Vater ist schon dort, bei Lord Uriel.«

»Wo ist das?«

»An diesem Ort, nur woanders.«

Scarlet wusste nicht, wovon er redete.

»Warum tut er das?«

»Ihr Vater?«

»Lord Uriel stand ihm einst bei. Jetzt war es an ihm, umgekehrt seine Hilfe anzubieten.«

Lucifer bewegte sich auf den Ausgang des Palm Court zu. »Folgen Sie mir«, bat er uns und öffnete eine Tür, die den Blick auf ein Marmortreppenhaus freigab. Wir folgten dem Lichtlord die Treppen hinauf, schritten durch lange Korridore, die sich durch nichts außer den Zimmernummern voneinander unterschieden. Es war ein Labyrinth.

»Hinter jeder dieser Türen«, erklärte Lucifer, »schlafen Engel.«

Er trat auf eine zu.

Seine langen Finger schlossen sich um den Türknauf.

Er öffnete sie.

Scarlet warf vorsichtig einen Blick hinein.

In dem Zimmer befanden sich drei Kokons, silbrig filigrane Dinger, Körben aus Licht ähnlich. In ihnen schliefen die Engel, jeder in seinem Kokon. Sie hatten die Körper gekrümmt, und die mächtigen Schwingen waren um die Körper gelegt, als umarmten sie sich selbst. Sie atmeten ruhig, leise, und ihre Augen waren weit geöffnet, doch die Pupillen bewegten sich nicht. Es schimmerte keine Ewigkeit in ihnen, kein Feuer glomm mehr dort, wo normalerweise Flammen wüteten. Die Tätowierungen auf ihren Gesichtern waren leblos, ruhten.

»Sie sind schon alle bei Lord Uriel im Traumreich«, sagte Lucifer. »Sie rüsten sich zur großen Schlacht.«

»Wir werden ihn vernichten, den Träumer«, sagte Lilith, die uns gefolgt war.

»Sie können Ihren Vater ohne Gefahr treffen. Der Fluch des Shah-Saz hat in den Traumgefilden keine Wirkung. In den Träumen sind wir frei. Losgelöst von den Beschränkungen, die uns das Leben diktiert.« Lucifer streckte seine Hand aus. »Das ist es, was ich Ihnen anbiete.« Es war wieder die Stimme des Verführers, die zu uns sprach. »Sie können mit uns dorthin gehen und zusehen, wie die letzte Schlacht geschlagen wird. Sie werden Ihren Vater treffen. Zugegeben, Mortimer Wittgenstein wird nicht wenig überrascht sein, wenn er seine Tochter trifft.« Zum ersten Mal lächelten die dunklen Augen ihr zu, und Scarlet fragte sich, ob er die Wahrheit sprach.

Lucifer wartete.

Auf die Antwort.

Scarlet ging auf und ab. Sollte sie das wirklich tun?

Sie wusste es nicht.

Ratlos sah sie mich an. Doch dies war eine Entscheidung, die sie selbst zu treffen hatte.

»Ich werde Sie begleiten«, versprach ich ihr. »Komme, was wolle.«

Sie nickte nur, dankend.

»Wir versetzen Sie beide in tiefen Schlaf«, sagte Lilith. »Und auf der anderen Seite sehen wir uns wieder.« Sie kam auf Scarlet zu und berührte das Amulett, das sie am Hals trug. »Manchmal«, flüsterte sie, »geschehen schlimme Dinge. Jemand, den man liebt, stirbt. Völlig unerwartet.« Sie wirkte nachdenklich, als sei sie für den Hauch eines Augenblicks jemand anders. »Es wird vorübergehen.« Die hellen Augen waren die Wasser, in denen Scarlet einst mit Keanu geschwommen war. Fast war ihr, als könne sie ihn und sich selbst darin erkennen, tief unter der schimmernden Oberfläche, die Versprechungen flüsterte. »Kommen Sie mit uns, und sehen Sie, wer Ihr Vater ist. Es wird Ihnen kein Leid geschehen.«

Scarlet wusste nicht, ob sie ihnen vertrauen konnte.

»Mistress Atwood muss mitkommen«, sagte sie.

Lilith nickte zustimmend.

»Wir tun es«, sagte Scarlet schließlich.

Lucifer kam ihr ganz nah. »Wir treffen uns wieder in dem Traum, in dem alles ein Ende finden wird«, sagte er. Dann küsste er Scarlet, und mit dem Kuss kam der Schlaf, so tief und fest, wie er niemals zuvor gewesen war.

Ich folgte ihr, hinüber ins andere Reich. In die Traumgefilde, die dem Träumer zur Falle werden sollten.

Kapitel 2

Traumgefilde

Manchmal ist das Leben voller Überraschungen, und zuweilen erweisen sich die Dinge, an die man glaubt, als Lug und Trug.

Scarlet Hawthorne und ich öffneten die Augen und waren anscheinend noch immer im Korridor vor dem Raum mit den Kokons. Raum 1648 des *Plaza*.

Die Engel, die vorhin noch geschlafen hatten, waren jetzt erwacht.

Sie standen im Raum und hatten ihre Schwingen eng an den Körper angelegt. Sie sahen uns neugierig an, und ihre Köpfe zuckten ein wenig wie die Köpfe von Vögeln, wenn sie fraßen. Sie waren wunderschön und ganz furchtbar zugleich anzuschauen. Flammen loderten in ihren Augen.

»Wir sind Lichtengel«, sagten sie warnend mit Stimmen, die wie Lieder von Cole Porter und Gershwin klangen, »schau uns nicht zu lange in die Augen, sonst wird dich das Feuer verbrennen, tief in dir drinnen.«

Scarlet fragte sich, ob es das auch im Traum tun würde, sagte aber nichts. Sie wusste plötzlich nicht mehr, wie man mit einem Engel redete.

Lucifer und Lilith waren ebenfalls dort. Virginia Dare nicht.

»Lasst uns nach draußen gehen«, schlug Lucifer vor. »Dort sind die anderen bereits versammelt.«

»Sind das hier unsere Körper?«, fragte ich neugierig und betrachtete meine Hände.

»Ihrer beider Körper sind in dem anderen *Plaza*«, antwortete Lilith. »Virginia achtet auf sie.«

»Hm«, war alles, was ich dazu sagte.

Scarlet fühlte sich unbehaglich.

Wir folgten Lucifer durch die langen Korridore, die Treppen aus Marmor hinab, an den hohen Pflanzen vorbei. Im Palm Court gab es einen Lebensbaum, und auch hier, im Traum, waren überall die Kinder mit den Spiegelscherbenaugen anzutreffen. Für einen Moment fragte sich Scarlet, ob sie sich überhaupt in den Traumgefilden befand oder ob sie einfach nur den gleichen Weg zurückging, den sie eben gekommen war.

Wir ließen die Rezeption zu unserer Linken liegen.

Dann traten wir nach draußen.

Ein dunkelroter Himmel war das Firmament über dem Central Park. Die Park Avenue war verwaist, ebenso die Stadt. Scharen von Engeln flogen am Himmel, und in ihren Händen hielten sie glühende Schwerter.

»Wir werden das verlorene Paradies wiederfinden«, sagte Lucifer, und seine Stimme war jetzt die Stimme eines Kriegers. In seinem Gesicht tauchten Bilder auf, bunte Tätowierungen, wie Scarlet sie sonst nur bei den übrigen Engeln gesehen hatte. »Wir sind bereit.«

Scarlet sah mich besorgt an.

Beruhigen konnte ich sie nicht.

Drüben, am Horizont, verdunkelte sich der Himmel. Es sah so aus, als flösse pechschwarze Tinte in das Rostrot des Sonnenuntergangs hinein. Dann erkannte Scarlet, dass es sich um Kreaturen handelte. Sie näherten sich. Sie sahen aus wie Menschen, die zu mehreren Bildern verschwammen.

»Das sind die Dreamings«, erklärte Lilith. »Sie haben bemerkt, dass wir hier sind.«

»Es ist an der Zeit.«

Die Engel am Himmel machten sich für den Kampf bereit.

»Wo ist mein Vater? Sie haben mir versprochen, dass ich ihn bald sehe.«

Lucifer zuckte die Achseln. »Er ist irgendwo im Park. Bei Lord Uriel.«

Scarlet sah mich an.

Sie glaubte ihm nicht, so viel war sicher.

Lucifer ließ seinen Blick in die Ferne schweifen.

Und die Schlacht am Himmel begann.

Tosend.

Wie ein Traum.

Dunkel.

Bitter.

Die Dreamings sahen aus wie gestorbene Träume. Sie waren Menschen, die schon lange keine Menschen mehr waren. Auf ihrer schwelenden geschwärzten Haut tanzten Bilder, die sich selbst ausradierten, bevor sie ganz fertig waren. In der Luft schwebten sie wie Tintenflecke, die einen Körper besaßen. Sie stürzten sich auf die Engel, die glühende Flammenschwerter in sie hineinstießen. Die Tinte tropfte wie schwarzes Blut vom Himmel, und die Schreie der schon vor langer Zeit gestorbenen Träume sickerten in den tiefen Schnee. Wie besinnungslose Berserker wüteten die Engel unter den Dreamings. Der Himmel war gesprenkelt mit sich windenden Leibern.

»Wenn sie vernichtet sind«, sagte Lucifer, »ist Lord Somnia allein.«

»Wir werden wie ein einziges Herz schlagen.«

»Und sein Regime endgültig beenden.« Lucifer lächelte wie eine Schlange. »Dann vernichten wir ihn.«

Scarlet wirkte skeptisch. »Sie wollen Lord Somnia töten?«

»Die Schöpfung hat gezeigt, dass sie ohne ihn leben kann. Wir brauchen ihn nicht mehr.« Lucifers Gesicht verfolgte wutentbrannt die Kämpfe am Himmel. Er genoss jeden Augenblick, der verging.

Immer mehr Dreamings tropften zerfetzt vom Firmament. Die Engel waren siegreich.

»Wie werden Sie ihn töten?«, fragte Scarlet.

»Mit der geeinten Kraft der Engel«, sagte Lucifer. Das war alles. Sein Blick war gen Himmel gerichtet, wo die gestorbenen Träume, die Mr. Morpheus all die Jahrhunderte gedient hatten, ein letztes Mal starben. Einige Engel wurden von ihnen mit in die Tiefe gerissen.

Dann hörten wir eine tiefe Stimme, die den Namen des Lichtlords aussprach: »Lucifer.«

Alle drehten sich um.

Jemand Dunkles stand vor dem Eingang zum *Plaza*. Er war nicht alt und nicht jung. Das Gesicht, das keiner richtig erkennen konnte, war für jeden das Gesicht, das er sehen wollte. Er war ein Mann und eine Frau. Ein Tier und eine Pflanze. Er war alles, was jemals gewesen war.

»Morpheus«, zischte Lucifer. »Endlich sehen wir uns wieder.«

Scarlet trat neben mir einen Schritt zurück. Ihre Augen waren vor Schreck geweitet.

Dies war der Träumer? Der Träumer, der die Welt einst träumte, wie die Welt heute ihn erträumt?

»Dein Paradies zerrinnt dir zwischen den Fingern«, sagte Morpheus. Er kam nicht näher, verharrte dort, wo er stand. »Du wirst es nicht wiederfinden, nicht hier.« Er warf keinen Schatten und sah in jeder Sekunde anders aus als zuvor. Alle Farben der Welt schwammen in seinen Augen, alle Gefühle, die jemals existiert hatten, spiegelten sich in seinem Gesicht, das alle Gesichter, die es jemals gegeben hatte, war.

»Die Engel werden mir ihre Herzen schenken«, sagte Lucifer.

Und Scarlet glaubte eine Spur von Unsicherheit im Gesicht des Träumers zu erkennen.

»Das werden sie nicht tun.«

»Ha, Hochmut!«

»Sie sind selbstsüchtige Geschöpfe.«

Lucifer zischte. »Ach, wirklich?«

»Ja, selbstsüchtig. Wie du!«

Lilith stellte sich neben Lucifer, doch der Lichtlord schob sie weg von sich. Er musste dem Träumer allein gegenübertreten. So war es schon immer gewesen, seit Anbeginn der Zeit.

»Da, sieh!« Er deutete zum Himmel hinter sich. »Die Dreamings sind tot.«

Die Engelsscharen näherten sich. Ein Glanz ging von ihnen aus, wie eine Aura, so hell.

»Sie haben dich durchschaut«, sagte Lucifer. »Sie sind mir treu ergeben.«

Morpheus schwieg.

Die Engel schwebten in der Luft über dem Lichtlord. Eine Aura nach der anderen schwebte hinab zu Lucifer und benetzte ihm sanft die Augen. »Es ist, wie ich es prophezeit habe«, sagte der Lichtlord. »Er ist ihr gefolgt, und jetzt ist er hier. Doch *wir* wussten, dass er erscheint.« Die Engel wisperten, und manche stießen Schreie aus, die seit Anbeginn der Welt keiner mehr vernommen hatte. »Sie hat ihn zu uns geführt, weil wir es zugelassen haben.« Die Engel kreischten vor Wut und Kampfeslust.

Scarlet wurde bewusst, dass der Lichtlord von ihr sprach. Sie war diejenige, die den Träumer in die Hölle geführt hatte, also doch. Sie hatte es getan, und das war Teil des großen Plans gewesen. Langsam, erschreckend langsam, begann sie zu verstehen.

»Gebt mir eure Herzen!«, schrie Lucifer. Die letzten Auren wurden sein. »Es ist geschehen, was nie zuvor möglich war«, sagte er mit donnernder und tosender Stimme, »die Engel sprechen mit einer einzigen Stimme. Die Herzen der Engel schlagen in einem Takt.« Sein Körper begann zu leuchten. Das Leuchten wanderte in seine Hände, wurde zu einem Feuerball, der pulsierte und schlug und wie eine kleine Sonne aussah, so blendend und hell wie am ersten Tag der grellen Schöpfung.

Morpheus trat einen Schritt zurück, seine Arme ruhig an seinen Seiten, als wolle er sich duellieren.

Scarlet hatte keine Ahnung, was jetzt geschehen würde.

»Ich habe ihn hergeführt«, murmelte sie nur.

»Wir beide haben ihn hergeführt«, sagte ich, obwohl das kaum beruhigend war.

Der Lichtlord trat einen Schritt nach vorn.

»Er wird ihn töten«, murmelte Scarlet.

»Ja«, flüsterte ich. Ja, das würde er.

Lucifer hielt die hell glühende Sonne, die alle schlagenden Herzen der noch lebenden Engel war, wie eine Waffe vor sich. Ihre Strahlen blendeten Morpheus, er streckte die Hände aus. Es war eine verzweifelte Geste, die ein Flehen sein mochte. Ein Zeichen der Niederlage. Er neigte den Kopf leicht zur Seite, und die Gesichter, die immer schneller wechselten, zeigten alle den gleichen Ausdruck.

»Bleiben Sie bei mir, bitte«, flüsterte Scarlet.

Ich ergriff ihre Hand. »Bin schon da.«

Die Engel fauchten und zischten.

Ihre Zähne und Krallen funkelten im Licht der vielen Herzen, die wie eine einzige Sonne den Träumer verbrennen würden.

Lilith hatte die Hände vors Gesicht geschlagen, sie zitterten, Scarlet konnte es sehen.

Dann trat Lucifer vor.

Schnell.

Wie ein Raubvogel.

Verneigte sich.

Und überreichte dem Träumer den Sonnenball.

Das Fauchen der Engel erstarb.

Plötzlich herrschte Stille.

Morpheus hielt den Feuerball in den Händen. Lange Finger umschlossen die Herzen der Engel.

Lucifer drehte sich zu Lilith um. Sein Gesicht schimmerte gelb im Schein der brennenden Herzen. Lilith ging auf ihn zu. Auch sie verneigte sich vor dem Träumer.

Das Entsetzen in den Augen der Engel war etwas, was die Welt noch nie zuvor erblickt hatte.

Dann aß Morpheus die brennenden Herzen.

Feuer benetzte ihm die Lippen.

Er verzehrte die Seelen der Engel.

Und die geflügelten Scharen des Himmels sanken im Aufflackern eines einzigen Augenblicks zu Boden. Ihre Leiber färbten sich schwarz und verdorrten auf der Stelle. Denn alle hatten sie ihr Herz fortgegeben. Sie hatten dem Lichtlord vertraut.

Lucifer.

In dessen Brust noch ein Herz schlug.

»Es ist vorbei«, sagte der Lichtlord.

Und Morpheus, der sich das Feuer von den Lippen leckte, war zufrieden. Er ging zu den Leichnamen der Engel, schritt zwischen ihren Überresten durch den Schnee, und seine vielen Gesichter sahen alle zufrieden aus.

Scarlet stand wie angewurzelt da. Sie zitterte am ganzen Leib. Mir ging es kaum anders.

»Haben Sie beide wirklich geglaubt, ich sei so dumm?«, wandte Lucifer sich an uns.

»Was sollte das?«, fragte ich.

Scarlet hielt noch immer meine Hand.

»Sie sind ein Verräter!«, schrie ich den Lichtlord an.

Er zuckte die Achseln. »Ich habe zu lange gekämpft«, sagte er. »Ich bin jetzt der allerletzte Engel. Ich liefere Morpheus die letzten Engel aus, alle auf einmal, und er gibt mir, was ich mir wünsche. Das war unser Deal.« Er lächelte spitz. »Wie ich Ihnen vorhin sagte: Es ist immer ganz einfach. Einer gewinnt, einer verliert.« Er schaute hinüber zum Träumer, der die Leichname betrachtete.

»Sie haben sie alle getäuscht.«

Die toten Engel spiegelten sich in den Augen des Lichtlords. »Ha, ich versprach ihnen ein neues Paradies, und sie glaubten mir. Ich bin des Kämpfens müde. Ein Kampf gegen IHN?« Er schaute zu Morpheus. »Das ist verrückt. Ich versprach ihnen einen Sieg.« Er betrachtete all die toten Engel. »Nun ist es vorbei.«

»Was ist Ihr Lohn?«

»Ich bin der letzte Engel«, sagte er erneut. »Der einzige Engel auf Erden. Ich werde leben, mit Lilith an meiner Seite. Und Virginia wird auch leben.« Er zeigte keinerlei Reue. »Die Welt kann ohne Engel auskommen.«

Morpheus sah uns an. Er schnippte mit den Fingern.

Wir erwachten.

Im *Plaza*.

In der wirklichen Hölle.

Noch immer standen wir in dem Korridor.

Die Engel im Zimmer 1648, die eben noch in den Kokons geschlafen hatten, waren jetzt alle tot. Ihre Augen waren vertrocknet und leer. Sie hatten eben noch gegen die Dreamings gekämpft, und nun waren sie im Traum gestorben. Das war also das Ende.

Morpheus ging auch hier zu ihnen hin, berührte sie. Sofort zerfielen sie zu Staub.

Scarlet betrachtete Lucifer und Lilith. Virginia Dare wirkte erleichtert.

»Was ist mit meinem Vater?«, fragte Scarlet benommen.

Lucifer starrte sie an. »Sie haben gar nichts verstanden, Miss Hawthorne, gar nichts.«

»Wo ist er?«

»Wir werden später zu ihm gehen«, sagte klirrend kalt Virginia Dare.

»Warum haben Sie mich hergebracht?«

»Um die Engel, meine Brüder und Schwestern, zu täuschen«, sagte er, als sei es eine Selbstverständlichkeit. »Die anderen Engel mussten mir aus freien Stücken ihre Seelen geben, das, was ihnen die Aura, ihr Herz war. Sie glaubten, dass wir Morpheus in die Falle gelockt hatten. Dass er Ihnen, Miss Hawthorne, bis in den Traum gefolgt sei. Sie glaubten, dass ich ihn töten würde, sobald ich die Kraft aller Herzen in Händen hielt.« Er lachte. »Aber alles ist doch immer nur der Teil eines Plans in einem anderen Plan. Sonst ist es kein Plan.«

Scarlet schwindelte.

Man hatte sie benutzt.

Die ganze Zeit über hatte sie getan, was man von ihr erwartet hatte. Die ganze Zeit über ...

»Ihr Vater war der andere Köder. Der Köder, mit dem wir Sie köderten.«

Virginia lächelte süß. »Der Köder für den Köder, sozusagen.«

Scarlet hielt sich an der Wand fest. Ich stützte sie.

»Wittgenstein glaubte, dass er den Engeln half, aber in Wirklichkeit war es der beste Trick aller Zeiten.« Lucifer war sichtlich stolz auf das, was er da getan hatte.

Und Scarlet begann zu verstehen.

Endlich.

Leider.

Es war, wie Lucifer bereits gesagt hatte: völlig einfach. Der Träumer vergiftet ihre Mutter und erteilt aus ihrem Munde Scarlet den Auftrag, Mortimer Wittgenstein zu suchen. Dann macht sich Scarlet auf die Suche. Gemeinsam mit Keanu folgt sie der Spur bis nach New York und führt Morpheus in die Hölle. Die Engel glauben, dass sie diejenigen sind, die dem Träumer im Traum eine Falle stellen. Und am Ende ist es eine Falle, die über den Engeln zuschnappt. Und Keanu? Er war tot, und nichts würde ihn wieder lebendig machen.

»Was habe ich getan?«, flüsterte Scarlet.

Sie weinte.

Morpheus sah sie aus dunklen Augen an. »Sie haben das Richtige getan.« Er lächelte, wie nur ein Ewiger es tun kann. Dann verließ er den Raum, das *Plaza*, den Ort, der die Hölle war.

»Sie haben getan, was Sie tun sollten«, sagte Lucifer.

Lilith berührte Scarlets Kinn, lächelte sanft. »Das Leben, Miss Hawthorne, geht weiter.« Sie benetzte ihre Finger mit Scarlets Tränen. Sie kostete sie. »Schon bald werden Sie zu sehen lernen.«

Dann verließen auch der Lichtlord und Lilith das *Plaza*.

Einzig Virginia Dare, das Wintermädchen, blieb bei uns.

Wir verließen das *Plaza* und traten hinaus in die Nacht. Central Park South lag noch immer verlassen da. Scarlet blickte zurück zur Fassade des Hotels, in dem so viele tote Engel zu Staub verwehten. Virginia Dare war still und eisig wie vorhin, doch etwas war anders. Scarlet glaubte, dass es ihre Augen waren. Das Eis darin schien Risse bekommen zu haben.

»Warum tun Sie das?«, fragte Scarlet.

Wir gingen in den Park hinein, folgten dem gelben Steinweg in die entgegengesetzte Richtung.

»Ich bringe Sie zurück«, sagte Virginia Dare.

»Warum?«

»Der Weg zurück«, sagte sie nur, »führt dort entlang.«

Ihre schneeweißen Haare wehten sanft im Wind.

»Wo ist Morpheus?«, fragte ich.

»Er ist fort. Dies ist seine Welt. Er kann tun und lassen,

was er will. Er hat erreicht, was er wollte. Warum sollte er bleiben?«

»Und Ihre Eltern?«

Virginia Dare schaute zu Boden. Etwas in ihren Augen schien zu splittern, als seien die Tränen, die sie nicht zu weinen vermochte, unter der Oberfläche verborgen. Schließlich sagte sie: »Lucifer und Lilith waren nie da, wenn ich Eltern brauchte.« Sie ging weiter, schnellen Schrittes überquerte sie die Bow Bridge. »Jetzt sind sie im Palm Court. Sie sind bei Pairidaezas Stock. Dort warten sie auf uns.« Dann schwieg sie, und wir folgten ihr.

Scarlet verstand nicht wirklich, was sie meinte. Warum warteten sie im Palm Court, wenn wir doch gerade das Hotel verlassen hatten?

Etwas stimmte hier ganz und gar nicht.

Wir erreichten die Terrasse zwischen dem See und der Mall, das runde Herz des Parks. Bethesda Fountain, der Brunnen, lag still da. Schnee lag überall. Sogar auf dem Kopf des Engels der Wasser.

Angel of the Waters.

In der wirklichen Welt war er eine Erinnerung an den Croton-Aquädukt, der die Stadt einst mit Wasser versorgte. Scarlet musste an die Flucht denken, an Jake und das Motorrad, mit dem sie durch die Kanäle der uralten Metropole gerast waren.

Sie vermisste Jake so sehr.

Da sah sie die dunkle Gestalt, die hinter dem Brunnen hervorkam. Sie war nur ein Schattenriss, doch dann wurde sie konkret. Sie trug einen langen Mantel und Handschuhe, dazu einen langen Schal. Das blasse Gesicht wurde umrahmt von schwarzem schulterlangem Haar, das an vielen Stellen schon greise Strähnen aufwies. Die Gestalt trat weiter aus den Schatten heraus, und es waren schmale dunkle Augen, die uns musterten.

»Miss Dare«, sagte der Mann mit einer tiefen Stimme und einem starken britischen Akzent. Cockney, unterlegt mit einem Hauch von schottischer Melodie. Es klang, wie immer wenn Engländer redeten, ein wenig arrogant. »Wo ...?« Der Mann sah aus, als habe er ein Gespenst erblickt. Er verstummte augenblicklich.

»Mistress Atwood«, flüsterte Scarlet.

»Ja?«

»Bitte, bleiben Sie jetzt bei mir.«

Ich nickte ihr nur zu.

Wich nicht von ihrer Seite.

Der Mann in Schwarz blieb vor uns stehen.

»Darf ich vorstellen«, sagte Virginia Dare. »Master Wittgenstein.«

Er starrte Scarlet nur an. Die schmalen dunklen Augen ließen nicht erkennen, was er dachte. Scarlet stand ebenfalls nur still da, und der Augenblick, auf den sie ein Leben lang gewartet hatte, wehte ihr mit dem kalten Wind um die Ohren. Sie konnte den Blick nicht von dem Mann lösen. Sie war sich bewusst, dass sie ihn anstarrte.

Er hatte eine schiefe Nase. Und ja, er mochte im gleichen Alter sein wie ihre Mutter. Er wirkte mürrisch, hatte, im Gegensatz zu Rima, eine ungesunde Gesichtsfarbe, die ihn grimmiger und kränklicher wirken ließ, als er es wohl war. Er fasste sich mit den Händen an den Mund, atmete schwer. »Es ist ein Traum«, sagte er nur. »Es kann nur ein Traum sein.« Er kam einen Schritt auf sie zu und beobachtete sie genau. Mir warf er einen skeptischen Blick zu.

»Anthea Atwood«, stellte ich mich vor.

»Wittgenstein«, sagte Wittgenstein. Seine tiefe Stimme klang kratzig, nicht unähnlich der Scarlets.

Die junge Frau traute sich ebenfalls. Ging auf ihn zu. »Ich ...« Die Stimme versagte ihr.

Meine Güte!

Es war keine Frage, niemals gewesen.

Dieses Gesicht, diese Stimme, sie war seine Tochter.

Die Ähnlichkeit war verblüffend.

»Ich bin Scarlet«, stammelte sie. »Scarlet Hawthorne.«

Er starrte sie noch immer nur an und sagte dann: »Aha.«

»Rima«, sagte Scarlet. Sie wollte noch so vieles sagen, aber es blieb bei dem Namen.

Es sollte genügen.

Denn allein bei der Nennung ihres Namens zuckte er zusammen. »Sie lebt?« Seine Augen begannen zu funkeln.

Scarlet nickte. »Wir leben in St. Clouds, in Minnesota.« Sie begann zu reden. »Es gibt da diesen Blumenladen.« Unwichtiges Zeug plapperte sie, aber sie musste einfach reden und reden und nicht schweigen. Nein, sie konnte nicht schweigen. Nicht hier, nicht jetzt. Sie erzählte hektisch und schnell von Rosensträuchern und den vielen anderen Sachen, die völlig unwichtig waren. Am Ende hielt sie den Mund, stand verlegen da und sagte einfach nur: »Ich weiß nicht, was ich jetzt tun soll.«

Mortimer Wittgenstein lächelte dünn. »Ich auch nicht«, sagte er.

Augenblicke wehten über den Schnee.

»Sie sind wirklich ... Du bist ...« Er schüttelte den Kopf. »Es ist ein Traum, nicht wahr?«, fragte er Virginia Dare. Dann wandte er sich erneut seiner Tochter zu. »Wieso gerade hier?«

Er streckte ihr die Hand hin. »Bitte, ich bin nicht darin geübt, Vater zu sein.«

Scarlet ergriff seine Hand, sie war ganz kalt. »Ich weiß.«
Jetzt lächelte er.
Ergriffen.
»Das ist«, murmelte er, »einfach überwältigend.« Er lachte. »Es gibt keine Zufälle.«

»Wie geht es Ihnen?«, fragte ich.

»Oh, fragen Sie nicht«, sagten beide gleichzeitig.

Ich ergriff beider Hände und hielt sie zusammen. Mir war, als bräuchten sie jetzt jemanden, der ein wenig die Führung übernahm.

»Es ist ein Traum«, flüsterte er, und dann versagte ihm die Stimme.

»Ja, das ist es«, entgegnete Scarlet. Sie zitterte am ganzen Leib.

Das Wintermädchen lächelte sanft und sagte: »Sie müssen nur aufwachen, das ist alles.«

Wir alle fragten uns, was sie meinte.

Und dann wachten wir auf. Ein letztes Mal.

Kapitel 3

Nur ein Traum in einem Traum

Der Himmel ist manchmal wie Wasser, ganz scharlachrot und voller Träume, die wie Bruchstücke eines schon vor langer Zeit verlorenen Paradieses zwischen den Wolken schweben. Jetzt sind wir da, wo die Nekir uns vergiftet haben. Noch immer auf dem gelben Steinweg.

Irgendwo im Nirgendwo.

»Wo sind wir?«, fragt Scarlet.

»Noch immer in der Hölle.«

Sie schaut auf, lächelt unsicher.

»Es ist vorüber.«

Scarlet setzt sich mühsam auf. »War es denn nicht nur ein Traum?«, fragt sie benommen.

Sie kann es kaum glauben. Aber wenn man etwas sieht, dann muss es wohl wirklich wahr sein, oder?

»Es war viel mehr als das.«

Sie nickt. Sie muss ihre Gedanken ordnen, bevor sie etwas sagen kann.

Dann ergreift sie die Hand, die ihr gereicht wird, und lässt sich ins Leben zurückziehen. Sie beginnt zu verstehen, wenn auch nur langsam. Sie ist wieder hier, mitten in der Hölle, im neunten Kreis, der ein Eispalast ist; sie ist, wie könnte es anders sein, noch immer auf dem gelben Steinweg. Nein, das ist nicht ganz richtig. Nicht *immer noch*, sondern *schon wieder* oder *wieder einmal*, das ist der Unterschied.

Jake Sawyer, der neben Virginia Dare und Mortimer Wittgenstein steht, sieht ihr in die Augen, und dann umarmt er sie. Sie lässt es geschehen und vergräbt ihr Gesicht in seinem Haar, dann ihre Hände, ihre Küsse.

»Ich dachte ...« Sie schweigt, beginnt zu weinen.

Schließt die Augen. Erst jetzt weiß sie, wie sehr sie sich nach diesem einen Augenblick gesehnt hat.

Wir anderen stehen nur da, schweigend, der Dinge harrend, die noch vor uns liegen.

»Wo sind wir?«, fragt sie erneut, später, als die Tränen verebbt sind.

»In der Hölle.« Es ist Virginia Dare, die dies sagt. »Die Nekir, die Sie vor wenigen Stunden stachen, taten dies nur aus einem einzigen Grund. Sie wurden in einen tiefen Schlaf versetzt.«

Scarlet löst sich aus der Umarmung. »Dann war das alles ...?«

Doch nur ein Traum?

Niemals geschehen?

»Nein«, sagt Virginia Dare, »das wäre zu einfach. Alles, was Sie gesehen haben, ist wirklich passiert. Doch nicht hier.«

Scarlet sieht das Wintermädchen an. Die Nekir hatten sie betäubt, sie war in einen tiefen Schlaf gefallen. Dann war sie erwacht, an dieser Stelle. Sie war ins *Plaza* gegangen und hatte dort den Lichtlord getroffen. Er hatte sie schlafen lassen, und sie war in den Traumgefilden Lord Somnia begegnet.

So war es doch gewesen?

Oder etwa nicht?

Virginia Dare, die ihre Gedanken errät, schüttelt den Kopf. »Es war nur ein Traum, dass Sie erwachten. Sie schlugen die Augen nur im Traum auf. An genau der Stelle, an der wir uns jetzt befinden, bloß in den Traumgefilden.« Sie betont es wieder und wieder. »Sie haben das *Plaza* nur in den Traumgefilden betreten.«

»Und das, was wir erlebt haben?«

»War ein weiterer Traum.«

Mortimer Wittgenstein, der Jake zu kennen scheint, sagt nachdenklich: »Ein Traum in einem Traum.«

»Also die Schlacht«, stammelt Scarlet, die Kopfschmerzen bekommt von all dem Durcheinander, »Morpheus, die Engel ... das war ein Traum in einem Traum?« Sie muss es aussprechen, um es zu verstehen. Nur langsam werden die Worte zu etwas, was der Wirklichkeit nahekommt.

Virginia Dare nickt.

»Warum?« Scarlet sieht, dass ihr Hut im tiefen Schnee liegt. Sie hebt ihn auf.

»Er ist noch immer dort«, sagt Virginia Dare, und es kann Furcht sein, die im Eis ihrer Augen schwimmt.

»Wer?«, frage ich.

»Morpheus.«

»Er weiß nicht, dass es die Traumgefilde sind, in denen er sich aufhält?«

Sie schüttelt den Kopf. »Er hat nur das gesehen, was auch Sie gesehen haben. Er glaubt das, was Sie geglaubt haben. Für ihn ist der Traum, in dem er lebt, die Wirklichkeit.«

»Dann sind die Engel gar nicht gestorben?«, fragt Scarlet.

»Es ist komplizierter, befürchte ich.«

Scarlet seufzte.

»Kommen Sie mit ins *Plaza Hotel*«, bittet Virginia Dare. »Denn dort wird es enden.«

Scarlet sieht Jake an, der abgesehen von ein paar Kratzern wohlauf ist. Und Mortimer Wittgenstein ist in der Wirklichkeit genauso verlegen wie im Traum. Er ist der Mann, den Rima immer *Lapislazuli* nannte. Scarlet kann es noch immer nicht glauben, aber er ist wirklich hier. *Nicht nur ein Traum in einem Traum.* Ja, ihr fällt auf, dass er tatsächlich vor ihr steht und dass dies kein Traum mehr ist. Für einen kurzen Moment fragt sie sich, ob dies ein neuer Trick des Lichtlords ist, eine weitere Finte, die zu neuen Rätseln führt und neue Fallen bereithält.

Die Frage, die sie stellt, klingt seltsam, selbst hier: »Kann es sein, dass wir tot sein müssten?« Die Erinnerungen sind wieder da: der Shah-Saz, der Rima und das Kind rettet, aber einen Preis verlangt, der grausam und ungerecht ist. Einen Preis, den Wittgenstein, Rima und das Kind zahlen. Die ewige Trennung voneinander, das war der Preis für die Heilung gewesen. Niemals durften sie einander sehen, sonst wäre es um sie geschehen. Das war der Fluch, der sie seit Brick Lane Market anno 1898 begleitet hatte.

Mortimer Wittgenstein zuckt die Achseln. »Fragen Sie nicht mich.« Er stockt, weil er merkt, wie förmlich und distanziert die Anrede klingt. Er verbessert sich trotzdem nicht. »Ich weiß es nicht.«

»Wie dem auch sei«, löse ich das Problem, »Sie leben beide, und das ist gut so. Wer schert sich da um Gründe.«

Beide sehen mich an.

»Sie ist immer so«, sagt Scarlet.

»Danke«, sage ich.

Wittgenstein sagt nichts.

Dann gehen wir los.

Erneut folgen wir dem gelben Steinweg, vorbei an den Winterwiesen und den Brücken über vereiste Flüsse und Seen.

Wir erreichen Central Park South, schon wieder. Und zum ersten Mal an diesem Tag betreten wir das *Plaza* in der Hölle wirklich. Es sieht genauso aus wie das Hotel in den beiden Träumen. Die gleichen Korridore, die gleichen Hallen und Treppenhäuser. Die Kinder mit den Spiegelscherbenaugen sind da und auch der Mann an der Rezeption, der wie Ernest Hemingway aussieht und es vielleicht sogar ist. Wir kennen den Weg und laufen durch das Hotel, bis wir den Palm Court erreichen.

In den Gängen stehen jetzt Engel, prächtig und erhaben. Sie sehen traurig aus, und in ihren Augen lodern Feuer, Eis und Wind. Sie sind angespannt, aber da ist auch Dankbarkeit und Demut in ihren Blicken. Sie summen Lieder: *Cheek to cheek, Let's face the music and dance* und *Anything goes.* Manche von ihnen singen, andere summen nur.

Lucifer und Lilith erwarten uns beim Lebensbaum.

Und das Leben imitiert den Traum.

Pairidaezas Stock sieht aus wie vorhin, in den Traumgefilden. Ein seltsames Gefühl von Déjà-vu beschleicht uns. Die Wurzeln, die roten Blätter, die Früchte, die armen Kinder mit den Spiegelscherbenaugen.

»Wir danken Ihnen, Miss Hawthorne«, sagt Lucifer.

»Der Traum in einem Traum«, sagt Scarlet, »warum das alles?«

»Man kann den Träumer nicht töten.« Lucifer geht auf und ab, während er redet. »Er ist Morpheus, er hat uns erschaffen.« Der Lichtlord wirkt angespannter als in den Traumgefilden. »Aber wir können ihn glauben lassen, dass die Wirklichkeit eine andere ist.« Er sieht jedem in die Augen. »Morpheus ist in dem Traum gefangen, den Sie alle geträumt haben. Es war einst nur mein Traum, doch jetzt ist es auch seiner. Er wird dort alles vorfinden, was er braucht. Das, was nicht schon da ist, wird er sich erträumen. So läuft das, Miss Hawthorne. Der Träumer erträumt sich die Welt, so wie die Welt sich ihn erträumt. Alles ist nur ein Traum in einem Traum. Die Wirklichkeit ist das, was wir daraus machen.«

»Die Engel leben also.«

»Diejenigen Engel, die nicht zu Eistoten wurden ... ja, sie leben.«

»Dann waren die Wendigo nur ein Ablenkungsmittel?«, fragt sie.

»Ja.«

»Und Keanu?«

»Manche Dinge«, sagt Lilith, »passieren eben.«

Scarlet sieht Jake an.

Unterwegs hat er ihr alles erzählt. Wie er im Paramount-Theater die Tür zur Hölle geöffnet hatte. Er hatte den Wendigo abgeschüttelt und war durch die Pforte hindurchgegangen und hatte Wittgenstein getroffen. Die beiden waren durch die verschneiten Regionen der Hölle gewandert, auf der Suche nach einem Ausweg. Dann waren sie im Central Park auf die regungslosen Körper gestoßen, die auf dem gelben Steinweg lagen. Mortimer Wittgenstein hatte sich erboten, in den Traumgefilden nachzuschauen, und Jake hatte über die Körper gewacht. Es gab immerhin seltsame Kreaturen hier unten, und dem Zufall sollte man nichts überlassen.

Dann waren wir auf einmal aufgewacht.

Und der Rest ist Geschichte.

Eine Geschichte, in der wir noch mittendrin stecken.

»Aber wenn er es bemerkt«, gibt Scarlet zu bedenken, »wenn er merkt, dass alles eine Lüge ist.« Oder, viel schlimmer noch: »Wenn er von dort entwischt.«

»Wir müssen die Traumregion versiegeln.« Lucifer sieht nicht glücklich aus. »Nur ein Traum, den man träumt, wenn man stirbt, ist ein Traum, der auf ewig fortbesteht.« Er seufzt. Lilith steht neben ihm. Sie legt ihm die Hand auf die Schulter.

Virginia Dare sieht die beiden mit eisig kalten Augen an. Ihr schneeweißes Haar sieht zerzaust aus. Und schmutzig wie der Herbst, wenn er kälter wird.

»Es ist das, was wirklich zählt«, sagt Lucifer und geht langsam auf den Baum zu. »Man kann das Paradies nur für andere finden, aber nie für sich selbst.« Lilith ist bei ihm.

»Warum lebe ich?«, fragt Scarlet. Sie deutet auf Wittgenstein, der neben ihr steht. »Ich müsste tot sein und er auch.«

Lucifer lächelt.

Dann gibt er ihr die Antwort.

Er nimmt Lilith bei der Hand.

Sie knien sich vor den Lebensbaum, und die Wurzeln berühren zärtlich ihre Gesichter. Sie umarmen den Lichtlord und seine Gefährtin, und dann beginnen sie gierig aus ihnen zu trinken.

Die Wurzeln pulsieren, und die Körper der beiden zucken.

Sie sinken zu Boden.

Werden von den Wurzeln verdeckt.

»Jetzt ist es vorbei«, sagt Virginia Dare. Lange betrachtet sie ihre Eltern, die tot im Wurzelwerk versinken. Sie kann den

Blick nicht von ihnen lösen, berührt die Stelle, an der sie eben noch standen. »Ihr Tod hat die Traumgefilde versiegelt. Niemand, der dort ist, wird sie verlassen können.«

Sie geht zu dem Lebensbaum und pflückt die frisch gereifte Frucht. Es ist ein Apfel, rot und fest, saftig und voller Leben. Sie beißt hinein, und das Herz, das in ihrem Vater und ihrer Mutter geschlagen hat, beginnt nun in ihr zu schlagen. Sie ist eine Nephilim, und sie spürt die Veränderung und beißt erneut in den Apfel. Tränen füllen ihre Augen. Es ist Eis, das zerbricht und dünne Linien in den blauen Iriden zieht. Sie beginnt zu weinen, weil sie zum ersten Mal in ihrem Leben spürt, was Einsamkeit, Schuld und Liebe sind.

Virginia Dare, die Keanu Chinook hatte ermorden lassen, wird neu geboren, während Lucifer und Lilith für immer aus der Welt gehen. Wir stehen da wie die verlorenen Kinder mit den Spiegelscherben in den Augen. Niemand wird uns erlösen, wie auch sie niemand erlösen wird. Das Leben wird sein, was wir ihm entlocken. Morpheus ist noch immer der Träumer, der seinen Traum träumt, fern der Welt und unwissend, dass es nur die Traumgefilde sind, die ihn zum Narren seiner eigenen Schöpfung halten. Keanu Chinook ist tot, und die anderen leben. Keanu ist tot.

Und Scarlet?

Scarlet Hawthorne sitzt in Myrtle's Mill, zwei Tage, nachdem wir nach New York zurückgekehrt sind. Sie wird hierbleiben, in der Stadt. In Brooklyn, wo die Sonne immer wieder aufgeht. Wo sie wohnen wird, das weiß sie noch nicht, aber sie ist fest entschlossen, nicht in Myrtle's Mill zu bleiben.

»Lassen Sie uns spazieren gehen«, schlage ich vor.

Draußen schneit es.

Noch zwei Tage bis Weihnachten.

»Die Stadt sieht jetzt anders aus«, stellt Scarlet fest.

Ich weiß, was sie meint.

Für uns alle sieht die Stadt jetzt anders aus.

Gestern ist Mortimer Wittgenstein nach einem langen Gespräch mit seiner Tochter aufgebrochen, nach Minnesota. Für einen Vater, der niemals eine Tochter hatte, ist es ebenso schwer, Vater zu werden, wie es für die Tochter, die niemals den Vater kannte, schwierig ist, so plötzlich Tochter eines Mannes zu sein, den sie nie zuvor gesehen hat. Sie haben sich getrennt mit dem Versprechen, sich schon bald wiederzusehen.

Es stimmt. Die Sonne geht tatsächlich über Brooklyn auf, jeden Tag, immer wieder.

Christo Shakespeare und Buster Mandrake hatten uns bereits in Myrtle's Mill empfangen, als wir heimkehrten. Die Kathedrale hatte ihnen Schutz geboten, und die Wendigo hatten, nachdem wir in die Hölle hinabgestiegen waren, von ihnen abgelassen.

»Wie geht es Ihnen?«, frage ich meine Begleiterin.

Scarlet Hawthorne, die den bunten Flickenmantel trägt, dazu den Hut, sagt lange Zeit nichts. »Die Welt ist ungerecht«, flüstert sie, als wir über den Times Square schlendern. »Der Shah-Saz hat sich vom Leid meiner Eltern ernährt. Wir hätten all das gar nicht durchmachen müssen.« Sie schaut zu den Leuchtreklamen auf. »Es hat nie einen Fluch gegeben.« Sie hatten ihm geglaubt und all die Jahre und fast ein ganzes Leben voneinander getrennt gelebt. Und der Shah-Saz, der ein Wesen von großem Hunger war, hatte ihr tiefes Leid geschmeckt und die Verzweiflung genossen, all die langen Jahre über.

Doch wem nützt diese Erkenntnis jetzt?
Die Zeit kann niemand zurückdrehen.
»Sind Sie manchmal einsam?«, fragt Scarlet mich.
Ich schaue sie an. »Manchmal«, antworte ich.
Sie nickt nur.
Wir bleiben stehen.

Vorn, vor dem Lyceum-Theater, steht eine junge Frau auf dem Gehweg. Sie hält eine Klarinette in den Händen, die vor Kälte gerötet sind, und sie spielt Lieder von Gershwin, Porter und Berlin. Ihr Haar ist so schneeweiß wie ihre Haut, doch in ihren Augen lebt jetzt nicht mehr die Eiseskälte, die ihr seit der Kindheit eine treue Begleiterin war. Sie spielt und sieht die Menschen dabei an. *Heaven, I'm in heaven, and my heart beats so that I can hardly speak, and I seem to find the happiness I seek when we're out together dancing cheek to cheek.* Die Zuhörer beachten sie kaum, gehen sorglos an ihr vorbei, doch Scarlet bleibt stehen, um ihr zuzuhören.

Scarlet weiß, dass es noch Engel gibt. Sie weiß, dass Virginia Dare in der Vergangenheit gewissermaßen kein guter Mensch war. Sie weiß, dass Dinge sich manchmal ändern können. Herzen, das sieht sie, können schlagen, wo vorher nur Eiseskälte war. Sie sind so mächtig wie nichts anderes auf der Welt.

Dichte Schneeflocken tanzen wie winzige Eisfliegen in der kalten Luft und verfangen sich in ihrem Haar, das jetzt nicht mehr so dunkel wie Ebenholz ist, sondern viel heller, und sie treiben in dem Atem, der ihr wie ein geheimnisvoller Schleier vor dem Gesicht schwebt.

Auf der anderen Straßenseite, gleich drüben am Broadway, steht ein altes Motorrad. Es ist eine *Indian Summer*, Baujahr 1958. Ein junger Mann sitzt darauf und sieht zu uns herüber.

Er trägt eine Lederjacke mit Fellbesatz am Kragen, dazu eine Mütze.

Scarlet sieht mich an.

»Gehen Sie«, fordere ich sie auf.

Sie lächelt, zögerlich. Dann läuft sie über die Straße, tänzelt in ihrem Mantel aus Flicken, der aus einem anderen Leben stammt, durch den Verkehr. Als sie auf der anderen Straßenseite ankommt, bleibt sie vor dem Motorrad stehen, die Hände in den Taschen vergraben.

»Scarlet«, sagt Jake Sawyer. Nur diesen Namen, nichts sonst.

»Bringst du mich nach Hause?«, fragt sie und sieht ihm dabei fest in die Augen.

Er lässt den Motor an. »Du weißt, das alles hat nichts zu bedeuten.«

Sie steigt auf, schmiegt sich an ihn. »Ja«, flüstert sie, »ich weiß.«

Irgendwo in Minnesota schlägt eine Frau die Augen auf und sieht in ein Gesicht, von dem sie so lange nur geträumt hat.

Und als Jake Sawyer den Weg nach Greenwich Village einschlägt, da schließt Scarlet einfach nur ihre Augen, spürt den Wind im Gesicht und weiß, dass kein einziger Stern am Himmel leuchten muss, um einen in der Nacht nach Hause finden zu lassen.

Nachwort

LANGE ZEIT wusste ich nicht, wie meine Rückkehr in die uralte Metropole aussehen sollte. Ich wusste nicht einmal, ob es überhaupt eine Rückkehr geben würde (oder sollte). Die Geschichte um Emily Laing in gewohnter Form weiterzuspinnen schien mir nicht der rechte Weg zu sein. Also wartete ich in der Gewissheit, dass es nur selten Zufälle gibt, einfach ab, und als der Kurzgeschichtenband »Nimmermehr« vor der Fertigstellung stand und meine Lektorin Martina Vogl die Überlegung anstellte, vielleicht noch eine Geschichte aus der Welt der uralten Metropole hinzuzufügen, da lernte ich spontan Scarlet Hawthorne kennen (nicht zuletzt, weil meine Frau meinte, es sei an der Zeit, endlich etwas über Wittgensteins Tochter zu schreiben).

Das war der Augenblick, in dem die neue Geschichte zum Leben erwachte und zu atmen begann und ich mir sicher war, eine Reise begonnen zu haben, die zu machen sich lohnte (und die, so viel darf verraten werden, noch nicht wirklich abgeschlossen ist).

Um wieder in die Welt der uralten Metropole hineinzufinden, bin ich Helmut Krauss und Anke Reitzenstein gefolgt, die Mortimer Wittgenstein und Eliza Holland Stimme und

Gestalt verliehen haben und denen ich die wunderbaren Hörbücher bei audible verdanke.

Nicht unerwähnt bleiben dürfen die Bücher, die mir die verschlungenen Pfade der neuen Metropole aufgezeigt haben:
»New York, die illustrierte Geschichte von 1609 bis heute« von Ric Burns, James Sanders und Lisa Ades; »Forgotten New York: The Ultimate Urban Explorer's Guide to All Five Boroughs« von Kevin Walsh; »New York Underground, Anatomie einer Stadt« von Julia Solis und »Knickerbocker's History of New York« von Washington Irving (dem wir auch den Namen »Gotham« verdanken). Von all den wunderbaren Romanen, die New York in einen Ort voller Magie verwandeln, seien Mark Helprins »Winter's Tale« und Nicholas Christophers »Veronica« erwähnt (Letzterem verdanke ich den Ort, an dem Scarlet auf Mistress Atwood trifft).

Ständige Begleiter auf der Reise ins klirrend kalte Gotham waren die Melodien von Murray Gold, Yamit Mamo und Neil Hannon, nicht zu vergessen Klaus Badelt, Aino Laos und Danny Elfman (der es wie kein anderer schafft, den Schnee in Musik zu verwandeln).

Mein Dank gilt den treuen Leserinnen und Lesern, die Emily Laing und Mortimer Wittgenstein und all die anderen in ihre Herzen geschlossen haben und ihnen drei Bücher lang auf den gefahrvollen Wegen durch die uralten Metropolen Europas gefolgt sind.
Zweifelsohne: diese Geschichte gehört ihnen.

Zu Dank verpflichtet bin ich natürlich auch dem tollen Team bei Heyne: Martina Vogl, Uta Dahnke, Gisela Frerichs und Sascha Mamczak, darüber hinaus Dirk Schulz und Andreas Hancock für die Bilder und Zeichnungen, die, wie immer, wunderbar sind. Und Christian Rocas hat dafür gesorgt, dass www.christophmarzi.de ein neues Gesicht bekommt und immer, aber auch wirklich immer gut aussieht.

Den größten Dank aber schulde ich (wie könnte es anders sein?) denjenigen, die es Tag für Tag mit mir aushalten und augenzwinkernd und geduldig akzeptieren, dass ich mir all diese seltsamen Dinge ausdenke. Tausend Dank an Tamara (die wunderbarste Frau der Welt), an Catharina (die cool und immerzu da ist, wenn die TARDIS auf Reisen geht), Lucia (die weiß, dass alles gut ist, solange man wild bleibt, und die seltsame Geschichten mag) und Stella (die furchtlos und wirbelwindig und eine echte Prinzessin ist). Es gibt keine Zufälle ...

Wollen Sie mehr von

CHRISTOPH MARZI

lesen ...

Ein Auszug aus seinem Roman

FABULA

»Ich bin Colin«, stellte er sich dem Mädchen vor, das im Geäst einer alten Eiche hockte und ihn beobachtete. »Colin Darcy. Aus Ravenscraig.«

Sie trug einen übergroßen Schlapphut, abgewetzte Jeans, einen grünen Parka und schwere Schnürstiefel, die einmal braun gewesen sein mochten. »Hallo, *Colin, Colin-Darcy-aus-Ravenscraig*‹*Du-bist-neu-hier*‹.«

»Ja, und?«

Sie sprang vom Ast und landete auf beiden Füßen, wie eine Katze. »Ich bin Liviana Lassandri.«

»Hallo Livia.«

Sie hielt ein Einmachglas in der rechten Hand, das hatte er vorher nicht bemerkt. »Das sind Oliven«, sagte sie. Dann öffnete sie das Glas, nahm eine einzige heraus und legte sich die Olive auf den Handrücken. »Kannst du das?« Sie schlug sich mit der anderen Hand auf den Unterarm, so dass ihr Arm wie ein Katapult war und die Olive in die Luft geschleudert wurde. Sie verfehlte den Mund des Mädchens, prallte ihm stattdessen gegen die Stirn und kullerte dann beleidigt zwischen den Grabsteinen hindurch ins Gebüsch und war fort. »Gar nicht so einfach, wirklich.« Sie lachte, zwinkerte ihm zu. »Na ja, sieht ja niemand.«

Colin musste lachen. »Ich hab's gesehen.«

»Macht nichts, du siehst nett aus.«

Er wusste nicht, was er darauf erwidern sollte. *Ob* er etwas erwidern sollte. Also ließ er es bleiben.

»Ich mag deine Koteletten, sie sehen lustig aus, so *unfertig*. Nein, eigentlich eher nur ... ernst.« Sie war hübsch und beobachtete ihn neugierig. Ihre Nase war schief und spitz, und wenn sie lächelte, dann erstrahlte ihr Gesicht in einem Glanz, der einen glücklich machen konnte, wenn man ihn bemerkte.

»Was machst du hier?«

»Ich sitze auf einem Baum und ernähre mich von Oliven«, antwortete sie und wartete ab, wie er reagierte. »Es gelingt mir nicht sonderlich gut, wie du gesehen hast.«

»Du hast Angst zu verhungern?«

Sie kicherte.

»Wenn es so weitergeht«, sagte sie und feuerte eine weitere Olive an ihrem Kopf vorbei in die nächste Gräberreihe, »dann sieht es wohl schlecht aus um mich.«

»Jemand könnte dich füttern.«

»Du?«

»Vielleicht.«

»Na, das will ich sehen.«

Er machte ein Gesicht, das sie lustig fand, denn sie musste laut lachen, als er sie ansah.

»Na ja, du dürftest mich sogar füttern. Du bist hierhergekommen, von ganz allein, das tun nicht viele. Du magst diesen Ort? Ich mag ihn auch. Ich bin oft hier.«

»Ich zum ersten Mal.«

»Ich weiß.«

»Du bist öfter hier?«

»Sagte ich doch.«

Ein Windstoß wehte ihr den Hut vom Kopf, und langes braunes Haar kam darunter zum Vorschein. »Ja, ich liebe diesen Ort.« Sie sprang dem Hut hinterher und drückte ihn sich wieder auf den Kopf. »Es ist so ruhig hier. Keine Idioten, wie in der Schule.« Dann erzählte sie von ihrer Mutter, die sie nie gekannt hatte, und von ihrem Vater, der sie immer zwischen den Gräbern hatte spielen lassen, wenn er sich an den Nachmittagen, an denen sie nicht mehr in der Schule gewesen war, um die Gräber und die Grünanlagen des Galloway Graveyard gekümmert hatte. »Als sie sich kennengelernt haben, da waren sie richtig verliebt. Ich weiß es, obwohl er mir nie davon erzählt hat.«

»Du bist das Friedhofsmädchen«, sagte Colin. »Die anderen haben von dir gesprochen.«

»Kann ich mir denken. Was haben sie denn gesagt?«

»Nur hässliche Dinge.« Er sah ihr mitten in die Augen. »Dinge, die nicht stimmen.«

Sie schlug den Blick nieder. »Haben sie mich Lassie genannt?«

»Lassie?«

»Ja, wegen meines italienischen Namens: Lassandri ... Lassie.« Sie verdrehte die Augen. »Witzig, was?«

Er zuckte die Achseln.

»Die anderen gehen mir auf die Nerven, deswegen bin ich oft hier. Ich höre dem Meer zu.« Sie senkte die Stimme zu einem Flüstern. »Und den Toten. Sie wispern. Und singen Lieder. Hast du schon mal gehört, wie die Toten singen? Es ist nicht einmal traurig. Die meisten Menschen denken, dass die Toten traurig sind, aber das stimmt nicht. Sie sind nur tot. Das ist kein Grund, den Kopf hängen zu lassen.«

»Jetzt bist du nicht mehr allein. Ich hoffe, das stört dich nicht.«

Sie schüttelte den Kopf und probierte den Oliventrick erneut.

»Mist«, fluchte sie. Die Olive kullerte an einer Grablampe vorbei und blieb dann im Geäst eines Wacholderbuschs stecken. »Du siehst aus wie jemand, der reden will und nicht weiß, dass er es will.«

»Ach, sehe ich so aus?«

»Sagte ich doch.« Die letzte Olive flog durch die Gegend.

»Und worüber sollte ich reden wollen?«

»Weiß nicht. Sagst du es mir?«

»Dafür, dass wir uns nicht kennen, stellst du sehr direkte Fragen.«

»Ja, so bin ich. Weißt du was? Du siehst aus wie der Lemming, der den anderen in der Reihe verkündet, dass er nicht daran glaubt, dass der Typ da vorne den Weg kennt. Du siehst wirklich nett aus, *Colin, Colin Darcy aus Ravenscraig*, und damit meine ich nicht einfach nur nett, wie man sagt, dass jemand nett aussieht, wenn man eigentlich denkt, dass er ein Arschloch ist, und einem keine bessere Beschreibung einfällt. Nein, du siehst nett aus wie jemand, dem man gern begegnet ist, weil man manchmal netten Menschen begegnet, auch wenn man gar nicht damit gerechnet hat.« Sie starrte ihn an. »Verstehst du, was ich meine?«

Ein kalter Wind war über den Galloway Graveyard gestreift wie ein Schakal auf der Suche nach einem Unterschlupf. »Ich bin mir nicht sicher, ob ich dich verstehe.«

Sie stellte das Olivenglas, das nunmehr leer war, auf den Boden. »Wir sind hier, weil wir beide unsere Ruhe haben wollen, und doch sind wir uns begegnet, und jetzt reden wir sogar miteinander. Hey, das hat doch was zu bedeuten, oder nicht? Das *muss* doch einfach etwas zu bedeuten haben.«

»Sehe ich auch so.«

»Und?«

»Was meinst du?«

»Erzähl mir schon, weshalb du hier bist.«

Colin nahm auf einem anderen Grabstein Platz, und dann begann er zu reden, und während er redete, fiel ihm auf, dass er womöglich nur zum Reden an diesen Ort gekommen war. Er wusste, wie seltsam dieser Gedanke war, aber er wurde ihn nicht wieder los.

»Ich weiß nicht, wo ich beginnen soll«, gestand er seiner neuen Bekanntschaft.

»Am besten ganz von vorn.«

Das war der Moment, in dem Livia Lassandri, das Friedhofsmädchen, zum ersten Mal von Helen Darcy erfuhr.

Hätte sie damals geahnt, dass sie wegen Helen Darcy ihre Heimat verlassen und erst nach Jahren zurückkehren würde, dann wäre sie wohl schnellstmöglich fortgelaufen, um nicht ein einziges Wort zu hören. Doch, wie so oft im Leben, wusste sie nichts dergleichen, sie ahnte es nicht einmal, und so blieb sie sitzen und lauschte der Geschichte, die der Junge mit den zerzausten Locken ihr erzählte.

»Ich hatte einen Traum«, so begann die Geschichte, die Colin an jenem Nachmittag loswurde, »und in dem Traum war Ravenscraig ein Ort, an dem man sich verlaufen konnte.«

Rückblickend dachte Colin, dass es sich nur um einen Traum gehandelt haben konnte, und eingedenk der Tatsache, dass er Livia das, was er erlebt zu haben glaubte, schon damals als einen Traum ge-

...hildert hatte, musste es doch auch so gewesen sein. Ja, es konnte sich nur um einen bösen Traum gehandelt haben, denn alles andere wäre eine Wahrheit gewesen, die man gegen jede noch so beliebige Lüge eingetauscht hätte.

Als Colin Darcy zu reden begann, wehte ein kalter Wind.

»Sie hat Danny in einem Zimmer eingesperrt«, sagte Colin und erklärte dem Friedhofsmädchen, dass er einen jüngeren Bruder hatte. »Es gab einige Probleme in der Schule, nichts Ernstes eigentlich.«

Danny fiel es schwer, im Unterricht den Mund zu halten, das war alles. Er war unkonzentriert, vergaß seine Bücher und dachte während der Schulstunden an Dinge, die nichts mit den Schulstunden zu tun hatten. Das Ergebnis waren regelmäßige Anrufe der Schule, besorgte Beschwerden, pädagogische Ratschläge, gut gemeinte Appelle.

»Mutter hasst es, wenn Danny so ist.«

»Deswegen hat sie ihn in ein Zimmer eingesperrt?«

Colin schwieg und ließ den Blick über die steil abfallenden Klippen zur See hinauswandern. »Das war vor zwei Tagen«, erklärte Colin ihr und fragte sich, ob das, was er erlebt hatte, wirklich passiert war. »Sie hat die Tür hinter ihm abgeschlossen, und dann hat sie ihn allein gelassen. Doch vorher hat sie ihm eine Geschichte erzählt.«

»Welche?«

»Ich weiß es nicht.«

»War die Geschichte schlimm?«

»Ja.«

»Was ist passiert?«

Colin rieb sich die Augen, und in diesem Moment wurde all die Erschöpfung sichtbar, nachdem die Angst ihn zwei Nächte lang nicht hatte schlafen lassen. Livia setzte sich auf dem Grabstein neben ihn und ergriff seine Hand. Colin ließ es geschehen, denn es tat gut, ihre weiche Haut zu spüren. »Danny war in dem Zimmer eingesperrt, und niemand durfte zu ihm gehen. Er sollte dort allein sein.«

»Was hat dein Vater dazu gesagt?«

Colin seufzte. »Nichts.«

»Er heißt so was gut?«

»Zumindest hat er nichts unternommen.« Die folgenden Worte musste Colin mühsam hervorpressen, eins um das andere. »Das tut er nie, weißt du?!« Archibald Darcy hatte seine Sachen gepackt und war gegangen, um die Vögel zu beobachten.

Livia sagte nichts, war nur bei ihm.

»Nach der letzten Nacht habe ich es nicht mehr ausgehalten. Bei Sonnenaufgang habe ich die Tür aufgebrochen und habe Danny gesucht.« Er sah den Raum vor sich, weit wie eine Wüste. Heißer Sand hatte seine Füße, die in Hausschuhen steckten, umweht. Die Dünen, die sich dort auftürmten, wo sich sonst ein großer Kleiderschrank befand, warfen lange Schatten, die mehr als nur kühl und unangenehm waren. Drüben, hinter den Dünen, erstreckte sich ein dichter Dschungel. Seltsam lebendig aussehende Lianen rankten sich um die dicken Baumstämme, dornenreiches Gestrüpp versperrte einem den Weg, und von tief, tief drinnen aus der Finsternis, die das Blätterwerk erschuf, hörte man die Geräusche von Tieren, denen man nicht begegnen wollte. Die Sonne, die hier schien, war dunkelrot und heiß wie kalt. Im Sand fand Colin Hinweise, Dinge, die sein Bruder dort hinterlassen hatte. Einen abgewetzten Schuh, einen abgerissenen Knopf, ein zerfleddertes Ray-Bradbury-Taschenbuch (das er wohl irgendwie mit ins Zimmer hatte schmuggeln können: »S is for Space«), einen zweiten Schuh. Manches davon war fast schon vom Sand begraben. Darüber hinaus Dinge, die ein fast Achtjähriger in der Hosentasche so mit sich herumträgt.

»Ich bin der Spur dieser Sachen gefolgt«, erzählte Colin dem Mädchen, das aufmerksam lauschte.

Missgestaltete Wesen hatten im Wüstensand gelebt. Die Bewegungen ihrer Körper waren schlängelnd unter der Oberfläche erkennbar gewesen; manchmal sah man eines, dafür konnte man andere nur spüren. Manche versuchten einen zu packen, mit ihren spitzen Zähnen und rauen Zungen. »Danny musste sich dort verirrt haben.«

Livia hörte ihm einfach nur zu, und Colin konnte nicht sagen, ob sie ihm Glauben schenkte oder nicht. Ihre Hand aber ließ sie auf seiner liegen, das war etwas, woran er sich auch Jahre später noch erinnern würde.

»Ich bin also der Spur aus Sachen und Krimskrams gefolgt.« Seine Stimme krächzte, als wollte sie das alles eigentlich gar nicht erzählen. Und doch redete er; unaufhörlich sprudelten die Worte.

»Es war, als käme man nie an, wo man hinwollte.«

Genau so war es gewesen.

Die Wüste zu durchqueren dauerte lange. Wie lange, vermochte Colin nicht zu sagen. Fast war es, als rücke der Dschungel mit jedem Schritt, den Colin tat, ein wenig weiter in die Ferne. Es war wie in einem schlimmen bösen Traum, in dem die Geschwindigkeit keinen Gesetzmäßigkeiten mehr unterliegt, sondern tut, was sie will. Schließlich, nach einer Wanderung, die Tage gedauert zu haben schien, erreichte Colin das Dickicht. Sein Gesicht war verbrannt und seine Kehle ausgedörrt, und er fragte sich, was Helen Darcy ihrem jüngsten Sohn wohl erzählt hatte.

Colin wusste, dass es ein Fehler sein würde, zu trinken. In Zimmern wie diesem hier durfte man weder essen noch trinken, denn sonst konnten einem seltsame Dinge passieren. Colin kannte das, er selbst war früher auch hin und wieder eingesperrt worden.

Trotzdem konnte er dem frischen Wasser nicht widerstehen, als er zu einer Quelle kam, die leise auf einer Lichtung sprudelte. Er kniete sich hin und trank aus den Händen und fühlte, wie das kühle Nass ihm die Kehle benetzte. Er rieb sich das Gesicht mit dem Wasser ein und spürte, wie sein Bewusstsein klarer wurde.

Normalerweise war das Zimmer, in dem er sich jetzt befand, kein unendlicher Dschungel, und normalerweise war es auch keine unendliche Wüste. Es war ein gewöhnliches Zimmer, das als Abstellraum für dies und jenes genutzt wurde, gelegen in einem Seitenflügel von Ravenscraig.

Doch jetzt war alles anders. *Ganz* anders.

Lesen Sie weiter in:

CHRISTOPH MARZI - FABULA